Víctimas

Dean R. Koontz

Víctimas

Un Club Literario de Univision y
Doubleday Book & Music Clubs, Inc.

Se dedica este libro a
Lennart Sane,
que no sólo es el mejor en su quehacer,
sino también un tipo formidable.

Y a

Elisabeth Sane,
que es tan estupenda como su marido.

PRIMERA PARTE

Demoliendo el pasado

El pasado no es más que el principio de un principio,
y todo cuanto es y ha sido
se reduce a la media luz del alba.

H. G. WELLS

La reunión de dos personalidades es como el contacto
de dos sustancias químicas:
si hay alguna reacción, ambas se transforman.

C. G. JUNG

CAPÍTULO I

I

En su trigésimo sexto cumpleaños, el 18 de mayo, Travis Cornell se levantó a las cinco de la mañana. Se puso sus recias botas de montañero, unos vaqueros y una camisa azul de tartán de manga larga. Desde su casa de Santa Bárbara condujo la furgoneta hasta el rústico Santiago Canyon, en el confín oriental del condado de Orange, al sur de Los Ángeles. Tan sólo llevaba consigo un paquete de galletas «Oreo», una cantimplora grande repleta de «Kool-Aid», sabor naranja, y un «Smith & Wesson» calibre 38, «Chief's Special», con cargador completo.

Durante el recorrido de dos horas y media Cornell no encendió ni una vez la radio. Tampoco tarareó ni silbó ni cantó para sí, como suelen hacer los hombres cuando están solos. A lo largo de un buen trecho, el Pacífico quedó a su derecha. La mar matutina mostraba una faz sombría, oscura hacia el horizonte, tan dura y fría como la pizarra; pero junto a la playa, el resplandor matinal la teñía con los brillantes colores de los centavos y los pétalos de rosa. Travis no dedicó ni una mirada a las lentejuelas que el sol cosía en el agua.

Era un hombre delgado y fibroso, con los ojos hundidos y del mismo color castaño oscuro que su pelo. Tenía un rostro enjuto, de aristocrática nariz y barbilla algo puntiaguda, y un semblante ascético, propio de un monje de cualquier orden sacerdotal que creyera todavía en la flagelación, en la purificación del alma mediante el sufrimiento. Bien sabía Dios que él ya había tenido su ración de sufrimiento. Su sonrisa había cautivado a las mujeres, aunque no en fechas recientes. Hacía mucho tiempo que no sonreía.

Las galletas, la cantimplora y el revólver estaban en una pequeña mochila de nilón verde con tirantes negros también de nilón que se hallaba sobre el asiento contiguo. De vez en cuando, le echaba una mirada, y daba la impresión de que veía a través del tejido el «Chief's Special» cargado.

9

Desde la carretera de Santiago Canyon, en el condado de Orange, Cornell tomó una vía bastante más estrecha y luego un camino polvoriento devorador de neumáticos. Pocos minutos después de las ocho y media aparcó la furgoneta roja en un apartadero, bajo las erizadas e inmensas ramas de una picea cónica.

Allí Cornell se pasó por los hombros los tirantes de la pequeña mochila y emprendió camino hacia las estribaciones de las montañas de Santa Ana. Desde su infancia, conocía cada pendiente y barranco, cada desfiladero y cresta. Su padre había tenido una cabaña de piedra en la más recóndita de todas las vaguadas deshabitadas, y él solía pasarse semanas enteras explorando el agreste territorio en varios kilómetros a la redonda.

Le cautivaban estas vaguadas indomables. Cuando era un muchacho, los osos negros habían merodeado todavía por los bosques; ahora no quedaba ni uno. Aún se podía encontrar el ciervo mulo, pero no con la frecuencia con que lo viera dos décadas antes. Al menos los hermosos pliegues y salientes de la tierra, los profusos y diversos arbustos, así como los árboles, seguían estando donde siempre: durante un largo trecho caminó bajo un entoldado de sicomoros y robles americanos.

Pasó ante una cabaña solitaria o un puñado de ellas. Unos cuantos moradores de las vaguadas eran supervivientes poco entusiásticos que creían próximo el fin de la civilización, pero que no tenían agallas para retirarse a un lugar todavía más escondido. Casi todos ellos eran gentes sencillas que no podían soportar el trasiego de la vida moderna, y prosperaban pese a no tener instalaciones sanitarias ni electricidad.

Aunque las vaguadas pareciesen remotas, muy pronto quedarían ahogadas por los atenazadores suburbios. Dentro de un radio de ciento cincuenta kilómetros vivían casi diez millones de personas en las comunidades entrelazadas de los condados de Orange y Los Ángeles, y ese crecimiento incesante no remitía.

Pero todavía la luz cristalina y reveladora caía sobre la tierra agreste, casi tan tangible como la lluvia, y todo parecía limpio, silvestre.

En el dorso pelado de un promontorio, donde la hierba baja que creciera durante la estación lluviosa ya se había secado tornándose pardusca, Travis se sentó sobre una peña plana y se desembarazó de la mochila.

Una serpiente cascabel, que se soleaba en otra peña plana a unos quince metros de distancia, alzó la maligna cabeza, semejante a una cuña, y le analizó.

Cuando era muchacho, había matado veintenas de serpientes en aquellos cerros. Ahora sacó el arma de la mochila y levantándose despacio dio dos o tres pasos hacia la serpiente.

El ofidio se irguió aún más y le miró fijamente.

Travis avanzó otro paso, incluso uno más, y adoptó la postura del tirador empuñando el revólver con ambas manos.

La serpiente cascabel empezó a enrollarse. Pronto se apercibiría de que no podía golpear a semejante distancia e intentaría replegarse.

Aun cuando Travis tuviera la seguridad de que el disparo sería fácil y certero, quedó sorprendido al descubrir que le era imposible apretar el gatillo. Él había visitado estos cerros no sólo para rememorar unos tiempos en que había experimentado el placer de sentirse vivo, sino también para cazar serpientes si encontraba alguna. Últimamente, la soledad y lo infructuoso de su vida le habían hecho sentirse unas veces deprimido y otras angustiado, hasta tal punto que todo su ser estaba tan tenso como el muelle de una ballesta. Necesitaba aligerar esa tensión mediante alguna acción violenta, y la muerte de unas pocas serpientes (nadie lamentaría su pérdida) parecía ser la prescripción idónea para aliviar su desazón. No obstante, mientras miraba absorto a aquella serpiente, se dijo que la existencia del animal era menos superflua que la suya, pues la bestia llenaba un hueco ecológico y con toda probabilidad disfrutaría de la vida bastante más de lo que él venía haciéndolo desde hacía mucho tiempo. Travis empezó a temblar, el arma se desvió una vez y otra del blanco y no pudo encontrar el aplomo necesario para dispararla. Y como no tenía nada de verdugo, abatió el revólver y regresó a la peña en donde había dejado su mochila.

La actitud del ofidio fue pacífica a todas luces, pues la cabeza descendió sinuosa hasta descansar sobre la piedra y de nuevo quedó inmóvil.

Al cabo de un rato Travis abrió el paquete de «Oreo», las galletas que fueran su bocado favorito cuando era joven. Hacía quince años que no había vuelto a probarlas. Le parecieron casi tan buenas como las recordaba. Luego bebió «Kool-Aid» de la cantimplora, pero el trago no fue tan de su agrado como las galletas. El brebaje resultó demasiado dulce para su paladar de adulto.

«La inocencia y el entusiasmo, los placeres y las voracidades de nuestra juventud —pensó—, pueden ser memorables, pero quizá no puedan ya recuperarse.»

Dejando a la serpiente cascabel en plácida armonía con el sol, se cargó otra vez la mochila y descendió por la pendiente meridional del promontorio hacia la sombra de los árboles que cubrían la entrada de la vaguada en donde los brotes fragantes de las plantas de hoja perenne aromatizaban el aire. Plantado sobre el lecho de la vaguada que corría hacia el oeste, y rodeado de sombras profundas, Travis giró al oeste y tomó una senda de ciervos.

Pocos minutos después, desfilando entre dos enormes sicomoros californianos que se curvaban para formar un arco, llegó a un paraje en donde la luz solar se filtraba por un claro del denso follaje. Al otro extremo del claro, la senda conducía a un sector del bosque en donde predominaban las piceas, los laureles y los sicomoros, creciendo muy juntos. Al frente, el terreno descendía abrupto, como si la vaguada buscara fondo. Cuando Travis se detuvo al borde del círculo luminoso, con las puntas de sus botas en la sombra, y echó un vistazo al escarpado sendero, no pudo ver más allá de quince metros porque una sombra aparente y difusa atravesó la vereda.

Apenas se dispuso Travis a cruzar la mancha de sol y seguir su camino, un perro surgió de los resecos matorrales a su derecha y corrió directamente hacia él, jadeante y alborozado. A juzgar por su estampa, era un perdiguero dorado de pura raza. Macho. Travis calculó que tendría poco más de un año, pues aunque había alcanzado todo su desarrollo, conservaba la viveza de un cachorro. Su espeso pelaje estaba húmedo y enredado, cubierto de pequeñas ramas rotas y hojas. El animal se detuvo ante él, se sentó y, ladeando la cabeza, le miró con expresión amistosa.

A pesar de su suciedad, se le podía calificar de ejemplar espléndido. Travis se agachó para acariciarle la cabeza y rascarle detrás de las orejas.

Esperaba también que en cualquier momento un amo surgiera de los matorrales, resollando y quizás encolerizado con el fugitivo. Nadie apareció. Cuando se le ocurrió examinar el collar y la licencia, vio que no tenía ni una cosa ni otra.

—Desde luego no eres un perro salvaje, ¿verdad, muchacho?

El perdiguero se mostró contento.

—No, demasiado afectuoso para ser salvaje. No te habrás perdido, ¿eh?

El animal le hocicó la mano.

Entonces Travis observó que, además de la capa enmarañada y sucia, había sangre reseca detrás de la oreja derecha. Asimismo sangre reciente en las patas delanteras, como si el animal hubiese corrido durante tanto tiempo por terreno escabroso que las almohadillas de sus patas hubieran comenzado a agrietarse.

—Parece que has tenido un viaje agitado, muchacho.

El perro lanzó un suave gemido como si le diera la razón.

Travis continuó acariciándole el lomo y rascándole las orejas, pero después de un minuto o dos comprendió que estaba buscando en el perro algo que éste no podía procurarle: el sentido y propósito de la vida, alivio para su desesperación.

—Ahora sigue tu camino.

Y dándole una palmada cariñosa en el flanco se levantó y desperezó.

El perro continuó plantado ante él.

Travis le contorneó y se encaminó hacia el sendero que se hundía en la oscuridad.

El perro a su vez hizo lo mismo y le cerró el paso.

—Lárgate, muchacho.

El perro le enseñó los dientes y emitió un gruñido sordo.

Travis frunció el ceño.

—Lárgate. Sé un buen perro.

Cuando intentó esquivarle, el perdiguero gruñó y le mordisqueó las piernas.

Travis dio dos saltos atrás.

—¡Eh! ¿Qué te sucede?

El perro cesó de gruñir y se limitó a jadear.

Quiso avanzar de nuevo, pero el animal le acometió con más ferocidad que antes, todavía sin ladrar pero gruñendo enfurecido y lanzándole repetidas dentelladas a las piernas, hasta hacerle retroceder a través del claro. Travis dio ocho o diez traspiés sobre la resbaladiza alfombra de agujas secas y terminó sentado en el suelo.

Entonces el perro se apartó de él, atravesó trotando el claro hasta el comienzo del abrupto sendero y observó la oscuridad del fondo. Sus orejas colgantes se enderezaron todo lo que daban de sí.

—Maldito perro —masculló Travis.

El animal no le hizo caso alguno.

—¿Qué diablos te pasa, chucho?

Plantado a la sombra del bosque, el perro siguió escudriñando el sendero escarpado hasta el fondo tenebroso de la arbolada vaguada. Tenía la cola abatida, casi oculta entre las patas.

Travis cogió cinco o seis piedras pequeñas del suelo y lanzó uno de los guijarros al perdiguero. Al recibir el impacto en un flanco con la fuerza suficiente para hacerle daño, el perro no aulló, sino que giró sobre sí mismo, sorprendido.

«Ahora me la he ganado —pensó Travis—. Se me lanzará a la garganta.»

Pero el perro se limitó a mirarle acusador, y siguió bloqueando la entrada al sendero de los ciervos.

Algo en el comportamiento sumiso de la bestia, en los ojos oscuros muy separados entre sí o en el ladeo de la enorme cabezota cuadrada, hizo que Travis se sintiera cupable por haberle apedreado. El maldito y lastimoso perro parecía decepcionado, y él se avergonzó.

—¡Eh, escucha! —exclamó—. ¡Fuiste *tú* el que empezaste, entérate!

El perro no hizo otra cosa que mirarle con fijeza.

Travis dejó caer las otras piedras.

El animal echó una ojeada a los proyectiles repudiados y levantó la vista al instante. Travis hubiera jurado que percibió una expresión aprobadora en la faz canina.

Veía dos alternativas factibles: o dar media vuelta o buscar otro camino para descender por la vaguada. Sin embargo, le asaltó la determinación irracional de abrirse camino hacia adelante, de ir a donde quería ir, ¡por los clavos de Cristo! Precisamente en un día como aquél no pensaba dejarse disuadir o siquiera entretener por algo tan trivial como un perro.

Así pues, se levantó, encogió un poco los hombros para afirmar la mochila y, aspirando a fondo el aroma de los pinos, atravesó resuelto el claro.

El perdiguero gruñó de nuevo, muy quedo pero amenazador. Arrugó el hocico dejando al descubierto los colmillos.

Percibiendo que su coraje se esfumaba por momentos, Travis optó por una aproximación diferente cuanto estaba ya a pocos metros del perro. Se detuvo y después de sacudir la cabeza habló persuasivo al animal:

—Perro malo. Te estás comportando como un perro muy malo. ¿No lo sabías? ¿Qué pulga te ha picado? ¿Eh? Y el caso es que tienes aspecto de haber nacido bueno. Pareces un perro dócil.

Mientras continuaba embelesando al perdiguero, éste cesó de gruñir. Su peluda cola se meneó una vez, dos, con timidez.

—¡Así me gusta! —exclamó él, zalamero—. Eso está mejor. Tú y yo podemos ser amigos, ¿no?

El perro dejó escapar un gemido conciliador, ese sonido tan familiar y conmovedor que emite todo perro para expresar su deseo natural de que se le quiera.

—¡Vaya, ahora estamos haciendo progresos! —dijo Travis, mientras daba otro paso hacia el perdiguero con la intención de agacharse y acariciarle.

14

Sin darle tiempo a hacerlo, el perro se lanzó contra él gruñendo y le hizo desandar camino. Luego, apresó entre los dientes una pernera de sus vaqueros y meneó furioso la cabeza. Travis intentó largarle una patada y falló. Ello le hizo perder el equilibrio, lo cual aprovechó el perro para aferrarle la otra pernera y correr en círculo a su alrededor hasta hacerle caer. Se levantó de un salto e intentó, desesperadamente, ajustar las cuentas a su adversario pero tropezó y dio con sus huesos en tierra por segunda vez.

—¡Mierda! —barbotó, sintiéndose tremendamente ridículo.

Gimiendo de nuevo, recobrando su talante amistoso, el perro le lamió las manos.

—Tú eres esquizofrénico —dijo Travis.

El perro se alejó hasta el otro extremo del claro. Allí se quedó plantado mirando atento el sendero de ciervos que descendía entre las sombras frías de los árboles. De improviso, bajó la cabeza y se agazapó. Sus músculos dorsales se tensaron como si se aprestara a hacer un movimiento súbito.

—¿Qué estás fisgando? —Travis comprendió de pronto que al perro no le atraía el sendero propiamente dicho, sino algo que quizá se deslizase por él—. ¿Algún león de montaña? —se preguntó mientras se levantaba. Recordaba que en su juventud los leones de montaña, concretamente los pumas, habían merodeado por aquellos bosques, y supuso que tal vez quedaran unos cuantos.

El perdiguero gruñó, aunque esta vez no a Travis, sino a lo que había atraído su atención. Fue un sonido sordo, apenas audible, y Travis se dijo que el animal parecía al mismo tiempo furioso y amedrentado.

¿Tal vez coyotes? Muchos de ellos rondaban por las colinas. Una manada de coyotes hambrientos podría alarmar incluso a un animal tan vigoroso como aquel perdiguero dorado.

Inopinadamente, el perro lanzó un aullido de sorpresa y ejecutando una extraña pirueta volvió la grupa al sendero. Luego pasó como una flecha por su lado hacia la sección opuesta del bosque, haciéndole pensar que se perdería de vista entre los árboles. No obstante, se detuvo en el arco formado por los sicomoros que Travis atravesara pocos minutos antes, y volvió la cabeza expectante. Con cierto aire de frustración y ansiedad regresó raudo, empezó a trazar círculos disparatados en torno suyo y, finalmente, aferrándole por una pernera tiró hacia atrás intentando arrastrarle consigo.

—Espera, espera, vale —dijo él—. ¡Vale!

El perdiguero soltó su presa y dejó escapar una especie de bufido, exhalación enérgica más bien que ladrido.

Era obvio, lo cual no dejaba de ser sorprendente, que el perro se había propuesto impedirle que prosiguiera por el sombrío trecho del sendero de ciervos porque había algo allá abajo. Algo peligroso. Ahora el animal quería inducirle a huir porque esa criatura peligrosa se estaba aproximando.

Sí, algo se acercaba. Pero ¿qué?

Travis no sentía inquietud, sólo curiosidad. Cualquier cosa que se aproximara podría amedrentar a un can, pero en estos bosques ningún animal, ni siquiera un coyote o un puma, atacaría a una persona adulta.

Entre gemidos de impaciencia, el perdiguero intentó apresar otra vez una pernera de Travis.

Su comportamiento era extraordinario. Si estaba tan asustado, ¿por qué no huía y se olvidaba de él? No era su amo; el animal no tenía nada que agradecerle, ni afecto ni protección. Los perros extraviados no poseen ningún sentido del deber para con los extraños, no tienen perspectiva moral ni conciencia. En cualquier caso, ¿qué se creía este animal? ¿Un *Lassie* por libre?

—Conforme, conforme —dijo Travis al perdiguero, haciéndole soltar su presa y acompañándole hasta el arco de sicomoros.

El perro salió disparado a lo largo del sendero ascendente que conducía hacia el borde de la vaguada entre árboles más espaciados y bajo una luz más clara.

Travis se detuvo en los sicomoros. Frunciendo el ceño, miró más allá del claro saturado de sol, el oscuro boquete en el bosque donde comenzaba el trecho descendente del sendero. ¿Qué se avecinaría?

Los cantos estridentes de las cigarras se interrumpieron simultáneamente, como si se hubiese levantado la aguja fonográfica de un disco. En el bosque se hizo un silencio sobrenatural.

Entonces Travis oyó que algo subía aceleradamente por el tenebroso sendero. Un ruido como de serpenteo. Luego el rodar de piedras desprendidas. El débil susurro de arbustos secos. La cosa parecía encontrarse más próxima de lo que probablemente estaba, pues el sonido se amplificaba al producir ecos en el angosto túnel de follaje. No obstante, la criatura se iba acercando aprisa. Muy aprisa.

Por primera vez, Travis intuyó que corría grave peligro. Sabía que en los bosques no había nada lo bastante grande o atrevido para atacarle, pero el instinto se sobrepuso a su intelecto. El corazón le latía a mazazos.

Más allá, en lo alto del sendero, el perdiguero, que se había apercibido de su vacilación, ladró apremiante.

Si esto hubiese ocurrido unas décadas antes, Travis habría pensado que un oso negro ascendía furioso la senda de ciervos, tal vez impulsado por alguna herida. Pero los inquilinos de las cabañas y los excursionistas del fin de semana, portadores de la civilización, habían hecho replegarse a los pocos osos restantes hasta los parajes más recónditos de Santa Ana.

A juzgar por el sonido, la bestia desconocida estaba a punto de alcanzar el claro entre los trechos superior e inferior del sendero.

Travis sintió a lo largo de la espina dorsal unos escalofríos semejantes a los regueros que forma la escarcha al derretirse sobre un cristal de ventana.

Quería averiguar qué era aquello, mas, al mismo tiempo, estaba helado de miedo, sentía un temor puramente instintivo.

En lo alto de la vaguada, el perdiguero dorado lanzó unos ladridos perentorios.

Travis dio media vuelta y corrió.

Se notó en excelente forma, ni un kilo de más. En pos del jadeante perdiguero, pegó ambos codos a los costados y trotó sendero arriba, agachándose dos o tres veces para esquivar las ramas bajas. Las suelas claveteadas de sus botas le procuraron una tracción muy aceptable; perdió pie con las piedras sueltas y sobre las capas resbaladizas de agujas secas pero no se cayó. Mientras corría entre sombras y cegadoras pinceladas de luz solar semejante a un incendio, otro incendio empezó a arder en sus pulmones.

La vida de Travis Cornell había estado repleta de peligros y tragedias, pero él no había flaqueado jamás ante nada. En sus peores momentos había afrontado con calma las pérdidas, el dolor y el miedo. Sin embargo, ahora le ocurría algo muy peculiar. Perdió el dominio de sí mismo. Por primera vez en su vida se dejó llevar por el pánico. El temor le atenazó, tocando un nivel hondo y primitivo en donde no le había alcanzado jamás. Mientras corría, le asaltó un sudor frío, no pudo explicarse por qué el perseguidor desconocido le ponía la carne de gallina, le llenaba de un terror absoluto.

No miró hacia atrás. Al principio lo hizo así para no perder de vista el tortuoso sendero y porque temía darse de bruces contra alguna rama baja. No obstante, cuando hubo recorrido ya unos doscientos metros, su pánico aumentó, y si entonces no miró hacia atrás fue por el temor de lo que podría ver.

Comprendía que su reacción era irracional. El hormigueo a lo largo de la nuca y la sensación glacial en las entrañas eran síntomas de un terror puramente supersticioso. Pero el civilizado y culto Travis Cornell había cedido las riendas al niño asustado e indómito que habita en todo ser humano (el fantasma genético de lo que fuéramos otrora), y no le resultaba nada fácil recobrar el aplomo, aunque fuera consciente de lo absurdo de su comportamiento. Así pues, el instinto bruto prevalecía, y ese instinto le aconsejaba que corriera, que dejara de pensar y se limitara a correr.

En el borde superior de la vaguada, el sendero torcía a la izquierda y seguía un curso sinuoso por la escarpada pared norte del promontorio. Travis dobló un recodo, vio un tronco atravesado en el sendero pero al intentar saltarlo se le enganchó un pie en la madera podrida y cayó de bruces. Quedó atontado, incapaz de recobrar el aliento o de moverse siquiera.

Esperaba que algo se abalanzara sobre él y le desgarrase la garganta.

El perdiguero regresó como una flecha, saltó sobre Travis y cayó muy seguro sobre sus cuatro patas al otro lado del sendero. Allí ladró furioso a lo que les perseguía, se mostraba mucho más amenazador que cuando apremiara a Travis en el claro.

Travis rodó sobre sí mismo y se sentó entre jadeos. No vio nada sendero abajo. Entonces observó que el perdiguero no parecía interesado en esa dirección, pues se había colocado a través del sendero para acechar la maleza del bosquecillo al este de ellos. Despidiendo saliva, el animal lanzó unos sonidos tan estridentes y furibundos que cada explosión sonora hirió los oídos de Travis. La furia salvaje en su voz era inquietante. Sin duda el perro estaba advirtiendo al enemigo invisible que se mantuviera alejado.

—Calma, muchacho —murmuró, tranquilizador, Travis—. Calma.

El perdiguero enmudeció, pero no miró a Travis. Su mirada estaba fija en la maleza, su áspero belfo negro dejó al descubierto los colmillos mientras que un gruñido sordo surgía desde el fondo de su garganta.

Respirando todavía a duras penas, Travis se levantó y escrutó el bosquecillo situado al este. Piceas, sicomoros y unos cuantos alerces. Sombras que se asemejaban a parches de paño negro se alternaban aquí y allá con alfilerazos dorados y agujas de luz. Maleza, brezos, enredaderas y unas cuantas formaciones rocosas parecidas a dientes. Travis no veía nada anómalo.

Cuando puso una mano sobre la cabeza del perro, éste cesó de gruñir, como si hubiese entendido su propósito. Travis hizo una profunda inspiración, contuvo el aliento y aguzó el oído por si percibía algún movimiento en la maleza.

Las cigarras se mantenían mudas. Ningún ave cantaba en los árboles. El bosque había quedado en silencio, como si el vasto y complejo mecanismo de relojería del Universo se hubiese inmovilizado.

Estaba seguro de que su propia persona no era la causa de aquel silencio abrupto. Al pasar poco antes por la vaguada, no había perturbado a los pájaros ni a las cigarras.

Ahí fuera había algo. Un intruso que no contaba con la aprobación de las criaturas habituales de la selva.

Hizo una inspiración honda y contuvo otra vez el aliento, esforzándose por escuchar todos los movimientos del bosque, hasta el más ínfimo. Esta vez detectó los susurros de la maleza, el crujido de una rama rota, el leve chasquido de hojas secas..., y la peculiar e inquietante respiración estentórea de algo muy grande. Aunque ésta sonara a unos doce metros de distancia, él no podía localizar su posición exacta.

A su lado, el perdiguero se puso rígido. Sus orejas colgantes se enderezaron un poco proyectándose ligeramente hacia delante.

La respiración ronca del adversario desconocido fue tan espeluznante, bien fuera por el efecto del eco en el bosque y la vaguada o, sencillamente, porque resultaba espeluznante sin más, que Travis se desembarazó aprisa de su mochila, soltó la hebilla y sacó el 38 cargado.

El perro miró fijamente el arma. Travis tuvo la extraña impresión de que el animal sabía lo que era el revólver y aprobaba su empleo.

Preguntándose si la cosa en el bosque sería un ser humano, Travis gritó:

—¿Quién está ahí? ¡Sal a donde pueda verte!

Entonces un ronroneo amenazador subrayó la respiración ronca que provenía de la maleza. La estremecedora resonancia gutural electrizó a Travis. El corazón le latió aún más aprisa y los músculos se le pusieron tan rígidos como los del perdiguero a su costado. Durante unos segundos interminables intentó explicarse sin conseguirlo por qué aquel ruido le habría transmitido una corriente de temor tan intensa. Entonces se apercibió de que la ambigüedad del ruido era lo que le horrorizaba: el bestial gruñido era inequívocamente el de un animal..., y, sin embargo, tenía una calidad indefinible que denotaba inteligencia. El tono y la modulación le hacían parecer casi el sonido que emitiría un hombre encolerizado. Cuanto más lo escuchaba, más difícil le resultaba clasificarlo como un sonido estrictamente animal o humano. Pero, no siendo ni una cosa ni otra, ¿qué diablos sería?

Percibió que los arbustos se agitaban. Justo delante de él. ¡Algo se le aproximaba!

—¡Alto! —gritó tajante—. No te acerques más.

La aproximación continuó.

Ahora la separación era tan sólo de nueve metros.

Y el movimiento, más pausado. Quizás un poco cauteloso. Pero, pese a todo, acortando distancias.

El perdiguero dorado empezó a gruñir amenazador, previniendo otra vez a la criatura que les acosaba. Sin embargo, el temblor era perceptible en sus flancos, y su cabeza se bamboleaba. Aunque el animal desafiara a la cosa que estaba en la maleza, se le veía temeroso de un enfrentamiento.

El miedo del perro le acobardó. Los perdigueros eran famosos por su audacia y bravura. Se los había criado para ser compañeros fieles del cazador y se los utilizaba con frecuencia en peligrosas operaciones de rescate. ¿Qué amenaza o asaltante suscitaría semejante pavor en un perro tan vigoroso y arrogante como aquél?

La cosa entre los arbustos continuaba avanzando hacia ellos, parecía encontrarse ya a seis metros escasos.

Aunque no había visto todavía nada excepcional, le dominaba un terror supersticioso, una percepción de presencias indefinibles pero misteriosas. Se dijo una y otra vez que se había topado con un puma, sólo un puma, cuyo miedo sería, probablemente, mayor que el suyo. Pero el hormigueo glacial que comenzaba en la base de la espina dorsal y se extendía hasta el cuero cabelludo era cada vez más intenso. Las manos le sudaban de tal modo que temió se le escapara el arma.

Cinco metros.

Travis apuntó el 38 al aire e hizo un disparo de aviso. La explosión retumbó en el bosque y levantó ecos por toda la vaguada.

El perdiguero no respingó siquiera. Sin embargo, la cosa entre los arbustos dio media vuelta al instante y corrió en dirección norte, cuesta arriba, hacia el borde de la vaguada. Travis no podía verla, pero sí seguir su rápida trayectoria por las hierbas y matas altas que se abrían a su paso.

Durante un segundo o dos sintió alivio al creer que la había ahuyentado. No obstante, muy pronto se apercibió de que la cosa no huía, sólo trazaba una curva por el noroeste para salirle al encuentro en la parte superior del sendero. Travis intuyó que la criatura intentaba cortarles el camino y obligarles a abandonar la vaguada por la salida de abajo, en donde se le ofrecerían más oportunidades para atacarles. No se explicaba cómo sabía tal cosa, sólo podía decir que *lo sabía*.

Su instinto de conservación le inducía a actuar sin necesidad de calcular cada uno de los movimientos previsibles; hacía todo lo requerido de una forma maquinal. Desde que entrara en combate, hacía ya casi una década, no había sentido esta intuición animal.

Procurando no perder de vista el movimiento delator de la maleza a su derecha, Travis soltó la mochila y, empuñando el arma, corrió sendero arriba con el perdiguero a sus talones. Sin embargo, a pesar de su celeridad no fue lo bastante rápido para superar al enemigo desconocido. Cuando comprendió que éste alcanzaría la parte superior del sendero antes que él, hizo otro disparo preventivo, pero esta vez no sorprendió ni disuadió al adversario. Entonces hizo dos disparos más contra la propia maleza, hacia donde percibía el movimiento, sin considerar la posibilidad de que allí hubiese un ser humano; y esto surtió efecto. No creía haber tocado al merodeador, pero sí ahuyentarle al fin, haciéndole volver grupas.

Siguió corriendo. Ansiaba alcanzar cuanto antes el borde de la vaguada en donde escaseaban los árboles y la maleza, en donde la luminosidad solar no permitía la ocultación entre sombras.

Cuando llegó a la cresta, dos o tres minutos después, estaba sin respiración y sentía un dolor lacerante en los músculos de los muslos y las pantorrillas. El corazón le latía con tal furia que no le hubiera extrañado oír el eco rebotando en el promontorio opuesto y retornando a través de la vaguada.

Aquél era el lugar en donde se detuviera antes para comer algunas galletas. La serpiente cascabel que se soleara sobre la piedra ancha y plana había desaparecido.

El perdiguero dorado, que había seguido a Travis, se detuvo jadeante a su costado y observó la pendiente por donde acababan de subir.

Algo aturdido, deseando sentarse y descansar pero comprendiendo que le acechaba todavía un peligro de origen desconocido, Travis escudriñó también el sendero de ciervos y la maleza en su campo de visión. Si el merodeador seguía persiguiéndoles, era evidente que ahora se mostraba más sigiloso, pues ascendía la pendiente sin agitar hierbas ni matas.

El perdiguero gimoteó y apresó una vez más la pernera de Travis. Se deslizó por la estrecha arista de la cresta hacia una pendiente que les facilitaría el descenso a la vaguada contigua. Sin duda el animal intuía que no estaban aún fuera de peligro y por tanto no les convenía detenerse.

Travis compartía esa convicción. Su miedo atávico, que le inducía a dejarse llevar por el instinto, le hizo partir presuroso detrás del perro hacia el extremo más alejado de la cresta para descender a otra vaguada llena de árboles.

II

Vince Nasco había estado esperando durante horas en el oscuro garaje. No daba la impresión de hacerlo con paciencia. Era enorme, dos metros diez centímetros y más de cien kilos de músculos, parecía siempre rebosante de energía, como si pudiera estallar en cualquier momento. Tenía un rostro ancho, plácido, por lo general tan inexpresivo como la cara de una vaca. Sin embargo, sus ojos verdes irradiaban vitalidad y un desvelo nervioso, además de una avidez extraña, que era como si uno esperase verla en los ojos de un animal salvaje —cualquier felino de la selva— pero jamás en los de un hombre. A semejanza de un gato, era también paciente, a pesar de su tremenda energía. Podía estar agazapado durante horas, silencioso e inmóvil, aguardando a su presa.

El martes, a las nueve cuarenta, mucho más tarde de lo que Nasco esperara, la cerradura con pestillo automático de la puerta entre el garaje y la casa dejó oír un golpe seco. La puerta se abrió y el doctor Davis Weatherby encendió las luces del garaje, luego alargó la mano para pulsar el botón que haría levantarse la gran puerta metálica.

—Alto ahí —dijo Nasco, levantándose y surgiendo por la parte delantera del «Cadillac» gris perla del doctor.

Weatherby le miró parpadeante, estupefacto.

—¿Qué diablos es...?

Nasco alzó la «Walther P–38», provista con silenciador, e hizo un solo disparo a quemarropa contra la cara del doctor.

Ssssnap.

Sorprendido a mitad de palabra, Weatherby cayó hacia atrás en el alegre lavadero amarillo y blanco. Al caer, dio de cabeza contra la secadora de ropa y proyectó un carrito metálico contra la pared.

A Vince Nasco no le preocupó el estrépito, porque Weatherby era soltero y vivía solo. Se agachó sobre el cadáver, que había quedado como una cuña en la puerta abierta, y tocó con delicadeza la cara del doctor.

La bala se había hundido en la frente de Weatherby, a dos centímetros y medio escasos del puente de la nariz. Había poca sangre porque la muerte había sido instantánea y el proyectil no había tenido la fuerza suficiente para perforar por detrás el cráneo de la víctima. Los ojos castaños de Weatherby estaban muy abiertos y expresaban estupor.

Vince rozó con los dedos la mejilla izquierda de Weatherby, todavía caliente, y la parte correspondiente del cuello. Cerró el ojo izquierdo, ciego, luego el derecho, a sabiendas de que las reacciones musculares *post mortem* se los abriría otra vez dentro de dos o tres minutos.

—Gracias. Muchas gracias, doctor —dijo Vince con voz trémula, evidenciando un profundo agradecimiento. Besó los ojos cerrados del muerto—. Gracias.

Conteniendo un grato estremecimiento, Vince recogió las llaves del lugar en donde el muerto las dejara caer, se adentró en el garaje y abrió el portaequipajes del «Cadillac» evitando tocar toda superficie para no dejar una clara huella dactilar. Estaba vacío. Sacó el cadáver del pequeño lavadero, lo metió en el portaequipajes y lo cerró echando la llave.

Se le había dicho a Vince que se las arreglara para que el cuerpo del doctor no fuera descubierto hasta el día siguiente. Él ignoraba por qué importaría tanto esa coordinación horaria, pero le enorgullecía hacer trabajos intachables. Por consiguiente, volvió al lavadero, colocó el carrito metálico en su lugar y miró alrededor buscando alguna otra señal de violencia. Una vez quedó satisfecho, cerró la cámara amarilla y blanca con las llaves de Weatherby.

Acto seguido, apagó las luces, atravesó el oscuro espacio del garaje y se escurrió por la puerta lateral que él mismo forzara durante la noche mediante el sencillo sistema de introducir una tarjeta de crédito en la deleznable cerradura. Utilizando las llaves del doctor, volvió a cerrar la puerta y se alejó de la casa.

Davis Weatherby vivía en Corona del Mar, a orillas del océano Pacífico. Vince había dejado su furgoneta «Ford», comprada dos años antes, a tres manzanas de la casa del doctor. El viaje de vuelta hasta la furgoneta fue placentero, muy estimulante. Aquél era un barrio distinguido que se vanagloriaba de sus varios estilos arquitectónicos; costosas mansiones españolas junto a moradas de corte Cape Cod bellamente diseñadas, cuya armonía era preciso verla para creerla. La zona ajardinada era exuberante y estaba muy bien cuidada. Palmeras, ficus y olivos daban sombra a las aceras. Buganvillas rojas y coralinas, amarillas y anaranjadas iluminaban el paisaje junto con otras miles de flores. Las ravenalas estaban floreciendo. Las ramas de jacaranda caían lánguidas por el peso de los abundantes capullos purpúreos. La celinda perfumaba el aire.

Vicente Nasco se sentía a las mil maravillas. ¡Tan fuerte, tan poderoso, *tan lleno de vida!*

III

A ratos el perro tomaba la delantera, otras veces era Travis quien lo hacía. Ambos cubrieron un largo recorrido antes de que Travis descubriera que le habían abandonado la desesperación y la soledad exasperante que le impulsaran desde un principio hasta las estribaciones de la cordillera de Santa Ana.

El enorme y derrengado can le acompañó hasta su furgoneta, que estaba aparcada en el polvoriento camino, bajo las ramas tendidas de una inmensa picea. Al detenerse ante el vehículo, el perdiguero miró hacia atrás, al camino por donde habían venido. Detrás de ellos, unos pájaros negros surcaron el cielo raso como si efectuaran un reconocimiento por encargo de algún hechicero montañés. Una oscura muralla de árboles se alzaba cual las defensas de un siniestro castillo.

Aunque el bosque fuese tenebroso, el camino polvoriento adonde salió Travis estaba plenamente expuesto al sol, tostado hasta adquirir un tono castaño claro, cubierto con un manto de polvo fino, suave, que formaba penachos alrededor de sus botas con cada pisada. Le sorprendía que un día tan radiante le deparase de súbito esa sensación de malevolencia, abrumadora y tangible.

Al escrutar el bosque de donde había salido, el perro ladró por primera vez desde hacía media hora.

—Todavía nos sigue, ¿verdad? —dijo Travis.

El animal le miró y gimió acobardado.

—Sí —continuó él—. También lo noto yo. Disparatado..., y sin embargo, ¡vaya si lo noto! Pero, ¿qué diablos habrá ahí fuera, muchacho? ¿Eh? ¿Qué diablos será?

El perro se estremecía ostensiblemente.

Travis observó que su propio miedo aumentaba cada vez que se manifestaba el pavor del perro.

Entonces bajó la portezuela trasera de la camioneta y dijo:

—Vamos, sube. Te ayudaré a salir de este lugar.

El perro se encaramó a la plataforma de carga.

Travis cerró de golpe la portezuela y se encaminó hacia el costado de la camioneta. Al abrir la puerta del conductor, creyó percibir movimiento en los matorrales cercanos. No al fondo del bosque, sino allá donde el polvoriento camino se perdía de vista. En aquel lugar, un estrecho bancal estaba cubierto hasta la asfixia de hierba alta, pardusca, tan crujiente como el heno, unos cuantos arbustos de mezquite y algunas adelfas desparramadas con raíces lo bastante profundas para mantenerlas verdes. Cuando escrutó el bancal, no vio nada del movimiento que creyera haber captado con el rabillo del ojo, pero sospechaba que no era fruto de su imaginación.

Con una renovada sensación de apremio, Travis subió a la camioneta y colocó el revólver en el asiento contiguo. Se alejó de allí tan aprisa como se lo permitió el abrupto camino y con todo miramiento por el pasajero de cuatro patas de la plataforma de carga.

Cuando se detuvo veinte minutos después en la carretera de Santiago Canyon, de vuelta al mundo de la civilización y del asfalto, se sentía todavía desmadejado y tembloroso. No obstante, el miedo persistente era distinto del que experimentara en el bosque. El corazón no le latía ya como un tambor. El sudor frío se había secado en manos y frente, el singular hormigueo de la nuca y del cuero cabelludo había desaparecido, y todo recuerdo de aquello se le antojó irreal. Lo que le amedrentaba ahora no era una extraña criatura invisible, sino lo anómalo de su propio comportamiento. Encontrándose a salvo fuera del bosque, no le era posible rememorar el grado de terror que le había dominado; por consiguiente, sus acciones le parecían irracionales.

Tiró de la palanca del freno y paró el motor. Eran las once, y el bullicio de la circulación mañanera había remitido; sólo pasaba algún coche que otro por la asfaltada calzada rural de dos carriles. Permaneció sentado durante un minuto, intentando convencerse a sí mismo de que se había dejado guiar por un instinto certero y fiable.

Siempre le habían enorgullecido su inquebrantable ecuanimidad y obstinado pragmatismo..., a falta de otras virtudes. Podía permanecer impasible en medio de una hoguera, y tomar decisiones contundentes a despecho de toda presión, y aceptando las consecuencias.

Por lo tanto, cada vez le parecía más difícil creer que algo extraño le había acechado allá afuera. Se preguntaba si no habría interpretado mal la conducta del perro, si no habría imaginado aquel movimiento en la maleza como un simple recurso para desviar su pensamiento de las lamentaciones sobre su propio destino.

Se apeó de la camioneta y dando unos pasos a lo largo de la carrocería se encontró cara a cara con el perdiguero, plantado sobre la plataforma de carga. El animal alargó la maciza cabeza y le lamió el cuello y la barbilla. Aunque hubiese gruñido y ladrado poco antes, parecía un can afectuoso, y por primera vez su aspecto deslucido tenía algo de cómico. Travis intentó rechazarle, pero el perro se resistió y casi saltó de la caja en su afán por lamerle la cara. Él se rió y le revolvió el ya enmarañado pelo.

Los vetores del perro y la agitación frenética de su cola surtieron un efecto inesperado en Travis. Durante largo tiempo su mente había sido un lugar lóbrego, repleto de pensamientos sobre la muerte, que culminaron con el viaje de aquella jornada. Pero el gozo de vivir exteriorizado sin adulteraciones por el animal fue como un proyecto que iluminó el sombrío interior de Travis y le recordó que la vida tenía también un lado alegre, que venía rechazando desde hacía mucho tiempo.

—*¿Qué habrá sido* lo que ha ocurrido allí? —se preguntó en voz alta.

El perro cesó de lamerle y su enredada cola se inmovilizó. Casi se diría que le miraba con solemnidad, y Travis quedó paralizado momentáneamente por aquella mirada afectuosa de ojos castaños. Hubo en ellos algo desusado, cautivador. Travis permaneció casi en estado hipnótico, y el animal parecía no menos magnetizado. Una leve brisa primaveral empezó a soplar desde el sur. Travis escudriñó los ojos del animal buscando la clave de su atracción, pero no vio nada excepcional, salvo... Bueno, parecían algo más expresivos de lo que suelen serlo los ojos de un perro, también más inteligentes y perceptivos. Considerando cuán fugaz es la atención de un perro, aquella mirada fija del perdiguero resultaba endiabladamente insólita. A medida que transcurrieron los segundos sin que ni él ni el perro pareciesen dispuestos a romper el hechizo, Travis sintió una inquietud creciente. Le sacudió un estremecimiento ocasionado no por el temor, sino por el presentimiento de que estaba ocurriendo algo misterioso, de que se hallaba en el umbral de una revelación portentosa.

Entonces el perro sacudió la cabeza y le lamió la mano. El hechizo quedó roto.

—¿De dónde vienes, muchacho?

El perro ladeó la cabeza hacia la izquierda.

—¿Quién es tu amo?

El perro ladeó la cabeza hacia la derecha.

—¿Qué puedo hacer contigo?

Como si quisiera responder, el perro saltó por la parte trasera de la camioneta, pasó raudo ante él hacia la puerta del conductor y se coló en la cabina.

Cuando Travis miró allí, el perdiguero ocupaba el asiento del pasajero y tenía la vista fija en el parabrisas. Entonces se volvió hacia él y dejó oír un gruñido suave, como si le impacientara su parsimonia.

Travis se colocó detrás del volante y guardó el revólver debajo de su asiento.

—No creas que puedo cuidar de ti. Demasiada responsabilidad, muchacho. Eso no encaja en mis planes. Lo siento.

El perro le miró implorante.

—Pareces hambriento, chico.

Otro gruñido suave.

—Vale. Quizá me sea posible ayudarte a ese respecto. Creo que hay una tableta de «Hershey's» en la guantera, y no lejos de aquí encontraremos un «McDonald's» en donde habrá probablemente dos o tres hamburguesas que llevan tu nombre. Pero después de eso..., bueno, tendré que dejarte suelto otra vez o llevarte a la perrera.

Mientras Travis hablaba, el perro levantó una pata delantera y golpeó con la zarpa el botón que abría el susodicho compartimiento. La tapadera cayó por su peso.

—¿Qué diablos...?

El animal alargó el cuello, metió el hocico en la guantera y apresó la tableta entre los dientes, sosteniéndola con tanta delicadeza que no pareció dejar huella en la envoltura.

Travis parpadeó de sorpresa.

El perdiguero le presentó la tableta de «Hershey's» como pidiéndole que desenvolviera el exquisito bocado.

Atónito, él la cogió y le quitó el papel de plata.

El perdiguero le observó mientras se lamía el belfo.

Después de partir en trozos la tableta, Travis le fue alargando el chocolate. El perro lo tomó agradecido y lo comió casi con pulcritud.

Él contempló aquella escena confusa, sin saber a ciencia cierta si lo ocurrido era una rareza genuina o tenía una explicación razonable. ¿Le habría entendido de verdad el perro cuando dijo que había chocolate en la guantera? ¿No sería que el animal había olfateado el dulce? Sin duda se trataría de esto último.

Dirigiéndose al perro, dijo:

27

—Pero, ¿cómo supiste apretar el botón para soltar la tapadera?

El perdiguero le miró atento, se lamió las fauces y aceptó otro trozo de dulce.

—Vale, vale —murmuró él—. Tal vez sea un truco que alguien te haya enseñado. Si bien no parece el tipo de monadas que se enseña por lo general a los perros, ¿verdad? Rodar por el suelo, hacerse el muerto, pedir la comida a ladridos, incluso andar un corto trecho sobre las patas traseras..., sí, éstas son las cosas que se enseña a los perros..., pero no a abrir cerraduras o pestillos.

El perdiguero observó ansioso el último trozo de chocolate, pero Travis lo retuvo un momento más bien largo.

¡La *coordinación* de ideas había sido prodigiosa, por los clavos de Cristo! Dos segundos después de que él mencionara el chocolate, el perro había ido a por la golosina.

—¿Es que entendiste lo que dije? —inquirió Travis sintiéndose muy ridículo por sospechar que un perro poseyera el don del habla. No obstante, insistió—: ¿Lo hiciste? ¿Me entendiste?

A pesar suyo, el perdiguero apartó la vista del último trozo de dulce. Sus miradas se cruzaron. Una vez más, Travis tuvo la impresión de que estaba ocurriendo algo pasmoso; se estremeció como antes y ello no le desagradó.

Titubeó, se aclaró la garganta.

—Ejem... ¿Te importaría que fuese yo quien se tomase el último trozo de chocolate?

El perro volvió los ojos hacia los dos pequeños cuadrados de «Hershey's» que Travis sostenía en la mano. Resopló una vez, como si lo lamentara, y luego miró por el parabrisas.

—¡Que me aspen! —masculló Travis.

El perro bostezó.

Teniendo buen cuidado de no mover la mano ni mostrar el chocolate, de llamar la atención sobre él únicamente mediante palabras, se dirigió otra vez al despeluzado perro:

—Bueno, tal vez tú lo necesites más que yo, muchacho. Si quieres este último trozo, puedes considerarlo tuyo.

El perro le miró.

Todavía sin mover la mano, pero manteniéndola junto al cuerpo para hacer ver que retenía el chocolate, dijo:

—Si lo quieres, tómalo. De lo contrario, lo tiraré afuera.

El perdiguero se adelantó sobre el asiento, se acercó todo lo posible a él, y con suma delicadeza le arrebató el chocolate.

—¡Que me aspen por partida doble!

Entonces el perro se plantó sobre sus cuatro patas y se alzó en el asiento, lo que casi le hizo tocar el techo con la cabeza. Luego miró por la ventanilla trasera de la cabina y lanzó un suave gruñido.

Travis miró por el retrovisor y también por el espejo lateral, pero no vio nada inquietante detrás de ellos. Sólo la calzada asfaltada de dos carriles, el estrecho bancal y la colina cubierta de maleza a su derecha.

—Crees que deberíamos ponernos en marcha. ¿No es eso?

El perro le miró, volvió a observar por la ventanilla trasera, por fin dio media vuelta y se sentó extendiendo los remos traseros y mirando otra vez hacia delante.

Travis puso en marcha el motor, metió la primera, y tomando la carretera de Santiago Canyon condujo la camioneta hacia el norte. Echando una ojeada a su compañero, dijo:

—¿Eres más de lo que pareces ser..., o es que estoy perdiendo el seso? Y si eres más de lo que pareces..., ¿quién demonios *eres*?

En el extremo casi campestre de la avenida Chapman, Travis giró al oeste para dirigirse hacia el «McDonald's» del que había hablado.

Por fin murmuró:

—Ahora ya no me es posible dejarte suelto o llevarte a una perrera.

Un minuto después, agregó:

—Si no te conservara, me moriría de curiosidad preguntándome quién puedes ser.

Después de recorrer tres kilómetros y medio más o menos, Travis entró en el aparcamiento del «McDonald's» y dijo:

—Ahora eres mi perro, supongo.

El perdiguero no dijo nada.

CAPÍTULO II

I

Nora Devon tuvo miedo del operario que reparaba los televisores. Aunque el hombre pareciera tener unos treinta años —la edad de ella—, mostraba el descaro ofensivo del adolescente sabelotodo. Al abrirle la puerta, él la había mirado insolente de arriba abajo mientras se identificaba: Art Streck, de la «Wadlow's TV», y, al cruzar otra vez la mirada con ella, había hecho un guiño procaz. Era alto y enjuto, iba muy acicalado, vestía uniforme blanco, camisa y pantalones impecables. Su afeitado era perfecto. El pelo rubio oscuro era corto y estaba peinado con esmero. El hombre parecía un buen muchacho, no un violador ni un psicópata, y, sin embargo, Nora le tuvo miedo al instante, quizá porque su procacidad no concordaba con su apariencia.

—¿No necesitaba usted servicio? —inquirió el hombre cuando ella vaciló en el umbral.

Aun cuando la pregunta pareciera inocente, la inflexión dada a la palabra «servicio» se le antojó a Nora insidiosa y llena de sugerencias sexuales. Ella no creía estar reaccionando de forma exagerada; pero al fin y al cabo había telefoneado a la «Wadlow's TV» y no podía despedir a Streck sin una explicación. Y esta explicación suscitaría, probablemente, una polémica. Así pues, no siendo persona dada a los enfrentamientos, Nora le hizo pasar.

Mientras le conducía por el espacioso y fresco vestíbulo hacia la sala de estar, ella tuvo la desagradable impresión de que su esmerada apariencia y su sonrisa campechana eran elementos de un enmascaramiento calculado con suma precisión. El hombre tenía una viveza animal, un resorte a punto de dispararse, lo cual la intranquilizó más y más con cada paso que los alejaba de la entrada.

Siguiéndola muy de cerca, prácticamente descargándole el aliento en la nuca, Art Streck dijo:

31

—Tiene usted una bonita casa, señora Devon. Muy bonita. De veras, me gusta.

—Gracias —contestó ella rígida, sin molestarse en corregirle el error sobre su estado civil.

—Un hombre podría ser muy feliz aquí. Sí, señor, un hombre podría ser muy feliz.

La casa era de ese estilo arquitectónico denominado a veces Old Santa Bárbara Spanish: dos plantas, estuco color crema, tejas rojas, verandas, balconadas, y todas las líneas suavemente redondeadas en lugar de formar ángulos. Lujuriosas buganvillas rojas trepaban por la cara norte del edificio dejando colgar sus luminosos capullos. Era un lugar muy hermoso.

Nora le aborrecía. Ella había vivido allí desde los dos años, lo que significaba veintiocho años, y durante todos ellos menos uno había estado bajo la férula de su tía Violet. Su infancia no había sido de las más felices, y ella no había disfrutado de la vida hasta el presente. Hacía ya un año que Violet Devon había muerto, pero, a decir verdad, Nora se sentía todavía oprimida por su tía, pues el recuerdo de aquella anciana odiosa era formidable, asfixiante.

En la sala, después de colocar su caja de herramientas junto al «Magnavox», Streck hizo una pausa para mirar alrededor. Parecía sinceramente impresionado por la decoración.

El florido empapelado de las paredes era oscuro, fúnebre. La alfombra persa tenía un dibujo particularmente detestable. El esquema del colorido (gris, marrón y azul eléctrico) había sido agravado con unos toques de amarillo sucio. El pesado mobiliario inglés del siglo XIX, ornamentado con molduras de profundo relieve, se sustentaba sobre sólidas zarpas: sillones macizos, escabeles, vitrinas con aspecto de haber sido diseñadas para el doctor Caligari y credencias que parecían pesar media tonelada cada una. Algunos veladores pequeños habían sido revestidos de un brocado amazacotado. Varias lámparas estaban provistas de pantallas de un gris claro, otras tenían pie de cerámica marrón, pero ninguna daba mucha luz. Las cortinas parecían tan pesadas como el plomo; visillos apergaminados por la edad colgaban entre los entrepaños laterales permitiendo tan sólo que la luz solar iluminara el aposento con una tonalidad color mostaza. Ninguno de esos elementos servía para complementar la arquitectura hispánica. Voluntariamente, Violet había impuesto su plomizo mal gusto a la graciosa edificación.

—¿La ha decorado usted? —preguntó Art Streck.

—No. Mi tía —dijo Nora. Se detuvo junto a la marmórea chimenea, alejándose de él cuanto pudo, sin abandonar la habitación—. Esta casa era suya. Yo... la heredé.

—Si yo fuera usted —comentó él—, sacaría de aquí todos esos trastos. Esto podría ser una habitación alegre, luminosa. Discúlpeme por decírselo, pero esto no le va a usted. Esto estaría muy bien para cualquier solterona.... Su tía fue una *solterona*, ¿verdad? Sí, me lo imaginé. Quizá fuera lo ideal para una solterona reseca, pero ni mucho menos para una bonita dama como usted.

Nora quiso censurar su impertinencia y decirle que cerrara la boca y arreglase el televisor, pero ella no sabía imponer su autoridad por falta de experiencia. Tía Violet la había preferido sumisa, obediente.

Streck la miró sonriente. La comisura derecha de su boca se arqueó de una forma sumamente desagradable. Fue casi una mueca despectiva.

Ella hizo un esfuerzo para contestar:

—A mí me gusta.

—¿De veras?

—Sí.

Él se encogió de hombros.

—¿Qué pasa con su aparato?

—La imagen rueda sin cesar. Además, hay estática, nieve.

Él apartó el televisor de la pared, lo encendió y estudió la imagen, inestable y repleta de estática. Enchufó en la corriente una pequeña lámpara portátil y la colgó detrás del aparato.

En el vestíbulo, un reloj de caja dio el cuarto de hora con una sola campanada cuyo eco retumbó por toda la casa.

—¿Ve usted la televisión con frecuencia? —preguntó él mientras destornillaba la cubierta polvorienta del aparato.

—No mucho —dijo Nora.

—A mí me gustan esas series interminables de la noche. *Dallas*, *Dinastía* y otras por el estilo.

—Jamás las veo.

—¿De verdad? ¡Bah, vamos, apuesto cualquier cosa a que lo hace! —Se rió malicioso—. Todo el mundo las ve, aunque muchos no quieran confesarlo. Precisamente no hay nada tan interesante como esas historias llenas de traiciones, asechanzas, robos, embustes y... adulterios. ¿Entiende lo que quiero decirle? La gente toma asiento, lo ve de pe a pa, chasquea la lengua y dice: «¡Qué terrible es todo esto!», pero en realidad les enloquece. Así es la naturaleza humana.

—Yo... tengo cosas que hacer en la cocina —murmuró nerviosa ella—. Llámeme cuando haya arreglado el aparato.

Dicho esto abandonó la estancia, bajó al vestíbulo y pasó por las puertas batientes a la cocina.

Se dio cuenta de que estaba temblando. Se despreciaba a sí misma por su debilidad, por la facilidad con que se rendía al miedo, pero no podía evitar ser lo que era. Un ratón.

Tía Violet le había dicho a menudo: «Escucha, chica, en el mundo hay dos tipos de personas: gatos y ratones. Los gatos van a donde quieren, hacen lo que quieren, toman lo que les place. Los gatos son agresivos y autosuficientes por naturaleza. Por otra parte, los ratones no tienen ni pizca de agresividad. Son, claro está, vulnerables, dóciles y tímidos, y se sienten extraordinariamente felices cuando esconden la cabeza y aceptan lo que la vida quiera darles. Tú eres un ratón, querida. Y no es mala cosa ser un ratón. Puedes tener plena felicidad. Quizás un ratón no lleve una vida pintoresca como el gato, pero si permanece a salvo en su escondrijo y se reserva, vivirá más que el gato y tendrá menos turbulencias en su vida.»

Ahora mismo, un gato acechaba en la sala, reparando el televisor, y Nora estaba en la cocina dominada por un miedo ratonil. A decir verdad, en ese momento ella no se hallaba cocinando, tal como dijera a Streck. Por ahora, estaba ante el fregadero, agarrándose una mano helada con la otra —sus manos parecían siempre estar frías—, preguntándose qué le convendría hacer hasta que el operario concluyese su trabajo y se marchara. Decidió preparar un pastel. Un pastel amarillo con chocolate glaseado. Esa tarea la mantendría ocupada y la ayudaría a olvidar el guiño sugerente de Streck.

Reunió cazuelas, diversos utensilios, una batidora eléctrica, más los componentes del pastel y otros ingredientes que sacó de la alacena. Hecho esto, se puso a trabajar. Sus nervios tensos se calmaron muy pronto con la actividad doméstica.

Justamente cuando vertía mantequilla derretida en los dos moldes, Streck entró en la cocina y dijo:

—¿Le gusta cocinar?

Sorprendida, estuvo a punto de dejar caer la mezcladora metálica vacía y la espátula embadurnada de mantequilla. Logró evitarlo como buenamente pudo, y con un leve temblequeo que delataba su nerviosismo, las colocó en el fregadero para lavarlas.

—Sí, me gusta cocinar.

—¡Eso es estupendo! Yo admiro la mujer que disfruta haciendo tareas femeninas. ¿Y hace también ganchillo, bordados y cosas por el estilo?

—Hago encaje —dijo ella.

—Eso es todavía mejor.

—¿Ha arreglado el televisor?

—Casi.

Nora se disponía a meter el pastel en el horno, pero no quería llevar los moldes mientras Streck estuviese presente, por temor de temblar demasiado. Entonces él se apercibiría de que la intimidaba y, probablemente, se mostraría más audaz. Así pues, dejó los moldes llenos sobre el mostrador y se dedicó a abrir el recipiente del glaseado.

Streck se adentró aún más en la inmensa cocina, moviéndose desenvuelto mirando a su alrededor con amable sonrisa, pero dirigiéndose directamente hacia ella.

—¿Me querría dar un vaso de agua?

Nora suspiró aliviada o poco menos, empeñada en creer que todo cuanto quería aquel sujeto era un vaso de agua.

—¡Oh, sí, claro! —exclamó. Tomando un vaso de la alacena, corrió a llenarlo de agua fría.

Cuando se volvió para alargárselo, Streck, que se le había acercado con el sigilo de un gato, estaba casi encima de ella. Nora dio un respingo sin poder evitarlo. Parte del agua cayó al suelo y les salpicó. Ella dijo:

—Usted.

—Gracias —la interrumpió él, arrebatándole el vaso.

—...me ha sobresaltado.

—¿Yo? —respondió él amable, mientras la miraba atentamente con ojos de un azul glacial—. Soy inofensivo, señora Devon. De veras que lo soy. Todo cuanto quiero es un vaso de agua. No habrá creído usted que quería otra cosa, ¿verdad?

¡El hombre era endiabladamente audaz! Ella *no podía creer* que una persona pudiese ser tan desvergonzada, tan deslenguada, cínica y agresiva. Quiso abofetearle, pero se preguntó temerosa qué sucedería después. El abofetearle, es decir, el reconocer en cierto modo sus insultantes indirectas u otras ofensas, parecía la forma más segura de envalentonarle en vez de disuadirle.

Él la miró con una intensidad voraz, perturbadora. Su sonrisa era la de un depredador.

Nora intuía que el mejor modo de manejar a Streck era fingir inocencia y torpeza monumentales, hacer oídos sordos a sus detestables insinuaciones sexuales, como si no las hubiese entendido. En suma, ella debería tratar con él tal como lo haría un ratón ante una amenaza que le fuese imposible esquivar. Finge que no ves al gato, finge que el temible animal no está ahí, y quizás el gato se desconcierte y decepcione por la falta de reacción y prefiera buscar en otra parte presas más impresionables.

Para desligarse de su mirada imperativa, Nora tomó dos toallas de papel del carrete junto al fregadero y se dispuso a enjugar el agua derramada en el suelo. Pero, apenas se agachó delante de Streck, comprendió que había cometido un error, porque él no se apartó sino que se mantuvo inamovible sobre ella, se cernió sobre su figura acuclillada. La escena estuvo llena de simbolismo erótico. Cuando ella percibió que esa posición suya a los pies del sujeto implicaba acatamiento, se levantó como un resorte, y entonces observó que la sonrisa irónica se acentuaba.

Sonrojada e indignada, Nora arrojó las empapadas toallas al cubo debajo del fregadero.

Art Streck dijo:

—Cocinar, hacer punto..., creo que es bonito, realmente bonito. ¿Qué otras cosas le gusta hacer?

—Eso es lo malo —contestó ella—. El caso es que no tengo ninguna afición fuera de lo normal. No soy una persona muy interesante, la verdad. Más bien apagada. Incluso aburrida.

Maldiciendo su incapacidad para ordenar al bastardo que abandonara la casa, se deslizó sigilosa por delante de él para verificar, de manera ostensible, en el horno si había terminado el precalentamiento, pero lo cierto era que intentaba ponerse fuera de su alcance.

Él la siguió, se mantuvo cerca.

—Cuando detuve el coche ante la entrada, vi que había montañas de flores. ¿Le gusta cuidar de las flores?

Mirando fijamente el dial del horno, ella respondió:

—Sí, me agrada la jardinería.

—Eso lo apruebo, de verdad —manifestó Streck, como si a Nora pudiese importarle lo que él aprobara o desaprobara—. Flores, es muy bueno que una mujer se interese por esas cosas. Cocinar, encaje, jardinería..., ¡caramba!, usted está llena de aficiones y talentos femeninos. Apuesto a que lo hace todo muy bien, señora Devon. Quiero decir, todo lo que debe hacer una mujer. Apuesto a que usted es una mujer superior en todos los aspectos.

«Si este tipo me toca, gritaré», pensó ella.

36

Ahora bien, las paredes del viejo edificio eran gruesas, y los vecinos se hallaban a cierta distancia. Nadie la oiría ni acudiría a rescatarla. «Le daré una patada —pensó de nuevo—. Me defenderé.»

Pero el hecho era que ella no estaba segura de saber luchar, ni de tener los arrestos necesarios para emprender una lucha. Y aun cuando intentara defenderse, él era más voluminoso y fuerte.

—Sí, apuesto a que usted es una mujer superior en todos los aspectos —repitió él, dando un acento más provocador a su estribillo.

Volviéndose desde el horno, ella se esforzó por sonreír.

—Mi marido se quedaría atónito, si oyera semejante cosa. No hago mal los pasteles, pero necesito aprender todavía mucho para hacer una masa decente, y por otra parte mis asados se ponen siempre tan secos como un hueso. Mi trabajo de encaje no es malo del todo, pero me cuesta un sinfín terminar uno. —Nora desfiló otra vez ante él para dirigirse al mostrador. La sorprendió oír su propio charloteo mientras abría la caja del glaseado. La desesperación la hizo locuaz—. Tengo cierto tino con las flores, pero como ama de casa soy muy poca cosa, y si mi marido no colaborara..., este lugar sería un desastre.

Nora se dijo que su palabrería sonaba a hueco. En su voz percibió una nota de histeria, que a él no le pasaría inadvertida. Pero la mención de un marido hizo, evidentemente, que Art Streck se detuviera a pensar sobre la conveniencia de seguir acosándola. Mientras ella vertía la mezcla en un cuenco y medía la mantequilla requerida, Streck bebió el agua. Luego se acercó al fregadero y puso el vaso vacío junto con las cazuelas y los utensilios sucios. Esta vez procuró no imponerle una proximidad innecesaria.

—Bueno, más vale que me vuelva al trabajo —dijo.

Ella asintió y le hizo una sonrisa distraída, cuidadosamente calculada. Empezó a tararear mientras reanudaba su propia tarea, como si no tuviese la menor preocupación en el mundo.

Él atravesó la cocina y cuando empujaba la puerta batiente se detuvo y dijo:

—A su tía le gustaban mucho los lugares oscuros, ¿verdad? Esta cocina sería también soberbia si usted le diera más iluminación.

Antes de que ella pudiera contestar, el hombre salió, dejando que la puerta se cerrara por sí sola.

A pesar de su opinión no solicitada sobre el decorado de la cocina, Streck parecía haber escondido sus cuernos, y Nora quedó muy satisfecha de sí misma. Recurriendo a una cuantas mentiras blancas sobre su inexistente marido y exponiéndolas con admirable ecuanimidad, ella había conseguido después de todo pararle los pies. Ése no era, exactamente, el proceder de un gato para disuadir a un agresor, pero tampoco el comportamiento tímido de un ratón horrorizado.

Nora examinó con espíritu crítico la cocina de alto techo y decidió que *era* demasiado oscura. Las paredes tenían un color azul turbio. Los globos esmerilados en las luces del techo eran tan opacos que irradiaban un fulgor mortecino, grisáceo. Así que ella consideró la conveniencia de hacer pintar la cocina y remplazar las luces por otras más alegres.

La mera perspectiva de hacer cambios importantes en la casa de Violet Devon resultó deslumbradora, regocijante. Nora había rehecho ya su propio dormitorio a la muerte de Violet, pero nada más. Ahora, al preguntarse si podría seguir esa pauta, y proyectar una nueva decoración generalizada, se sintió enormemente osada y rebelde. Quizá. Quizá pudiera... Si había conseguido ahuyentar a Streck, tal vez pudiese sacar fuerzas de flaqueza para desafiar a la tía difunta.

Su talante ufano y alegre duró justo veinte minutos, el tiempo suficiente para poner los moldes en el horno, batir el glaseado y fregar algunos de los cuencos y utensilios. Entonces reapareció Streck para comunicar que el televisor estaba reparado y presentar la factura. Aunque el hombre hubiese parecido intimidado al abandonar la cocina, ahora se mostraba tan provocador como al principio. La miró de arriba abajo como si la desnudara con la imaginación, y cuando le buscó los ojos, le lanzó una mirada desafiante.

Ella pensó que la factura era exagerada, mas no lo cuestionó, porque quería verlo fuera de la casa cuanto antes. Cuando se sentó ante la mesa de cocina para extender el cheque, Streck recurrió al ardid ya familiar, de plantarse demasiado cerca de ella para abrumarla con su masculinidad y su mayor corpulencia. Cuando ella se levantó y le alargó el cheque, Streck se las arregló de tal modo que su mano tocara la suya con cierta presión urgente.

Durante todo el recorrido hasta el vestíbulo, Nora tuvo la impresión de que el hombre se proponía soltar, súbitamente, su caja de herramientas para atacarla por detrás. Pero alcanzó por fin la puerta, y cuando él pasaba por su lado hacia la ventana, el corazón, alterado, se le empezó a tranquilizar hasta reemprender el ritmo normal.

Él titubeó fuera del portal.

—¿A qué se dedica su marido?

Esta pregunta la desconcertó. Era algo que él podría haber preguntado antes, en la cocina, cuando le hablara sobre su marido, pero ahora su curiosidad resultó inadecuada.

Nora debería haberle dicho que eso no era asunto suyo, pero todavía se sentía atemorizada. Presentía que aquel hombre era propenso a los arrebatos de cólera y que la menor incitación podría desencadenar la violencia acumulada en su ser. Así pues, le respondió con otra mentira, una que le disuadiría de seguir molestándola, según esperaba ella.

—Él es... policía.

Streck enarcó las cejas.

—¿De verdad? ¿Aquí, en Santa Bárbara?

—Así es.

—Menuda casa para un policía.

—Perdón, ¿qué quiere decir?

—Yo ignoraba que se pagase tan bien a los policías.

—¡Oh! Pero si le he dicho ya... que yo heredé esta casa de mi tía.

—¡Ah, claro! Ahora lo recuerdo. Usted me lo dijo. Tiene razón.

Intentando consolidar la mentira, ella agregó:

—Nosotros estábamos viviendo en un apartamento cuando mi tía murió, y entonces nos trasladamos aquí. Ahí acierta usted..., pues de otra forma no hubiéramos podido permitirnos eso.

—Bueno —dijo él—, lo celebro por usted. ¡Vaya que sí! Una señora tan guapa como usted se merece una casa bonita.

Dicho esto, Streck hizo ademán de quitarse un sombrero imaginario, saludó con la mano y se alejó por la acera hacia su furgoneta blanca que estaba aparcada más abajo, junto al bordillo. Ella cerró la puerta y le observó por un segmento transparente de la vidriera policromada del centro de la puerta. Él miró hacia atrás, la vio y agitó la mano. Nora se apartó de la vidriera y encaminándose hacia el lóbrego pasillo le observó de nuevo desde un lugar en donde él no pudiera verla.

El hombre no le había creído ni una palabra, eso era evidente. Sabía que lo del marido era una patraña. ¡No debería haberle dicho que estaba casada con un policía, por el amor de Dios! Ese engaño para pararle los pies había sido demasiado ostensible. Tendría que haberle mencionado que estaba casada con un médico o un fontanero, cualquier cosa menos un policía. En cualquier caso, Art Streck se había marchado. Y por cierto, se había marchado a sabiendas de que ella le estaba mintiendo.

Nora no se sintió segura hasta que la furgoneta se perdió de vista. E, incluso así, notaba que le faltaba la sensación de seguridad.

II

Después de asesinar al doctor Davis Weatherby, Vince Nasco se dirigió con su furgoneta «Ford» gris a una estación de servicio de la Pacific Coast Higway. Una vez allí, se introdujo en una cabina telefónica, depositó varias monedas y llamó a un número de Los Ángeles que sabía de memoria desde hacía mucho tiempo.

Un hombre le contestó repitiendo simplemente el número que marcara él. Era una de las tres voces habituales que respondían a sus llamadas; ésta era la suave y de timbre profundo. A menudo contestaba otro hombre, con una voz bronca y estridente que le hería el oído.

Algunas veces, muy pocas, la encargada de recoger su llamada era una mujer; tenía una voz sensual, gutural y, no obstante, muy femenina. Vince no la había visto jamás pero había intentado con frecuencia imaginar su aspecto.

Ahora, cuando el hombre de voz apacible hubo terminado de recitar el número, Vince dijo:

—Agradezco de veras que se hayan acordado de mí, y sepa que siempre estoy disponible por si tienen otro trabajo..

Esperó que el individuo al otro extremo de la línea reconociera también su voz.

—Me encanta saber que todo ha ido bien. Nosotros tenemos en gran estima su competencia. Ahora recuerde esto.

Acto seguido el contacto recitó un número telefónico de siete cifras. Algo sorprendido, Vince lo repitió.

El contacto añadió:

—Es uno de los teléfonos públicos de Fashion Island. Está en el paseo, junto a los almacenes «Robinson's». ¿Puede estar usted allí dentro de quince minutos?

—Claro —dijo Vince—. Diez, si quiere.

—Le telefonearé dentro de quince minutos con los pormenores.

Vince colgó y regresó silbando a la furgoneta. El que se le enviara a otro teléfono público para recibir los «pormenores» sólo podía significar una cosa: Ellos tenían preparado otro trabajo para él. ¡Dos en un día!

III

Más tarde, cuando el pastel quedó bien cocido y congelado, Nora se retiró a su dormitorio, en la esquina sudoeste del segundo piso.

En vida de Violet Devon, aquél había sido el santuario de Nora, aunque la puerta careciese de cerradura. Como todas las habitaciones de la inmensa mansión, ésta había estado atestada de muebles pesados hasta tal punto que el lugar semejaba un guardamuebles en vez de un hogar. Asimismo, había sido sórdida en todos los detalles restantes. No obstante, cuando ella terminaba sus tareas o cuando se la despachaba después de unos interminables sermones de su tía, Nora huía a su dormitorio, en donde se evadía leyendo o soñando.

Inevitablemente, Violet inspeccionaba a su sobrina sin previo aviso, deslizándose furtiva por el vestíbulo y abriendo de súbito la indefensa puerta para irrumpir con la esperanza de sorprender a Nora en un pasatiempo prohibido. Esas inspecciones no anunciadas habían sido frecuentes durante la infancia y la adolescencia de Nora; después se habían espaciado poco a poco pero sin interrumpirse jamás, porque habían proseguido durante las semanas postreras de Violet Devon, cuando Nora era ya una mujer adulta de veintinueve años. Como quiera que Violet tenía predilección por la indumentaria oscura, se peinaba con un moño prieto y no llevaba ni sombra ni maquillaje en sus facciones pálidas y afiladas, no pocas veces había parecido un hombre más bien que una mujer, un monje severo merodeando en áspera ropa de penitente por los corredores de un desapacible retiro medieval para vigilar el comportamiento de sus colegas monásticos.

Si se la sorprendía soñando despierta o dormitando, Nora era objeto de rigurosas reprimendas o bien se la castigaba a realizar trabajos. Su tía no perdonaba la holgazanería.

Los libros tenían libre curso —siempre y cuando Violet los aprobara—, porque, para empezar, los libros eran educativos. Además, Violet solía decir:

—Las mujeres hogareñas y sencillas como tú y yo no tendremos nunca una vida mágica ni visitaremos jamás lugares exóticos. Por consiguiente, los libros tienen un valor muy peculiar para nosotras. Podemos experimentar, indirectamente, casi todo mediante los libros. Eso no es dañino. El vivir por medio de los libros es incluso *mejor* que tener amigos y conocer... hombres.

Con ayuda de un dócil médico de cabecera, Violet consiguió que Nora no asistiera a la escuela pública, so pretexto de su precaria salud. Así pues, se la había instruido en casa y, por ende, los libros representaban también su única escuela.

Aparte de haber leído ya miles de libros a la edad de treinta años, Nora había llegado a ser una artista autodidacta en materia de óleo, ácido acrílico, acuarela y lápiz. El dibujo y la pintura eran actividades que la tía Violet aprobaba. El arte era una ocupación solitaria que aislaba mentalmente a Nora del mundo exterior y la ayudaba a esquivar el contacto con gentes que la rechazarían, perjudicarían y decepcionarían sin remedio.

Un rincón del aposento de Nora había sido amueblado con una mesa de dibujo, un caballete y una vitrina para guardar material. Se había procurado espacio para su estudio en miniatura amontonando los muebles restantes sin sacar nada de la habitación, y el efecto resultante provocaba la claustrofobia.

Muchas veces, con el correr de los años, particularmente de noche pero también incluso a mediodía, Nora había tenido la horrible sensación de que el suelo del dormitorio se hundía bajo aquel plomizo mobiliario y que ella se estrellaría en la habitación de abajo, y que su propia cama de baldaquín la aplastaría. Cuando ese temor la dominaba, solía huir al jardín trasero y se sentaba en el césped abrazándose a sí misma para contener los temblores. Hasta cumplir los veinticinco años, Nora no comprendió que sus accesos de ansiedad no se debían tan sólo a esas estancias abarrotadas de muebles y ornamentos sombríos, sino también a la presencia dominante de su tía.

Un sábado por la mañana, hacía ya cuatro meses, y ocho desde el fallecimiento de Violet Devon, Nora había experimentado la necesidad apremiante del cambio, y había decidido remozar su dormitorio estudio. Actuando bajo esa inspiración, movió y arrastró frenética todas las piezas menores del mobiliario, distribuyéndolas equitativamente entre las otras cinco estancias, ya atestadas, del segundo piso. Tuvo que desmontar algunos de los muebles más pesados para transportarlos por partes, pero al fin logró eliminar todo, menos la cama de baldaquín, una mesilla de noche, una butaca, su mesa de dibujo con taburete, la vitrina de accesorios y el caballete, que era todo cuanto necesitaba. Luego arrancó el papel de las paredes.

Durante aquel alucinante fin de semana, ella se sintió como si hubiese sobrevenido una revolución, como si su vida futura estuviera destinada a cambiar por completo. Pero apenas concluida la restauración de su dormitorio, ese espíritu rebelde se esfumó dejando intacto el resto de la casa.

Al menos ahora este refugio era luminoso e incluso alegre. Las paredes estaban pintadas de un amarillo muy pálido. Los cortinajes habían desaparecido y en su lugar las persianas «Levolor» hacían juego con la pintura. Había enrollado y arrinconado la insulsa alfombra y había hecho pulimentar el hermoso parqué de roble.

Ahora más que nunca, aquello era su santuario. Cada vez que desfilaba ante la puerta y veía lo que había logrado, su moral se elevaba y cobraba ánimo para afrontar las contrariedades.

Después de su horripilante experiencia con Streck, Nora se tranquilizó, como siempre, al contemplar el radiante aposento. Se sentó ante la mesa de dibujo y empezó a perfilar un boceto, un estudio preliminar para una pintura al óleo que había proyectado hacía ya algún tiempo. Al principio le temblaba la mano, y tuvo que detenerse varias veces para recuperar el dominio de sí misma y continuar dibujando, pero la inquietud remitió a su debido tiempo.

Nora era capaz incluso de pensar en Streck mientras trabajaba, e imaginar hasta dónde podría haber ido aquel individuo si ella no hubiese manipulado la situación para hacerle abandonar la casa. En estos últimos tiempos Nora se había preguntado si la opinión pesimista de Violet Devon sobre el mundo exterior y sus demás pobladores no sería acertada; y aunque ésta fuera la enseñanza primordial que se diera a Nora, ella sospechaba que pudiese ser capciosa o incluso enfermiza. Sin embargo, ahora que había conocido al tal Art Streck, se le antojó que éste probaba sobradamente los alegatos de Violet, así como el hecho de que la excesiva interacción con el mundo exterior era peligrosa.

No obstante, poco después, cuando el bosquejo estaba casi terminado, Nora empezó a creer que había interpretado mal todo cuanto dijera e hiciera Streck. A decir verdad, el hombre no le había hecho ninguna clase de insinuaciones sexuales. ¡A *ella*, no!

Al fin y al cabo ella no era nada deseable. Más bien, vulgar. Feúcha. Tal vez incluso fea. Nora sabía que esto era cierto, porque, dejando aparte los defectos de Violet, la anciana tenía algunas virtudes entre ellas su negativa a emplear circunloquios. Nora carecía de atractivo, era gris, no una mujer que despertara el deseo de abrazarla, besarla, acariciarla. Esto era un hecho de la vida que tía Violet procuró hacerle comprender desde su más tierna infancia.

Aunque Streck tuviese una personalidad repelente, era un hombre de atractivo físico que podía elegir entre un montón de mujeres bonitas. Sería ridículo suponer que le interesara una cosa tan insustancial como ella.

Nora vestía aún la ropa que le comprara su tía, vestidos oscuros, sin forma, faldas y blusas similares a los que llevara la propia Violet. Los trajes más llamativos y femeninos servirían sólo para hacer resaltar su cuerpo huesudo, desgarbado y sus facciones vacuas, carentes de armonía.

Pero ¿por qué habría dicho Streck que era bonita?

¡Ah, claro, eso era fácil de explicar! Quizás el hombre quisiera burlarse de ella, o lo que era más probable, intentara ser galante, amable.

Cuanto más pensaba Nora sobre ello, más creía que había juzgado mal al pobre hombre. A sus treinta años era ya tan nerviosa como una vieja solterona, pusilánime y solitaria.

Tales pensamientos la deprimieron durante un rato. Pero redobló sus esfuerzos para concluir el boceto, lo logró, e inició otro con una perspectiva diferente. Mientras caía la tarde, Nora se refugió en su arte.

Desde abajo le llegaron las campanadas del viejo reloj de pared señalando la hora, el cuarto y la media hora.

El sol, que declinaba, se hacía cada vez más dorado, y a medida que avanzaba la tarde el aposento ganaba luminosidad. Más allá de la ventana que miraba al sur, una palmera real se mecía con la brisa de mayo.

A las cuatro en punto, Nora hizo las paces consigo misma y tarareó mientras trabajaba.

Cuando sonó el teléfono, se sobresaltó.

Soltó el lápiz para coger el auricular.

—Diga.

—¡Qué raro!

Era una voz masculina.

—Perdón, no entiendo.

—Me aseguran que jamás oyeron hablar de él.

—Creo que se ha equivocado de número —dijo ella—. Lo siento.

—¿No es *usted* la señora Devon?

Entonces ella reconoció la voz. Era Streck.

Durante unos instantes se quedó sin habla.

—No han oído jamás hablar de él —dijo Streck—. Telefoneé a la Policía de Santa Bárbara y pedí hablar con el agente Devon, pero me dijeron que en el Cuerpo no había ningún agente que respondiera a tal nombre. ¿No le parece extraño, señora Devon?

—¿Qué pretende usted? —inquirió ella, temblorosa.

—Me figuro que será un error de computadora —murmuró Streck riendo quedamente—. Claro, seguro, el extravío de una computadora o algo parecido dejó fuera del registro a su marido. Creo que le conviene advertírselo tan pronto como regrese a casa, señora Devon. ¡Qué diablos! ¡Si él no lo soluciona a tiempo, podría quedarse sin el cheque de la paga al finalizar la semana!

Dicho esto, el hombre colgó, y el sonido de la línea abierta la hizo pensar que ella debiera haber estampado el auricular contra su horquilla tan pronto como le oyó decir que había llamado a la comisaría. Ella no había debido osar animarle, ni siquiera con un incentivo tan nimio como el escucharle por teléfono.

Nora recorrió la casa inspeccionando ventanas y puertas. Todas ellas estaban cerradas a cal y canto.

IV

Llegado al «McDonald's», en la avenida East Chapman de Orange, Travis Cornell encargó cinco hamburguesas para el perdiguero dorado. Acomodándose en el asiento delantero de la camioneta, el can había engullido toda la carne más dos panecillos, y luego había querido expresar su gratitud lamiéndole la cara.

—Tienes el aliento de un caimán dispéptico —protestó él, rechazando al animal.

El viaje de vuelta a Santa Bárbara les había costado tres horas y media porque las carreteras estaban mucho más llenas que por la mañana. Durante el recorrido, Travis había mirado de reojo a su compañero y le había hablado, previniendo una demostración de la desconcertante inteligencia que había revelado poco antes. Mas su expectativa quedó insatisfecha. El perdiguero se comportó como lo haría cualquier perro en un viaje largo. Algunas veces *se sentaba* muy tieso y miraba el paisaje por el parabrisas o la ventanilla con una atención e interés que parecían desusados. Pero casi todo el tiempo estuvo acurrucado sobre el asiento y durmió con algunos resoplidos en medio de sus sueños, o bien jadeó, resopló y pareció aburrido.

Cuando el hedor de su mugrienta pelambrera se hizo insoportable, Travis bajó los cristales de las ventanillas para ventilar un poco, y entonces el perdiguero sacó la cabeza fuera del coche para hacer frente al viento. Con las orejas tendidas hacia atrás y el pelo ondulante, hizo esa especie de sonrisa bobalicona e inocua común a todos los perros que viajan en análogas condiciones.

Llegados a Santa Bárbara, Travis se detuvo ante un establecimiento de comestibles y compró varias latas de «Alpo», una caja de galletas «Milk-Bone» para perros, pesados cuencos destinados al agua y la comida, una bañera de estaño galvanizado, un champú con cierto compuesto contra pulgas y parásitos, un cepillo para alisar el pelo enmarañado del animal, un collar y una correa.

Mientras Travis cargaba dichos artículos en la parte trasera del vehículo, el perro le observaba por la ventanilla posterior, oprimiendo el húmedo hocico contra el cristal.

Cuando se colocó detrás del volante, Travis dijo:

—Estás sucio y apestas. Espero que no te muestres reacio al baño, ¿eh?

El perro bostezó.

Mientras se detenía en el aparcamiento de su *bungalow* alquilado de cuatro habitaciones en los suburbios septentrionales de Santa Bárbara y apagaba el motor, Travis empezó a preguntarse si la acciones del chucho aquella mañana habían sido en realidad tan asombrosas como creía recordar.

—Si no me demuestras otra vez y muy pronto algo bueno —le dijo al perro mientras introducía su llave en el portal de la casa—, me veré obligado a suponer que estoy loco de remate y que he imaginado todo lo ocurrido allá fuera en el bosque.

Plantado a su vera en el porche, el perro levantó la vista curioso.

—¿Acaso pretendes que asuma la responsabilidad de dudar sobre mi propia cordura? ¿Eh?

Una mariposa negra con manchas de color naranja rozó el hocico del perdiguero, haciéndole dar un respingo. El animal ladró una vez y persiguió a la versátil presa, lanzándose fuera del porche por la rama de acceso. Corrió de arriba abajo por el césped, dando saltos descomunales y lanzando bocados al aire, dejándose engañar una vez y otra por su rutilante presa; le faltó poco para topar con el tronco de una inmensa datilera de las islas Canarias, luego apenas evitó un topetazo contra una pila de cemento y, finalmente, aterrizó desmañado sobre un macizo de hemerocalas de Nueva Guinea, en donde se había posado la mariposa para ponerse a salvo. El perdiguero rodó sobre su eje una vez y abandonó de un salto las flores.

Cuando se apercibió de que había sido burlado, el perro regresó a Travis y le lanzó una mirada de borrego degollado.

—¡Qué maravilla de perro! ¡Voto el chápiro verde!

Travis abrió la puerta y el perro se deslizó delante de él. Se alejó sigiloso para reconocer la nueva morada.

—¡Más te valdría que te acusaran de allanamiento! —le gritó Travis.

Llevó la bañera galvanizada y la bolsa de plástico con las demás compras a la cocina. Dejó los alimentos y los cuencos allí, y llevó todo lo demás fuera por la puerta trasera. Puso la bolsa sobre el suelo del patio y la bañera junto a ella, cerca de una manguera arrollada y conectada a un grifo exterior.

Fue adentro otra vez, cogió un cubo de debajo del fregadero y lo llenó de agua bien caliente, luego lo llevó afuera y lo vació en la bañera. Cuando Travis había hecho ya cuatro viajes con el agua caliente, el perdiguero reapareció y empezó a explorar el patio interior. Y cuando Travis hubo llenado ya dos tercios de la bañera, el perro empezó a orinar de trecho en trecho, para marcar su territorio a lo largo de la pared blanqueada que delimitaba la propiedad.

—Cuando termines de matar la hierba —dijo Travis—, ve preparándote para tomar un baño. Porque hiedes.

El perdiguero se volvió hacia él, ladeó la cabeza y pareció escuchar sus palabras. Pero no se asemejaba a esos perros tan avispados de las películas. No le miraba como si le entendiera; sólo lo hacía con expresión estúpida. Y apenas terminó el discurso de Travis, recorrió los pocos pasos hasta la pared y volvió a mear.

Viendo cómo se desahogaba el perro, Travis sintió su propia necesidad y se encaminó al baño; luego se puso unos vaqueros viejos y una camiseta sin mangas para arrostrar la húmeda faena que le aguardaba.

Cuando Travis salió afuera de nuevo, el perdiguero estaba plantado junto a la humeante bañera y con la manguera entre los dientes. De una forma u otra el animal había logrado abrir el grifo. El agua de la manguera caía en la bañera. Cabe suponer que el manipular con éxito un grifo de agua es muy difícil, si no imposible, para un perro. Travis se figuraba que una prueba equivalente de su propio ingenio y destreza sería quitar el tapón de un frasco de aspirinas con una mano detrás de la espalda.

—¿Está demasiado caliente el agua para ti? —inquirió estupefacto.

El perdiguero dejó caer la manguera sin preocuparle que el agua se extendiera por todo el patio. Y se metió casi con delicadeza en la bañera. Luego se sentó y le miró como si dijera: *Acabemos de una vez, buen mozo.*

Travis caminó hacia la bañera y se acuclilló junto a ella.

—Enséñame cómo cierras el grifo.

El perro le lanzó una mirada estúpida.

—Enséñamelo —insistió Travis.

El perro resopló y cambió de posición dentro del agua caliente.

—Si pudiste abrirlo, lo mismo podrás cerrarlo. ¿Cómo lo hiciste? ¿Con los dientes? No puedes haberlo hecho con una pata, por amor de Dios. No obstante, ese giro sería difícil. Podrías haberte roto un diente con la manivela de hierro fundido.

El perro asomó un poco la cabeza por la bañera, lo suficiente para morder el cuello de la bolsa que contenía el champú.

—¿No quieres cerrar el grifo? —preguntó Travis.

El perro le miró parpadeante e inescrutable.

Travis suspiró y cerró el grifo.

—Está bien. Vale. Sé un asno sabio si te place. —Sacó el cepillo y el champú de la bolsa y se los alargó al perdiguero—. Sírvete. Tal vez no me necesites siquiera. Te restregarás tú mismo, estoy seguro.

El perro lanzó un prolongado aullido que surgía desde las profundidades de su garganta, y Travis tuvo la impresión de que le estaba llamando asno sabio.

«Ahora mucho ojo, Travis —se dijo—. Corres el peligro de saltar al abismo sin enterarte. Aquí tienes un perro endiabladamente listo pero, en realidad, el animal no puede entender lo que le dices ni puede contestarte.»

El perdiguero se sometió al baño sin la menor protesta, y disfrutó de él. Tras ordenarle al perro que saliera de la bañera y quitarle el champú, Travis se pasó una hora entera cepillando su pelaje húmedo. Arrancó vainas de semilla y partículas de raíz que habían continuado adheridas y desenmarañó los nudos del pelo. El perro no se impacientó en ningún momento y, hacia las seis, quedó transformado.

Limpio y acicalado resultaba ser un animal muy hermoso. Su pelaje era, mayormente, de color oro, con un tono más claro en la cara interior de las patas, el vientre, las ancas y la parte inferior de la cola. El pelo interno era espeso y suave para procurar calor y repeler el agua. El de cobertura era también suave pero menos espeso, y esos pelos largos se rizaban en algunos lugares. La cola se curvaba un poco hacia arriba dando una apariencia graciosa y vivaz al perdiguero, lo cual se acentuaba por su tendencia a agitarla sin tregua.

La sangre reseca detrás de una oreja procedía de un pequeño corte casi cicatrizado. La sangre de las plantas no se debía a lesiones graves, sino a la larga marcha por terreno escabroso. Travis no hizo nada salvo humedecerlas con una solución de ácido bórico, un antiséptico suave para esas heridas superficiales. Esperaba que el perro notara sólo una pequeña molestia, o quizá ninguna pues no cojeaba, y que todo se curara por completo dentro de unos días.

El perdiguero ofrecía un aspecto espléndido, pero Travis quedó empapado, sudoroso y apestando a champú de perro. Así pues, deseaba ante todo una ducha y una muda. También algo para calmar su voraz apetito.

Únicamente quedaba una tarea pendiente: ponerle el collar al perro. Sin embargo, cuando se dispuso a asegurar la hebilla del collar, el perdiguero gruñó por lo bajo y saltó fuera de su alcance.

—¿Qué pasa ahora? Sólo es un collar, muchacho.

El perro miró atento el lazo de cuero rojo en la mano de Travis y siguió gruñendo.

—Has tenido malas experiencias con los collares, ¿verdad?

El perro cesó de gruñir pero no quiso acercársele.

—¿Malos tratos? —inquirió Travis—. Será eso. Tal vez te asfixiaran con un collar, lo apretaran demasiado hasta ahogarte, o tal vez lo sujetaran a una cadena rota. Algo parecido, ¿verdad?

El perdiguero ladró una vez, atravesó sin ruido el patio y se detuvo en el rincón más distante, mirando desde allí el collar.

—¿No confías en mí? —preguntó Travis, todavía de rodillas y adoptando una postura nada amenazadora.

El perro desvió la mirada del lazo de cuero al hombre, y le miró a los ojos.

—Yo no te maltrataré jamás —dijo Travis con acento solemne y sin sentirse ridículo por hablar de forma tan directa y sincera a un simple perro—. Tú sabes que no lo haré. Quiero decir que tienes un instinto muy afinado para esas cosas, ¿verdad? Fíate de tu instinto, muchacho, y confía en mí.

El perro regresó desde el distante rincón del patio y se detuvo al alcance de Travis. Miró una vez el collar, luego fijó la vista en él con una intensidad inquietante. Al igual que ocurriera antes, Travis sintió un grado de comunión con el animal que se le antojó tan profundo como espeluznante..., y tan espeluznante como indescriptible.

—Escucha —dijo—, algunas veces tendré que llevarte a determinados lugares en donde necesitarás una correa. Ésta deberá estar sujeta a un collar, ¿no te parece? Por esa razón quiero que lleves collar... para que yo pueda llevarte conmigo a todas partes. Para eso y para ahuyentar las pulgas. Pero si no quieres someterte a ello, no te forzaré.

Durante largo rato ambos se encararon mientras el perdiguero rumiaba la situación. Travis seguía sosteniendo el collar como si éste representase un obsequio más bien que una imposición, y el perro continuaba escudriñando los ojos de su nuevo amo. Por fin, el perdiguero se sacudió, estornudó una vez y se adelantó despacio.

—¡Eso es ser un buen chico! —le alentó Travis.

Cuando le echó mano, el perro se tumbó, rodó sobre sí mismo con las patas al aire mostrando el vientre, haciéndose vulnerable. Al mismo tiempo le lanzó una mirada llena de amor, confianza y un poco de miedo.

Aunque le pareciera disparatado, Travis sintió un nudo en la garganta y el escozor de las lágrimas en el rabillo del ojo. Tragó saliva y parpadeó, mientras se decía que se estaba comportando como un necio sentimental. Pero él sabía por qué le afectaba tanto la sumisión voluntaria del perro. Por primera vez en tres años, Travis Cornell sentía que se le necesitaba, sentía un nexo profundo con otro ser viviente. Por primera vez en tres años tenía una razón convincente para vivir.

Colocó el collar en su sitio, pasó la hebilla, rascó y frotó afectuoso el vientre del animal.

—He de idear un nombre para ti —dijo.

El perro se retorció hasta plantarse sobre sus cuatro patas y se encaró con él enderezando las orejas, como si esperara oír cuál sería su nombre.

«Dios santo —pensó Travis—, estoy atribuyendo intenciones humanas a este can. Es un chucho, tal vez muy especial, pero sólo un chucho. Parece estar esperando saber cómo se le llamará, pero a buen seguro no entiende el inglés, maldita sea.»

—No se me ocurre ningún nombre adecuado —dijo al fin—. No hace falta precipitarse. Debe ser el nombre justo. Porque tú no eres un perro corriente, cara peluda. Necesito meditar sobre ello hasta dar con el mote idóneo.

Travis vació la bañera, la limpió y la puso a secar. Juntos, él y el perdiguero entraron en el hogar que ambos compartirían desde ahora.

V

La doctora Elisabeth Yarbeck y su marido Jonathan, jurista, vivían en Newport Beach, donde ocupaban un edificio muy extenso de una sola planta, estilo rancho, con tejado de pizarra, paredes de estuco color crema y una rotonda con piedra de Bouquet Canyon. El sol, que ya declinaba, irradiaba una luz de cobre y rubí que se reflejaba en el cristal biselado de las ventanas que flanqueaban el portal, dándoles la apariencia de enormes gemas.

Elisabeth acudió a la puerta cuando Vince Nasco tocó el timbre. Tenía alrededor de cincuenta años, era esbelta y atractiva, con melena platino lacia y ojos azules. Vince le dijo que se llamaba John Parker, agente del FBI, y que necesitaba hablar con ella y su marido respecto a un caso pendiente de investigación.

—¿Un caso? —dijo ella—. ¿Qué caso?

—Se relaciona con un proyecto de investigación financiado por el Estado en el que ustedes dos estuvieron implicados. —Vince abrió el juego con este subterfugio, tal como se le había aleccionado.

Ella examinó con suma atención su DNI y las credenciales del Bureau.

Él no se preocupó. Los documentos falsos habían sido preparados por las mismas personas que le contrataran para este trabajo. Se los habían entregado diez meses antes para ayudarle a dar un golpe en San Francisco, y desde entonces le habían prestado buen servicio en tres ocasiones.

Aunque Vince supiera que el DNI tendría su aprobación, no estaba tan seguro de que él mismo pasara la inspección. Llevaba un traje azul marino, camisa blanca, corbata azul y zapatos negros muy pulidos..., indumentaria correcta para un agente federal. Su tamaño y su rostro inexpresivo le ayudaban asimismo en el papel que estaba representando. Pero el asesinato del doctor Davis Weatherby y la perspectiva de otros dos asesinatos pocos minutos más tarde, le habían causado honda excitación, un júbilo maníaco que era casi incontenible. La necesidad de reír empezaba a ahogarle, y la lucha para reprimirla se agravaba por momentos. En el «Ford» sedán verde pardusco que había robado cuarenta minutos antes, expresamente para este trabajo, le había acometido un temblequeo irreprimible que no provenía del nerviosismo, sino de un placer intenso de naturaleza casi sexual. Se había visto obligado a aparcar el coche a un lado de la carretera y permanecer allí sentado durante diez minutos haciendo hondas inspiraciones hasta conseguir calmarse un poco.

Ahora Elisabeth Yarbeck levantó la vista desde el DNI falsificado, escrutó los ojos de Vince y frunció el ceño.

Él se arriesgó a sonreír, exponiéndose a romper en carcajadas incontrolables que harían fracasar su maniobra. Tenía una sonrisa infantil, cuyo marcado contraste con su tamaño le hacía parecer inofensivo y desarmaba a cualquiera.

Al cabo de un momento, sonrió también la doctora Yarbeck. Dándose por satisfecha, le devolvió sus credenciales y le hizo pasar.

—Necesito hablar también con su marido —le recordó Vince, mientras ella cerraba la puerta de entrada.

—Está en la sala, señor Parker. Por aquí, haga el favor.

La sala era espaciosa y alegre. Paredes y alfombra color crema. Ventanales acristalados, protegidos por toldos verdes, ofrecían el paisaje de la finca, minuciosamente planeado, junto con las mansiones de los cerros vecinos.

Jonathan Yarbeck estaba colocando astillas entre los leños que había apilado en el hogar para encender la chimenea. Se incorporó y se limpió las manos cuando su esposa le presentó a Vince.

—...John Parker, del FBI.

—¿FBI? —exclamó Yarbeck, enarcando inquisitivo las cejas.

—Señor Yarbeck —dijo Vince—, si hay otros miembros de la familia en casa, me gustaría hablar con ellos ahora para no tener que repetirlo.

Sacudiendo la cabeza, Yarbeck respondió:

—Sólo Liz y yo. Los chicos están en el colegio. ¿A qué viene todo esto?

Vince sacó la pistola provista de silenciador del interior de su chaqueta y disparó en el pecho a Jonathan Yarbeck. El jurista cayó hacia atrás contra la repisa, se mantuvo allí inmóvil unos instantes como si le hubieran clavado a ella y luego se desplomó sobre los utensilios de bronce del hogar.

Durante breves segundos, Elisabeth Yarbeck quedó petrificada por el asombro y el horror. Vince se le acercó raudo. Le aferró el brazo izquierdo y se lo retorció brutalmente detrás de la espalda. Cuando ella gritó de dolor, Vince le aplicó el arma a la sien y dijo:

—Guarde silencio o le volaré sus jodidos sesos.

Acto seguido la obligó a marchar delante de él hasta el cuerpo de su marido. Jonathan Yarbeck estaba boca abajo sobre una pequeña pala de carbón y un atizador, ambos de bronce. Había muerto. No obstante, Vince no quería correr riesgos y le disparó dos veces en la nuca a corta distancia.

Liz Yarbeck dejó escapar un sonido extraño, tenue, como un maullido..., luego rompió en sollozos.

Considerando la notable distancia y la calidad ahumada del cristal, Vince creía que los vecinos no podrían ver nada por los grandes ventanales; sin embargo, quería arreglar cuentas con la mujer en algún lugar más íntimo. La obligó a caminar por el vestíbulo para adentrarse en la casa, y fue abriendo puertas a medida que avanzaban hasta encontrar la alcoba conyugal. Una vez allí, le propinó un violento empujón haciéndola caer de bruces.

—Manténte quieta —le advirtió.

Encendió las lámparas de las mesillas. Luego se encaminó hacia las grandes puertas correderas de cristal que daban al patio y corrió las cortinas.

Apenas vio que le volvía la espalda, la mujer se levantó a gatas y corrió hacia la puerta del vestíbulo.

Él la atrapó y oprimiéndola contra la pared le asestó un puñetazo en el estómago que le cortó la respiración. Acto seguido la arrojó otra vez al suelo. Cogiendo un puñado de pelo le hizo levantar la cabeza y mirarle a los ojos.

—Escucha, amiga, no voy a disparar contra ti. Vine aquí para cargarme a tu marido. Sólo a tu marido. Pero si intentas escapar antes de que esté dispuesto a dejarte ir, necesitaré desembarazarme también de ti. ¿Comprendido?

Estaba mintiendo, por descontado. Se le había pagado para golpearle a ella. El marido había tenido que ser eliminado porque se hallaba presente, ni más ni menos. Pero él quería que la mujer cooperara hasta que pudiese atarla y ajustarle las cuentas de una forma más pausada. Las dos ejecuciones habían sido satisfactorias, pero deseaba que ésta se prolongara, deseaba matarla con más parsimonia. A veces se podía saborear la muerte como un bocado, un vino exquisito, una radiante puesta de sol.

—¿Quién *es* usted? —preguntó ella entre sollozos e intentando recobrar el aliento.

—No es asunto suyo.

—¿Qué quiere?

—Cierra la boca, coopera y saldrás viva de este lance.

Ella se vio reducida a un rezo presuroso, atropellándose y subrayando a ratos las palabras con pequeños gritos de desesperación.

Vince terminó de correr las cortinas.

Luego arrancó el teléfono de la pared y lo lanzó a través de la habitación.

Tomando otra vez por el brazo a la mujer, la hizo levantarse y marchar hacia el baño. Allí rebuscó en los cajones hasta encontrar lo que necesitaba entre los artículos del botiquín: esparadrapo.

De nuevo en el dormitorio, la hizo echarse de espaldas sobre la cama. Empleó el esparadrapo para atarle juntos los tobillos y asegurarle las muñecas delante de ella. Sacó de la cómoda unas delicadas bragas que convirtió en una pelota para taponarle la boca. Por último, le selló los labios con otra tira de esparadrapo.

Mientras tanto, ella temblaba con violencia; las lágrimas y el sudor la cegaban.

Vince abandonó el dormitorio y dirigiéndose hacia la sala se arrodilló ante el cadáver de Jonathan Yarbeck, con el que tenía asuntos pendientes. Le dio media vuelta. Una de las balas había penetrado en la nuca de Yarbeck y le había salido por la garganta, justamente debajo de la barbilla. La boca, abierta, estaba bañada en sangre. Una pupila se había vuelto hacia el interior del cráneo y se veía sólo el blanco del ojo.

Vince examinó el otro ojo.

—Gracias —dijo reverencioso y sincero—. Gracias, señor Yarbeck.

Luego cerró ambos párpados. Y los besó.

—Gracias.

Besó la frente del muerto.

—Gracias por lo que me ha dado.

Acto seguido se dirigió al garaje y registró varios armarios hasta encontrar algunas herramientas. Seleccionó un martillo con cómodo mango cauchutado y cabeza de pulido acero.

Cuando regresó al dormitorio y puso el martillo sobre el colchón, junto a la mujer atada, ésta abrió los ojos de una forma casi cómica; luego empezó a retorcerse y agitarse intentando librar sus manos de la ligazón de esparadrapo, pero todo fue en vano.

Vince se desnudó de arriba abajo.

Viendo los ojos de la mujer fijos en él y tan despavoridos como cuando miraban al martillo, dijo:

—No, por favor, no se inquiete usted, doctora Yarbeck. No me propongo violarla. —Mientras hablaba, colgó su chaqueta y camisa en el respaldo de una silla—. Mi interés por usted no es sexual ni mucho menos. —Después se quitó zapatos, calcetines y pantalones—. No le haré sufrir humillación alguna. No soy este tipo de hombre. Sólo me quito la ropa para que no se llene toda de sangre.

Una vez desnudo, empuñó el martillo y lo descargó sobre su pierna izquierda destrozándole la rodilla. Fue tal vez después de cincuenta o sesenta martillazos cuando llegó el gran momento.

Una súbita energía le sacudió. Sintió una vivacidad sobrehumana, una aguda perceptividad para los colores y la composición de todo cuanto había en torno suyo. Se sentía más poderoso de lo que jamás lo fuera en su vida, un dios con envoltura humana.

Dejó caer el martillo y se postró de rodillas junto a la cama. Apoyó la frente sobre el ensangrentado cobertor e hizo varias inspiraciones profundas estremeciéndose de placer con tanta intensidad que apenas pudo soportarlo.

Dos o tres minutos después, una vez recuperado, cuando hubo conseguido adaptarse a su nueva y más poderosa condición, se levantó, volvió a la mujer muerta y cubrió de besos su cara, más uno en la palma de cada mano.

—Gracias.

Le conmovía tanto el sacrificio que ella había hecho en su provecho que se creía capaz de llorar. Sin embargo, la alegría que le deparaba su buena suerte era superior a su piedad por ella, y las lágrimas no llegaron.

En el cuarto de baño se dio una ducha rápida. Cuando el agua caliente le quitó de encima el jabón, pensó cuán afortunado había sido al encontrar el modo de convertir el asesinato en su negocio y obtener un pago por lo que él habría hecho gustoso sin remuneración.

Cuando se vistió de nuevo, utilizó una toalla para limpiar las pocas cosas que había tocado desde que entrara en la casa. Siempre recordaba *cada uno* de sus movimientos, jamás le inquietaba la posibilidad de haber pasado por alto algún objeto en su limpieza, dejando sueltas unas huellas dactilares. Esa memoria perfecta era sólo otro componente de sus dones.

Cuando abandonaba la casa, descubrió que se había hecho de noche.

CAPÍTULO III

I

Durante las primeras horas de la tarde el perdiguero no exhibió nada del notable comportamiento que estimulara la imaginación de Travis. Mantuvo al perro bajo observación, algunas veces directamente, otras con el rabillo del ojo, y no vio nada que despertara su curiosidad.

Preparó una cena con emparedados de bacon, lechuga y tomate para él, y abrió una lata de «Alpo» para el perdiguero. A éste le gustaba el «Alpo» lo suficiente para comérselo a grandes bocados, pero, evidentemente, prefería la comida de los humanos. Se sentó en el suelo de la cocina, junto a su silla, y le miró añorante mientras comía los emparedados sobre la mesa de formica. Por fin, él decidió darle dos lonchas de bacon.

Sus caninas súplicas no tenían nada de extraordinario. No hizo ninguna gracia portentosa. Se limitó a relamerse el morro, gimió de vez en cuando y empleó un repertorio reducido de expresiones lastimeras destinadas a suscitar compasión. Cualquier chucho habría intentado pescar algo suculento por el mismo procedimiento.

Más tarde, en la sala, Travis encendió el televisor y el perro se acurrucó sobre el sofá, a su lado. Al cabo de un rato, apoyó la cabeza sobre su muslo pidiendo que se le acariciara y rascara detrás de las orejas, y él accedió. El perro echó algunas ojeadas al televisor, pero no parecía interesarle el programa.

Travis tampoco tenía mucho interés en la TV. Tan sólo le intrigaba el perro. Quería estudiar sus reacciones e incitarle a que hiciera más gracias. Si bien intentó idear diversos procedimientos para motivar el despliegue de su pasmosa inteligencia, ninguno de ellos fue prueba suficiente para calibrar la capacidad mental del animal.

Además, Travis tenía el presentimiento de que aquel perro no cooperaría en prueba alguna. La mayor parte del tiempo parecía ocultar de un modo instintivo su agudeza. Recordaba su estupidez y torpeza cómica cuando perseguía a la mariposa; luego comparó este comportamiento con la sagacidad y la habilidad requeridas para abrir el grifo de agua en el patio: ambas acciones parecían ser fruto de dos animales diferentes. Aunque fuera una idea descabellada, Travis sospechaba que el perdiguero no deseaba atraer la atención y que sólo revelaba su misteriosa inteligencia en momentos de crisis (el episodio del bosque), cuando le acosaba el hambre (como su acción en la camioneta, al abrir la guantera para sacar la tableta de chocolate) o cuando nadie le observaba (la historia del grifo).

Era una idea extravagante porque sugería que el perro no sólo tenía un alto coeficiente de inteligencia para un ejemplar de su especie, *sino que también percibía la extraordinaria naturaleza de sus propias facultades.* A semejanza con todos los animales, los perros no poseen conciencia del propio ser en grado suficiente para analizarse y compararse con otros de su género. El análisis comparativo, estrictamente, era una facultad humana. Aunque un perro tuviera una inteligencia singular y fuese capaz de muchas habilidades, seguiría sin percibir que se diferenciaba de casi todos sus congéneres. El asumir que este perro se apercibía de semejante cosa equivalía a atribuirle una inteligencia portentosa, así como una capacidad para razonar con lógica y una facilidad para formular juicios racionales muy superiores al instinto que gobernaba todas las decisiones de los demás animales.

—Tú, amigo —dijo Travis al perdiguero, acariciándole la cabeza—, eres un enigma envuelto en misterio. O eres eso o bien un candidato a la celda con paredes de goma.

El perro le miró en respuesta al sonido de su voz, durante un momento le escrutó los ojos, bostezó..., e, inopinadamente, dio un respingo y clavó la mirada en los estantes con libros que flanqueaban el arco entre la sala y el comedor. La expresión tonta, mansurrona en la cara del animal se había desvanecido y ahora se veía en él ese interés indiviso que Travis conocía ya, que iba más allá de la vigilancia canina ordinaria.

Saltando del sofá, el perdiguero salió disparado hacia las estanterías. Corrió arriba y abajo por delante de ellas, levantando la cabeza para mirar los decorativos lomos de los volúmenes, alineados con pulcritud.

La casa alquilada incluía un mobiliario completo, si bien barato y elegido sin imaginación, tapizados seleccionados en función de su durabilidad (vinilo) o por su capacidad para disimular manchas indelebles (tartanes ofensivos a la vista). En lugar de madera, había mucha formica imitándola, porque era lo mejor contra el astillamiento, los rasguños, la abrasión y las quemaduras de cigarrillos. En realidad, las únicas cosas de aquel lugar que coincidían con los gustos e intereses de Travis Cornell eran los libros, tanto en rústica como de lujosa encuadernación, que llenaban los estantes de la sala.

Aquellos centenares de volúmenes, o por lo menos algunos de ellos, parecían despertar la curiosidad del perro.

—¿Qué sucede, muchacho? —dijo Travis poniéndose en pie—. ¿Qué alborota de tal modo tu cola?

El perdiguero se alzó sobre las patas traseras y, plantando las zarpas sobre uno de los estantes, empezó a husmear los lomos de los libros. Echó una ojeada a Travis y reanudó la afanosa exploración de su biblioteca.

Él se acercó al estante en cuestión y sacó uno de los volúmenes que el perro había tocado con el morro: *La isla del tesoro*, de Robert Louis Stevenson.

—¿Éste? —dijo mostrándoselo—. ¿Es éste el que te interesa?

El perro examinó la pintura de John Silver *el Largo* y la nave pirata que decoraba la contraportada. Miró a Travis, luego otra vez a John Silver. Transcurridos unos instantes se dejó caer al suelo, se lanzó hacia los estantes al otro lado del arco y poniéndose de pie otra vez husmeó de nuevo los demás libros.

Travis dejó *La isla del tesoro* en su sitio y siguió al perdiguero, que ahora estaba aplicando su húmedo hocico a la colección de Charles Dickens. Travis cogió uno de ellos, en rústica, *Historia de dos ciudades*.

De nuevo el perdiguero examinó atento la ilustración de la portada, como si intentara averiguar cuál era el contenido del libro, luego miró expectante a Travis.

Totalmente desconcertado, éste dijo:

—Revolución francesa. Guillotina. Decapitaciones. Tragedia y heroísmo. Trata sobre la importancia de atribuir más valor al individuo que al grupo, sobre la necesidad de anteponer la vida de un hombre o una mujer al progreso de las masas.

El perro dirigió su atención otra vez a los tomos alineados ante él, husmeando y husmeando.

—Esto es desatinado —dijo Travis, mientras devolvía *Historia de dos ciudades* a su lugar—. Estoy dando sinopsis de los temas a un can. ¡Por amor de Dios!

Plantando sus enormes patas sobre el siguiente estante, el perdiguero, entre jadeos, husmeó la literatura de esa fila. Cuando vio que Travis no sacaba ninguno de esos libros para inspeccionarlos, ladeó la cabeza para llegar hasta el estante, asió un volumen con los dientes e intentó retirarlo para posterior examen.

—¡Eh! —exclamó Travis arrebatándole el libro—. ¡No babees esa hermosa encuadernación, cara peluda! ¡Éste es *Oliver Twist!* Otro de Dickens. La historia de un huérfano en la Inglaterra victoriana. Él se ve mezclado con tipos sospechosos, criminales del hampa, y...

El perdiguero se dejó caer al suelo y volvió a los estantes del otro lado, en donde continuó husmeando los volúmenes a su alcance. Travis hubiera podido jurar que el animal miraba con pesar los libros situados más allá de su cabeza.

Abrumado por un presentimiento escalofriante, Travis se dijo que dentro de cinco minutos más o menos iba a ocurrir algo de una importancia capital. Así pues, siguió al perro para mostrarle las portadas de unas doce novelas y resumirle el tema de cada historia. No tenía ni la menor idea de lo que el precoz chucho desearía de él, pues éste no podía entender, ni mucho menos, las sinopsis que le procuraba. No obstante, el animal parecía escucharle absorto. Él sabía que estaba interpretando erróneamente un comportamiento animal sin el menor significado, atribuyendo intenciones complejas al perro cuando no había motivo para ello. Y, sin embargo, un hormigueo premonitorio le corrió a lo largo de la nuca. Mientras la peculiar búsqueda continuaba, Travis esperaba sin quererlo una revelación sorprendente en cualquier momento... y al mismo tiempo se sentía cada vez más crédulo e insensato.

Su gusto literario era ecléctico. Entre los volúmenes que tomó de la estantería estaban: *Something Wicked This Way Comes,* de Bradbury, y *The Long Goodbye,* de Chandler. *The Postman Always Rings Twice*, de Cain, y *The Sun Also Rises,* de Hemingway. Dos obras de Richard Condon y una de Ana Tyler. Por último, *Murder Must Advertise,* de Dorothy Sayer, y *52 Pick-Up*, de Elmore Leonard.

Finalmente, el perro se apartó de los libros y marchó hacia el centro de la habitación, en donde se paseó arriba y abajo, a todas luces agitado. Luego se detuvo y, encarándose con Travis, lanzó tres ladridos.

—¿Algo marcha mal, muchacho?

El perro gimió, miró las atestadas estanterías, caminó en círculo, y dirigió otra vez la mirada hacia los libros. Parecía frustrado. Una frustración total, enloquecedora.

—No sé qué más puedo hacer, muchacho —dijo Travis—. Ignoro qué persigues, qué intentas decirme.

El perro resopló y se sacudió. Bajando abatido la cabeza, volvió con resignación al sofá y se acurrucó de nuevo sobre los almohadones.

—¿Eso es todo? —inquirió Travis—. ¿Vamos a darnos por vencidos?

Apretando la cabeza contra el sofá, el animal le miró con ojos húmedos y apesadumbrados.

Travis apartó la vista del perro para pasear lentamente la mirada por los libros, como si éstos no contuvieran sólo la información impresa en sus páginas, sino también un mensaje de difícil lectura, como si sus lustrosos lomos fuesen extrañas runas de una lengua muerta hacía mucho pero que una vez descifrada revelaría secretos prodigiosos. Mas él no pudo descifrarlos.

Habiendo creído que se hallaba ante la primicia palpitante de una gran revelación, Travis se sentía decepcionado por demás. Su propia frustración era bastante peor que la evidenciada por el perro, mas él no podía resolverlo mediante el sencillo recurso de encogerse sobre el sofá abatiendo la cabeza para olvidarse de todo, como hiciera el perdiguero.

—¿Qué diablos ha significado todo esto? —inquirió exigente.

El perro levantó la vista y le miró inescrutable.

—¿Tuvo algún sentido todo ese teatro con los libros?

El perro le miró de hito en hito.

—¿Hay algo especial acerca de ti..., o he hecho saltar la tapa de mi cacerola y la he vaciado?

El perro se quedó absolutamente quieto y silencioso, como si se dispusiera a cerrar los ojos y dormitar.

—¡Si me bostezas, maldito, te largaré una patada en el trasero!

El perro bostezó.

—¡Bastardo! —gritó él.

El animal bostezó de nuevo.

—Vamos, vamos. ¿Qué significa esto? ¿Estás bostezando a propósito por lo que te he dicho o porque te propones jugar conmigo? ¿No será tan sólo que tienes ganas de bostezar? ¿Cómo he de interpretar todo cuanto hagas? ¿Cómo voy a saber si algo tiene significado?

El perro suspiró.

Exhalando un suspiro por su parte, Travis se acercó a una de las ventanas y contempló el paisaje nocturno en donde las farolas de sodio vaporizado coloreaban tenuemente de amarillo la fronda plumosa del gran datilero canario. Oyó que el perro saltaba del sofá y abandonaba presuroso la habitación, pero se abstuvo de indagar sus actividades. Por el momento se creía incapaz de soportar más frustraciones.

Entretanto el perdiguero estaba haciendo ruidos en la cocina. Un tintineo. Suave chapoteo. Travis se figuró que el animal estaría bebiendo de su cuenco.

Pocos segundos después le oyó regresar. Se le acercó y se restregó contra su pierna.

Entonces bajó la vista y descubrió, estupefacto, que el perdiguero sostenía una lata de cerveza entre las fauces. «Coors». Travis tomó la lata ofrecida y notó que estaba helada.

—¡Has sacado esto del frigorífico!

El perro pareció gesticular.

II

Cuando Nora Devon estaba en la cocina haciendo la cena, el teléfono sonó otra vez. Ella rezó suplicando que no fuera él.

Pero lo era.

—Sé lo que necesitas —dijo Streck—. Sé muy bien lo que necesitas.

No soy bonita siquiera, quiso decir ella. Soy una solterona corriente, rechoncha. Por tanto ¿qué quiere usted de mí? Estoy a salvo de individuos como usted porque no soy bonita. ¿Es que está ciego? Pero no dijo nada.

—¿*Tú* sabes lo que necesitas? —preguntó él.

Encontrando al fin la voz, ella dijo:

—Váyase a paseo.

—Yo sé lo que necesitas. Quizá tú no lo sepas, pero yo sí.

Esta vez fue ella quien colgó primero, descargando con tal fuerza el auricular sobre la horquilla que debió atronarle el oído.

Más tarde, a las ocho y media, el teléfono sonó de nuevo. Ella estaba sentada en la cama leyendo *Great Expectations*, mientras comía un helado. El primer timbrazo la sobresaltó tanto que la cucharilla le saltó de la mano y estuvo a punto de tirar el postre.

Poniendo a un lado plato y libro, Nora miró inquieta el teléfono sobre la mesilla de noche. Lo dejó tocar diez veces. Quince. Veinte. El estridente sonido del timbre llenó la habitación, repercutió en las paredes, hasta que cada timbrazo parecía taladrarle el cráneo.

Por fin ella comprendió que cometería un gran error si no contestaba. Puesto que él sabía que estaba allí, la creería demasiado horrorizada para levantar el auricular, y ello le complacería. Él deseaba ante todo dominación. Y esa tímida dejación le envalentonaría en su perversidad. Aunque Nora no sabía nada de enfrentamientos ni tenía experiencia al respecto, vio que necesitaba aprender a defenderse, y cuanto más aprisa mejor.

Levantó el auricular al trigésimo primer timbrazo.

—No puedo apartarte de mi pensamiento —dijo Streck.

Nora no contestó.

Streck prosiguió:

—Tienes un hermoso cabello. ¡Tan oscuro! Casi negro. Espeso y lustroso. ¡Cuánto ansío acariciarte el cabello!

Ella estaba obligada a decir algo para ponerle en su sitio..., o bien colgar. Le faltó coraje. No hizo ni una cosa ni otra.

—Jamás he visto ojos como los tuyos —dijo Streck algo jadeante—. Son grises, pero no como otros ojos grises. Ojos cálidos, de mirada profunda, *sexy*.

Nora quedó sin habla, petrificada.

—Eres muy bonita, Nora Devon. Mucho. Y yo sé lo que necesitas, Nora. De verdad que lo sé, y me propongo dártelo.

Un ataque de nervios quebró su petrificación. Dejó caer el auricular sobre la horquilla. Mientras se inclinaba hacia delante sobre la cama, se sentía como si fuera a hacerse pedazos antes de que el temblor remitiera.

No tenía ningún arma.

Era menuda, frágil y estaba horriblemente sola.

Se preguntaba si debería telefonear a la Policía. Pero, ¿qué decirles? ¿Que estaba siendo objeto de un acoso sexual? Los agentes se desternillarían de risa. ¿Ella? ¿Objeto sexual? Ella era una solterona, tan común como el barro, ni por asomo el tipo femenino que suele enloquecer a los hombres y ocasionarles sueños eróticos. Los policías supondrían que estaba inventando cosas o era víctima de la histeria. Tal vez supusieran que había confundido la galantería de Streck con el arrebato sexual, lo cual había sido, justamente, su primer pensamiento.

Se puso una bata azul sobre el holgado pijama masculino que gozaba de su preferencia, y anudó el cinturón. Corrió descalza escaleras abajo hasta la cocina, en donde, tras cierto titubeo, sacó un cuchillo trinchante de anaquel junto al horno. La luz pareció correr cual un reguero de mercurio a lo largo del sutil filo. Cuando empuñó la reluciente arma, vio sus ojos reflejados en la ancha hoja. Se contempló atónita en el reluciente acero, preguntándose si sería capaz de emplear un arma tan horrible contra otro ser humano, aunque sólo fuera para defenderse.

Esperaba no tener jamás la ocasión de comprobarlo.

De vuelta en el segundo piso, colocó el cuchillo trinchante sobre la mesilla de noche, a su alcance.

Luego se quitó la bata y sentándose en el borde de la cama se rodeó el cuerpo con ambos brazos para contener los temblores.

—¿Por qué yo? —dijo en voz alta—. ¿Por qué ha querido elegirme a *mí*?

Streck había dicho que era bonita, pero Nora sabía que no era verdad. Su propia madre la había dejado en manos de tía Violet y había reaparecido para verla sólo dos veces en veintiocho años; la última, cuando Nora tenía seis años. No conocía a su padre, y ningún otro familiar Devon se había mostrado dispuesto a adoptarla, una situación que Violet atribuía, con brutal franqueza, a la apariencia deplorable de Nora. Así pues, aunque Streck afirmara que ella era bonita, le parecía imposible que él se interesase por su persona. No, lo que él ansiaba era el placer de intimidarla, dominarla y dañarla. Había gentes así. Ella había leído al respecto en libros y periódicos. Y tía Violet le había advertido miles de veces que si alguna vez se le acercaba un hombre con palabras dulzonas y sonrisas, tuviese bien presente que le guiaría tan sólo el propósito de ensalzarla cuanto pudiera para dejarla caer después desde la mayor altura posible y causarle el máximo daño.

Al cabo de un rato, los temblores más fuertes cesaron. Nora se metió otra vez en la cama. Entretanto, el resto del helado se había derretido. Dejando el plato sobre la mesilla de noche, Nora cogió la novela de Dickens e intentó sumirse otra vez en la historia de Pip. No obstante su atención se desviaba una y otra vez hacia el teléfono y el cuchillo trinchante, hacia la puerta abierta en el vestíbulo del segundo piso, donde se imaginaba ver continuo movimiento.

III

Travis fue a la cocina y el perro le siguió.

Allí dijo señalando al frigorífico:

—Demuéstramelo. Hazlo otra vez. Sácame una cerveza. Enséñame cómo lo hiciste.

El perro no se movió.

Travis se acuclilló.

—Escucha cara peluda, ¿quién te sacó de esos bosques y te libró de lo que estaba persiguiéndote? ¡Yo! Y, ¿quién te compró hamburguesas? ¡Yo! También te bañé, te alimenté y te di un hogar. Ahora tú me lo debes. Déjate de ñoñerías. ¡Si puedes abrir ese trasto, *hazlo*!

El perro se acercó al viejo frigorífico, bajó la cabeza hasta el extremo inferior de la puerta esmaltada, asió el borde con las fauces y tiró hacia atrás, cargando todo el peso de su cuerpo. El aislante de caucho cedió con un ruido de succión y la puerta se abrió. El perro se abalanzó por la rendija, se levantó de manos y se afirmó con las patas en el compartimiento superior.

—¡Que me cuelguen! —murmuró Travis aproximándose.

El perdiguero miró atentamente dentro del segundo compartimento en donde Travis había almacenado las latas de cerveza, de «Diet-Pensi» y de zumo vegetal «V-8». Entonces cogió otra «Coors», la dejó caer al suelo y, esquivando la puerta del refrigerador para que se cerrara por sí sola, se acercó a Travis.

Él le cogió la cerveza. Plantado con una «Coors» en cada mano y estudiando al perro, dijo para sí más bien que al animal:

—Vale. Cualquiera podría haberte enseñado a abrir la puerta del frigorífico, e incluso a distinguir una marca determinada de cerveza entre otras varias, así como la forma de llevarla; no obstante, todavía tenemos algunos misterios. ¿Es probable que la marca que se te enseñara a reconocer fuese la misma que la de mi frigorífico? Posible, sí, pero no probable. Además, yo no te ordené nada. No te pedí que me trajeras una cerveza. Lo hiciste por tu cuenta y riesgo, como si hubieses adivinado que una cerveza era, justamente, lo que yo necesitaba en ese momento. Y lo *era*.

Travis colocó una lata sobre la mesa. Secó la otra con su camisa, la abrió y bebió dos o tres sorbos. No le molestaba que la lata hubiese estado en la boca del perro, pues estaba demasiado agitado por la sorprendente actuación del animal para inquietarse con los gérmenes. Además, el animal había cogido cada lata por el fondo, como si respetase las reglas más elementales de higiene.

El perdiguero vio cómo bebía.

Cuando Travis hubo consumido una tercera parte de la lata, dijo:

—Fue casi como si hubieses entendido que yo estaba nervioso, intranquilo, y que una cerveza me ayudaría a relajarme. Vaya, si eso no es un desatino, ¿qué lo es? Estamos razonando de forma analítica. Muchas veces el animal doméstico puede intuir los diversos talantes de su amo, vale. Pero, ¿cuántos animales domésticos saben lo que es la cerveza, y cuántos saben que ésta puede tranquilizar a su amo? En cualquier caso,

¿cómo sabías tú que había cerveza dentro del frigorífico? Quizá la vieras en algún momento durante la tarde, cuando yo estaba preparando la cena, pero, así y todo...

Las manos le temblaban. Al beber un poco más de cerveza, la lata tintineó levemente al chocar con los dientes.

El perro contorneó la mesa de formica roja y se dirigió hacia el pequeño armario de dos puertas bajo el fregadero. Abrió una de las dos, introdujo la cabeza en el espacio oscuro y sacó la bolsa de galletas «Milk-Bone» y la llevó directamente a Travis.

Éste se echó a reír y dijo:

—Si yo tengo derecho a tomar una cerveza, supongo que tú mereces también un bocado, ¿eh? —Y cogiéndole la bolsa al perro, la abrió—. ¿Crees que unas cuantas «Milk-Bone» te harán más accesible, cara peluda? —Puso la bolsa abierta en el suelo—. Sírvete tú mismo. Espero que no te excedas como un perro ordinario. —Rió otra vez—. ¡Diablos! ¡Creo que casi te puedo confiar la conducción del coche!

El perdiguero extrajo sabiamente una galleta del paquete, se tendió estirando las patas traseras y trituró encantado la golosina.

Acercando una silla a la mesa, Travis tomó asiento y dijo:

—Me das motivos para creer en milagros. ¿Sabes lo que he estado haciendo por esos bosques esta mañana?

Mientras movía sus potentes mandíbulas para triturar concienzudamente las galletas, el perro pareció perder todo interés en Travis por el momento.

—Fui a hacer un recorrido sentimental esperando rememorar el placer que me producía Santa Ana cuando yo era un muchacho, antes de..., que todo se tornara tan negro. Quise cazar unas cuantas serpientes, tal como hacía siendo chico, caminar, explorar y sintonizar con la vida como en los viejos días. Porque hace ya mucho tiempo que no me importa averiguar si estoy vivo o muerto.

El perro cesó de mascar, tragó saliva y clavó la mirada en Travis con atención indivisa.

—Estos últimos tiempos mis depresiones son tan sombrías como la medianoche en la luna. ¿Sabes algo sobre depresiones, chucho?

Dejando a un lado las galletas «Milk-Bone», el perdiguero se levantó para acercársele. Le miró a los ojos con la misma intensidad que evidenciara poco antes.

Sosteniendo esa mirada, Travis dijo:

—Ahora bien, no consideré el suicidio como una posibilidad. Por lo pronto se me educó en la fe católica, y aunque haga siglos que no voy a misa, más o menos sigo creyendo. Y para un católico, el suicidio es pecado mortal. Asesinato. Además, yo soy demasiado retorcido y terco para rendirme, por muy negras que estén las cosas.

El perdiguero parpadeó pero no perdió el contacto ocular.

—Visité esos bosques buscando la felicidad que una vez tuve. Y entonces me tropecé contigo.

El animal resopló como si dijera, «*bien hecho*».

Travis le cogió la cabeza entre ambas manos e inclinando el rostro hacia él, dijo:

—Depresión... La sensación de que la existencia no tiene objeto alguno. ¿Cómo puede saber un perro acerca de esas cosas? ¿Eh? Un perro no tiene preocupaciones, ¿verdad? Para un perro cada día es un verdadero placer. Así que, ¿acaso entiendes mis palabras, muchacho? Creo que tal vez lo entiendas, palabra. Pero ¿no te estaré atribuyendo demasiada inteligencia, demasiada sabiduría incluso para un perro mágico? ¿Eh? Sabes hacer algunas triquiñuelas pasmosas, conforme, pero eso no es lo mismo que *entenderme*.

El perdiguero se apartó de él y volvió a la bolsa de «Milk-Bone». La cogió con los dientes y la sacudió hasta hacer caer veinte o treinta galletas sobre el linóleo.

—¡Ya estás otra vez! —exclamó Travis—. Durante un minuto pareces casi humano y al minuto siguiente eres tan sólo un perro exclusivamente con intereses caninos.

Sin embargo, resultaba evidente que el animal no estaba buscando un festín. Empezó a empujar las galletas con la punta negra del morro para colocarlas, una por una, en el centro despejado de la cocina, tocando extremo con extremo.

—¿Qué diablos es esto?

Mientras tanto, el perro había colocado ya cinco galletas en una fila que se curvaba poco a poco hacia la derecha. Luego colocó una sexta galleta acentuando la curva.

Al tiempo que lo observaba, Travis se bebió aprisa su primera cerveza y abrió la segunda. Tenía la impresión de que iba a necesitarla.

Durante unos instantes el perro estudió la hilera de galletas como si no estuviese muy seguro de lo que había empezado a hacer. Dio unos cuantos paseos arriba y abajo con evidente desconcierto, pero al fin alineó con el morro otras dos galletas. Después miró a Travis y luego la figura que estaba componiendo sobre el suelo. Finalmente, añadió a golpes de hocico una novena galleta.

Travis sorbió un poco de cerveza y aguardó, tenso, la continuación.

Con un meneo de cabeza y un resoplido de frustración, el perro marchó hasta el rincón más distante de la habitación y se quedó allí mirándolo con la cabeza abatida. Travis se preguntó qué estaría haciendo y entonces se le ocurrió que tal vez el animal hubiera ido al rincón para concentrarse. Al cabo de un rato regresó y empujó las «Milk-Bone» décima y undécima hasta su lugar, alargando la figura.

Travis tuvo otra vez el presentimiento de que se avecinaba algo sumamente importante. Notó la carne de gallina en los brazos.

Esta vez no sufrió la menor decepción. El perdiguero dorado empleó diecinueve galletas para componer sobre el suelo de la cocina un signo de interrogación rudimentario pero reconocible. Luego levantó los expresivos ojos hacia Travis.

Un signo de interrogación.

Que significaba: *¿Por qué?* ¿Por qué has estado y estas tan deprimido? ¿Por qué sientes que la vida carece de sentido y contenido?

Al parecer el perro entendía lo que él le había dicho. ¡Está bien, vale! Era posible que no entendiera al pie de la letra el lenguaje, que no siguiera cada palabra pronunciada, pero, de un modo u otro, captaba el significado, o por lo menos lo suficiente para suscitar su curiosidad e interés.

Y si entendía también la finalidad de un interrogante, ¡sería capaz de cultivar el pensamiento abstracto! El mismo concepto de que los símbolos simples como alfabeto, números, interrogantes y signos de admiración sirven cual una especie de taquigrafía para comunicar ideas complejas..., bueno, eso requería pensamiento abstracto. Y el pensamiento abstracto estaba reservado para un género único sobre la tierra: el género humano. Este perdiguero dorado era, a todas luces, *no* humano, pero de un modo u otro había llegado a poseer unas dotes intelectivas inexistentes en cualquier otro animal.

Travis quedó pasmado. No obstante, no había nada accidental en aquel interrogante. Era rudimentario, no accidental. El perro habría visto el símbolo en alguna parte y se le habría enseñado su significado. Los teóricos de la estadística aseveraban que un número infinito de monos provistos con un número infinito de máquinas de escribir podrían transcribir cada línea de la gran prosa inglesa pulsando las teclas al azar. Según Travis imaginaba, la posibilidad de que aquel perro compusiera por puro azar un interrogante con «Milk-Bone» en dos minutos escasos era diez veces más improbable que la de esos malditos monos trancribiendo las obras de Shakespeare.

El perro le observó expectante.

Al levantarse, Travis notó cierto temblequeo en las piernas. Se acercó a las bien ordenadas galletas, las esparció por el suelo y volvió a su silla.

El perdiguero husmeó las desbaratadas «Milk-Bone», miró inquisitivo a Travis, olfateó otra vez las galletas y pareció confuso.

Travis esperó.

Había un silencio extraño por toda la casa, como si se hubiese detenido el fluir del tiempo para cada criatura viviente, máquina y objeto sobre la Tierra..., aunque no para él, el perdiguero, y el contenido de la cocina.

Por fin, el animal empezó a empujar las galletas con el morro como hiciera antes. En un minuto o dos compuso el signo de interrogación.

Travis engulló algo de la «Coors». Su corazón parecía un martillo en acción. Las palmas se le cubrieron de sudor. Él mismo era la personificación del asombro trepidante, se sentía animado al mismo tiempo por una alegría desbordante y un miedo especial ante lo desconocido, estaba atemorizado y perplejo a la vez. Quería reír porque no había visto jamás nada tan delicioso como aquel can. También quería llorar porque pocas horas antes había pensado que la vida era desoladora, lóbrega y vacua. Sin embargo, por muy dolorosa que resultara a veces, la vida —ahora lo comprendía— era preciosa. Se sentía, verdaderamente, como si Dios hubiese enviado al perdiguero para intrigarle, para recordarle que el mundo estaba lleno de sorpresas y que la desesperación no tenía sentido cuando uno desconocía el designio y las extrañas posibilidades de la existencia. Travis quería reír, pero su risa estaba al borde del sollozo. No obstante, cuando él se rendía ya al llanto, surgió la carcajada. Y cuando intentó levantarse, notó que estaba aún más tembloroso que antes, demasiado tembloroso, de modo que hizo lo único factible: permanecer en su silla y tomar otro buen sorbo de «Coors». Entretanto, ladeando la cabeza a un lado y otro, y pareciendo algo receloso, el perro le observaba como si se hubiera vuelto loco. Y lo había estado. Varios meses atrás. Pero ahora todo marchaba mejor.

Soltó la «Coors» y se secó las lágrimas con el dorso de la mano.

—Ven aquí, cara peluda —dijo.

El perdiguero titubeó unos instantes, luego se le acercó.

Él le revolvió y acarició el pelaje, le rascó detrás de las orejas.

—Me sorprendes y me asustas. No puedo imaginar cuál es tu punto de procedencia ni cómo has llegado a ser lo que eres, pero no podrías haber llegado a ningún otro sitio en donde se te necesite más. Un interrogante, ¿eh? ¡Por Dios! Conforme. ¿Quieres saber por qué la vida no tiene alegría ni finalidad alguna para mí? Te lo contaré. ¡Lo haré, por los clavos de Cristo! Seguiré aquí sentado tomando una cerveza y se lo contaré a un perro. Pero antes..., voy a ponerte nombre.

El perdiguero dejó escapar aire por la nariz como diciendo: *«¡vaya, ya era hora!»*

Sosteniendo la cabeza del perro y mirándole a los ojos, Travis dijo:

—*Einstein*. En lo sucesivo, cara peluda, te llamarás *Einstein*.

IV

Streck telefoneó de nuevo a las nueve y diez.

Nora descolgó el auricular al primer timbrazo, firmemente resuelta a soltarle una fresca para que la dejara en paz de una vez. Pero, por alguna razón inexplicable, se quedó paralizada otra vez y le fue imposible hablar.

En un tono íntimo y repulsivo, él dijo:

—¿Me echaste de menos, preciosa? ¿Eh? ¿Quieres que me pase por ahí para comportarme como un hombre contigo?

Ella colgó.

¿Qué me sucede?, se preguntó estupefacta. ¿Por qué no tengo ánimos para decirle que se vaya con viento fresco y deje de molestarme?

Quizá su silencio obedeciera al secreto deseo de oírse llamar bonita por un hombre, por cualquier hombre, incluso un especímen tan repugnante como Strek. Aunque éste no fuera el tipo capaz de ofrecer ternura o afecto, ella podía escucharle e imaginar cómo sería si un hombre *bueno* le dijera cosas dulces.

—Bueno, tú no eres bonita y nunca lo serás —se dijo en voz baja—. Así que deja de soñar. La próxima vez que telefonee párale los pies.

Se levantó de la cama y cruzó el vestíbulo hacia el baño, en donde había un espejo. Siguiendo el ejemplo de Violet Devon, Nora no tenía espejo en ninguna parte de la casa salvo en los cuartos de baño. No le gustaba mirarse porque lo que veía era entristecedor.

Esta noche, sin embargo, ella quiso examinarse bien, porque los halagos de Streck, aunque fríos y calculados, habían despertado su curiosidad. No era que esperase descubrir alguna cualidad oculta que no hubiera visto antes. Nada de eso. De pato feo a cisne en un tris, eso era un sueño frívolo, imposible. Más bien, deseaba confirmar que su persona no era deseable. El interés no solicitado de Streck había descompuesto a Nora, porque ella se sentía *cómoda* con su fealdad y su soledad, y quería demostrarse a sí misma que aquel hombre se estaba burlando y no pensaba cumplir cuanto decía, que su pacífica soledad se mantendría. O eso fue lo que dijo para sí mientras entraba en el cuarto de baño y encendía la luz.

La angosta cámara tenía azulejos de un azul pálido desde el suelo hasta el techo, con un zócalo de azulejos blancos. Accesorios de porcelana blanca y bronce. Una bañera de patas. El inmenso espejo estaba algo maltrecho con la edad.

Nora miró su pelo que, al decir de Streck, era hermoso, negro, brillante. Sin embargo, el color era mortecino, sin reflejos naturales; para ella, tampoco era lustroso sino grasiento, a pesar de habérselo lavado aquella misma mañana. Repasó de un vistazo frente y pómulos, nariz y mandíbulas, labios y barbilla. Tanteó con una mano sus rasgos, pero no descubrió nada que pudiera atraer a un hombre.

Por último, se miró a regañadientes a los ojos, esos ojos que Streck llamara hechiceros o algo así. Eran de un gris insípido, sin brillo. Ella no había podido soportar nunca su propia mirada por más de unos segundos. Sus ojos le confirmaron la pobre opinión que tenía de su propia apariencia. Aunque también, bueno, veía en sus ojos una cólera latente que la perturbó, porque no era normal en ella, cólera por dejarse llevar hasta lo que era ahora. Desde luego esto no tenía el menor sentido, porque ella era tal y como la había hecho la Naturaleza y no podía hacer nada al respecto.

Nora dio la espalda al moteado espejo, sintió una punzada de decepción al verificar que su autoanálisis no había sido coronado con una sorpresa grata o revaluación. Sin embargo, esa decepción la consternó y horripiló al instante. Se quedó plantada en el umbral del baño meneando la cabeza, sorprendida por su desconcertante proceso mental.

¿Acaso *pretendía* ella atraer a Streck? ¡Claro que no! El hombre era raro, morboso, dañino. Nada la desagradaría tanto como atraerle. No pondría reparos a que otro hombre la mirase con ojos golosos, pero sí a Streck. Ella debería caer de rodillas y dar gracias a Dios por haberla creado tal como era, porque si fuera tan sólo un poco atractiva, Streck cumpliría sus amenazas. Entraría allí y la violaría..., o quizá la asesinase. ¿Quién podía adivinar cómo procedería un hombre semejante? ¿Quién sabía cuáles serían sus límites? No se estaba comportando como una solterona nerviosa, inquieta por los asesinatos, no en los días que corrían: los periódicos estaban atestados de ellos.

Súbitamente se apercibió de que estaba indefensa y regresó volando al dormitorio, en donde había dejado el cuchillo trinchante.

V

Casi todo el mundo cree que el psicoanálisis cura la infelicidad. Muchos están seguros de que podrían superar todas sus dificultades y alcanzar la paz del espíritu si les fuera posible entender su propia psicología, comprender los motivos de sus actitudes negativas y su comportamiento suicida. No obstante, Travis había aprendido que ése no era su caso. Durante años, él había practicado el autoanálisis sin concesiones y desde mucho tiempo atrás sabía por qué se había convertido en un solitario incapaz de hacer amigos. Sin embargo, nada cambió a pesar de ese conocimiento.

Ahora, sentado en la cocina, cerca ya de medianoche, se bebió otra «Coors» mientras contaba a *Einstein* la historia de su aislamiento emocional, impuesto por voluntad propia. *Einstein* se sentó delante de él, permaneció inmóvil, sin bostezar ni una vez, como si le interesara profundamente su narración.

—Yo era un chico solitario desde el principio, aunque no sin amigos. Era como si prefiriera siempre mi propia compañía. Supongo que es mi naturaleza. Quiero decir que cuando yo era chico no había llegado aún a la conclusión de que mi amistad con cualquier persona representaba un peligro para ella.

La madre de Travis había muerto cuando le trajo al mundo, y él se enteró de ello a una edad muy temprana. Con el tiempo, la muerte de ella parecía un presagio de lo que se avecinaba y adquiría una importancia tremenda, pero eso sería más tarde. Siendo aún niño, no le abrumaba todavía culpa alguna.

No hasta los diez años. Fue entonces cuando murió su hermano Harry. En aquel tiempo contaba doce años, dos más que Travis. Un lunes por la mañana, en junio, Harry convenció a Travis para que le acompañara hasta la playa, tres manzanas más allá, aunque su padre les tenía prohibido expresamente ir a nadar sin él. Se trataba de una cala privada sin socorrista, y ellos eran los dos únicos nadadores a la vista.

—Harry fue arrastrado por la resaca —dijo Travis a *Einstein*—. En ese momento los dos estábamos dentro del agua, a tres metros escasos de distancia, y la maldita resaca le atrapó y le absorbió, pero no a mí. Yo pude incluso ir tras él e intentar salvarle, así que me metí en la misma corriente, pero ésta debió cambiar de curso, creo yo, después de arrebatar a Harry, porque yo salí vivo del agua. —Se quedó mirando la superficie de la mesa durante un largo momento, aunque no veía la formica roja sino la marejada traicionera del verdoso mar—. Yo quería a mi hermano mayor más que a nada en el mundo.

Einstein dejó oír un gemido suave, como si se apiadara.

—Nadie me culpó de lo sucedido a Harry. Él era el hermano mayor y se le suponía con más sentido de la responsabilidad. Pero yo me sentí..., bueno, si la resaca había arrebatado a Harry, debería haberme llevado también consigo.

Un viento nocturno sopló del oeste e hizo repiquetear una vidriera floja.

Después de tomar un trago de cerveza Travis prosiguió.

—Durante el verano en que cumplí los catorce años, quise visitar a toda costa una cancha de tenis. Por entonces el tenis representaba mi mayor obsesión. Así pues, mi padre me inscribió en un club cerca de San Diego, un mes entero de enseñanza intensiva. Él me llevó allá en el coche un domingo, pero jamás llegamos al destino. Al norte de Ocean-Side un camionero se quedó dormido sobre el volante, su peso pesado saltó la divisoria central y nos barrió. Mi padre murió en el acto. Cuello roto, columna fracturada, cráneo aplastado, esternón hundido. Yo, que iba en el asiento delantero a su lado, salí del paso con unos cuantos cortes, magulladuras y dos dedos rotos.

El perro no le perdió ojo.

—Ocurrió tal como con Harry. Nosotros dos deberíamos haber muerto, mi padre y yo. Pero yo me salvé. Y no habríamos hecho aquel maldito recorrido si yo no hubiera armado un jaleo de mil demonios acerca del tenis. Así que esta vez no hubo justificación posible. Tal vez no se me pudiera culpar de que mi madre muriese en el parto y quizá no se me pudiera achacar la muerte de Harry, pero en *este* caso... Sea como fuere, empezó a resultar claro que yo era un gafe, que a la gente no le convenía acercárseme demasiado, aunque yo no fuera culpable de nada. Cuando yo quería a alguien, le quería de verdad, ese alguien estaba destinado a morir, tan seguro como la mierda.

Sólo un niño podría haberse creído que esos acontecimientos trágicos le clasificaban como una maldición viviente, pero Travis por entonces era un niño, sólo catorce años, y ninguna otra explicación se le antojaba tan clara. Era demasiado joven para comprender que la violencia ciega y el destino solían carecer de significado inteligible. A los catorce años él *necesitaba* significados para afrontar la adversidad, y por tanto se decía a sí mismo que estaba maldito, que si hacía amigos los sentenciaría a una muerte prematura. Siendo por añadidura un introvertido, encontraba casi demasiado fácil sumirse en la abstracción completa y contentarse con su propia compañía.

Cuando se graduó en la Facultad a los veintiún años, era ya un solitario confirmado, aunque la madurez le hiciese contemplar con una perspectiva más racional las muertes de su madre, su hermano y su padre. No se veía ya, conscientemente, cual gafe, ni se culpaba de lo sucedido a su familia. Continuaba siendo un introvertido sin amigos íntimos, en parte porque se había perdido la capacidad para establecer y mantener lazos estrechos, en parte porque se figuraba que de no tener amigos no podría perderlos ni sufriría la consiguiente consternación.

—El hábito y el instinto de conservación me mantienen aislado en el terreno emocional —dijo a *Einstein*.

El perro se levantó y recorrió el pequeño trecho de cocina que los separaba. Se introdujo entre sus piernas y descansó la cabeza sobre su regazo.

Acariciando a *Einstein*, Travis continuó:

—Yo no tenía ni idea de lo que quería hacer, y como por aquel entonces el Ejército reclutara algunos reemplazos, yo me presenté voluntario antes de que me llamaran. Así pude elegir arma y cuerpo. Fuerzas Especiales. Me gustó. Quizá fuera porque..., bueno, allí había un espíritu de camaradería que me *obligaba* a hacer amigos. ¿Lo ves? Yo me proponía no estrechar lazos de amistad con nadie, pero no tuve más remedio porque me había creado una situación en donde eso era inevitable. Decidí hacer carrera en el servicio militar. Cuando se formó la Fuerza Delta, el grupo antiterrorista, yo aterricé allí. Los muchachos del Delta eran camaradas genuinos, a toda prueba. Ellos me llamaban *el Mudo* y *Harpo* porque yo no era hablador, mas, a pesar mío, hice amistades. Un día, esto fue nuestra undécima operación, mi escuadra fue transportada por vía aérea a Atenas para recobrar la Embajada estadounidense, que había sido ocupada por un grupo de extremistas palestinos. Éstos habían asesinado a ocho miembros del personal y seguían matando uno cada hora; se negaban a negociar. Nosotros los atacamos con celeridad y sigilo, pero..., el fracaso fue total. Habían minado el lugar. Murieron nueve hombres de mi escuadra. Yo fui el único superviviente. Una bala en el muslo. Metralla en el trasero. No obstante, superviviente.

Einstein levantó la cabeza del regazo de Travis.

Travias creyó percibir simpatía en los ojos del perro. Tal vez porque eso fuera lo que deseaba ver.

—Eso ocurrió hace ocho años, cuando yo tenía veintiocho. Dejé el Ejército. Vine a California. Saqué mi licencia como agente inmobiliario porque mi padre había vendido fincas y yo no sabía qué otra cosa hacer. Me fue muy bien, quizá porque, al no interesarme saber si la gente compraría las casas que le enseñaba, la presionaba muy poco, es decir, no actuaba como un verdadero vendedor. En suma, todo marchó tan bien que me establecí, abrí mi propia oficina y contraté vendedores.

Así fue como conoció a Paula. Ella era una beldad alta y rubia, vivaracha y amena; además se le daba tan bien la venta de bienes inmobiliarios que solía bromear asegurando haber sido en una vida anterior representante de los colonos holandeses cuando éstos compraron Manhattan a los indios por unas cuantas baratijas y cuentas de cristal. Ella se había encariñado con Travis. Y así se lo dijo un día.

—Permítame decirle, señor Cornell, que me he encariñado con usted. Creo que es por su actitud recia, hermética. La mejor imitación de Clint Eastwood que jamás he visto. —Al principio, Travis se resistió. Él no creía que gafaría a Paula, por lo menos no lo creyó de forma consciente, pues no había reincidido en las supersticiones de la infancia. Sin embargo, no quiso arriesgarse otra vez al sufrimiento y a la pérdida. Sin dejarse arredrar por su actitud titubeante, Paula le persiguió, y a su debido tiempo Travis hubo de confesar que estaba enamorado de ella. Tan enamorado que le reveló su juego con la muerte desde antaño, algo de lo que no había hablado jamás a nadie—. Escuchar —dijo Paula—, tú no tendrás que llevar luto por mí. Yo te sobreviviré, porque no soy de esos tipos humanos que reprimen sus sentimientos. Desahogo mis frustraciones con quienes me rodean, por tanto estoy predestinada a birlarte una década de *tu* vida.

La pareja se había casado mediante una sencilla ceremonia civil hacía cuatro años, el verano después de que Travis celebrara su trigésimo segundo cumpleaños. Él la había amado. ¡Ah, Dios, cuánto la había amado!

A *Einstein* le dijo:

—Nosotros no lo sabíamos entonces, pero ella tenía ya cáncer el día de la boda. Diez meses después, murió.

El perro apoyó otra vez la cabeza en su regazo.

Durante un rato, Travis no pudo continuar.

Bebió algo de cerveza.

Acarició la cabeza del can.

Al fin prosiguió:

—Después de eso intenté hacer una vida normal. Siempre me enorgullecí de saber afrontar cualquier cosa, manteniendo la barbilla alta sin preocuparme de esas sandeces. Mantuve en marcha la agencia inmobiliaria un año más. Pero ya no me interesó nada. La vendí hace dos años. También recuperé todas mis inversiones. Convertí todo en metálico y lo confié a un Banco. Alquilé esta casa. Aquí he pasado los dos últimos años..., bueno, cavilando. También me he vuelto furtivo. ¿Acaso es tan sorprendente? ¿Eh? Tracé el círculo completo, fíjate, de vuelta a lo que yo creía cuando era niño. Que acechaba el peligro para quienes se me acercasen demasiado. Pero tú me has cambiado, *Einstein*. Tú me has vuelto del revés en un solo día. Te lo juro, es como si me hubieses sido *enviado* para mostrarme que la vida es misteriosa, extraña y está llena de prodigios, y que sólo un lunático se aparta de ella y la deja pasar adelante.

El perro le miró de nuevo atentamente.

Él alzó la lata de cerveza pero la encontró vacía.

Einstein fue al frigorífico y sacó otra «Coors».

Travis le dijo mientras tomaba la lata:

—Y ahora que has oído esta lamentable historia, ¿qué opinas? ¿Crees que es prudente por tu parte estar a mi alrededor? ¿Crees que es seguro?

Einstein gruñó.

—¿Significa eso una respuesta afirmativa?

Einstein se tendió sobre el lomo y lanzó las cuatro patas al aire mostrando el vientre, tal como hiciera antes, cuando permitió que Travis le pusiera el collar.

Haciendo a un lado su cerveza, Travis se levantó de la silla y acomodándose en el suelo rascó el vientre del perro.

—Esta bien —dijo—, está bien. Pero no vayas a morir por mí, maldita sea. No vayas a morir por mí.

El teléfono de Nora Devon sonó otra vez a las once en punto.

Era Streck.

—¿Todavía en la cama, preciosa?

Ella no contestó.

—¿Te gustaría que yo estuviese ahí contigo?

Desde la anterior llamada ella había cavilado sobre la forma de manejarle, y ahora contaba con varias respuestas amenazadoras que esperaba surtieran efecto.

—Si usted no me deja en paz, iré a la Policía.

—¿Duermes desnuda, Nora?

Ella, que estaba sentada sobre la cama, se enderezó sobresaltada, tensa.

—Iré a la Policía y les diré que usted está intentando..., imponerme su voluntad. Lo haré, juro que lo haré.

—Me gustaría mucho verte desnuda —dijo él como si no hubiera oído la amenaza.

—Incluso mentiré. Les diré que usted me violó.

—¿No te gustaría que te cogiera con las dos manos los pechos, Nora?

Los calambres del estómago la obligaron a inclinarse hacia delante en la cama.

—Haré que la compañía telefónica ponga escuchas en la línea para registrar todas las llamadas y procurarme una prueba.

—Me gustaría besarte todo el cuerpo, de arriba abajo. ¿Verdad que sería agradable, Nora?

Los calambres empeoraron. Y también tembló sin control. La voz se le quebró varias veces mientras formulaba su última amenaza.

—Tengo una pistola. Tengo una pistola.

—Esta noche soñarás conmigo, Nora. Estoy seguro. Soñarás que te beso por todas partes... todo tu hermoso cuerpo...

Ella descargó el auricular sobre la horquilla.

Luego aproximándose hasta el borde de la cama, encorvó la espalda y alzando las rodillas, las rodeó con los brazos. Los calambres no tenían una causa física. Eran únicamente una reacción emocional producida por el miedo y la vergüenza, la rabia y la frustración..., una frustración enorme.

Poco a poco remitió el dolor, también el miedo, quedando sólo la rabia.

Ella era tan lastimosamente inocente del mundo y sus manejos, estaba tan poco habituada a tratar con gente, que le era imposible funcionar bien si no se circunscribía a la casa, a un mundo privado sin contactos humanos. No sabía nada acerca de interacción social. No había sido capaz siquiera de mantener una conversación cortés con Garrison Dilworth, el abogado de tía Violet y ahora su abogado, durante las reuniones que mantuvieron para disponer del legado. Ella había respondido a sus preguntas con el mayor laconismo posible y se había sentado en su presencia con la vista baja mientras las manos heladas se retorcían en el regazo con una timidez anonadante. ¡Atemorizada de su propio abogado! Si no sabía tratar con un hombre tan afable como Garrison Dilworth, ¿cómo podría manejar a una bestia como Art Streck? En el futuro, ella no se atrevería a meter un operario en casa, cualquiera que fuese la avería, tendría que soportar una decadencia progresiva hasta arruinarse, porque el próximo empleado podría ser otro Streck... o peor. Según la tradición impuesta por su tía, Nora recibía los comestibles de un supermercado vecino y por consiguiente no tenía que salir a comprar; pero ahora temería dejar entrar en la casa al mozo del reparto. Nunca se había mostrado agresivo, sugerente ni insultante en modo alguno; pero un día él podría percibir también la vulnerabilidad que había descubierto Streck.

Ella *aborrecía* a tía Violet.

Por otra parte, Violet había tenido razón: Nora era un ratón. Y, como todos los ratones, su destino era huir, escabullirse y refugiarse acobardada en la oscuridad.

Su furia desapareció tal como lo hicieran los calambres.

La sensación de aislamiento remplazó a la cólera haciéndola llorar muy queda.

Más tarde, recostada contra la cabecera, secándose con «Kleenex» los enrojecidos ojos y sonándose, se prometió a sí misma con valentía no convertirse jamás en una reclusa. De un modo u otro, ella encontraría la fortaleza y el valor necesarios para aventurarse en el mundo más de lo que hiciera hasta entonces. Conocería gente. Trabaría amistad con esos vecinos a los que Violet rehuyera. ¡Juraba ante Dios que lo haría! Y no permitiría que Streck la intimidara. Aprendería a solventar otros problemas que asimismo la importunaban y con el tiempo llegaría a ser una mujer diferente. Fue una promesa. Un voto sagrado.

Antes de apagar la luz, Nora cerró la puerta sin cerradura del dormitorio y la aseguró con la butaca, inclinándola contra el picaporte. Ya dentro de la cama, en plena oscuridad, buscó a tientas el cuchillo trinchante que había colocado sobre la mesilla, y se animó al observar que ponía la mano sobre él sin resquemor.

Permaneció tendida de espaldas con ojos abiertos, bien despierta. El pálido resplador ambarino de las farolas callejeras se abría paso a través de las ventanas cerradas. El techo quedó cubierto por bandas alternativas de negro y oro desvaído, como si un tigre de longitud infinita se abalanzara sobre la cama en un salto que nunca acababa. Nora se preguntaba si volvería a dormir tranquila algún día.

También se preguntaba si en ese mundo inmenso en el cual había prometido adentrarse, encontraría a alguien que quisiera ser de ella y para ella. ¿Acaso ahí fuera no había nadie que pudiera querer a un ratón y tratarlo con afabilidad?

A lo lejos, el silbido de un tren entonó un canto fúnebre de una sola nota en las tinieblas. Fue un sonido hueco, frío, sórdido.

VII

Vince Nasco no se había visto jamás tan atareado. Ni tan feliz.

Cuando telefoneó al número usual de Los Ángeles para dar cuenta del éxito en la casa de los Yarbeck, se le remitió a otra cabina telefónica. Ésta se hallaba entre una tienda de yogur congelado y un restaurante marisquero en Balboa Island, Newport Harbor. Allí le llamó el contacto que tenía voz sexy, gutural y, sin embargo, femenina. Ella siempre aludía al asesinato de forma circunspecta, sin emplear jamás términos comprometedores, recurriendo a eufemismos exóticos que no tendrían ningún significado ante un tribunal de justicia. Llamaba desde otra cabina telefónica, una elegida al azar, y prácticamente no había ninguna posibilidad de que hubiesen «pinchado» una u otra. Pero éste era un mundo de Gran Hermano, en donde nadie se atrevía a correr riesgos.

La mujer tenía un tercer trabajo para él. ¡Tres en un día!

Mientras Vince observaba la circulación vespertina que llenaba la angosta calle isleña, la mujer a quien él jamás viera y cuyo nombre desconocía le dio las señas del doctor Albert Hudston, en Laguna Beach. Hudston vivía con su esposa y un hijo de dieciséis años. Era preciso acabar con el doctor y la señora Hudston; sin embargo, se dejaba el destino del muchacho en manos de Vince. Si se podía dejarle al margen, conforme. Pero si viera el rostro de Vince y pudiera servir como testigo de cargo, también tendría que ser eliminado.

—Eso queda a su criterio —dijo la mujer.

Vince supo ya de antemano que se cargaría al chico, porque matar le resultaba más útil, más vigorizante, sobre todo si la víctima era joven. Hacía ya mucho tiempo que no había asesinado a una persona verdaderamente joven, y esa perspectiva le excitó.

—Sólo me resta subrayar —dijo el contacto, enloqueciendo un poco a Vince con sus pausas para tomar aliento—, que es preciso resolver esta opción con la máxima celeridad. Queremos que el trato se cierre esta noche. Pues, mañana mismo, la competencia se apercibirá de nuestros propósitos, y procurará interponerse.

Vince sospechó que esa competencia sería la Policía. Se le estaba pagando por matar a tres doctores en un solo día, *doctores*, una especie que él no había liquidado jamás; así pues, habría un nexo entre ellos, algo que los polis captarían tan pronto encontraran a Weatherby en el portaequipajes de su coche y a Elisabeth Yarbeck torturada hasta morir en su dormitorio. Vince no supo cuál sería ese nexo, ya que él no sabía nunca nada sobre la gente que le contrataba para matar y, a decir verdad, tampoco quería saberlo. Era más seguro así. Pero los polis asociarían a Weatherby con Yarbeck y a ambos con Hudston, de modo que si Vince no alcanzaba a Hudston esa noche la Policía proporcionaría protección al hombre al día siguiente.

—Me pregunto... —dijo Vince—, si ustedes quieren que se resuelva esta opción de la misma manera que los otros dos tratos de hoy. ¿No necesitarán una dispersión?

Él estaba pensando que tal vez debiera incendiar la casa de los Hudston con sus ocupantes dentro para encubrir los crímenes.

—No, queremos un esquema común —dijo la mujer—. Lo mismo que los otros. Queremos que sepan lo *atareados* que estamos.

—Ya veo.

—Queremos pellizcarles la nariz —dijo ella soltando una risa suave— y queremos frotar la herida con sal.

Vince colgó, dirigiéndose al «Jolly Roger» para cenar. Tomó sopa de verdura, una hamburguesa con patatas fritas y anillos de cebolla, ensalada de col, pudín de chocolate con helado y (una ocurrencia de última hora) pastel de manzana, bebiendo cinco tazas de café como ayuda para engullir todo aquello. Él era por lo general comilón, pero su apetito se acrecentaba de manera espectacular después de un trabajo. De hecho, cuando acabó con el pastel no se sintió saciado. ¡Comprensible! En aquella jornada tan activa él había absorbido las energías vitales de Weatherby y de los Yarbeck; era un motor acelerado. Su metabolismo estaba en cuarta velocidad; necesitaría todavía más combustible durante un corto período hasta que su cuerpo almacenase el exceso de energía vital en baterías biológicas para uso futuro.

Esa capacidad para absorber la fuerza vital de sus víctimas era el don que le diferenciaba de todos los demás hombres. Gracias a ese don, él sería siempre fuerte, vital, despierto. Viviría eternamente.

Nunca había revelado el secreto de su espléndido don a la mujer de voz gutural ni a ninguna de las personas para quienes trabajaba. Había poca gente lo bastante imaginativa y liberal para considerar un talento tan notable. Vince se lo guardaba para sí porque temía que le creyeran loco.

Fuera del restaurante se plantó en la acera un rato, sólo para respirar a fondo y saborear la fresca brisa marina. De pronto un glacial viento nocturno sopló desde la bahía llevándose consigo por el pavimento trozos de papel y capullos purpúreos de jacaranda.

Vince se sintió en posesión de un poderío terrorífico. Se vio cual una fuerza elemental y salvaje semejante al mar o al viento.

Desde Balboa Island orientó sus pasos hacia el sur, camino de Laguna Beach. Serían las once y veinte cuando aparcó su furgoneta ante la casa de los Hudston, en la acera opuesta. El edificio se hallaba sobre una colina, era un hogar de una sola planta, colgado en una pendiente muy pronunciada para aprovechar todo lo posible el panorama oceánico. Vio luz en dos o tres ventanas.

Se deslizó entre los dos asientos delanteros y se acomodó al fondo de la furgoneta para esperar sin ser visto hasta que los Hudston se fueran a la cama. Poco después de abandonar la casa de los Yarbeck cambió el traje azul por unos pantalones grises, una camisa blanca, un suéter marrón y una chaqueta de nilón azul marino. Ahora, en la oscuridad, no tuvo nada que hacer salvo sacar sus armas de una caja de cartón que había escondido debajo de dos hogazas, cuatro rollos de papel higiénico y otros artículos que daban la impresión de una visita reciente al supermercado.

El «Walter P-38» estaba totalmente cargado. Después de concluir el trabajo en la casa Yarbeck, había ajustado un nuevo silenciador al cañón, uno de esos cortos que gracias a la revolución técnica equivalía a la mitad de los modelos antiguos. Puso el arma a un lado.

También llevaba consigo una navaja de muelle de quince centímetros. Se la metió en el bolsillo derecho de los pantalones.

No esperaba utilizar nada más que el revólver. Sin embargo, le gustaba estar preparado para cualquier eventualidad.

En algunos trabajos había usado una pistola ametralladora «Uzi», reformada ilegalmente para hacer fuego automático. Pero los encargos ordinarios no requerían armamento pesado.

También llevaba un estuche de cuero, mucho más pequeño que el de una máquina de afeitar, que contenía unas cuantas herramientas muy sencillas para el allanamiento de moradas. No se molestó en inspeccionarlas. Podría incluso no necesitarlas porque muchas gentes son singularmente descuidadas acerca de la seguridad en el hogar, dejando puertas y ventanas sin cerrar con llave durante la noche, como si creyeran estar viviendo en una aldea de cuáqueros allá en el siglo XIX.

A las once y cuarenta minutos, Vince se apoyó sobre los asientos delanteros y estiró el cuello para observar por la ventanilla lateral la casa de los Hudston. Todas las luces estaban apagadas. ¡Bien! Se habían ido a la cama.

Para darles tiempo a que durmieran, se sentó otra vez al fondo de la furgoneta, y comió un «Mister Goodbar» mientras cavilaba sobre la forma de gastar los sustanciales honorarios que estaba ganando desde bien temprano.

Se había encaprichado con unos esquíes autopropulsados, esos ingeniosos artefactos que te permiten practicar el esquí náutico sin necesidad de embarcación remolcadora. Era un amante del océano; la mar tenía algo que le atraía; se sentía como en casa entre las olas, y cuando se movía al ritmo de las grandes masas líquidas, arrolladoras y oscuras, se sentía más vivo que nunca. Durante su adolescencia, se había pasado más tiempo holgando por la playa que en la escuela. Ahora cabalgaba todavía sobre la tabla de *surf* cuando las rompientes valían la pena. Pero ya tenía veintiocho años y esa diversión se le antojaba demasiado insípida. No se emocionaba tan fácilmente como antaño. Ahora necesitaba *velocidad*. Se vio a sí mismo deslizándose con esquíes autopropulsados sobre un mar color pizarra, fustigado por el viento, sacudido por una serie sin fin de encontronazos con un rosario eterno de rompientes, cabalgando sobre el Pacífico tal como lo haría un vaquero de rodeo sobre un potro cerril.

A las doce y cuarto Vince se apeó de la furgoneta. Se metió el arma en la cintura del pantalón y atravesó la calle, silenciosa y desierta, hacia la casa de los Hudston. Entró por una cancela accesible a un patio lateral, iluminado sólo por el resplandor de la luna que atravesaba el denso follaje de un inmenso árbol coral.

Hizo una breve parada para ponerse unos guantes de cabritilla.

Despidiendo reflejos de luz lunar, una puerta acristalada de corredera enlazaba el patio con la sala. Estaba cerrada con llave. Una minúscula linterna procedente del estuche de herramientas reveló también una tranca colocada en la guía interior de la puerta para impedir que fuera forzada.

Los Hudston parecían más conscientes de su seguridad que la mayoría de la gente, pero eso no le preocupó a Vince. Aplicó una pequeña campana de succión al cristal y con un diamante de vidriero trazó un círculo cerca del picaporte. Luego metió la mano por el boquete y corrió el cerrojo. Acto seguido abrió otro orificio sobre el umbral e introduciendo la mano quitó la tranca de la guía y la empujó por debajo de las cortinas echadas en el interior del aposento.

No tuvo que inquietarse acerca de perros guardianes. La mujer de la voz sexy le había asegurado que los Hudston no tenían animales domésticos. Ésta era una de las razones por la que le gustaba particularmente trabajar para esos empresarios: su información era siempre minuciosa y precisa.

Abriendo la puerta, se escabulló por entre las cortinas en la tenebrosa sala. Se mantuvo inmóvil unos instantes, acechando, mientras sus ojos se adaptaban a la oscuridad. Había un silencio sepulcral en la casa.

Encontró primero la habitación del muchacho. Estaba iluminada por el reflejo verdoso que irradiaban los números de una radio reloj. El muchacho estaba tendido de costado y lanzaba leves ronquidos. Dieciséis años. Muy joven. A Vince le gustaban muy jóvenes.

Rodeó la cama y se acurrucó al otro lado, de cara al muchacho dormido. Se quitó con los dientes el guante de la mano izquierda. Empuñando el arma en la mano derecha, rozó con el cañón la cara interna de la barbilla del muchacho.

Éste se despertó al instante.

Vince le dio una fuerte palmada en la frente con la mano desnuda y, simultáneamente, disparó el arma; la bala atravesó el músculo blando de la barbilla, el techo del paladar y el cerebro causándole la muerte instantánea.

El cuerpo muerto le transmitió a Vince una carga intensa de energía vital. Fue una energía vital tan pura, que gimió de placer al sentirla dentro de sí.

Durante unos instantes, permaneció acurrucado junto a la cama, sin osar mover ni un músculo. En éxtasis. Sin aliento. Por fin en plena oscuridad, besó los labios del muchacho muerto y murmuró:

—Lo acepto. Gracias. Lo acepto.

A continuación, exploró la casa con celeridad y sigilo felinos y encontró en seguida el dormitorio conyugal. Estaba iluminado suficientemente por otro reloj con números fosforescentes más el tenue reflejo de una lamparilla que venía del baño abierto. El doctor y la señora Hudston estaban dormidos.

Vince la mató primero a ella, sin despertar al marido. La mujer dormía desnuda, así que, después de haber recibido su sacrificio, él descansó la cabeza entre sus pechos y escuchó el silencio de su corazón. Le besó los pezones y susurró:

—Gracias.

Cuando contorneaba la cama y encendía una lámpara en la mesilla de noche, el doctor Hudston se despertó. El hombre se mostró confuso, pero cuando vio a su esposa mirándole con ojos ciegos, gritó y aferró el brazo de Vince.

Éste le golpeó dos veces el cráneo con la culata del arma. Luego arrastró al inconsciente Hudston, que también dormía desnudo, hasta el cuarto de baño. Una vez allí encontró esparadrapo con el que ató las muñecas y los tobillos del doctor.

A continuación, llenó la bañera con agua fría y metió dentro a Hudston. El agua glacial reanimó al doctor.

Pese a estar desnudo y atado, Hudston intentó salir del agua fría y lanzarse contra su agresor.

Vince le golpeó el rostro con la pistola y le hizo hundirse otra vez en la bañera.

—¿Quién es usted? ¿Qué pretende? —farfulló Hudston, apenas hubo sacado la cara del agua.

—He matado a su esposa y a su hijo, y me propongo matarle a usted.

Los ojos de Hudston parecieron hundirse en el rostro húmedo y pálido.

—¡Jimmy! ¡Ah, Jimmy no, por favor!

—Su hijo está muerto —insistió Vince—. Le volé los sesos.

Al oír esa referencia sobre su hijo, Hudston se vino abajo. No rompió en sollozos ni lanzó gemidos lastimeros, nada tan dramático como eso.

84

Pero repentinamente sus ojos quedaron muertos, sin brillo. Como una luz que se apaga. Miró de hito en hito a Vince, más su mirada no expresaba ya temor ni cólera.

—Ahora el problema suyo se reduce a elegir entre dos alternativas —dijo Vince—. Tener una muerte fácil o penosa. Si me dice usted lo que deseo saber, le daré una muerte rápida y sin dolor. Si se me pone terco, la prolongaré durante cinco o seis horas.

El doctor Hudston le miró estático. Exceptuando las brillantes rayas de sangre reciente que le cruzaban el rostro, estaba muy blanco, era una lividez húmeda y enfermiza, como la de alguna criatura que nadara eternamente en los abismos marinos.

Vince esperó que al hombre se le pasase la catatonía.

—Lo que quiero saber es qué tiene usted en común con Davis Weatherby y Elisabeth Yarbeck.

Hudston parpadeó, captó la imagen de Vince. Su voz fue ronca y trémula.

—¿Davis y Liz? ¿De qué está hablando usted?

—¿Les conoce?

Hudston asintió.

—¿De qué les conoce? ¿Fueron juntos a la escuela? ¿Fueron vecinos en algún tiempo pasado?

Negando con la cabeza, Hudston dijo:

—Nosotros..., nosotros trabajábamos juntos en «Banodyne».

—¿Qué es «Banodyne»?

—Los laboratorios «Banodyne»

—¿Por dónde caen?

—Aquí, en el condado de Orange —dijo Hudston. Y mencionó unas señas en la ciudad de Irvine.

—¿Qué hacen ustedes allí?

—Investigación. Pero yo lo abandoné hace diez meses. Weatherby y Yarbeck trabajan todavía allí. Yo no.

—¿Qué tipo de investigación? —inquirió Vince.

Hudston vaciló.

Vince dijo:

—Recuerde: rápida y sin dolor o penosa y sucia.

El doctor le explicó cuál era esa investigación en la que se había comprometido. El Proyecto Francis. Los experimentos. Los perros.

Una historia increíble. Vince hizo que Hudston repitiera tres o cuatro veces algunos pormenores hasta convencerse, al fin, de que aquella historia era verídica.

Cuando estuvo seguro de haber exprimido lo suficiente al hombre, Vince le disparó a la cara, a quemarropa, causándole la muerte prometida.

De regreso en la furgoneta, Vince atravesó Laguna Hills envuelta en su manto nocturno, distanciándose de la casa de los Hudston, mientras meditaba sobre el paso peligroso que acababa de dar. Generalmente nunca sabía nada acerca de sus objetivos. Esto era lo más seguro para él y para sus empresarios. Y, por norma, tampoco quería conocer lo que habían hecho los pobres mentecatos para atraer sobre sí tamaña desgracia, porque el saberlo le acarrearía una aflicción similar. Pero esta situación era diferente. Se le había pagado por matar a tres doctores, no médicos, como se traslucía ahora, sino científicos, todos ciudadanos relevantes, más cualquier miembro de sus familias que estuviese presente. ¡Extraordinario! A los periódicos de mañana les faltaría espacio para todas esas noticias. Algo muy gordo estaba en marcha, algo tan importante que podría brindarle una oportunidad única en la vida, y proporcionarle tal montón de dinero que necesitaría ayuda para contarlo. El dinero lo aportaría la venta del conocimiento prohibido que él sonsacara a Hudston..., siempre y cuando él pudiera averiguar quiénes eran los potenciales compradores. No obstante, tal conocimiento no era sólo vendible, sino también peligroso. ¡Preguntad a Adán! ¡Preguntad a Eva! Si sus empresarios actuales, la dama con voz sexy y los demás personajes de Los Ángeles, descubrieran que él había quebrantado la regla básica de su negocio, si averiguasen que había interrogado a una de sus víctimas antes de eliminarla, cerrarían un trato referente esta vez a Vince. Y el cazador se convertiría en presa.

Desde luego, a él no le inquietaba demasiado la posibilidad de morir. Había almacenado vida de sobra en su ser. Vidas pertenecientes a otras personas. Más vidas que diez gatos. Él sobreviría siempre. Estaba seguro de eso. Pero..., bueno, no sabía a ciencia cierta *cuantas* vidas necesitaría absorber para asegurarse la inmortalidad. Algunas veces presentía que había alcanzado ya un estado de invulnerabilidad: la vida eterna. Ahora bien, otras veces se sentía aún vulnerable y necesitado de más energía vital para alcanzar el codiciado estado de divinidad. Hasta llegar a saber, más allá de toda duda, que había alcanzado el Olimpo, lo mejor sería mostrarse cauteloso.

«Banodyne».

El Proyecto Francis.

Si fuese cierto lo que dijo Hudston, el riesgo que arrostraría él quedaría compensado con creces tan pronto como encontrara un comprador genuino de la información. Vince iba a ser un hombre muy rico.

VIII

Durante diez años Wes Dalberg había ocupado solo una cabaña de piedra en la parte alta del desfiladero Holy Jim, hacia el confín oriental del condado de Orange. Su única luz provenía de linternas «Coleman» y el agua corriente del inmueble procedía de una bomba accionada a mano en el fregadero. Su retrete se hallaba en el chamizo exterior, con una media luna grabada en la puerta (a modo de broma), y se encontraba a treinta metros de la cabaña.

Wes tenía cuarenta y dos años, pero parecía mayor. El viento y el sol habían curtido su rostro. Llevaba una barba pulcramente recortada, con pobladas patillas blancas. Aunque pareciera avejentado, sus condiciones físicas eran las de un hombre de veinticinco años. Él creía que su buena salud era el resultado de hacer una vida intensa en contacto con la Naturaleza.

El martes por la noche, 18 de mayo, Wes estuvo sentado ante la mesa de la cocina hasta la una de la madrugada, bebiendo licor de ciruela hecho en casa y leyendo a la luz plateada de una sibilante «Coleman» una novela «McGee» de John D. MacDonald. Wes era, como él mismo solía decir, «un cascarrabias antisocial nacido por error en este siglo», que tenía pocas aptitudes para la vida moderna. Sin embargo, le gustaba leer sobre «McGee» porque este personaje sobresalía en este mundo complicado y maligno de ahí fuera sin dejarse arrastrar jamás por las corrientes asesinas.

Concluida su lectura a la una en punto, Wes salió afuera a por más leña para la chimenea. Las ramas de sicomoro, agitadas por el viento, proyectaban vagas sombras lunares en el suelo y las superficies brillantes de susurrantes hojas despedían pálidos reflejos de luz lunar. Los coyotes aullaban a lo lejos entretenidos con la caza de algún conejo o alguna otra criatura menuda. A su alrededor, los insectos cantaban en la maleza y un viento glacial suspiraba entre las enrramadas altas del bosque.

Sus reservas de leña estaban almacenadas en un cobertizo adosado a toda la pared norte de la cabaña. Wes levantó la tarabilla de la puerta doble. Estaba tan familiarizado con la distribución de la leña dentro del cobertizo, que caminó a ciegas por sus tenebrosos confines, llenando con leña un recio capacho hasta reunir cinco o seis troncos. Sacó el capacho con ambas manos y lo dejó en el suelo para cerrar ambas puertas.

Entonces se apercibió de que los coyotes y los insectos enmudecieron. Sólo el viento sostenía su voz.

Frunciendo el ceño, Wes se volvió para mirar la oscura floresta que circundaba el pequeño claro en donde se alzaba su cabaña.

Algo gruñó.

Wes escrutó con ojos entornados el bosque envuelto en la noche que, súbitamente, pareció tener menos iluminación lunar que pocos momentos antes.

El gruñido había sido hondo e iracundo. No era parecido a nada de lo que él oyera durante sus diez años de noches solitarias.

Wes sintió curiosidad, incluso preocupación, pero no temor. Se mantuvo muy quieto, tendiendo el oído. Transcurrió un minuto y no oyó nada más.

Terminó de cerrar las puertas, echó la tarabilla y levantó el capacho lleno de leña.

Nuevo gruñido. Luego, silencio. A continuación, ruido de maleza seca y crujido de hojas quebrándose bajo unas pisadas.

A juzgar por el sonido, aquello se hallaba a unos treinta metros. Un poco hacia el oeste del chamizo. Todavía en el bosque.

La cosa gruñó nuevamente. Esta vez más fuerte. Ahora no a más de treinta metros.

Él siguió sin ver la fuente de aquel sonido. La luna, esa desertora, continuó escabulléndose detrás de una afiligranada banda de nubes.

Al escuchar atento aquel gruñido profundo, gutural y, sin embargo, parecido a un aullido. Wes sintió una súbita inquietud. Por primera vez en sus diez años como residente del Holy Jim intuyó peligro. Cargándose el capacho, se encaminó aprisa hacia la parte trasera de la cabaña y la puerta de la cocina.

Los crujidos de maleza pisoteada se hicieron cada vez más audibles. A todas luces, la criatura en el bosque avanzaba deprisa. ¡Diablos, estaba corriendo!

También corrió Wes.

El gruñido se intensificó hasta convertirse en una serie de rezongos broncos, malignos: un sonido espeluznante que parecía tener parte de perro y parte de cerdo, parte de puma y parte de humano y también una parte de algo completamente diferente.

Mientras corría alrededor de la cabaña, Wes lanzó el capacho hacia donde calculaba que debía estar el animal. Oyó cómo los leños se esparcían por el aire y golpeaban el suelo, pero los roncos gruñidos fueron acercándose por momentos, lo cual le hizo comprender que había fallado el tiro.

Subió de un salto los tres escalones, empujó con violencia la puerta de la cocina, pasó adentro y cerró de golpe. Acto seguido echó el cerrojo, una medida de seguridad que no empleaba desde hacía nueve años, es decir, desde que se acostumbrara a la placidez del desfiladero. Cruzó la cabaña hasta la puerta principal y aseguró también su cerradura.

Le sorprendió la intensidad con que le había asaltado el miedo. Incluso aunque hubiese ahí fuera un animal hostil, quizás un oso enloquecido que hubiera bajado de las montañas, no podría forzar la puerta y seguirle hasta el fondo del chamizo. No había necesidad de echar los cerrojos, y sin embargo se sintió mejor después de haberlo hecho. Había actuado por puro instinto, y él era un hombre de campo lo bastante sagaz para saber que convenía fiarse de los instintos, aunque suscitaran a veces un comportamiento aparentemente irracional.

En definitiva, estaba a salvo. Ningún animal podría abrir una puerta. A buen seguro, un oso no podría. Y con toda probabilidad se trataría de un oso.

Pero... no parecía un oso. Esto era lo que había horripilado a Wes Dalgberg: no había sonado como nada que pudiera merodear por aquellos bosques. Estaba familiarizado con el vecindario animal, conocía todos los aullidos, gritos y otros ruidos diversos emitidos por esas criaturas.

La única luz en el aposento principal procedía de la chimenea y no alcanzaba a disipar las sombras en los rincones. Fantasmas conjurados por las llamas del hogar animaban las paredes. Por primera vez, Wes habría dado el visto bueno a la electricidad.

Él tenía una escopeta «Remington» del calibre 12 con la cual solía cazar pequeñas piezas para complementar su dieta de alimentos adquiridos en el supermercado. El arma ocupaba un anaquel de la pequeña cocina. Ahora consideró la conveniencia de cogerla y cargarla, pero como se sintiera seguro detrás de las puertas herméticas, empezó a incomodarse consigo mismo por haberse empavorecido así. ¡Como un bisonte, por Dios! ¡Como un bien cebado ciudadano de barrio dando alaridos a la vista de un ratón! Si hubiera gritado y dado unas cuantas palmadas, con toda probabilidad habría ahuyentado a esa cosa que estaba en la maleza. Aun cuando se pudiese achacar su reacción al instinto, no había actuado con arreglo a su imagen de colonizador avezado y coriáceo, tal como se veía a sí mismo. Si él empuñara la escopeta ahora, cuando no había ninguna necesidad imperiosa, perdería en buena medida el amor propio, y esto era importante puesto que la única opinión sobre Wes Dalberg que le interesaba a Wes era la suya propia. ¡Nada de armas!

Wes se aventuró hasta el gran ventanal de la sala. Éste era una reforma realizada veinte años antes por alguien que arrendó la cabaña al Servicio Forestal; se había desmontado la estrecha ventana antigua para abrir un gran boquete en la pared y sustituirla por un ventanal con un enorme cristal al objeto de aprovechar cuanto fuera posible la espectacular vista del bosque.

Unas pocas nubes teñidas de luna se perfilaron fosforescentes sobre la negrura aterciopelada del cielo nocturno. La luz de la luna moteó el patio delantero, se deslizó sobre la parrilla, el capó y el parabrisas del jeep «Cherokee» de Wes y perfiló las formas penumbrosas del conjunto de los árboles de aquel paraje. Al principio no se movió nada salvo unas cuantas ramas meciéndose con la brisa.

Durante dos o tres minutos, Wes escudriñó el escenario forestal. Al no percibir ni oír nada fuera de lo común, opinó que el animal habría proseguido su vagabundeo. Con alivio muy considerable y reaparición del incómodo enfado, se disponía a dar media vuelta..., cuando notó movimiento alrededor del jeep. Entornó los ojos y no vio nada, pero permaneció alerta un minuto o dos. Justamente cuando se decía que habría imaginado el movimiento, lo percibió otra vez: algo salía por detrás del jeep y se estaba acercando.

Wes se aproximó más al cristal de la ventana.

Algo cruzaba veloz el patio hacia la cabaña, se acercaba aprisa, casi a ras del suelo. Pero, en vez de revelar la naturaleza del enemigo, la luna lo hizo todavía más misterioso e informe. La cosa se precipitó contra la cabaña. E inopinadamente, ¡santo Dios!, la criatura se elevó por los aires, un endriago volando directamente hacia él en la oscuridad, y Wes lanzó un alarido. Un instante después la bestia se estrelló contra el cristal, atravesándolo, y Wes se desgañitó, pero su chillido quedó cortado en seco.

IX

Como quiera que Travis tuviera poco de bebedor, tres cervezas seguidas fueron suficiente para preservarle contra el insomnio. Se quedó dormido apenas dejó caer la cabeza sobre la almohada. Soñó que era el maestro de ceremonias en un circo donde todos los animales amaestrados podían hablar, y después de cada representación él los visitaba en sus jaulas y allí cada ocupante le revelaba un secreto que le dejaba atónito, si bien lo olvidaba tan pronto como se trasladaba a la siguiente jaula y al siguiente secreto.

A las cuatro en punto de la madrugada se despertó y vio a *Einstein* plantado ante la ventana del dormitorio. El perro, de pie sobre sus patas traseras y apoyando las delanteras en el alféizar y con la cabeza iluminada por la luna, oteaba muy atento la noche.

—¿Qué sucede, muchacho? —preguntó él.

Einstein le miró y volvió su atención a la noche bañada por la luna. Lanzó un leve gemido y enderezó un poco las orejas.

—¿Hay alguien ahí fuera? —inquirió Travis mientras saltaba de la cama y se ponía los vaqueros.

El perro se bajó de su atalaya y abandonó presuroso el dormitorio.

Travis lo encontró ante otra ventana de la sala en penumbra, escrutando la noche por aquel lado del edificio. Agachándose junto al perro, le puso una mano sobre el ancho y peludo lomo.

—¿Qué pasa? ¿Eh?

Einstein apretó el hocico contra el cristal y gimió nervioso.

Travis no vio nada amenazador en el césped cercano ni en la carretera. Entonces le asaltó un pensamiento casi olvidado y dijo:

—¿Acaso te preocupa lo que nos perseguía esta mañana en el bosque?

El perro le lanzó una mirada solemne.

—¿Qué *sería* aquello del bosque? —se preguntó preocupado Travis.

Einstein gimió otra vez y se estremeció.

Al recordar el pánico cerval del perdiguero..., y el suyo propio, al evocar la espeluznante sensación de que algo sobrenatural los había estado acechando, Travis sintió escalofríos. Miró hacia el mundo exterior, con su envoltura nocturna. Las puntiagudas palmas negras del datilero estaban orladas por la tenue luz amarillenta del farol más

91

próximo. Un viento caprichoso levantaba pequeñas polvaredas y arremolinaba hojas y desperdicios de papel a lo largo del pavimento, los dejaba caer unos segundos dándolos por muertos, y luego los arrebataba de nuevo. Una solitaria mariposa nocturna rebotaba contra el cristal frente a las caras de Travis y *Einstein*, confundiendo sin duda con una llama el reflejo de la luna o del farol.

—¿Te preocupa la posibilidad de que todavía te persiga? —preguntó. El perro resopló una vez, muy quedo.

—Pues bien, yo no lo creo —dijo Travis—. Ni creo que entiendas cuánto nos hemos distanciado en dirección norte. Nosotros llevábamos ruedas, y esa cosa habría tenido que seguirnos a pie, lo cual sería imposible. Sea como fuera, la hemos dejado muy atrás, *Einstein*, allá lejos, en el condado de Orange, sin forma de averiguar adónde nos dirigimos. No te inquietes más por eso. ¿Comprendes?

Einstein le empujó la mano con el hocico y se la lamió, como si se sintiera reanimado y agradecido. No obstante, miró otra vez por la ventana y emitió un gemido apenas audible.

Travis hubo de engatusarle para hacerle regresar al dormitorio. Una vez allí, él quiso tenderse en la cama junto a su amo, y Travis accedió con el fin de tranquilizar al animal.

El viento se lamentó y murmuró en los aleros del *bungalow*.

A ratos, la casa se estremeció con los ruidos habituales que se dejan oír en plena noche.

Con motor ronroneante y neumáticos sibilantes un coche se deslizó por la calle.

Exhausto tras los esfuerzos, tanto emocionales como físicos, realizados a lo largo de la jornada, Travis se durmió muy pronto.

Hacia el alba, se despertó a medias y descubrió que *Einstein* estaba otra vez en la ventana del dormitorio montando guardia. Murmuró el nombre del perdiguero y dio unas palmadas disuasivas sobre el colchón, pero *Einstein* permaneció avizor y Travis se dejó llevar en brazos del sueño.

CAPÍTULO IV

I

Al día siguiente de su encuentro con Art Streck, Nora Devon se dispuso, mediante un largo paseo, a explorar diversos lugares de la ciudad que jamás había visto. Ella solía pasear en compañía de Violet cada semana, aunque brevemente. Desde el fallecimiento de la anciana, Nora todavía salía a la calle, pero con menos frecuencia, y nunca se aventuraba más allá de seis u ocho manzanas de casa. Hoy se proponía ir mucho más lejos. Ésta sería su primera tentativa hacia la liberación y la dignidad.

Antes de partir, consideró la posibilidad de tomar un almuerzo ligero en cualquier restaurante elegido al azar durante el trayecto. Pero ella no había estado nunca en un restaurante. La perspectiva de tratar con un camarero y comer en compañía de extraños fue desalentadora. En su lugar, puso dentro de una bolsa de papel, una manzana, una naranja y dos pastelillos de avena. Almorzaría sola en cualquier parque. Incluso eso sería revolucionario. Sólo un paso tentativo cada vez.

El cielo estaba despejado. El aire era tibio. Los árboles con sus verdes brotes primaverales daban una impresión de frescura; los agitaba una brisa lo bastante fuerte para atemperar la cálida luz solar.

Mientras Nora desfilaba ante casas distinguidas, construidas en su mayor parte con un estilo u otro de la arquitectura hispánica, miró con renovada curiosidad sus puertas y ventanas, se hizo preguntas sobre las personas que las habitaban. ¿Serían felices? ¿Estarían tristes? ¿Enamoradas? ¿Cuál sería la música y cuáles los libros de su preferencia? ¿Cómo se alimentarían? ¿Estarían proyectando unas vacaciones en lugares exóticos, o veladas teatrales o visitas a los clubes nocturnos?

Ella no se había preguntado nunca sobre esas gentes porque sabía que jamás se cruzarían en sus vidas y la de ella. Así pues, el hacerse ta-

93

les preguntas habría sido una pérdida de tiempo, un esfuerzo vano. Pero *ahora*...

Cuando Nora se cruzó con otros paseantes, mantuvo la cabeza baja, y escondió la cara, como siempre hiciera, pero al cabo de un rato halló el valor suficiente para mirarles. Y se sorprendió cuando muchos le sonrieron y dijeron hola. Más adelante su sorpresa fue aún mayor cuando se oyó a sí misma dando respuesta.

En la Audiencia del condado hizo una pausa para admirar los capullos amarillos de las yucas y el rojo cálido de las buganvillas que trepaban por la pared estucada y se entrelazaban con la verja de hierro forjado ante uno de los altos ventanales.

En la misión de Santa Bárbara, construida el año 1815, Nora se detuvo al pie de los escalones de entrada y examinó la bella y antigua fachada de la iglesia. Deambuló por el claustro, con su jardían sagrado, y subió al campanario.

Empezó a comprender por qué se catalogaba a Santa Bárbara, en algunos de los muchos libros que había leído, como uno de los lugares más hermosos de la tierra. Ella había residido aquí casi toda su vida, pero, como quiera que se hubiese refugiado con Violet en la casa Devon, y en las contadas exploraciones hubiera visto las puntas de los propios zapatos o quizás un poco más, podía afirmar que estaba contemplando por primera vez la ciudad. Esto la encantó y excitó a un tiempo.

A la una, en el parque Alameda, Nora ocupó un banco ante el estanque, cerca de tres datileros viejos e imponentes. Aunque ya le dolían un poco los pies, no quiso de ninguna manera volver a casa temprano. Abrió la bolsa de papel e inició su almuerzo con la manzana amarilla. Nunca nada le supo ni la mitad de delicioso. Casi famélica, comió también a toda prisa la naranja, dejando caer las peladuras dentro de la bolsa, y cuanto estaba empezando el primero de los pastelillos de avena, Art Streck se sentó a su lado.

—Hola, preciosa.

El hombre sólo llevaba calzones deportivos azules, zapatillas para correr y gruesos calcetines blancos de atletismo. Estaba claro que no había corrido nada pues no sudaba lo más mínimo. Era un tipo muscular, con pecho ancho y bronceado, extremadamente masculino. Su indumentaria tenía por exclusiva finalidad exhibir el físico. Por tanto Nora desvió al instante la mirada.

—¿Tímida? —inquirió él.

Ella no pudo hablar porque tenía pegado al paladar el primer bocado de pastelillo. Le fue imposible hacer saliva. Temió ahogarse si intentaba tragar en seco el trozo de pastelillo, pero no le parecía correcto escupirlo.

—Mi dulce y tímida Nora —susurró Streck.

Mirando hacia abajo, vio el temblor ingobernable de su mano derecha, observó cómo el pastelillo se le estaba desmigajando entre los dedos y las partículas caían sobre el pavimento entre sus pies.

Ella se propuso pasear durante toda la jornada como un primer paso hacia la liberación, pero en ese momento hubo de reconocer que había tenido otro motivo para abandonar la casa. Había intentado soslayar el acoso de Streck, temía la permanencia en casa, temía que él le telefoneara hasta la saciedad. No obstante, ahora el hombre la había encontrado en campo abierto, sin la protección de sus ventanas y puertas herméticas, lo cual era peor que el teléfono, infinitamente peor.

—Mírame, Nora.

—No.

—¡Mírame!

Los restos del pastelillo desmenuzado se le escaparon de la mano.

Streck le cogió la mano izquierda y ella intentó oponer resistencia, pero él le estrujó sin piedad los huesos de la mano hasta rendirla. Luego le puso la palma de su mano sobre su muslo desnudo. Su carne era firme y caliente.

El estómago se le revolvió, el corazón le latió desacompasado. Nora no supo qué haría primero..., si vomitar o desvanecerse.

Mientras le metía mano, él dijo.

—Yo tengo lo que necesitas, preciosa. Puedo cuidar de ti.

El trozo de pastelillo siguió sellándole la boca como si fuera una masa de engrudo.

Streck le levantó la mano de su muslo y se la aplicó a su pecho desnudo, mientras decía:

—¿Tuviste un paseo agradable? ¿Te gustó la Misión? ¿Eh? ¿A que te parecieron muy bonitos los capullos de yuca de la Audiencia?

El hombre siguió perorando con su voz fría, vanidosa, le preguntó si le habían gustado otras cosas del trayecto, y Nora comprendió que él *la había seguido* durante toda la mañana, bien en su coche o a pie. Aunque ella no le hubiese visto, con toda seguridad el hombre había estado presente, puesto que conocía cada uno de sus movimientos desde que abandonara la casa. Eso la enfureció y se asustó mucho más que cualquier otra cosa.

Su respiración se hizo penosa y agitada; sintió que se quedaba sin aliento. Los oídos le silbaron y, no obstante, pudo oír con claridad cada palabra que él le decía. Aun cuando creyera poder golpearle y arañarle los ojos, se sintió paralizada, a punto de golpear pero incapaz de hacerlo, fortalecida por la rabia y debilitada por el miedo a un tiempo. Quiso gritar, no para pedir ayuda, sino de pura frustración.

—Ahora —prosiguió él— que ya has tenido un paseo delicioso de verdad, un almuerzo satisfactorio en el parque, y te encuentras de excelente humor... ¿Sabes lo que ahora sería muy grato? ¿Sabes lo que completaría esta estupenda jornada, preciosa? ¿Lo que haría de ella un día verdaderamente especial? Pues bien, lo que haremos es subir a mi coche, regresar a tu piso e instalarnos en tu dormitorio amarillo, concretamente en tu cama de baldaquín...

¡Él había estado en su dormitorio! Debió de haberlo hecho ayer. Cuando se le suponía en la casa reparando el televisor, se escaparía escaleras arriba, el muy bastardo, para escudriñar su rincón más íntimo, para invadir su santuario y hurgar en sus efectos personales.

—... esa cama enorme y antigua, y te desnudaré de arriba abajo, cariño, te desnudaré de arriba abajo y te joderé...

Nora no podría explicarse jamás si la indujo el horrible descubrimiento de que aquel hombre había violado su santuario o el oír por primera vez una obscenidad en su boca o ambas cosas, pero el hecho fue que, sacando fuerzas de flaqueza, irguió la cabeza, le miró iracunda y le escupió en plena cara el trozo de pastelillo todavía por tragar. Pegotes de saliva y migas empapadas se le quedaron adheridos a la mejilla derecha, al ojo derecho y en el lado correspondiente de la nariz. Algunas partículas de avena se le quedaron prendidas del pelo y le motearon la frente. Cuando percibió la ira en los ojos de Streck y las contorsiones del rostro, Nora se aterrorizó de lo que había hecho. Pero también la enorgulleció el haber sido capaz de romper las ligaduras de esa parálisis emocional que la había inmovilizado, incluso si sus acciones le acarreaban perjuicios, incluso si Steck se desquitaba.

Y Streck se desquitó, rápido, brutal. Como aún le tuviera aferrada la mano, ella no pudo zafarse. Streck se la oprimió tal como hiciera antes, a ella le crujieron los huesos. ¡Dios, cómo dolía! Pero no quiso darle la satisfacción de verla llorar, y no pensó ni por asomo en gimotear o suplicar, de modo que apretó los dientes y aguantó. Notó el sudor corriéndole por el cuero cabelludo y temió perder el conocimiento. Pero el dolor físico no fue lo peor de su aprieto; lo peor fue mirar los ojos de Streck, ojos de un azul glacial. Al estrujarle los dedos, él no la retuvo sólo con la mano, sino también con la mirada que era fría e infinitamente extraña. Él estaba intentando intimidarla, acobardarla, y su plan funcionaba (¡vaya si funcionaba!), porque Nora percibió en él una demencia que jamás podría afrontar por sí sola.

Cuando él atisbó su desesperación, evidentemente mucho más satisfactoria para sus designios que un grito de dolor, cesó de apretar la mano pero no la dejó escapar.

—Pagarás por esto —dijo—, por escupirme en la cara. Y *disfrutarás* con tu pago.

Ella replicó sin mucha convicción:

—Me quejaré a su jefe, y le haré perder su empleo.

Streck se limitió a sonreír. Nora se preguntó por qué el hombre no se tomaría la molestia de quitarse los trozos de pastelillo de la cara, pero apenas se hubo hecho tal pregunta comprendió la razón: él se proponía obligarla a hacerlo. Pero antes dijo:

—¿Perder mi empleo? ¡Bah! He dejado ya de trabajar para la «Wadlow TV». Me despedí ayer tarde. Para poder dedicarte más tiempo, Nora.

Ella bajó la mirada, pero no pudo ocultar su miedo porque los temblores la sacudieron hasta el punto de que creyó oír el castañeteo de sus dientes.

—Yo no permanezco nunca demasiado tiempo en un empleo. Un hombre como yo, rebosante de energía, se aburre pronto de todo. Necesito movimiento. Además, la vida es demasiado corta para desperdiciarla trabajando, ¿no crees? Así que conservo cada empleo algún tiempo hasta ahorrar el dinero suficiente y luego vagabundeo mientras puedo. A veces me tropiezo con alguna dama como tú, alguien que necesita imperiosamente mis cuidados, alguien que está pidiendo a gritos un hombre como yo. Por consiguiente, la ayudo a salir del atolladero.

«Propínale una patada, muérdele, arráncale los ojos», se dijo Nora. No hizo nada.

Sintió un dolor sordo en la mano. Recordó lo ardiente e intenso que había sido ese dolor.

La voz de él cambió, se hizo más suave, tranquilizadora, sedante, pero esto la asustó aún más.

—Y yo me propongo ayudarte, Nora. Me instalaré algún tiempo contigo. Será muy divertido. Estás un poco nerviosa acerca de mí, claro, lo comprendo, de verdad. Pero créeme, esto es lo que necesitas, chica, esto transformará tu vida de arriba abajo, nada será otra vez lo mismo. Es lo mejor que puede ocurrirte.

II

Einstein adoraba el parque.

Cuando Travis le soltó la correa, el perdiguero trotó hasta el macizo de flores más cercano, enormes caléndulas amarillas con un cerco de prímulas purpúreas, y caminó despacio en derredor, cautivado a todas luces. Luego se dirigió a un macizo de ranúnculos de floración tardía, pasó aprisa a otro de impaciencias, y con cada descubrimiento su cola se agitaba más y más aprisa. Se dice que los perros sólo distinguen el negro y el blanco, pero Travis no apostaría contra la hipótesis de que *Einstein* poseyera visión para todos los colores. Por otra parte, *Einstein* lo olfateó todo, flores, y arbustos, árboles y rocas, cubos de basura y desechos, la base de la fuente para beber y cada palmo de terreno por donde pasaba, sin duda sacando «fotografías» olfativas de cada persona y cada perro que hubiesen transitado por aquel camino, imágenes tan claras para él como las instantáneas lo fueran para Travis.

A lo largo de la mañana y a primeras horas de la tarde, el perdiguero se había comportado con toda normalidad, sin hacer cosas sorprendentes. De hecho su conducta como perro común y corriente, e incluso algo lelo, fue tan convincente que Travis se preguntó si la inteligencia casi humana del animal no se manifestaría solamente a ráfagas, un equivalente, aunque benéfico, de los accesos epilépticos. Pero, después de todo lo acontecido ayer, la naturaleza excepcional de *Einstein* estaba al margen de toda duda, aun cuando se revelara raras veces.

Mientras proseguían su paso alrededor del estanque, *Einstein* se puso rígido de improviso, alzó la cabeza, enderezó un poco sus colgantes orejas y miró fijamente a una pareja sentada en un banco a unos dieciocho metros de distancia. El hombre llevaba calzones de corredor y la mujer un vestido gris demasiado holgado; él le cogía la mano y ambos parecían enfrascados en su conversación.

Travis les volvió la espalda para dirigirse hacia el campo abierto del parque y no perturbar su intimidad.

Pero *Einstein* ladró una vez y corrió en línea recta hacia la pareja.

—¡*Einstein*! ¡Aquí! ¡Vuelve aquí!

El perro hizo caso omiso y cuando estuvo cerca de la pareja del banco empezó a ladrar con furia.

98

Travis le siguió deprisa y, cuando alcanzó el banco, el sujeto de calzón corto estaba ya de pie, con los brazos alzados en actitud defensiva y los puños apretados, mientras retrocedía cauteloso un paso o dos ante el perdiguero.

—¡*Einstein*!

El perro dejó de ladrar y, esquivando a Travis antes de que éste pudiera sujetarle con la correa, corrió a la mujer del banco y le puso la cabeza sobre el regazo. La transformación del can gruñidor en cariñoso perrito faldero fue tan súbita que dejó atónitos a todos.

—Lo siento —dijo Travis—. Él no ha hecho nunca...

—¡Por los clavos de Cristo! —exclamó el del calzón corto—. ¡No se puede dejar suelto por todo el parque a un perro agresivo!

—El animal no es agresivo —contestó Travis—. Tan sólo...

—¡Mierda! —farfulló el corredor, salpicando saliva.— El condenado bicho ha intentado morderme. ¿Acaso le *gustan* a usted los pleitos o qué?

—No comprendo lo que le...

—Sáquelo de aquí —exigió el corredor.

Asintiendo aturdido, Travis se volvió hacia *Einstein* y vio que la mujer había incitado al perdiguero hasta hacerle ocupar el banco. *Einstein* estaba sentado a su lado dándole cara y con una pata sobre su regazo, y ella no sólo lo acariciaba sino que lo abrazaba. De hecho, parecía haber algo de desesperación en su forma de rodearlo con los brazos.

—¡*Sáquelo* de aquí! —repitió furioso el corredor.

Aquel sujeto, que era más alto, más ancho de espaldas y fornido que Travis, avanzó dos pasos y se plantó imperioso ante él, aprovechando su tamaño superior para intimidarle, pues estaba habituado a salirse con la suya mostrando agresividad, aparentando ser un hombre algo peligroso y actuando en consonancia. Travis despreciaba a semejantes sujetos.

Einstein volvió la cabeza para mirar al corredor, dejó al descubierto los dientes y lanzó un gruñido sordo desde el fondo de la garganta.

—Escuche, compadre —dijo irritado el corredor—, ¿está usted sordo o qué? He dicho que se debe poner una correa a ese perro, y veo que tiene la correa en la mano. ¿Qué diablos está esperando?

Travis empezó a darse cuenta de que algo marchaba mal. La indignación farisaica del corredor resultaba exagerada.., como si se le hubiese sorprendido en un acto deshonroso e intentara disimular su culpa pasando inmediatamente a la ofensiva. Y el comportamiento de la mujer era peculiar. Ella no había pronunciado ni una palabra y estaba pálida. Las frágiles manos le temblaban. A juzgar por su forma de aferrarse al perro, *Einstein* no era lo que la asustaba. Y Travis se preguntó por qué aquellos dos irían al parque vestidos de forma tan diferente entre sí, uno con calzones de corredor, la otra con una bata sin forma. Observó que la mujer miraba furtiva y temerosa al corredor. Y entonces se le ocurrió que no formaban pareja, al menos no por deseo de la mujer, y que el hombre, sin duda alguna, había intentado hacer algo reprobable, lo cual le hacía sentirse culpable.

—¿Se encuentra bien, señorita? —dijo Travis.

—¡Claro que se encuentra bien! —terció el corredor—, su maldito perro llegó aquí ladrando y tirando bocados...

—Ahora no parece que la aterrorice —observó Travis sosteniendo la mirada del individuo.

Vio en la mejilla de su interlocutor unas partículas que parecían de comida y también una bolsa en el banco junto a la mujer, de la cual surgía un pastelillo de avena así como otro desmigajado en el suelo entre sus pies. ¿Qué diablos habría ocurrido aquí?

El corredor miró colérico a Travis y abrió la boca para hablar, pero entonces observó a la mujer con *Einstein* y obviamente pensando que su indignación ficticia estaba ya fuera de lugar, dijo hosco:

—Bueno..., usted debería cuidar mejor de ese maldito perro.

—¡Bah! No creo que siga molestándoles —respondió Travis mientras enrollaba la correa—. Fue sólo una ofuscación.

Todavía furibundo, pero inseguro, el corredor miró a la amilanada mujer y dijo:

—¿Nora...?

Ella no contestó. Siguió acariciando a *Einstein*.

—Te veré más tarde —dijo el corredor. Y como siguiera sin obtener respuesta, se concentró en Travis y le dijo contrayendo los ojos—: Si ese chucho intenta pisarme los talones...

—No lo hará —le interrumpió Travis—. Puede continuar usted su carrera. No le molestará.

Mientras el hombre se alejaba a trote lento por el parque hacia la salida más cercana, volvió la cabeza varias veces. Por último, desapareció.

Entretanto, *Einstein* se había echado en el banco descansando la cabeza sobre el regazo de la mujer.

—Es evidente que le gusta usted —dijo Travis.

Sin levantar la vista y pasando la mano por el pelaje de *Einstein*, ella murmuró:

—Es un perro encantador.

—Lo tengo justamente desde ayer.

Ella no hizo comentario alguno.

Él se sentó en el otro extremo del banco con *Einstein* entre ambos.

—Me llamo Travis.

Sin reaccionar, ella rascó a *Einstein* detrás de las orejas. El perro hizo un ronquido de satisfacción.

—Travis Cornell.

Por fin ella alzó la cabeza y le miró:

—Nora Devon.

—Celebro conocerla.

Ella sonrió, pero nerviosa.

Aunque llevase una melena lacia y no usara maquillaje, era muy atractiva. Tenía pelo oscuro y lustroso, cutis impecable y sus ojos grises estaban animados por unas estrías verdes que parecían luminosas con el sol radiante de mayo.

Como si descubriera su aprobación y se asustara de ello, la mujer rompió al instante el contacto visual y humilló una vez más la cabeza.

—Señorita Devon —dijo él—, ¿ocurre algo?

Ella no dijo nada.

—¿La estaba..., molestando ese hombre?

—Estoy bien —dijo ella.

Con la cabeza gacha y los hombros encogidos, sentada allí bajo una tonelada de timidez, aquella mujer pareció tan vulnerable que Travis no pudo levantarse y desaparecer dejándola allí sola con sus problemas. Así que dijo:

—Si ese hombre estaba molestándola, creo que deberíamos llamar a un policía...

—No —dijo ella en voz queda pero apremiante, y zafándose del peso de *Einstein* se levantó.

El perro saltó del banco y se plantó junto a ella, mirándola con adoración.

Travis se levantó también y dijo:

—No pretendo entrometerme, por supuesto...

Ella se alejó presurosa, eligiendo otro camino que el del corredor para salir del parque.

Einstein se dispuso a seguirla, pero se detuvo y volvió remiso cuando su dueño lo llamó.

Travis la miró desconcertado hasta verla desaparecer..., una mujer turbada y enigmática con un traje gris tan sórdido e informe como la indumentaria de una dama Amish o un miembro de cualquier otra secta que se esforzara por ocultar su figura femenina debajo de unos atavíos que no tentaran al hombre.

Él y *Einstein* prosiguieron su paseo por el parque. Más tarde fueron a la playa, en donde el perdiguero pareció maravillado ante el panorama infinito del ondulante mar y de las olas espumosas que rompían sobre la arena. Mientras retozaba alegre por la orilla, se detuvo varias veces para mirar el océano durante un minuto o dos. Algún tiempo después, ya en casa, Travis intentó que *Einstein* se interesara de nuevo por los libros que tanto le agitaran la tarde anterior, esperando poder adivinar ahora lo que el perro buscaba en ellos. *Einstein* olfateó con desgana los volúmenes que Travis le enseñó y luego..., bostezó.

A lo largo de toda la tarde, Travis evocó sin proponérselo a Nora Devon con sorprendente frecuencia y precisión. Ella no requería ropas incitantes para captar el interés de un hombre. Aquel rostro y aquellos ojos grises moteados de verde eran más que suficientes.

III

Tras unas pocas horas de sueño profundo, Vince Nasco tomó un vuelo de madrugada a Acapulco, México. Allí fue a un inmenso hotel en primera línea de playa, un resplandeciente pero inane promontorio en donde todo era cristal, cemento y terrazo. Después de cambiarse, optando por un aireado *Top Siders* blanco, pantalones blancos de algodón y camisa «Ban-Lon» azul celeste, salió en busca del doctor Lawton Haines.

Haines estaba pasando sus vacaciones en Acapulco. Tenía treinta y nueve años, medía uno ochenta y pesaba setenta y dos kilos; todo ello, más el enmarañado pelo castaño oscuro, hacía que pareciera Al Pacino, si se exceptuaba una marca roja de nacimiento del tamaño de medio dólar en la frente. Él acudía a Acapulco por lo menos dos veces al año, y se alojaba siempre en el elegante hotel «Las Brisas», situado sobre el cabo, al este de la bahía; se regodeaba con frecuentes y prolongados almuerzos en un restaurante anexo al hotel «Caleta», cuyos *margaritas* y vistas sobre la playa de Caleta le hacían preferirlo a los demás.

A las doce y veinte, Vince tomó asiento en una silla de junco con cómodos almohadones amarillos y verdes, ante una mesa cercana a los enormes ventanales del susodicho restaurante. Apenas entró, localizó a

Haines. El doctor ocupaba otra mesa de ventana, tres más allá de Vince semioculto por una palma de maceta. Haines estaba comiendo langostinos y bebiendo *margaritas* con una beldad rubia. Ésta llevaba pantalones blancos y un alegre corpiño a rayas. Casi todos los hombres en el comedor la miraban alelados.

En opinión de Vince, Haines se parecía más a Dustin Hoffman que a Pacino. Tenía esas facciones audaces de Hoffman, incluida la nariz. Por otra parte, era tal y como se lo habían descrito. El tipo llevaba pantalones rosa de algodón, camisa de un amarillo limón y sandalias blancas, lo que era, según Vince, llevar al extremo la indumentaria tropical de estación veraniega.

Vince terminó un almuerzo compuesto por sopa de albóndigas, enchiladas de marisco en salsa verde y un *margarita* sin alcohol; y pagó la nota justamente cuando Haines se disponía a partir con la rubia.

La mujer conducía un «Porsche» rojo. Vince les siguió en un «Ford» alquilado que tenía demasiados kilómetros en su estructura, repiqueteaba con tanto abandono como la percusión de una banda mariachi y tenía un alfombrín mohoso y maloliente.

Llegados a «Las Brisas», la rubia dejó a Haines en el aparcamiento, aunque no sin antes permanecer los dos de pie junto al coche durante cinco minutos, si no más, aferrándose mutuamente por el trasero y besándose con intensidad a la luz del día.

Vince sufrió una decepción. Él había esperado que Haines tuviera un sentido más cabal del decoro. Después de todo, el hombre tenía un *doctorado*. Si las personas cultivadas no mantenían los preceptos tradicionales de conducta, ¿quién lo haría? ¿Acaso no se enseñaban modales y normas de comportamiento en las Universidades de hoy? No era de extrañar que cada año el mundo fuera más tosco y más vulgar.

La rubia partió en el «Porsche», y Haines abandonó el aparcamiento en un «Mercedes 560 SI» deportivo de color blanco. ¡Seguro que no era alquilado! Vince se preguntó en dónde lo habría adquirido el doctor.

Haines dejó su coche al recepcionista de otro hotel, y Vince le imitó. Siguió al doctor a través del vestíbulo hasta la playa, y allí emprendieron lo que parecía una caminata sin objeto a lo largo de la orilla. Pero por fin Haines se acomodó junto a una encantadora y joven mejicana con bikini de cordones. Era una mujer morena de soberbias proporciones y quince años más joven que el doctor. Estaba tomando el sol sobre una tumbona y con los ojos cerrados. Haines la besó en la garganta, sobresaltándola. Evidentemente, ambos se conocían, pues ella le echó los brazos al cuello entre risas.

Vince se paseó arriba y abajo por la playa, y finalmente, se sentó detrás de Haines y la chica con dos o tres bañistas interpuestos entre ellos. No le preocupaba que Haines le viera. El doctor parecía tener ojos tan sólo para la exquisita anatomía femenina. Además, a pesar de su tamaño, Vince tenía el don de pasar inadvertido en el paisaje de fondo.

Mar adentro, un turista daba un paseo en paracaídas a gran altura, remolcado por una lancha motora. El sol semejaba una granizada inacabable de doblones de oro sobre la arena y el mar.

Al cabo de veinte minutos, Haines besó a la chica en los labios y en las suaves curvas de los pechos y se marchó por donde había llegado. La joven le gritó:

—¡Esta tarde a las seis!

Y Haines contestó:

—Allí estaré.

Luego Haines y Vince dieron un placentero paseo en coche. Al principio Vince supuso que Haines tenía un destino específico, pero transcurrido un buen rato parecía que ambos habían escogido al azar la ruta de la costa para disfrutar del paisaje. Desfilaron ante la playa del Revolcadero y siguieron adelante, Haines en su «Mercedes» blanco, Vince siguiéndole lo más cerca posible con su «Ford».

Por fin llegaron a una atalaya panorámica en donde Haines se salió de la carretera y aparcó junto a un coche del que se estaban apeando cuatro turistas ataviados con ropas chillonas. Vince aparcó también y caminó hasta la barandilla de hierro, en el borde mismo de la escarpadura, desde donde se contemplaba un panorama verdaderamente magnífico del litoral y de las olas atronadoras que rompían contra los escollos treinta metros más abajo.

Los turistas, con sus camisas de loro y pantalones a rayas, terminaron de proferir exclamaciones sobre la espléndida vista, tomaron sus últimas instantáneas y, desembarazándose de algunos desperdicios y envolturas vacías, partieron, dejando solos a Vince y Haynes en el acantilado. El único vehículo que por carretera se les aproximaba era un «Trans Am». Vince pensó que pasaría de largo, y apenas lo hiciera él atacaría a Haines por sorpresa.

Pero en lugar de seguir adelante, el «Trans Am» frenó y se detuvo junto al «Mercedes» de Haines. Una encantadora muchacha de veinticinco años más o menos se apeó. Parecía mejicana, pero con algunas gotas de sangre china. Muy exótica. Llevaba un sujetador blanco y shorts del mismo color. Sus piernas eran las mejores que Vince viera jamás. Ella y Haines se alejaron a lo largo de la barandilla hasta separarse unos doce metros de Vince y entonces se entrelazaron en un abrazo que le hizo enrojecer.

Durante los minutos siguientes, Vince se les fue acercando a lo largo de la barandilla y se asomó peligrosamente varias veces, estirando el cuello para echar un vistazo a las furiosas rompientes que despedían agua a seis metros de altura.

—¡Caray, chico! —exclamó cuando una de ellas, particularmente monstruosa, golpeó los ásperos cantiles. Intentaba fingir una actitud totalmente inocente en su movimiento hacia la pareja.

Aunque ellos le dieran la espalda, la brisa le llevó jirones de su conversación. A la mujer parecía inquietarle que su marido descubriese la presencia de Haines en la ciudad, y éste la presionó para que tomase una decisión sobre lo de mañana noche. El tipo era un desvergonzado.

La carretera se despejó por un momento, y Vince se dijo que tal vez no tuviera otra oportunidad para hacerse con Haines. Así pues, salvó la distancia que le separaba de la chica, unos metros, la aferró por la nuca y por el cinturón de sus shorts y levantándola en vilo la lanzó por encima de la barandilla. Entre alaridos, la mujer cayó a plomo contra las rocas del fondo.

Todo fue tan rápido que Haines no tuvo tiempo de reaccionar. Apenas había salido por los aires la mujer, Vince se volvió hacia el estupefacto doctor y le golpeó dos veces en la cara, partiéndole ambos labios y rompiéndole la nariz. El hombre quedó inconsciente.

Mientras Haines se desplomaba, la mujer se estrelló contra las rocas y Vince recibió su obsequio energético, incluso a esa distancia.

A él le hubiera gustado asomarse por la barandilla para echar una buena ojeada al cuerpo destrozado sobre las rocas, pero, por desgracia, no podía perder tiempo. La carretera no estaría libre de circulación por mucho rato.

Cargando con Haines, se dirigió hacia el «Ford» y lo colocó en el asiento delantero, recostado contra la puerta, como si durmiese pacíficamente. No olvidó inclinarle la cabeza hacia atrás para que la sangre de la nariz se le escurriera por la garganta.

Desde la carretera costera, que era sinuosa y con muchos trechos en mal estado para una vía tan importante, Vince tomó una serie de carreteras secundarias sin asfaltar, cada cual más angosta y escabrosa que la anterior, pasando de la grava a las superficies polvorientas y desiguales, adentrándose cada vez más en el bosque hasta detenerse ante una muralla de árboles inmensos y vegetación exuberante, un solitario callejón sin salida. Durante el recorrido, Haines había recobrado el conocimiento dos veces, pero Vince se lo había hecho perder otras tantas mediante el sencillo procedimiento de golpear la cabeza del doctor contra el salpicadero.

Ahora sacó al viajero inconsciente del «Ford» y lo arrastró por una brecha de la espesa maleza hasta encontrar un umbroso claro con suelo de musgo. Las aves canoras y chillonas enmudecieron, los animales desconocidos con voces peculiares se escabulleron entre los arbustos. Grandes insectos, incluido un escarabajo como la mano de Vince, se apartaron de su camino, y varias lagartijas treparon raudas por los troncos.

Vince volvió al «Ford» para recoger algún material de interrogatorio. Un paquete de jeringas y dos frascos de pentotal sódico. Una porra de cuero cargada con perdigones de plomo. Un «Taser» manual, que semejaba un dispositivo de mando a distancia para televisores. Y, por último, un sacacorchos con mango de madera.

Lawton Haines estaba todavía inconsciente cuando Vince regresó al claro. La nariz rota le hacía roncar al respirar.

Haines debería haber muerto ya veinticuatro horas antes. La gente que ayer contratara a Vince para hacer tres trabajos, quiso emplear a otro profesional autónomo que residía en Acapulco y operaba por todo México. Sin embargo, este sujeto había muerto ayer por la mañana al abrir un paquete largo tiempo esperado que le enviaba por vía aérea «Fortnum & Mason» desde Londres y que contenía, sorprendentemente, dos libras de explosivo plástico en lugar de jaleas y mermeladas selectas. Apremiado por la urgencia del caso, el equipo en Los Ángeles había confiado aquel trabajo a Vince, aunque comprendiera que la sobrecarga de éste era excesiva. Fue un gran golpe de suerte para él, porque estaba seguro de que este doctor estaría también relacionado con los «Laboratorios Banodyne» y podría procurarle más pormenores sobre el Proyecto Francis.

Ahora, inspeccionando el bosque alrededor del claro en donde yacía Haines, Vince encontró un árbol caído del cual consiguió arrancar un trozo grueso y curvo de corteza que serviría como cazo. Luego localizó un arroyo lleno de algas y cogió con el improvisado cazo unos doscientos cincuenta centímetros cúbicos de agua. Aquel líquido parecía putrefacto. ¡Cualquiera sabía cuántas bacterias exóticas medrarían allí! Pero, a estas alturas, la posibilidad de contraer una enfermedad no le inquietaría a Haines, por supuesto.

Vince le arrojó el primer cazo de agua al rostro. Poco después volvió con un segundo cazo cuyo contenido le obligó a beber. Tras muchos ahogos y escupiduras más una pequeña vomitona, Haines se despejó lo suficiente para comprender lo que se le decía y para responder de forma inteligible.

Enarbolando la porra de cuero, el «Taser» y el sacacorchos, Vince explicó a Haines cómo los utilizaría si se negaba a cooperar. El doctor, que declaró ser un especialista en fisiología y función del cerebro, demostró tener más inteligencia que patriotismo y aireó casi con ansiedad cada detalle del trabajo altamente secreto que desempeñaba para la defensa nacional en «Banodyne».

Cuando Haines juró que no le quedaba más por contar, Vince preparó el pentotal sódico. Mientras introducía la droga en la jeringa, dijo con tono coloquial:

—Escuche, doctor, ¿qué *hay* entre usted y las mujeres?

Haines, tendido boca arriba sobre el musgo, con ambos brazos a los costados, tal como se lo mandara Vince, no logró adaptarse inmediatamente al cambio de tema. Parpadeó confuso.

—Le he estado siguiendo desde el almuerzo y le he visto tratar con tres mujeres, una tras otra, en Acapulco...

—Cuatro —le corrigió Haines. Y a despecho de su pavor, dejó entrever un enorgullecimiento enorme—. Ese «Mercedes» que estoy conduciendo pertenece a Giselle, la pequeña más dulce que...

—¿Y usted está utilizando el coche de una mujer para engañarla con otras tres?

Haines asintió e intentó sonreír, pero dio un respingo porque su sonrisa le causó nuevas oleadas de dolor a través de la nariz deshecha.

—Yo he sido siempre... así con las damas.

—¡Por amor de Dios! —exclamó pasmado Vince—. ¿No se ha dado usted cuenta de que éstos ya no son los años sesenta ni los setenta? El amor libre ha muerto. Ahora tiene su precio. Y un precio prohibitivo. ¿No ha oído hablar usted de herpes, SIDA y otras cochinadas semejantes? —Mientras le administraba el pentotal añadió—: Usted es un vehículo para todas y cada una de las enfermedades venéreas conocidas por el hombre.

Haines, que se le quedó mirando con un parpadeo estúpido, pareció al principio perplejo y luego se sumió en un sueño profundo de pentotal. Bajo los efectos de la droga, confirmó todo cuanto dijera ya a Vince sobre «Banodyne» y el Proyecto Francis.

Cuando la droga perdió toda su eficacia, Vince ensayó el «Taser» con Haines para distraerse un rato, hasta que las baterías se agotaron. El científico se estremeció y pataleó cual una chinche de campo agonizante, se arqueó hacia atrás hincando manos, cabeza y talones en el musgo.

Transmisión energética.

Se hizo un silencio sepulcral por todo el bosque, pero Vince sintió que miles de ojos le vigilaban, ojos de entes silvestres. Él creyó que esos vigilantes ocultos aprobaban lo que le había hecho a Haines, porque el estilo de vida del científico representaba una afrenta contra el orden natural de las cosas, un orden natural que acataban todas las criaturas de la selva.

Dijo «gracias» a Haines, pero no besó al hombre. No le besó en la boca. No en la frente siquiera. La energía vital de Haines fue tan vigorizante y tuvo tan buena acogida como cualquier otra, más su cuerpo y su espíritu eran polutos.

IV

Nora se fue directamente a casa desde el parque. Le era imposible recobrar el talante aventurero y el espíritu de libertad que colorearan la mañana y las primeras horas de la tarde.

Una vez hubo cerrado la puerta de entrada, dio una vuelta a la llave de la cerradura ordinaria, puso el cerrojo en punto muerto y echó la cabeza de seguridad, una gruesa pieza de latón. Luego inspeccionó las habitaciones de la planta baja y corrió por completo las cortinas de cada ventana para impedir que Art Streck atisbara el interior si se le ocurriera merodear por allí. El contacto con Streck no sólo la había aterrorizado, sino que también le había dejado la sensación de estar sucia. Necesitó más que nada una ducha bien larga y caliente.

Pero las piernas le temblaron de pronto, sintió cómo se le doblaban las rodillas bajo un ataque de vértigo. Tuvo que aferrarse a la mesa de la cocina para mantener el equilibrio. Experimentó la certeza de que si intentaba subir las escaleras en aquel momento, se caería. Así pues, tomó asiento, plegó ambos brazos sobre la mesa, descansó la cabeza encima de ellos y aguardó a sentirse mejor.

Cuando pasó lo peor del mareo, Nora recordó la botella de brandy en la alacena, junto al frigorífico, y pensó que unos sorbos la ayudarían a reanimarse. Ella había comprado ese brandy, «Remy Martin», después de que muriera Violet, porque ninguna bebida más fuerte que la sidra había merecido jamás la aprobación de Violet. Cuando regresó a casa del funeral de su tía, Nora se sirvió una copa de brandy como un acto de rebeldía. Entonces no le había gustado el brebaje y había vaciado casi toda la copa por el desagüe del fregadero. Pero ahora se le antojó que un trago de brandy pondría fin a sus temblores.

Primero fue al fregadero y se lavó las manos repetidas veces bajo el chorro más caliente que pudo tolerar, empleando no sólo jabón sino también grandes cantidades de «Ivory», un detergente para vajillas, hasta borrar todo rastro de Streck. Cuando concluyó, sus manos quedaron enrojecidas y ásperas.

Entonces llevó a la mesa la botella de brandy y un vaso. Ella había leído libros en donde los protagonistas se sentaban con una botella de aguardiente y una pesada carga de desesperación dispuestos a engullirse la primera para arrastrar por el mismo camino a la segunda. Algunas veces les salía bien, de modo que tal vez funcionara en su caso. Si el brandy podía aliviar su estado de ánimo, aunque sólo fuera temporalmente, estaba presta a beberse la maldita botella hasta los posos.

Mas ella no tenía madera de libertina. Se pasó las dos horas siguientes tomando a sorbos una copa de «Remy Martin».

Cuando intentaba apartar de su pensamiento el recuerdo de Streck, la atormentaba sin piedad la evocación de tía Violet, y cuando intentaba no pensar en Violet volvía de nuevo a Streck, y cuando intentaba desterrar *a ambos* de su mente, rememoraba a Travis Cornell, el hombre del parque, pero tampoco la consolaban sus cavilaciones sobre él. Aquel hombre le había agradado, afable, cortés, solícito..., y además la había librado de Streck. Pero sería, probablemente, tan malo como éste. A la menor oportunidad que ella le diera, Cornell se aprovecharía al igual que Streck. Tía Violet había sido tiránica, retorcida, morbosa, y sin embargo, cada vez le parecía que estuvo más en lo cierto al apuntar los peligros de la interacción con personas desconocidas.

¡Ah, pero el *perro*...! Ésa era otra cuestión. Ella no tuvo miedo del perro, ni siquiera cuando el animal se había disparado hacia el banco del parque ladrando con verdadera ferocidad. Por una razón u otra adivinó que el perdiguero, o *Einstein*, como le había llamado su amo, centraba su furia en Streck. Abrazándose a *Einstein* se había sentido segura, protegida, incluso cuando Streck se erguía, todavía amenazador sobre ella.

Quizá fuera conveniente tener un perro propio. Violet aborrecía la mera mención de los animales domésticos. Pero Violet estaba muerta, muerta para siempre, y nadie podría impedirle a Nora que tuviese un perro propio.

A menos que...

Bueno, ella tenía el peculiar presentimiento de que ningún otro perro podría procurarle la profunda sensación de seguridad que le diera *Einstein*. Ella y el perdiguero habían disfrutado de su momentánea relación.

Desde luego, podría ocurrir que ella le atribuyera cualidades que no poseía, al dejarse influir por el hecho de que el animal la hubiese salvado de Streck. Siendo así, ella le vería naturalmente como su salvador, su bravo guardián. Pero, por mucho que intentara desengañarse con la noción de que *Einstein* era sólo un perro como cualquier otro, Nora pensó todavía que aquel animal era algo especial, y continuó convencida de que ningún otro perro le procuraría protección y compañía en un grado tan alto como *Einstein*.

Una solitaria copa de «Remy Martin», consumida a lo largo de dos horas, más los pensamientos sobre *Einstein*, sirvieron para levantarle la moral. Y lo que fue más importante, el brandy y la evocación del perro le insuflaron el coraje suficiente para ir hasta el teléfono de la cocina con el firme propósito de llamar a Travis Cornell y proponerle la compra de su perdiguero. Después de todo, él le había dicho que tenía el perro desde hacía tan sólo un día, y por consiguiente, no podía tenerle mucho afecto. Si ella le ofreciese el precio justo, tal vez se lo vendiera. Nora hojeó la guía telefónica, encontró el número de Cornell y lo marcó.

Él contestó al segundo timbrazo.

—¿Diga?

Al oír su voz, Nora se dijo que cualquier tentativa para comprarle el perro sería como proporcionarle una palanca, un medio de entrometerse en su vida. Ella había olvidado que aquel hombre podría ser tan peligroso como Streck.

—¿Diga? —repitió él.

Nora vaciló.

—¿Diga? ¿Hay alguien ahí?

Ella colgó sin decir palabra.

Antes de hablar sobre el perro a Cornell, tenía que idear un enfoque que le disuadiera de cualquier artimaña para entrometerse en su vida, si, en verdad, él fuera como Streck.

V

Cuando el teléfono sonó poco antes de las cinco, Travis estaba vaciando una lata de «Alpo» en el cuenco de *Einstein*. El perdiguero le observaba interesado, lamiéndose las fauces pero aguardando paciente a que extrajera las últimas migajas de la lata. Una verdadera exhibición de comedimiento.

Travis fue al teléfono, y *Einstein*, a la comida. Cuando nadie contestó a su primer saludo, Travis habló por segunda vez, y el perro levantó la cabeza de su cuenco. Al no obtener respuesta, Travis preguntó si había alguien al otro lado de la línea, lo cual pareció intrigar a *Einstein*, porque el animal empezó a pasear por la cocina sin perder de vista el auricular en la mano de Travis.

Por fin, colgó y dio media vuelta, pero *Einstein* siguió plantado allí mirando el teléfono de pared.

—Un error al marcar, probablemente.

Einstein le miró y volvió la vista hacia el teléfono.

—O algunos gamberrillos creyéndose muy listos.

Einstein gimió inquieto.

—¿Qué te reconcome?

Einstein siguió allí, como clavado junto al teléfono.

Dando un suspiro, Travis dijo:

—Ya he tenido toda la perplejidad que puedo soportar por un día. Si piensas ponerte misterioso, tendrás que hacerlo sin mí.

Como él quisiera ver las noticias de la mañana antes de prepararse la comida, cogió una «Diet Pepsi» del frigorífico y se encaminó hacia la sala, dejando al perro en peculiar comunión con el teléfono. Después de encender el televisor, se sentó en el sillón grande, hizo saltar la chapa de su «Pepsi»... y oyó que *Einstein* estaba armando cierto barullo en la cocina.

—¿Qué estás haciendo ahí?

Entrechocar de cosas metálicas. Ruido de patas frotando una superficie dura. Un golpe sordo. Otro.

—Cualesquiera sean los daños que estés causando —advirtió Travis—, los pagarás. Y ¿cómo te propones ganar los pavos necesarios? Quizá tengas que ir a Alaska para trabajar como perro de trineo.

La cocina quedó en silencio. Pero sólo por un momento. Hubo un par de topetazos, un breve traqueteo y nuevamente el arañar de zarpas.

Travis sintió curiosidad a pesar suyo. Accionó el dispositivo de mando a distancia para apagar el televisor.

Algo cayó con ruido sordo sobre el suelo de la cocina.

Cuando Travis estaba a punto de levantarse del sillón para averiguar lo sucedido, *Einstein* apareció. El laborioso perro llevaba entre las fauces la guía telefónica. Debió de saltar varias veces hasta el estante de la cocina en donde estaba la guía para darle zarpazos y tirarla al suelo. Cruzó la sala y soltó el grueso volumen ante el sillón.

—¿Qué quieres? —inquirió Travis.

El perro empujó la guía con el hocico, luego le miró expectante.

—¿Quieres que telefonee a alguien?

Resoplido.

—¿A quién?

Einstein hurgó otra vez la guía con el morro.

—Ahora sepamos a quién quieres que telefonee —dijo Travis—. ¿¡Lassie!, ¡Rin Tin Tin!, ¡Old Yeller!...?

El perdiguero le miró fijamente, con esos ojos oscuros tan poco caninos y más expresivos que nunca, pero insuficientes para transmitir lo que el animal quería.

—Escucha —dijo Travis—, tal vez tú puedas leerme el pensamiento, pero yo no puedo hacer lo propio con el tuyo.

Dejando escapar un gemido de contrariedad, el perdiguero abandonó silencioso la habitación y desapareció por una esquina en el pequeño vestíbulo al que daban el cuarto de baño y dos dormitorios.

Travis consideró la conveniencia de seguirle, pero decidió esperar y ver lo que sucedía.

Al cabo de un minuto escaso, *Einstein* regresó trayendo en la boca una fotografía de marco dorado 8 × 10. La dejó caer junto a la guía telefónica. Era una fotografía de Paula que Travis guardaba en el tocador del dormitorio. Se la habían tomado el día de la boda, diez meses antes de que ella muriera. Estaba muy hermosa y parecía..., aparentemente saludable.

—Nada que hacer, muchacho. Yo no puedo comunicar con los muertos.

Einstein bufó como si quisiera significar que Travis era duro de mollera. Luego se acercó a una estantería de revistas, la volcó, dispersando todo su contenido, y regresó con un ejemplar de *Time* que dejó caer junto a la fotografía de marco dorado. Con sus patas delanteras arañó la revista hasta abrirla, y la hojeó, rasgando unas cuantas hojas en el proceso.

Travis se adelantó hasta el borde del sillón y se inclinó hacia adelante acuciado por la curiosidad.

Einstein se detuvo un par de veces para examinar las páginas abiertas de la revista y luego continuó pasándole la zarpa. Por fin llegó al anuncio de un automóvil que mostraba en primer plano una modelo morena impresionante. El animal levantó la vista para mirar a Travis, miró de nuevo el anuncio, otra vez a Travis y por último resopló.

—No te sigo.

Pasando más páginas con la zarpa, *Einstein* encontró otro anuncio en donde una rubia sonriente sostenía un cigarrillo. Entonces lanzó un bufido a Travis.

—¿Coches y cigarrillos? ¿Quieres que te compre un coche y un paquete de «Virginia Slims»?

Tras otra visita al volcado estante de revistas, *Einstein* regresó con un boletín del sector inmobiliario, cuyos ejemplares seguían apareciendo en el buzón cada mes, aunque hiciera ya dos años que Travis había abandonado ese negocio. El perro la pasó también por sus zarpas hasta encontrar un anuncio representando a una bonita agente inmobiliaria con una chaqueta «Century 21».

Travis miró la fotografía de Paula, la rubia fumando su cigarrillo y la pizpireta agente «Century 21», luego recordó el otro anuncio con la morena y el automóvil, y dijo:

—¿Una mujer? ¿Quieres que telefonee..., a alguna mujer?

Einstein ladró una vez.

—¿A quién?

Einstein apresó delicadamente entre sus quijadas la muñeca de Travis e intentó levantarle del sillón.

—Vale, vale, suéltame. Te seguiré.

Pero *Einstein* no quiso arriesgarse. No soltó la muñeca de Travis, e hizo que su amo caminara medio encorvado por la sala, el comedor y la cocina hasta el teléfono de pared. Allí volvió a dejar en libertad a Travis.

—¿A quién? —preguntó una vez más Travis, pero al tiempo que lo hacía comprendió de repente. Había sólo una mujer a quien conocían ambos, él y el perro—. ¿No será esa señora que encontramos hoy en el parque?

Einstein empezó a agitar el rabo.

—¿Y crees que es ella quien acaba de llamarnos?

La cola se movió más deprisa.

—¿Cómo pudiste saber quién estaba en el aparato? Ella no pronunció palabra. Además..., ¿qué estás tramando? ¿Un emparejamiento?

El perro resopló dos veces.

—Bueno, ella era bonita, sin duda, pero no mi tipo, compadre. Un poco rara, ¿no crees?

Einstein le ladró, corrió hasta la puerta de la cocina, saltó ante ella dos veces, volvió a Travis y ladró otra vez, corrió alrededor de la mesa sin interrumpir sus ladridos, salió disparado hacia la puerta, saltó ante ella de nuevo y poco a poco se hizo evidente que algo le perturbaba seriamente.

Acerca de la mujer.

Ella tuvo algún conflicto aquella tarde en el parque. Travis se acordó de aquel bastardo con calzones de corredor. Él se había ofrecido a ayudarla, pero la mujer había rehusado. ¿Y si lo hubiese pensado mejor y hubiera decidido telefonearle como lo hizo pocos minutos antes descubriendo que no tenía el coraje suficiente para explicarle su apurada situación?

—¿Crees que ha sido ella quien telefoneó?

El rabo comenzó a agitarse nuevamente.

—Bueno..., aun cuando fuera ella, no parece prudente buscarse complicaciones.

El perdiguero se abalanzó sobre él, le aferró la pernera derecha de sus vaqueros y sacudió furioso el paño, estando a punto de dar con Travis en tierra.

—Está bien, basta ya. Lo haré. Tráeme esa maldita guía.

Einstein le soltó y salió raudo de la habitación, patinando sobre el resbaladizo linóleo. Al poco reapareció con la guía entre las quijadas.

Hasta el momento de tomar la guía, Travis no se apercibió de haber estado esperando que el perro entendiera su petición. Desde ese instante, las excepcionales facultades e inteligencia del animal fueron cosas que Travis dio por supuestas.

Sin poder evitar un respingo, también cayó en la cuenta de que el perro no le habría traído la guía a la sala si no hubiese comprendido la utilidad de tal libro.

—¡Por Dios que se te ha bautizado bien, cara peluda! ¿No te parece?

VI

Aunque Nora no tuviese la costumbre de cenar antes de las siete, se sintió hambrienta. El paseo matinal y la copa de brandy le habían despertado el apetito, y éste era un placer que nada podría aguar, ni siquiera los pensamientos sobre Streck. Como no tuviese ganas de cocinar, se preparó una fuente de fruta, algo de queso y un croissant calentado en el horno.

Habitualmente Nora cenaba en su habitación, dentro de la cama, con una revista o un libro, porque así se sentía más feliz. Cuando asía la fuente para marchar escaleras arriba, el teléfono sonó.

Streck.

Sin duda sería él. ¿Quién si no? Ella recibía muy pocas llamadas.

Se mantuvo rígida escuchando el teléfono. Incluso después de que éste callara. Quedó recostada contra el mostrador de la cocina sintiéndose débil, esperando oír de nuevo los timbrazos.

VII

Como Nora no contestara al teléfono, Travis se dispuso a oír las noticias vespertinas en el televisor, pero *Einstein* permanecía agitado. El perdiguero colocó sus patas delanteras sobre el mostrador, dio unos cuantos zarpazos a la guía hasta hacerla caer al suelo. Luego la apresó entre las quijadas y corrió fuera de la cocina.

Espoleada su curiosidad por el siguiente movimiento del perro, Travis lo siguió y lo encontró esperando ante la puerta de entrada con la guía aún en la boca.

—Y ahora, ¿qué?

Einstein puso una zarpa sobre la puerta.

—¿Quieres salir?

El perro gimió, mas la guía en su boca amortiguó el sonido.

—¿Qué te propones hacer ahí fuera con la guía telefónica? ¿Tal vez enterrarla como si fuera un hueso? ¿Es que hay algo a la vista?

Aunque Travis no recibiese respuesta a ninguna de esas preguntas, abrió la puerta y dejó que el perdiguero saliera al dorado atardecer. *Einstein* se disparó hacia la camioneta aparcada en el camino de entrada. Se quedó plantado ante la puerta correspondiente al asiento del pasajero y miró hacia atrás con lo que cabría describir como impaciencia.

Travis caminó hasta la camioneta y miró al perdiguero. Suspiró.

—Sospecho que quieres ir a alguna parte. Y también sospecho que no has proyectado visitar la compañía telefónica.

Dejando caer la guía, *Einstein* se alzó de manos, apoyó las zarpas contra la puerta de la camioneta y, volviendo la cabeza hacia Travis, ladró.

—¿Quieres que mire la dirección de la señorita Devon en la guía y le haga una visita, no es eso?

Un resoplido.

—Lo siento —dijo Travis—. Sé que te gustó, pero yo no estoy disponible para mujer alguna. Además, ella no es mi tipo. Ya te lo he dicho. Y tampoco yo soy su tipo. A decir verdad, tengo la impresión de que nadie es su tipo.

El perro ladró.

—No.

El animal se dejó caer al suelo y abalanzándose sobre Travis le aferró otra vez por una pernera de sus vaqueros.

—No —repitió él, mientras se agachaba y aferraba por el collar a *Einstein*—. Y es inútil que intentes comerte todo mi guardarropa, porque no pienso ir.

Einstein soltó su presa, se escabulló de un tirón y galopó hasta el largo macizo de luminosas paciencias en flor. Una vez allí, empezó a escarbar con furia, lanzando flores mutiladas al césped detrás de él.

—¡Por amor de Dios! ¿Qué te propones?

El perro siguió escarbando laboriosamente, abriéndose camino a través del macizo, arriba y abajo, dispuesto a destruirlo por completo.

Travis corrió hacia el perdiguero.

—¡Eh, detente!

Einstein voló hacia el otro lado del patio y comenzó a abrir un agujero en el césped.

Travis le persiguió.

Una vez más, *Einstein* escapó a otro rincón del césped y empezó a arrancar más hierba, luego a la pila para pájaros, que intentó socavar por la base, y vuelta a lo que había dejado de las paciencias.

Viéndose incapaz de atrapar al perdiguero, Travis se detuvo al fin, tomó aliento y gritó:

—¡Basta!

Einstein dejó de escarbar y alzó la cabeza. Colgajos de color rojo coral le quedaron pendiendo del hocico.

—Iremos allí —dijo Travis.

Einstein se sacudió las flores y pasó de las ruinas al césped..., con suma cautela.

—No habrá trucos —prometió Travis—. Si eso significa tanto para ti, visitaremos a esa mujer. Pero sólo Dios sabe lo que voy a decirle.

VIII

Con su fuente de la cena en una mano y una botella de «Evian» en la otra, Nora atravesó el vestíbulo de la planta baja experimentando un gran alivio al ver el resplandor de luces en cada habitación. En el descansillo del segundo piso empleó el codo para accionar el interruptor que encendía las luces de dicho vestíbulo. Pensó que necesitaría incluir un montón de bombillas en su próximo pedido a la tienda, porque se proponía dejar encendidas día y noche todas las luces. Ello representaba un gasto que no le dolería lo más mínimo.

Reconfortada todavía por el brandy, Nora empezó a tararear para sí mientras se dirigía hacia su habitación.

—Río de la luna, una milla o más de ancho.

Franqueó el umbral... y se paró en seco. Streck estaba tendido sobre la cama.

Gesticuló alegre y dijo:

—Hola, muñeca.

Por unos instantes ella pensó que sería una alucinación, pero cuando le oyó hablar, comprendió que era aquel individuo en persona, lanzó un grito mientras la fuente se le caía de la mano, esparciendo frutas y queso por todo el suelo.

—¡Oh, madre mía! ¡Vaya un estropicio que has hecho! —exclamó él, sentándose en la cama y girando la cintura para echar los pies al suelo. Llevaba todavía sus calzones de corredor, calcetines y zapatillas deportivos; nada más—. Pero no hay necesidad de limpiarlo ahora. Tenemos otros asuntos de que ocuparnos primero. He estado esperando largo rato a que subieras esas escaleras. Esperando y pensando en ti..., poniéndome a punto para ti... —Diciendo esto se levantó—. Ya va siendo hora de enseñarte lo que jamás aprendiste.

Nora no pudo moverse. Ni respirar.

El hombre debía haber venido a la casa directamente desde el parque, llegando antes que ella. Había forzado la entrada sin dejar ninguna señal y había estado esperando sobre la cama mientras ella tomaba sorbos de brandy en la cocina. Esa *espera* sigilosa tenía algo mucho más espeluznante que todo cuanto él había hecho hasta ahora, aguardando y burlándose para sí de lo que se prometía hacer con ella, regodeándose lo suyo al escucharla trajinar mientras ella ignoraba su presencia.

¿Qué haría aquel hombre cuando terminase con ella? ¿Matarla?

Nora dio media vuelta y corrió por el vestíbulo del segundo piso.

Cuando puso la mano sobre el pomo de la barandilla e inició el descenso, oyó a Streck detrás de ella.

Se lanzó escalones abajo, saltándolos de dos en dos, despavorida ante la temible posibilidad de torcerse un tobillo y caer... Al pie de las escaleras, las rodillas casi se le doblaron, pero consiguió continuar dando tumbos desde el último escalón hacia el vestíbulo de la planta baja.

Apresándola por detrás, Streck la aferró por las hombreras caídas de su vestido y la hizo girar sobre sí misma para que le diera la cara.

IX

Cuando Travis se acercó a la acera ante la casa de Devon, *Einstein* se levantó sobre el asiento delantero, plantó ambas zarpas en el manillar de la puerta, ejerció presión hacia abajo descargando todo su peso y abrió. Otro truco impecable. Antes de que Travis echara el freno de mano y parara el motor, el animal ya estaba fuera de la camioneta y galopando por el camino de entrada.

Unos segundos después, Travis alcanzó los escalones de la veranda, a tiempo para ver que el perdiguero en el porche se levantaba sobre sus patas traseras y golpeaba con una zarpa el timbre. El sonido del timbrazo les llegó desde el interior.

Travis subió los escalones y dijo:

—¡Vaya! ¿Qué diablos te pasa?

El perro tocó otra vez el timbre.

—Dale una oportunidad para...

Cuando *Einstein* hacía sonar el timbre por tercera vez, Travis oyó el grito de un hombre expresando dolor y furia. Luego una llamada de socorro. La de una mujer.

Ladrando con tanta ferocidad como lo hiciera el día anterior en los bosques, *Einstein*, frenético, arañó la puerta; pareció creer de verdad que así podría abrirse camino a través de ella.

Travis avanzó unos pasos y miró a través de un segmento de cristal transparente en la ventanilla de vidrio policromado. Como el vestíbulo estaba vivamente iluminado, pudo ver que había dos personas forcejeando a pocos metros de distancia.

Mientras tanto, *Einstein* ladró, gruñó y enloqueció o poco menos. Travis intentó abrir la puerta, la encontró cerrada. Empleó el codo para romper dos o tres segmentos de la ventana polícroma, metió la mano buscando a tientas la cerradura, logró localizarla, así como la cadena de seguridad, y pasó adentro justamente cuando el individuo de los calzones cortos apartaba a la mujer y daba media vuelta para enfrentarse con él.

Einstein no le quiso dar a Travis la oportunidad de intervenir. El perdiguero cruzó a saltos el vestíbulo en línea recta hacia el corredor.

El sujeto reaccionó como lo haría cualquiera que viese un perro de semejante tamaño cargando contra él: corrió desalado. La mujer intentó echarle la zancadilla, y él dio varios traspiés pero no cayó. Al final del pasillo atravesó en tromba una puerta batiente y se perdió de vista.

Einstein pasó raudo ante Nora Devon y alcanzó a toda velocidad la puerta batiente que todavía se balanceaba, midiendo con tal precisión la distancia que se coló por el hueco cuando la puerta giraba hacia dentro. Y desapareció igualmente detrás del corredor. En la habitación que se hallaba más allá de la puerta oscilante, la cocina según supuso Travis, hubo muchos ladridos, gruñidos y gritos. Algo cayó con estrépito, luego algo más se vino abajo de forma todavía más estruendosa, el corredor profirió una sarta de maldiciones, *Einstein* dejó escapar unos ronquidos tan malévolos que Travis sintió escalofríos, y el estruendo se hizo ensordecedor.

Él se acercó a Nora Devon. La mujer estaba recostada contra la barandilla, al pie de las escaleras.

—¿Se encuentra bien? —inquirió él.

—Casi... casi... me...

—Pero no lo hizo —se aventuró a precisar Travis.

—No.

Él le tocó la sangre en la barbilla.

—Está herida.

—Esa sangre es de él —dijo Nora al verla en los dedos de Travis—. Mordí al bastardo. —Y mirando hacia el batiente oscilante, que entretanto había cesado de balancearse, añadió:

—No permita que le haga daño al perro.

—Eso no es probable —dijo Travis.

Cuando Travis empujó la puerta oscilante, no había ya ningún ruido en la cocina. Dos sillas con respaldo de barrotes horizontales estaban volcadas. Un gran tarro de galletas se encontraba hecho añicos en el suelo de baldosines, y las galletas de avena, desperdigadas por toda la habitación, algunas enteras, bastantes partidas y muchas pulverizadas. El corredor se hallaba acurrucado en un rincón, las piernas, desnudas, plegadas, y ambas manos recogidas sobre el pecho en actitud defensiva. La mano derecha le sangraba, lo que era, evidentemente, obra de Nora Devon. También sangraba la pantorrilla izquierda, pero esta herida parecía ser un mordisco del perro. *Einstein* le vigilaba, manteniéndose a prudente distancia para evitar las patadas, pero presto a terminar con su presa si el individuo fuese lo bastante insensato como para intentar abandonar el rincón.

—Buen trabajo —dijo Travis al perro—. Muy bueno, de veras.

Einstein dejó oír una especie de lloriqueo que denotaba aceptación de la lisonja. Pero cuando el corredor intentó moverse, ese lamento de felicidad se tornó gruñido. *Einstein* lanzó una dentellada al aire, y el hombre, amedrentado, se ovilló otra vez en su rincón.

—Está usted listo —le dijo Travis al corredor.

—Él me mordió. ¡Los dos *me mordieron*! —Furor petulante. Estupor. Incredulidad—. ¡¡Me mordieron!!

A semejanza de tantos matones habituados a salirse siempre con la suya, aquel hombre quedó consternado al descubrir que se le podía hacer daño e incluso derrotar. La experiencia le había enseñado que las gentes se amilanaban cuando él las presionaba lo suficiente y mantenía en sus ojos una mirada malévola, demencial. Ahora tenía el rostro lívido y, a juzgar por su apariencia, sufría un trauma psíquico.

Travis cogió el teléfono y llamó a la Policía.

CAPÍTULO V

I

El jueves por la mañana, 2 de mayo, Vince Nasco regresó de sus vacaciones de veinticuatro horas en Acapulco. Al llegar al aeropuerto internacional de Los Ángeles, compró el *Times* antes de tomar el autobús de enlace (algunos lo llamaban *limousine*, aunque fuera un simple autobús) con el condado de Orange. Durante el recorrido hasta su domicilio eventual en Huntington Beach, leyó el periódico y encontró en la página tres una reseña en la que se describía el incendio de los laboratorios «Banodyne» en Irvine. El siniestro se había desencadenado poco después de las seis del día anterior, justo cuando Vince había enfilado el camino del aeropuerto para tomar el avión a Acapulco. Uno de los dos edificios «Banodyne» había quedado arrasado antes de que los bomberos pudieran controlar las llamas.

La gente que contratara a Vince para desembarazarse de Davis Weatherby, Lawton Haines, los Yarbeck, y los Hudston había dado trabajo con toda probabilidad a un incendiario para que hiciera arder «Banodyne». Sí, aquella gente parecía dispuesta a erradicar todos los datos referentes al Proyecto Francis, tanto los existentes en el archivo «Banodyne» como aquellos que los científicos que realizaban la investigación retenían en la memoria.

El periódico no mencionaba los contratos de «Banodyne» con el Departamento de Defensa, que, al parecer, no eran del dominio público. Su reseña describía a la compañía como «una pionera en la industria de la ingeniería genética, con un enfoque especial sobre el desarrollo de nuevas drogas revolucionarias resultantes de la investigación del ADN recompuesto».

Un vigilante nocturno había muerto en el siniestro. El *Times* no ofrecía ninguna explicación sobre las circunstancias de esa muerte, aunque pareciera extraño que la víctima no hubiese podido librarse

121

del fuego. Vince supuso que los intrusos habrían dado muerte al vigilante e incinerado el cadáver para encubrir su crimen.

El autobús de enlace dejó a Vince ante la entrada de su domicilio. Le acogieron unas habitaciones frescas, en penumbra. Cada pisada sobre el piso sin alfombras resonó contundente, bien definible, levantando ecos de caverna en la casa semivacía.

Hacía ya dos años que la tenía en propiedad, pero no la había amueblado por completo. De hecho, el comedor, el estudio, y dos de los tres dormitorios carecían de todo salvo unas cortinas baratas para preservar la intimidad.

Vince creía que aquella casa era sólo una estación de paso, una residencia temporal desde la cual se trasladaría algún día a una vivienda en la playa de Rincón, donde las olas rompientes y quienes cabalgaban sobre ellas eran legendarios, donde el mar vasto y ondulante constituía un hecho abrumador de la vida. No obstante, esa falta de interés por amueblar su residencia actual no se debía al carácter temporal que ésta ocupaba en sus planes. Lo cierto era que a él le agradaban las paredes blancas, desnudas, los suelos de cemento, despejados, y las habitaciones desiertas.

Cuando comprase su casa soñada, Vince se proponía cubrir suelos y paredes con rutilantes azulejos blancos en cada una de sus amplias habitaciones. Allí no habría madera, piedra, o ladrillo, ni superficies de materia sintética que poseyeran ese «calor» visual tan preciado, al parecer, por otras personas. Se diseñaría el mobiliario con arreglo a sus indicaciones, se aplicaría a cada pieza varias capas de brillante esmalte blanco y se la tapizaría en vinilita blanca. La única desviación de esas superficies blancas, refulgentes que permitiría, sería el empleo indispensable de cristal y acero excepcionalmente pulimentado. Entonces, encapsulado de esa guisa hallaría al fin la paz y un hogar por vez primera en su vida.

Ahora, después de deshacer la maleta, marchó abajo, a la cocina, para prepararse el almuerzo: Atún, tres huevos duros, seis galletas de centeno, dos manzanas y una naranja, más una botella de «Gatorade».

La cocina tenía una mesa pequeña y una silla en el rincón, pero prefirió comer arriba, en el dormitorio principal parcamente amueblado. Tomó una silla junto a la ventana, dando cara a Occidente. El océano estaba tan sólo a una manzana de distancia, por el otro lado de la autopista costera, y desde la ventana del segundo piso se podía ver más allá de la espaciosa playa pública, las ondas del agua.

El cielo estaba cubierto en parte, de modo que la luz solar y las sombras moteaban el mar. Éste semejaba cromo derretido en algunos lugares, pero por otros podría haber sido una masa encrespada de sangre negruzca.

Hacía un día cálido, aunque por alguna extraña razón parecía frío, ventoso.

Contemplando absorto el océano, sintió como siempre que el flujo y reflujo de la sangre a través de sus venas y arterias estaba en perfecta armonía con el ritmo de la pleamar y bajamar.

Cuando terminó de comer, permaneció sentado un buen rato en comunión con el mar, canturreando para sí, observando su propia imagen reflejada en el cristal como si atisbara a través de la pared de un acuario, aunque él creyera, incluso ahora, estar dentro del océano, mucho más allá de las olas, en un mundo de silencio, puro, frío, e infinito.

Hacia el atardecer, Vince condujo su furgoneta hasta Irvine, y allí localizó los laboratorios «Banodyne». Sus dependencias se hallaban asentadas en las estribaciones de los montes de Santa Ana. La compañía tenía dos edificios en un terreno de muchos acres, sorprendentemente vasto para una zona de costosas propiedades inmobiliarias: una estructura de dos plantas en forma de «L» y otra mayor de una sola planta en forma de «V» y con unas cuantas ventanas angostas que la asemejaban a una fortaleza. Ambas edificaciones eran de diseño muy moderno, una combinación asombrosa de planos escuetos y curvas sensuales revestidos de mármol verdinegro y gris que resultaba muy atrayente. Rodeados de un aparcamiento para empleados más unas zonas inmensas de césped bien cuidado, entre palmeras y arbustos coral, los dos edificios eran más grandes de lo que aparentaban, pues su verdadera magnitud quedaba empequeñecida y desvirtuada por la enorme extensión de terreno llano.

El incendio se había confinado al edificio en forma de «V», que contenía los laboratorios. Las únicas señales de destrucción eran unas pocas ventanas rotas y diversas manchas de hollín en el mármol sobre esas estrechas aberturas.

La propiedad no estaba circundada de muros ni vallas, así que Vince podría haber entrado directamente desde la calle si lo hubiese querido, aunque había una sencilla cancela y una caseta de guarda a la entrada de una carretera con tres carriles. Al observar el arma en el cinto del guarda y el sutil aire prohibitivo del edificio en donde estaba instalado el laboratorio de investigación, Vince infirió que las vías de acceso se hallaban bajo vigilancia electrónica y que por la noche algunos sistemas de alarma muy alambicados alertarían a los vigilantes sobre la presencia de un intruso tan pronto como éste pisara el césped. «Banodyne» tenía algo que le daba una apariencia portentosa e incluso tal vez un poco siniestra. Al opinar así, Vince no creía que se dejara influir por todo cuanto sabía sobre la investigación que allí se estaba realizando.

Tras ese breve reconocimiento, emprendió el camino hacia casa, a Huntington Beach.

Como había ido a «Banodyne» con la esperanza de que esa exploración somera le ayudase a determinar la forma de proceder, se llevó una decepción. Siguió sin saber qué hacer. Le fue imposible imaginar a quién podría vender su información por un precio que le resarciera del previsible riesgo. Por lo pronto, no al Gobierno de los Estados Unidos porque, en principio, esta información era de ellos. Y tampoco a los soviéticos, los enemigos naturales, porque habían sido los soviéticos quienes le habían pagado por matar a Weatherby, los Yarbeck, los Hudston y Haines.

Desde luego, él no podría *demostrar* que había estado trabajando para los soviéticos. Éstos procedían con astucia cuando contrataban a un profesional autónomo como él. Había trabajado para esa gente tan a menudo como había aceptado contratos de la mafia, y, fundándose en docenas de claves acumuladas al paso de los años, había llegado a la conclusión de que eran soviéticos. Algunas veces, trataba con personas que no eran los tres contactos usuales en Los Ángeles, y éstas hablaban invariablemente con un acento que sonaba a ruso. Por añadidura, sus objetivos solían ser políticos, al menos hasta cierto grado..., o militares, como en el caso de las muertes «Banodyne». Y su información resultaba ser siempre más minuciosa, precisa y elaborada que la de la mafia, cuando ésta le contrataba para un simple golpe relacionado con la pugna entre bandas.

Así pues, ¿quién pagaría, aparte de los Estados Unidos y los soviéticos, por una información tan vidriosa en materia de defensa? ¿Algún dictador tercermundista buscando un medio para sobrepujar la capacidad nuclear de países más poderosos? El Proyecto Francis otorgaría esa facultad a cualquier Hitler de bolsillo, le elevaría al nivel del poderío mundial, y él pagaría bien ese servicio. Pero ¿quién se arriesgaría a tratar con tipos como Gadafi? ¡Él no, por descontado!

Además, poseía información sobre la *existencia* de una investigación revolucionaria en «Banodyne» pero no tenía archivos detallados acerca de los milagros que habían sido consumados mediante el Proyecto Francis. Podía ofrecer en venta bastante menos de lo que imaginara al principio. Sin embargo, desde ayer estaba germinando una idea en el fondo de su mente. Y ahora, mientras cavilaba sobre un posible comprador de su información, la idea floreció.

¡El perro!

Llegado a casa, se acomodó en su dormitorio y contempló ensimismado el mar. Siguió allí sentado incluso después de caer la noche, cuando ya no pudo resistir por más tiempo la contemplación del agua y siguió pensando en el perro.

Hudston y Haines le habían revelado tantas cosas acerca del perdiguero que él había empezado a darse cuenta de que sus conocimientos sobre el Proyecto Francis, aunque potencialmente explosivos e inapreciables, eran mil veces menos valiosos que el mismo perro.

Ese perro podría ser objeto de explotación en muy diversas áreas; era una máquina de hacer dinero con rabo. Por un lado, cabría la posibilidad de revenderlo al Gobierno o a los rusos por una barcaza llena de dinero contante y sonante. Si él pudiera dar con el perro, alcanzaría la independencia económica.

Pero ¿cómo localizarlo?

A estas alturas, se habría emprendido por toda la California meridional una indagación sigilosa, casi secreta y, no obstante, gigantesca. El Departamento de Defensa habría lanzado unos efectivos humanos tremendos a la cacería, y si la senda de esos detectives se cruzara con la suya, ellos querrían conocer su identidad. Y él no podría permitirse atraer sobre sí la atención general.

Por añadidura, si él explorara las colinas más próximas de Santa Ana, adonde habrían huido con toda probabilidad los dos fugitivos del laboratorio, podría encontrar el que no quisiera. Quizá le pasara inadvertido el perdiguero dorado y se diera de narices con el alienígena..., lo cual podría ser peligroso. Letal.

Más allá de la ventana, el cielo nocturno, pertrechado de nubes, y el mar se fundieron en una negrura tan densa como la del otro lado de la luna.

II

El jueves, un día después de que *Einstein* acorralara a Art Streck en la cocina de Nora Devon, Streck compareció ante los tribunales bajo los cargos de allanamiento con fractura e intento de violación con lesiones. Como ya hubiese sido sentenciado tiempo atrás a tres años de cárcel por haber sido convicto de violación, no pudo satisfacer la elevada fianza que se le exigió y, como quiera que le fuese imposible encontrar un fiador que confiara en él, pareció condenado a permanecer en la cárcel hasta que se viera su causa, lo cual representó un gran alivio para Nora.

El viernes, ella fue a almorzar con Travis Cornell.

Nora se asombró al oír su propia voz aceptando la invitación. Era cierto que Travis había parecido verdaderamente consternado al saber cuánto terror y tormento había soportado ella en manos de Streck, y no era menos patente que hasta cierto punto ella debía su dignidad y quizá también su vida a la intervención de Travis en el penúltimo instante. Ahora bien, los muchos años de adoctrinamiento en la paranoia de tía Violet no era cosa que pudiera erradicarse a los pocos días, y por tanto, a Nora le quedó un residuo de recelo y cautela irrazonables. Ella se habría espantado, desmoronado incluso, si Travis hubiese intentado de improviso imponerle su voluntad, pero lo que no habría hecho sería sorprenderse. Habiéndosela incitado desde su primera infancia a esperar lo peor de los humanos, lo único que podía sorprenderla era la afabilidad o la compasión.

No obstante, Nora fue a almorzar con él.

Al principio no supo explicarse el porqué.

Sin embargo, no necesitó pensar mucho para hallar la respuesta: el perro. Ella deseaba tener cerca al perro, porque el animal la hacía sentirse segura y porque no había sido nunca objeto de un afecto tan incondicional como el que le testimoniara *Einstein*. Nadie le había mostrado el menor cariño en ninguna época anterior, y esto la encantaba, aunque procediese de un animal. Además, en el fondo de su corazón Nora sabía que Travis Cornell resultaría ser una persona totalmente digna de confianza porque *Einstein* se fiaba de él y el perro no parecía fácil de engañar.

Almorzaron en un café que tenía algunas mesas con mantel en un patio exterior de ladrillo, debajo de parasoles con rayas blancas y verdes, donde se les permitió atar la correa del perro a la pata de una mesa de hierro forjado para que les hiciera compañía. *Einstein* se comportó bien, manteniéndose tranquilo durante casi todo el tiempo. A ratos levantó la cabeza para mirarles con sus expresivos ojos hasta que le daban algún desperdicio de comida, pero en ningún momento resultó agobiante.

Aunque no tuviera mucha experiencia con perros, Nora pensó que

Einstein era un animal inquisitivo, siempre en estado de alerta, muy poco común. Con frecuencia cambió de posición para observar a otros comensales, que parecieron intrigarle.

A su vez Nora se sintió intrigada con *todo*. Ésta era su primera comida en un restaurante, y aun cuando hubiese leído sobre muchas personas que acudían a millares de restaurantes para almorzar y cenar en incontables novelas, quedó sorprendida y cautivada por cada detalle. La rosa solitaria en el búcaro de un blanco lechoso. Las carteritas de cerillas con el nombre del establecimiento grabado en ellas. La forma de moldear la mantequilla para imitar flores, y el modo de servirla sobre un cuenco lleno de hielo triturado. La raja de limón en el agua helada. El contacto con el tenedor glacial de la ensalada le procuró una sorpresa muy especial.

—¡Mira esto! —dijo a Travis después de que les sirvieran los entremeses y el camarero se retirara.

Él frunció el ceño y miró su plato.

—¿Has encontrado algo desagradable?

—¡No, no! Me refiero... a estas verduras.

—Zanahorias liliputienses, cidras liliputienses.

—¿En dónde las cogerán tan pequeñas? Y fíjate cómo han festoneado el borde de este tomate. ¡Todo es tan bonito...! ¿Cómo tienen tiempo y paciencia para embellecer todo esto?

Ella supo que esas cosas tan sorprendentes a su juicio eran comunes para él, supo que su estupor delataba falta de experiencia y picardía, haciéndola pasar por una niña. Enrojeció con frecuencia, algunas veces balbuceó apurada pero no pudo contener sus comentarios sobre tales maravillas. Travis le sonrió casi sin cesar, pero no fue una sonrisa condescendiente, a Dios gracias; pareció encantarle de verdad el placer con que ella hacía nuevos descubrimientos y disfrutaba de pequeños lujos.

Cuando finalizaron el café y el postre, una tarta de kiwi para ella, fresas con nata para Travis y una bomba de chocolate que *Einstein* no necesitó compartir con nadie, Nora se había embarcado ya en la conversación más larga de su vida. Ambos pasaron allí dos horas y media sin un instante de silencio embarazoso, departiendo casi siempre sobre libros, porque, dada la vida de Nora, los libros eran lo único que ellos tenían en común. Eso y la soledad. Él pareció muy interesado en conocer su opinión sobre diversos novelistas, y también demostró poseer ideas fascinantes acerca de varios libros, ideas que le habían pasado desapercibidas. Durante aquella tarde, Nora rió mucho más de lo que había reído a lo largo del año, pero la experiencia fue tan estimulante que algunas veces se sintió mareada y cuando abandonaron el restaurante no pudo recordar con exactitud nada de lo que habían dicho; todo se le antojó una mancha llena de colorido. En realidad, ella estuvo soportando una sobrecarga sensorial, algo análogo a lo que pudiera sentir un primitivo tribal si se le depositara de improviso en plena ciudad de Nueva York, y necesitó tiempo para absorber y digerir todo cuanto le había acontecido.

Como habían ido andando hasta el café desde su casa, en donde Travis había aparcado la camioneta, ahora hicieron el camino de regreso a pie, y durante ese recorrido Nora llevó al perro por la correa. *Einstein* no hizo el menor intento de resistirse ni le enredó la correa entre las piernas, marchó silencioso y dócil a su costado o delante de ella levantando la cabeza de vez en cuando para mirarla con expresión tan sumisa que la hizo sonreír.

—Es un buen perro —dijo ella.

—Muy bueno —convino Travis.

—¡Y qué bien educado!

—Habitualmente, sí.

—Además, ¡tan listo!

—No lo halagues demasiado.

—¿Temes que se envanezca?

—Ya está bastante envanecido —dijo Travis—. Si se envaneciera todavía más, sería imposible vivir con él.

El perro volvió la cabeza y miró a Travis, luego soltó un gran resoplido, como si ridiculizara el comentario de su amo.

Nora se rió.

—A veces casi se tiene la impresión de que entiende cada una de las palabras que pronuncias.

—A veces —convino Travis.

Cuando llegaron a la casa, Nora deseó invitarle, pero no estuvo segura de que esa invitación pudiera parecer demasiado audaz, y temió que Travis le diera una interpretación errónea. Tuvo la certeza de estar comportándose cual una solterona nerviosa, y comprendió que podía y debía confiar en él, pero tía Violet apareció súbitamente en su memoria, llena de espantosas prevenciones contra los hombres, y ella no pudo decidirse a hacer lo que tenía por justo. El día había sido perfecto, y Nora no quiso prolongarlo porque temía ocurriera algo que empañara su grata impresión dejándola sin buenos recuerdos. Así que se limitó a darle las gracias por el almuerzo, sin osar siquiera estrecharle la mano.

Sin embargo, se agachó para darle un abrazo al perro. *Einstein* le hocicó el cuello y le lamió una vez la garganta, haciéndola reír entre dientes. ¡Ella no había oído *jamás* esa risilla suya! Se habría quedado abrazada a él acariciéndole durante horas si su entusiasmo por el perro no hiciera aún más evidente, por comparación, su cautela respecto a Travis.

Plantada en el umbral, Nora les miró hasta que ambos subieron a la camioneta y se alejaron.

Antes de partir, Travis la saludó con la mano.

Ella correspondió al saludo.

Luego el vehículo alcanzó la esquina, la dobló y se perdió de vista. Nora se arrepintió de su cobardía y deseó haber pedido a Travis que se quedara un rato. Estuvo a punto de correr tras ellos, de vocear su nombre, de precipitarse escalones abajo y emprender la persecución por la acera; sin embargo, la camioneta desapareció y ella se quedó sola otra vez. Entró disgustada en la casa y dio con la puerta en las narices al luminoso mundo exterior.

III

El helicóptero «Bell Jet Ranger», reservado a ejecutivos, sobrevoló raudo los barrancos repletos de arboledas y las crestas calvas de las colinas de Santa Ana, su silueta corrió delante de él porque el sol se perdía ya por el oeste en aquel atardecer de viernes. Al aproximarse a la cima del desfiladero Holy Jim, Lemuel Johnson miró por la ventanilla del compartimento de pasajeros y vio cuatro vehículos del sheriff del condado alineados a lo largo de un estrecho y polvoriento camino allá abajo. Otros dos, concretamente el furgón del juez instructor y un «Jeep Cheroke» perteneciente, probablemente, a la víctima, aparcados ante la cabaña de piedra. El piloto encontró apenas espacio en el claro para depositar su aparato. Incluso antes de que el motor enmudeciera y el rotor comenzara a aminorar sus revoluciones, Lem saltó de la aeronave y corrió hacia la cabaña, seguido de cerca por su mano derecha, Cliff Soames.

Walt Gaines, el sheriff del condado, salía de la cabaña cuando Lem se aproximó. Walt era un hombrón, metro noventa y cien kilos por lo menos, con enormes espaldas y un tórax como un barril. Su pelo color maíz y sus ojos azules como la flor del anciano habrían hecho de él un ídolo cinematográfico si no hubiese tenido un rostro tan aplastado y unas facciones tan inexpresivas. Tenía cincuenta y cinco años y parecía un cuarentón, llevaba el pelo poco más largo que cuando sirviera, durante veinte años, en el cuerpo de infantería de Marina.

Aunque Lem Johnson fuera de raza negra y tuviese una piel tan oscura como blanca la de Walt, fuese diez centímetros más bajo y pesara veinticinco kilos menos, procediera de una distinguida familia negra mientras que los ascendientes de Walt habían sido «basura blanca» de Kentuncky y aunque Lem fuera diez años más joven que el sheriff, pues bien, a pesar de todo eso, eran amigos. Más que amigos. Compadres. Los dos formaban pareja en el bridge, iban juntos a pescar en aguas profundas y disfrutaban ocupando cómodas tumbonas en el patio de uno o del otro bebiendo cerveza «Corona» y resolviendo juntos todos los problemas del mundo. Incluso sus esposas habían trabado la mejor de las amistades, con nexos serenos y profundos, un verdadero milagro según Walt, porque, como él mismo decía, «esta mujer (su esposa) no ha hecho migas con ninguna de las personas que le he presentado a lo largo de treinta y dos años».

Para Lem, su amistad con Walt Gaines era también un milagro, porque él era hombre poco dado a hacer amigos. Al ser un fanático del trabajo, tenía poco tiempo libre para cultivar una amistad pasajera hasta establecer unos lazos más sólidos y duraderos. Desde luego, ese paciente cultivo había sido indispensable con Walt; ambos se habían llevado bien apenas se conocieron, cada cual había percibido actitudes y puntos de vista similares en el otro. Al cabo de seis meses, los dos creían haberse conocido desde la adolescencia. Lem valoraba esa amistad casi tanto como su matrimonio con Karen. La presión ejercida por su trabajo sería todavía más difícil de soportar si él no tuviera, a ratos, esa válvula de escape con Walt.

Ahora, cuando las palas del aparato enmudecieron también, Walt Gaines dijo:

—Me es difícil imaginar por qué os interesa tanto a vosotros, los federales, el asesinato de un canoso furtivo que vivía en el desfiladero.

—Bueno —dijo Lem—, nadie te obliga a imaginarlo, y, en realidad, tú no quieres saberlo.

—Sea como fuere, te aseguro que no esperaba verte por aquí. Aunque hayas enviado a algunos de tus criados.

—A los agentes NSA no les gusta que se les llame criados —respondió Lem.

Walt le contestó mirando a Cliff Soames:

—Pero ¿no es así como os trata él, como criados? ¿No es verdad, compinche?

—Es un auténtico tirano —dijo categórico Cliff. Éste era un hombre de treinta y un años, con pelo color zanahoria y pecas. Parecía un predicador joven y prudente más bien que un agente de la National Security Agency.

—Bueno, Cliff —dijo Walt—, antes necesitas comprender cuál es la procedencia de Lem. Su padre era un comerciante negro oprimido que no ganó nunca más de doscientos mil al año. Lleno de privaciones, fíjate. Por consiguiente, Lem se figura que haciéndoos pasar por el aro a vosotros, los muchachos blancos, siempre que pueda, se resarcirá de tantos años de opresión brutal.

—Me hace llamarle «amo» —observó Cliff.

—No lo dudo.

Lem suspiró y dijo:

—Vosotros dos sois tan divertidos como una patada en la ingle. ¿Dónde está el cuerpo?

—Por aquí, amo —dijo Walt.

Mientras una ráfaga de viento cálido vespertino sacudía los árboles circundante y la quietud del desfiladero daba paso al murmullo del follaje, el sheriff condujo a Lem y a Cliff hacia la primera de las dos habitaciones de la cabaña.

Lem comprendió al instante por qué Walt había optado por mostrarse tan jocoso. El humorismo forzado había sido una reacción contra el horror reinante dentro de la cabaña. Aquello había sido algo así como reír a mandíbula batiente en un cementerio de noche para sobreponerse al pánico.

Había dos sillones patas arriba con toda la tapicería desgarrada. Los almohadones del sofá habían sido destripados y mostraban sus entrañas de espuma blanca. Varios libros en rústica habían sido arrancados de su lugar en una biblioteca de rincón y estaban esparcidos, hechos jirones, por todo el aposento. Esquirlas de cristal procedentes del gran ventanal refulgían como gemas en el dantesco escenario. Escombros y paredes estaban salpicados de sangre y, asimismo, grandes manchas de sangre seca oscurecían el suelo claro de pino.

Dos técnicos de laboratorio, con trajes negros, husmeaban laboriosos entre las ruinas, parecían un par de cuervos en busca de fibras coloreadas con que revestir su nido. De cuando en cuando uno de ellos dejaba escapar un graznido muy bajo y pescaba algo con unas pinzas para depositarlo acto seguido en un sobre de plástico.

Resultaba evidente que ya se había examinado el cuerpo, pues estaba dentro de una bolsa mortuoria de plástico opaco sobre el suelo, cerca de la puerta, esperando que lo trasladasen a la furgoneta de los fiambres.

Bajando la vista hacia el cuerpo apenas visible en el saco, una forma humana muy vaga debajo del lechoso plástico, Lem dijo:

—¿Cómo se llamaba?

—Wes Dalberg —contestó Walt—. Vivía aquí desde hacía diez años o quizá más.

—¿Quién lo encontró?

—Un vecino.

—¿Cuándo lo mataron?

—Hace tres días más o menos según nuestro cálculo aproximado. Habremos de esperar los análisis del laboratorio para precisarlo. Tal vez fuera el martes por la noche. Últimamente el tiempo ha sido bastante caluroso y ahí estriba la diferencia en el grado de descomposición.

La noche del martes... En la madrugada del martes había tenido lugar el allanamiento de «Banodyne». El alienígena podría haber llegado hasta allí hacia la noche del martes.

Lem caviló sobre ello... y se estremeció.

—¿Tienes frío? —inquirió sarcástico Walt.

Lem no respondió. Ellos eran amigos, por supuesto, y ambos representantes de la ley, uno local, el otro federal, pero en este caso servían intereses contrapuestos. Walt tenía la misión de averiguar la verdad y ofrecerla al público, mientras que su propio trabajo consistía en ponerle una tapadera al caso y apretarla todo lo posible.

—¡Aquí apesta, vaya que sí! —exclamó Cliff Soames.

—Deberías haberlo olido antes de que metiéramos el fiambre en la bolsa —dijo Watl—. Bien maduro.

—¿No sólo... descomposición? —inquirió Cliff.

—No. —Walt señaló diversas manchas aquí y allá cuyo origen no era la sangre—. También orina y excrementos.

—¿De la víctima?

—No lo creo —dijo Walt.

—¿Se ha hecho algún examen preliminar de ellas? —preguntó Lem, procurando disimular su inquietud—. ¿Algún examen microscópico sobre la marcha?

—¡Quiá! Llevaremos muestras al laboratorio. Creemos que pertenecen a lo que entrara en tromba por la ventana.

Levantando la vista desde la bolsa del cadáver, Lem le corrigió:

—Querrás decir el hombre que mató a Dalberg.

—No fue un hombre —dijo Walt—, y me figuro que ya lo sabes.

—¿No fue un hombre?

—Al menos no un hombre como tú o yo.

—Entonces, ¿qué fue a tu juicio?

—¡Maldito si lo sé! —exclamó Walt, frotándose con una mano enorme su erizada coronilla—. Pero a juzgar por el estado del cadáver, el asesino tenía dientes agudos, quizá garras y una índole malévola. ¿Te suena eso a lo que estás buscando?

No hubo forma de que Lem mordiera el anzuelo.

Durante unos momentos nadie habló.

Una brisa fresca, perfumada de pino, penetró por la maltrecha ventana disipando algo del pernicioso hedor.

—¡Ah! —exclamó uno de los técnicos mientras pescaba con sus pinzas algo de entre los escombros.

Lem suspiró hastiado. Aquella situación no era nada buena. Ellos no encontrarían lo suficiente para averiguar lo que mató a Dalberg, pero sí reunirían bastantes evidencias para despertar su curiosidad de una forma endiablada. Ahora bien, éste era un asunto de defensa nacional con el que ningún civil debería saciar su curiosidad. Sería preciso detener cuanto antes su investigación. Esperaba poder intervenir sin irritar a Walt. Una auténtica piedra de toque para probar su amistad.

Mientras miraba absorto la bolsa del cadáver, Lem descubrió de improviso que algo no encajaba con la forma del cuerpo.

—Ahí no está la cabeza —dijo.

—A vosotros, los federales, no se os escapa nada, ¿eh? —observó Walt.

—¿Acaso lo han decapitado? —preguntó contrariado Cliff Soames.

—Venid por aquí —dijo Walt, conduciéndoles hacia la segunda habitación.

Era una cocina espaciosa aunque primitiva, con una bomba manual de agua en el fregadero y una anticuada estufa de leña.

A excepción de la cabeza, no había ninguna señal de violencia en aquella cocina. Desde luego, con la cabeza bastaba y sobraba. Ocupaba el centro de la mesa. Sobre una bandeja.

—¡Jesús! —murmuró Cliff.

133

Cuando los tres entraron en la habitación, un fotógrafo de la Policía local estaba fotografiando la cabeza desde diversos ángulos, pero interrumpió su trabajo y se echó hacia atrás para dejarles verla bien.

Los ojos del muerto habían desaparecido, arrancados de cuajo. Las cuencas vacías semejaban pozos insondables.

Cliff Soames palideció hasta tal punto que sus pecas resaltaban en la piel como ascuas que estuviesen quemándola.

Lem sintió náuseas, no sólo por lo que le había acontecido a Wes Dalberg, sino también al pensar en todas las muertes por venir. Como siempre le enorgullecieron sus dotes para el mando y la pesquisa, tuvo la certeza de que él encauzaría aquel caso mejor que cualquier otro; no obstante, al ser también un pragmático insobornable, supo asimismo que no subestimaría al enemigo ni prometería poner fin rápido a aquella pesadilla. Necesitaría tiempo, paciencia y suerte para dar con el rastro del asesino, y entretanto, los cadáveres se irían apilando.

La cabeza no había sido separada del cuerpo con un simple tajo. Nada tan limpio como eso. Parecía haber sido objeto de zarpazos, masticación y tirones para arrancarla.

Lem sintió que se le humedecían súbitamente las palmas de las manos.

Aunque se le antojara extraño, inexplicable..., las cuencas de aquella cabeza le miraron con tanta atención como si contuviesen todavía unos ojos con pupilas dilatadas, estáticas.

Una gota solitaria de sudor le trazó un reguero desde la nuca hasta el centro de la columna vertebral. Jamás había estado tan atemorizado ni había creído dejarse dominar así por el temor..., pero no quiso que se le revelara, en ninguna circunstancia, de aquella obligación. Para la seguridad misma de la nación y del ciudadano en general, el afrontar con tino aquella situación crítica tenía una importancia vital, y estaba seguro de que nadie sabría hacerlo como él. Y aquí no había nada de egocentrismo. Todos aseveraban que Lem Johnson era el mejor, y él sabía que estaban en lo cierto; tenía un orgullo justificable y despreciaba la falsa modestia. Este caso era suyo y él lo llevaría hasta el fin.

Sus padres le habían inculcado un sentido casi excesivo del deber y la responsabilidad.

—Un hombre negro —solía decirle su padre—, necesita hacer su trabajo dos veces mejor que uno blanco si quiere tener credibilidad. No hay por qué sentir amargura. Ni vale la pena protestar. Es tan sólo una condición de la vida. El rebelarse equivaldría a protestar de que el tiempo sea frío en invierno. Lo que importa, en vez de protestar, es afrontar los hechos y trabajar el doble. Así llegarás a donde te propongas ir. Y tú debes tener éxito porque llevas la bandera en nombre de todos tus hermanos. —Como resultado de semejante educación, Lem era incapaz de aceptar nada que no fuese un compromiso total en cada misión asignada. Temía el fracaso, aunque se encontrara con él raras veces; sin embargo, cuando le aludía la conclusión feliz de un caso, solía atenazarle un pánico cerval durante semanas.

—¿Puedo hablar contigo ahí fuera un minuto? —preguntó Walt mientras se dirigía a la puerta trasera de la cabaña.

Lem asintió.

—Quédate aquí —le dijo a Cliff—. Cuida de que nadie..., patólogos, fotógrafos, policías uniformados..., en fin, *nadie*, abandone ese lugar sin hablar primero conmigo.

—Sí, señor —dijo Cliff. Acto seguido marchó presuroso hacia la parte delantera de la cabaña para informar a todo el mundo que se les imponía una cuarentena temporal... y para perder de vista cuanto antes aquella cabeza sin ojos.

Lem siguió a Walt Gaines hasta el claro detrás de la cabaña. Le llamaron la atención un capacho de malla metálica y unos cuantos leños desperdigados por el suelo y se detuvo a examinarlos.

—Creemos que todo comenzó aquí —dijo Walt—. Quizá Dalberg estuviera recogiendo leña para la chimenea, viese surgir algo por detrás de esos árboles y, después de arrojarle el capacho, corriera hacia la casa.

Ambos hicieron alto en el perímetro de árboles, bajo la luz entre anaranjada y sanguínea del sol poniente, y escudriñaron las sombras purpúreas y las misteriosas profundidades verdes del bosque.

Lem sintió inquietud. Se preguntó si el fugitivo de los laboratorios de Weatherby estaría todavía allí cerca vigilándolos.

—¿Qué está ocurriendo? —preguntó Walt.

—No puedo decírtelo.

—¿Seguridad nacional?

—Eso es.

Las piceas, los pinos y los sicomoros susurraron en la brisa. Lem creyó haber oído algo moviéndose furtivo entre los arbustos.

La imaginación, por supuesto. No obstante, celebró que él y Walt Gaines estuviesen pertrechados con dos revólveres fiables en unas cómodas pistoleras de hombro.

—Puedes mantener los labios cerrados con cremallera, si lo prefieres —dijo Walt—, pero no dejarme a oscuras en este asunto. Yo puedo adivinar dos o tres cosas por mis propios medios. No soy estúpido.

—Jamás pensé que lo fueras.

—El martes por la mañana cada maldita comisaría en los condados de Orange y San Bernardino recibe una comunicación urgente de vuestra NSA pidiéndonos que nos dispongamos a cooperar en la caza de un hombre, y prometiéndonos más detalles en breve. Lo cual nos tiene a todos nosotros sobre ascuas. Sabemos que se ha puesto bajo vuestra responsabilidad..., el preservar la investigación de Defensa e impedir que esos meones de vodka, los rusos, roben nuestros secretos. Y como quiera que la California meridional es lugar de residencia para casi la mitad de los contratistas de la Defensa en el país, cabe suponer que aquí se pueden robar muchísimas cosas.

Lem mantuvo los ojos fijos en el bosque y la boca cerrada.

—Así pues —prosiguió Walt—, nos figuramos que iríamos en busca de un agente ruso con los bolsillos llenos de cosas candentes y nos felicitamos por esa oportunidad de ayudar al tío Sam dando un tirón de orejas a alguien. Pero, hacia el mediodía, en vez de los detalles prometidos nos llega una cancelación de la susodicha solicitud. En definitiva, no hay caza del hombre. Todo se halla bajo control, según nos comunica vuestra agencia. La alerta inicial fue anunciada por error. Así lo decís.

—Y es cierto. —La Agencia se había apercibido de que no sería posible controlar lo suficiente a la Policía local, y por tanto no se podría confiar plenamente en ella. Era un trabajo para los militares—. Anunciada por error.

—¡Al diablo con ese cuento! Hacia el atardecer del mismo día supimos que varios helicópteros de la Armada procedentes de El Toro habían asentado sus reales en las colinas de Santa Ana. Y el miércoles por la mañana han llegado allí cien *marines* aerotransportados procedentes de Camp Pendleton y provistos con material de rastreo sumamente especializado para emprender la búsqueda por tierra.

—Ya he oído hablar de eso, pero no tiene nada que ver con mi agencia —observó Lem.

Walt se esforzó por no mirar a Lem; clavó la vista en los árboles. Él sabía, por descontado, que Lem le estaba mintiendo, que estaba obligado a mentirle, e intuyó que si él le dejaba hacerlo mientras se cruzaban sus miradas, cometería un atentado contra las buenas maneras. Walt Gaines era un hombre excepcionalmente considerado y con un talento singular para la amistad.

No obstante, al ser también el sheriff del condado tenía el deber de seguir indagando, aun cuando supiese que Lem no le revelaría nada. Así que dijo:

—Los *marines* nos comunicaron que se trataba sólo de unas maniobras.

—Eso es lo que he oído.

—A nosotros se nos notifica siempre con diez días de antelación el comienzo de unas maniobras.

Lem no contestó. Le pareció haber visto algo en el bosque, el tránsito fugaz de sombras, una presencia tenebrosa moviéndose entre coníferas tan oscuras como ella.

—Así pues, los *marines* se pasaron todo el miércoles y la mitad del jueves allá fuera, en las colinas. Mas cuando los periodistas se enteraron de esos «ejercicios» y acudieron a fisgar, los coriáceos mílites levantaron el campo y se volvieron a casa. Fue casi como si..., lo que estuviesen buscando fuera tan inquietante, tan endiabladamente secreto, que prefirieran no encontrarlo si ello les acarrease la intromisión de la Prensa.

Mientras miraban sin pestañear el bosque, Lem se esforzó por penetrar con la vista entre aquellas sombras cada vez más densas, intentando vislumbrar otra vez lo que le llamara la atención poco antes.

Walt continuó:

—Y entonces, ayer tarde, la NSA nos pide que la mantengamos informada sobre cualquier acontecimiento peculiar... asaltos desusados o asesinatos llamativos por su violencia. Nosotros solicitamos una aclaración sin conseguir lo más mínimo.

¡Allí! Una ondulación momentánea debajo del follaje de hoja perenne. A unos veinticuatro metros del perímetro delineado por el bosque. Algo se movía veloz y sigilosamente de un escondite a otro. Lem se llevó la mano derecha a la pistolera debajo de su chaqueta y aferró la culata del revólver.

—Pero luego, sólo un día después —dijo Walt—, encontramos a ese pobre hijo de perra, ese Dalberg, y el acontecimiento resulta ser tan peculiar como el mismísimo diablo y extraordinariamente «llamativo por su violencia», hasta el punto de que yo no desearía ver nunca más nada parecido. Y ahora, aquí nos encontramos, señor Lemuel Asa Johnson, director de la oficina NSA para la California meridional, y sé bien que no descendiste aquí en helicóptero para preguntarme si prefiero una cebolla a un trozo de aguacate en el vermú que tomemos mañana por la noche durante la partida de bridge.

El movimiento se acercó a menos de veinticuatro metros, mucho menos. A Lem le habían confundido las sucesivas capas de sombras y la luz solar vespertina, extrañamente deformatoria, que se filtraba por el ramaje. La cosa no se hallaba a más de doce metros, quizá menos, y súbitamente se les *echó* encima a través de la maleza. Lem desenfundó el revólver y, sin proponérselo, retrocedió tambaleante unos cuantos pasos y adoptó la posición del tirador con las piernas bien abiertas y ambas manos empuñando el arma.

—¡Es sólo un ciervo! —exclamó Walt.

El cierto se detuvo a unos doce pies, bajo las ramas colgantes de una picea, les atisbó con inmensos ojos castaños, relucientes de curiosidad. Mantuvo alta la testa y enderezó las orejas.

—Están tan habituados a la gente en estos desfiladeros que parecen casi domésticos —dijo Walt.

Lem dejó escapar un aliento algo impuro mientras guardaba el arma.

Intuyendo la tensión nerviosa de ambos, el ciervo dio media vuelta y se alejó dando saltos por la senda hasta perderse en las profundidades del bosque.

Walt se quedó mirando muy severo a Lem.

—¿Qué ocurre ahí fuera, compadre?

Lem no respondió. Hundió las manos en los bolsillos de la chaqueta.

La brisa arreció y se hizo más fría. Comenzó a anochecer y rápidamente cayó la noche.

—No te he visto nunca tan alterado como ahora —dijo Walt.

—Llevo encima una buena dosis de cafeína. Hoy he bebido demasiado café.

—Excusas.

Lem se encogió de hombros.

—Parece ser que cierto *animal* mató a Dalberg. Algo con muchos dientes y garras, virulento y salvaje —dijo Walt—. Ahora bien, ningún maldito animal colocaría cuidadosamente la cabeza de ese infeliz sobre una bandeja en el centro de la mesa de cocina. Eso es una broma enfermiza. Pero los animales no gastan bromas, sean enfermizas o de cualquier otra clase. Quienquiera que matase a Dalberg... dejó la cabeza así para mofarse de nosotros. Así pues, en nombre de Dios, ¿con quién estamos tratando?

—Tú no querrás saberlo. Y tampoco *necesitarás* saberlo porque yo asumo toda la jurisdicción en este caso.

—¡Narices!

—Poseo la autoridad precisa —dijo Lem—. Esto es desde ahora un asunto federal, Walt. Confiscaré todas las pruebas que hayáis reunido vosotros, todos los informes que hayáis escrito hasta el momento. Ni tú ni tus hombres hablaréis con nadie sobre lo que habéis visto aquí. Con nadie. Tendréis un expediente sobre el caso, pero lo único que contendrá será un memorándum mío confirmando la prerrogativa federal según los estatutos vigentes. Tú saldrás por la puerta falsa. Cualesquiera sean los avatares, nadie podrá culparte, Walt.

—¡Mierda!

—Olvida el asunto.

Walt frunció el ceño.

—Tengo que saber...

—Olvídalo.

—¿Corre peligro la gente de mi condado? ¡Dime eso por lo menos, maldita sea!

—Sí.

—¿Peligro serio?

—Sí.

—Y si yo me opusiera a ti, si intentara aferrarme a lo jurisdiccional en este caso, ¿me sería posible hacer algo para paliar el peligro, para salvaguardar la seguridad pública?

—No, nada —contestó Lem sin faltar a la verdad.

—Entonces es inútil oponerme a ti.

—Por completo —dijo Lem.

Tras estas palabras, Johnson emprendió el regreso hacia la cabaña porque la luz diurna se extinguía deprisa y no quería estar en aquella zona forestal cuando la oscuridad se enseñorease de ella. La aparición había sido sólo un ciervo, sin duda. Pero, ¿y la próxima vez?

—Espera un instante —dijo Walt—. Déjame decirte lo que pienso, y tú limítate a escucharme. No necesitarás confirmar ni refutar lo que yo diga. Todo cuanto has de hacer es escucharme hasta el fin.

—Adelante —murmuró impaciente Lem.

Las sombras de los árboles reptaron sin cesar por la hierba reseca del claro. El sol pareció quedar en equilibrio sobre la línea del horizonte occidental.

Walt pasó de las sombras a la luz solar declinante, hundiendo las manos en los bolsillos traseros del pantalón, tomándose tiempo para concentrar sus pensamientos mientras escrutaba el polvoriento suelo. Por fin dijo:

—El martes por la tarde alguien allanó una casa en Newport Beach, disparó contra un hombre llamado Yarbeck y apaleó a su esposa hasta matarla. Aquella misma noche alguien asesinó a la familia Hudston en Laguna Beach..., marido, mujer e hijo, un adolescente. Las policías de ambas comunidades utilizaron el mismo laboratorio forense y, de resultas, se descubrió que se había empleado una sola pistola para perpetrar los dos crímenes. Pero eso fue todo lo que la Policía pudo averiguar en un caso y otro porque tu NSA ha asumido tranquilamente la jurisdicción sobre esos delitos. En interés de la seguridad nacional.

Lem no respondió. Sintió incluso el haber convenido tan sólo escuchar. De cualquier forma él no se haría cargo, directamente, de la investigación emprendida para esclarecer los asesinatos de los científicos, crímenes que habían sido, casi sin duda, de inspiración soviética. Él había confiado esa tarea a otros agentes al objeto de quedar con las manos libres para concentrarse en la búsqueda del perro y del alienígena.

Entretanto la luz solar se teñía de naranja. Las ventanas de la cabaña ardían con los reflejos de aquel fuego agonizante.

—Vale —dijo Walt—. Y por si fuera poco, hay un tal doctor Davis Weatherby de Corona del Mar. Paradero desconocido desde el martes. Esta mañana, el hermano de Weatherby encuentra el cuerpo del doctor en el portaequipajes de su coche. Los patólogos locales se personan en el escenario del crimen poco antes de que aparezcan los agentes NSA.

Lem se desconcertó algo ante la celeridad con que el sheriff había reunido, coordinado y asimilado los informes procedentes de varias comunidades que no figuraban en el sector no corporativo del condado y, por ende, no se hallaban bajo su autoridad.

Walt gesticuló, pero con muy pocas ganas, por no decir ninguna.

—No me creías capaz de establecer semejantes nexos, ¿eh? Cada uno de esos hechos aconteció en una jurisdicción policial diferente, pero en lo que a mí concierne, este condado es una ciudad en expansión de dos millones de habitantes y por tanto tengo el deber de tratar con guante blanco a todas las instituciones locales.

—¿Qué pretendes al contarme todo eso?

—Lo que quiero es señalar que ha habido un número sorprendente de asesinatos en un solo día: seis ciudadanos relevantes. Después de todo, esto es el condado de Orange y no Los Ángeles. Y todavía resulta más sorprendente que las seis muertes estén relacionadas con asuntos urgentes de la seguridad nacional. Ello despierta mi curiosidad. Comienzo a escudriñar los antecedentes de esas personas buscando alguna conexión entre ellas...

—¡Por los clavos de Cristo, Walt!

—...y descubro que todas ellas trabajan... o mejor dicho, trabajaban... para una entidad denominada «Laboratorios Banodyne».

Lem no se enfadó. Él no podía enfadarse con Walt, pues ambos estaban más unidos que hermanos..., pero la sagacidad del hombretón le resultaba molesta en aquel momento. Así que dijo:

—Escúchame. Tú no tienes ningún derecho a abrir una investigación.

—Soy el sheriff, ¿recuerdas?

—Para empezar, ninguno de esos asesinatos, salvo este de Dalberg, cae dentro de tu jurisdicción —dijo Lem—. Y aunque no fuera así..., una vez interviene la NSA queda invalidado tu derecho a continuar. De hecho, la ley te prohíbe, expresamente, que continúes.

Haciendo caso omiso, Walt prosiguió:

—Así pues, visito «Banodyne», observo la clase de trabajo que se hace allí y descubro que están metidos de lleno en la ingeniería genética, ADN combinatorio por partida doble...

—Eres incorregible.

—No hay ningún indicio de que «Banodyne» trabaje en proyectos de la Defensa, pero eso no significa nada. Podrían ser contratos implícitos, proyectos tan secretos que su concepción no apareciese siquiera en los archivos públicos.

—¡Dios! —exclamó irritado Lem—. ¿Es que no comprendes lo malévolos que podemos ser con las leyes de la seguridad nacional a nuestro lado?

—Ahora no hago más que especular —señaló Walt.

—Pues sigue especulando hasta que des con tu cochino trasero en una celda.

—Vamos, Lemuel, no tengamos aquí un vituperable enfrentamiento racial.

—Eres incorregible.

—Sí, y tú te repites. Sea como fuere, he hecho algunos cálculos serios y, a mi juicio, los asesinatos de esas personas que trabajan en «Banodyne» tienen alguna relación con la caza del hombre emprendida por los *marines* el miércoles y el jueves. Y con el asesinato de Wesley Dalberg.

—No hay ninguna similitud entre el asesinato de Dalberg y los otros.

—Claro que no. No fue el mismo asesino. Eso puedo verlo. Los Yarbeck, los Hudston y Weatherby fueron atacados por un profesional mientras que el pobre Wes Dalberg resultó hecho jirones. Sin embargo, existe una conexión o de lo contrario tú no te mostrarías tan interesado, y esa conexión debe ser «Banodyne».

A todo esto el sol se sumergió. Las sombras se congregaron y condensaron.

Walt prosiguió:

—Y he aquí lo que yo me figuro: esos de «Banodyne» estaban atareados con un nuevo artificio, algún germen alterado por vía genética que se desmandó y contaminó a alguien, pero..., no se redujo a hacerle enfermar. Lo que hizo fue lesionar seriamente su cerebro, transformarle en un salvaje o algo parecido...

—¿Un doctor Jekyll actualizado en la era de la técnica refinada? —le interrumpió sarcástico Lem.

—...y entonces ese alguien se escapó del laboratorio sin dar tiempo a que el personal se enterara de lo que le había sucedido y huyó a las colinas. Así que llegó aquí y atacó a Dalberg.

—¿Qué te ocurre? ¿Ves demasiadas películas de terror o qué?

—Respecto a los Yarbeck y los demás, tal vez se los eliminara porque conocían lo sucedido y estaban tan asustados acerca de las consecuencias que se proponían divulgarlo.

Por algún lugar del lóbrego desfiladero resonó un aullido apagado. Probablemente un coyote.

Lem quiso salir de allí, abandonar cuanto antes el bosque. Sin embargo, se creía obligado a resolver antes la cuestión con Walt Gaines, desviar al sheriff de la trayectoria emprendida en materia de reflexión e investigación.

—Veamos si lo he entendido, Walt. ¿Estás sugiriendo que el Gobierno de los Estados Unidos ha hecho *asesinar* a sus propios científicos para cerrarles la boca?

Walt frunció el ceño al comprender cuán improbable, si no absolutamente imposible, era el escenario pintado por él.

—¿Acaso la vida es, verdaderamente, una novela de Ludlum? ¿Matando a nuestra propia gente? ¿Se celebra el año de la paranoia nacional o algo por el estilo? ¿Crees, realmente, en tales disparates?

—No —dijo compungido Walt.

—¿Y cómo se explica que el asesino de Dalberg pudiera ser un científico contaminado y con lesiones cerebrales? ¡Por Dios, tú mismo dijiste que algún animal habría matado a Dalberg, algo con garras y dientes afilados!

—Vale, vale, yo no me lo he figurado así. Al menos, no la totalidad. Pero estoy seguro de que todo se relaciona de un modo u otro con «Banodyne». Y ahí no me equivoco de rastro, ¿eh?

—Te equivocas —dijo Lem—. Por completo.

—¿De verdad?

—De verdad. —Lem se sintió molesto por tener que mentir y manipular a Walt, pero, así y todo, lo hizo—. Yo no debería advertirte siquiera que sigues una pista falsa, pero como amigo tuyo creo deberte algo.

Mientras tanto otras voces silvestres se habían incorporado al espeluznante aullido en el bosque, confirmándose así que aquellos gritos eran sólo de coyotes y, no obstante, los sonidos dieron escalofríos a Lem Johnson y le hicieron desear un rápido despliegue.

Frotándose con una mano su cuello de toro a la altura de la nuca, Walt dijo:

—Entonces, ¿no tiene nada que ver con «Banodyne»?

—Nada. El hecho de que Weatherby y Yarbeck trabajaran allí es una mera coincidencia..., y también Hudston. Si insistes en establecer esas conexiones no harás más que desgastar los engranajes de tu cerebro..., lo cual no es asunto mío.

El sol se puso, y al hacerlo pareció abrir una puerta por la cual entró en el bosque una brisa bastante más fresca, barriendo con aspereza el tenebroso mundo.

Frotándose todavía el cuello, Walt añadió:

—Conque nada de «Banodyne», ¿eh? —Dio un suspiro—. Te conozco demasiado bien, compadre. Tienes un sentido tan estricto del deber que mentirías a tu propia madre si ello redundara en interés del país.

Lem no dijo nada.

—Está bien —terminó Walt—. Dejaré el caso. Desde ahora es tuyo. Al menos que se asesine a más gente en mi territorio jurisdiccional. Si ocurriera tal cosa..., bueno, quizá yo intentara recobrar el control de los acontecimientos. Me es imposible prometerte que no lo haga así. Yo tengo también mi sentido del deber, tú lo sabes.

—Lo sé —contestó Lem, sintiéndose culpable, sintiéndose una mierda absoluta.

Por fin los dos se encaminaron hacia la cabaña.

El cielo —que se había oscurecido al este, estaba teñido todavía de luz anaranjada, roja y púrpura al oeste— pareció descender cual la tapadera de una caja.

Los coyotes aullaron.

Algo en el bosque nocturno les devolvió el aullido.

«Un puma» pensó Lem. Pero a aquellas alturas sabía que estaba mintiéndose a sí mismo.

IV

El domingo, dos días después de su esclarecedor almuerzo del viernes, Travis y Nora fueron en coche a Solvang, una aldea de estilo danés en el valle de Santa Inés. Se trataba de un lugar turístico, con centenares de tiendas en donde se vendía de todo: desde el exquisito cristal escandinavo hasta las imitaciones plásticas de las célebras jarras de cerveza danesa. La extraña (aunque calculada) arquitectura y las calles flanqueadas de árboles daban realce al sencillo placer de mirar escaparates.

En algunos momentos Travis sintió la apremiante necesidad de tomar la mano de Nora y continuar así el paseo. Le pareció lo natural, lo lógico. Sin embargo, intuyó que ella no estaba dispuesta todavía a aceptar un contacto tan inofensivo como el pasear con las manos entrelazadas.

Nora llevaba otro traje insustancial, esta vez de un azul desvaído, casi sin forma, como un saco. Calzado utilitario. Su espesa melena negra le colgaba todavía lacia sin el menor estilo de peinado, tal como él la viera cuando se conocieron.

El estar con ella era todo un placer. Nora tenía un carácter dulce, era en cada momento sensitiva y afable. Su inocencia resultaba refrescante. Su timidez y modestia, aunque excesivas, inducían a quererla. Contemplaba todo con un estupor que tenía mucho de encantador, y él se recreaba sorprendiéndola con las cosas sencillas: por ejemplo, una tienda que vendía tan sólo relojes de cuco; otra, especializada en animales disecados, o una caja de música cuya puertecilla de nácar se abría para dar paso a una bailarina haciendo piruetas.

Travis le regaló una camiseta deportiva en donde hizo imprimir un mensaje personal que no le dejó ver hasta que todo estuvo terminado: NORA QUIERE A *EINSTEIN*. Aunque ella asegurara firmemente que no se pondría jamás una camiseta deportiva, porque ése no era su estilo, Travis supo que la llevaría puesta, pues ella quería al perro de verdad.

Quizás *Einstein* no pudiera leer las palabras de la camiseta, pero sí pareció adivinar su significado. Cuando salieron de la tienda y desanudaron su correa del contador del aparcamiento en donde lo habían atado, *Einstein* miró con expresión solemne el mensaje de la camiseta mientras Nora sostenía ésta para que él la inspeccionara, luego la acarició con el hocico y la lamió muy contento. Aquella jornada sólo tuvo un mal momento para ellos. Cuando doblaron una esquina y se aproximaban a otro escaparate, Nora se detuvo de súbito y miró a su alrededor, vio la multitud atestando las aceras: unos comiendo helados en grandes barquillos cónicos de confección casera, otros devorando tartas de manzana envueltas en papel encerado, diversos individuos luciendo los sombreros de vaquero adornados con plumas que acababan de comprar en alguno de aquellos comercios, jóvenes muy bonitas llevando por toda ropa shorts extremadamente cortos y sujetadores, una mujer muy gruesa vestida con un pelele amarillo, gentes hablando español e inglés, japonés y vietnamita, y todos los idiomas que se pueda oír en cualquier lugar turístico de la California meridional..., y entonces ella miró a lo largo de la bulliciosa calle hacia una tienda de regalos construida con piedra y madera cual molino de viento, y se quedó rígida, casi petrificada. Travis tuvo que conducirla hasta un banco en un pequeño parque, allí Nora se sentó y permaneció temblorosa durante unos minutos sin poder explicarle siquiera lo que la afectaba.

—Una sobrecarga —dijo al fin con voz trémula—. Tantos sonidos nuevos... imágenes nuevas... tantas cosas diferentes y todas a la vez. Lo siento.

—No hay por qué preocuparse —murmuró él, conmovido.

—Estoy habituada a unas pocas habitaciones, a cosas familiares. ¿Me mira la gente?

—Nadie se ha apercibido de nada. Además, no hay nada que mirar.

Ella continuó con la espalda encorvada, cabizbaja y las manos apretadas sobre el regazo... hasta que *Einstein* le puso la cabeza encima de las rodillas. Cuando acarició al perro, empezó a tranquilizarse.

—Yo estaba disfrutando —dijo a Travis, aunque sin levantar la cabeza—, disfrutando de verdad, y pensé en lo lejos que estaba de casa, maravillosamente lejos de casa...

—No tanto —le aseguró él—. Menos de una hora por carretera.

—Un recorrido largo, larguísimo —dijo ella.

Travis supuso que para ella sí sería una gran distancia.

—Y cuando me di cuenta de lo lejos que estaba de casa y... lo *diferente* que era todo... me agarroté, atemorizada como una niña.

—Si quieres, regresamos ahora mismo a Santa Bárbara.

—¡No! —exclamó ella buscando al fin su mirada. Luego sacudió la cabeza. Por fin osó levantar la cabeza y mirar a la gente que recorría el parque y la tienda que semejaba un molino—. No. Quiero quedarme aquí un rato. Todo el día. Quiero almorzar en un restaurante, pero no al aire libre, sino dentro, como hacen otras personas, dentro, y luego quiero ir a casa, después que haya oscurecido. —Nora parpadeó y repitió maravillada esas últimas palabras—. Después de que haya oscurecido.

—Muy bien.

—A menos, claro está, que tú te hubieses propuesto volver más temprano.

—No, no —se apresuró a contestar él—. Yo proyectaba celebrarlo todo el día.

—Muy amable por tu parte.

Travis enarcó una ceja.

—¿Qué quieres decir?

—¿No lo sabes?

—Me temo que no.

—Ayudándome a ver el mundo —dijo ella—. Desperdiciando tu tiempo para ayudar a alguien... como yo. Es muy generoso por tu parte.

Él se quedó atónito.

—Nora, ¡esto no es una obra de caridad, puedo asegurártelo!

—Estoy segura de que un hombre como tú tendrá mejores cosas que hacer en una tarde dominical de mayo.

—¡Ah, sí! —respondió irónico él—. Podía haberme quedado en casa y dar un repaso a mis zapatos con un cepillo de dientes. O podía haber contado las piezas que contiene una caja de macarrones.

Ella le miró escandalizada, incrédula.

—¡Pórtate con seriedad, por Dios! —dijo Travis—. ¿Acaso crees que estoy aquí porque me causas lástima?

Nora se mordió el labio y dijo:

—Está bien. —Miró otra vez al perro—. No me importa.

—¡Pero si no estoy aquí porque me causes lástima, Dios mío! Estoy aquí porque me gusta estar contigo, de verdad. Me gusta, y mucho.

Aunque estuviese con la cabeza baja, se vio claramente que el rubor enrojecía sus mejillas. Durante un rato ninguno de los dos habló.

Einstein la miró extasiado mientras ella le acariciaba, pero volviendo los ojos de vez en cuando hacia Travis como si dijera: *Está bien, tú has abierto la puerta a una amistad, de modo que no te quedes ahí sentado como un bobo, di algo, muévete, conquístala.*

Ella le rascó las orejas al perdiguero, le siguió acariciando durante dos o tres minutos y luego dijo:

—Ya me encuentro mejor.

Abandonaron el pequeño parque, desfilaron otra vez ante las tiendas, y al poco tiempo todo transcurrió como si no hubiese habido ningún momento de pánico para ella ni testimonios de afecto por parte de él.

Travis se sintió como si estuviera cortejando a una monja. A su debido tiempo se percató de que la situación era aún peor. Había mantenido el celibato desde la defunción de su esposa, hacía ya tres años, y el tema de las relaciones sexuales se le antojaba otra vez asombroso y nuevo. De modo que era como si él, casi un *sacerdote*, estuviese galanteando a una monja.

En cada manzana había una pastelería o poco menos, y las exquisiteces exhibidas en los escaparates de cada tienda parecían aún más deliciosas que las que vendía el establecimiento anterior. Los aromas de canela y azúcar cande, nuez moscada y almendra, manzana y chocolate saturaban el cálido aire primaveral.

Einstein se alzaba sobre las patas traseras ante cada pastelería, plantaba las zarpas sobre el alféizar del escaparte y miraba ansioso a través de la luna aquellas delicias expuestas con gran arte. Pero no entró en ninguna de las tiendas y no dejó escapar ni un ladrido. Cuando suplicaba un bocado, su lastimero gemido era discreto en grado sumo, para no importunar a los festivos turistas. Después de que se le hubo premiado con un trozo de pastel de pacana y una pequeña tarta de manzana, quedó satisfecho y no insistió en sus súplicas.

Diez minutos después, *Einstein* le reveló su excepcional inteligencia a Nora. Él se había comportado como un buen perro en torno a ella, afectuoso, vivaz y bien educado, había mostrado una iniciativa muy considerable al perseguir y acorralar a Arthur Streck, pero no había dejado entrever todavía su inquietante inteligencia. Y cuando ella lo presenció no quiso creer al principio lo que estaba viendo.

A la sazón pasaban por una farmacia en donde también vendían periódicos y revistas, algunas de las cuales estaban expuestas en la acera junto a la entrada. *Einstein* sorprendió a Nora con una escapada súbita a la farmacia, arrancándole la correa de la mano. Antes de que Nora o Travis pudieran atraparle, el animal tomó una revista de la estantería y se la trajo, dejándola caer a los pies de Nora. Era *Modern Bride* («Novia Moderna»). Cuando Travis quiso cogerle, *Einstein* le eludió y arrebató otro ejemplar de *Modern Bride* que depositó ante los pies de Travis justamente cuando Nora se agachaba para recoger su ejemplar y devolverlo a la estantería.

—¿Qué te pasa ahora, chucho tonto? —dijo ella.

Recogiendo la correa, Travis se abrió paso entre los viandantes y puso el segundo ejemplar de la revista en el lugar de donde lo cogiera el perro. Él creyó saber lo que *Einstein* se proponía, pero no dijo nada por temor a incomodar a Nora, así que reanudaron su paseo.

Einstein se fijó en todo, olfateando a la gente que pasaba, y pareció haber olvidado de inmediato su entusiasmo por las publicaciones matrimoniales.

Sin embargo, apenas hubieron andado unos veinte pasos, el perro dio media vuelta de repente y se escurrió entre las piernas de Travis arrancándole la correa de la mano y casi derribándole. *Einstein* corrió en línea recta hasta la farmacia, arrebató la revista de la estantería y regresó.

Modern Bride.

Nora siguió sin captar la idea. Sólo la encontró cómica, y se inclinó para alborotar la pelambrera del perdiguero.

—¿Acaso es ésa tu lectura favorita, chucho tonto? Quizá la leas cada mes, ¿verdad? Fíjate, apuesto cualquier cosa a que lo haces. Me das la impresión de ser un romántico recalcitrante.

Una pareja de turistas que observaban al juguetón perro sonrieron, pero tenían todavía menos posibilidades que Nora de adivinar el designio complejo que entrañaba el juego del animal con la revista.

Cuando Travis se agachó para recoger *Modern Bride* y devolverla a la farmacia, *Einstein*, se le adelantó y, aferrándola entre las quijadas, sacudió furioso la cabeza.

—¡Qué perro tan malo! —exclamó Nora con evidente sorpresa al descubrir esa vena diabólica en *Einstein*.

—Supongo que ahora tendremos que comprarla —dijo Travis.

El perdiguero se sentó, jadeante, en la acera y, ladeando la cabeza, pareció sonreír a Travis.

Nora continuó ignorando, cándidamente, que el perro intentaba decirles algo. Desde luego, ella no tenía ningún motivo racional para dar una interpretación portentosa al comportamiento de *Einstein*. Desconocía el grado de su ingenio y no podía esperar de él que realizara milagros de comunicación.

Mirando furioso al perro, Travis dijo:

—No sigas adelante, cara peluda. Esto se acabó. ¿Entendido?

Einstein bostezó.

Una vez pagada la revista y puesta a buen recaudo en una bolsa de la farmacia, todos prosiguieron su gira por Solvang, pero antes de alcanzar el final de aquella manzana, el perro empezó a elaborar su mensaje.

Inopinadamente apresó la mano de Nora entre los dientes, con dulzura no exenta de firmeza, y, ante el asombro de ella, la remolcó por la acera hasta una galería de arte en donde una pareja joven estaba admirando las pinturas expuestas en el escaparate. La pareja llevaba un bebé en un cochecito, y este niño era, evidentemente, el objetivo que se había propuesto *Einstein* para suscitar la atención de Nora. El animal no le soltó la mano hasta hacerle tocar el rollizo brazo del infante vestido de rosa.

Molesta y turbada, Nora dijo:

—Cree que su bebé es muy guapo, supongo..., y sin duda lo es.

Al principio, los padres recelaron del perro, pero comprobaron muy pronto que era inofensivo.

—¿Qué edad tiene su hijita? —preguntó Nora.

—Diez meses —contestó la madre.

—¿Cómo se llama?

—Lana.

—Bonito nombre.

Por fin *Einstein* accedió a soltarle la mano.

Pocos pasos más allá de la joven pareja, frente a una tienda antigua que parecía haber sido transportada ladrillo a ladrillo desde el siglo XVII de Dinamarca, Travis se acuclilló junto al perro y levantándole una oreja le susurró:

—Basta ya. Déjate de tonterías si no quieres quedarte para siempre sin tu «Alpo».

Nora se mostró desconcertada.

—Pero, ¿qué le habrá ocurrido de pronto?

Einstein bostezó, y entonces Travis tuvo ya el convencimiento de que estaban en apuros.

Durante los diez minutos siguientes, el perro asió nuevamente dos veces la mano de Nora para conducirla, en ambos casos, a unos bebés. *Modern Bride* y bebés.

El mensaje resultó ya de una claridad meridiana, incluso para Nora: «Tú y Travis debéis permanecer juntos. Casaos. Tened hijos, cread una familia. ¿A qué estáis esperando?»

Ella se puso de un rojo súbito y pareció incapaz de mirar directamente a Travis. Él también se turbó lo suyo.

Al fin, *Einstein* pareció creer que había alcanzado su objetivo y cesó de comportarse mal. Hasta entonces, Travis habría dicho, si se le hubiese preguntado, que un perro no puede parecer pagado de sí mismo.

Más tarde, a la hora del almuerzo, como el día continuara siendo caluroso pero agradable, Nora cambió de idea sobre lo de comer en el interior de cualquier restaurante corriente. Eligió un local con mesas al aire libre, debajo de parasoles rojos protegidos a su vez por las ramas de un roble gigantesco. Travis intuyó que ella había procedido así, no porque le intimidara la perspectiva de un restaurante convencional con toda su etiqueta, sino porque quería comer al aire libre para poder tener a *Einstein* con ellos. Durante el almuerzo, Nora miró con frecuencia al perro, unas veces de manera furtiva, pero en otras ocasiones le estudió abiertamente y con detenimiento.

Travis no hizo ninguna referencia a lo sucedido y fingió haber olvidado por completo el asunto. No obstante, cuando conseguía atraer la atención del perro y Nora no miraba, susurraba amenazas al can: *Se acabaron las tartas de manzana. Cadena de castigo. Bozal. Y derechito a la perrera.*

Einstein soportó cada amenaza con verdadero estoicismo, unas veces sonriendo con quijadas abiertas, otras bostezando o resoplando.

V

El domingo, a primera hora de la tarde, Vince Nasco hizo una visita a Johnny Santini, *el Alambre*. A éste se le apodaba así por varias razones, no sólo porque fuera enteco, nervudo, larguirucho y pareciese estar hecho de alambres retorcidos de diversos calibres. Además, tenía un pelo crespo de color cobrizo. A la tierna edad de quince años, ya había ajustado sus cuentas cuando, para complacer a su tío, Religio Faustino, «don» de una de las Cinco Familias neoyorquinas, había estrangulado a un traficante independiente de coca que operaba en el Bronx sin autorización de la Familia. Johnny había utilizado una cuerda de piano para hacer esa faena. Semejante prueba de iniciativa y dedicación a los principios de la Familia, había llenado de orgullo y amor a «don» Religio, incluso le había hecho llorar por segunda vez en su vida, tras lo cual había prometido a su sobrino el eterno respeto de la Familia y un empleo bien remunerado en sus negocios.

Ahora, Johnny *el Alambre* tenía treinta y cinco años y poseía en San Clemente una casa de veraneo valorada en un millón de dólares. Las diez habitaciones y los cuatro cuartos de baño habían sido remozados por un diseñador de interiores, quien recibiera en su día el encargo de crear un auténtico y costoso retiro privado «Art Déco» para aislarse del mundo moderno. Cada cosa estaba concebida en tonalidades negra, argentada y azul marino, con leves pinceladas de turquesa y melocotón. Johnny había dicho a Vince que le agradaba el «Art Déco» porque le recordaba los «arrolladores años veinte», y a él le gustaban esos años porque representaban una era romántica del legendario gangsterismo.

Para Johnny *el Alambre* el crimen no era sólo un medio de hacer dinero o simplemente una forma de rebeldía contra los imperativos de una sociedad civilizada, tampoco consistía en una mera compulsión genética, sino ante todo y sobre todo era una magnífica tradición romántica. Se veía como hermano de cada pirata con parche negro sobre el ojo y un gancho por mano que navegase en busca del saqueo, de cada bandolero que asaltase a una diligencia, de cada maníaco y secuestrador, desfalcador y criminal en todas las gamas del comportamiento delictivo. Según sus propias palabras, era pariente místico de Jess James, Dillinger y Al Capone, los hermanos Dalton, Lucky Luciano y legiones de otros personajes similares, pues Johnny idolatraba a todos esos hermanos legendarios, hermanos de sangre y delito.

Johnny recibió a Vince en la puerta principal y dijo:

—Adelante, adelante, grandullón. ¡Cuánto celebro verte de nuevo!

Se dieron un abrazo. Vince no era amigo de abrazos, pero había trabajado para Religio, el tío de Johnny, cuando vivía en Nueva York, y realizaba todavía algún que otro encargo para la Familia Faustino en la costa occidental, de modo que él y Johnny se conocían hacía tiempo, lo suficiente para darse un abrazo.

—Tienes buen aspecto —dijo Johnny—. Se ve que te cuidas bien. Y, ¿todavía tan alevoso como una serpiente?

—Pero de cascabel —indicó Vince, sintiéndose algo cohibido al oírse decir semejante estupidez, pero él sabía cuál era el tipo de léxico canallesco que le gustaba escuchar a Johnny.

—Como hacía tanto tiempo que no te veía, pensé que quizá los polis hubiesen puesto a buen recaudo tu trasero.

—Nunca he tenido tiempo —dijo Vince, como si tuviera la certeza de que la cárcel no formaba parte de su destino.

Johnny, que había interpretado tales palabras como si Vince hubiera expresado el propósito de caer disparando antes de someterse a la ley, frunció el ceño y asintió aprobador.

—Si te acorralan alguna vez, cárgate el mayor número posible de ellos antes de que te echen el guante. Es la única manera «limpia» de caer.

Johnny *el Alambre* era un hombre de asombrosa fealdad, lo cual explicaba, probablemente, la necesidad que tenía de sentirse parte de una tradición romántica. Con el paso de los años, Vince había observado que los criminales más apuestos no idealizaban jamás sus acciones. Mataban a sangre fría porque les gustaba matar o lo creían necesario, robaban, desfalcaban y extorsionaban porque necesitaban dinero fácil, y ahí concluía todo: no había justificaciones ni autobombo, que es como debiera ser. No obstante, algunos tenían facciones que parecían haber sido moldeadas torpemente en cemento, se asemejaban a Quasimodo en sus peores momentos; en fin, muchos intentaban resarcirse de su infortunada apariencia arrogándose el protagonismo de un Jimmy Cagney en *El enemigo público*.

Johnny llevaba un mono negro y zapatos de lona negros. Siempre vestía de negro, probablemente porque pensaba que esto le hacía parecer siniestro, en vez de simplemente horrendo.

Desde el vestíbulo, Vince siguió a Johnny hasta la sala de estar, cuyo mobiliario estaba tapizado de negro y cuyas mesas auxiliares tenían un lustroso acabado de laca negra. Había lámparas de oro molido diseñadas por Ranc, grandes jarrones «Deco» espolvoreados de plata por Daum, dos o tres sillones antiguos por Jacques Ruhlmann. Si Vince conocía la historia de aquellos objetos era sólo porque, en visitas precedentes, Johnny *el Alambre* había renunciado a su personalidad de coriáceo el tiempo suficiente para parlotear sobre sus tesoros de época.

Una atractiva rubia estaba reclinada en una tumbona argentada y negra leyendo una revista. No tendría más de veinte años y, sin embargo, su aparente madurez resultaba casi embarazosa. Su melena color platino era corta, peinada a estilo paje. Llevaba un holgado pijama chino de seda roja que se ceñía, no obstante, al contorno de sus senos llenos. Cuando la muchacha levantó la vista e hizo un mohín a Vince, pareció intentar asemejarse a Jean Marlow.

—Ésta es Samantha —dijo Johnny *el Alambre*. Y a ella le señaló—: Pequeña, aquí tienes a un hombre que se ha hecho a sí mismo, y con el que nadie se atreve a buscar pelea; una verdadera leyenda de su tiempo.

Vince se sintió como un asno.

—¿Qué es un «hombre hecho a sí mismo»? —inquirió la rubia, con una voz estridente que estaba copiando sin duda de la vieja actriz cinematográfica Judy Holliday.

Plantándose junto a la tumbona y rodeando con ambas manos los rotundos pechos de la rubia a través del sedoso pijama, Johnny dijo:

—Ella no conoce la jerga, Vince. No pertenece a la *fratellanza*. Es una chica del valle, recién llegada a la vida, desconocedora de nuestras costumbres.

—Quiere decir —terció Samantha con tono agrio— que no soy una sebosa gallina de Guinea.

Johnny le asestó un revés tan violento que casi la hizo salir despedida de la tumbona.

—Cuida tu lengua, perra.

Ella se llevó una mano a la cara y las lágrimas le anegaron los ojos.

—Lo siento, Johnny —susurró con voz infantil.

—Perra estúpida —gruñó él.

—No sé lo que me pasa —dijo ella—. Tú eres muy bueno conmigo, Johnny, y cuando actúo así me creo aborrecible.

Aquello le pareció a Vince el ensayo de una escena, pero supuso que sería sólo porque la pareja había tenido muchas veces la misma reyerta, tanto en privado como a la vista del público. Vince dedujo que a juzgar por el brillo en los ojos de Samantha a ella le gustaba el vapuleo; se mostraba descarada con Johnny sólo para que él la golpeara. Era obvio que Johnny disfrutaba también golpeándola.

Vince sintió repugnancia.

Johnny *el Alambre* la llamó perra otra vez, y luego condujo a Vince desde la sala al gran estudio, cuya puerta cerró apenas entraron. Entonces le guiñó un ojo y dijo:

—Es un poco engreída, pero capaz de extraerte el cerebro a través de la polla.

Algo asqueado con la sordidez de Johnny Santini, Vince no quiso dejarse arrastrar a una conversación semejante. En lugar de eso se sacó un sobre de la chaqueta y dijo:

—Necesito información.

Johnny cogió el sobre, examinó su interior, manoseó indiferente el fajo de billetes de cien dólares, y dijo:

—Tendrás lo que quieres, sea lo que fuere.

El estudio era el único aposento de la casa que «Art Deco» no había tocado. Era estrictamente funcional. Sólidas mesas metálicas alineadas a lo largo de tres paredes, con ocho computadoras sobre ellas, de diferentes marcas y modelos. Cada computadora tenía línea telefónica y módem propios, y todas las pantallas estaban encendidas. En algunas, los programas estaban funcionando; los datos titilaban de un lado a otro o desfilaban de arriba abajo. Se habían echado las cortinas en todas las ventanas, y las dos lámparas de flexor tenían una gruesa capucha para impedir que se reflejaran en los monitores, de modo que la luz predominante era un verde eléctrico que le dio a Vince la peculiar sensación de hallarse bajo la superficie del mar. Tres impresoras láser estaban sacando copias y emitían apenas un leve susurro que, por alguna razón inexplicable, evocaba imágenes de peces nadando a través de la flora del suelo oceánico.

Johnny *el Alambre* había matado a media docena de hombres, dirigido operaciones de apuestas y loterías clandestinas, proyectado y ejecutado robos de Bancos y joyerías. Asimismo había estado envuelto en el tráfico de drogas dirigido por la Familia Faustino, en extorsiones, secuestros, corrupción de sindicatos, falsificación de cintas de vídeo, contrabando entre Estados, sobornos políticos y pornografía infantil. Había hecho y visto de todo, y aunque no se le hubiese molestado jamás por ninguna empresa criminal, pese a estar implicado en ellas con notable frecuencia, *era* objeto de cierto acoso. Durante la última década, cuando la computadora abrió nuevos e impresionantes campos a la actividad criminal, Johnny había aprovechado la oportunidad para orientarse a donde ningún mafioso avispado se había desenvuelto antes, hacia las fronteras retadoras del robo con medios electrónicos. Él parecía tener un don para ello y pronto se convertiría en el primer depredador del hampa.

Con tiempo y motivos suficientes, podría birlar cualquier sistema de seguridad por computadora y fisgar mediante los de corporaciones o agencias gubernamentales la información más confidencial. Si alguien quisiera organizar un grandioso escamoteo con tarjetas de crédito, cargando un millón de pavos por compras realizadas en cuentas ajenas de «American Express», Johnny *el Alambre* podría extraer algunos nombres convenientes más los correspondientes antecedentes crediticios de los archivos TRW, y luego, emparejando los números de tarjeta del banco de datos «American Express», quedaría en inmejorables condiciones para hacer el negocio. Y si un «don» estuviese inculpado esperando su comparecencia ante los tribunales para responder de cargos muy graves y temiese el testimonio que pudiera prestar uno de sus compinches que hubiese sido citado como testigo de cargo por el ministerio fiscal, Johnny podría invadir los bancos de datos mejor custodiados del Departamento de Justicia, descubrir la nueva identidad que se hubiere asignado al soplón mediante el «Federal Witness Relocation Program» y recomendarle adónde enviar al verdugo. Johnny quería hacerse llamar, con cierta grandilocuencia, el «Hechicero Silicona», pero todo el mundo seguía llamándole *el Alambre*.

Como depredador del hampa era más inestimable que nunca para todas las Familias de la nación, tan inestimable que nadie se solivjantó cuando él decidió trasladarse a un presunto remanso como San Clemente, en donde podía disfrutar de la buena vida de la playa sin dejar de trabajar para ellos. En la era de la microficha, solía decir Johnny, el mundo es un pueblo pequeño, y tú puedes residir en San Clemente, u Oshkosh si viene al caso, y limpiar los bolsillos de cualquier neoyorquino.

Johnny se dejó caer sobre una butaca de cuero negro con respaldo alto y ruedas de goma, mediante la cual podía trasladarse velozmente de un ordenador a otro.

—¡Bien! —dijo—. ¿En qué puede servirte el «Hechicero Silicona», Vince?

—¿Puedes conectar con las computadoras de la Policía?

—Eso está tirado.

—Necesito saber si, desde el pasado martes, algún estamento policial del condado ha abierto un archivo sobre ciertos asesinatos singulares.

—¿Quiénes son las víctimas?

—Lo ignoro. Sólo estoy buscando asesinatos extraños.

—¿Extraños en qué sentido?

—No lo sé a ciencia cierta. Quizás... alguien con el gaznate abierto de oreja a oreja. O algún cuerpo descuartizado. O alguien desgarrado y masticado por un animal.

Johnny le lanzó una ojeada peculiar.

—Eso sí que es extraño. Una cosa así habría salido en los periódicos.

—Tal vez no —replicó Vince. Y pensó en el ejército de agentes gubernativos que se estaría devanando los sesos para mantener a la Prensa apartada del Proyecto Francis y ocultar los peligrosos acontecimientos del martes en los laboratorios «Banodyne»—. Tales asesinatos deberían ser noticia y tal vez sean publicados, pero es muy probable que la Policía suprima los detalles cruentos, haciéndolos pasar por homicidios ordinarios. Así que no me será posible averiguar por la letra impresa cuáles son las víctimas que me interesan.

—Está bien. Puedo hacerlo.

—También convendrá que husmees en el Animal Control Authority del condado para saber si se ha recibido allí algún informe sobre ataques desusados de coyotes o pumas o cualquier otro animal carnicero. Podría haber algunos en la vecindad, probablemente en el confín oriental del condado, donde muchas bestias domésticas están desapareciendo o sufriendo serias mutilaciones causadas por algo salvaje. Si encuentras datos de ese estilo, quiero conocerlos.

Johnny sonrió irónico.

—¿Estás siguiendo la pista de un hombre lobo?

Tan sólo fue una broma; ni esperó ni deseó la respuesta. Él no le había preguntado por qué necesitaba semejante información, y jamás lo haría, porque la gente dedicada a su especialidad no se entrometía en los negocios ajenos. Tal vez Johnny sintiera cierta curiosidad, pero Vince sabía que *el Alambre* no intentaría nunca satisfacerla.

No fue la pregunta lo que soliviantó a Vince, sino la sonrisa. La luz verdosa de las pantallas se reflejó en los ojos de Johnny, en la saliva que tenía entre sus dientes y también un poco en el pelo color cobrizo de apariencia metálica. Y, considerando su horrenda facha, la terrible luminiscencia le hizo parecer un cadáver redivivo de una película de Romero.

—Otra cosa —dijo Vince—. Necesito saber si alguna agencia policial del condado busca sin grandes alardes un perro perdiguero color dorado.

—¿Un perro?

—Sí.

—Por lo general, la Policía no busca perros extraviados.

—Lo sé —dijo Vince.

—¿Tiene algún nombre ese perro?

—Nada de nombres.

—Lo comprobaré. ¿Algo más?

—Eso es todo. ¿Cuándo tendrás listo el rompecabezas?

—Te llamaré por la mañana. Temprano.

Vince asintió.

—Y según sea lo que descubras, tal vez te necesite para seguir el rastro de esas cosas sobre una base diaria.

—Un juego de niños —dijo Johnny haciendo un giro con su butaca de cuero negro y saltando al suelo—. Ahora voy a joder con Samantha —dijo con una mueca sonriente—. ¡Oye! ¿No querrías incorporarte a la fiesta? Dos sementales como nosotros atacándola al mismo tiempo..., bueno, podríamos convertir a esa perra en un pequeño montón de jalea, podrías hacerla implorar misericordia. ¿Qué me dices?

Vince se sintió agradecido a la espectral luminosidad verdosa porque sirvió para disimular su repentina palidez. La idea de juguetear con aquella zorra infectada, aquella puta enferma, aquella piltrafa podrida y supurante, fue suficiente para darle náuseas.

—Tengo una cita a la que no puedo faltar —dijo.

—Lástima —murmuró Johnny.

Vince hizo un esfuerzo para decir:

—Habría sido divertido.

—Quizá la próxima vez.

El mero pensamiento de los tres metidos en harina..., bueno, hizo que Vince se sintiera sucio. Le dominó el deseo apremiante de ducharse con agua hirviendo.

VI

El domingo por la noche, Travis, sintiendo un cansancio grato tras la larga jornada en Solvag, esperó caer dormido apenas pusiera la cabeza sobre la almohada, pero no fue así. No pudo dejar de pensar en Nora Devon y sus ojos grises moteados de verde, su brillante pelo negro, la graciosa y esbelta curva de su garganta, el sonido musical de su risa, la curvatura sonriente de sus labios...

Mientras tanto, *Einstein* se había tendido en el suelo, bajo la pálida luz plateada que provenía de la ventana e iluminaba un pequeño sector del oscuro aposento. Pero, después de que Travis se revolviera intranquilo durante una hora, el perro se le reunió por fin en la cama y descansó la cabezota y las zarpas sobre el pecho de Travis.

—¡Ella es tan dulce, *Einstein*! Quizá la mujer más afable y dulce entre todas las que he conocido.

El perro permaneció mudo.

—Y además es muy sagaz. Tiene una mente despierta, bastante más de lo que ella supone. Ve cosas que yo no veo. Tiene una forma tan singular de describir los objetos, que los hace nuevos y recientes para mí. El mundo entero parece reciente y nuevo cuando lo veo en su compañía.

Aunque permanecía callado e inmóvil, *Einstein* no cayó dormido. Se mostró muy atento.

—Cuando pienso que toda esa vitalidad e inteligencia, todo ese asomarse a la vida han sido reprimidos durante treinta años, me dan ganas de llorar. ¡Treinta años en esa casa vieja, tenebrosa! ¡Dios santo! Y cuando pienso que ella ha soportado sin rechistar esos treinta años, sin dejarse amargar la vida, siento deseos de abrazarla y decirle que es una mujer increíble, una mujer fuerte, valerosa e increíble.

Einstein permaneció en silencio, inconmovible:

Un recuerdo vívido asaltó a Travis: el olor limpio a champú del pelo de Nora cuando él se inclinara sobre su cabeza frente al escaparate de una galería en Solvang. Entonces él había hecho una inspiración profunda, y ahora lo olió otra vez, y aquel aroma aceleró los latidos de su corazón.

—Maldita sea —dijo—. La conozco desde hace apenas unos días y que me condenen si no me he enamorado ya de ella.

Einstein levantó la cabeza y resopló sólo una vez, como si quisiera decir que ya era hora de que Travis comprendiera lo sucedido, como si quisiera decir que él los había unido y estaba satisfecho de haber sido el forjador de su felicidad futura y, en fin, como si quisiera decir que todo aquello formaba parte de algún gran designio, por lo que Travis debería cesar de lamentarse y dejarse llevar por la corriente.

Durante otra hora, Travis habló sobre Nora, de su forma de mirar y moverse, de la calidad melódica de su voz suave, de su perspectiva incomparable de la vida y su forma de pensar, y *Einstein* le escuchó con esa atención, ese interés genuino que caracterizan a un buen amigo verdaderamente preocupado. Fue una hora estimulante. Travis no hubiera esperado jamás que amaría a alguien otra vez. Y desde luego, no con semejante apasionamiento. Hacía menos de una semana que su larga soledad había parecido inalterable.

Más tarde, exhausto por completo, tanto física como emocionalmente, Travis se durmió.

Y más tarde aún, en el vacío corazón de la noche, se despertó a medias y tuvo la vaga impresión de que *Einstein* estaba ante la ventana. Las zarpas del perdiguero se apoyaban sobre el alféizar, el morro contra el vidrio. Estaba escudriñando la oscuridad, avizor.

Travis intuyó que el perro estaba turbado.

Sin embargo, como quiera que en su sueño hubiese estado apretando la mano de Nora bajo una luna de agosto, no quiso despertar del todo por temor de no poder recobrar esa grata ensoñación.

VII

El lunes por la mañana, 24 de mayo, Lemuel Johnson y Cliff Soames visitaron el pequeño zoológico, casi un zoo de juguete para niños enclavado en el vasto parque Irvine, sobre el límite oriental del condado de

Orange. Había un cielo despejado con sol resplandeciente y tórrido. No se movía ni una hoja de los inmensos robles en el aire estático, pero los pájaros saltaban de rama en rama piando y trinando. Había doce animales muertos. Formaban montones sanguinolentos.

Durante la noche, alguien o algo se había encaramado por las alambradas circundando los rediles y había sacrificado brutalmente a tres cabritos, una cierva de cola blanca junto con su cervatillo recién nacido, dos pavos reales, un conejo de orejas gachas, una oveja y dos corderos.

También había muerto un poney, aunque no de forma violenta. Al parecer la causa había sido el terror que le indujera a lanzarse repetidas veces contra la cerca para intentar huir de lo que acabara con los otros animales. Estaba tumbado sobre un costado, con el cuello doblado en un ángulo imposible.

Los jabalíes habían sido respetados. Ahora todos ellos estaban hozando sin cesar en la polvorienta tierra alrededor de los comederos de su cercado exclusivo, buscando restos de comida que pudieran haberles pasado desapercibidos ayer.

A diferencia de los jabalíes, otros animales supervivientes estaban nerviosos.

Los empleados del parque, no menos nerviosos, se habían congregado cerca de un camión color naranja perteneciente al condado para cambiar impresiones con dos funcionarios del «Animal Control» y con un joven y barbudo biólogo del Departamento californiano de «Vida silvestre».

Acuclillándose junto al delicado y patético cervato, Lem examinó las heridas de su cuello hasta que no pudo soportar por más tiempo el hedor. Pero esa peste no la causaban, exclusivamente, los animales muertos. Había pruebas concluyentes de que el asesino había depositado excrementos sobre sus víctimas regándolas después con orina, tal como hiciera en la casa de Dalberg.

Apretándose un pañuelo contra la nariz para filtrar el hediondo aire, se encaminó hacia uno de los pavos reales muertos. Se le había arrancado la cabeza y una pata. Tenía las dos alas rotas, y sus plumas iridiscentes estaban sucias y pegadas unas a otras con sangre.

—Señor —le llamó Cliff Soames desde el redil contiguo.

Lem dejó el pavo real, encontró una cancela que comunicaba con el recinto de al lado y se reunió con Cliff ante los despojos de la oveja.

Enjambres de moscas revolotearon en torno de ambos, zumbando hambrientas, posándose sobre la oveja y saliendo disparadas cuando los dos hombres las espantaron.

El rostro de Cliff había perdido todo color, pero él no parecía tan consternado ni asqueado como lo estuviera el pasado viernes en el albergue de Dalberg. Quizás esta matanza no le hubiese afectado tanto puesto que las víctimas habían sido animales y no seres humanos. O quizás hubiese procurado endurecer su mente contra la violencia extrema del adversario.

—Tendrá que pasar a este lado —dijo Cliff desde el lugar en donde estaba acuclillado junto a la oveja.

Lem rodeó los despojos y se acuclillo cerca de Cliff. Aunque la cabeza del animal estuviera en la sombra de una rama de roble que se extendía sobre el redil, Lem vio que el ojo derecho había sido arrancado.

Sin hacer comentarios, Cliff empleó un palo para levantar el lado izquierdo de la cabeza y mostrar que la otra cuenca estaba también vacía.

La nube de moscas se espesó alrededor de ambos.

—Parece haber sido obra de nuestro fugitivo —dijo Lem.

Apartándose su pañuelo de la cara, Cliff dijo:

—Todavía hay más. —Y condujo a Lem hacia los otros tres despojos: dos de cordero y uno de cabra, igualmente sin ojos—. La cuestión es tan evidente que no cabe discutirla. Esa maldita cosa mató a Dalberg el martes por la noche, luego merodeó por las colinas y los desfiladeros haciendo...

—¿Qué?

—Sólo Dios sabe qué. Pero anoche concluyó aquí su recorrido.

Lem utilizó el pañuelo para enjugarse el sudor de sus oscuras facciones.

—Tan sólo estamos a unos kilómetros de la cabaña de Dalberg por el nornoroeste.

Cliff asintió.

—¿Qué camino crees que habrá tomado?

Cliff se encogió de hombros.

—Claro —dijo Lem—. No hay forma de saber hacia dónde se dirige. Tampoco es posible anticipar sus movimientos porque no tenemos ni la menor idea de cómo piensa. Roguemos a Dios que permanezca aquí, en la zona deshabitada del condado. No quiero ni pensar lo que sucedería si esa cosa decidiese dirigirse hacia los suburbios más orientales, como Orange Park Acres y Villa Park.

En su camino fuera del recinto, Lem vio que las moscas se habían aglomerado de tal forma sobre el conejo muerto que semejaban un trozo de tela oscura tendido sobre los despojos y ondulándose con la leve brisa.

Ocho horas después, a las siete en punto de la tarde del lunes, Lem se plantó ante el atril de una gran sala de conferencias de la base aeronaval de El Toro. Se inclinó hacia el micrófono, le dio un ligero golpe para cerciorarse de que estaba *abierto*, oyó un sonido hueco y dijo:
—¿Tienen la bondad de escucharme, por favor?
Había cien hombres sentados en sillas metálicas plegables. Todos eran jóvenes, bien constituidos y de aspecto saludable, pues pertenecían a unas unidades escogidas del servicio de Marine Intelligence. Cinco pelotones de dos escuadras habían sido reclutados en Pendleton y otras bases de California. Casi todos ellos habían participado en la búsqueda por las colinas de Santa Ana el miércoles y el jueves pasados, tras la fuga que se produjo en los laboratorios «Benodyne».

Todavía estaban buscando, acababan de regresar de una larga jornada en colinas y desfiladeros, pero ya no llevaban el uniforme para realizar la operación. Con el fin de eludir a periodistas y autoridades locales, se habían trasladado en coches, furgonetas y jeeps a los diversos puntos del perímetro marcado para la búsqueda. Se habían adentrado en la espesura en grupos de tres o cuatro, ataviados como excursionistas corrientes: vaqueros o pantalones caqui al estilo tosco de «Banana Republic»; camisetas o camisas de algodón tipo safari; gorras «Dodger», «Budeweiser» o «John Deere», o bien sombreros de vaquero. Iban armados con potentes armas cortas de fuego que podían esconder aprisa en las mochilas de nilón o debajo de sus camisetas, en el caso de que se encontrasen con excursionistas auténticos o autoridades estatales. También llevaban escondidas en frigoríficos portátiles «Styrofoam» unas compactas metralletas «Uzi» con las que se podría abrir fuego en cuestión de segundos si se encontrase al adversario.

Cada hombre en la sala había prestado un juramento de silencio, y estaba expuesto a cumplir una larga condena si se le ocurriera alguna vez divulgar la naturaleza de la operación. Sabían lo que estaban cazando, si bien Lem percibía cuánto les costaba creer a algunos que aquella criatura fuese real. No obstante, otros, particularmente aquellos que habían servido en el Líbano o en América central, estaban ya lo bastante familiarizados con la muerte y el horror como para dejarse alterar por la naturaleza de su nueva presa. Unos cuantos veteranos se remontaban nada menos que al último año de la guerra de Vietnam, y tendían a creer que aquella misión era un trozo de tarta. Sea como fuere, todos ellos eran hombres competentes y mostraban un respeto cauteloso por ese extraño enemigo al que acosaban. Así pues, si se podía encontrar al alienígena ellos darían con él.

Ahora, cuando Lem requirió su atención, todos enmudecieron.

—El general Hotchkiss me dice que ustedes han tenido ahí fuera otra jornada infructuosa —dijo Lem—, y sé que están tan desanimados como yo. Ya hace seis días que están trabajando durante largas horas en terreno escabroso, se encuentran cansados y se preguntan hasta cuándo se prolongará esto. Pues bien, todos seguiremos buscando hasta encontrar lo que perseguimos, hasta que acorralemos al alienígena y le demos muerte. No habrá otro modo de detenerle si anda todavía suelto. Ningún otro modo.

Ni uno solo de los cien emitió siquiera un gruñido de desacuerdo.

—Y recuerden siempre esto..., estamos buscando también al perro.

Probablemente, cada oyente esperó ser él quien encontrara al perro mientras que cualquier otro sería el encargado de dar con el alienígena.

Lem siguió hablando:

—El miércoles nosotros haremos venir a otras cuatro escuadras de Marine Intelligence, pertenecientes a bases más distantes, y éstas les relevarán en forma de turno rotatorio, lo que les proporcionará dos o tres días de descanso. Pero, por lo pronto, ustedes deberán salir mañana por la mañana. Además, se ha retocado la zona de búsqueda.

Mientras hablaba, se extendió un mapa del condado sobre la pared detrás del atril, y Lem Johnson lo señaló con un puntero.

—Nos desplazaremos hacia el nornoroeste para internarnos en las colinas y los desfiladeros alrededor del parque Irvine.

A renglón seguido les refirió la matanza en el zoológico. Hizo una descripción muy gráfica de las condiciones en que se hallaban los despojos, pues no quiso que ninguno de aquellos hombres se mostrara descuidado.

—Lo que les ha sucedido a esos animales del Zoo —dijo Lem— podrá ocurrirle a cualquiera de ustedes si baja la guardia en el lugar y el momento más inoportunos.

Un centenar de hombres le miraron con suma seriedad, y él descubrió en sus ojos cien versiones diferentes de su propio miedo, reprimido a fuerza de disciplina.

VIII

El martes por la noche, 25 de mayo, Tracy Leigh Keeshan no conseguía dormir. Estaba tan agitada que se sentía como si fuera a estallar. Se veía cual un diente de león en germinación, un bejín de etérea pelusa blancuzca, e inopinadamente, soplaba una ráfaga y las distintas hebras de pelusa salían volando en todas direcciones hasta los recónditos confines del mundo, y Tracy Keeshan dejaba de existir, destruida por su propia agitación.

Era una adolescente de trece años e imaginación poco común.

Mientras estaba tendida en la cama de su oscura habitación, no necesitaba cerrar los ojos para verse cabalgando a lomos de su alazán —Buen Corazón para ser exactos—, avanzando estruendosos a lo largo del hipódromo, pasando cual una flecha ante el raíl, dejando atrás a los demás caballos, la línea de llegada está sólo a cien metros, y la multitud enfervorizada la ovaciona estrepitosa en la tribuna...

En el colegio, normalmente obtenía buenas calificaciones, no por ser una estudiante aplicada, sino porque le resultaba fácil aprender y podía hacer un buen papel sin necesidad de esforzarse. A decir verdad, el colegio no le interesaba. Era esbelta, rubia, muy bonita, sus ojos tenían esa tonalidad precisa de un cielo estival despejado, y los chicos se sentían atraídos por ella, pero Tracy dedicaba tantos pensamientos a los chicos como a las tareas del colegio, es decir, muy pocos, por lo menos hasta el momento, aunque sus amigas estuvieran tan obsesas por los muchachos, tan «consumidas» con el tema, que algunas veces la aburrían mortalmente.

Los que le entusiasmaban a Tracy de una forma profunda y apasionada eran los caballos, los pura sangre de carreras. Ella venía coleccionando fotografías de caballos desde los cinco años, y recibía lecciones de equitación desde los siete, si bien hacía bastante más tiempo que sus padres no habían podido comprarle un caballo que fuera totalmente suyo. Sin embargo, durante los dos últimos años el negocio de su padre había florecido, y dos meses antes la familia se había mudado a una casa nueva mucho mayor, con dos acres de terreno, en Orange Park Acres, que era una comunidad aficionada a la hípica, con abundantes pistas para cabalgar. A espaldas de su parcela, había una cuadra privada con espacio para seis caballos, aunque sólo un compartimiento estuviese ocupado. Pues bien, precisamente hoy martes, 25 de mayo, un día glorioso, una fecha que perviviría para siempre en el corazón de Tracy Keeshan, un día que *demostraba* por sí solo la existencia de Dios..., ella había recibido un caballo totalmente suyo, el espléndido, hermoso e incomparable *Buen Corazón*.

Tracy no podía dormir. Se había ido a la cama hacia las diez, y a media noche estaba tan despierta como al principio. Cuando sonó la una del miércoles, Tracy no pudo soportarlo por más tiempo. Necesitó pasar por la cuadra y echar una ojeada a *Buen Corazón*. Asegurarse de que todo iba bien. Asegurarse de que el animal se encontraba cómodo en su nuevo hogar. Asegurarse, en fin, de que era una realidad.

Apartó la sábana junto con la ligera manta y con sigilo descendió de la cama. Llevaba puestas las bragas y una camiseta del hipódromo de Santa Anita, así que le bastó con enfundarse unos vaqueros y deslizar los pies desnudos en unos zapatos deportivos azules «Nike».

La casa estaba a oscuras y muy silenciosa. Sus padres y su hermano de nueve años, Bobby, dormían a pierna suelta.

Tracy bajó al vestíbulo atravesando primero la sala y el comedor, sin encender luces, contentándose con el resplandor lunar que se filtraba por las ventanas.

En la cocina, abrió cautelosa el cajón de los utensilios del secreter del rincón y sacó una linterna. Abrió la puerta trasera y se escurrió por ella al patio posterior, cerrándola después con sumo cuidado, sin encender todavía la linterna.

La noche primaveral era fresca pero no fría. Allá arriba, plateadas por la luna pero con rebordes oscuros, unas cuantas nubes panzudas navegaban cual galeones a todo trapo por el mar de la noche. Tracy las contempló durante un rato, disfrutando de ese momento. Quiso absorber cada detalle de esa ocasión tan especial, dejando que se fuera acrecentando su expectación. Después de todo, éste sería su primer momento a solas con su orgulloso y noble *Buen Corazón*, solamente ellos dos compartiendo sus sueños de futuro.

Tracy cruzó el patio, contorneó la piscina en cuyas aguas cloradas ondeaba el reflejo de la luna, y atravesó la zona de hierba. El césped humedecido por el rocío parecía reflejar los pálidos rayos lunares.

A derecha e izquierda los límites de la propiedad estaban definidos por una cerca blanca que mostraba cierta fosforescencia al resplandor lunar. Más allá de la cerca había otras fincas tan grandes como la de los Keeshan, algunas de un acre y pico por lo menos; a lo largo y ancho de

Orange Park Acres, la noche era callada a excepción de unos cuantos grillos y ranas nocturnos.

Tracy caminó despacio hacia la cuadra, al otro extremo del campo, pensando en los triunfos que les tenía reservados el destino a ella y a *Buen Corazón*. Él no competiría más. Había hecho correr el dinero en Santa Anita, Del Mar, Hollywood Park y otras pistas por toda California, pero había sufrido una lesión que le impedía seguir participando en carreras con garantía. Sin embargo, el animal todavía podía servir como semental, y Tracy tenía la seguridad de que su caballo sería padre de futuros ganadores. Ellos esperaban añadir dos buenas yeguas a la cuadra dentro de dos semanas, y luego llevarían inmediatamente los caballos a un establecimiento de reproducción caballar, en donde *Buen Corazón* dejaría preñadas a las yeguas. Posteriormente, los tres volverían aquí, y desde ese instante Tracy cuidaría de ellos. Al año siguiente nacerían dos vivarachos potros, y entonces se confiaría la doma de estos animales jóvenes a un entrenador en un lugar lo bastante cercano para que Tracy pudiera hacer frecuentes visitas y cooperar en su entrenamiento así como aprender todo cuanto fuera necesario sobre la formación de un campeón, y luego sería cuando..., cuando ella y los retoños de *Buen Corazón* harían historia hípica. ¡Ah, sí, señor!, ella estaba absolutamente convencida de poder hacer historia hípica...

Sus ensueños quedaron interrumpidos cuando, hallándose a unos cuarenta metros de la cuadra, pisó algo blanduzco, resbaladizo y estuvo a punto de caer. Aquello no olía a estiércol, pero ella supuso que sería una boñiga dejada allí por *Buen Corazón* cuando le sacaron al campo la tarde anterior. Sintiéndose estúpida y torpe encendió la linterna y la enfocó al suelo: en lugar de boñiga vio los restos de un gato brutalmente mutilado.

Tracy dejó escapar un silbido de repugnancia y apagó la linterna al instante.

La vecindad rebosaba de gatos, en parte porque éstos eran útiles para controlar la población ratonil existente alrededor de cada cuadra. Los coyotes solían aventurarse por las colinas y los desfiladeros del este en busca de presas. Aunque los gatos fueran rápidos, los coyotes a veces lo eran todavía más; así pues, Tracy pensó al principio que un coyote habría abierto un boquete por debajo de la cerca o la habría saltado para apoderarse del infortunado felino, que, probablemente, habría salido a la caza de roedores.

Pero un coyote se habría comido el gato sobre la marcha, dejando poco más que un trozo de cola y algunos jirones de pelaje, pues el coyote es un glotón más bien que un «gourmet» y tiene un apetito voraz. O también habría acarreado el gato hasta un lugar tranquilo para devorarlo sin sobresaltos. Sin embargo, este gato no parecía haber sido devorado ni siquiera a medias, sino, simplemente, descuartizado, como si algo o alguien lo hubiese matado por el placer morboso de hacerle pedazos.

Tracy se estremeció.

Entonces recordó los rumores sobre el Zoológico.

En el parque Irvine, que se hallaba sólo a tres o cuatro kilómetros, alguien había matado, al parecer, varios animales enjaulados del pequeño Zoo, hacía dos noches. Vándalos enloquecidos por la droga. Asesinos vocacionales en busca de emociones. Ese episodio era sólo un rumor candente y nadie podía confirmarlo, pero diversos indicios lo mostraban como cierto. Ayer mismo, algunos chicos habían recorrido en bibicleta el parque después del colegio, y aunque no hubieran visto ningunos despojos mutilados sí dijeron que en los cercados se notaba la falta de algunos animales. Y, desde luego, el poney «Shetland» había desaparecido. Los empleados del parque se habían mostrado muy poco comunicativos cuando se les preguntó al respecto.

Tracy se preguntó si esos mismos psicópatas no estarían rondando por Orange Park Acres, matando gatos y otros animales domésticos, una posibilidad verdaderamente tétrica y nauseabunda. De repente se le ocurrió que si la gente desvariara lo suficiente para matar gatos por el simple placer de hacerlo, también podría ser lo bastante retorcida como para divertirse matando caballos.

Una punzada de temor casi paralizante la asaltó al pensar que *Buen Corazón* estaba completamente solo allá en la cuadra. Durante unos instantes no pudo moverse.

A su alrededor la noche pareció incluso más silenciosa que antes. Y *así era*. No se oía ya el chirriar de los grillos. Y las ranas habían cesado también de croar.

Las nubes semejantes a galeones parecieron haber echado anclas en el cielo; fue como si la noche se hubiese congelado al resplandor pálido y glacial de la luna.

Algo se movió entre los arbustos.

Se había dedicado casi toda la enorme superficie del solar a los grandes espacios de césped, pero había una veintena de árboles formando artísticos grupos, principalmente laureles indios y jacarandas, más dos o tres corales, así como macizos de azaleas, arbustos de lilas californianas y madreselvas del Cabo.

Tracy oyó claramente el rumor producido al agitar los arbustos, como si algo muy presuroso los apartara de su paso sin contemplaciones.

La noche calló otra vez.

Sigilosa.

Expectante.

Tracy consideró la conveniencia de regresar a casa, en donde podría despertar a su padre y pedirle que lo investigara, o bien podría irse a la cama y esperar hasta la mañana para investigar ella misma la situación. Pero, ¿y si *fuera* sólo un coyote entre los arbustos? En tal caso, ella no correría peligro. Aunque un coyote hambriento atacara tal vez a un niño muy pequeño, huiría ante alguien del tamaño de Tracy. Además, a ella le preocupaba demasiado su noble *Buen Corazón* para seguir perdiendo así el tiempo; necesitaba estar segura de que el caballo se encontraba bien.

Empleando la linterna para evitar otros gatos muertos que pudieran interponerse en su camino, se encaminó hacia la cuadra. Cuando había dado unos pasos, percibió el rumor otra vez y también algo peor, un gruñido horripilante que se diferenciaba de la voz de cualquier otro animal que ella oyera hasta entonces.

Tracy dio media vuelta mientras pensaba que debiera salir corriendo hacia casa, pero en la cuadra, *Buen Corazón* lanzó un agudo relincho como si estuviera espantado, y coceó la madera de su compartimiento. Ella se imaginó a un torvo psicópata encaminándose hacia *Buen Corazón* con aborrecibles instrumentos de tortura. Su preocupación por la seguridad propia no fue tan intensa como el miedo de que pudiera ocurrirle algo horrible a su adorado procreador de campeones, así que salió de estampida a rescatarlo.

El pobre *Buen Corazón* empezó a patear con creciente frenesí. Sus cascos martillearon sin cesar las paredes, fue un tamborileo furioso y la noche pareció resonar con los truenos de una tormenta inminente.

Se encontraba todavía a unos quince metros de la cuadra cuando oyó otra vez el extraño y gutural gruñido y comprendió que algo la perseguía y se le abalanzaba por detrás. Patinó en la hierba húmeda, giró sobre sí misma y levantó la linterna.

Precipitándose hacia ella surgió una criatura que debía haberse escapado sin duda del mismísimo infierno. Dejó salir un alarido de demencia y rabia.

A pesar de la linterna, Tracy no pudo ver claramente al agresor. El rayo de luz tembló y la noche se oscureció aún más porque la luna se había deslizado detrás de una nube, y la odiosa bestia se movía deprisa y ella estaba demasiado asustada para entender lo que estaba viendo. No obstante, vio lo suficiente para saber que se hallaba ante algo que no había visto jamás. Pudo vislumbrar una cabeza oscura, deforme, con depresiones y bultos asimétricos, enormes mandíbulas llenas de dientes curvos y agudos y ojos ambarinos que relampagueaban al resplandor de la linterna tal como los ojos de un perro o un gato relucen al enfocarlos los faros de un coche.

Tracy gritó.

El asaltante lanzó otro alarido y saltó sobre ella.

Golpeó a Tracy con fuerza suficiente para cortarle el aliento. La linterna salió disparada de su mano y rodó por el césped. Ella cayó, y la criatura sobre ella, ambos rodaron y rodaron hacia la cuadra. Mientras rodaban Tracy golpeó desesperadamente con sus pequeños puños a aquella cosa y notó que las garras de ésta se le clavaban en la carne por el costado derecho. Vio ante su vista las fauces abiertas cuyo aliento caliente y apestoso la ahogaba, y comprendió que iban a por su garganta. «Estoy muerta, Dios mío —pensó—, me va a matar, estoy muerta como el gato.» Y en verdad, lo habría estado en pocos segundos si *Buen Corazón*, ahora a menos de cinco metros, no hubiese coceado al mamparo con pestillo de su compartimiento para correr derecho hacia ellos, despavorido.

Al verlos, el semental relinchó y se alzó de manos como si se propusiera patearlos.

El monstruoso atacante de Tracy soltó otro alarido, pero esta vez no fue de rabia sino de sorpresa y pánico. Luego la soltó y se escabulló a un lado para no quedar debajo del caballo.

Los cascos de *Buen Corazón* golpearon la tierra rozando casi la cabeza de Tracy. El animal se alzó de manos una vez más y pateó el aire entre relinchos estridentes. Comprendiendo que una patada seria suficiente para convertir su cráneo en papilla, Tracy rodó sobre sí misma distanciándose del caballo y también de la bestia de ojos ambarinos, que, entretanto, se había zambullido en la oscuridad sorteando al semental.

Buen Corazón siguió encabritado y relinchando, Tracy gritó a su vez, los perros aullaron por toda la vecindad y pronto empezaron a encenderse luces en la casa, lo cual la hizo pensar esperanzada en la supervivencia. Sin embargo, ella intuyó que su atacante no estaba dispuesto a cejar, que estaba contorneando ya al frenético semental para intentar atraparla de nuevo. Tracy le oyó gruñir, salivar. Sabía que no podría alcanzar jamás la lejana casa antes de que aquel ser le diera alcance, así que se arrastró hacia la cercana cuadra y a uno de sus compartimientos vacíos. Mientras lo hacía oyó su propio canturreo:

—¡Oh, Jesús, Jesús, Jesús, Jesús...!

Los dos batientes de la puerta estilo «Dutch» estaban unidos firmemente por el cerrojo. Un segundo cerrojo aseguraba toda la puerta al marco. Corrió este segundo cerrojo, abrió la puerta, se zambulló en la oscuridad saturada del olor a paja y cerrando la puerta se aferró a ella con todas sus fuerzas porque no se la podía cerrar desde dentro.

Un instante después, su asaltante golpeó la puerta por el otro lado e intentó abrirla, pero el marco se lo impidió. Como la puerta se abriese sólo hacia fuera, Tracy esperó que la criatura de ojos ambarinos no fuera lo bastante inteligente para imaginar cómo funcionaba su mecanismo.

Pero sí *fue* lo bastante inteligente...

(Amado Señor del Cielo, ¿por qué no será tan torpe como horrenda?)

...y después de golpear dos veces más la barrera, comenzó a tirar hacia sí en lugar de empujar. La puerta se le escapó casi de las manos a Tracy.

Ella quiso gritar pidiendo ayuda, pero necesitó cada gramo de energía para clavar los talones en tierra y mantener cerrada la puerta. Ésta traqueteó y golpeó contra el marco cuando su demoníaco asaltante pugnó por abrirla. Afortunadamente, *Buen Corazón* continuó soltando gritos estridentes y relinchos, y el asaltante también gritó —un extraño sonido, animal y humano a un tiempo—, de modo que su padre deduciría sin duda de dónde partía el conflicto.

La puerta se abrió unos cuantos centímetros.

Ella aulló y haciendo un esfuerzo sobrehumano volvió a cerrarla.

Inmediatamente el atacante la abrió otra vez en parte y la mantuvo entornada esforzándose por dar un tirón definitivo mientras ella luchaba para cerrarla del todo. Tracy vio los sombríos rasgos de aquel rostro deforme. Los puntiagudos dientes tenían un brillo mate. Los ojos ambarinos estaban casi cerrados, apenas eran visibles. Lanzó un sonido silbilante y le gruñó, y su aliento acre era más intenso que el olor de la paja.

Gimiendo de horror y frustración, Tracy tiró de la puerta con todas sus fuerzas.

Pero los batientes se abrieron otro centímetro más.

Y otro.

El corazón le latió con la fuerza suficiente para ahogar en sus oídos el estampido del primer disparo. Ella no supo lo que había oído hasta que un segundo disparo resonó en la noche y entonces comprendió que su padre habría cogido la escopeta del 12 al tiempo que salía de la casa.

La puerta de la cuadra se cerró de golpe cuando el atacante, alarmado por los disparos, la soltó. Tracy se aferró a ella.

Luego pensó que con tanta confusión su padre podría creer que *Buen Corazón* era el culpable, que el pobre caballo se había vuelto loco o algo parecido. Desde el interior de la cuadra gritó:

—¡No dispares contra *Buen Corazón*! ¡No mates al caballo!

No se oyeron más disparos, e inmediatamente Tracy se creyó una estúpida por pensar que su padre acabaría con *Buen Corazón*. Él era un hombre prudente, sobre todo con las armas cargadas, y a menos que supiese lo que estaba ocurriendo, no haría más que disparos de aviso. Con toda probabilidad habría hecho añicos algún arbusto.

Seguramente *Buen Corazón* estaría ya bien y el asaltante poniendo pies en polvorosa hacia las colinas o los desfiladeros, o adondequiera que fuese su punto de partida...

(¿Qué *sería* esa condenada y demencial cosa?)

...y la pesadilla había concluido, a Dios gracias.

Oyó rápidas pisadas y a su padre voceando su nombre.

Tracy abrió la puerta de la cuadra y vio que su padre corría hacia ella con unos pantalones azules de pijama, descalzo y con la escopeta al brazo. También apareció su madre con un camisón corto amarillo, trotando detrás de su padre, con una linterna.

Y vio, plantado en la parte más alta del terreno inclinado a *Buen Corazón*, el padre de futuros campeones, recuperado ya de su pánico e indemne.

Lágrimas de alivio le humedecieron los ojos a la vista del semental ileso, y salió tambaleante de la cuadra para poder verlo mejor. Al dar el tercer o cuarto paso, sintió un dolor insufrible por todo el costado derecho, acompañado de un mareo súbito. Dio un traspiés y cayó. Al ponerse la mano en el costado, notó algo húmedo y comprendió que estaba sangrando. Recordó las garras clavándose en su cuerpo poco antes de que *Buen Corazón* saliera disparado de su cuadra y asustase al asaltante, y oyó su propia voz diciendo desde una gran distancia:

—Buen caballo... ¡Qué caballo tan bueno...!

Su padre se dejó caer de rodillas a su lado.

—¿Qué diablos te ha ocurrido, pequeña? ¿Te encuentras mal?

También se le acercó su madre.

Su padre vio la sangre.

—¡Pide una ambulancia!

Su madre, mujer nada proclive a la vacilación o al histerismo en los momentos conflictivos, se volvió rauda y corrió hacia la casa.

Tracy se sintió cada vez más mareada. Reptando en los confines de su visión apareció una oscuridad que no formaba parte de la noche. A ella no le atemorizó. Pareció una oscuridad acogedora, reconfortante.

—Pequeña —murmuró su padre, poniéndole una mano sobre las heridas.

Con voz débil, comprendiendo que deliraba un poco y preguntándose lo que iría a decir ahora, habló así:

—¿Recuerdas cuando era muy pequeña... sólo una niñita...? Entonces pensaba que una cosa horrible... habitaba en mi armario... durante la noche.

Él frunció el ceño, preocupado.

—Cariño, tal vez te convenga estar callada, quieta y callada.

Mientras perdía el conocimiento, Tracy se oyó decir con una seriedad que la divirtió y la horrorizó a un tiempo:

—Bueno..., creo que tal vez fuera el coco que solía vivir en el armario de la otra casa. Creo que quizás... él fuera real..., y ahora ha vuelto.

IX

El viernes por la mañana, a las cuatro y veinte, pocas horas después del ataque a la casa de los Keeshan, Lemuel Johnson llegó al hospital de «St. Joseph», en Santa Ana, a la habitación de Tracy Keeshan. Sin embargo, a pesar de su celeridad, Lem descubrió que el sheriff Walt Gaines se le había adelantado. Walt estaba en el corredor, abrumando con su estatura a un joven doctor ataviado con la bata verde de cirugía y una chaqueta blanca de laboratorio; ambos parecían estar discutiendo sin acalorarse.

El equipo NSA formado para afrontar la crisis «Banodyne» estaba supervisando todos los organismos policiales del condado, entre los cuales se encontraba la Comisaría de Orange, en cuya jurisdicción estaba incluida la casa de los Keeshan. El jefe del turno de noche había telefoneado a Lem a su casa para ponerle al corriente de las nuevas noticias sobre el caso, las cuales encajaban en el perfil de los incidentes esperados respecto a «Banodyne».

—Renunciaste a la jurisdicción —le recordó Lem a Walt en tono mordaz cuando se reunió con el sheriff y el doctor ante la puerta cerrada de la chica.

—Tal vez no sea parte del mismo caso.

—Sabes que lo es.

—Bueno, aún no se ha tomado tal determinación.

—Se *hizo*... allá en casa de los Keeshan, cuando hablé con tus hombres.

—Vale. Digamos entonces que estoy aquí como observador.

—¡Y mi trasero! —exclamó Lem.

—¿Qué ocurre con tu trasero? —inquirió sonriente Walt.

—Que tengo un raro dolor ahí y el nombre de ese dolor es Walter.

—¡Qué interesante! —dijo Walt—. ¿Tú *nombras* los dolores? ¿También el dolor de muelas y a las jaquecas?

—Ahora mismo tengo una jaqueca y también se llama Walter.

—Eso es demasiado confuso, amigo mío. Más te vale llamar a esa jaqueca Bert, Harry o cualquier otra cosa.

Lem estuvo a punto de reír..., porque quería a aquel tipo, pero también sabía que a pesar de esa amistad, Walt utilizaría su risa como palanca para auparse otra vez en el caso. Así que Lem permaneció impávido, aunque Walt supiera sin duda que Lem deseaba reír. Semejante juego resultaba ridículo, pero era preciso llevarlo a cabo.

El doctor Roger Selbok parecía un joven Rod Steiger. Frunció el entrecejo al oírles alzar la voz, y entonces se comprobó que tenía asimismo la presencia impresionante de Steiger, porque su ceño fue suficiente para escarmentar e imponer silencio a ambos.

Selbok dijo que a la chica se le habían hecho multitud de análisis, estaba bajo tratamiento por sus heridas y se le había administrado un calmante. Estaba muy fatigada. Y él se disponía a hacerle tomar un sedante para garantizar un sueño reparador por lo cual no creía que fuese una buena idea el que un policía, cualquiera que fuese su rango, le hiciese preguntas en ese momento.

El continuo susurrar, el sigilo matutino del hospital, el olor de desinfectantes, que saturaba el vestíbulo, y la aparición de una monja ataviada de blanco deslizándose silenciosa por su lado, fueron elementos suficientes para intranquilizar a Lem. Súbitamente temió que la pequeña estuviera en peor estado de lo que le dijeran, y expresó su inquietud a Selbok.

—No, no. Ella está en muy buen estado —dijo el médico—. He hecho que sus padres vuelvan a casa, y no me hubiera permitido semejante cosa si hubiese algún motivo para inquietarse. El lado derecho de su cara ha sufrido algunos golpes, tiene el ojo amoratado, pero no es nada serio. Las heridas a lo largo del costado derecho requirieron treinta y dos puntos, así que necesitaremos tomar ciertas precauciones para reducir las cicatrices al mínimo; sin embargo, no hay peligro alguno. Ella se llevó un buen susto. Ahora bien, es una chica inteligente y muy segura de sí misma, de modo que no creo que padezca un trauma psicológico duradero. Así y todo, tampoco creo que sea una buena idea someterla a un interrogatorio esta noche.

—No será un interrogatorio —dijo Lem—. Sólo unas cuantas preguntas.

—Cinco minutos —dijo Walt.

—Menos —dijo Lem.

Ambos siguieron hostigando al doctor, y por fin le rindieron.

—Bueno... Supongo que ustedes tienen su trabajo que hacer, y si me prometen no ser demasiado insistentes con ella...

—La trataré como si estuviese hecha con burbujas de jabón —dijo Lem.

—La *trataremos* como si estuviese hecha con burbujas de jabón —dijo Walt.

—Díganme —dijo Selbok—. ¿Qué diablos le sucedió?

—¿No se lo ha contado ella misma? —preguntó Lem.

—Bueno, me dijo que la atacó un coyote...

Lem quedó sorprendido, y vio que Walt también estaba estupefacto. Después de todo tal vez el caso no tuviera nada que ver con la muerte de Wes Dalberg y los animales muertos en el pequeño Zoo del parque Irvine.

—Pero —continuó el médico— ningún coyote atacaría a una niña tan grande como Tracy. Esos animales sólo son peligrosos para las criaturas muy pequeñas. Y no creo que sus heridas hayan sido causadas por un coyote.

Walt dijo:

—Tengo entendido que su padre espantó al asaltante con una escopeta. ¿Acaso no sabe él lo que la atacó?

—No —dijo Selbok—. No pudo distinguir lo que ocurría en la oscuridad, de modo que hizo sólo dos disparos de aviso. Según explica él, algo atravesó veloz el terreno, saltó la cerca y desapareció, pero no pudo ver más detalles. También dice que Tracy le mencionó al principio que había sido el coco, un ser que vivía en su armario, pero entonces estaba delirando. A mí me comentó que se trataba de un coyote. Por eso pregunto, ¿saben ustedes lo que está pasando aquí? ¿Pueden revelarme algo que necesite saber para el tratamiento adecuado de la chica?

—Yo no puedo —dijo Walt—. Pero aquí el señor Johnson conoce bien la situación.

—Muchas gracias —dijo Lem.

Walt se limitó a sonreír.

Y dirigiéndose a Selbok, Lem añadió:

—Lo siento, doctor, pero no estoy autorizado a discutir el caso. Sea como fuere, nada de lo que pudiera contarle alteraría el tratamiento que haya prescrito usted para Tracy Keeshan.

Cuando, al fin, Lem y Walt entraron en la habitación de Tracy, dejando al doctor Selbok en el corredor para cronometrar su visita, encontraron a una bonita adolescente de trece años llena de hematomas y tan pálida como la nieve. Estaba tendida en la cama con la sábana subida hasta los hombros. Aunque se le hubieran administrado calmantes estaba alerta, incluso nerviosa, y pareció lógico que Selbok quisiera darle un sedante. La muchacha trató de ocultar su temor.

—Yo desearía que te retiraras —dijo Lem a Walt.

—Si los deseos fuesen *filet mignon*, podríamos comer una estupenda cena —contestó Walt—. Hola, Tracy. Soy el sheriff Walt Gaines y éste es Lemuel Johnson. Soy de lo más simpático que hay, pero aquí Lem es un verdadero aguafiestas, todo el mundo lo dice, pero tú no tienes que preocuparte porque yo le mantendré en cintura y haré que te sea también simpático. ¿Vale?

Entre los dos la indujeron a conversar. Descubrieron en seguida que ella había dicho a Selbok lo del ataque del coyote porque no creía poder convencer ni al médico ni a nadie de lo que había visto en realidad.

—Yo temí que ellos me creyeran seriamente tocada de la cabeza, con la sesera hecha un revoltijo —dijo la muchacha—, y entonces me retuviesen aquí más de lo necesario.

Sentándose sobre el borde de la cama, Lem dijo:

—Escucha, Tracy, no necesitas temer que yo te crea loca. Creo saber lo que viste, y todo cuanto quiero de ti es una confirmación.

Ella le miró atónita e incrédula.

Walt se plantó a los pies de su cama, sonriéndole afectuoso, cual un inmenso «Teddy» dotado de vida. Y dijo:

—Antes de desvanecerte contaste a tu papá que habías sido atacada por el coco que solía vivir en tu armario.

—Sin duda era algo tan feo como él —contestó muy tranquila la niña—. Pero me imagino que no era eso.

—Cuéntame —dijo Lem.

Ella miró de hito en hito a Walt, a Lem, luego suspiró.

—Dime lo que crees que debería haber visto yo, y si aciertas, te contaré todo lo que pueda recordar. Pero no pienso ser la que empiece, porque entonces me tomarías por una chiflada.

Lem miró a Walt sin disimular su desencanto, pues se percató de que le sería imposible evitar la divulgación de algunos hechos referentes al caso.

Walt sonrió irónico.

Y Lem dijo a la chica:

—Ojos amarillos.

Ella quedó boquiabierta y se puso rígida.

—¡Sí! Tú lo sabes, ¿verdad? Sabes lo que estaba ahí fuera. —Intentó incorporarse, dio un respingo de dolor al forzar los puntos de sus heridas y se dejó caer otra vez—. ¿Qué era? ¿Qué era eso?

—Escucha, Tracy —contestó Lem—. Yo no puedo decírtelo. He firmado un juramento de secreto. Si lo quebrantase, se me encarcelaría y, lo que es más importante..., perdería la fe en mí mismo.

Ella frunció el ceño y al fin asintió.

—Creo que lo comprendo.

—Bien. Ahora cuéntame todo cuanto sepas sobre tu asaltante.

En definitiva resultó que ella no había visto mucho porque la noche había sido oscura y su linterna había iluminado sólo unos instantes al alienígena.

—Bastante grande para un animal..., quizá tan grande como yo. Ojos amarillos —la chica se estremeció—. Y su cara era... ¡tan extraña...!

—¿En qué sentido?

—Hecha a bultos..., deforme —dijo la niña. Aun habiendo estado muy pálida desde el principio, ahora se acentuó su palidez, y unas finas gotas de sudor le aparecieron en la raíz del cabello humedeciéndole el entrecejo.

Walt, apoyado sobre el rodapié de la cama, se inclinó hacia adelante profundamente interesado, no queriendo perderse ni una sílaba.

Un vendaval súbito de Santa Ana fustigó al edificio, sobresaltando a la chica. Ella miró temerosa hacia la ventana vibratoria, en donde gemía el viento, como si esperara que algo entrase haciendo añicos el cristal.

Así había sido exactamente, recordó Lem, cómo el alienígena había alcanzado a Wes Dalberg.

La niña tragó saliva a duras penas.

—Su boca era enorme, y los dientes...

No pudo evitar los temblores, y Lem le puso una mano tranquilizadora en el hombro.

—Todo está bien, cariño. Ahora todo ha terminado. Lo has dejado atrás.

Al cabo de una pausa para recobrar el dominio sobre sí misma, pero todavía temblorosa, Tracy dijo:

—Creo que era... melenudo... o velludo... No estoy segura, pero sí de que era muy fuerte.

—¿A qué clase de animal se parecía? —inquirió Lem.

Ella meneó la cabeza.

—No tenía el menor parecido con ninguno.

—Pero si hubieses de decir que se parecía a tal o cual animal, ¿dirías, por ejemplo, que se asemejaba a un puma más que a cualquier otro?

—No. Puma no.

—¿Perro?

Ella titubeó.

—Tal vez..., un poco como un perro.

—¿Y quizás otro poco de oso...?

—No.

—¿Pantera?

—No. Nada de felino.

—¿Cómo un mono?

Ella vaciló otra vez, frunció el ceño, cavilando.

—No sé por qué... pero, sí, quizás un poco como un mono. Salvo que ningún perro ni mono tiene unos dientes como aquéllos.

La puerta que daba al pasillo se abrió y el doctor Selbok apareció en el umbral.

—Ya han estado ustedes más de cinco minutos.

Walt se dispuso a hacerle salir con un ademán.

—No. Está bien —dijo Lem—. Ya hemos terminado. Sólo medio minuto más.

—Empiezo a contar los segundos —dijo Selbok mientras se retiraba.

Lem preguntó a la chica:

—¿Puedo confiar en ti?

Ella le miró de hito en hito y dijo:

—¿Para mantenerme callada?

Lem asintió.

—Sí —dijo ella—. No deseo contárselo a nadie, seguro. Mis padres creen que tengo mucha madurez para mi edad. Emocional y mentalmente madura, quiero decir. Pero si empiezo a contar historias disparatadas sobre... sobre monstruos, ellos creerán que no soy tan madura después de todo, y quizá se imaginen que no tengo el suficiente sentido de la responsabilidad para cuidar caballos, y entonces tal vez alteren sus planes sobre la cría. No me arriesgaré a eso, señor Johnson. No señor. Así pues, por lo que a mí concierne, era un coyote medio loco. Pero...

—Di...

—¿Puede decirme si hay alguna posibilidad de que regrese?

—No lo creo. Sin embargo, sería prudente no ir a la cuadra de noche durante algún tiempo. ¿Conforme?

—Conforme —dijo ella. Y a juzgar por su expresión se podía asegurar que ella permanecería dentro de casa después del anochecer durante muchas semanas.

Los dos abandonaron el aposento, dieron las gracias al doctor Selbok por su cooperación y se dirigieron hacia el garaje subterráneo del hospital. Entretanto, el alba no había llegado todavía y la cavernosa estructura de cemento estaba vacía, causando un efecto desolador. El eco de sus pisadas rebotó en las paredes.

Como sus coches estuvieran aparcados en el mismo piso, Walt acompañó a Lem hasta el sedán verde y sin marca de la NSA. Cuando Lem ponía la llave en la puerta para abrirla, Walt miró a su alrededor para asegurarse de que estaban solos y luego dijo:

—Cuéntamelo.

—No puedo.

—Yo lo averiguaré.

—Estás apartado del caso.

—Llévame a los tribunales. Agénciate una citación.

—Sabes que podría hacerlo.

—¿Por poner en peligro la seguridad nacional?

—Sería un cargo justo.

—¿Y me harías sentar en una celda?

—Podría —dijo Lem a sabiendas de que jamás lo haría.

Curiosamente, aunque la obstinación de Walt le decepcionara e irritara no poco, Lem la encontró también grata. Tenía pocos amigos y entre ellos Walt era el más importante, y le gustaba pensar que la causa de tener tan pocos amigos se debía a su carácter selectivo, su búsqueda de cualidades excepcionales. Si Walt se hubiese rendido por completo, si se hubiera acobardado ante la autoridad federal, si hubiese sido capaz de refrenar su curiosidad con tanta facilidad como se cierra un interruptor de luz, habría tenido una pequeña mácula que le empequeñecería ante sus ojos.

—¿Qué es lo que te recuerda un perro y un mono y tiene ojos amarillos? —preguntó Walt—. Aparte de tu mamá, claro está.

—Deja a mi mamá en paz, so alcornoque —dijo Lem sonriendo a pesar suyo. Y subió al coche.

Walt mantuvo abierta la puerta y se agachó para mirarle.

—En nombre de Dios, ¿qué es lo que escapó de «Banodyne»?

—Te he dicho que esto no tiene nada que ver con «Banodyne».

—Y el incendio que tuvieron en los laboratorios al día siguiente, ¿lo provocaron ellos mismos para destruir las pruebas de lo que estaban maquinando?

—No seas ridículo —dijo Lem hastiado, mientras ponía en marcha el motor—. Cualquier prueba se podría destruir de una forma más eficaz y menos drástica. Suponiendo que haya pruebas para destruir. Lo cual no es el caso, porque «Banodyne» no tiene nada que ver con esto.

Lem puso en marcha el coche, pero Walt no cejó. Mantuvo abierta la puerta y se inclinó aún más para que se le oyera por encima del estrépito:

—Ingeniería genética. Eso es lo que están fraguando en «Banodyne». Enredando con bacterias y virus para crear nuevos microbios que hagan buenas obras, como fabricar insulina o comer capas de grasa. Y enredan asimismo con los genes de las plantas, supongo, para producir maíz que crezca en tierra ácida o trigo que florezca con la mitad del agua requerida. Siempre hemos creído que la experimentación con genes se hace a pequeña escala..., plantas y gérmenes. Pero, ¿acaso no podrían rizar el rizo con genes animales hasta producir vástagos extraños, especies absolutamente inéditas? ¿Es eso lo que han hecho? ¿Y es eso lo que se ha escapado de «Banodyne»?

Lem sacudió la cabeza exasperado.

—Escucha, Walt, yo no soy un experto en ADN y sus derivaciones, pero no creo que la ciencia se utilice hasta el extremo de alcanzar cierto grado de confianza en ese campo. Y de todas maneras, ¿qué propósito tendría? Fíjate, supongamos que ellos pudieran crear un animal raro e inédito experimentando con la estructura genética de las especies existentes. Pues bien, ¿cuál sería la utilidad de semejante descubrimiento? Aparte, claro está, de las exhibiciones en las ferias carnavalescas.

Walt entornó los ojos.

—Lo ignoro. Dímelo tú.

—Escucha, el dinero para la investigación es siempre muy corto y hay una competencia feroz para adjudicarse una subvención de mayor o menor cuantía, de modo que nadie puede permitirse la satisfacción de sufragar unos experimentos con algo que no tiene utilidad alguna. ¿Me explico? Ahora bien, como quiera que yo estoy comprometido ahí, esto debe ser por fuerza, ya sabes, un asunto de defensa nacional, lo cual significa que los «Banodyne» estaban despilfarrando el dinero del Pentágono para crear un engendro de feria.

—Las palabras «despilfarrar» y «Pentágono» —replicó secamente Walt— han sido empleadas algunas veces para formar una frase escueta.

—Vuelve a la realidad, Walt. Una cosa es que el Pentágono tolere a sus contratistas el derroche para producir unas armas necesarias en todo sistema de defensa, y otra muy distinta el entregar fondos para ciertos experimentos a sabiendas de que no tienen ningún potencial defensivo. A veces, el sistema es ineficaz, incluso corrupto, pero nunca totalmente estúpido. Te lo diré una vez más: esta conversación carece de finalidad porque no tiene ninguna relación con «Banodyne».

Durante largo rato Walt le miró, y luego exhaló un suspiro:

—¡Por Dios, Lem, lo haces muy bien! Sé que has de mentirme por necesidad, pero creo casi a medias que estás diciendo la verdad.

—La estoy diciendo.

—Lo haces muy bien. Entonces..., ¿qué me dices de Weatherby, Yarbeck y de los demás? ¿Diste ya con su asesino?

—No. —De hecho, el agente a quien Lem asignara el caso le había comunicado que, al parecer, los soviéticos habían empleado un asesino ajeno a sus propias agencias y también, quizás, al mundo político. La investigación parecía estancada, pero todo cuanto él dijo a Walt fue «no».

Walt empezó a enderezarse para cerrar la puerta del coche, más, antes de hacerlo, se inclinó nuevamente para decir:

—Otra cosa. ¿Has observado que parece tener un destino concreto?

—¿De qué estás hablando?

—Se ha ido moviendo invariablemente en dirección norte o nornoroeste desde que escapó de «Banodyne».

—No escapó de «Banodyne», maldita sea.

—Desde «Banodyne» al desfiladero Holy Jim, desde aquí a Irvine

Park y desde este parque anoche a la casa de los Keeshan. Tú sabes ya lo que eso significa, supongo yo, hacia dónde podría encaminarse, pero no me atrevo a preguntártelo, claro está, porque me largarías directamente a la cárcel y me dejarías pudrirme allí.

—Te estoy contando la pura verdad acerca de «Banodyne».

—Eso dices tú.

—Eres imposible, Walt.

—Eso lo dices tú.

—Eso lo dice *todo el mundo*. Ahora, ¿me dejarás ir a casa? Estoy molido.

Por fin Walt cerró la puerta sonriente.

Lem abandonó el garaje camino de Main Street, luego tomó la autopista en dirección Placentia. Esperaba poder meterse en la cama hacia el alba.

Mientras conducía el sedán NSA a través de unas calles tan desiertas como rutas oceánicas, pensó en ese extraño ser alienígena poniendo rumbo Norte. Sí, también lo había observado él, y estaba seguro de saber lo que buscaba, incluso aunque la criatura no conociera exactamente su destino. Desde el principio, el perro y el alienígena habían tenido una percepción especial mutua, percibiendo cada cual de forma instintiva e inquietante la actitud y actividad del otro, aunque ambos no estuviesen en la misma habitación. Davis Weatherby había sugerido, no sin cierta seriedad, que pudiera haber algo telepático en las relaciones entre estos dos seres. Ahora bien, era muy probable que el alienígena estuviese sintonizado todavía con el perro y, gracias a una especie de sexto sentido, lo estaba siguiendo.

Lem esperó que, para bien del perro, ése no fuera el caso.

En los laboratorios había resultado evidente que el perro había temido siempre al alienígena y por motivos bien fundados. Ambos eran el contrapunto del Proyecto Francis, el éxito y el fracaso, el bien y el mal. Todo lo que el perro tenía de admirable, ecuánime y bueno..., el alienígena lo tenía de aborrecible, inicuo y malévolo. Por otra parte, los investigadores habían comprobado que el alienígena no temía al perro, sino más bien lo *odiaba* con un apasionamiento que nadie había logrado comprender ni interpretar. Ahora ambos disfrutaban de libertad, y el alienígena podía tener como único objetivo perseguir al perro, porque su deseo más ferviente había sido siempre el de descuartizar al perdiguero miembro por miembro.

Lem se apercibió de que, en su ansiedad, había pisado con demasiada fuerza el acelerador. El coche salió disparado a lo largo de la autopista. Retiró el pie del pedal.

Adondequiera que hubiese ido el perro, con quienquiera que hubiese encontrado refugio, corría un gran riesgo. Y aquellos que le hubieran dado cobijo, estaban asimismo en grave peligro.

CAPÍTULO VI

I

Durante la última semana de mayo y la primera de junio, Nora, Travis y *Einstein* estuvieron juntos casi cada día.

Al principio, ella se había preguntado inquieta si Travis no sería también peligroso, no tanto como Art Streck pero, así y todo, temible; no obstante, superó muy pronto ese ramalazo de paranoia. Ahora se reía de ella misma cuando recordaba lo cautelosa que había sido con él. Travis era simpático y afable, precisamente ese tipo de hombre que, según tía Violet, no existía en ninguna parte del mundo.

Una vez vencida su paranoia, Nora había llegado al convencimiento de que si Travis continuaba viéndola, era tan sólo porque se apiadaba de ella. Siendo un hombre compasivo por naturaleza, no volvería nunca la espalda a nadie que necesitase desesperadamente ayuda o estuviera en aprietos. Casi todas las personas que conocían a Nora no la creerían desesperada..., quizá rara, tímida y patética, pero no desesperada. Sin embargo, lo estaba, o lo había estado, al verse incapaz de afrontar el mundo más allá de sus cuatro paredes, desesperadamente temerosa ante el futuro, desesperadamente solitaria. Por ser tan perceptivo como afable, Travis vio su desesperación y respondió a ella. Paulatinamente, a medida que mayo se desvanecía hasta fundirse con junio, y los días se hacían cada vez más calurosos bajo el sol estival, ella se atrevió a considerar la posibilidad de que Travis no la estuviese ayudando por piedad, sino porque la encontraba de su gusto.

Pero Nora no podía entender lo que un hombre como él podía ver en una mujer como ella, pues no parecía tener nada que ofrecer.

Sufría problemas relacionados con su propia imagen, ese punto lo tenía claro. Tal vez no fuera, verdaderamente, tan gris y obtusa como se sentía; sin embargo, a todas luces Travis merecía —y era seguro que podría conseguirlo si quisiera— una compañía femenina bastante más grata de la que ella podía aportar.

Nora decidió no hacerse más preguntas sobre los intereses de él. Todo cuanto tenía que hacer era relajarse y disfrutar de ello.

Como quiera que Travis hubiese traspasado el negocio de inmobiliaria tras la muerte de su esposa y, por decirlo así, estuviese jubilado, y como quiera que Nora no tuviese tampoco un trabajo, ambos tenían plena libertad para estar juntos casi todo el día si así lo desearan..., y lo deseaban. Así pues, visitaban galerías de arte, rebuscaban en librerías, daban largos paseos, se recreaban en sus recorridos automovilísticos por el pintoresco valle de Santa Inés o por la encantadora costa del Pacífico.

En dos ocasiones partieron de madrugada hacia Los Ángeles y pasaron allí una larga jornada. Nora se había sentido abrumada no sólo por el tamaño descomunal de la ciudad sino también por las actividades que allí habían llevado a cabo: gira por unos estudios cinematográficos, una visita al inmenso Zoológico y asistencia a la matiné de un famoso espectáculo musical.

Cierto día Travis le sugirió que se cortase el pelo y se lo peinase a la moda. La llevó a un instituto de belleza, el mismo que frecuentara su difunta esposa, y Nora estuvo tan nerviosa que balbuceó cada vez que habló con la esteticista, una pizpireta rubia llamada Melanie. Violet le había cortado siempre el pelo en casa, y una vez muerta Violet, ella se lo cortaba con sus propias manos. El que la atendiese una esteticista fue una experiencia tan insólita e inquietante como el comer por primera vez en un restaurante. Melanie hizo algo que ella denominaba «entresacar», cortándole infinidad de pelo y, sin embargo, dejándole la cabeza llena. No le permitieron mirarse en el espejo, ni siquiera echar una ojeada, hasta que se la hubo secado y peinado. Entonces la hicieron girar en el sillón para enfrentarla con su propia imagen. Cuando ella vio el reflejo de sí misma, se quedó estupefacta.

—Tienes un aspecto imponente —dijo Travis.

—Una transformación total —opinó Melanie.

—¡Imponente! —exclamó Travis.

—Tienes unas facciones muy bonitas, excelente estructura ósea —dijo Melanie—, todo ese pelo largo y lacio alargaba y agudizaba tus rasgos. *Este* peinado te enmarca el rostro y hace resaltar lo mejor de él.

Incluso a *Einstein* pareció gustarle el cambio operado en ella. Cuando los dos abandonaron el instituto de belleza, el perro les esperaba atado al contador del aparcamiento donde lo dejaran. Apenas vio a Nora, dio una voltereta canina, luego saltó y poniéndole encima las zarpas le olfateó la cara y el pelo mientras gemía de felicidad y agitaba el rabo.

Sin embargo, ella aborrecía su nuevo aspecto. Cuando le hicieron mirarse en el espejo, lo único que vio fue una patética solterona intentando hacerse pasar por una jovencita bonita y vivaz. El peinado que le habían hecho no era para ella, tan sólo servía para resaltar que básicamente era una mujer vulgar e insignificante. Jamás seria sexy ni cautivadora, con ese «algo» y todas las demás cosas que el nuevo peinado intentaba denotar. Era como colocar plumas rutilantes, multicolores en el dorso de un pavo y pretender hacerle pasar por un pavo real.

Y como no quisiera herir los sentimientos de Travis, fingió agrado por la ayuda prestada. Pero aquella misma noche, se lavó el cabello, lo cepilló hasta secarlo, y tiró de él hasta hacerle perder el llamado estilo moderno. Pero, debido al dichoso «entresacado», el pelo no quedó tan lacio como antes, aunque ella hiciera lo imposible para devolverle su antigua condición.

Al día siguiente, cuando Travis la recogió para almorzar, se quedó pasmado al observar que ella había recobrado su aspecto anterior. Sin embargo, no dijo nada ni hizo preguntas. Durante las dos primeras horas, ella se sintió tan incómoda y temerosa de haberle herido en sus sentimientos que no osó sostenerle la mirada más de un segundo o dos.

Pese a las repetidas objeciones, cada vez más enérgicas, Travis insistió en llevarla de compras para la adquisición de un traje nuevo, algún vistoso vestido veraniego que ella podría ponerse para almorzar en «Talk of the Town», un elegante restaurante en la calle Gutiérrez Oeste, adonde, según él, solían acudir algunas estrellas cinematográficas que vivían en las cercanías, una colonia de cineastas cuya fama era sólo inferior a la de Beverly Hills-Bel Air. Así que visitaron unos caros almacenes en donde Nora se probó una veintena de trajes, exhibiéndolos delante de Travis para conocer su opinión, ruborosa y mortificada a un tiempo. La vendedora parecía ser sincera al comentar lo bien que le sentaban todos, se pasó todo el tiempo diciéndole que su figura era perfecta, pero Nora no podía desechar la impresión de que aquella mujer se estaba burlando de ella.

El vestido que más le gustó a Travis fue uno de la colección «Diane Freis». Nora no pudo negar su encanto: aunque sus colores predominantes eran el rojo y el amarillo dorado, tenía un fondo casi revolucionario de otros muchos colores que parecían combinarse bastante mejor de lo que aparentaban (característica primordial de los diseños de Freis). Era sobremanera femenino. Lucido por una mujer hermosa habría sido sensacional, pero aquello no era para ella. Colores oscuros, cortes sin forma, tejidos sencillos sin adornos de ninguna clase..., ¡ése era su estilo! Intentó decirle lo que mejor le sentaba a su personalidad, le explicó por qué no podría llevar nunca semejante vestido, pero él se limitó a contestar:

—Estás cautivadora con él, de verdad, cautivadora.

Ella le dejó comprarlo. ¡Dios santo, se lo permitió! A sabiendas de que era un gran error, una equivocación fatal porque nunca se lo pondría. Mientras le empaquetaban el vestido, Nora se preguntó por qué habría consentido, y entonces comprendió que, a pesar de su mortificación, se sentía halagada de que un hombre le comprara ropa, de que un hombre se interesara por su apariencia. Jamás soñó que semejante cosa le ocurriera a ella y le hizo sentirse abrumada.

No pudo reprimir el rubor. El corazón le martilleaba. Se sentía aturdida, pero era un aturdimiento grato.

Luego, cuando abandonaron los almacenes, Nora se enteró de que él había pagado quinientos dólares por el vestido. ¡Quinientos dólares! Ella se había propuesto colgarlo en el armario, utilizándolo como punto de partida para agradables ensueños, lo cual habría sido estupendo si hubiese costado cincuenta dólares, pero por quinientos habría de llevarlo aunque la hiciese sentirse ridícula, aunque la hiciese parecer una fregona pretendiendo pasar por princesa.

A la tarde siguiente, dos horas antes de que Travis la recogiera para llevarla al «Talk of the Town», Nora se puso el vestido y se lo quitó media docena de veces. Rebuscó repetidamente en el interior de su armario, en una búsqueda frenética de cualquier otra cosa que llevar, algo más razonable, pero no encontró nada a propósito porque nunca había necesitado ropa para restaurantes elegantes.

Mirándose ceñuda en el espejo del baño, dijo:

—Te pareces a Dustin Hoffman en *Tootsie*.

De repente se rió, porque comprendió que estaba siendo demasiado severa consigo misma; no obstante, no podía tratarse con más benignidad porque así era como se sentía: cual un tipo raro disfrazado de mujer. En esta ocasión, los sentimientos fueron más fuertes que los hechos y su risa se agrió deprisa.

Por fin se desmoronó y lloró dos veces, y consideró la conveniencia de telefonearle para cancelar la cita. Pero, pese a todo, ella quería verle, por muy humillante que resultara ser la velada. Se valió de «Murine» para disimular los enrojecidos ojos e intentó vestirse otra vez... pero se lo quitó de nuevo.

Cuando llegó Travis, pocos minutos después de las siete, pareció muy apuesto con un traje negro.

Nora llevaba un traje recto azul con zapatos azul marino.

—Esperaré —dijo él.

—¿Uh? ¿A qué?

—Ya sabes —contestó él, dando a entender: «a que te cambies». Las palabras se le escaparon con nerviosa precipitación, y su disculpa fue vacua.

—Escucha, Travis, lo siento, ha ocurrido algo horrible, lo siento mucho, pero he derramado el café sobre el traje nuevo.

—Esperaré ahí —dijo él dirigiéndose hacia el arco de la sala.

—Toda la cafetera —murmuró ella.

—Más vale que te apresures. Nuestra reserva es para las siete y media.

Intentando sacar fuerzas de flaqueza para poder soportar los murmullos mordaces cuando no la risa declarada de todos cuantos la vieran, diciéndose que la opinión de Travis era la única importante, Nora se puso el traje «Diane Freis».

Deseó no haber deshecho el peinado que le hiciera Melanie dos o tres días antes. Tal vez eso la hubiera ayudado.

No, con toda probabilidad la hubiera hecho parecer aún más grotesca.

Cuando bajó de nuevo las escaleras, Travis sonrió y le dijo:

—Estás encantadora.

Nora no sabía si la comida de «Talk of the Town» era tan buena como su reputación. No le supo a nada. Más tarde, tampoco podía recordar claramente la decoración del local, si bien las caras de los demás comensales, incluida la del actor Gene Hackman, le abrasaban la memoria, porque estaba segura que durante toda la velada ellos la miraban sin cesar con estupor y desdén.

A mitad de la cena, percibiendo evidentemente su desazón, Travis dejó aparte el vaso de vino e inclinándose hacia ella le murmuró:

—Me da igual lo que pienses, Nora, pero, verdaderamente tienes un aspecto encantador. Y si tuvieras la experiencia necesaria para captar tales cosas, te darías cuenta de que casi todos los hombres de la sala se sienten atraídos por ti.

Pero ella conocía la verdad y podía afrontarla: Si los hombres la miraban de verdad, no era porque les pareciese bonita; era lógico que la gente mirase estupefacta a un pavo con un plumero que pretendiese pasar por pavo real.

—Sin el menor rastro de maquillaje —prosiguió él—, tienes mejor presencia que cualquier mujer en esta sala.

Ni pizca de maquillaje. Ésa era otra razón de que la miraran con tanto descaro. Cuando una mujer se ponía un traje de quinientos dólares para que la llevaran a un costoso restaurante, se acicalaba lo mejor posible: con lápiz de labios, rímel, maquillaje, colorete y Dios sabía cuántas cosas más. Sin embargo, a ella ni siquiera se le había ocurrido lo del maquillaje. El *mousse* de chocolate, aunque delicioso, sin la menor duda, le supo a pasta de librero y se le atascó repetidas veces en la garganta.

Durante las últimas dos o tres semanas, ella y Travis habían conversado largas horas y ambos habían encontrado muy fácil el revelarse mutuamente los sentimientos y pensamientos más íntimos. Ella supo por qué él estaba solo, a pesar de su apostura y su relativa holgura económica, y él había sabido por qué ella se tenía en tan baja estima. Así pues, cuando Nora no pudo tragar ni un gramo más de *mousse*, cuando imploró a Travis que la llevara a casa sin tardanza, él murmuró conmovido:

—Si de verdad existe la justicia, Violet Devon estará asándose en el infierno esta noche.

Nora exclamó consternada:

—¡Oh, no! No era *tan* mala.

Durante todo el camino de regreso, Travis estuvo cavilando silencioso.

Cuando la dejó delante de su puerta, Travis insistió en que concertara una reunión con Garrison Dilworth, el que fuera abogado de su tía y ahora llevaba los pequeños asuntos legales de Nora.

—Por lo que me has contado —dijo—, Dilworth conocía mejor que nadie a tu tía, y apuesto dólares contra rosquillas a que él puede revelarte algunos pormenores sobre ella que romperán ese collar férreo con que te tiene sujeta incluso desde la tumba.

—¡Pero si no hay ningún secreto tenebroso acerca de tía Violet! —dijo Nora—. Ella era lo que parecía ser. Una mujer muy sencilla, de verdad. Una especie de mujer triste.

—Narices, triste —gruñó Travis.

Él persistió hasta que Nora le prometió pedir una entrevista a Garrison Dilworth.

Más tarde, en su dormitorio, cuando ella se disponía a quitarse su

«Diane Freis», descubrió que no deseaba desvestirse. Durante toda la velada, había esperado impaciente el momento de librarse del disfraz, pues *eso* era lo que aquello parecía. Y ahora, al analizarlo de forma retrospectiva, la velada había irradiado un resplandor reconfortante y ella quiso prolongar esa irradiación. Cual una colegiala sentimental, se durmió con el traje de quinientos dólares puesto.

El despacho de Garrison Dilworth fue decorado concienzudamente para infundir respetabilidad, estabilidad y fiabilidad: hermoso revestimiento de roble en las paredes, pesados cortinajes de un azul real colgando de barras de bronce, estanterías repletas de libros encuadernados en cuero, una mesa de roble macizo.

El propio letrado era un cruce enigmático entre la personificación de la dignidad y la probidad por una parte... y Santa Claus por la otra. Alto, más bien corpulento, y setentón, pero trabajando sin descanso semana tras semana, Garrison prefería los trajes con chaleco y las corbatas discretas. Pese a sus muchos años en California, su voz profunda, suave y culta le traicionaba como un producto de la clase alta de los círculos del Este, donde naciera, se formara y educara. Sin embargo, en sus ojos había también un guiño alegre, y su sonrisa era pronta, cálida y muy semejante a la de Santa Claus.

No se distanció manteniéndose impertérrito detrás de su mesa, sino que se sentó con Nora y Travis en confortables butacas alrededor de un velador sobre el cual había un gran cuenco «Waterford».

—No sé qué esperan ustedes averiguar aquí —dijo—. No hay ningún secreto acerca de su tía. Ni sensacionales ni tenebrosas revelaciones que puedan alterar su vida...

—Eso ya lo sé —respondió Nora—. Siento haberle molestado.

—Aguarda —terció Travis—. Deja terminar al señor Dilworth.

El abogado dijo:

—Violet Devon era mi clienta, y un letrado debe asumir la responsabilidad de preservar las confidencias de sus clientes incluso después de muertos. Al menos, ésa es mi opinión, aunque muchos profesionales no se sientan comprometidos con una obligación tan onerosa. No obstante, como quiera que estoy hablando con la heredera y familiar más cercana de Violet, supongo que me queda muy poca cosa por divulgar..., si es que hubiera un secreto. Y, ciertamente, no veo ningún impedimento moral que me prohíba formular una opinión sincera sobre su tía. Incluso los abogados, sacerdotes y médicos tienen derecho a emitir juicios acerca de la gente —dicho esto hizo una inspiración profunda y frunció el ceño—: Ella no me gustó jamás. A mi entender, era una mujer muy estrecha de miras y egocéntrica, que además sufría una, por lo menos leve..., bueno, inestabilidad mental. Y la forma de educarla a usted, Nora, fue criminal. No abusiva, en el sentido legal que pudiera interesar a las autoridades, pero, así y todo, criminal. Y cruel.

Desde la fecha hasta donde alcanzaba su memoria, Nora recordaba un gran nudo dentro de su ser que atenazaba sus órganos vitales y arterias, manteniéndola siempre tensa, limitando la afluencia de sangre, obligándola a vivir con todos sus sentidos aletargados, forzándola a pugnar sin tregua como si fuera una máquina carente de la necesaria energía, y, de repente, las palabras de Garrison Dilworth habían desatado ese nudo, y una corriente de vida comenzó a circular sin restricciones por todo su cuerpo.

Ella había sabido lo que Violet le estaba haciendo, pero el saberlo no era suficiente para superar los efectos de esa torva educación. Necesitaba oír que alguien más condenaba a su tía. Travis había denunciado ya a Violet, y Nora había sentido un pequeño alivio al escuchar sus reflexiones. Sin embargo, eso no había bastado para liberarla, porque Travis no había conocido a Violet y, en consecuencia, hablaba sin pleno conocimiento de causa. Ahora bien, Garrison había conocido lo suficiente a Violet, y sus palabras ponían fin a la esclavitud.

En este momento Nora temblaba ostensiblemente y las lágrimas corrían por sus mejillas, pero no se apercibió de su reacción hasta que Travis alargó una mano desde su butaca y se la colocó, consoladora, sobre el hombro. Revolvió en su bolso y sacó un pañuelo.

—Lo siento.

—Querida señora —dijo Garrison—, no se disculpe por haber roto la coraza férrea que la ha oprimido durante toda su vida. Ésta es la primera vez que la veo exteriorizar una emoción intensa, la primera vez que la veo en un estado ajeno al de la timidez extrema, y me es muy grato observarlo. —Volviéndose hacia Travis para dar tiempo a que Nora se secara los ojos, dijo:

—¿Qué más *esperaba* usted oírme decir?

—Hay ciertas cosas que Nora desconoce, cosas que ella debería saber y que no creo violenten su estricto código sobre los derechos del cliente si usted las divulga.

—¿Qué cosas?

Travis dijo:

—Violet Devon no trabajó jamás y, sin embargo, su vida fue acomodada dentro de lo razonable, dejando, además, los fondos suficientes para mantener bien a Nora durante el resto de su vida, siempre y cuando Nora resida en esa casa y vegete como una reclusa. ¿De dónde provenía su dinero?

—¿Provenía? —Garrison pareció sorprendido—. Sin duda Nora sabe eso.

—El caso es que no lo sabe —dijo Travis.

Nora levantó la vista y descubrió que Garrison Dilworth la contemplaba atónito. Luego el abogado parpadeó y dijo:

—El marido de Violet tenía una posición económica relativamente buena. Murió muy joven y ella heredó todo.

Nora le miró boquiabierta y apenas si encontró el aliento suficiente para hablar.

—¿Marido...?

—George Olmstead —dijo el abogado.

—Jamás oí semejante nombre.

Garrison parpadeó, como si le hubiese entrado arena en los ojos.

—¿Es que ella no mencionó nunca a su marido?

—Nunca.

—Pero, ¿no hubo ningún vecino que...?

—Nosotras no nos relacionábamos con nuestros vecinos —dijo Nora—. Violet no los aprobaba.

—Y de hecho, ahora que lo pienso —dijo Garrison—, quizás hubiese vecinos nuevos a ambos lados de la casa cuando usted fue a vivir con Violet.

Nora se sonó y guardó el pañuelo. Los temblores no cesaron. La sensación súbita causada por el fin de la esclavitud había suscitado poderosas emociones, pero ahora éstas remitieron un poco para dar paso a la curiosidad.

—¿Satisfecha? —inquirió Travis.

Ella asintió, luego le miró severa y dijo:

—Tú lo sabías, ¿verdad? Lo del marido, quiero decir. Por eso me trajiste aquí.

—Sólo lo sospechaba —contestó Travis—. Si ella hubiese heredado todo de sus padres, lo habría mencionado. El hecho de que no hablara sobre el origen del dinero..., bueno, me pareció que dejaba solamente una posibilidad..., un marido, y muy probablemente un marido con quien ella había tenido conflictos. Lo que da incluso más lógica a la cuestión cuando se piensa cómo ella menospreciaba a la gente en general y a los hombres en particular.

El abogado mostró tal desconcierto y agitación que no pudo permanecer en su asiento. Se levantó y paseó arriba y abajo ante un enorme globo terráqueo iluminado desde dentro que parecía hecho de pergamino.

—Estoy pasmado. ¿Así que usted no comprendió nunca el porqué de su amargura misantrópica, ni por qué sospechaba ella que todo el mundo actuaba siempre contra sus intereses?

—No —dijo Nora—. Yo no necesitaba averiguar el porqué, supongo. Me bastaba con saber que ése era su modo de ser.

Sin cesar en sus paseos, Garrison dijo:

—Sí. Eso es cierto. Estoy convencido de que ella bordeaba la paranoia, incluso en su juventud. Y más tarde, cuando descubrió que George la había engañado con otras mujeres, el interruptor se cerró totalmente en su interior. Violet se hizo mucho peor después de eso.

Travis dijo:

—¿Y por qué siguió usando su nombre de soltera, Devon, si había estado casada con Olmstead?

—Violet no quería saber ya nada de su apellido. Lo odiaba. Ella le obligó a hacer las maletas y marcharse. ¡Casi le echó de la casa a bastonazos! Estaba a punto de solicitar el divorcio, cuando él murió —dijo Garrison—. Como les he dicho, ella había descubierto sus amoríos con otras mujeres. Estaba furiosa, además de avergonzada y enloquecida. Debo decir que..., no puedo culpar por entero al pobre George, porque no creo que encontrara mucho amor y afecto en casa. Un mes después de la boda, ya sabía que el matrimonio había sido un error.

Garrison se detuvo junto al globo terráqueo y, descansando una mano sobre la cúpula del mundo, miró fijamente hacia el lejano pasado. Normalmente, no aparentaba la edad que tenía, pero ahora, al mirar a través de los años, las arrugas de su rostro parecieron más hondas y sus ojos azules más turbios. Al cabo de un momento, sacudió la cabeza y prosiguió:

—Sea como fuere, aquellos tiempos eran diferentes, una mujer engañada por su marido era objeto de piedad y ridículo. No obstante, incluso en aquellos días, yo pensé que la reacción de Violet era exagerada. Quemó toda la ropa de él y cambió todas las cerraduras de la casa..., incluso mató al perro, un *spaniel*, al que él quería mucho. Lo envenenó. Y se lo envió por correo en una caja.

—¡Dios santo! —murmuró Travis.

Garrison continuó:

—Violet recobró su apellido de soltera porque no quiso llevar por más tiempo el suyo. Como ella misma dijo, le repugnaba el mero pensamiento de llevar durante toda su vida el apellido Olmstead, incluso después de muerto. Era una mujer implacable.

—Sí —convino Nora.

Con gesto de disgusto al rememorarlo, Garrison añadió:

—Cuando George resultó muerto, ella no se molestó en disimular su satisfacción.

—¿Resultó muerto, dice? —Nora casi espera oír que Violet había asesinado a George Olmstead y por una razón u otra había escapado al proceso.

—Un accidente automovilístico hace cuarenta años —dijo Garrison—. Perdió el control del coche cuando se dirigía a casa por la autopista de la costa hacia Los Ángeles, y se fue por un precipicio pues en aquellos días había muchos trechos sin barandilla amortiguadora. El barranco tenía dieciocho o veinticuatro metros de profundidad, casi cortado a pico, de modo que el coche de George, un «Packard» negro, rodó hasta el fondo dando varias vueltas de campana sobre las peñas. Violet heredó todo porque, aunque ella hubiese iniciado las gestiones preliminares para el divorcio, George no había hecho nada todavía para cambiar su testamento.

Travis dijo:

—Así que George Olmstead no sólo traicionó a Violet sino que también, al morir, la dejó sin un blanco para desfogarse. Por consiguiente, ella orientó su cólera hacia el mundo en general.

—Y hacia mí en particular —puntualizó Nora.

Aquella misma tarde, Nora le contó a Travis lo de su pintura. No le había hablado con anterioridad de su pasatiempo artístico, y como él no conociera todavía su dormitorio, no había podido ver el caballete, la vitrina con los útiles ni el tablero de dibujo. Nora no estaba segura de saber por qué le había ocultado ese aspecto de su vida. Sí le había mencionado su interés por el arte, y ésa fue la razón por la que visitaron tantos museos y galerías, pero quizá no había querido hablarle de su propio trabajo por temor de que, al ver sus lienzos, él se quedara como antes.

¿Y qué pasaría si Travis descubriera que ella no tenía verdadero talento?

Aparte del escape que le procuraban los libros, una cosa que había mantenido a Nora durante los muchos años lúgubres y solitarios era su pintura. Ella la creía buena, quizá muy buena, aun cuando su excesiva timidez y vulnerabilidad le impidieran expresar su convicción a quienquiera que fuese. ¿Qué pasaría si estuviese equivocada, si no tuviese talento y hubiera estado, simplemente, matando el tiempo? Ese arte suyo era el módulo primario para definirse a sí misma. Ella tenía poco más para sustentar; si acaso, su propia imagen, tan difusa y mediocre; así que necesitaba, desesperadamente, creer en su talento. La opinión de Travis significaba para ella mucho más de lo que pudiera decir, y si la reacción de él ante su pintura fuera negativa, ella se desmoronaría.

Pero una vez hubieron abandonado el despacho de Garrison Dilworth, Nora se dijo que había llegado la hora de correr ese riesgo. La verdad sobre Violet Devon había sido una llave con la que podía abrirse su hermética prisión emocional. Necesitaría largo tiempo para trasladarse desde su celda al vasto vestíbulo del mundo exterior, y el viaje se prorrogaría inevitablemente. Por consiguiente debería abrirse a todas las experiencias que le procuraba su nueva vida, incluida la terrible posibilidad de una grave decepción y rechazo. Sin riesgo, no había esperanza de ganancias.

De vuelta en casa, Nora consideró la conveniencia de llevar a Travis escaleras arriba para que inspeccionara media docena de sus obras más recientes. No obstante, la idea de tener a un hombre en su dormitorio, aunque fuera con la más inocente de las intenciones, le resultó demasiado perturbadora. Las revelaciones de Garrison Dilworth la habían liberado, cierto, y su mundo se estaba ensanchando aprisa, pero ella no se sentía todavía tan libre como para hacer eso. En cambio, insistió en que Travis y *Einstein* ocuparan uno de los grandes sofás en la sala atestada de muebles, adonde se propuso llevar algunos de sus lienzos para la mencionada inspección. Por consiguiente, encendió todas las luces, abrió totalmente las cortinas y dijo:

—Volveré en un instante.

Sin embargo, una vez arriba, Nora se eternizó examinando nerviosa las diez pinturas de su dormitorio, incapaz de elegir dos, por lo pronto, para enseñárselas. Por fin, escogió cuatro, aunque le resultara algo incómodo llevarlas todas a la vez. A mitad de camino, escaleras abajo, se detuvo temblorosa y decidió dejar aquellas pinturas en su sitio y seleccionar otras; pero cuando aún no había retrocedido cuatro pasos, comprendió que si seguía vacilando se pasaría así todo el día. Recordando que no se puede hacer nada sin arriesgarse, respiró profundamente y siguió descendiendo con las cuatro pinturas.

A Travis le gustaron. Y algo más: Le entusiasmaron.

—¡Dios mío, Nora, esta pintura no es de aficionada. Aquí hay talento. Es auténtico *arte*.

Ella colocó los cuadros sobre otras tantas sillas, pero él no se contentó con admirarlos desde el sofá. Se levantó para observarlos más de cerca, uno por uno, y les dio un segundo repaso.

—Eres una fotorrealista soberbia —dijo—. Yo no soy crítico de arte, vale, pero por Dios que tienes tanta habilidad como Wyeth. Pero, además, es otra cosa... Esa calidad misteriosa en estos dos...

Sus cumplidos la hicieron enrojecer rabiosamente, y hubo de tragar varias veces saliva para recobrar la voz.

—Un toque de surrealismo.

Ella había bajado dos paisajes y dos bodegones. Uno de cada clase representaba, ciertamente, el trabajo fotorrealista; sin embargo, los otros dos eran fotorrealismo con marcados elementos de surrealismo. En la naturaleza muerta, por ejemplo, había sobre una mesa varios vasos de agua, un cántaro, cucharas y una raja de limón, todo ello representado con minucia, tanta que a primera vista el conjunto parecía muy realista; pero al volverlo a observar, se apreciaba que uno de los vasos parecía fundirse con la superficie en donde se asentaba, y que la raja de limón se insertaba en el borde del vaso como si el cristal se hubiese formado a su alrededor.

—Son geniales, lo son de verdad —dijo él—. ¿Tienes más?

¡Que si tenía *más*...!

Nora hizo otros dos viajes a su dormitorio, reapareciendo con seis pinturas más.

Con cada nuevo lienzo, la exaltación de Travis creció. Su contento y entusiasmo eran genuinos. Al principio, Nora pensó que él le estaría siguiendo la corriente, pero pronto tuvo la certeza de que Travis no simulaba su reacción.

Moviéndose de un lienzo a otro y volviendo a observarlos de nuevo, dijo:

—Tu sentido del color es excelente.

Einstein escoltaba a Travis por toda la estancia, poniendo de su parte un leve resoplido para subrayar cada dictamen de su amo y agitando vigorosamente el rabo como si expresara pleno acuerdo.

—Estas piezas tienen una atmósfera peculiar —dijo Travis.

—¡Puf!

—Tu dominio del medio es asombroso. No me parece estar mirando millares de pinceladas. Es como si la imagen surgiera, mágicamente, del lienzo.

—¡Puf!

—Es difícil creer que no hayas asistido a una academia.

—¡Puf!

—Escucha, Nora, son lo bastante buenos para la venta. Las galerías te los quitarían de la manos.

—¡Puf!

—Tú podrías no sólo vivir de esto..., sino también adquirir una gran fama.

Como no se hubiera atrevido nunca a reconocer la seriedad con que ejecutaba su trabajo, Nora había pintado unos cuadros sobre otros utilizando así varias veces el mismo lienzo. De resultas, muchas obras suyas habían desaparecido para siempre. No obstante, había almacenado en el ático ochenta de sus mejores pinturas. Luego, a instancias de Travis, bajaron una veintena larga de esos lienzos embalados, rasgaron sus envolturas y los fueron distribuyendo entre los diversos muebles de la sala. Por primera vez, que recordara Nora, aquel aposento sombrío parecía luminoso y acogedor.

—Cualquier galería estaría encantada de poder exponerlos —dijo Travis—. De hecho, mañana mismo cargaremos algunos de ellos en la furgoneta y los llevaremos por unas cuantas galerías. ¡Ya verás lo que dicen!

—¡Oh, no, no!

—No quedarás decepcionada, te lo aseguro Nora.

Ella se vio atrapada, inesperadamente, por las garras de la ansiedad. Aunque emocionada ante la perspectiva de una carrera artística, también la asustó el gigantesco paso que iba a dar. Era como caminar por el borde de un precipicio.

Así que dijo:

—Todavía no. Dentro de una semana..., o un mes..., los cargaremos en la furgoneta y los llevaremos a una galería. Pero todavía no, Travis. Es que no me es posible..., no me es posible digerir esto tan aprisa.

Él sonrió:

—¿Sobrecarga sensorial otra vez?

Einstein se le acercó y se frotó contra sus piernas, mirándola con una expresión tan amorosa que hizo sonreír a Nora.

Y mientras rascaba las orejas del perro, dijo:

—Han ocurrido tantas cosas y tan aprisa, que no puedo asimilarlo todo de golpe. Estoy luchando todo el tiempo contra los ataques de vértigo. Me siento un poco como si marchara en un carrusel que girase cada vez más aprisa, fuera de control.

Lo que dijo Nora era verdad hasta cierto punto, pero no la única razón que le hiciera desear un aplazamiento de su presentación en público como artista. También quería moverse con tiento para poder saborear cada instante del glorioso acontecimiento. Si ella precipitara las cosas, esa transformación de la solterona aislada en una participante flamante de la vida se realizaría demasiado deprisa, y más adelante sería sólo un torbellino. Quería disfrutar de cada fase de su metamorfosis. Nora Devon estaba saliendo, cautelosa, a un mundo nuevo como si fuera una inválida que hubiese sido confinada desde su nacimiento en una habitación oscura repleta de material para cuidados intensivos y hubiera resultado curada por puro milagro.

Travis no fue el único que lograra hacer salir a Nora de su reclusión. *Einstein* había representado un papel no menos importante en esa transformación.

Era obvio que el perdiguero había decidido que se podía confiar a Nora el secreto de su extraordinaria inteligencia. Después de los episodios referentes a la *Modern Bride* y al bebé en Solvang, el perro la dejaba entrever, progresivamente, su mente, nada canina, en acción.

Adoptando la pauta de *Einstein*, Travis explicó a Nora cómo había encontrado al perdiguero en el bosque y cómo algo extraño, jamás visto, los había estado persiguiendo. Le refirió también todas las cosas sorprendentes que había hecho el perro desde entonces, así como los ocasionales accesos de ansiedad que asaltaban a *Einstein* en plena noche cuando se abalanzaba a cualquier ventana y escrutaba la oscuridad como si temiera que la criatura desconocida del bosque pudiera darle alcance.

Los tres solían pasar veladas en la cocina de Nora, bebiendo café, comiendo tarta de piña hecha en casa y discutiendo diversas sugerencias para explicar la misteriosa inteligencia del perro. Cuando no conseguía algún trozo de tarta, *Einstein* les escuchaba interesado, como si entendiese lo que ellos decían sobre él, y algunas veces gemía y se paseaba impaciente como si le doliese que su aparato vocal canino no le permitiera hablar. Sin embargo, la mayoría de las veces ambos dialogaban en vano porque no exponían ninguna hipótesis *merecedora* de una discusión.

Un día Nora dijo:

—Creo que él mismo podría explicarnos de dónde procede porque ¡es tan endiabladamente diferente de cualquier otro perro...!

Einstein agitó el aire con su cola.

—¡Ah, estoy seguro de ello! —dijo Travis—. Él tiene una perceptividad casi humana para verse a sí mismo. *Sabe* que es diferente y sospecho que también sabe por qué. A mi parecer, él podría aclararnos algo al respecto si pudiera descubrir el modo de hacerlo.

El perdiguero dio un ladrido, corrió hasta el otro extremo de la cocina y regresó al trote, luego les miró atento, ejecutó unas piruetas frenéticas de pura desazón humana y por último se echó al suelo con la cabezota entre las zarpas y así se quedó entre gemidos y resoplidos.

A Nora le intrigó sobremanera el relato de la noche en que el perro se alterara tanto con la biblioteca de Travis.

—Él sabe que los libros son un medio de comunicación —dijo—, y tal vez intuya que hay un modo de usarlos para llenar la laguna existente en las relaciones entre él y nosotros.

—¿Cómo? —inquirió Travis mientras pinchaba con el tenedor otro trozo de tarta.

Nora se encogió de hombros.

—Lo ignoro. Pero quizás el problema estribara en que tus libros no eran los más adecuados. ¿Novelas, dijiste?

—Sí. Literatura.

—Quizá lo que necesitemos sean libros con fotografías, imágenes que puedan hacerle reaccionar. Tal vez si reuniéramos libros ilustrados de todo tipo y revistas con fotos y lo extendiéramos sobre el suelo para trabajar con *Einstein*, podríamos encontrar algún método para comunicarnos con él.

El perdiguero se plantó sobre sus cuatro patas y marchó directamente hacia Nora. Por la expresión de su cara y la mirada incisiva de sus ojos, Nora dedujo que la antedicha propuesta era acertada. Así pues, dijo que mañana mismo seleccionaría docenas de libros y revistas para poner en marcha su plan.

—Requerirá infinita paciencia —le advirtió Travis.

—Yo tengo océanos de paciencia.

—Puedes creer que los tienes, pero algunas veces el tratar con *Einstein* da un significado absolutamente inédito a la palabra.

Volviéndose hacia Travis, el perro soltó aire por las ventanas de la nariz.

Las perspectivas de una comunicación más directa parecieron nulas durante las primeras sesiones con el perro el miércoles y el jueves, pero la gran oportunidad no se hizo esperar. El viernes por la tarde, 4 de junio, ambos encontraron el medio, y a partir de ahí sus vidas ya no pudieron ser nunca más las mismas.

II

«...Parte dando cuenta de un gran griterío en un solar de viviendas a medio construir, Bordeaux Ridge...»

El viernes por la tarde, 4 de junio, una hora antes del ocaso, el sol teñía de oro y cobre el condado de Orange. Era el segundo día de temperaturas abrasadoras rozando los treinta y cinco grados, y el pavimento y los edificios irradiaban el calor acumulado durante el largo día estival. Los árboles parecían inclinarse exhaustos. El aire se mantenía estático. En autopistas y calles el estruendo de la circulación quedaba amortiguado, como si el denso aire filtrara los rugidos de motores y los estampidos de bocinas.

«...repito, Bordeaux Ridge, viviendas en construcción al Este...»

En las ondulantes colinas del noreste, una zona no incorporada al condado adyacente a Yorba Linda, donde acaba de alcanzar la urbanización suburbana, había escasa circulación. Los comisarios del sheriff, Teel Porter y Ken Dimes —Teel conduciendo, Ken empuñando su arma—, estaban en un coche patrulla con el sistema de ventilación averiado: nada de aire acondicionado, ni siquiera aire a través de las ventanillas. Éstas estaban totalmente abiertas, pero el sedán era un horno.

—Apestas como un perro muerto —dijo Teel Porter a su compañero.

—¡Ah! ¿Sí? —exclamó Ken Dimes—. Bueno, tú no apestas como un cerdo muerto, sino que *pareces* un cerdo muerto.

—¡Ah! ¿Sí? Bueno, tú tienes *citas* con cerdas muertas.

Ken sonrió a despecho del calor.

—¿Con que ésas tenemos? Pues bien, yo oigo decir a tus mujeres que *hacemos el amor* como un cerdo muerto.

Su cansino buen humor no podía disimular el hecho de que ambos se sentían hartos e incómodos, y estaban respondiendo a una llamada que no prometía muchas emociones: con toda probabilidad, unos pequeños gamberros haciendo diabluras; ellos disfrutaban jugando en los solares. Los dos comisarios tenían treinta y dos años, fornidos ex jugadores de fútbol universitario. No eran hermanos, pero, como compañeros constantes durante seis años, podrían serlo.

Teel dejó la carretera del condado para entrar en un camino polvoriento con algo de grasa que conducía a la urbanización de Bordeaux Ridge. Allí había unas cuarenta viviendas en diversas fases de construcción. La mayoría eran meros esqueletos, pero se habían estucado ya unas cuantas.

—¡Vaya! —exclamó Ken—. Ahí tienes una especie de mierda que me cuesta creer atraiga a la gente. Quiero decir, diablos, ¿qué tipo de nombre es «Bordeaux» para una urbanización en la California meridional? ¿Acaso intentan convencer a alguien que ahí habrá viñedos algún día? Y le llaman también «Ridge»: cuando toda la urbanización está en esta planicie entre colinas. El letrero promete quietud. Quizá la haya ahora. Pero, ¿qué será cuando monten otras tres mil casas en las cercanías dentro de los próximos cinco años?

—Sí. Pero lo que más me indigna es lo de «minihaciendas» —dijo Teel—. ¿Qué coño es una «minihacienda»? Nadie en su sano juicio creerá que esto son haciendas, salvo..., quizá los rusos que se han pasado la vida hacinados a razón de doce por apartamento. Esto son viviendas de urbanización.

En las calles de Bordeaux Ridge se habían puesto aceras y alcantarillas a raudales, pero el pavimento estaba todavía por ver. Teel condujo despacio, procurando no levantar polvareda, y levantándola de todos modos. Él y Ken miraban a derecha e izquierda escudriñando las formas esqueléticas de casas sin terminar, buscando a los mozalbetes de las diabluras.

Hacia el oeste, en el límite de Yorba Linda y en los contornos adyacentes a Bordeaux Ridge, había urbanizaciones acabadas en donde vivía ya gente. Precisamente estos residentes habían telefoneado a la policía de Yorba Linda para notificarle lo del griterío por esta urbanización en embrión. Y como quiera que la zona no hubiese sido incorporada todavía a la ciudad, tales quejas correspondían a la jurisdicción del sheriff y su departamento.

Ambos comisarios vieron al final de la calle una camioneta blanca que pertenecía a la compañía propietaria de Bordeaux: «Tulemann Brothers». Estaba aparcada frente a tres modelos de vivienda casi completos.

—Al parecer, el capataz está todavía ahí —dijo Ken.

—O tal vez sea el vigilante nocturno que acude al trabajo un poco temprano —opinó Teel.

Frenaron detrás del vehículo, se apearon del asfixiante coche patrulla y estuvieron quietos un momento con el oído atento. Silencio.

—Hola —gritó Ken—. ¿Hay alguien aquí?

Su voz levantó ecos por toda la calle desierta.

—¿Quieres que miremos por los alrededores? —dijo Ken.

—No, mierda —dijo Teel—. Pero hagámoslo.

Ken siguió sin creer que ocurriese algo anómalo en Bordeaux Ridge. La camioneta pudiera haber sido abandonada allí al término de la jornada. Después de todo, otro material se quedaba en la urbanización durante la noche: dos gatos sobre la larga caja de un camión y una pequeña excavadora. Y continuaba siendo probable que el aludido griterío hubiera sido causado por los chicos en sus juegos.

Los dos cogieron linternas del coche porque, aunque se hubiera dado servicio eléctrico a la urbanización, no había bombillas en los techos de las estructuras inacabadas.

Ajustándose el cinto del arma en la cadera, más por hábito que otra cosa, pues no esperaban verse obligados a emplear el revólver, Ken y Teel caminaron por la más cercana de las casas construidas a medias. No buscaban nada en particular, sólo realizaban los movimientos rutinarios, lo cual representa la mitad de todo el trabajo policial.

De pronto, una tibia brisa se levantó, la primera del día, e introdujo fantasmas de polvo por los costados abiertos del edificio. Entretanto, el sol caía rápidamente por el oeste, y los puntales de futuras paredes arrojaban sombras carcelarias sobre el suelo. La última luz del día, que estaba pasando del amarillo oro a un rojo turbio, daba una tonalidad suave a la atmósfera, como suele ocurrir en torno a la puerta abierta de un horno.

El piso de cemento estaba sembrado de clavos que hacían guiños con la luz llameante y crujían bajo los pies.

—Por ciento ochenta mil pavos —dijo Teel mientras escudriñaba los rincones oscuros con el rayo de su linterna—, cabría esperar habitaciones algo mayores que éstas.

Haciendo una inspiración cargada de polvo, Ken exclamó:

—¡Qué diablos! Yo esperaría habitaciones tan grandes como el vestíbulo de un aeropuerto.

Por la parte posterior del edificio los dos salieron a un modesto patio trasero en donde apagaron sus linternas. La tierra, desnuda y reseca, no había sido trabajada para darle forma de jardín, estaba sembrada con escombros de la construcción: grandes virutas, trozos de cemento, jirones de papel alquitranado, marañas de alambre, más clavos, pedazos de tubería inservible, láminas de cedro descartadas por los techadores, contenedores, «Big Mac», latas de «Coca» vacías y otros desechos menos identificables.

Como no se hubiese levantado todavía ninguna cerca, los dos tuvieron un amplio panorama de los doce patios traseros a lo largo de aquella calle. Sombras purpúreas se deslizaban por el suelo arenoso, pero ambos pudieron ver que todos los patios estaban desiertos.

—Ni la menor señal de actos criminales —dijo Teel.

—Ninguna damisela en apuros —dijo Ken.

—Bueno, démonos al menos un paseo por aquí y miremos entre los edificos —propuso Teel—. Debemos dar algo al público por su dinero.

Dos casas más allá, en el pasillo de nueve metros entre las estructuras, hallaron al hombre muerto.

—Maldita sea —rezongó Teel.

Aquel tipo estaba tendido boca arriba, con casi todo el cuerpo en la sombra, bajo la turbia luminosidad rojiza sólo se veía su parte inferior; de modo que a primera vista ni Ken ni Teel supieron el horror con que se habían tropezado. No obstante, cuando Ken se arrodilló junto al cadáver, descubrió consternado que se le había abierto el vientre de par en par.

—¡Mira sus ojos, Dios santo! —exclamó Teel.

Ken apartó la vista de aquel abdomen destrozado y vio unas cuencas vacías en donde debieran haber estado los ojos de la víctima.

Mientras retrocedía unos pasos en el cochambroso patio, Teel desenfundó su revólver.

Ken se distanció también del cádaver mutilado y asimismo sacó su arma de la funda. Aunque se hubiera pasado todo el día sudando, ahora se sentía de repente más húmedo y pegajoso, con una clase de sudor diferente, el sudor frío y agrio del miedo.

«PCP», pensó Ken. Sólo algún puerco atiborrado de PCP acumularía la violencia suficiente para hacer una cosa así.

Bordeaux Ridge pareció quedar absolutamente silenciosa.

—Algún toxicómano cargado de polvo blanco debe haber sido el autor —dijo Ken, expresando con palabras sus temores sobre el PCP.

—Yo estaba pensando lo mismo —dijo Teel—. ¿Quieres examinarlo a fondo?

—Sí, pero no nosotros dos solos, por Dios. Telefoneemos pidiendo ayuda.

Empezaron a desandar camino sin perder de vista los contornos de la vía por donde avanzaban, y no habían recorrido mucho trecho cuando oyeron ruidos. Un golpazo estrepitoso. Tintineo de metal. Rotura de vidrios.

Con ningún sospechoso a la vista y sin clave alguna para saber por dónde empezar, nadie les habría reprochado que hubiesen vuelto al coche patrulla para telefonear pidiendo ayuda. Sin embargo, ahora que habían localizado la perturbación en una de las viviendas piloto, su entrenamiento y su instinto les dictaron que actuaran con más audacia. Así pues, se encaminaron hacia la parte trasera del edificio.

Allí se habían clavado a los puntales grandes láminas de contrachapado para que las paredes no quedasen abiertas a los elementos, y la casa estaba ya estucada a medias. De hecho, el estuco estaba aún húmedo, como si se hubiese comenzado ese trabajo pocas horas antes. Casi todas las ventanas estaban terminadas; sólo unos cuantos vanos estaban tapados todavía con hojas bastante maltrechas de plástico opaco.

A otro golpetazo más estruendoso que el primero siguió el sonido de más vidrio roto en el interior.

Ken Dimes probó la puerta corredera acristalada que comunicaba el patio con la vivienda. No estaba cerrada.

Desde fuera, Teel examinó la estancia a través del cristal. Aunque entrase todavía algo de luz en la casa por puertas y ventanas, las sombras reinaban allí dentro. Ambos comprobaron que la estancia estaba vacía, así que Teel se coló por la puerta medio abierta, con la linterna en una mano y la otra empuñando firmemente el «Smith & Weson».

—Tú ve por delante —susurró—, para que el bastardo no pueda escapar por ahí.

Agachándose para no rebasar el nivel de las ventanas, Ken dobló aprisa la esquina, recorrió el costado de la casa hasta la fachada delantera, esperando a cada paso que alguien le saltara encima desde el tejado o surgiera a través de una de las ventanas aún por acabar.

El cuarto de estar se prolongaba con una pequeña estancia para desayunar, contigua a la cocina, de modo que el conjunto era una superficie vasta y fluida sin divisiones. En la cocina se habían instalado armarios de roble, pero no se había colocado todavía el suelo de mosaico. El ambiente olía a cal y a la pasta para secar paredes, con un tufo de fondo que se debía al colorante para la madera.

Plantado en el rincón del desayuno, Teel oyó más ruido de destrucción y cierto movimiento.

Nada.

Si aquello fuera como casi todas las viviendas de urbanizaciones californianas, él encontraría el comedor a la izquierda, más allá la cocina, luego la sala de estar, la entrada del «foyer» y un estudio. En el caso de dirigirse por el vestíbulo al que daba el cuarto del desayuno, hallaría, probablemente, un lavadero, el baño de la planta baja, un ropero y luego el «foyer». Ni una ruta ni otra le parecían ofrecer ventajas, de modo que fue al vestíbulo e inspeccionó primero el lavadero.

Aquella habitación oscura no tenía ventanas. La puerta estaba medio abierta, y la linterna mostraba sólo armarios amarillos y los espacios en donde estarían más adelante la lavadora y la secadora. Sin embargo, Teel quiso revisar la sección detrás de la puerta, en donde se figuró habría un fregadero y un espacio para trabajar. Abrió de par en par la puerta y entró aprisa, enfocando la linterna y el arma en esa dirección. Encontró el fregadero de acero inoxidable y la mesa plegable que él esperara, pero ni rastro del asesino.

Se sintió nervioso, como jamás lo estuviera desde hacía años. No pudo borrar de su mente la persistente imagen del hombre muerto: ¡esas cuencas vacías de sus ojos!

No simplemente nervioso, se dijo. Afróntalo, estás cagado de miedo.

Por la fachada delantera, Ken saltó una zanja estrecha y se dirigió hacia la entrada de la casa, una puerta de dos batientes todavía cerrada. Observó los alrededores y comprobó que nadie intentaba escapar. Bajo la declinante luz crepuscular, Bordeaux Ridge no parecía una urbanización en vías de construcción, sino más bien un barrio bombardeado. Sombras y polvo creaban la ilusión de edificaciones derruidas.

En el lavadero, Teel Porter dio media vuelta para entrar en el vestíbulo y entonces, a su derecha, donde estaba el grupo de armarios amarillos, se abrió súbitamente la puerta de uno para guardar escobas, que medía sesenta centímetros de ancho y metro y medio de alto, y como procedente de una caja de sorpresas salió aquella «cosa»..., ¡Dios santo!, durante una fracción de segundo estuvo seguro de que sería un mozalbete con una máscara de goma para asustar. No pudo comprobarlo a la luz de la linterna, ya que no estaba enfocando al atacante, pero sí reconocer que era algo real, porque aquellos ojos semejantes a los círculos de una lamparilla humeante no eran plástico ni vidrio, nada de eso.

Disparó su revólver, pero como estaba apuntando hacia el vestíbulo, el proyectil se hundió en la pared; así que intentó volverse, pero la cosa se hallaba ya sobre él, silbando como una serpiente. Hizo fuego de nuevo, hacia el suelo esta vez, el estampido fue ensordecedor en el reducido recinto, y luego se le oprimió contra el fregadero y se le arrebató el arma. Entretanto, perdió la linterna, que rodó hacia un rincón. Lanzó un puñetazo, mas antes de que su puño trazara el arco completo, sintió un dolor horrible en el vientre, como si le hubiesen hundido al mismo tiempo varios estiletes, y comprendió al instante lo que le estaba sucediendo. Dio un alarido, otro, y en la penumbra la cara deforme de aquella cosa se cernió sobre él, con ojos de un amarillo radiante... Teel aulló otra vez, se agitó, y más estiletes le atravesaron la suave piel de la garganta...

Ken Dimes estaba a cuatro pasos de la entrada cuando oyó el alarido de Teel. Fue un grito de sorpresa, pánico, dolor.

—¡Mierda!

Era una puerta de roble pulimentado. El batiente de la derecha estaba asegurado mediante pernos a la solera y al tizón, mientras que el de la izquierda era la puerta activa..., y sin cerrar. Ken irrumpió impetuoso, olvidando por un instante la cautela, luego se detuvo en el sombrío «foyer».

Los alaridos habían cesado.

Encendió la linterna. Sala de estar, vacía, a la derecha. Estudio, vacío, a la izquierda. Una escalera que conducía a la segunda planta. Nadie a la vista.

Silencio. Absoluto silencio. Como en el vacío.

Por un momento Ken titubeó en llamar a Teel, temiendo delatar su posición. Entonces comprendió que la linterna, sin la cual no podría proseguir, era suficiente para delatarle; así pues, poco importaba que hiciese ruido.

—¡Teel!

El grito levantó ecos en todas las habitaciones.

—¿Dónde estás, Teel?

No hubo respuesta.

Teel debía de estar muerto. ¡Dios santo! Él respondería si viviese. O tal vez herido o inconsciente, herido y agonizando. En tal caso lo mejor sería volver al coche patrulla y pedir una ambulancia.

No, no si su compañero atravesaba momentos desesperados, tendría que encontrarle aprisa y procurarle las primeras ayudas. Teel podría morir mientras él pedía la ambulancia. Ese largo retraso implicaría un riesgo enorme.

Además, era preciso ajustar cuentas con el asesino.

Ahora, sólo entraba por las ventanas una luz brumosa y rojiza, pues el día estaba siendo engullido por la noche. Ken quedó a merced de la linterna, lo cual no era lo mejor, porque cada vez que se movía su rayo, las sombras saltaban y se retorcían, creando la ilusión de asaltantes. Y esos atacantes ficticios podrían distraerle del peligro real.

Dejando abierta la entrada, Ken avanzó sigiloso por el estrecho vestíbulo que conducía a la parte trasera. Iba pegado a la pared. La suela de los zapatos le crujía a cada paso. Mantenía el arma apuntada hacia delante, no al suelo ni al techo, porque, al menos de momento, le importaba un rábano lo que decía el reglamento sobre el manejo seguro de las armas.

A la derecha, había una puerta abierta. Y se veía un armario. Vacío.

El olor de su propio aliento se hizo más intenso que el de la cal y el del pulimento de madera.

Alcanzó un cuarto de aseo a su izquierda. Un enfoque raudo con la linterna no reveló nada fuera de lo común, si bien su propio rostro horrorizado, reflejándose en el espejo, le hizo respingar.

La parte trasera —cuartos de estar, zona del desayuno y cocina— estaba al frente, y a su izquierda había otra puerta, abierta. Bajo el rayo de la linterna, que empezó a temblarle en la mano, Ken vio el cuerpo de Teel sobre el suelo de un lavadero; también con tanta sangre que no le cupo la menor duda sobre su muerte.

Sin embargo, bajo las oleadas de miedo que barrieron la superficie de su mente, hubo corrientes subyacentes de pesadumbre y cólera, odio y un deseo incontenible de venganza.

Detrás de Ken algo dio un golpazo.

Él gritó y giró sobre sí mismo para hacer frente a la amenaza.

Pero el vestíbulo a la derecha y la zona del desayuno a la izquierda estaban vacíos.

El sonido había provenido de la parte delantera. Cuando su eco se apagaba, Ken comprendió lo que había oído; la puerta de entrada cerrándose.

Otro sonido, no tan fuerte como el primero pero más inquietante, rompió la quietud: el *clic* del cerrojo que cerraba el batiente inutilizado.

¿Habría partido el asesino cerrando la puerta desde fuera con una llave? Pero, ¿de dónde habría cogido la llave? ¿Se la habría quitado al capataz asesinado? ¿Y por qué se habría entretenido en cerrar? Parecía más probable que hubiese cerrado la puerta por dentro, no sólo para estorbar la huida de Ken, sino también para hacerle saber que la cacería no había concluido.

Ken consideró la conveniencia de apagar la linterna, porque le traicionaba al enemigo, pero ahora la luz crepuscular en las ventanas se tornaba gris y no alcanzaba a entrar ya en la casa. Sin la linterna él sería un ciego.

¿Cómo diablos se las arreglaría el *asesino* para hallar su camino en aquella oscuridad creciente? ¿Sería posible que la visión de un drogadicto mejorase por la noche cuando estuviese cargado, tal como su fuerza igualaba a la de diez hombres bajo los efectos del polvo blanco?

La casa siguió tranquila.

Ken se plantó con la espalda apoyada en la pared del vestíbulo. Olfateó la sangre de Teel. Un tufo algo metálico.

Clic, clic, clic.

Ken se puso rígido y aguzó el oído, pero no captó nada más que esos tres ruidos rápidos. Habían sonado como pisadas fugaces atravesando el piso de cemento, ocasionadas por alguien que calzase botas con tacón duro... o claveteadas.

Esos sonidos habían comenzado y concluido de forma tan abrupta, que él no pudo calcular de dónde provenían. Entonces los oyó otra vez... *clic, clic, clic, clic...*, cuatro pisadas ahora, y procedían del «foyer» y se dirigían hacia el vestíbulo, en donde él se encontraba.

Ken se apartó inmediatamente de la pared y se volvió para dar cara al adversario, agazapándose y adelantando la linterna y el revólver hacia el lugar donde le parecían llegar las pisadas. Pero el vestíbulo estaba desierto.

Clic, clic, clic, clic.

Ahora los ruidos provenían de una dirección totalmente distinta, de la fachada posterior de la casa, del espacio reservado para el desayuno. Al parecer, el asesino había abandonado sigiloso el «foyer» para alcanzar esa zona a través de la sala y el comedor, es decir, había recorrido toda la casa con el fin de reaparecer a sus espaldas. Y aunque el fulano hubiese sido silencioso en su desplazamiento por las otras habitaciones, estaba haciendo otra vez ese ruido, y era obvio que no porque su calzado fuera tan ruidoso como el suyo, sino porque quería hacer ese ruido una vez más, quería burlarse de él, como si dijera: «*Eh, ahora estoy detrás de ti, y aquí llego, estés dispuesto o no, aquí llego.*»

Clic, clic, clic.

Ken Dimes no era cobarde; al contrario, era un buen policía que no había rehuido nunca el peligro. En tan sólo siete años en el Cuerpo, ya había tenido dos citaciones por actos de valor. No obstante, aquel hijo de perra sin rostro, de una violencia demencial, que se deslizaba por la casa en plena oscuridad, silencioso cuando quería serlo, desconcertó y atemorizó a Ken. Y aunque fuera valiente como cualquier otro policía, no era un insensato, y sólo a un insensato se le ocurriría arrostrar con arrojo una situación que no entendiese.

Así pues, en lugar de volver al vestíbulo y enfrentarse con el asesino, Ken se encaminó hacia la puerta principal y accionó el picaporte dispuesto a salir de estampida. Sin embargo, entonces descubrió que la puerta no estaba meramente cerrada y con el seguro echado, también se había tendido un alambre enrollándolo por un extremo en la manivela del batiente fijo y por el otro en la del batiente activo, de modo que no se pudiesen abrir. Tendría que desenrollar el alambre para salir, lo cual requeriría medio minuto.

Clic, clic, clic.

Hizo fuego hacia el vestíbulo sin mirar siquiera; luego corrió en dirección opuesta cruzando la sala vacía. Oyó al asesino detrás de él. Moviéndose veloz en las tinieblas, acompañado del clic. Sin embargo, cuando Ken alcanzó el comedor y casi la puerta que conducía a la cocina, dispuesto a llegar hasta el cuarto de estar y la puerta del patio por donde entrara Teel, oyó que el clic provenía de delante. Estaba seguro de que el asesino le había perseguido hasta la sala, pero ahora el fulano parecía haber retrocedido por el tenebroso vestíbulo para salir a su encuentro desde la dirección contraria, convirtiendo aquello en un disparatado juego de escondite. A juzgar por los sonidos que hacía el bastardo, debía estar entrando en el espacio del desayuno, con lo que sólo se interponía entre él y Ken la cocina. Así que Ken optó por plantarle cara allí mismo, decidió volarle los sesos a aquel psicópata tan pronto como se perfilara en el rayo de su linterna...

Entonces el asesino gritó.

Acompañado de su clic a lo largo del vestíbulo, todavía sin dejarse ver pero avanzando hacia Ken, el atacante lanzó un alarido estridente, no humano, que pareció la esencia del odio, del furor ancestral, el sonido más extraño que Ken oyera jamás, no era el sonido de un hombre, ni de un lunático siquiera. Ken renunció a todo enfrentamiento, proyectó su luz hacia la cocina a modo de artimaña desorientadora, dio media vuelta ante su enemigo y escapó otra vez, aunque no nuevamente a la sala, ni hacia ninguna parte de la casa en donde pudiera prolongarse ese juego de gato y ratón, sino derecho hacia el comedor y la ventana que relucía apenas con la última chispa de luz crepuscular. Allí hundió la cabeza entre los hombros, apretó los brazos contra el pecho y, colocándose de costado, se lanzó contra el cristal. La ventana estalló, y él cayó rodando en el patio trasero entre los escombros de la construcción. Restos insignificantes de chatarra y trozos de cemento se le clavaron, con el consiguiente dolor, en piernas y costillas. Se levantó a gatas y, girando el cuerpo hacia la casa, vació el cargador del revólver contra la ventana rota por si el asesino tuviera la ocurrencia de perseguirle.

No vio ni rastro del enemigo en las densas tinieblas.

Imaginándose que no habría hecho blanco, no perdió tiempo en maldecir su mala suerte. Contorneó a la carrera la casa y salió a la calle. Tenía que llegar cuanto antes al coche patrulla... en donde le esperaba el radioteléfono y un arma antidisturbios de largo alcance.

III

Durante el miércoles y el jueves, 2 y 3 de junio, Travis, Nora y *Einstein* buscaron diligentes un medio para mejorar la comunicación humanocanina, y en ese proceso, el hombre y el perro empezaron casi a comerse los muebles de pura decepción. Sin embargo, Nora demostró tener paciencia suficiente y sobrada para todos ellos. Se avecinaba ya el ocaso en la tarde del viernes, 4 de junio, cuando se abrió la esperanza, y Nora pareció menos sorprendida que Travis o *Einstein*.

Habían comprado para la ocasión cuarenta revistas, desde *Time* y *Life* hasta *McCall's* y *Redbook*, y cincuenta libros de arte y fotografías, y los habían llevado a la sala del piso de Travis, en donde había suficiente espacio para extenderlos sobre el suelo. Asimismo, habían puesto cojines para trabajar con comodidad al nivel del can.

Einstein había observado con interés esos preparativos. Sentada en el suelo y recostándose contra el sofá de vinilo, Nora retuvo con ambas manos la cabeza del perdiguero y acercándole la cara hasta que sus narices casi se tocaron, dijo:

—Ahora escúchame, *Einstein*. ¿Vale? Tenemos que averiguar muchas cosas acerca de ti: de dónde procedes, por qué eres más listo que un perro ordinario, qué te causaba temor en el bosque cuando te encontró Travis, por qué miras de noche por la ventana con bastante frecuencia como si te asustara algo... y muchas cosas más. Pero tú no puedes hablar ¿verdad? No. Y, que nosotros sepamos, tampoco puedes leer. Y aunque lo supieras, no sabes escribir. Así que debemos conseguirlo con imágenes, creo yo.

Desde su cojín, cerca de Nora, Travis observó que los ojos caninos no la perdieron de vista ni un instante mientras hablaba. *Einstein* se mantuvo rígido, con la cola caída, estático. No sólo parecía comprender lo que ella le decía sino también que aquel experimento le electrizaba.

¿Cuántas de esas palabras entenderá en realidad el chucho?, se preguntó Travis. ¿Y cuántas de sus reacciones serán producto de mi imaginación, por puras ganas de creer lo inexistente? La gente tiene una tendencia natural a atribuir el antropomorfismo a sus animales domésticos predilectos, asignándoles percepciones e intenciones humanas, cuando la verdad es que no hay tales. Y en el caso de *Einstein*, donde se trasluce realmente una inteligencia excepcional, la tentación de ver un significado profundo en cada monería canina, es mayor de lo usual.

—Nosotros vamos a estudiar todas estas imágenes buscando cosas que te interesen, cosas que nos ayuden a comprender de dónde provienes y cómo llegaste a ser lo que eres. Cada vez que veas algo cuya aportación pueda ayudarnos a solucionar el rompecabezas, háznoslo saber de alguna forma. Ladra, pon encima la pata o mueve el rabo.

—Esto es una locura —murmuró Travis.

—¿Me entiendes, *Einstein*? —preguntó Nora.

El perdiguero soltó un leve resoplido.

—No funcionará jamás —dijo Travis.

—Sí, funcionará —insistió Nora—. Él no puede hablar ni escribir, pero sí apuntarnos cosas. Si él señala una docena de imágenes, nosotros podremos entender inmediatamente qué significado tienen para él, cómo se relacionan con sus orígenes, y a su debido tiempo, hallaremos un método para asociarlas entre sí y él, y entonces sabremos lo que intenta decirnos.

El perro, con la cabeza inmovilizada todavía entre las manos de Nora, hizo girar las pupilas hacia Travis y resopló otra vez.

—¿Preparados? —preguntó Nora a *Einstein*.

El animal volvió a mirarla y movió la cola.

—Está bien —dijo ella soltándole la cabeza—. Empecemos.

Durante varias horas del miércoles, jueves y viernes, los dos hojearon veintenas de publicaciones, mostrando imágenes de todo tipo a *Einstein*... personas, árboles y flores, perros y otros animales, máquinas y calles de ciudad, caminos rurales y coches, barcos y aviones, alimentos y anuncios de centenares y centenares de productos, esperando enseñarle algo que le sobresaltara. El problema fue que el animal vio muchas cosas que le sobresaltaron, demasiadas. Ladró, plantó encima la pata y resopló, hurgó con el hocico y agitó la cola a, quizás, un centenar de las mil fotografías, y sus preferencias fueron tan diversas que Travis no pudo ver en ellas ningún esquema ni nada que las ligara con sus designios ni ninguna significación divina derivada de su asociación entre sí.

Einstein quedó fascinado ante un anuncio de automóviles que equiparaba el coche a un poderoso tigre y lo mostraba dentro de una jaula. No se vio claro si el coche era el objeto de su interés o bien el tigre. El animal respondió también a varios anuncios de computadoras, de alimentos para perros, tales como «Alpo» y «Purina», de un casete estéreo portátil, e imágenes de libros, y mariposas, de un loro, de un melancólico individuo encarcelado en una celda, cuatro jóvenes jugando con un balón de playa, Mickey Mouse, un violín, un hombre en una rueda de molino y muchas otras cosas. Pareció cautivarle la fotografía de un perdiguero dorado como él mismo, le causó verdadera excitación la imagen de un *cocker spaniel*, pero, extrañamente, no mostró interés o si acaso muy poco ante otras razas de perros.

La más rara y desconcertante de sus respuestas fue la suscitada por un artículo de revista que comentaba el inminente esfuerzo de un filme de la «20th Century-Fox». Su argumento tenía que ver con lo sobrenatural y elementos tales como espectros, duendes y demonios salidos del averno, y la fotografía que tanto le agitó fue la de una aparición diabólica con ojos de fuego, quijadas como losas y colmillos malignos. La criatura no era más aborrecible que otras del filme y bastante menos que algunas, pero a *Einstein* pareció impresionarle sólo aquel demonio.

El perdiguero ladró a aquella fotografía. Luego se escabulló detrás del sofá y asomó el ojo por una esquina como si temiera que la criatura de la foto pudiera escapar de la página y perseguirle. Ladró otra vez, gimió y fue preciso que se le halagara para que volviera a la revista. Después de ver a aquel demonio por segunda vez, *Einstein* gruñó amenazador, pateó frenético la revista, volviendo las páginas hasta cerrarla por completo dejándola algo maltrecha.

—¿Qué tiene de especial *esta* fotografía? —preguntó Nora al perro.

Einstein se limitó a mirarla fijamente... y se estremeció un poco. Con gran paciencia, Nora volvió a abrir la revista por la misma página.

Einstein la cerró de nuevo.

Nora la abrió una vez más.

Einstein la cerró por tercera vez y, apresándola entre las quijadas, la sacó del aposento.

Travis y Nora siguieron al perdiguero hasta la cocina, en donde le vieron meterla directamente en el cubo de la basura. El cubo era uno de esos que está provisto de un pedal con el que se acciona el eje de una tapadera. Ellos observaron cómo el perro apoyaba una zarpa sobre el pedal, abriendo la tapadera, dejaba caer la revista dentro del cubo y soltaba el pedal.

—¿Qué significará todo eso? —preguntó atónita Nora.

—En definitiva, que no quiere ver esa película, supongo.

—¡Ah! Nuestro peludo crítico de cuatro patas.

Aquel incidente tuvo lugar el jueves por la tarde. A primeras horas del viernes, la decepción de Travis y del perro se aproximaron a un punto crítico.

Algunas veces *Einstein* mostraba una inteligencia inquietante, pero otras se comportaba como un perro vulgar, y estas oscilaciones entre el genio canino y la terquedad del chucho hubieran sido indignantes para cualquiera que intentase averiguar cómo podía ser el animal tan despabilado. Travis empezó a pensar que la mejor forma de tratar con el perdiguero era la de tomarle tal cual era: estar avizor para observarle en sus sorprendentes y ocasionales actos, pero sin esperar que los ejecutara a cada instante. Posiblemente, el misterio tras la desusada inteligencia de *Einstein* no se desvelaría jamás.

Sin embargo, Nora continuó siendo paciente. Ella les recordó con frecuencia que Roma no fue construida en un día, y que cualquier logro digno de esfuerzo requería determinación y persistencia, tenacidad y tiempo.

Cuando ella se lanzaba a esas conferencias sobre constancia y aguante, Travis suspiraba harto... y *Einstein* bostezaba.

Nora se mantuvo inmperturbable. Después de examinar las imágenes en todos aquellos libros y revistas, seleccionó aquellas a las que respondiera *Einstein*, las extendió sobre el suelo y le animó a establecer relaciones entre unas imágenes y otras.

—Todo esto son imágenes de cosas que representaron papeles importantes en su pasado —dijo.

—No creo que podamos estar seguros de eso —replico Travis.

—Bueno —dijo ella—, eso es lo que le hemos pedido que haga. Le hemos pedido que indique las imágenes que puedan revelarnos algo sobre su lugar de procedencia.

—Pero, ¿crees que él entiende semejante juego?

—Sí —contestó ella con plena convicción.

El perro resopló.

Nora levantó una zarpa de *Einstein* y la colocó sobre la fotografía del violín.

—Adelante, perrito. ¿Recuerdas un violín de alguna parte? ¿Fue importante para ti de una forma u otra?

—Quizás actuara en el «Carnegie Hall» —dijo Travis.

—Cállate —dijo Nora, y dirigiéndose al perro añadió—: Veamos ahora. ¿Se relaciona el violín con algunas de esas imágenes? ¿Hay alguna conexión con otra imagen que pudiera ayudarnos a comprender lo que el violín significa para ti?

Por un momento, *Einstein* la miró absorto como si ponderara su pregunta. Luego cruzó la habitación, caminó con tiento por los estrechos pasillos entre las hileras de fotografías, olfateando, mirando a izquierda y derecha hasta llegar al tocadiscos, estéreo portátil «Sony». Puso una zarpa sobre él y volvió la cabeza hacia Nora.

—Ahí hay una conexión evidente —dijo Travis—. El violín hace música, y el tocadiscos reproduce la música. Ésa es una demostración impresionante de asociación mental para un perro. ¿Pero acaso significa realmente otra cosa acerca de su pasado?

—¡Ah! ¡Seguro que sí! —dijo Nora. Y dirigiéndose a *Einstein* agregó—: ¿Es que en tu pasado alguien tocó el violín?

El perro la miró estático.

Ella dijo:

—¿Acaso tu amo anterior tenía un tocadiscos como éste?

El perro la miró estático.

Ella añadió:

—Quizás el violinista en tu pasado soliera grabar su propia música en un sistema de casete.

El perro parpadeó y gimió.

—Está bien —dijo ella—. ¿Hay aquí otra imagen que puedas asociar al violín y al tocadiscos?

Einstein miró el «Sony» por un momento como si cavilara y luego caminó por otro pasillo entre nuevas hileras de imágenes deteniéndose esta vez junto a una revista abierta por un anuncio de la Cruz Azul, en donde se mostraba un médico con bata blanca junto a la cama de una nueva madre que acunaba a su hijo recién nacido. Doctor y madre eran todo sonrisas y el bebé parecía tan sereno e inocente como el niño Jesús.

Acercándose a gatas, Nora dijo al perro:

—¿Te recuerda esa imagen la familia que te poseía?

El perro la miró estático.

—¿Había en la familia una madre y un bebé de pocos años con quienes vivieses?

El perro la miró estático.

Sentado todavía en el suelo con la espalda contra el sofá, Travis dijo:

—¡Diantre! ¡Tal vez tengamos entre las manos un caso auténtico de reencarnación! Tal vez el viejo *Einstein* recuerde haber sido un doctor, una madre o un bebé en su vida anterior.

Nora no se dignó comentar esa sugerencia.

—Un bebé que toque el violín —agregó Travis.

Einstein gimoteó descontento.

Apoyada sobre manos y rodillas, en la posición de un perro, Nora quedó sólo a noventa centímetros del perdiguero, prácticamente cara a cara con él.

—Conforme. Esto no nos conduce a ninguna parte. Tenemos que hacer algo más que ayudarte a asociar una imagen con otra. Debemos esforzarnos por hacer preguntas sobre estas imágenes y obtener respuestas de alguna forma.

—Dale papel y pluma —sugirió Travis.

—Va en serio —dijo Nora, impacientándose con Travis como no lo hiciera en ningún instante con el perro.

Ella quedó cabizbaja por un momento, como un perro bajo el calor canicular, pero de repente levantó la vista y dijo a *Einstein*:

—¿Hasta dónde llegan de verdad tus entendederas, chucho? ¿Quieres demostrar de verdad que eres un genio? ¿Ansías ganarte nuestro respeto y admiración para la eternidad? Pues bien, he aquí lo que has de hacer: aprende a responder con un sencillo sí o no a mis preguntas.

El perro la miró de cerca, expectante.

—Si la respuesta a mi pregunta es sí, agita la cola —dijo Nora—. Pero *sólo* si es sí. Mientras dure este ensayo, evitarás menear la cola por puro hábito o sólo porque te emociones. Utilizarás únicamente este meneo cuando desees decir sí. Y cuanto tengas que decir no, ladra una vez. Un ladrido tan sólo.

Travis añadió por su cuenta:

—Dos ladridos significarán que prefieres ir a cazar gatos, y tres ladridos que te sirvamos un «Budeweiser».

—No le confundas —objetó severa Nora.

—¿Por qué no, si él me confunde a mí?

El perro no se dignó mirar a Travis siquiera. Sus enormes ojos castaños estaban fijos en Nora mientras ésta le explicaba otra vez la forma de dar respuesta con meneos de cola y ladridos.

—Está bien —dijo ella—. Hagamos una prueba. Escucha, *Einstein*, ¿has entendido las señales de sí y no?

El perdiguero agitó el rabo dos o tres veces, luego lo inmovilizó.

—Pura coincidencia —dijo Travis—. Eso no significa nada.

Nora titubeó unos instantes mientras ideaba su siguiente pregunta, luego dijo:

—¿Conoces mi nombre?

Meneo de cola e inmovilización.

—¿Me llamo... Ellen?

El perro ladró.

—¿Me llamo... Mary?

Nuevo ladrido.

—¿Me llamó... Nona?

El perro hizo girar sus pupilas como si la reprendiese por intentar engañarle. Nada de meneos. Un ladrido.

—¿Me llamo... Nora?

Einstein agitó la cola con furia.

Riendo encantada, Nora reptó un poco hacia adelante, se sentó y abrazó al perdiguero.

—¡Diablos! —exclamó Travis, reptando a su vez para unirse a ellos.

Nora señaló la foto que el perdiguero pisaba todavía con una zarpa.

—¿Te hizo reaccionar esta imagen porque te recuerda a la familia con la cual vivías?

Un ladrido. Señal negativa.

Travis dijo:

—¿Has vivido alguna vez con una familia?

Un ladrido.

—Pero tú no eres un perro salvaje —dijo Nora—. Debes haber vivido en alguna parte antes de que Travis te encontrara.

Mientras echaba una ojeada al anuncio de la Cruz Azul, Travis supo de improviso que él conocía todas las preguntas pertinentes.

—¿Te hizo reaccionar esta foto por causa del bebé?

Un ladrido.

—¿De la mujer?
No.
—¿Del hombre con la bata blanca?
Mucho agitar de cola. SÍ, SÍ, SÍ.
—Así que vivía con un médico —dijo Nora—. Tal vez con un veterinario.
—O tal vez un científico —opinó Travis, siguiendo el curso de ideas intuitivo que le pasara por la cabeza.
Apenas oyó mencionar al científico, *Einstein* agitó el rabo afirmativamente.
—¿Científico investigador? —dijo Travis.
SÍ.
—¿En un laboratorio? —dijo Travis.
SÍ, SÍ, SÍ.
—¿Eres un perro de laboratorio? —preguntó Nora.
SÍ.
—¿Eres un animal de experimentación? —dijo Travis.
SÍ.
—¿Y eso es lo que te hace tan inteligente?
SÍ.
—¿Porque te han hecho algo?
A Travis se le aceleró el corazón. ¡Santo Dios, se estaban comunicando, y no de la forma comparativamente rudimentaria con que él y *Einstein* se comunicaran la noche en que el perro formase un signo de interrogación con «Milk-Bones». Ésta era una comunicación con especificación extrema. Aquí estaban hablando como si hubiera tres personas, bueno... casi hablando, y cuando menos lo esperaban, resultó que nada sería igual otra vez. Nada podría ser lo mismo en un mundo donde hombres y animales poseían intelectos equiparables (aunque con diferencias), donde afrontaban la vida en igualdad de condiciones, con los mismos derechos, con esperanzas y sueños similares. Está bien, pensó, vale. Tal vez esté sacando todo esto de quicio. No se ha dado repentinamente, a todos los animales un nivel humano de conciencia e inteligencia; esto es sólo un perro, un animal experimental, quizás el único en su especie. Así y todo, ¡Dios santo!, Travis se quedó mirando petrificado al perdiguero, y sintió un escalofrío de pies a cabeza, no un escalofrío de temor sino de pasmo.
Nora habló al perro, y en su voz hubo una sombra del mismo asombro que dejara sin habla a Travis durante unos instantes:
—Ellos no te dejaban marchar, ¿verdad?

Un ladrido.

—¿Así que te escapaste?

SÍ.

—¿El martes por la mañana, cuando te encontré en el bosque? —preguntó Travis—. ¿Escapaste entonces?

Einstein no movió la cola ni ladró.

—¿Algunos días antes?

El perro gimió.

—Probablemente, tiene algún sentido del tiempo —apuntó Nora—, porque, prácticamente, todos los animales siguen el ritmo natural díanoche, ¿no es cierto? Ellos tienen relojes instintivos, relojes biológicos. Sin embargo, con toda probabilidad, él no tiene la menor idea del *calendario* y sus días. Y, realmente, tampoco entiende cómo dividimos el tiempo en días, semanas y meses, así que no puede contestar de ninguna forma a tu pregunta.

—Entonces eso es algo que habremos de enseñarle —dijo Travis.

Einstein agitó con vigor la cola.

—Escapó... —murmuró pensativa Nora.

Travis le adivinó el pensamiento. Y dijo a *Einstein*:

—Ellos estarán buscándote, ¿verdad?

El perro gimió y movió la cola, lo que Travis interpretó cual una respuesta afirmativa con un tono especial de ansiedad.

IV

Una hora después del atardecer, Lemuel Johnson y Cliff Soames, escoltados por otros dos coches sin distintivo, en donde iban ocho agentes NSA, llegaron a Bordeaux Ridge. La calle sin pavimentar, que atravesaba el centro de la urbanización aún por acabar, estaba flanqueada por numerosos vehículos, en su mayor parte los blanquinegros con el escudo del departamento del sheriff, más algunos coches y una furgoneta pertenecientes a las oficinas del juez instructor.

Lem se desanimó al observar que la Prensa ya estaba allí. Tanto los periodistas de la letra impresa como los equipos de televisión con minicámaras se mantenían a la expectativa detrás de un cordón policial a media manzana del presunto escenario del crimen. Silenciando los detalles sobre la muerte de Wesley Dalberg en el desfiladero de Holy Jim y procediendo del mismo modo con los asesinatos asociados de los científicos de «Banodyne», la NSA había conseguido ocultar a la Prensa toda conexión entre esos acontecimientos. Lem esperó que los comisarios al frente de esos cordones policiales fueran los hombres más capaces de Walt Gaines y supieran soslayar con un silencio hermético las preguntas de los periodistas hasta que se pudiera concebir un relato convincente.

Se levantaron las barreras para dar paso a los coches NSA sin distintivo a través de los cordones policiales, y luego fueron colocadas de nuevo en su sitio. Lem aparcó al final de la calle, pasado el escenario del crimen. Hizo que Cliff Soames diera instrucciones a los demás agentes y se encaminó hacia la casa aún por acabar que parecía ser el centro de la atención general.

Los radios de los coches patrulla llenaron el cálido aire nocturno con códigos, jergas y un chisporroteo tan intenso como si el mundo entero estuviera asándose en una parrilla cósmica.

Algunos proyectores portátiles se alzaban sobre trípodes, inundando de luz la fachada principal para facilitar la investigación. Lem se sintió como si estuviera en un gigantesco escenario teatral. Numerosas mariposas nocturnas revoloteaban alrededor de los reflectores. Sus sombras amplificadas cruzaban raudas el suelo en mil direcciones.

Proyectando su propia sombra desmesurada, Lem atravesó el patio para entrar en la casa. Una vez dentro, encontró más reflectores, cuyos cegadores rayos rebotaban en las blancas paredes. También encontró, con rostros pálidos y sudorosos bajo la cruda luminosidad, a dos jóvenes comisarios, varios hombres a las órdenes del juez instructor y los habituales tipos absortos de la División de Investigación Científica.

La máquina de un fotógrafo relampagueó una vez, dos, al fondo de la casa. Como el vestíbulo pareciera atestado, Lem se dirigió hacia la parte trasera atravesando la sala, el comedor y la cocina.

Walt Gaines estaba en pie en el espacio para desayunar, entre las penumbras que se formaban más allá del último reflector. No obstante, incluso en esas sombras fueron perceptibles su cólera y su dolor. Era evidente que se encontraba en casa al recibir la noticia sobre el asesinato del comisario, pues llevaba unas raídas zapatillas deportivas, unos pantalones arrugados de color caqui y una camisa de manga corta de cuadros rojos y marrones. Pese a su gran volumen, sus brazos musculosos, enormes manos y cuello de toro, la ropa que llevaba y los hombros abatidos le daban la apariencia de un niño perdido.

Desde el espacio para desayunar, Lem no pudo ver el interior del lavadero, en donde yacía todavía el cuerpo.

—Lo siento, Walt —dijo—. Lo siento mucho.

—Se llamaba Teel Porter. Su padre, Red Porter, y yo somos amigos desde hace veinte años. Precisamente Red se jubiló el año pasado y dejó el departamento. ¿Cómo voy a explicárselo? ¡Dios santo! Y debo hacerlo yo mismo por razón de esa amistad. Esta vez no puedo pasarle el mal trago a otro.

Lem sabía que Walt no pasaba nunca el mal trago a otro cuando uno de sus hombres resultaba muerto en el cumplimiento del deber. Él visitaba siempre a la familia para darle la mala noticia, y le hacía compañía durante los pésimos momentos iniciales.

—Casi pierdo *dos* hombres —dijo Walt—. El otro sufre un grave trastorno.

—¿Qué le pasó a Teel?

—Destripado, igual que Dalberg. Y decapitado.

«El alienígena —pensó Lem—. Ahora ya no hay duda.»

Algunas mariposas nocturnas habían invadido también el interior y se estrellaban contra la lente del reflector instalado detrás de Lem y Walt.

Con voz ronca de ira, Walt dijo:

—No han encontrado todavía... su cabeza. ¿Cómo le diré a su padre que le falta la *cabeza*?

Lem no supo qué decir.

Walt le lanzó una mirada dura.

—Ahora no puedes seguir apartándome del asunto. Ahora que ha muerto uno de mis hombres, no puedes hacerlo.

—Escucha, Walt, mi agencia trabaja en la oscuridad a propósito. ¡Diablos!, incluso algunos agentes de la nómina son información confidencial. Por otra parte, tu departamento está sometido a una vigilancia pertinaz por parte de la Prensa. Para saber cómo proceder en este caso, tu gente necesitará saber exactamente lo que está buscando. Para ello será preciso revelar secretos de la defensa nacional a un grupo muy considerable de comisarios.

—Todos *tus* hombres saben lo que se cuece —le rebatió Walt.

—Sí, pero mis hombres han firmado un juramento secreto, han sido objeto de un examen exhaustivo por parte de Seguridad y se les ha adiestrado para mantener la boca cerrada.

—Mis hombres también saben guardar un secreto.

—Estoy seguro de ello —dijo cauteloso Lem—. También estoy seguro de que ellos no hablan fuera de la tienda sobre los casos ordinarios. Pero éste no es un caso ordinario; debe permanecer en nuestras manos.

—Mis hombres pueden firmar juramentos secretos —dijo Walt.

—Tendríamos que investigar los antecedentes personales de cada uno en tu departamento, no sólo comisarios sino también empleados civiles. Ello requeriría semanas, meses.

Mirando a través de la cocina por la puerta abierta del comedor, Walt vio que Cliff Soames y otro agente NSA estaban hablando con dos comisarios.

—Tú has empezado a hacerte cargo un minuto después de llegar aquí, ¿verdad? Antes de hablarme sobre ello, ¿no?

—Sí. Necesitamos asegurarnos de que tu gente comprenda la obligación de no hablar sobre nada de cuanto se ha visto aquí esta noche, ni con sus propias esposas siquiera. Así pues, estamos recordando las leyes federales al respecto a cada agente, porque queremos asegurarnos de que saben cuáles son las multas y penas correspondientes.

—¿Amenazándome otra vez con la cárcel? —dijo Walt. Sin embargo, esta vez no había buen humor en su voz cuando departieron días atrás en el garaje del hospital «St. Joseph», después de ver a Tracy Keeshan.

Lem se sintió deprimido, no sólo por la muerte del comisario, sino también por la cuña que aquel caso estaba introduciendo entre él y Walt.

—No quiero ver a nadie en la cárcel. Y por eso deseo asegurarme de que todos saben a ciencia cierta cuáles podrían ser las consecuencias...

—Acompáñame —le dijo Walt frunciendo el ceño.

Lem le siguió afuera hasta el coche patrulla aparcado ante la casa.

Ambos se acomodaron en los asientos delanteros, Walt detrás del volante, y con las puertas cerradas.

—Sube el cristal; así tendremos aislamiento total.

Lem se quejó de que se asfixiarían con aquel calor y sin ventilación. No obstante, incluso en la penumbra percibió cuán pura y volátil era la cólera de Walt, lo cual le hizo verse como un hombre rodeado de gasolina y con una cerilla encendida. Decidió subir el cristal de la ventanilla.

—Vale —dijo Walt—. Ya estamos solos. No el director NSA de distrito y el sheriff, sino dos viejos amigos, dos camaradas; así que cuéntamelo.

—No puedo, Walt. Maldita sea.

—Cuéntamelo y me mantendré a distancia del caso. No interferiré.

—Sea como fuere, te mantendrás a distancia del caso. Estás obligado a hacerlo.

—¡Maldito sea si lo hago! —replicó encolerizado Walt—. Puedo dirigirme, directamente, a esos chacales. —El coche estaba mirando hacia Bordeaux Ridge, en dirección a las barreras en donde aguardaban los periodistas. A ellos señaló Walt detrás del polvoriento cristal—. Puedo decirles que los «Laboratorios Banodyne» están trabajando en un proyecto de defensa que se les ha escapado de la mano. Puedo decirles que alguien o algo extraño escapó de dichos laboratorios pese a las medidas de seguridad, y ahora anda suelto matando gente.

—Hazlo y terminarás de verdad en la cárcel —dijo Lem—. Perderás tu trabajo, arruinarás toda tu vida.

—No lo creo. Alegaré ante el tribunal que me vi obligado a elegir entre dos alternativas: o bien quebrantar la seguridad nacional, o traicionar la confianza que depositaron en mí los ciudadanos de este condado al elegirme. Alegaré que en momentos de crisis como éstos tuve que anteponer la seguridad pública local a las inquietudes de los burócratas en Washington. Creo que cualquier jurado me absolvería. No iría a la cárcel, y en las próximas elecciones ganaría incluso por más votos de los que obtuve la última vez.

—Mierda —gruñó Lem porque sabía cuánta razón tenía Walt.

—Si me lo cuentas ahora, si me convences de que tu gente está más capacitada que la mía para afrontar esta situación, me apartaré de tu camino. Pero si no quieres contármelo, me despacharé a mi gusto.

—Tendré que romper mi juramento. Meteré mi propio cuello en el lazo.

—Nadie sabrá jamás que me lo contaste.

—Sí, claro. Veamos, Walt, ¿por qué has de ponerme en una posición tan incómoda sólo para satisfacer tu curiosidad?

Walt se molestó.

—No es ninguna menudencia, como tú lo pintas, maldita sea. No es sólo curiosidad.

—Entonces, ¿qué es?

—¡Uno de mis hombres ha muerto!

Apoyando la cabeza sobre el respaldo del asiento, Lem cerró los ojos y suspiró. Walt necesitaba saber *por qué* se le pedía que desistiera de vengar la muerte de uno de sus hombres. Su concepto del deber y del honor no le permitiría quedar al margen sin hacer eso por lo menos. Su actitud no era del todo irrazonable.

—¡Qué! —preguntó muy pausado Walt—. ¿Me voy allí para charlar con los periodistas?

Lem abrió los ojos, se pasó la mano por el rostro húmedo. El interior del coche estaba caldeado, el ambiente era bochornoso. A él le hubiera gustado bajar el cristal, pero los hombres pasaban camino de la casa o viniendo de ella, y no podía arriesgarse a que alguien escuchara sin quererlo lo que se proponía decir a Walt.

—Acertaste al centrar tu atención en «Banodyne». Desde hace algunos años vienen realizando investigaciones relacionadas con la defensa.

—¿Guerra biológica? —inquirió Walt—. ¿Utilizando el ADN para hacer nuevos virus letales?

—Quizá también eso —dijo Lem—. Pero la guerra de gérmenes no tiene nada que ver con este caso, y voy a contarte tan sólo lo de la investigación que se relaciona con nuestros problemas aquí.

Los cristales se empañaron. Walt puso en marcha el motor. Aunque no hubiese aire acondicionado, la niebla de las ventanillas se fue extendiendo, e incluso la leve corriente cálida y húmeda que entraba por el respiradero fue bien acogida.

Lem explicó:

—Ellos estaban trabajando en varios programas de investigación bajo el encabezamiento Proyecto Francis. Habían escogido como título el nombre de San Francisco de Asís.

—¿El nombre de un santo para un proyecto relacionado con la guerra? —exclamó Walt parpadeando de sorpresa.

—Es adecuado —le aseguró Lem—. San Francisco podía hablar a los pájaros y otros animales. Y en «Banodyne», el doctor Davis Weatherby estaba a cargo de un proyecto que consistía en hacer posibles la comunicación humano-animal.

—¿Aprender el lenguaje de las marsopas... y ese tipo de cosas?

—No. La idea era aplicar los conocimientos más recientes en materia de ingeniería genética a la creación de animales con un coeficiente mucho más alto de inteligencia, animales capaces de pensar casi al nivel humano, animales con los que sería posible la comunicación.

Walt le miró boquiabierto, sin poder darle crédito.

Lem continuó:

—Ha habido varios equipos científicos trabajando en experimentos muy diversos, bajo la denominación común de Proyecto Francis, y todos ellos han sido iniciados hace cinco años por lo menos. Para empezar, estaban los perros de Davis Weatherby...

El doctor Weatherby había estado trabajando con el esperma y los óvulos de perdigueros de pelaje dorado que él había elegido porque esta raza canina había sido criada con el máximo refinamiento desde hacía más de cien años. Por lo pronto, ese refinamiento significaba que en la más pura de las razas se habían erradicado todas las enfermedades y afecciones de naturaleza hereditaria en lo referente al código genético del animal, lo cual aseguraba a Weatherby unos ejemplares saludables y despiertos para sus experimentos. Y entonces, si los cachorros experimentales nacían con anormalidades de cualquier especie, Weatherby podía distinguir más fácilmente entre las mutaciones de tipo natural y las que eran un efecto secundario resultante de sus manipulaciones secretas con la herencia genética del animal, y, como resultado, aprender de sus propios errores.

Con el paso de los años, tratando de acrecentar la inteligencia de la raza sin provocar cambios en su apariencia física, Davis Weatherby había fertilizado *in vitro* centenares de óvulos alterados genéticamente y luego había transferido huevos fértiles al útero de las hembras que servían como madres accidentales. Esas hembras desarrollaban todo el proceso de la procreación, y entonces Weatherby analizaba a esos perros jóvenes buscando indicios de mayor inteligencia.

—Hubo un endiablado número de fallos —dijo Lem—. Mutaciones físicas verdaderamente grotescas que fue preciso destruir: cachorros nacidos muertos, cachorros que parecieron normales pero tuvieron menos inteligencia de la usual. Después de todo, Weatherby estaba empleando esa ingeniería para el cruce de especies, así que, como puedes figurarte, se hicieron realizables una serie de posibilidades horribles.

Walt se quedó mirando el parabrisas, ahora totalmente opaco. Luego frunció el ceño a Lem.

—¿Cruce de especies distintas? ¿Qué quieres decir?

—Bueno, ya sabes, él estaba aislando esos determinantes genéticos de la inteligencia en especies más inteligentes que el perdiguero...

—¿Como los monos? Éstos son más inteligentes que los perros, ¿verdad?

—Sí. Monos... y seres humanos.

—¡Dios santo!

Lem ajustó un respiradero del salpicadero para dirigir la corriente de aire tibio hacia su cara.

—Weatherby estaba insertando ese material genético extraño en el código genético del perdiguero y, simultáneamente, suprimiendo los propios genes del perro que limitan su inteligencia a la de un can.

Walt se sublevó:

—¡Eso es imposible! Ese material genético, según lo llamas tú, no se puede traspasar de una especie a otra.

—Eso sucede de continuo en la Naturaleza —contestó Lem—. El material genético se transfiere de una especie a otra, y el vehículo es por lo general un virus. Supongamos que un virus medra en los macacos. Mientras habite en el mono, adquirirá material genético de las células del animal. Estos genes de mono adquiridos acaban siendo parte del propio virus. Más tarde, ese virus infectado en un anfitrión humano está capacitado para dejar el material genético del mono en su anfitrión humano. Considera, por ejemplo, el virus del SIDA. Se cree que el SIDA es una enfermedad transmitida por ciertos monos y seres humanos desde hace décadas, aunque ninguna de las dos especies fuera susceptible de padecerla; quiero decir que nosotros éramos, estrictamente, vehículos... y nunca enfermábamos de lo que acarreábamos. Pero, de improviso, sucedió algo inexplicable en los monos, un cambio genético negativo que los hizo no sólo vehículos sino también víctimas del virus SIDA. Los monos empezaron a morir de esa enfermedad. Luego, cuando el virus pasó a los humanos, trajo consigo ese nuevo material genético que suponía vulnerabilidad al SIDA, y por tanto no pasó mucho tiempo sin que los seres humanos corrieran también peligro de contraer el SIDA. Así es como funciona la Naturaleza. Y se ha hecho incluso más eficaz en el laboratorio.

Mientras la condensación creciente seguía oscureciendo las ventanillas, Walt dijo:

—Así pues, Weatherby tuvo éxito realmente al crear un perro con inteligencia humana, ¿no?

—Fue un proceso largo y lento, pero consiguió progresos graduales. Y hace poco menos de un año, nació el cachorro milagro.

—¿Piensa como un ser humano?

—No *como* un ser humano, pero quizá tan bien como un ser humano.

—Y sin embargo, ¿tiene la apariencia de un perro ordinario?

—Eso era lo que quería el Pentágono. Lo que hizo mucho más arduo el trabajo de Weatherby, supongo. Aparentemente, el tamaño del cerebro tiene muy poco que ver con la inteligencia, y Weatherby pudiera haber abierto brecha mucho antes si hubiese desarrollado un perdiguero con un cerebro algo mayor. Sin embargo, un cerebro más grande hubiera hecho preciso el configurar un cráneo bastante más grande, de modo que el perro habría tenido un aspecto endiabladamente desusado.

Ahora todas las ventanillas impidieron la visión. Ni Walt ni Lem intentaron limpiar el cristal empañado. Imposibilitados de ver el exterior, confinados a su húmedo y claustrofóbico interior, ambos parecieron haber quedado excluidos del mundo real, a la deriva en el espacio y en el tiempo, una condición que inducía, extrañamente, a considerar los portentosos e infames actos de creación que la ingeniería genética hiciera posibles.

Walt dijo:

—¿Y el Pentágono quería un perro que pareciese un perro pero pudiera pensar como un hombre? *¿Por qué?*

Imagínate las posibilidades para el espionaje —dijo Lem—. En tiempo de guerra, los perros penetrarían sin dificultad en territorio enemigo, explorarían las instalaciones y el potencial de sus efectivos. Perros inteligentes con los que podríamos comunicar de alguna manera, regresarían de su periplo y nos referirían lo que habían visto y oído al enemigo.

—*¿Nos referirían?* ¿Estás diciendo que se podría hacer hablar a los perros como si fueran versiones de la mula Francis y el señor Ed? ¡Un poco de seriedad, Lem!

Lem fue comprensivo con la dificultad de su amigo para asimilar esas increíbles posibilidades. La ciencia moderna estaba avanzando con tal velocidad y tantos descubrimientos revolucionarios por explorar cada año que, para los profanos, habría cada vez menos diferencia entre la aplicación de esa ciencia y la magia. Pocas personas no científicas lograban vislumbrar cuánto se diferenciaría el mundo de los próximos veinte años del mundo actual, que se diferenciaba ya de los años 1980 tanto como de los años 1780. El cambio se estaba produciendo a un ritmo incomprensible, y cuando se lograba echar una ojeada fugaz a lo que podría sobrevenir, tal como había hecho Walt, se tenía una visión deprimente e inspiradora, inquietante y estimuladora.

Lem dijo:

—De hecho, es muy probable que se pudiera alterar a un perro por la vía genética de tal modo que se le capacitara para hablar. Incluso sería fácil, aunque yo no tengo ni idea. Pero el procurarle un aparato vocal, el tipo justo de lengua y labios... significaría alterar de forma drástica su apariencia, lo cual no conviene a los designios del Pentágono. Así pues, esos perros no hablarían. Sin duda, se deberá establecer la comunicación mediante un elaborado lenguaje de signos.

—Veo que no te ríes —dijo Walt—. Esto tiene que ser un jodido chiste, y siendo así ¿por qué no te ríes?

—Piensa en esto —contestó paciente Lem—. Imagínate al presidente de los Estados Unidos, en tiempo de paz, regalando al Primer Ministro soviético un perdiguero dorado de un año en nombre del pueblo americano. Imagínate a ese perro viviendo en el hogar y en el despacho del Primer Ministro, teniendo acceso a las conversaciones más secretas entre las máximas autoridades del Partido de la URSS. De vez en cuando, tantos meses o semanas, el perro procuraría escabullirse de noche para reunirse con un agente estadounidense en Moscú y dejarse «descifrar».

—*¡Descifrar!* ¡Esto es demencial! —exclamó Walt, soltando una carcajada. No obstante, su risa tenía a juicio de Lem, una calidad estridente, hueca, innegablemente nerviosa que indicaba que el escepticismo del sheriff se iba a la deriva, aunque él pretendiese conservarlo.

—Te estoy diciendo que es posible que un perro así haya sido concebido mediante la fertilización *in vitro* de un óvulo alterado genéticamente por esperma alterado del mismo modo, y que ha seguido su proceso normal en el útero de una madre adoptiva. Y después de un año de confinamiento en los laboratorios «Banodyne», hacia la madrugada del lunes, 17 de mayo, ese perro escapó. Mediante una serie de acciones increíblemente sagaces, burló los obstáculos del sistema de seguridad.

—Y ahora, ¿ese perro anda suelto?

—Sí.

—¿Y es lo que ha estado matando por...?

—No —dijo Lem—. El perro es inofensivo, afectuoso, un animal admirable. Yo visité los laboratorios cuando Weatherby trabajaba con el perdiguero. Y me comuniqué con el animal hasta cierto límite, claro. Te juro por Dios, Walt, que cuando ves a ese cuadrúpedo en acción, cuando ves lo que creó Weatherby, sientes una esperanza enorme acerca de esta triste especie nuestra.

Walt le miró atónito, sin comprender.

Lem buscó palabras para expresar sus sentimientos. Cuando encontró el lenguaje justo con que describir lo que el perro significaba para él, la emoción le oprimió el pecho.

—Bueno..., quiero decir, si nosotros podemos hacer eso, tendremos el poder y, potencialmente, la sabiduría de Dios. No sólo seremos fabricantes de armas, sino también fabricantes de vida. Si pudiéramos elevar a otras especies hasta nuestro nivel, crear una raza equiparable a nosotros para compartir el mundo... nuestras creencias y nuestra filosofía cambiarían para siempre. Con ese acto de alterar al perdiguero, nos hemos alterado a nosotros mismos. Aupando al perro hasta un nuevo nivel de percepción, hemos acrecentado, inevitablemente, nuestra propia percepción.

—Dios santo, Lem, pareces un predicador.

—¿Sí? Eso es porque he tenido más tiempo que tú para pensar en todo eso. En su momento entenderás lo que te estoy explicando. Empezarás a sentirlo también..., esa sensación increíble de que la Humanidad va camino de la divinidad... y de que *merecemos* llegar a ella.

Walt Gaines contempló con mirada fija el cristal empañado, como si estuviera leyendo algo de notable interés en los arabescos de la condensación. Al cabo de un rato dijo:

—Tal vez sea cierto cuanto dices, tal vez nos hallemos bajo el dintel de un nuevo mundo pero, por lo pronto, debemos vivir en el antiguo mundo y afrontarlo. Así que, si no fue el perro lo que mató a mi comisario, ¿qué fue?

—Otro ser escapó de «Banodyne» durante la misma noche en que lo hizo el perro —dijo Lem. Su euforia se entibió de repente ante la necesidad de admitir que había habido un lado oscuro en el Proyecto Francis.

—Le llamaban el alienígena.

V

Nora alzó el anuncio de la revista que comparaba un automóvil con un tigre y mostraba al vehículo dentro de una jaula. Entonces dijo a *Einstein*:

—Veamos qué más puedes esclarecernos. ¿Qué me dices de esto? ¿Por qué te ha interesado tanto esta fotografía? ¿Fue el coche?

Einstein ladró una vez: NO.

—¿El tigre entonces? —inquirió Travis.

Nuevo ladrido.

—¿La jaula? —dijo Nora.

Einstein agitó la cola: SÍ.

—¿Elegiste esta fotografía porque ellos te encerraron en una jaula? —preguntó Nora.

SÍ.

Travis caminó a cuatro patas por el suelo hasta encontrar la foto de un melancólico individuo en una celda. Regresando con ella, se la mostró al perdiguero y dijo:

—¿Y elegiste esta otra porque la celda se asemeja a una jaula?

SÍ.

—¿Y porque el preso de la fotografía te recordó cómo te sentías cuando estabas en una jaula?

SÍ.

—Ahora el violín —dijo Nora—. ¿Había alguien en el laboratorio que tocara el violín para ti?

SÍ.

—Me pregunto por qué harían eso —dijo Travis.

El perro no pudo responder a esa pregunta con un sencillo sí o no.

—¿Te gustaba el violín? —preguntó Nora.

SÍ.

—¿Te gusta la música en general?

SÍ.

—¿Te gusta el *jazz*?

El perro no ladró ni agitó la cola.

—Él no sabe lo que significa *jazz* —dijo Travis—. No le hablarían jamás de eso, pienso yo.

—¿Te gusta el *rock and roll*? —inquirió Nora.

Un ladrido y, simultáneamente, mucho agitar la cola.

—Quizá quiera decir sí y no —dijo Travis—. Le gusta cierto *rock and roll* pero no todo.

Einstein movió la cola para confirmar la interpretación de Travis.

—¿La música clásica? —preguntó Nora.

SÍ.

Travis dijo:

—Entonces tenemos un perro *esnob*, ¿eh?

SÍ, SÍ, SÍ.

Nora se rió encantada y también Travis, mientras *Einstein* les hocicaba y lamía no menos encantado.

Travis miró a su alrededor en busca de otra fotografía y encontró la del hombre que hacía ejercicio con la noria.

—Ellos no querían dejarte salir del laboratorio, supongo. Y sin embargo, desearían mantenerte en forma. ¿Es así cómo hacías ejercicio? ¿En una noria?

SÍ.

La sensación de haber descubierto algo fue estimulante. Travis no se habría sentido más emocionado ni más atemorizado si hubiese logrado comunicar con una inteligencia extraterrestre.

«Estoy cayendo en una madriguera», pensó inquieto Walt Gaines mientras escuchaba a Lem Johnson.

Ese nuevo mundo altamente tecnificado de vuelos espaciales, computadoras a domicilio, comunicación telefónica mediante satélites, fabricación de autómatas y, ahora, ingeniera biológica, se le antojó absolutamente desconectado de ese otro mundo en donde él naciera y se formara. Pero, por Dios, ¡si él había sido un niño durante la Segunda Guerra Mundial, cuando no había todavía aeronaves de propulsión a chorro! Él había aclamado un mundo más sencillo: con «Chryslers» semejantes a embarcaciones de aletas caudales, teléfonos de disco y no botones selectores, relojes con manecillas y no digitales. Cuando él nació, no existía la televisión, y la posibilidad del «Armagedón» nuclear durante su vida era algo que nadie podría haber predicho. Se sintió como si hubiese franqueado una barrera invisible desde su mundo a esta otra realidad que circulaba por una pista más rápida. Este nuevo reino de alta tecnología podía ser seductor o aterrador..., y algunas veces, ambas cosas.

Como ahora.

La idea de un perro inteligente le resultaba atractiva al niño que había en él, e incluso le hacía sonreír.

Pero algo más, el alienígena había escapado de esos laboratorios, lo cual le ponía los pelos de punta.

—El perro no tiene nombre —siguió diciendo Lem Johnson—. Lo cual es normal. Casi ningún científico de los que trabajan con animales de laboratorio les ponen nombre. Si así lo hiciesen, empezarían a atribuirles una personalidad, y entonces sus relaciones con ellos cambiarían, y él no sería tan objetivo como antes en sus observaciones. De modo que ese perro tuvo sólo un número, hasta que resultó ser el éxito cuya consecución requiriera tanto trabajo por parte de Weatherby. E incluso entonces, cuando se hizo evidente que no sería necesario eliminar al perro cual un fiasco, tampoco se le dio nombre. Todo el mundo le llamó «perro», sin más, lo cual fue suficente para diferenciarlo de todos los demás cachorros de Wealtherby que estaban clasificados con números. Sea como fuere, la doctora Yarbeck estaba trabajando al mismo tiempo en otra investigación muy diferente al amparo del Proyecto Francis, y ésta también tuvo al final cierto éxito.

Yarbeck tenía por objetivo crea un animal con inteligencia acrecentada de forma espectacular..., pero concebido también para acompañar al hombre en la guerra como perro policía, y también a los agentes en las vecindades urbanas peligrosas.

Yarbeck se propuso producir una bestia que fuese inteligente pero también letal, un verdadero horror en el campo de batalla: feroz y furtiva, astuta e inteligente, en proporciones suficientes que la hicieran tan eficaz para las escaramuzas militares como las callejeras.

Desde luego, no tan inteligente como un ser humano ni tan despabilado como el perro creado por Weatherby, pues sería pura demencia concebir una máquina asesina cuya inteligencia fuera equiparable a la del ser humano encargado de utilizarla y refrenarla. Todo el mundo había leído *Frankenstein* o había visto alguna vieja película de Karloff, y nadie subestimaba los peligros inherentes a la investigación de Yarbeck.

Prefiriendo trabajar con cuadrumanos por su inteligencia natural de muy alto coeficiente y porque poseían manos similares a las humanas, Yarbeck seleccionó en última instancia a los babuinos como especie básica para sus esotéricos actos de creación. Los babuinos se encontraban entre los primates más sagrados, constituían una excelente materia prima. Eran por naturaleza unos luchadores letales y efectivos, con impresionantes garras y colmillos, tremendamente motivados por el imperativo territorial y ansiosos de atacar a quienes tenían por enemigos.

—La primera obra de Yarbeck respecto a la alteración *física* del babuino fue darles mayores dimensiones, el tamaño suficiente para amenazar a un hombre adulto —dijo Lem—. La doctora creía que el animal debería medir por lo menos un metro cincuenta en posición vertical y pesar entre cincuenta y sesenta kilos.

—Eso no es tanto —observó Walt.

—Lo suficiente.

—Yo podría noquear fácilmente a un hombre de esa envergadura.

—A un hombre, sí; pero no a esa cosa. Toda ella es músculo compacto, sin pizca de grasa, y mucho más rápida que un hombre. Piensa por un momento cómo un mastín de veinticinco kilos puede hacer picadillo a un adulto, y podrás imaginarte la amenaza que representará un guerrero de Yarbeck con sus sesenta kilos.

El parabrisas del coche patrulla, plateado por el vapor, parecía una pantalla cinematográfica en donde Walt vio proyectadas las imágenes de personas brutalmente asesinadas: Wes Dalberg, Teel Porter... Cerró los ojos y, no obstante, siguió viendo cadáveres.

—Vale, coincido con tu criterio. Sesenta kilos serían suficientes si se hablase de algo *concebido* para luchar y matar.

—Pues bien, Yarbeck creó una variedad de babuinos que crecerían hasta adquirir un tamaño superior al normal. Luego se consagró a la alteración del esperma y los óvulos de sus primates gigantes en otros terrenos: unas veces modificando el propio material genético del babuino, otras incorporándole genes de especies distintas.

—O sea los mismos remiendos en el cruce de especies que culminaron con el perro despabilado —dijo Walt.

—Yo no lo llamaría remiendo..., pero, bueno, esencialmente las mismas técnicas. Yarbeck quiso una mandíbula grande y malévola en su guerrero, algo así como la de un perro pastor alemán, o incluso un chacal, para dar espacio a más dientes, y también quiso que estos dientes fueran más grandes, puntiagudos y, quizá más ganchudos de lo normal, lo cual implicaba la necesidad de agrandar la cabeza del babuino y alterar totalmente su estructura facial para adaptarla a dichas innovaciones. En cualquier caso, fue preciso agrandar el cráneo para permitirle alojar un cerebro mayor. La doctora Yarbeck no se vio constreñida por los condicionamientos que hubo de aceptar Davis Weatherby para mantener inmutable la apariencia del perro. De hecho, Yarbeck se figuró que si su creación fuera aborrecible, *monstruosa*, sería un guerrero más eficaz si cabía, pues no serviría sólo para acechar y matar a sus enemigos, sino también para aterrorizarles.

A pesar del calor ambiental y del bochorno, Walt Gaines sintió escalofríos en el estómago, como si hubiese tragado un trozo de hielo.

—Pero, por Dios, ¿es que ni Yarbeck ni ningún otro han considerado la inmoralidad de todo esto? ¿Ninguno de ellos ha leído *La isla del doctor Moreau*? Lem, tú tienes la maldita obligación moral de hacer llegar al público todo este enredo, de ponerlo al descubierto. Y yo también.

—Nada de eso —replicó Lem—. La noción de que hay unos conocimientos buenos y otros nocivos... bueno, eso es un punto de vista estrictamente religioso. Las acciones pueden ser morales o inmorales, conforme, pero no es posible poner una etiqueta análoga al conocimiento. Para los científicos, para toda persona culta, todo conocimiento es neutral en función de la moral.

—Pero, ¡qué mierda dices! La *aplicación* del conocimiento en el caso de Yarbeck, no fue neutral desde un punto de vista moral.

Durante los fines de semana, cuando ambos estaban sentados en el patio del uno o del otro bebiendo «Corona» y analizando los grandes problemas del mundo, les encantaba discutir sobre ese tema. Filósofos de trastienda. Sabios de cerveza, que se recreaban en su sabiduría. Y a veces, los dilemas morales que discutían durante los fines de semana eran los mismos que se planteaban en el curso de su trabajo policial; sin embargo, Walt no pudo recordar ninguna discusión que hubiese tenido un nexo tan apremiante con su trabajo como ésta.

—El aplicar los conocimientos es parte del proceso de aprender siempre más —dijo Lem—. El científico tiene que aplicar sus descubrimientos para verificar adónde conduce cada aplicación. La responsabilidad moral recae sobre las espaldas de aquellos que sacan la tecnología del laboratorio y la emplean con fines inmorales.

—¿Crees esa paparrucha?

Lem caviló unos instantes.

—Sí, la creo. Si hiciéramos responsables a los científicos de todo lo dañino que se derive de su trabajo, ellos se negarían por lo pronto a trabajar, pienso yo, y no habría ninguna clase de progreso.

Walt sacó un pañuelo limpio del bolsillo y se enjugó la cara mientras se tomaba unos momentos para meditar. Verdaderamente, no fue el calor ni la humedad lo que le abrumaron. La visión del guerrillero Yarbeck merodeando por las colinas de Orange County fue lo que le hizo sudar a raudales.

Quería divulgar la noticia, notificarla al mundo desprevenido que algo insólito y peligroso andaba suelto por la tierra. No obstante, eso sería hacer el juego a los modernos cavernícolas, que aprovecharían al guerrillero Yarbeck para promover el pánico general y poner fin a toda la investigación con el ADN. Entretanto, la mencionada investigación había creado ya variedades de maíz y trigo que crecían con menos agua y en tierra mala, paliando así el hambre mundial; y años atrás se había desarrollado un virus de fabricación humana que, como elemento residual, producía insulina. Si él difundiera por el mundo los hechos sobre la monstruosidad de Yarbeck, quizá pudiera salvar dos o tres vidas a corto plazo, pero también representaría un lamentable papel negando al mundo los milagros benéficos de la investigación ADN, lo que *costaría* millares de vidas a largo plazo.

—Mierda —murmuró—. Esto no es un dilema de blanco o negro, ¿eh?

—Eso es lo que hace interesante la vida —dijo Lem.

Walt esbozó una sonrisa agria.

—Ahora mismo es mucho más interesante de lo que me place. Vale, puedo comprender la sabiduría de mantener cerrada la tapadera en este caso. Además, si lo hiciésemos público tendrías un millar de aventureros medio lelos danzando por ahí en busca de la cosa, y todos terminarían siendo víctimas de su presunta presa o matándose unos a otros.

—Exacto.

—Pero mis hombres podrían ayudar a mantener cerrada la tapadera uniéndose a la búsqueda.

Lem le habló sobre los cien hombres pertenecientes a unidades de la Marine Intelligence que estaban peinando todavía las colinas vestidos de paisano, utilizando equipo de rastreo altamente tecnificado y algunos sabuesos excepcionales... Tengo ya muchos más hombres desplegados de lo que tú podrías proveer. Estamos haciendo todo cuanto podemos. Y ahora ¿te portarás bien? ¿Te mantendrás al margen?

Frunciendo el ceño, Walt contestó:

—Desde este instante; pero quiero que se me mantenga informado.

Lem asintió.

—Conforme.

—Y tengo más preguntas. Para comenzar, ¿por qué le llaman el alienígena?

—Bueno, el perro fue el primer hito, el primero de los sujetos de laboratorio que mostraba inteligencia desusada. Éste fue el siguiente. Fueron los dos únicos éxitos: el perro y el otro. Al principio, ellos hablaban de éste con mayúsculas, El Otro, pero a su debido tiempo fue el alienígena porque parecía encajar mejor. En este caso no se había mejorado la obra de Dios, como había ocurrido con el perro; era algo totalmente ajeno a la Creación, una cosa aparte. Una verdadera abominación..., aunque nadie osara decirlo así. Y la *cosa* se apercibió de su situación como tal engendro, se apercibió con plena conciencia.

—¿Y por qué no llamarle babuino sin más?

—Porque él no tiene ya ningún parecido con un babuino. A decir verdad, con nada conocido..., salvo en una pesadilla.

A Walt no le gustó la expresión en el rostro oscuro de su amigo, ni en sus ojos. Decidió no seguir pidiendo una descripción más concreta del alienígena quizá no le conviniese saberlo.

En vez de eso preguntó:

—¿Y qué me dices de los asesinatos, de Hudston, Weatherby y Yarbeck? ¿Quién está detrás de todo eso?

—Ignoramos quién apretó el gatillo, pero sí sabemos que los soviéticos le contrataron. Ellos hicieron matar también a otro funcionario de «Banodyne» que estaba de vacaciones en Acapulco.

Walt se sintió como si se estuviera estrellando otra vez contra una de esas barreras invisibles, introduciéndose incluso en un mundo mucho más complicado.

—¿Soviéticos? ¿Acaso estamos hablando de soviéticos? ¿Qué papel representan en este acto?

—Creíamos que no sabían nada acerca del Proyecto Francis —dijo Lem—. Pero estaban al tanto. Al parecer, hasta tenían un topo dentro de «Banodyne» que les informó sobre los progresos realizados. Cuando el perro y, a renglón seguido, el alienígena escaparon, dicho topo informó a los soviéticos, y a todas luces los soviéticos decidieron aprovechar el caos para causarnos incluso más daño. Hicieron matar a cada líder del proyecto..., Yarbeck, Weatherby y Haines..., más Hudston, que antaño fuera líder del proyecto, pero no trabajaba ya en «Banodyne». Creemos que lo hicieron por dos razones: primera, interrumpir el Proyecto Francis; y segunda, dificultarnos la búsqueda del alienígena.

—¿Cómo podrían dificultar semejante cosa?

Lem se derrumbó en su asiento, como si al hablar de la crisis percibiera con creciente claridad la carga sobre sus espaldas.

—Eliminando a Hudston, Haines y, especialmente, a Weatherby y Yarbeck, los soviéticos nos han aislado de las personas que tendrían nociones claras sobre la forma en que piensan el alienígena y el perro, las personas capaces de calcular cómo se podrían capturar a esos animales.

—¿Habéis presentado ya cargos contra los soviéticos?

Lem suspiró.

—No del todo. Por lo pronto yo me centro en la recuperación del perro y del alienígena, y tenemos otro grupo de trabajo totalmente distinto intentando seguir la pista a los agentes soviéticos que hay detrás de los asesinatos, el incendio y el asalto. Por desgracia, los soviéticos parecen haber utilizado asesinos a sueldo fuera de su propia organización, de modo que no sabemos adónde ir a buscar a los pistoleros. Esa faceta de la investigación está estancada.

—¿Y el incendio en «Banodyne» un día o dos después? —preguntó Walt.

—Provocado, sin la menor duda. Otra acción soviética. Destruyó todos los documentos y archivos electrónicos del Proyecto Francis. Había discos registradores de computadora y otras reservas de información, por supuesto..., pero los datos que había en ellos han desaparecido.

—¿Otra vez los soviéticos?

—Así lo creemos. Los líderes del Proyecto Francis y todos sus archivos han sido borrados del mapa, dejándonos en la oscuridad cuando se pretende averiguar cómo piensan el perro o el alienígena, dónde pueden estar y cómo se les podría embaucar para atraparlos.

Walt meneó la cabeza.

—Nunca me imaginé que yo podría estar algún día a favor de los rusos, pero el poner fin a ese proyecto me parece una idea excelente.

—Ellos distan mucho de ser inocentes. Por lo que yo he oído decir, tienen un proyecto similar en unos laboratorios de Ucrania, y no dudo de que estemos trabajando con rapidez para destruir sus archivos y su gente, tal como ellos destruyeron los nuestros. Sea como fuere, los soviéticos disfrutarían no poco si el alienígena hiciera estragos en algún suburbio pacífico, destripando amas de casa y masticando cabezas de pequeñuelos..., porque si tal cosa sucede un par de veces más..., bueno, todo el asunto explotará ante nuestras narices.

—Masticando cabezas de pequeñuelos. ¡Dios santo!

Walt se estremeció y murmuró:

—¿Podría suceder semejante cosa?

—Nosotros no lo creemos. El alienígena es tan agresivo como el mismísimo diablo..., y reserva un odio especial para sus hacedores, lo cual es algo con lo que no contaba Yarbeck, o bien algo que ella esperaba poder corregir en futuras generaciones. El alienígena se recrea degollándonos. Pero también es avispado, y sabe que cada muerte nos da una pista sobre su paradero. Así que él no satisfará su odio con excesiva frecuencia. Se mantendrá alejado de la gente casi todo el tiempo, principalmente se moverá de noche. En ocasiones, la curiosidad le inducirá a fisgar por las zonas residenciales diseminadas en el flanco oriental del condado.

—¿Como hizo en la residencia Keeshan?

—Sí. Pero él no visitó aquello para matar a nadie. Fue pura curiosidad. No quiere que se le capture sin que haya cumplido su principal designio.

—Que es.

—Encontrar y matar al perro.

—¿Por qué tanta preocupación acerca del perro? —inquirió sorprendido Walt.

—A decir verdad, no lo sabemos —respondió Lem—. Sin embargo, en «Banodyne» cultivó un odio feroz contra el perro, mucho peor que el que le inspirábamos los humanos. Cuando Yarbeck trabajaba con él ideando un lenguaje de signos para poder comunicar ideas complejas, el alienígena expresó varias veces el deseo de matar y mutilar al perro, pero no explicó nunca el porqué. El perro *le obsesionaba*.

—Entonces, ¿crees que ahora está siguiendo el rastro del perdiguero?

—Sí. Porque los indicios parecen denotar que el perro fue el primero en escapar de los laboratorios aquella noche de mayo, y su fuga enloqueció al alienígena. Éste se hallaba encerrado en un gran recinto dentro del laboratorio de Yarbeck, y todos los enseres: cama, muy diversos artificios educativos, juguetes..., en fin, todo apareció hecho trizas. Luego, dándose cuenta al parecer de que el perro se le escaparía para siempre si él mismo no conseguía fugarse, el alienígena aplicó todo su saber al problema y ¡por Dios que encontró la forma de salir!

—Pero si el perro le llevaba una ventaja insalvable...

—Hay un nexo entre el perro y el alienígena que nadie comprende. Un nexo mental. Percepción intuitiva. Desconocemos su amplitud, pero nadie puede excluir la posibilidad de que tal nexo sea lo bastante consistente para que uno de ellos siga al otro, aunque la distancia entre ambos sea considerable. Al parecer, fue una especie de sexto sentido moderado que resultó ser, por decirlo así, un dividendo de la técnica empleada para acrecentar la inteligencia en las investigaciones de Weatherby y Yarbeck. No obstante, todo son conjeturas. Verdaderamente, no podemos asegurarlo. ¡Hay tantas jodidas cosas que ignoramos!

Durante un rato ambos guardaron silencio.

El bochorno húmedo del coche no parecía ya tan desagradable. Considerando los múltiples peligros del mundo moderno, aquel confín neblinoso daba la impresión de ser seguro, confortable, un verdadero abrigo.

Aunque no deseara hacer más preguntas por temor de las respuestas, Walt dijo a pesar de todo:

—«Banodyne» es un edificio de alta seguridad. Ha sido diseñado para impedir el paso a las personas no autorizadas, pero también debe ser muy difícil abandonar el lugar sin permiso. Sin embargo, tanto el perro como el alienígena escaparon.

—Sí.

—Y a todas luces, nadie se imaginó jamás que pudieran hacerlo. Lo cual significa que ambos son mucho más listos de lo que se pensaba.

—Sí.

—En el caso del perro... —dijo Walt—, bueno, si resulta ser más despabilado de lo que nadie se figuraba, ¿qué importa? El perro es un ser amistoso.

Lem, que había estado mirando ensimismado el empañado parabrisas, cruzó la mirada con Walt.

—Justo. Pero si el alienígena es más despabilado de lo que pensábamos, si es casi tan inteligente como un hombre, el capturarlo será muy arduo.

—¿Casi... o tan inteligente como un hombre?

—No imposible.

—¿O incluso más inteligente?

—No. Sería absurdo esperar tal cosa.

—¿No podría ser?

—No.

—¿Rotundamente no?

Lem suspiró, se frotó cansado los ojos y no dijo nada. No tenía el menor deseo de mentir otra vez a su mejor amigo.

VII

Nora y Travis repasaron una por una las fotografías y averiguaron un poco más acerca de *Einstein*. Dando un ladrido o agitando con vigor el rabo, el perro respondió a diversas preguntas y pudo confirmar que había elegido los anuncios de computadoras porque le recordaban los ordenadores del laboratorio donde había estado confinado. La foto de los cuatro jóvenes jugando con un balón de playa le interesó porque uno de los científicos del laboratorio había empleado balones de diversos tamaños en un test de inteligencia que le había gustado sobremanera a *Einstein*. Les fue imposible determinar los motivos de su interés por el loro, las mariposas, Mickey Mouse y otras muchas cosas, pero se debió únicamente a que no acertaron a hacer las preguntas pertinentes que con un sí o un no como respuesta les hubieran conducido a una aclaración.

Incluso cuando después de unas cien preguntas no lograron desentrañar el significado de cierta fotografía, los tres continuaron encantados y emocionados con el proceso de descubrimiento, porque el éxito les había sorprendido en suficientes casos como para que el esfuerzo valiese la pena. Sólo se desencantaron cuando interrogaron a *Einstein* sobre la fotografía que mostraba el demonio de una película de terror. El animal se agitó de manera especial, metió el rabo entre las patas y enseñó los colmillos mientras lanzaba hondos gruñidos. Se apartó varias veces de la fotografía, escondiéndose detrás del sofá o en otra habitación, donde permaneció uno o dos minutos antes de regresar a regañadientes para afrontar nuevas preguntas. Y tembló casi de continuo cuando se le interrogó sobre el demonio.

Por último, después de intentar determinar durante unos diez minutos la causa de semejante temor, Travis señaló las enormes quijadas provistas de malévolos colmillos, los luminosos ojos del monstruo cinematográfico y dijo:

—Tal vez tú no lo entiendes, *Einstein*, pero esto no es la fotografía de un ser real, viviente. Éste es el demonio ficticio de una película. ¿Me entiendes cuando digo «ficticio»?

Einstein agitó la cola: SÍ.

—Bien, entonces éste es un monstruo ficticio.

Un ladrido: NO.

—Sí —dijo Travis.

NO.

Einstein intentó huir otra vez detrás del sofá, pero Travis le sujetó por el collar.

—¿Quieres decir que tú has visto tal cosa?

El perro apartó la mirada de la fotografía, miró a Travis de hito en hito, se estremeció y gimió.

El lastimoso tono de pavor que se percibía en el gemido tenue de *Einstein* y la expresión enormemente conmovedora de sus ojos oscuros afectaron a Travis en tal medida que él mismo se sorprendió. Mientras sujetaba con una mano el collar y pasaba la otra por el dorso de *Einstein*, notó los estremecimientos que sacudían al perro y, de pronto, él mismo se estremeció. El animal le había transmitido su intenso temor, haciéndole pensar disparatadamente: *¡Santo Dios! Debe de haber visto de verdad una cosa así.*

Intuyendo un cambio en Travis, Nora preguntó:

—¿Qué sucede?

En vez de contestar, Travis repitió la pregunta que esperaba una respuesta de *Einstein*:

—¿Quieres decir que tú has visto tal cosa?

SÍ.

—¿Algo que parece exactamente este demonio?

Un ladrido y balanceo de cola. SÍ y NO.

—¿Algo que se asemeja por lo menos un poco?

SÍ.

Al tiempo que soltaba el collar, Travis palmoteó el dorso del perro intentando tranquilizarle, pero *Einstein* siguió temblando.

—¿Fue ésa la razón de que vigilaras algunas noches por la ventana?

SÍ.

Desconcertada y alarmada ante la desazón del perro, Nora empezó también a acariciarle.

—Yo pensé que estabas inquieto por temer que la gente del laboratorio te encontrase.

Einstein ladró otra vez.

—¿Acaso no temes que la gente del laboratorio te encuentre?

SÍ y NO.

Travis dijo:

—Pero eso no te asusta tanto como... el que te encuentre esta otra cosa.

SÍ, SÍ, SÍ.

Travis miró a Nora. Ésta mostraba el ceño pensativo:

—Pero es sólo un monstruo cinematográfico. No existe nada semejante en el mundo real.

Paseando a lo largo de la habitación, *Einstein* olfateó las fotografías escogidas, y se detuvo otra vez ante el anuncio de la Cruz Azul que mostraba a doctor, madre y niño en una habitación de hospital. Luego el animal les llevó la revista y la dejó caer en el suelo. Apuntó con el hocico al doctor de la foto y después miró a Nora, a Travis, puso otra vez el morro sobre el doctor y volvió a mirarles expectante.

—Antes —dijo Nora—, nos contaste que ese médico representaba a uno de los científicos del laboratorio.

SÍ.

Travis dijo:

—¿Quieres indicar, pues, que el científico encargado de ti sabe lo que es esa cosa del bosque?

SÍ.

Einstein repasó de nuevo las fotografías, y esta vez regresó con el anuncio que mostraba un coche enjaulado. Tocó con el morro la jaula y luego, algo dubitativo, tocó igualmente la fotografía del demonio.

—¿Quieres decir que la cosa del bosque estaba enjaulada? —preguntó Nora.

SÍ.

—¿De la misma forma que tú?

SÍ, SÍ, SÍ.

—¿Otro animal experimental del laboratorio? —insistió Nora.

SÍ.

Travis escrutó la fotografía del demonio: su cargado ceño sobre los hundidos ojos amarillentos, su nariz deforme que parecía un hocico, su boca erizada de dientes. Por fin dijo:

—¿Fue... un experimento malogrado?

SÍ y NO, dijo *Einstein*.

Y entonces, cuando su agitación había alcanzado el punto más alto, el perro cruzó la sala hasta una ventana, plantó ambas zarpas sobre el alféizar y escudriñó el anochecer de Santa Bárbara.

Nora y Travis siguieron sentados en el suelo entre revistas y libros abiertos, sintiéndose contentos del progreso realizado y empezando a notar la fatiga que su agitación encubriera hasta entonces... Se fruncieron el ceño uno a otro, desconcertados. Ella murmuró:

—¿Crees a *Einstein* capaz de mentir, de inventar historias disparatadas como los niños?

—No lo sé. ¿Pueden mentir los perros, o eso es sólo una habilidad humana? —Se rió al percibir lo absurdo de su propia pregunta—. ¿Pueden mentir los perros? ¿Es posible elegir a un alce para la Presidencia de la nación? ¿Puede cantar una vaca?

Nora rió también, y con mucha gracia por cierto.

—¿Pueden bailar un zapateado los patos?

En un arranque de estupidez, como una reacción natural tras la dificultad emocional e intelectiva de abordar una idea tan disparatada como la inteligencia de *Einstein*, Travis dijo:

—Una vez yo vi bailar un zapateado a un pato.

—¡Ah! ¿Sí?

—Sí. En Las Vegas.

Ella dijo riendo:

—¿En qué hotel actuaba?

—En el «Caesar's Palace». También sabía cantar.

—¿El pato?

—Sí. Ahora pregúntame su nombre.

—¿Cómo se llamaba?

—Sammy Davis Duck, junior —dijo Travis, y ambos soltaron otra vez la carcajada—. Era una estrella tan notable que no se necesitaba poner su nombre entero en la marquesina para que la gente supiera que actuaba allí.

—Ponían sólo «Sammy», ¿verdad?

—No. Sólo «junior».

Entretanto *Einstein* había regresado de la ventana y les miraba atento ladeando la cabeza, intentando averiguar por qué se comportarían de una forma tan rara.

La expresión del estupefacto perdiguero se les antojó a Travis y Nora la cosa más cómica que habían visto desde hacía mucho tiempo, y apoyándose uno contra otro, sosteniéndose entre sí, rieron como locos. Con un desdeñoso resoplido el perdiguero volvió a su ventana.

Mientras los dos recobraban poco a poco el dominio sobre sí mismos y su risa se extinguía, Travis se dio cuenta de que estaba *abrazando* a Nora, de que ella apoyaba la cabeza en su hombro, de que el contacto físico entre ambos era bastante mayor del que se permitieran hasta entonces. El pelo de ella tenía un olor limpio, fresco. Sentía el calor que irradiaba el cuerpo femenino. De pronto la deseó desesperadamente, y supo que la besaría tan pronto como ella levantase la cabeza de su hombro. Un momento después, ella levantó la cabeza, y él hizo lo que había pensado: besarla..., y ella le correspondió. Durante un segundo o dos, Nora no pareció apercibirse de lo que ello significaba; en suma, aquello no tenía importancia, una cosa absolutamente inocente, no un beso de pasión sino de amistad y mucho afecto. Pero entonces el beso cambió su boca pareció doblegarse. Ella empezó a respirar aprisa y le aferró el brazo intentando atraerle hacia sí. Luego se le escapó un murmullo de apremio..., pero el sonido de su propia voz le hizo recobrar el juicio. De repente se puso rígida, al percibir la proximidad de él como hombre, sus hermosos ojos se dilataron de asombro... y temor..., pensando en lo que había estado a punto de suceder. Travis se echó hacia atrás al instante porque intuyó que no era el momento oportuno ni lo perfecto. Cuando ellos hicieran el amor, debería ser la hora justa, sin titubeos ni distracciones, porque recordarían siempre esa primera vez hasta el final de sus vidas, y tal recuerdo debería ser magnífico y regocijante, merecedor de ser analizado una y mil veces mientras ellos fuesen envejeciendo. Aunque no hubiera llegado todavía el instante de definir con palabras su futuro y confirmarlo mediante las promesas mutuas, Travis no tuvo la menor duda de que él y Nora Devon pasarían juntos el resto de sus vidas, y comprendió que su subconsciente había previsto ya esa inevitabilidad, al menos durante los últimos días.

Tras unos momentos de estupor, mientras ambos se separaban sin saber a ciencia cierta si convenía comentar ese cambio súbito en sus relaciones, Nora rompió al fin la embarazosa situación diciendo:

—Sigue en la ventana.

Einstein apretó el hocico contra el cristal y continuó escudriñando la noche.

—¿Nos habrá dicho la verdad? —inquirió meditativa Nora—. ¿No habrá escapado también del laboratorio otra cosa, ese ente extraño?

—Si ellos han tenido un perro tan inteligente como él, también tendrán otras cosas, incluso más peculiares, pienso yo. Y, desde luego, *algo* *había* en el bosque aquel día.

—Pero él no correrá peligro de que lo encuentren, digo yo. Te lo has traído muy al norte.

—No, no habrá peligro —convino Travis—. No creo que *Einstein* comprenda lo que significa la gran distancia recorrida desde el bosque en donde lo encontré. Quienquiera que haya sido el fugitivo del bosque, no habrá podido seguirle el rastro hasta aquí. Ahora bien, apostaría cualquier cosa a que la gente de ese laboratorio ha organizado una búsqueda endiablada. Ella es la que me inquieta. Y también a *Einstein*. Por eso finge ser un perro lerdo en público y sólo revela su inteligencia ante mí y ahora ante ti. No quiere volver a donde estaba.

—Pero si lo encuentran... —dijo Nora.

—No lo encontrarán.

—Pero, si lo encuentran, ¿qué pasará?

—Nunca me desprenderé de él —dijo Travis—. Jamás.

VIII

Aquella noche, a las once, los hombres del juez instructor retiraron de Bordeaux Ridge el cadáver decapitado del comisario Porter y el cuerpo mutilado del capataz. Mientras tanto, se había fraguado y entregado a los periodistas en los cordones policiales una historia para salir del paso, y la Prensa parecía habérsela tragado; casi todos habían hecho las preguntas de rigor, habían tomado dos centenares de fotografías y habían llenado videocintas por varios millares de metros con imágenes que serían proyectadas durante cien segundos en el telediario del día siguiente. (En esta era de asesinatos masivos y terrorismo, dos víctimas no requerían más de dos minutos en el aire: diez segundos de introducción, unos cien segundos para la película y otros diez segundos para que las bien ataviadas autoridades presentes mostraran respetable pesadumbre e ira..., y luego a continuar con una crónica sobre cierto certamen de bikinis, cierta convención de propietarios de «Edsel» o las declaraciones de un tipo que asegura haber visto un objeto volante no identificado con la forma de un birreactor.) Ahora los reporteros se habían ido, así como los hombres del laboratorio, los agentes uniformados y los de Lemuel Johnson..., todos salvo Cliff Soames.

Algunas nubes ocultaban la luna fragmentada. Los reflectores habían desaparecido y la única luz provenía de los faros del coche de Walt Gaines. Éste había hecho girar en redondo su sedán para apuntar las luces hacia el coche de Lem, que estaba aparcado al final de la calle sin pavimentar; así ni Lem ni Cliff tendrían que andar a tientas en la oscuridad. Entre las tinieblas, más allá de ese espacio iluminado, se perfilaban casas inacabadas cual esqueletos fosilizados de reptiles antediluvianos.

Mientras se dirigía hacia su coche, Lem se sintió todo lo bien que podía sentirse dadas las circunstancias. Walt había accedido a que las autoridades federales asumieran la jurisdicción sin oposición por su parte. Aunque hubiese quebrantado una docena de leyes e incumplido su juramento de secreto al revelar a Walt los pormenores del caso Francis, estaba seguro de que Walt mantendría cerrada la boca. La tapadera estaba todavía firme sobre el caso, quizás algo más floja de lo que estuviera antes, pero todavía se hallaba en su lugar.

Cliff Soames llegó primero al coche, abrió la puerta y ocupó el asiento del pasajero, y cuando Lem abría la puerta del conductor, oyó exclamar a Cliff:

—¡Dios mío!

Acto seguido Cliff se escabulló fuera del coche, al tiempo que Lem miraba hacia dentro desde el lado opuesto y descubría la causa del alboroto. ¡Una cabeza!

La cabeza de Teel Porter sin duda.

Estaba en el asiento delantero del coche, colocada de tal forma que daba cara a Lem cuando éste abrió la puerta. La boca estaba abierta en un alarido silencioso, las cuencas de los ojos, vacías.

Apartándose del coche, Lem echó mano a su revólver debajo de la chaqueta.

Entretanto, Walt se había apeado ya del suyo y corría hacia Lem empuñando su propio revólver.

—¿Qué ocurre?

Lem se limitó a señalar.

Llegado al sedán NSA, Walt miró por la puerta abierta y dejó escapar un leve sonido de angustia al ver la cabeza.

Cliff apareció por el otro lado del coche enarbolando su arma con el cañón apuntando hacia arriba.

—Ese maldito ente estaba aquí cuando nosotros llegamos y durante nuestra permanencia dentro de la casa.

—Tal vez esté todavía —murmuró Lem, escudriñando ansioso la oscuridad que les cercaba por todas partes, más allá de los rayos proyectados por el coche patrulla.

Mientras contemplaba la urbanización envuelta por el manto nocturno, Walt dijo:

—Llamaremos a mis hombres e iniciaremos un registro.

—Eso no tendrá ningún objeto —observó Lem—. El ente se esfumará tan pronto como vea regresar a tu gente..., si no se ha esfumado ya.

Los tres se hallaban en el límite de Bordeaux Ridge, y más allá había kilómetros de campo abierto, cerros y montañas de donde había llegado el alienígena y adonde volvería para desaparecer. Esos desfiladeros, colinas y alturas eran sólo formas vagas al tenue resplandor de una media luna más sentida que vista.

Desde algún lugar en la tenebrosa calle llegó un gran estrépito, como si se hubiese derrumbado una pila de troncos.

—Todavía sigue aquí —dijo Walt.

—Tal vez —convino Lem—. Pero no iremos a buscarle en plena oscuridad, no los tres solos. Eso es lo que quiere.

Aguzaron el oído.

No oyeron nada más.

—Nosotros registramos toda la urbanización cuando llegamos aquí, antes de vuestra llegada —dijo Walt.

Cliff comentó:

—El ente debe de haberse mantenido a un paso por delante de vosotros, convirtiendo en un juego su habilidad para eludiros. Luego, al vernos llegar, reconoció a Lem.

—Me reconoció porque he visitado dos o tres veces «Banodyne» —explicó Lem—. De hecho..., es probable que el alienígena estuviese aquí esperándome. Es muy posible que haya comprendido mi papel en todo esto y sepa que estoy a cargo de la búsqueda emprendida para dar con los dos: él y el perro. Así que se propuso dejar aquí la cabeza del comisario a modo de recordatorio.

—¿Para burlarse de ti? —dijo Walt.

—Para burlarse de mí.

Quedaron silenciosos, atisbando inquietos la negrura dentro y alrededor de las casas inacabadas.

El aire cálido de junio era estático.

Durante un buen rato el único sonido fue el motor al ralentí del coche del sheriff.

—Vigilándonos —dijo Walt.

Otro derrumbamiento estrepitoso de materiales de construcción. Más cercano esta vez.

Los tres hombres quedaron petrificados, cada uno mirando en una dirección diferente, en guardia contra el ataque.

Durante un minuto reinó el silencio.

Cuando Lem se disponía a hablar, el alienígena gritó. Fue un alarido extraño, escalofriante. Esta vez los tres pudieron localizar la dirección de su procedencia: había llegado del campo abierto, de la noche hostil, más allá de Bordeaux Ridge.

—Ahora se marcha —dijo Lem—. Ha decidido que no puede tentarnos a buscarle, los tres solos, y se marcha antes de que traigamos refuerzos.

El ente gritó otra vez desde la lejanía. Aquel grito pavoroso era como garras afiladas que rasgaban el alma de Lem.

—Por la mañana —dijo—, trasladaremos nuestros equipos de la Marine Intelligence a las colinas al este de aquí. Crucificaremos a la maldita cosa. ¡Por Dios que lo haremos!

Volviéndose hacia el sedán de Lem, preparándose evidentemente para la ingrata tarea de examinar la cabeza cortada de Teel Porter, Walt murmuró:

—¿Por qué los ojos? ¿Por qué arranca siempre los ojos?

Lem respondió:

—En parte porque la criatura es endiabladamente agresiva, sanguinaria. Lo lleva en los genes. Y en parte, porque disfruta sembrando el terror, creo yo. Pero también...

—¿Qué?

—No me place rememorar esto, pero me acuerdo con mucha claridad...

Durante una de sus visitas a «Banodyne», Lem había presenciado una conversación perturbadora (por llamarlo así) entre la doctora Yarbeck y el alienígena. Yarbeck y sus ayudantes habían enseñado al alienígena un lenguaje de signos similares al concebido por los investigadores que, allá por los años setenta, hacían los primeros experimentos para comunicarse con los primates superiores como el gorila. Por entonces, el sujeto más aventajado, un gorila hembra llamado *Koko*, que fuera objeto de incontables anécdotas durante la pasada década, tenía fama de poseer un vocabulario de unas cuatrocientas palabras. Cuando Lem lo vio por última vez, el alienígena se jactaba de tener un vocabulario mucho mayor que el de *Koko*, aunque todavía rudimentario. En el laboratorio de Yarbeck, Lem había observado cómo, en su amplia jaula, la monstruosidad de obra humana cambiaba una serie de señales complicadas con la científica, mientras un ayudante le susurraba la traducción simultánea. El alienígena expresaba una hostilidad feroz contra todo y todos. Interrumpía frecuentemente el diálogo con Yarbeck para agitarse por su jaula con rabia incontenible, sacudiendo los férreos barrotes, dando furiosos alaridos. Para Lem, aquella escena era horripilante y repelente a la vez, pero le embargaba también una tristeza terrible y se apiadaba del infortunado alienígena: la bestia estaría siempre enjaulada, sería siempre un engendro, sola en el mundo como ninguna otra criatura, ni como el perro de Weatherby siquiera. Aquella experiencia le había afectado de forma tan profunda, que todavía recordada casi palabra por palabra la conversación mantenida entre el alienígena y Yarbeck, y ahora, la parte más pertinente de esa espeluznante conversación le vino a la memoria:

En cierto momento el alienígena había dicho por signos:

Arrancarte los ojos.

¿Quieres arrancarme los ojos? —había contestado por el mismo procedimiento Yarbeck.

Arrancar los ojos de todos.

¿Por qué?

Para que no podáis verme.

¿Por qué no quieres que te vean?

Feo.

¿Crees que eres feo?

Muy feo.

¿De dónde has sacado la idea de que eres feo?

La gente.

¿Qué gente?

Todo el que me ve por primera vez.

¿Como este hombre que está hoy con nosotros? Yarbeck indicó por signos a Lem.

Sí. Todos me creen feo. Me odian.

Nadie te odia.

Todo el mundo.

Nadie te ha dicho que seas feo. ¿Cómo puedes saber lo que piensan ellos?

Lo sé.

¿Cómo lo sabes?

¡Lo sé, lo sé, lo sé! El alienígena había corrido por toda la jaula, sacu-

diendo los barrotes, dando alaridos, y luego se había enfrentado con Yarbeck. *Arráncame los ojos.*

¿Para que no puedas verte a ti mismo?

Para que no pueda ver a la gente que me mira. Había dicho a su modo la criatura. Y entonces Lem le había compadecido profundamente, aunque su compasión no atenuara lo más mínimo su temor.

Ahora, allí plantado en la calurosa noche de junio, refirió a Walt Gaines aquel intercambio de pensamientos en el laboratorio de Yarbeck, y el sheriff se estremeció.

—Dios santo —dijo Cliff Soames—. Se odia a sí mismo, aborrece su desemejanza y, por consiguiente, odia aún más a sus hacedores.

—Y ahora que me has contado eso —dijo Walt—, me sorprende que ninguno de vosotros haya comprendido por qué odia tan apasionadamente al perro. Esa pobre pero maldita cosa grotesca y el perro son, esencialmente, los dos hijos únicos del Proyecto Francis. El perro es el hijo predilecto, el bienamado, y el alienígena ha sabido siempre eso. El perro es ese hijo del que los padres se vanaglorian, mientras que el alienígena es el hijo que ellos preferirían mantener encerrado en una celda, y por tanto tiene celos del perro, hierve de resentimiento cada minuto de cada día.

—Por supuesto —dijo Lem—, tienes toda la razón. Así es.

—Y esto da también un nuevo significado a los dos espejos hechos añicos en los baños de la segunda planta de aquella casa donde Teel Porter fue asesinado —dijo Walt—. Esa criatura no pudo soportar la visión de su propia imagen.

En lontananza, ahora ya muy lejos, algo gritó, algo que no era obra de Dios.

CAPÍTULO VII

I

Durante el resto de junio, Nora pintó un poco, pasó mucho tiempo con Travis e intentó enseñar a leer a *Einstein*.

Ni ella ni Travis estaban seguros de que el perro, aunque fuera muy avispado, pudiese aprender semejante cosa, pero valía la pena intentarlo. Si él entendía el inglés hablado, como parecía ser el caso, cabía suponer que se le podría enseñar también a interpretar la palabra impresa.

Desde luego, ellos no podían afirmar, rotundamente, que *Einstein* *entendiese* el inglés hablado, por muy certeras y específicas que fueran sus reacciones. En su lugar, cabía la remota posibilidad de que el perro no percibiese los significados precisos de las palabras propiamente dichas, pero mediante alguna forma simple de telepatía lograra leer «imágenes» verbales en la mente de sus interlocutores.

—Pero no creo que sea ése el caso —dijo Travis una tarde cuando él y Nora, sentados en el patio, bebían sangría mientras observaban retozar a *Einstein* alrededor de un aspersorio portátil del césped—. Quizá porque no quiera creerlo. La noción de que él es más listo que yo, y por añadidura, telepático, se me antoja excesiva. Si fuera cierto eso... ¡más me valdría encasquetarme el collar y dejar que él llevara la correa!

Fue un test en español lo que pareció indicar que el perdiguero no tenía ni la más leve sombra de telepático.

Durante su vida escolar, Travis había seguido tres cursos de español. Más tarde, al elegir la carrera militar y alistarse en las tropas escogidas Delta Force, se le había alentado a continuar los estudios de ese idioma porque sus superiores estimaban que la creciente inestabilidad política en la América central y Sudamérica exigiría la intervención de los Delta para realizar operaciones antiterroristas cada vez más frecuentes en países de habla española. Hacía muchos años que él abandonara la tropa Delta, pero el contacto con la nutrida población de californianos hispanos le permitía conservar una relativa fluidez. Ahora, cuando él daba órdenes o hacía preguntas en español a *Einstein*, el perdiguero ladeaba la cabeza y resoplaba como si preguntase si se trataba de un chiste, o bien le observaba con mirada estúpida meneando un poco la cola, sin reaccionar. Si el perro leyera imágenes mentales que se formaran en el cerebro de su interlocutor, se suponía que podría leerlas cualesquiera que fuesen los idiomas que inspirasen tales imágenes.

—No es un adivinador del pensamiento —dijo Travis—. Su genio tiene ciertas limitaciones, ¡a Dios gracias!

Día tras día Nora se sentaba en el suelo de la sala o en el patio de Travis, para explicar el alfabeto a *Einstein* e intentar ayudarle a comprender cómo se formaban las palabras con esas letras y cómo esas palabras impresas se relacionaban con las palabras habladas que él ya entendía. De vez en cuando, Travis asumía la enseñanza para dar un respiro a Nora, pero casi todo el tiempo él se sentaba cerca, leyendo, porque según aseguraba no tenía paciencia para enseñar.

Ella utilizaba un cuaderno de oruga para compilar su propio catón destinado al perro. En cada página de la izquierda pegaba una fotografía recortada de cualquier revista, y en cada página de la derecha escribía con letras de molde el nombre del objeto que estaba representado a la izquierda. Siempre eran palabras sencillas: ÁRBOL, COCHE, HOMBRE, MUJER, SILLA... Mientras *Einstein*, sentado a su lado, miraba atento el catón, ella señalaba primero la fotografía y luego la palabra, pronunciando ésta repetidas veces.

En el último día de junio, Nora extendió sobre el suelo una veintena de fotografías no etiquetadas.

—Llegó otra vez la hora del examen— dijo a *Einstein*—. Veamos si eres capaz de mejorar lo que hiciste el lunes.

Einstein se sentó muy tieso, sacando el pecho y con la cabeza erguida como si confiara en su habilidad.

Travis, que estaba sentado en la butaca, observando, dijo:

—Si fallas, cara peluda, te cambiaremos por un caniche que sepa rodar sobre sí mismo, hacerse el muerto y suplicar su comida.

Nora celebró que *Einstein* se desentendiera de Travis.

—No es momento de frivolidades —le reprendió severa.

—Me doy por enterado, profesora —dijo Travis.

Nora alzó una tarjeta con la palabra ÁRBOL impresa. El perdiguero se fue derecho hacia la foto de un pino y la señaló con un toque de hocico. Cuando ella alzó una tarjeta que decía COCHE, él plantó una zarpa sobre la foto del coche, y cuando ella le mostró la palabra CASA, él olfateó la fotografía de una mansión colonial. De este modo repasaron cincuenta palabras, y por vez primera el perro asoció correctamente cada palabra impresa con la imagen que representaba. Nora se entusiasmó con sus progresos, y *Einstein* meneó la cola sin cesar.

—Bien, *Einstein* —dijo Travis—, pero te falta todavía recorrer un largo y endiablado camino para leer a Proust.

Un poco molesta por ese aguijoneo contra su discípulo más aventajado, Nora dijo:

—¡Él lo está haciendo muy bien! Tremendamente bien. No puedes esperar que lea a nivel escolar en un dos por tres. Está aprendiendo mucho más aprisa de lo que lo haría un niño.

—¿De verás?

—¡Sí, de veras! Mucho más aprisa de lo que lo haría un niño.

—Bueno, entonces tal vez merezca un par de «Milk—Bones».

Einstein se disparó sin tardanza hacia la cocina para coger la caja que contenía galletas para perro.

II

Cuando el verano declinaba ya, Travis se sorprendió ante el rápido progreso de Nora con su método de enseñanza para hacer leer a *Einstein*.

Hacia mediados de julio, los dos abandonaron el catón de fabricación casera y abordaron los libros ilustrados para niños del doctor Seuss, Maurice Sendak, Phil Parks, Susi Bohdal, Sue Dreamer, Mercer Mayer y muchos otros. *Einstein* parecía disfrutar inmensamente con todos ellos, aunque sus favoritos fueran el de Parks y, sobre todo, por razones que ni Nora ni Travis pudieron discernir, los apasionantes libros *Frong and Toad*, de Arnold Lobel. Llevaron a casa gran número de libros infantiles desde la Biblioteca de la ciudad, y, además, compraron montones en las librerías.

Al principio, Nora los leyó en voz alta, pasando muy despacio un dedo sobre cada palabra, mientras la pronunciaba y *Einstein* la seguía con la mirada, echándose poco menos que encima del libro con atención indivisa. Más adelante ella ya no leía en voz alta, sino que mantenía abierto el libro para el perro y pasaba cada página cuando él se lo indicaba, mediante un gemido o cualquier otro signo, es decir, cuando él había terminado esa parte del texto y estaba dispuesto a proceder con la siguiente página.

La buena disposición de *Einstein* para permanecer sentado durante horas centrándose en los libros parecía prueba suficiente de que estaba leyéndolos y no sólo mirando sus graciosos dibujos.

No obstante, Nora decidió hacerle un examen sobre el contenido de algunos volúmenes, formulándole ciertas preguntas sobre cada tema.

Después de que *Einstein* hubo leído *Frog and Toad All Year*, Nora cerró el libro y dijo:

—Veamos. Ahora contesta sí o no a las siguientes preguntas.

Ambos estaban en la cocina, donde Travis se hallaba haciendo una cazuela de queso y patata para la cena. Nora y *Einstein* ocupaban sendas sillas ante la mesa. Travis hizo una pausa en su trasiego para observar cómo se desenvolvía el perro.

Nora dijo:

—Primero, cuando Frog visita a Toad en un día invernal, Toad se encuentra en la cama y no quiere salir. ¿Es cierto?

Einstein tuvo que ponerse de costado sobre su silla para dejar la cola y poder agitarla. SÍ

Nora prosiguió:

—Pero, por fin, Frog hace salir a Toad y los dos se van a patinar sobre el hielo.

Un ladrido. NO.

—A viajar en trineo —rectificó ella.

SÍ.

—Muy bien. Más tarde, aquel mismo año, en Navidad, Frog hizo un regalo a Toad. ¿Fue un suéter?

NO.

—¿Un trineo nuevo?

NO.

—¿Un reloj para su chimenea?

SÍ, SÍ, SÍ.

—¡Excelente! —dijo Nora—. Ahora, ¿qué leemos? ¿Qué te parece éste?: *El fantástico míster Fox.*

Einstein movió con energía la cola.

A Travis le hubiera encantado representar un papel más activo en la educación de *Einstein*, pero podía ver que ese trabajo intenso con *Einstein* surtía un efecto muy beneficioso en Nora, y no quería interponerse. Desde luego, algunas veces fingía ser un aguafiestas, poniendo en duda la importancia de enseñar a leer al chucho, diciendo agudezas sobre el ritmo con que progresaba el perro y sobre sus gustos en materia de lectura. Ese moderado pitorreo servía tan sólo para reforzar el empeño de Nora en perseverar con sus lecciones, pasar incluso más tiempo con el perro y demostrarle a Travis lo equivocado que estaba. *Einstein* no reaccionaba jamás ante esas observaciones negativas, y Travis sospechaba que el perro hacía gala de tolerancia porque entendía el pequeño juego de psicología en que se había embarcado su amo.

No se podía determinar a ciencia cierta por qué aquellas tareas didácticas estimulaban a Nora. Quizá fuera porque ella no había mantenido nunca una interacción con nadie (ni siquiera con Travis o su tía Violet) de forma tan intensa como la tenía con el perro, y el mero proceso de amplia comunicación la animaba a salir aún más de su concha. O quizá porque conferir el don de lo literario a un perro resultara extremadamente satisfactorio para ella. Nora era, por naturaleza, una donante que se complacía en compartir cosas con otros y, sin embargo, se había pasado toda su vida cual una reclusa, sin ninguna oportunidad para exteriorizar esa faceta de su personalidad. Ahora se le ofrecía la ocasión de dar algo de sí misma, y por tanto era generosa con su tiempo y su energía, y encontraba placer en su propia generosidad.

Travis sospechaba también que, mediante su relación con el perdiguero, ella expresaba un talento natural para mimarle como una madre. Su enorme paciencia se asemejaba a la de una buena madre tratando con su hijo, y ella solía hablar a *Einstein* con tanta ternura y afecto que parecía estar dirigiéndose a su propio y muy querido retoño.

Cualesquiera que fuesen las razones, Nora parecía sentirse más a gusto y más espontánea cuando trabajaba con *Einstein*. Gradualmente iba renunciado a sus trajes oscuros, sin forma, para reemplazarlos por veraniegos pantalones blancos de algodón, vistosas blusas, vaqueros y camisetas; parecía haber rejuvenecido diez años. Había rehecho su espléndido pelo negro en el salón de belleza, y esta vez no lo había cepillado hasta quitarle la forma. Reía más a menudo y con más encanto. En sus conversaciones, cruzaba la mirada con Travis y rara vez desviaba la vista. Asimismo, estaba más dispuesta a tocarle y solía enlazarle por la cintura. Le gustaba que la abrazaran y ahora los dos se besaban con naturalidad, aunque su forma de hacerlo semejara casi siempre la de unos adolescentes en la primera fase del noviazgo.

El 14 de julio, Nora recibió noticias que la alentaron aún más. La oficina del fiscal del distrito de Santa Bárbara telefoneó para comunicarle que no sería necesario su comparecencia ante el tribunal para testificar contra Art Streck. A la luz de sus antecedentes criminales, Streck había cambiado de parecer y ya no se declararía inocente ni emprendería la defensa contra los cargos de intento de violación, asalto y allanamiento. Ahora había dado instrucciones a su abogado para que gestionara una súplica con el ministerio fiscal. De resultas, se retiraron todos los cargos excepto el de asalto, y Streck se conformó con una sentencia de tres años, más la previsión de que cumpliría por lo menos dos años antes de ser elegible para la libertad bajo fianza. Nora había temido ese juicio. De repente, se había visto libre de él, y para celebrarlo, se achispó un poco por primera vez en su vida.

Aquel mismo día, cuando Travis llevó a casa nuevo material de lectura, *Einstein* descubrió que había libros ilustrados de Mickey Mouse para niños más algunos tebeos, y el perro se regocijó con su descubrimiento tanto como Nora con la resolución sobre los cargos contra Art Streck. La fascinación que le causaban Mickey y el pato Donald, así como el resto de la banda Disney, continuó siendo un misterio, pero también un hecho innegable. En muestra de gratitud *Einstein* no pudo reprimir la agitación de su cola y llenó a Travis de babas.

Así pues, todo habría sido color de rosa si a media noche *Einstein* hubiese cesado de recorrer la casa desde una ventana a otra escudriñando la oscuridad con evidente temor.

III

El jueves por la mañana, 15 de julio, casi seis semanas después de los asesinatos en Bordeaux Ridge y dos meses después de que el perro y el alienígena escaparan de «Banodyne», Lemuel Johnson se sentó a solas en su oficina del último piso del edificio federal de Santa Ana, la sede del condado de Orange. Miró por la ventana la niebla, no poco contaminada y atrapada bajo una capa de estratos que envolvía por occidente la mitad del condado y multiplicaba los 40°C de calor. El día, de un amarillo bilioso, encajó perfectamente con su estado de ánimo.

Sus obligaciones no se reducían a la búsqueda de los dos fugitivos, pero el caso le preocupaba sin cesar mientras realizaba otros trabajos. No lograba apartar de su mente el asunto «Banodyne» ni siquiera durante el sueño, y últimamente su promedio de descanso nocturno era de cuatro o cinco horas, pues él no podía permitirse fallo alguno.

No, a decir verdad su actitud era aún mucho más inflexible: *le obsesionaba* evitar el fallo. Su padre, habiendo creado un negocio próspero después de iniciarlo desde la miseria más absoluta, le había inculcado una fe casi religiosa en la necesidad de prosperar, tener éxito, alcanzar las metas previstas:

—Y por mucho éxito que tengas —solía decirle—, la vida puede tirar de la alfombra debajo de tus pies si no eres diligente. Y todavía es peor para un hombre negro, Lem. El éxito en un hombre negro es como una cuerda floja a través del Gran Cañón. Él se ha encumbrado y todo es muy halagador, pero si comete un error, si fracasa, su caída será de un kilómetro hasta el abismo. Sí, un *abismo*. Porque el fracaso significa miseria. Y a los ojos de muchas personas, incluso en esta era ilustrada, un pobre y miserable hombre negro fracasado será sólo eso: un «negro».

Fue la única vez que su padre empleó ese aborrecible término. Así pues, había crecido en la convicción de que cualquier éxito bien rematado era, si acaso, un simple punto de apoyo en la escalada de esta vida y que siempre estaba expuesto a ser arrebatado de la escapadura por los vientos de la adversidad, y de que él no podía permitirse el menor desmayo en su determinación de trepar hasta alcanzar una plataforma más amplia y segura.

No estaba durmiendo bien ni tenía buen apetito. Cuando comía, a la ingestión de los alimentos le seguía, inevitablemente, una enojosa indigestión ácida. Sus partidas de bridge se habían ido al diablo porque no podía concentrarse en las cartas; durante sus reuniones semanales con Walt y Audrey Gaines, los Johnson estaban recibiendo vergonzosas palizas.

Era consciente de que le obsesionaba cerrar con éxito cada caso; no obstante, el saberlo no le ayudaba lo más mínimo a corregir su obsesión.

—«Nosotros somos lo que somos —pensaba— y quizá la única ocasión que se nos ofrezca para cambiar es cuando la vida nos sorprende con algo morrocotudo, como si asestara un bate de béisbol contra una ventana y desbaratase la presa del pasado.»

Así que siguió contemplando el brumoso día de julio entre cavilaciones y resquemores.

Allá por mayo se le había ocurrido que el perdiguero podría haber sido adoptado por alguien dispuesto a darle un hogar. Después de todo era un hermoso animal, y si revelase a alguien siquiera una fracción ínfima de su inteligencia, su atracción sería irresistible; y encontraría un santuario. Por consiguiente, Lem dedujo que la localización del perro sería aún más dificultosa que la del alienígena. Había calculado una semana para localizar al mostruo y, quizás, un mes para atrapar al perdiguero.

A renglón seguido había distribuido notificaciones entre todos los albergues de animales y veterinarios de California, pidiendo urgentemente ayuda en la localización del perdiguero dorado. La nota decía que el animal había escapado de un centro médico de investigación cuyos laboratorios estaban llevando a cabo un importante experimento sobre el cáncer. La pérdida del perro, hacía constar la notificación, equivaldría a la pérdida de un millón de dólares del fondo dedicado a la investigación, así como de incalculables horas de los investigadores, y podría dificultar seriamente el progreso de curación para ciertas dolencias. Se incluía una fotografía del perro y el dato de que en su oreja izquierda tenía un tatuaje del laboratorio: el número 33–9. La carta que acompañaba a esa nota no sólo pedía cooperación sino también máxima discreción. Esta emsión por correo se había repetido cada siete días desde la fuga en «Banodyne», y una veintena de agentes NSA no hacían más que telefonear a todos los albergues de animales y veterinarios de tres estados para asegurarse de que recordaban la notificación y estaban al tanto por si veían al perdiguero del tatuaje.

Entretando, la búsqueda exhaustiva del alienígena podría confinarse con relativa tranquilidad a los territorios silvestres, puesto que el ente no querría dejarse ver. Y no habría la menor probabilidad de que alguien quisiera llevárselo a casa como animal de compañía. Además, el alienígena había ido dejando un rastro de muerte que sus perseguidores seguirían sin excesivo esfuerzo.

Tras los asesinatos en Bordeaux Ridge, al este de Yorba Linda, la criatura se había internado en las despobladas colinas Chino. Desde allí se había encaminado hacia el norte, cruzando al límite oriental del condado de Los Ángeles, en donde su presencia fue detectada el 9 de junio por las afueras del casi rural Diamond Bar. Las autoridades para Control de Animales en Los Ángeles habían recibido numerosos e histéricos informes de diversos habitantes de Diamond Bar respecto a la bestia salvaje y sus ataques contra animales domésticos. Otras personas habían telefoneado a la Policía por creer que la matanza era obra de un demente. En sólo dos noches, más de veinte animales domésticos de

Diamond Bar habían sido hechos picadillo, y la condición de sus despojos había convencido a Lem de que el autor era el alienígena.

Luego, durante más de una semana, el rastro se había ido enfriando, hasta la mañana del 18 de junio, cuando dos jóvenes excursionistas al pie del pico de Johnstone, en el flanco meridional del vasto parque nacional de Los Ángeles, informaron haber visto algo que según ellos, «pertenecía a otro mundo». Los dos se habían encerrado en su remolque, pero la criatura había intentado varias veces alcanzarlos, llegando al extremo de romper con un pedrusco una ventanilla lateral. Por fortuna, la pareja guardaba una pistola del calibre 32 y uno de ellos disparó contra el asaltante, poniéndole en fuga. La Prensa trató a los excursionistas como si fueran lunáticos, y con las noticias vespertinas muchos charlatanes tuvieron tema suficiente para pegar la hebra.

Lem creyó a la joven pareja. Sobre un mapa trazó el pasillo de tierra escasamente poblado por donde el alienígena podría haberse desplazado desde Diamond Bar hasta la zona circundante del pico de Johnstone: por las colinas de San José atravesando el parque regional de Bonelli, entre San Dimas y Glendora, para adentrarse a continuación en territorio silvestre. Con tal fin, tendría que haber cruzado por arriba o por abajo las tres autopistas que atravesaban la zona, pero como viajaría de noche, cuando había escasa circulación o ninguna, podría haber pasado inadvertido. Lem desplazó los cien hombres de la Marine Intelligence hacia esa porción del bosque, en donde ellos continuaban su búsqueda, vestidos de paisano y formando grupos de tres o cuatro.

Esperaba que los excursionistas hubiesen alcanzado al alienígena con una bala por lo menos, pero no se descubrió el menor rastro de sangre en su campamento.

Le empezó a inquietar la posibilidad de que el monstruo lograse eludir su captura durante largo tiempo. Pues el Parque Nacional Ángeles, situado al norte de Los Ángeles, era de una extensión desalentadora.

—Casi tan grande como todo el estado de Delaware —apuntó Cliff Soames, después de medir la zona en el mapa extendido sobre la pizarra del despacho de Lem y calcular los kilómetros cuadrados. Cliff procedía de Delaware. Era relativamente nuevo en el Oeste y mostraba todavía la sorpresa del recién llegado ante la escala gigantesca de todas las cosas en esta parte del continente. También era joven, con el entusiasmo de la juventud, y casi peligrosamente optimista. La formación de Cliff se diferenciaba radicalmente de la de Lem, él no se veía caminando por la cuerda floja ni corriendo el riesgo de dar al traste con su vida por un simple error. Algunas veces Lem le envidiaba.

Lem miró absorto los cálculos garrapateados de Cliff.

—Si se refugiara en las montañas Gabriel, alimentándose de la Naturaleza y dándose por satisfecho con esa vida sin aventurarse fuera para desfogar su furia, cabría la posibilidad de que no se le encontrase jamás.

—Pero recuerda —dijo Cliff—. Él odia al perro más que a los hombres. *Quiere hacerse* con el perro, y tiene capacidad suficiente para lograrlo.

—Así lo creemos.

—Y por otra parte, ¿podría soportar, realmente, una existencia silvestre? Es casi salvaje, conforme, pero es también inteligente. Tal vez demasiado inteligente para contentarse con una vida rudimentaria en esa región fragosa.

—Tal vez.

—Pronto nos dará nuevas pistas y podremos localizarle —predijo Cliff.

Todo eso había ocurrido el 18 de junio.

Al no encontrarse ni rastro del alienígena durante los diez días siguientes, el gasto para mantener a cien hombres en vida de campamento se hizo muy oneroso. Por último, el 20 de junio Lem tuvo que despedir a los «marines» puestos a su disposición y enviarlos de vuelta a sus bases.

Día tras día, Cliff se fue desengañando por falta de acontecimientos y no tuvo reparo en suponer que el alienígena habría sufrido un accidente, estaría ya muerto y nadie oiría hablar más de él.

Día tras día, Lem se ensimismó cada vez más por tener la seguridad de haber perdido el dominio de la situación y de que el alienígena reaparecería de forma sumamente dramática, haciendo conocer su existencia al público. Así pues, fracaso.

El único punto alentador era que la bestia estaba ahora en el condado de Los Ángeles y no bajo la jurisdicción de Walt Gaines. Porque si hubiese más víctimas, quizá Walt no se enterara, y entonces no habría necesidad de persuadirle otra vez para que permaneciera fuera del caso.

El jueves, 15 de julio, exactamente dos meses después de la fuga de «Banodyne» y un mes después de que los excursionistas fueran aterrorizados por un presunto extraterrestre o un primo pequeño de Belcebú, Lem llegó al convencimiento de que muy pronto debería tomar en consideración una carrera alternativa. Nadie le culpaba por el curso torcido de las cosas. Se le apremiaba a entregar resultados, pero ese apremio no era peor que el soportado en otras grandes investigaciones. Más todavía: algunos de sus superiores daban a la falta de acontecimientos la misma interpretación favorable que Cliff Soames. Sin embargo en sus momentos más pesimistas, Lem se veía cual un guardia de seguridad uniformado haciendo el turno de noche en un almacén, o degradado a la función de poli ficticio con una placa de hojalata.

Sentado en la butaca del despacho, de cara a la ventana, y mirando ensimismado el aire amarillento y neblinoso de aquel abrasador día estival, dijo en voz alta:

—¡Maldita sea! A mí se me ha adiestrado para vérmelas con criminales *humanos*. ¿Cómo diablos se puede esperar que me haga con un fugitivo surgido de una pesadilla?

Cuando así se lamentaba, sonó una llamada en la puerta y mientras hacía girar su butaca, la puerta se abrió. Cliff Soames irrumpió raudo, parecía agitado y afligido a un tiempo.

—El alienígena —dijo—. Tenemos una nueva pista de él, pero dos personas han muerto.

Veinte años atrás, en Vietnam, el piloto de helicóptero NSA Lemuel Johnson había aprendido todo cuanto valía la pena saber sobre el modo de posarse y despegar en un terreno escabroso. Ahora, manteniéndose en constante contacto radiofónico con los comisarios del condado de Los Ángeles, los cuales se habían personado ya en el lugar de los hechos, no encontró ninguna dificultad para localizar el escenario de los crímenes mediante navegación visual, remitiéndose a las referencias naturales. Pocos minutos después de la una, posó su aparato en la amplia plataforma de una cresta que dominaba el desfiladero Boulder, en el Parque Nacional Ángeles, a sólo cien metros del lugar en donde se encontraran los cuerpos.

Cuando Lem y Cliff, tras abandonar el helicóptero, corrían por la cresta hacia el grupo de comisarios y guardabosques, un viento candente que llevaba consigo el aroma de matorrales resecos y pinos, les fustigó. A aquella altitud sólo habían podido echar raíces matas de hierbas silvestres, casi quemadas por el sol de julio. Monte bajo —junto con algunas plantas desérticas como el mezquite—, marcaban el límite superior del barranco, cuyas paredes caían a izquierda y derecha de ellos, y allá abajo, en las pendientes inferiores y en el fondo del desfiladero, había árboles y arbustos más verdes.

Se hallaban a menos de seis kilómetros y medio al norte de Sunland, que a su vez se encontraba a veintidós kilómetros de Hollywood, también al norte, y a veintiocho kilómetros del populoso centro de la ciudad de Los Ángeles, y sin embargo se les antojaba estar en un espacio desolador, con miles de kilómetros cuadrados y a una distancia inquietante de la civilización. Los comisarios del sheriff habían aparcado sus furgonetas todo terreno en un tortuoso camino de montaña, a unos setecientos metros de allí. El helicóptero de Lem había sobrevolado esos vehículos, y él les había visto marchar guiados por unos guardabosques hacia el lugar donde se habían encontrado los cuerpos. Ahora, reunidos alrededor de los cadáveres, había cuatro comisarios, dos técnicos del laboratorio del condado y tres guardabosques. Todos ellos daban la impresión de estar aislados en un escenario primitivo y ajeno al mundo.

Cuando Lem y Cliff llegaron allí, los comisarios acababan de meter lo despojos en bolsas apropiadas. Como no se habían cerrado tdavía sus cremalleras, Lem pudo comprobar que una víctima era varón y la otra hembra; ambas jóvenes y ataviados para el montañismo. Sus heridas eran horrendas; los ojos habían desaparecido.

Ahora el total ascendía ya a cinco inocentes, y una tasa semejante conjuró al espectro de culpabilidad que acosaba a Lem. En aquellos momentos deseaba que su padre le hubiese educado sin ningún sentido de la responsabilidad.

El comisario Hal Bockner, alto, tostado, pero con una voz aflautada sorprendente, enumeró a Lem la identidad y condición de las víctimas:

—Según el DNI que llevaba, el varón se llamaba Sidney Tranken, veintiocho años, de Glendale. El cuerpo tiene una veintena larga de mordeduras horribles y todavía más desgarrones de garras. Como puede ver usted, la garganta está abierta. Y los ojos...

—Sí —dijo lacónico Lem, no viendo la necesidad de profundizar en esos pormenores espantosos.

Los hombres del laboratorio cerraron las cremalleras de ambas bolsas. Por un momento, ese sonido frío quedó flotando en el aire candente de julio como un tintinear de carámbanos.

El comisario Bockner dijo:

—Al principio pensamos que Tranken habría sido acuchillado por algún psicópata. De vez en cuando se atrapa a un loco homicida al que le gusta merodear por estos parajes acechando a los montañeros. Hicimos esta composición de lugar: acuchillado primero, y luego todas las demás lesiones ocasionadas por animales carroñeros, una vez muerto el individuo. Pero ahora..., no estamos tan seguros.

—No veo sangre en el suelo —dijo Cliff Soames, con una nota de estupor—. Debería de haber un montón.

—No se les mató aquí —dijo el comisario Bockner. Tras estas palabras reanudó la recapitulación a su aire:

—La mujer, veintisiete, Ruth Kasavaris, también de Glendale. Asimismo señales horrendas, tajos. Su garganta...

Interrumpiéndole otra vez, Lem dijo:

—¿Cuándo los mataron?

—El cálculo más aproximado hasta la prueba forense es que ambos murieron a últimas horas de ayer. Creemos que sus cuerpos fueron acarreados hasta aquí porque en lo alto del monte se les encontraría más pronto. Por este lugar pasa una popular ruta de montañeros, pero no fueron otros montañeros quienes los encontraron sino un aeroplano contra incendios al hacer un vuelo rutinario. El piloto miró hacia abajo y los vio espatarrados aquí, en el cerro desnudo.

Aquella altura sobre el desfiladero Boulder se hallaba a más de cuarenta kilómetros del pico Johnstone, por el nornoroeste, el lugar donde los excursionistas huyeron del alienígena refugiándose en su remolque y le hicieron un disparo con una pistola del calibre 32, el 18 de junio, veintiocho días antes. El alienígena debería estar siguiendo la dirección nornoroeste por puro instinto, y sin duda se habría visto obligado frecuentemente a desandar camino para salir de desfiladeros sin posible continuidad; por consiguiente, en aquel terreno montañoso habría recorrido con toda probabilidad entre noventa kilómetros y ciento cuarenta, equivalentes a esos cuarenta kilómetros en línea recta. No obstante, esto sólo significaría una marcha de unos cinco kilómetros diarios a lo sumo. Así pues, Lem se preguntó que habría estado haciendo la criatura durante el tiempo en que no viajaba, ni dormía, ni cazaba.

—¿Quiere ver usted dónde mataron a esos dos? —preguntó Bockner—. Nosostros hemos encontrado el lugar. Y también querrá ver la guarida, ¿no?

—¿Guarida?

—El cubil —terció uno de los guardabosques—. El maldito cubil.

Comisarios, guardabosques y hombres del laboratorio habían lanzado extrañas miradas a Lem y Cliff desde su llegada, pero eso no le había sorprendido a Lem. Las autoridades locales le miraban siempre con recelo y curiosidad porque ellos no estaban habituados a las visitas de una prepotente agencia federal como la NSA recabando jurisdicción absoluta; eso era una rareza. Pero, como ahora pudo constatar, esa curiosidad era de una clase y grado diferentes de la que él solía encontrar, y por primera vez percibió su temor. Ellos habían encontrado algo, el cubil del que hablaban, que les daba motivos suficientes para tener este caso por algo incluso aún más extraño que la aparición súbita de la NSA.

Ataviados con traje de calle, corbata y relucientes zapatos, ni él ni Cliff iban equipados convenientemente para practicar el montañismo por el desfiladero, pero ninguno de los dos titubeó cuando los guardabosques abrieron la marcha. Dos comisarios, los hombres del laboratorio y uno de los guardabosques se quedaron atrás con los cuerpos, lo cual dejó una partida de seis para el descenso. El grupo siguió un surco abierto por la lluvia que provenía de las tormentas, y luego se desviaron por lo que podría ser una ruta de ciervos. Tras descender hasta el mismo fondo del desfiladero, se orientaron hacia el sudeste y recorrieron un kilómetro. Lem se notó muy pronto sudoroso y cubierto con una película de polvo; sus calcetines y perneras se llenaron de unas menudas bolitas que se adherían y pinchaban.

—Aquí fue donde se les mató —dijo el comisario Bockner mientras los conducía a un claro rodeado de pinos achaparrados, álamos y maleza. Enormes manchas oscuras moteaban la tierra pálida, arenosa, y la hierba blanqueda por el sol. Sangre.

—Y un poco más allá —dijo uno de los guardabosques—, fue donde encontramos el cubil.

Era una cueva poco profunda en la misma base del desfiladero, quizá de tres metros de profundidad y seis de anchura, a pocos pasos del pequeño claro en donde fueran asesinados los montañeros. La boca tenía unos tres metros de anchura, pero era tan baja que Lem hubo de agacharse bastante para entrar. Una vez dentro, pudo enderezarse porque el techo era alto. Había un olor desagradable, mohoso, en aquella caverna. La luz penetraba por la entrada y por un boquete de medio metro que la lluvia había abierto en el techo, pero la mayor parte de la cámara era oscura y estaba unos veinte grados más fresca que el desfiladero.

Sólo el comisario Bockner acompañó a Lem y a Cliff. Lem presentía que los demás se abstenían no porque temiesen abarrotar la cueva, sino por la inquietud que les causaba aquel escenario.

Bockner, que llevaba una linterna, iluminó con ella los objetos que les había llevado a ver, disipando algunas de las sombras y haciendo que otras parecieran huir cual murciélagos colgados de diversas perchas. En un rincón se había apilado hierba seca para hacer un catre de unos veinte centímetros sobre el suelo de arenisca. Junto al lecho había un cubo galvanizado lleno de agua, relativamente fresca, del arroyo cercano, colocado allí evidentemente para que el durmiente pudiera tomar un trago si se despertaba a media noche.

—Estuvo aquí —dijo Cliff en voz queda.

—Sí —convino Lem.

Sabía de forma intuitiva que el alienígena había hecho aquella cama; por alguna razón inexplicable su extraña presencia se hacía sentir en la cámara. Miró el cubo preguntándose cómo lo habría conseguido la criatura. Probablemente, a lo largo del camino desde «Banodyne» habría decidido buscar un escondrijo para descansar un rato, y entre tanto habría pensado que necesitaría unas cuantas cosas para hacer más cómoda su vida en la espesura. Quizás irrumpiendo en algún establo, granero o casa vacía habría robado el cubo y las otras cosas que Bockner alumbraba ahora con su linterna.

Una manta escocesa para prever cualquier cambio del tiempo. A juzgar por su aspecto, era de un caballo. Lo que le llamó la atención a Lem fue la pulcritud con que había sido plegada la manta y colocada sobre un estrecho saliente de la pared junto a la entrada.

Una linterna. Ésta se hallaba en el mismo saliente de la manta. De noche, el alienígena tenía vista soberbia. Ése era uno de los requisitos previstos con el que la doctora Yarbeck había trabajado lo suyo: en la oscuridad, un guerrero bien dotado por la ingeniería genética podría ver tan bien como un gato. Siendo así, ¿por qué necesitaría una linterna? A menos que..., tal vez incluso una criatura nocturna tuviera miedo de la oscuridad.

Esa idea consternó a Lem, e inesperadamente se apiadó de la bestia tal como se apiadara aquel día en que la observó comunicarse mediante un lenguaje rudimentario con Yarbeck, aquel día en que dijo desear arrancarse los ojos para no poder mirarse nunca más.

Bockner dirigió su propia linterna hacia unas veinte envolturas de caramelos. Al parecer, el alienígena había robado algunas bolsas de caramelos a lo largo del camino. Lo extraño era que esas envolturas no estaban estrujadas sino alisadas y colocadas con esmero sobre el suelo a lo largo de la pared: diez de «Reese's» hechos con manteca de cacao y diez de «Clark Bars». Quizás al alienígena le gustaran los colores brillantes de las envolturas. O quizá las guardase para recordar el placer que le habían procurado los dulces, porque, una vez desaparecidos éstos no habría muchos placeres en la vida ardua a que se le había conducido.

En el rincón más alejado del lecho, envuelto en sombras, había un montón de huesos. Huesos de animales pequeños. Una vez comidos los dulces, el alienígena se había visto obligado a cazar para alimentarse. Y sin medios para encender un fuego, había comido carne cruda como cualquier bestia salvaje. Quizá guardase los huesos en la cueva por temor de que, si los dejara fuera, daría pistas sobre su paradero. El almacenarlos en el rincón más oscuro y distante de su escondrijo parecía denotar un sentido civilizado de la limpieza y el orden, pero a Lem le pareció también como si el alienígena hubiese ocultado los huesos en la sombra porque le avergonzaba su propio salvajismo.

Lo más patético de todo fue un grupo peculiar de artículos conservados en un nicho de la pared, sobre el lecho de hierba. «No —pensó Lem—, no sólo conservado; los objetos estaban colocados con sumo esmero, como para una exposición, tal como lo haría un aficionado al cristal artístico o la cerámica "Mayan" al exponer una valiosa colección.» Allí había una esfera de cristal coloreado similar a las que la gente suele colgar en sus patios para que reluzca el sol; tenía unas cuatro pulgadas de diámetro y una flor azul pintada sobre un fondo de color amarillo pálido. Al lado había un pulido recipiente de cobre que, probablemente, habría contenido una planta en el mismo patio o en otro lugar. Seguían al recipiente dos objetos que sin duda habían sido tomados de un interior, quizás en la misma vivienda donde el alienígena robara los caramelos: primero, una estatuilla de porcelana fina que representaba a dos cardenales de plumaje rojizo posados sobre una rama, y segundo, un pisapapeles de cristal. Al parecer, incluso el engendro de Yarbeck albergaba dentro de su pecho una sensibilidad para la belleza y un deseo de vivir no como un animal sino como un ser pensante, en un ambiente que tuviera por lo menos un toque, aunque leve, de civilización.

Lem sintió dolor de corazón al considerar que Yarbeck había puesto en el mundo una criatura solitaria y torturada, aborrecida de sí misma e inhumana y, no obstante, consciente de su propia naturaleza.

Por último, el nicho sobre el lecho de hierba contenía una figurilla de Mickey Mouse que servía también como hucha.

La compasión de Lem se acrecentó pues él sabía por qué esa hucha le había interesado al alienígena. En «Banodyne» se habían hecho ciertos experimentos para determinar la inteligencia del perro y del alienígena y cuál era su naturaleza, con el propósito de descubrir las diferencias entre sus percepciones y las del ser humano. En varias ocasiones se proyectó por separado para el perro y la bestia una videocinta que había sido compuesta por varios trozos de diferentes películas: viejos filmes de John Wayne, metraje de *La guerra de las galaxias*, de George

Lucas, noticiarios, escenas documentales muy variadas y... dibujos animados de Mickey Mouse. Se filmaron las reacciones del perro y del alienígena y más tarde se les sometió a un interrogatorio para averiguar si ambos habían comprendido qué segmentos de la videocinta eran acontecimientos reales y cuáles vuelos de la imaginación. Las dos criaturas habían aprendido, paulatinamente, a identificar la fantasía cuando la veían; pero, aunque pareciese extraño, una fantasía en la que más quisieron creer, la fantasía que retuvo su atención durante más tiempo, fue Mickey Mouse. Las aventuras de Mickey Mouse y de sus amigos les cautivaron. Tras su fuga de «Banodyne», el alienígena habría enontrado, quién sabe cómo, aquella hucha, y el maldito infeliz la habría codiciado porque le recordaba los únicos momentos gratos que había pasado en el laboratorio.

Bajo la linterna del comisario Bockner, algo producía destellos en el nicho. Al estar colocado de plano junto a la hucha, les había pasado casi inadvertido. Cliff pisó el lecho de hierba y sacó el objeto reluciente del nicho: un fragmento triangular de espejo, que medía ocho por diez centímetros.

«El alienígena se recogía aquí —pensó Lem—, intentando cobrar ánimo mediante la contemplación de sus parcos tesoros, intentando hacer de esto un hogar en la medida de lo posible. Alguna vez, mediante este fragmento cortante se miraría en él, quizá buscando esperanzado algún rasgo de su apariencia que no *fuese* horrendo, quizás intentando conformarse con lo que era. Y fracasando. Fracasando sin la menor duda.»

—Santo Dios —murmuró Cliff Soames, quien, al parecer, había pensado lo mismo. Pobre bastardo.

El alienígena había poseído un último objeto; un ejemplar de la revista *People*. Robert Redford ocupaba la cubierta. Utilizando la garra, una piedra cortante o algún otro instrumento puntiagudo, el alienígena había arrancado los ojos a Redford.

La revista estaba arrugada y hecha jirones, como si se la hubiese hojeado cien veces. El comisario Bockner se la entregó y les sugirió que la hojearan una vez más. Al hacerlo, Lem comprobó que los ojos de cada persona fotografiada habían sido arañados, cortados o destrozados.

La minuciosidad de esa mutilación simbólica era escalofriante; no se había indultado ni *a una sola* imagen de la revista.

El alienígena era patético y merecía conmiseración.

Pero también era temible.

Cinco víctimas: unas destripadas, decapitadas otras.

No se debía olvidar ni por un instante a los muertos inocentes. Ni el afecto a Mickey Mouse ni el amor por la belleza podían disculpar semejante matanza.

Pero ¡Santo Dios...!

Se había conferido a esa criatura suficiente inteligencia para captar la importancia y los beneficios de la civilización, para añorar la aceptación general y una existencia significativa. Sin embargo, se le había injertado también mediante la ingeniería genética un deseo feroz de violencia, un instinto asesino sin igual en la Naturaleza, porque se le había concebido para ser un matador inteligente sujeto a una larga correa invisible, una máquina viviente de guerra. Por mucho tiempo que mantuviese esa soledad pacífica en su cueva del desfiladero, por mucho que se resistiese a sus impulsos violentos, no podría cambiar lo que era. La presión se iría acumulando dentro de su ser hasta que no pudiera contenerla, hasta que el degüello de pequeños animales no le proveyera el suficiente alivio psicológico y entonces se hiciese necesario buscar presas mayores y más interesantes. Pocas horas antes, el propio Lem había cavilado sobre lo difícil que le resultaba hacerse un hombre diferente de aquel que había sido educado por su padre, cuán difícil era para cualquier hombre cambiar lo que la vida le había dado para formarle. No obstante, eso al menos era posible si uno se lo proponía firmemente, si tenía voluntad y tiempo. Ahora bien, para el alienígena tal cambio era un imposible; el asesinato estaba en los genes de la bestia, *bajo llave*, y no podía tener esperanza de recreación ni salvación.

—¿Qué diablos significa todo esto? —preguntó el comisario Bockner, incapaz de contener por más tiempo su curiosidad.

—Créame si le digo que no le conviene saberlo —dijo Lem.

—¿Qué había en esa cueva? —inquirió Bockner.

Lem se limitó a sacudir la cabeza. Si dos personas más habían tenido que morir, se podía considerar como un golpe de suerte que se las hubiese asesinado en un parque nacional. Aquello era territorio federal, lo cual quería decir que la NSA podría asumir autoridad en la investigación mediante procedimientos mucho más simples.

Mientras tanto, Cliff Soames estaba todavía dando vueltas y más vueltas en la mano al fragmento de espejo, mirándolo con aire pensativo.

Echando una última ojeada alrededor de la horripilante cueva, Lem se hizo una promesa en la que incluyó a su peligrosa presa:

—Cuando dé contigo, no consideraré la posibilidad de atraparte vivo; nada de armas tranquilizadoras, como preferirían los científicos y los militares; tiraré a matar, pero con limpieza y rapidez.

IV

El uno de agosto Nora vendió todo el mobiliario de tía Violet, así como otras propiedades. Había telefoneado a un marchante que trataba con antigüedades y muebles de segunda mano, y él le había dado por todo un precio global. Nora había aceptado encantada. Ahora, salvo la vajilla, la plata y el mobiliario de su dormitorio que le pertenecían, las habitaciones estaban vacías de pared a pared. La casa parecía purificada, *exorcizada*. Todos los espíritus malignos habían sido expulsados, y se sabía capaz de decorarla otra vez por entero; sin embargo, como no deseara aquella vivienda, telefoneó a un agente inmobiliario y la puso en venta.

También había desaparecido su antigua ropa, absolutamente toda, y ahora ella tenía un nuevo vestuario, con pantalones y blusas, vaqueros y vestidos, como cualquier mujer. A veces se sentía demasiado llamativa, con unos colores un tanto brillantes, pero se resistía al impulso de embarcarse de nuevo en lo oscuro y sórdido.

Nora no había encontrado todavía el ánimo suficiente para poner su talento artístico en el mercado y averiguar si su obra pictórica valía algo. En algunas ocasiones, Travis la animaba sobre este asunto de una manera que él creía sútil, pero ella no estaba preparada para colocar su frágil yo en el yunque y dar así a cualquiera la oportunidad de descargar el martillo sobre él. Pronto, sí, pero todavía no.

Algunas veces, cuando se miraba en el espejo o percibía de refilón su imagen en algún escaparate plateado por el sol, se daba cuenta de que, en realidad, era bonita. No bella, quizá no deliciosa como algunas estrellas cinematográficas, pero moderadamente bonita. Sin embargo, ella no parecía capaz de confiar en esa percepción reveladora de su apariencia, porque al cabo de unos cuantos días la sorprendía de nuevo el atractivo del rostro que la miraba desde el espejo.

El cinco de agosto, a última hora de la tarde, Travis estaba sentado con ella ante la mesa de su cocina jugando al «Scrabble» y Nora se sentía bonita. Pocos minutos antes, en el baño, había tenido otra de esas revelaciones al mirarse en el espejo y, de hecho, su imagen le había gustado más que nunca. Ahora, de vuelta ante el tablero de «Scrabble», se sintió eufórica, más feliz de lo que jamás hubiera creído posible... y traviesa. Empezó a utilizar sus fichas para formar palabras sin sentido, y luego las defendía vociferante cuanto Travis exponía ciertas dudas sobre su legitimidad.

—¿Sirtul? —dijo él mirando ceñudo el tablero—. No existe semejante palabra...¡«sirtul»!

—Es una gorra triangular que llevan los leñadores.

—¿Leñadores?

—Como Paul Bunyan.

—Los leñadores llevan gorros de punto, lo que tú llamas gorros de tobogán, o gorras redondas de cuero con orejeras.

—No estoy hablando de lo que llevan para trabajar en el bosque —explicó ella haciendo gala de paciente—. «Sirtul» es el nombre del gorro que se ponen para ir a la cama.

Él soltó una carcajada y meneó la cabeza.

—¿Me estás tomando el pelo?

Ella se puso tan seria como pudo.

—No. Es cierto.

—¿Los leñadores llevan algo especial para ir a dormir?

—Exacto. El sirtul.

Por no estar acostumbrado a la *idea* de que Nora bromease con él, Travis se lo tragó.

—¿Sirtul? ¿Por qué lo llaman así?

—Maldito si lo sé —contestó ella.

A todo esto, *Einstein* estaba echado sobre el vientre leyendo una novela. Desde su licenciatura, había pasado con sorprendente celeridad de los libros ilustrados a la literatura para niños, como *El viento en los sauces*, y leía durante ocho o diez horas cada día. Nunca parecía tener bastantes libros. Se había hecho un adicto de la prosa. Diez días antes, cuando la obsesión del perro por la lectura había terminado agotando la paciencia de Nora, ya que ella debía sostener el libro y volver las páginas, intentaron una componenda que le permitiera a *Einstein* leer un volumen abierto delante de él, y también el volver las páginas por sí mismo. En una empresa suministradora de hospitales, encontraron un artilugio concebido para aquellos pacientes que no pudieran utilizar los brazos ni las piernas. Era un atril metálico en el que se ajustaban las cubiertas del libro; unos brazos mecánicos, movidos por electricidad bajo el control de tres botones, volvían las páginas y las mantenían en su sitio. Un cuadripléjico podía manejarlo con un punzón entre los dientes

Einstein empleaba el hocico. El perro parecía muy contento con ese dispositivo. Ahora gimió para sí por algo que acababa de leer, pulsó uno de los botones y volvió otra página.

Travis formó la palabra «malévola» y acumuló un montón de puntos utilizando un cuadrado de doble puntuación, Nora empleó sus fichas para formar «javo», lo cual le valió más puntos todavía.

—¿«Javo»? —inquirió Travis dubitativo.

—Es una de las comidas predilectas de los yugoslavos —dijo ella.

—¡Ah! ¿Sí?

—Sí. La receta incluye jamón y pavo. Ésa es la razón de que lo llamen así porque... —No pudo acabar. Rompió a reír.

Él la miró boquiabierto.

—Estás tomándome el pelo. ¡*Estás* tomándome el pelo! ¿Qué ha sido de ti, Nora Devon, qué ha sido de ti? Cuando te conocí dije para mis adentros: ¡Vaya, aquí tenemos a la joven más endiabladamente seria y retraída que jamás se ha visto!

—Y lo más parecido a una ardilla.

—Bueno, eso no.

—Sí, lo más parecido a una ardilla —insistió ella—. Lo pensaste.

—Está bien, sí, te creí tan parecida a una ardilla que me imaginé que tendrías el ático de aquella casa atestado de nueces.

Ella respondió sonriente:

—Si Violet y yo hubiésemos vivido en el Sur, podríamos haber sido dos personajes concebidos por Faulkner, ¿verdad?

—Demasiado esotéricos, incluso para Faulkner. Pero ahora ¡mírate! Inventando palabras divertidas y bromas aún más divertidas, intentando darme el timo por suponer que jamás creería yo capaz de semejantes cosas a Nora Devon, ¡precisamente a ella! La verdad es que has cambiado mucho en estos últimos meses.

—Gracias —dijo ella.

—Más bien debieras agradecérselo a *Einstein*.

—No. A ti sobre todo —murmuró Nora. Y de pronto la asaltó aquella antigua timidez que antaño hiciera cualquier cosa de ella menos paralizarla—. A ti sobre todo. Jamás me habría encontrado con *Einstein* si antes no te hubiese conocido. Y tú... te preocupaste por mí... te inquietaste por mí... viste en mí algo que yo no podía ver. Tú me rehiciste.

—No —dijo él—. Tú me atribuyes demasiado crédito. No necesitabas que nadie te rehiciera. *Esta* Nora ha estado siempre ahí, dentro de la antigua. Cual una flor toda apretada y escondida en el interior de una insignificante semilla. Tú necesitabas sólo que se te animara a desarrollarte y florecer.

Nora no podía mirarle. Se sentía como si se le hubiera colocado una inmensa piedra sobre la nuca, lo cual la forzara a humillar la cabeza, se sonrojó. No obstante encontró el coraje suficiente para decir:

—¡Es tan endiabladamente difícil florecer... cambiar...! Lo es incluso aunque tú quieras cambiar, aunque lo desees más que ninguna otra cosa en el mundo. Pero el deseo de cambiar no basta. La desesperación tampoco. No se puede hacer sin... amor. —Su voz se fue extinguiendo hasta ser un susurro apagado... y ella no pudo alzarla—. El amor es como el agua y el sol que hacen crecer la semilla.

—Nora, mírame —dijo él.

La piedra sobre su cuello debió de pesar cuarenta y cinco kilos, o quizá cuatrocientos cincuenta.

—¿Nora?

No. Una tonelada.

—Nora, te quiero.

Gracias a un esfuerzo sobrehumano, ella levantó la cabeza. Le miró. Los ojos castaños de él, ahora tan oscuros que parecían casi negros, se le antojaron cálidos, afables y hermosos. Ella amaba esos ojos. Amaba el puente alto y estrecho de su nariz. Amaba cada rasgo de su rostro enjuto, ascético.

—Debí habértelo dicho mucho antes —dijo Travis—, porque yo tengo más facilidad para decirlo que tú. Sin embargo, no lo hice porque tenía miedo. Cada vez que me enamoraba de una mujer, la perdía, pero esta vez pensé que quizá fuera diferente, quizá la suerte estuviese conmigo. Quizá tú cambiaras las cosas para mí, tal como yo he ayudado a cambiarlas para ti.

Nora notó la marcha acelerada de su corazón, y aunque apenas pudiera respirar, logró decir:

—Te quiero.

—¿Te casarás conmigo?

Ella quedó atónita. La verdad es que no sabía lo que cabía esperar, pero desde luego no era *eso*. Tan sólo el oírle decir que la quería, y el poder expresarle los mismos sentimientos..., hubieran sido suficiente para mantenerla feliz durante semanas, meses. Esperaba tener tiempo para caminar alrededor de su amor, como si éste fuera un misterioso e inmenso edificio que, cual alguna priámide recién descubierta, requiriese estudio y examen desde todos los ángulos posibles antes de atreverse a explorar su interior.

—¿Te casarás conmigo? —repitió él.

Esto iba demasiado aprisa, a una velocidad temeraria, y aunque estuviese sentada en una mesa de cocina, Nora se sintió tan mareada como si estuviese girando en una noria de feria, y también tuvo miedo, e intentó decirle que moderara la marcha, que los dos tenían tiempo sobrado para considerar el próximo paso antes de darlo, pero, ante su sorpresa, oyó que su propia voz decía:

—¡Ah, sí! ¡Sí!

Él alargó la mano y le cogió las suyas.

Entonces ella lloró, pero fueron lágrimas gratas.

Aun cuando estuviese perdido en su libro, *Einstein* se apercibió de que algo estaba sucediendo. Se acercó a la mesa, les olfateó a ambos y se restregó contra sus piernas mientras gemía feliz.

—¿La semana próxima...? —sugirió Travis.

—¿Casarnos? Pero se necesita tiempo para el permiso y todo lo demás.

—En Las Vegas, no. Les llamaré con la debida anticipación, haré las gestiones necesarias para reservar una capilla en Las Vegas. Entonces pdremos ir allí la semana que viene y casarnos.

Entre risas y lágrimas, Nora dijo:

—Conforme.

—¡Formidable! —exclamó regocijado Travis.

Einstein agitó la cola con verdadera furia: SÍ, SÍ, SÍ, SÍ.

V

El miércoles, 4 de agosto, trabajando bajo contrato para la Familia Tetragna de San Francisco, Vince Nasco aplastó a una pequeña cucaracha llamada Lou Pantangela. Esta cucaracha había encontrado pruebas acusatorias y tenía una cita en septiembre para testificar contra los miembros de la organización Tetragna.

Entretanto, Johnny Santini, *el Alambre*, manipulador de computadoras al servicio del hampa, había aplicado su experiencia altamente tecnificada para invadir los archivos federales de ordenadores y localizar a Pantangela. La cucaracha estaba viviendo bajo la protección de dos comisarios federales dentro de una casa segura situada en Bahía Redondo, nada menos que al sur de Los Ángeles. Tan pronto como testificara este otoño, se le proveería de una nueva identidad y una nueva vida en Connecticut..., pero, por supuesto, no iba a vivir para verlo.

Puesto que era probable que Vince tuviese que liquidar a uno o a los dos comisarios para llegar hasta Pantangela, todo esto le acarrearía una gran presión, de modo que la Tetragna le ofreció unos honorarios sobremanera elevados: 60.000 dólares. Ellos ignoraban que la necesidad de matar a más de un hombre era como una prima para Vince, hacía más atrayente el trabajo ante sus ojos.

Durante casi una semana, él vigiló a Pantangela usando un vehículo diferente cada día para evitar que le detectaran los guardaespaldas de la cucaracha. Éstos no dejaban salir mucho a Pantangela, pero confiaban en su escondrijo más de lo que debieran haberlo hecho, pues le permitían almorzar en público tres o cuatro veces cada semana, acompañándole hasta una pequeña *trattoria* a cuatro manzanas de la inexpugnable casa.

Habían cambiado todo lo posible la apariencia de Pantangela: antes era un hombre de espeso pelo negro que le colgaba sobre el cuello de su camisa; ahora, tenía el pelo corto y teñido de un color castaño claro. Antes, llevaba bigote, pero ahora le habían obligado a afeitárselo. Antes, había pesado veintisiete kilos de más; no obstante al cabo de dos meses en manos de los comisarios, había perdido unos dieciocho kilos. Pese a todo, Vince le reconoció.

El miércoles, 4 de agosto, a la una en punto, los dos acompañaron a Pantangela hasta la *trattoria* como de costumbre. A la una y diez, Vince entró allí con aire desenfadado para almorzar.

El restaurante tenía sólo ocho mesas en el centro y seis reservados a lo largo de cada pared. El local tenía aspecto limpio, pero había demasiada cursilería italiana a juicio de Vince: manteles a cuadros rojos y blancos, murales chillones que representaban ruinas romanas, botellas vacías de vino empleadas como palmatorias y mil racimos de uvas de plástico, ¡por amor de Dios!, que colgaban de una celosía fijada al techo, muy concebido todo para crear una atmósfera de cenador. Como los californianos propendieran a cenar temprano, al menos en comparación con los hábitos del Este, también tomaban temprano su almuerzo, de modo que hacia la una y diez el número de comensales había alcanzado ya su punto culminante y empezaba a declinar. A las dos en punto era muy probable que los únicos clientes presentes fueran sólo Pantagela, sus dos guardaespaldas y Vince, lo que convertiría el local en el lugar idóneo para el golpe.

La *trattoria* era demasiado pequeña para emplear a una recepcionista en el almuerzo, de modo que un letrero invitaba a los comensales a sentarse donde prefirieran. Vince atravesó la estancia pasando por delante de la banda Pantangela para ocupar un reservado detrás de ellos. Había cavilado lo suyo sobre la indumentaria. Llevaba alpargatas, unos calzones rojos y una camiseta blanca en donde se había impreso olas azules, un sol amarillo y la frase ANOTHER CALIFORNIA BODY (OTRO CUERPO CALIFORNIANO). Sus gafas de aviador tenían espejo. Llevaba una bolsa de playa abierta por arriba, en donde se leían las audaces palabras MY STUFF (MI EQUIPO). Quien echara una ojeada a la bolsa cuando él pasara por delante, vería una toalla arrollada, botellas de loción contra las quemaduras, una radio pequeña y un cepillo para el cabello, pero no la pistola automática «Uzi», provista de silenciador y el cargador con cuarenta proyectiles escondido en el fondo. Completaba ese bagaje con un intenso bronceado, Vince consiguió dar la impresión que se proponía: un surfista en muy buena forma pero ya maduro; un pelmazo algo achispado, indolente y probablemente fatuo, que iría cada día a la playa haciéndose pasar por joven, y cultivando todavía la presunción cuando contaba ya sesenta años.

Él lanzó sólo una mirada indiferente a Pantangela y los comisarios, pero se percató de que los tres le estaban dando un buen repaso y luego lo descartaban como un ser inofensivo. Perfecto.

Los reservados tenían altos respaldos almohadillados así que desde su asiento no podía ver a Pantangela, pero si oía la conversación entre la cucaracha y los comisarios, preferentemente sobre béisbol y mujeres.

Tras una semana de vigilancia, Vince había averiguado que Pantangela no abandonaba nunca la *trattoria* antes de las dos y media, por lo general a las tres, evidentemente porque se empeñaba en tomar un aperitivo, una ensalada, el plato principal y postre, el completo. Esto le dio tiempo a Vince para una ensalada y una ración de *linguini* con salsa de almejas.

Su camarera tendría unos veinte años, rubia platino, bonita y tan bronceada como él. Poseía la pinta y el tono de una chica playera, y mientras anotaba su pedido empezó a coquetear con él. Vince se figuró que sería una de esas ninfas sobre la arena cuyos cerebros estaban tan fritos por el sol como sus cuerpos. Probablemente pasaría cada tarde del verano en la playa haciendo sandeces de todo tipo, extendiendo sensual sus esbeltas piernas ante cualquier semental por poco que le interesara, y como tal vez le interesasen la mayoría, estaría plagada de enfermedades por muy lozana que pareciese. La sola idea de arquear el lomo sobre ella le dio náuseas, pero, representando el papel que se había asignado, flirteó con ella e intentó simular que se le caía la baba al imaginársela desnuda y retorciendo el cuerpo debajo de él.

A las dos y cinco, Vince había terminado el almuerzo y los únicos comensales que quedaban en el local eran Pantangela y los dos comisarios. Una de las camareras había terminado ya su servicio, y las otras dos estaban en la cocina. La ocasión era inmejorable.

La bolsa de playa estaba en el reservado, junto a él. Vince metió la mano y sacó la pistola «Uzi».

Pantangela y los comisarios estaban conversando sobre las probabilidades que tendrían los «Dodgers» para ganar las Series Mundiales.

Vince se levantó, se volvió hacia el reservado de ellos y los roció con veinte o treinta proyectiles de la «Uzi». El rechoncho y perfecto silenciador trabajó a pedir de boca, los disparos no hicieron más ruido que un tartamudo pronunciando una palabra que comienza por ese sonora. Todo ocurrió tan aprisa que los comisarios no tuvieron tiempo de llevarse la mano a sus armas. No tuvieron tiempo de sorprenderse siquiera.

Pantangela y sus guardianes quedaron muertos en tres segundos.

Vince se estremeció de placer; por un instante le abrumó la copiosa energía vital que acababa de absorber. Le fue imposible hablar. Por fin pudo decir con voz trémula y ronca:

—Gracias.

Al apartarse del reservado y dar media vuelta, se encontró con su camarera, que ocupaba el centro de la estancia y parecía petrificada. Sus dilatados ojos azules, que estaban fijos en los muertos, se volvieron lentamente hacia él.

Antes de que la joven pudiera gritar, Vince le vació el resto del cargador, quizá diez balas, y la mujer se desplomó despidiendo una lluvia de sangre.

—Gracias —dijo él. Luego lo repitió, porque la chica había sido joven y vital; por tanto, doble utilidad para él.

Por temer que alguien más pudiera salir de la cocina o cualquiera pasara por delante del restaurante y viera a la camarera tendida en un charco de sangre, Vince se acercó raudo a su reservado, cogió la bolsa playera y metió la pistola «Uzi» debajo de la toalla. Luego se puso las gafas de sol y se largó de allí.

Las huellas dactilares no le preocupaban. Se había revestido las yemas de los dedos con el engrudo de Elmer, que, al secarse, era casi transparente, y nadie podía percibirlo a menos que él levantara las manos mostrando las palmas y llamara la atención sobre ellas al público. La capa de cola era lo bastante gruesa para llenar los leves surcos de la piel y dejaba muy suaves las yemas.

Una vez fuera, Vince caminó tranquilo hasta el final de la manzana y se metió en su furgoneta, que estaba aparcada junto al bordillo. Nadie le miró dos veces, al menos que él supiera.

Se dirigió hacia el océano, esperando pasar un buen rato al sol y luego darse una zambullida vivificante. El ir a la Bahía Redondo, dos manzanas más allá, se le antojó demasiado temerario, y por tanto tomó la autopista costera hacia el sur, camino de Bolsa Chica, situada precisamente al norte de Bahía Huntington y el lugar en donde él vivía.

Mientras conducía pensó en el perro. Le estaba pagando todavía a Johnny *el Alambre* para vigilar las perreras, las Comisarías y cualquier otra entidad que estuviese comprometida en la búsqueda del perdiguero. Conocía la circular distribuida por la National Security Agency entre veterinarios y autoridades para el control de los animales en tres estados, y sabía también que la NSA no había tenido suerte hasta el momento.

Tal vez el perro hubiese sido atropellado y muerto por un coche o lo hubiese matado la criatura que Hudston llamara el alienígena o una manada de coyotes en las colinas. No obstante, Vince no quiso creer que estuviera muerto, porque ello pondría fin a su sueño de hacer una magna operación financiera con el perro, bien fuera devolviéndolo a las autoridades mediante previo rescate o vendiéndoselo a un tipo opulento del mundo del espectáculo que pudiera preparar un formidable número con él o ideando algún medio para utilizar la inteligencia secreta del animal en algún trabajo seguro y lucrativo que no dejase marcas sospechosas.

Lo que él prefería creer era que alguien había encontrado al perro y se lo había llevado a casa como animal de compañía. Si pudiera localizar a las personas que se habían hecho con el animal, podría comprárselo..., o, sencillamente, eliminarlas y llevarse al chucho.

Pero, ¿dónde diablos se suponía que debería buscarlo? ¿Cómo arreglárselas para dar con esas personas? Si hubiera alguna forma de localizarlas, con toda seguridad la NSA se le adelantaría.

Si el perro no estuviese ya muerto, lo mejor para atraparle sería buscar primero al alienígena y dejar que esta bestia le condujera hasta el perro, pues Hudston había parecido creer que así lo haría. Sin embargo, eso no era tampoco tarea fácil.

Por otra parte, Johnny *el Alambre* le seguía procurando información sobre matanzas particularmente violentas de personas y animales en toda la California meridional. Así pues, Vince tenía ya noticias sobre la carnicería en el pequeño parque zoológico de Irvine, el asesinato de Wes Dalberg y de los hombres en Bordeaux Ridge. Johnny había detectado los informes sobre los animales domésticos mutilados en la zona de Diamond Bar, y él mismo había visto en el telediario a los jóvenes que encontraron lo que ellos creyeron un extraterrestre en la espesura al pie del pico de Johnstone. Tres semanas antes, dos montañeros habían aparecido horriblemente descuartizados en el Parque Nacional Ángeles, y, abriéndose camino entre las computadoras de la propia NSA, Johnny había confirmado que esta agencia asumía también la jurisdicción en dicho caso, lo cual significaba que esa salvajada era asimismo obra del alienígena.

Desde entonces nada nuevo.

Vince no estaba dispuesto a renunciar. Ni mucho menos. Él era un hombre paciente. La paciencia formaba parte de su trabajo. Esperaría, acecharía, haría funcionar a Johnny *el Alambre*, y tarde o temprano obtendría lo que perseguía. Estaba seguro de ello. Él había prescrito que el perro, a semejanza de la inmortalidad, era parte integral de su grandioso destino.

Una vez en la bahía de Bolsa Chica, Vince se mantuvo inmóvil un rato contemplando las enormes masas oscuras de agua agitada mientras las olas golpeaban contra sus muslos. Se sintió tan poderoso como el mismo mar. Le llenaban veintenas de vidas. No le habría sorprendido que, súbitamente, las yemas de sus dedos despidieran electricidad, tal como las manos de los dioses proyectaban rayos en la mitología.

Por fin, se lanzó de cabeza al agua y nadó contra las poderosas olas que rompían. Se alejó mucho, antes de tomar una dirección paralela a la playa, nadando primero hacia el sur y luego hacia el norte, manteniendo un ritmo constante, hasta que, exhausto, dejó que la corriente le llevara de vuelta a la playa.

Dormitó un rato bajo el cálido sol de la tarde. Soñó con una mujer embarazada, de vientre enorme, esférico, y en su sueño él la estrangulaba.

Solía soñar que mataba a niños o, mejor todavía, niños nonatos de mujeres embarazadas, porque eso era algo que codiciaba en la vida real. Desde luego, el infanticidio era demasiado peligroso; se trataba de un placer que le estaba vedado, si bien la energía vital de un niño sería la más rica y pura, la más digna de absorción. Demasiado peligroso para pensarlo siquiera. No podía permitirse el infanticidio hasta estar seguro de haber alcanzado la inmortalidad, pues desde ese instante no tendría por qué temer a la Policía ni a nadie.

Aunque él tuviera con frecuencia esos sueños, el que le despertara en la bahía de Bolsa Chica se le antojó más significativo que otros del mismo género. Lo encontró... diferente. Profético.

Se sentó entre bostezos y parpadeó al sol poniente, fingiendo no percatarse de las chicas con bikini que le estaban echando el ojo; se dijo que ese sueño era un anticipo de placeres por venir. Algún día, atenazaría la garganta de una mujer encinta, como la del sueño, y conocería la sensación suprema, el don supremo, no sólo la energía vital de ella, sino también la energía pura, sin mácula, del nonato en su seno.

Sintiéndose tan enriquecido como un millón de pavos, regresó a su furgoneta y se dirigió hacia casa; allí se duchó y luego se fue a cenar a la churrasquería «Stuart Anderson» más próxima, donde se solazó con un *filet mignon*.

VI

Einstein salió disparado de la cocina saltando por encima de Travis, atravesó el pequeño comedor y se perdió en la sala. Tomando la correa, Travis le siguió. Y encontró a *Einstein* escondido detrás del sofá.

—Escucha —le dijo—, no te harán ningún daño.

El perro le vigiló, receloso.

—Necesitamos resolver esta cuestión antes de ir a Las Vegas. El veterinario te pondrá dos o tres inyecciones, vacunas contra el moquillo y la rabia. Es por tu propio bien y no te dolerá nada, de verdad. Luego sacaremos una licencia para ti, lo que deberíamos haber hecho hace muchas semanas.

Un ladrido. NO.

—Sí, lo haremos.

NO.

Agachándose mientras sujetaba la correa por el pasador que engancharía al collar, Travis avanzó un paso hacia *Einstein*.

El perdiguero se escabulló. Corrió hacia la butaca, se subió de un salto a ella y desde esa atalaya observó muy atento a Travis.

Él se le acercó despacio por detrás del sofá y dijo:

—Óyeme, cara peluda. Yo soy tu amo...

Un ladrido.

Frunciendo el ceño, Travis continuó:

—¡Ah, sí! Soy tu amo. Tú puedes ser un maldito perro muy listo pero no dejas de ser un perro, y yo soy el hombre. Por tanto, yo te digo que los dos nos vamos al veterinario.

Un ladrido.

Recostada contra el arco del comedor, cruzando los brazos y son riente, Nora dijo:

—Me da la impresión de que está intentando mostrarte un ejemplo de lo que son los niños, para el caso de que decidamos tenerlos.

Einstein voló de su percha y estaba ya fuera de la habitación cuando Travis, incapaz de frenar, cayó sobre la butaca.

Nora exclamó entre carcajadas:

—¡Esto es muy divertido!

—¿Adónde se fue? —preguntó Travis.

Ella señaló hacia el pasillo que conducía a los dos dormitorios y a baño.

Travis halló al perdiguero en el dormitorio del amo, plantado so bre la cama y dando cara a la puerta.

—No puedes ganar —dijo—. Esto es por tu propio bien, maldita sea, y se te pondrán esas inyecciones lo quieras o no.

Einstein levantó la pata trasera y se meó sobre la cama.

Travis inquirió estupefacto:

—¿Qué diablos estás haciendo?

Einstein cesó de orinar, se apartó del charco que estaba empapando la colcha y miró desafiante a Travis.

Había oído que ciertos perros y gatos exteriorizaban su desagrado extremo haciendo faenas como aquélla. Cuando él tenía la agencia inmobiliaria, una de sus vendedoras había dejado a su *collie* enano en una perrera para poder salir de vacaciones. Cuando regresó y recogió al perro, éste la castigó orinándose sobre sus dos butacas favoritas y en su cama.

Pero *Einstein* no era un perro ordinario. Teniendo en cuenta su notable intelecto, el acto de orinarse sobre la cama resultaba incluso más ofensivo que si hubiese sido un perro ordinario.

Enfadado ahora de verdad, Travis avanzó hacia el perro diciendo

—Esto es imperdonable.

Einstein se dejó deslizar del colchón. Comprendiendo que el perro intentaría esquivarle y huir de la habitación, Travis dio unos paso atrás y cerró de golpe la puerta. Viendo cerrada la salida, *Einstein*

cambió velozmente de dirección y se lanzó cual una bala hacia el punto más distante del dormitorio, en donde se plantó ante el ropero.

—No más tonterías —dijo muy serio Travis enarbolando la correa.

Einstein se replegó a un rincón.

Agazapándose y extendiendo ambos brazos para impedir que se le escapara por un lado u otro, Travis lo atrapó por fin y enganchó el pasador al collar.

—¡Ajá!

Acurrucado y vencido en el rincón, *Einstein* dejó colgar la cabeza y empezó a temblequear.

La sensación de triunfo que experimentara Travis, duró muy poco. Miró pesaroso la cabeza temblona y humillada del animal, los estremecimientos que agitaban sus flancos. Además, *Einstein* dejó oír gemidos patéticos, casi inaudibles, de temor.

Acariciando al perro con la intención de calmarle y darle ánimo, Travis dijo:

—En realidad esto es por tu propio bien, ya sabes. Moquillo, rabia... en fin, esas cosas con las que no querrás mezclarte. Y no sentirás el menor dolor, amigo mío. Te lo juro.

El perro no quería ni mirarle y rehusaba darse por enterado de sus prometedoras palabras.

Bajo la mano de Travis, el animal parecía deshacerse a fuerza de temblores. Él miró inquisitivo al perdiguero mientras pensaba y por fin dijo:

—Dime, en ese laboratorio..., te clavarían un montón de agujas, ¿verdad? ¿Te hicieron daño con esas agujas? ¿Es eso lo que te hace temer la vacuna?

Einstein se redujo a gemir.

Travis sacó del rincón al recalcitrante perro, dejándole libre la cola para una sesión de preguntas y respuestas. Por lo pronto, dejó caer la correa, tomó la cabeza de *Einstein* entre las manos y le obligó a mirar hacia arriba para que ambos quedaran frente a frente.

—¿Te hicieron daño con las agujas en ese laboratorio?

SÍ.

—¿Es eso lo que te hace temer al veterinario?

Aún sin dejar de temblar, el perro ladró una vez: NO.

—Las agujas te hicieron daño y sin embargo tú no las temiste, ¿No es eso?

SÍ.

—Entonces, ¿por qué te comportas así?

Einstein se limitó a mirarle fijamente e hizo otra vez esos sonidos angustiosos.

Nora abrió una rendija en la puerta del dormitorio y atisbó el interior.

—¿Conseguiste ponerle la correa, Travis? —Y al instante añadió—: ¡Puah! ¿Qué ha sucedido aquí?

Sosteniendo todavía la cabeza del perro y mirándole a los ojos, Travis contestó:

—Él ha hecho una manifestación audaz de descontento.

—¡Y tan audaz! —convino ella, mientras avanzaba hacia la cama y empezaba a despojarle de las humedecidas colcha, manta y sábanas.

Esforzándose por desentrañar el comportamiento del perro, Travis dijo:

—Escúchame, *Einstein*, si no son las agujas lo que te asusta, ¿no será el veterinario?

Un ladrido. NO.

Decepcionado, Travis caviló sobre su siguiente pregunta mientras Nora sacaba la funda del colchón.

Einstein tembló.

De pronto, Travis tuvo una inspiración que iluminó la contrariedad y el temor del animal. Y maldijo su propia torpeza.

—¡Diablos, claro! No temes al veterinario ¡sino a lo que el veterinario podría divulgar sobre ti!

Los estremecimientos de *Einstein* remitieron un poco, su cola se agitó unos instantes. SÍ.

—Si la gente de ese laboratorio ha emprendido tu persecución —y nosotros sabemos que lo ha hecho con verdadera furia porque eres el cobaya más importante de la historia—, entonces se comunicará con cada veterinario del estado, ¿no es verdad? Cada veterinario, cada perrera y cada agencia expedidora de licencias para perros.

Nueva y vigorosa agitación del rabo; menos temblores.

Nora contorneó la cama y se agachó junto a Travis.

—Pero los perdigueros dorados deben ser una de las dos o tres razas más codiciadas. Los veterinarios y los burócratas que expiden licencias para animales deben pasarse la vida negociando con ellas. Si nuestro genio canino disimula sus luces y finge ser un zopenco...

—Lo que sabe hacer muy bien.

—... entonces no tendrán forma de saber que es un fugitivo.

Einstein insistió. SÍ.

—¿Cómo? —inquirió asombrada Nora.

—¿Alguna marca especial? —sugirió Travis.

SÍ.

—¿Algo debajo de toda esa pelambrera? —preguntó Nora.

Un ladrido. NO.

—Entonces ¿dónde? —exclamó Travis.

Escabulléndose de las manos de Travis, *Einstein* sacudió la cabeza con tanta energía que sus orejas sonaron como castañuelas.

—Tal vez en las almohadillas de las patas —dijo Nora.

—No —respondió Travis coincidiendo con un nuevo ladrido de *Einstein*—. Cuando yo lo encontré, sus patas sangraban de tanto caminar y tuve que limpiarle las heridas con ácido bórico. No vi ninguna marca en sus zarpas.

Una vez más *Einstein* sacudió con violencia la cabeza haciendo batir las orejas.

—Quizás en la cara interna del belfo —dijo Travis—. Se suele tatuar ahí a los caballos de carreras para poder identificarlos e impedir que se haga correr a los intrusos. Déjame examinarte el belfo, muchacho.

Einstein ladró una vez —NO— y sacudió con violencia la cabeza.

Por fin Travis lo comprendió. Le inspeccionó la oreja derecha y no encontró nada; pero en la izquierda vio algo. Se hizo acompañar hasta la ventana, en donde había mejor luz, y descubrió que la marca se componía de dos números, un guión y un tercer número, tatuados con tinta purpúrea en la carne entre rosada y tostada: 33–9.

Mirando por encima de su hombro, Nora dijo:

—Probablemente esa gente tendría un montón de cachorros con los que estaban experimentando y necesitarían diferenciar unos de otros.

—¡Dios Santo! Si yo lo hubiese llevado al veterinario y si el veterinario tuviera instrucciones de fijarse por si veía un perdiguero con un tatuaje...

—Pero él necesita las inyecciones.

—Quizá se las hayan puesto ya —dijo esperanzado Travis.

—No podemos contar con eso. Él era un animal de laboratorio en un ambiente bajo control y tal vez no necesitara inyecciones. Posiblemente, las inoculaciones usuales imposibilitarían sus experimentos.

—No podemos arriesgarnos con un veterinario.

—Si ellos lo encuentran —dijo Nora—, nos negaremos a entregárselo.

—Pueden obligarnos —dijo preocupado Travis.

—Si pueden, que se vayan al infierno.

—Y si no pueden, también. Lo más probable es que el Gobierno esté financiando la investigación, y ése sí que puede aplastarnos. No podemos arriesgarnos. A *Einstein* le aterra más que nada la posibilidad de volver al laboratorio.

SÍ, SÍ, SÍ.

—Pero —dijo Nora— si contrae la rabia, o el moquillo o...

—Más adelante le procuraremos las inyecciones —dijo Travis—. Más adelante. Cuando la situación se enfríe. Cuando no esté tan candente.

El perdiguero gimió de felicidad, hocicó a Travis en el cuello y la cara con abyectas manifestaciones de gratitud.

Nora dijo, frunciendo el ceño:

—*Einstein* es el milagro número uno del siglo XX o poco menos. ¿Acaso crees que esto se enfriará algún día, que dejarán de buscarle al cabo del tiempo?

—Quizá se pasen años buscándolo —reconoció Travis acariciando al perro—. Pero su entusiasmo por la búsqueda irá decreciendo paulatinamente, y también su esperanza. Entonces los veterinarios empezarán a olvidar la prescripción de examinar las orejas de cada perdiguero que les lleven. Hasta entonces él tendrá que pasarse sin las inyecciones, supongo. Es lo mejor que podemos hacer. No, lo único que podemos hacer.

Revolviendo con una mano la capa de *Einstein*, Nora dijo:

—Espero tengas razón.

—La tengo.

—Así lo espero.

—La tengo.

Travis quedó consternado al vislumbrar lo cerca que había estado de arriesgar la libertad de *Einstein*, y durante los días subsiguientes estuvo rumiando sobre la infame maldición Cornell. Quizá todo estuviera sucediendo otra vez. Su vida había sufrido un cambio favorable, se había hecho soportable gracias al amor que le inspiraban Nora y ese perro maldito e imposible. Y ahora el hado, que le había tratado siempre con una hostilidad suprema, tal vez quisiera arrebatarle a Nora y al perro.

Sabía que el hado era sólo un concepto mitológico. No creía que hubiese un panteón de dioses malévolos que le estuviesen observando por un ojo de cerradura celestial y maquinasen tragedias para atormentarle..., y sin embargo, no podía evitar el mirar receloso al cielo de vez en cuando. Cada vez que hacía un comentario optimista acerca del futuro, se encontraba tocando madera para contrarrestar los manejos del malicioso hado. Cuando en las comidas volcaba un salero, se apresuraba a coger un pellizco de sal y tirarlo hacia atrás por encima del hombro. Luego se sentía ridículo y daba unas palmadas para limpiarse los dedos. Pero su corazón empezaba a martillear, le dominaba un pavor supersticioso e irrisorio y no se recobraba hasta que tomaba más sal y la echaba a sus espaldas.

Aunque percibiese el comportamiento excéntrico de Travis, Nora tenía el buen sentido de no comentar sus rarezas. En lugar de ello paliaba ese talante amándole apaciblemente cada minuto del día, hablándole encantada de su próximo viaje a Las Vegas, mostrando un buen humor inagotable y no tocando madera.

Ella desconocía todo acerca de sus pesadillas, porque Travis no le había contado nada al respecto. El mismo mal sueño se repitió dos noches seguidas.

En ese sueño él vagaba por los desfiladeros poblados de árboles del condado de Orange, los mismos bosques en donde encontrara a *Einstein*. Había ido allí otra vez con el perro y con Nora, pero ahora los había perdido. Asustado por la suerte que pudieran correr, se lanzaba por las vertiginosas pendientes, escalaba cerros, se abría paso entre los arbustos, llamando frenéticamente a Nora y al perro. Algunas veces oía la respuesta de Nora o el ladrido de *Einstein*, y los dos parecían estar en apuros, así que él se orientaba hacia la dirección de donde provenían sus voces, pero cuanto más se acercaba, tanto más lejos las oía, y provenían de otros lugares, y por mucho que aguzara el oído y apresurara el paso a través del bosque, se le escapaban, se le escapaban...

... hasta que despertaba sin aliento, con el corazón desacompasado y un grito silencioso atravesado en la garganta.

El viernes, 6 de agosto, fue un día tan maravillosamente ajetreado que Travis tuvo poco tiempo para cavilar sobre el hado hostil. Lo primero que hizo muy de mañana fue telefonear a la capilla de enlaces matrimoniales en Las Vegas y, empleando su número de «American Express», concertó la ceremonia para el miércoles, 11 de agosto, a las once en punto. Dejándose llevar por una fiebre romántica, le comunicó al gerente de la capilla que quería veinte docenas de rosas rojas, veinte docenas de claveles blancos, un buen organista (nada de música en conserva) que supiera tocar melodías tradicionales, tantos cirios que el altar estuviera resplandeciente sin necesidad de luz eléctrica, una botella de «Dom Perignon» para coronar el acontecimiento y un fotógrafo de categoría para perpetuar la ceremonia nupcial. Cuando hubo conformidad sobre los pormenores, Travis telefoneó al hotel «Circus Circus» de Las Vegas, una empresa orientada hacia la vida familiar, que se vanagloriaba de tener un terreno para aparcar vehículos recreativos a espaldas del hotel, y reservó un espacio a partir del domingo por la noche, 8 de agosto. Con otro telefonazo al camping «RV» de Barstow aseguró reservas para el sábado por la noche, en donde pernoctarían después de cubrir la mitad del camino a Las Vegas. A renglón seguido, visitó una joyería, inspeccionó todo su surtido y por último compró un anillo de compromiso con un enorme e impecable diamante de tres quilates y un anillo de boda con doce piedras de un cuarto de quilate. Con ambas sortijas escondidas debajo del asiento de la camioneta, él y *Einstein* fueron a casa de Nora, la recogieron y la llevaron a una entrevista con su abogado, Garrison Dilworth.

—¿Os casáis? ¡Eso es magnífico! —dijo Garrison sacudiendo la mano de Travis. Luego besó a Nora en la mejilla. Parecía encantado de verdad—. He hecho algunas preguntas por ahí sobre usted, Travis.

—¡Ah! ¿Sí? —murmuró sorprendido Travis.

—Para bien de Nora.

La declaración del abogado hizo enrojecer y protestar a Nora, pero Travis celebró que Garrison se hubiese preocupado por la suerte de su cliente.

Examinando a Travis, el juriconsulto de pelo plateado dijo:

—Tengo entendido que su negocio de inmobiliaria marchaba muy bien hasta que lo vendió.

—No se me dio mal —contestó modesto Travis. Se sintió como si estuviera hablando con el padre de Nora y quisiese causar buena impresión.

Garrison añadió sonriente:

—También he oído decir que usted es un hombre bueno, fiable y con una dosis más que sobrada de afabilidad.

Ahora le tocó sonrojarse a Travis. Se encogió de hombros.

—En cuanto a ti, querida —dijo Garrison a Nora—, no sabes cuánto me alegro, soy más feliz de lo que puedo expresarte.

—Gracias. —Nora lanzó a Travis una mirada tan amorosa y radiante que le hizo desear tocar madera por primera vez aquel día.

Como se hubieran propuesto dedicar a su luna de miel una semana o diez días como mínimo inmediatamente después de la boda, Nora no quiso volver precipitadamente a Santa Bárbara en el caso de que su agente inmobiliario encontrara comprador para la casa de tía Violet. Así pues, rogó a Garrison Dilworth que extendiera unos poderes con el fin de conferirle autoridad para manejar esa venta en nombre suyo durante su ausencia. Ese trámite requirió menos de media hora

entre firmas y testificaciones. Tras otra serie de felicitaciones y enhora-
buenas, la pareja se puso en camino para comprar un remolque.

Ellos se proponían llevar consigo a *Einstein*, no sólo a la boda, sino
también durante la luna de miel. El encontrar moteles buenos y limpios que admitiesen perros no sería tarea fácil allá a donde se dirigían,
por tanto les convendría un motel sobre ruedas. Además, ni Travis ni
Nora querrían hacer el amor con el perdiguero en la misma habitación.

—Sería como si hubiese una tercera persona presente —dijo Nora ru-
borizándose hasta parecer una manzana roja bien pulida. Si quisieran
permanecer en moteles necesitarían alquilar dos habitaciones, una para
ellos y otra para *Einstein*, lo que les pareció desorbitado por demás.

Hacia las cuatro encontraron lo que estaban buscando: un remolque
«Airstream», plateado, de tamaño medio, con una pequeña cocina con
zona de desayuno, salita, dormitorio y un baño. Cuando se retirasen a
dormir, podrían dejar a *Einstein* ante el remolque y cerrar la puerta del
dormitorio. Como la camioneta de Travis estaba equipada con un buen
enganche, pudieron sujetar el «Airstream» a su parte trasera y arrastrarlo con ellos nada más cerrarse la venta.

Einstein, que viajaba en la camioneta entre Travis y Nora, se pasó el
tiempo volviendo la cabeza para mirar por la ventanilla trasera el reluciente remolque semicilíndrico, como si le maravillara el ingenio de la
raza humana.

A continuación fueron de compras para adquirir cortinas, vajillas y
vasos de plástico, alimentos con que llenar los armarios de la diminuta
cocina y otros muchos artículos que necesitarían antes de emprender
ruta. Cuando volvieron a casa de Nora e hicieron unas tortillas para
una cena tardía, estaban rendidos. Por una vez, los bostezos de *Einstein*
no tuvieron nada de afectados; estaba cansado.

Aquella noche, de vuelta a su casa y en su propia cama, Travis durmió a pierna suelta, el sueño profundo de antiguos árboles petrificados
y de dinosaurios fosilizados. No se repitieron las pesadillas de las dos
noches precedentes

El sábado por la mañana iniciaron su viaje a Las Vegas y al matrimonio. Eligiendo dentro de lo posible unas autovías amplias en donde pudieran ir cómodos con el remolque, tomaron la carretera 101 hacia el
sur y luego hacia el este, hasta que se convirtió en la carretera 134, la
cual siguieron hasta su nueva conversión en la Interestatal 210, que dejaba la ciudad de Los Ángeles y sus suburbios al sur y el inmenso Par-

que Nacional Ángeles al Norte. Más adelante, en el vasto desierto de Mojave, Nora se entusiasmó ante aquel panorama yermo, arenoso y, no obstante, de una belleza obsesionante, con sus pedruscos y yerbajos, sus mezquites, árboles de Josué y otros cactos. El mundo, dijo, parece mucho más grande de lo que jamás me imaginara. Travis observó complacido su deslumbramiento.

Barstow era un extenso oasis en aquel inmenso desierto, y hacia las tres de la tarde ellos llegaron al espacioso camping «RV». Frank y Mae Jordan, la pareja que ocupaba el espacio contiguo, eran de Salt Lake City y viajaban con su perro, un ejemplar de Labrador negro llamado *Jack*. Ante la sorpresa de Travis y Nora, *Einstein* se divirtió lo suyo jugando con *Jack*. Se persiguieron uno a otro por entre los remolques, se dieron cariñosos mordiscos, se enzarzaron, revolcaron y saltaron, y vuelta a perseguirse otra vez. Frank Jordan les lanzó una pelota roja y los dos corrieron tras ella pugnando por atraparla primero. Los perros inventaron otro juego, cada cual se esforzaba por hacerse con la pelota y retenerla todo el tiempo posible. Travis se cansó sólo de verlos.

Sin duda *Einstein* era el perro más sabio del mundo, el más sabio de todos los tiempos, un verdadero fenómeno, un milagro, tan perceptivo como cualquier hombre... pero, en definitiva, un perro. A veces Travis olvidaba esa circunstancia, mas le encantaba que de vez en cuando *Einstein* hiciera algo para recordárselo.

Más tarde, tras compartir unas hamburguesas asadas a la parrilla y mazorcas con los Jordan y después de trasegar dos o tres cervezas en la noche clara del desierto, se despidieron de sus vecinos, y *Einstein* pareció decir adiós a *Jack*. Una vez dentro del «Airstream», Travis palmoteó a *Einstein* en la cabeza y le dijo:

—Eso fue muy amable por tu parte.

El perro ladeó la cabeza y miró fijamente a Travis, como si le preguntara qué diablos quería decir.

—Tú sabes muy bien de qué estoy hablando, cara peluda —dijo Travis.

—También yo —terció Nora. Dicho esto abrazó al perro—. Cuando estabas jugando con *Jack* pudiste ridiculizarle si hubieras querido, pero le dejaste ganar unas cuantas veces, ¿no es verdad?

Einstein jadeó y pareció gesticular.

Después de un último refrigerio, Nora se retiró al dormitorio y Travis durmió en el sofá-cama de la salita. Travis había pensado dormir con ella, y quizá Nora hubiese considerado también la posibilidad de dejarle entrar en su cama. Después de todo, la boda se celebraría en menos de cuatro días. Travis la deseaba, bien lo sabía Dios. Y aun cuando ella sufriera sin duda el temor de la virginidad, también le deseaba, él estaba seguro. Cada día los dos se tocaban mutuamente, se besaban con creciente frecuencia y apasionamiento, y el espacio entre ellos crepitaba con energía erótica. Pero, ¿por qué no hacer las cosas bien, máxime cuando estaba tan cercano el memorable día? ¿Por qué no ir vírgenes al matrimonio: Nora como virgen para cualquiera, él sólo para ella?

Aquella noche Travis soñó que Nora y *Einstein* se perdían en los espacios desolados del Mojave. Durante su sueño, él se quedó sin piernas por alguna razón inexplicable y hubo de buscarlos reptando a una velocidad desesperante, lo cual era fatídico porque él sabía que, dondequiera que estuviese, les acosaba... algo...

Durante el domingo, lunes y martes, en Las Vegas, los dos se prepararon para la ceremonia nupcial, contemplaron cómo *Einstein* jugaba entusiasmado con otros perros del campamento e hicieron excursiones a Charleston Peak y Lake Mead. Por las noches, Nora y Travis dejaron a *Einstein* mientras iban a algún espectáculo. Travis se sintió culpable por abandonar al perdiguero, pero *Einstein* le dejó entrever mediante diversas monerías que no quería verles permanecer en el remolque simplemente porque los hoteles tuvieran tantos prejuicios y fuesen tan miopes como para no permitir que los perros geniales y bien educados entrasen en los casinos y las salas de espectáculos.

El miércoles por la tarde Travis se puso un traje de etiqueta y Nora llevó un sencillo vestido blanco hasta media pantorrilla con unos sobrios encajes en puños y escote.

Colocando a *Einstein* entre ambos, marcharon a su boda en la furgoneta, dejando el «Airstream» desenganchado en el campamento.

La capilla comercial sin confesión religiosa concreta era el lugar más cómico que Travis viera jamás, pues tenía una decoración eminentemente romántica, solemne y vulgar..., todo al mismo tiempo. Nora la encontró también risible y, apenas entraron, a ambos les costó infinito trabajo reprimir las carcajadas. La capilla estaba emparedada entre gigantescos hoteles que chorreaban neón por todas partes, en el bulevar Sur de Las Vegas. Era un edificio de una planta, pintado de un rosa pálido, con puertas blancas. Una inscripción en bronce sobre las puertas decía: «...debemos ir por parejas...» Las vidrieras de color en vez de representar imágenes religiosas, mostraban escenas de famosas historias de amor, entre las que se contaban: *Romeo y Julieta, Abelardo y Eloísa, Aucassin y Nicollette, Lo que el viento se llevó, Casablanca* y..., lo más increíble, *Yo amo a Lucy,* y *Ozzie y Harriet.*

Aunque pareciese extraño, tanta vulgaridad no hizo mella en su boyante espíritu. ¡Nada podría aguar aquella jornada! Hasta la indignante capilla sería objeto de alabanza y evocación en todos sus chillones detalles al correr de los años, y ellos la recordarían conmovidos porque era «su» capilla en «su» día y, de resultas, algo especial pese a sus extrañas maneras.

Por lo general no se admitían perros. No obstante, Travis había dado una generosa propina a todo el personal para asegurarse de que no sólo se admitiera a *Einstein*, sino que también se le hiciera sentirse a sus anchas.

El celebrante, reverendo Dan Dupree (llámenme reverendo Dan, por favor), era un compadre barrigudo de tez colorada y todo sonrisas; parecía el típico vendedor de coches usados. Le acompañaban dos testigos a sueldo (su esposa y su hermana), que llevaban vistosos trajes veraniegos para la ocasión.

Travis ocupó su lugar frente al altar.

La organista hizo sonar los primeros acordes de *La marcha nupcial*.

Nora había expresado su profundo deseo de llegar por el pasillo central con paso ceremonioso en vez de situarse también frente al altar. Además, deseaba que «la entregaran», a semejanza de otras novias. Ese honor tan singular le hubiera correspondido a su padre, por descontado, pero ella era huérfana, y no había nadie más a mano como posible candidato para desempeñar tal función. Así pues, al principio parecía que tendría que hacer sola el recorrido o cogida al brazo de un extraño. Sin embargo mientras iban en la furgoneta camino de la ceremonia, había recordado que *Einstein* estaba disponible, y había decidido que no había nadie en el mundo tan capacitado como el perro para acompañarla por el pasillo central.

Ahora, mientras la organista tocaba, Nora entró por el fondo de la nave con el can a su costado. *Einstein*, obviamente apercibiéndose de las circunstancias, avanzó con todo el orgullo y dignidad que le fue posible, manteniendo la cabeza alta y caminando con tiento para marcar el paso de ella.

Nadie pareció incomodarse, ni siquiera sorprenderse, de que un perro «entregara» a Nora. Después de todo, aquello era Las Vegas.

—Es una de las novias más encantadoras que jamás he visto —susurró la esposa del reverendo Dan a Travis. Y él intuía que tales palabras eran sinceras y no un cumplido rutinario.

El flash del fotógrafo soltó repetidos fogonazos, pero Travis estaba demasiado absorto con la visión de Nora para dejarse perturbar por los relampagueos.

Jarrones llenos de rosas y claveles llenaban con su perfume la pequeña nave, y cien cirios irradiaban una luz suave: unos en lámparas votivas de cristal, otros en candelabros de bronce. Cuando Nora llegó a su lado, Travis se había olvidado ya, a todas luces, del llamativo decorado. Su amor era un arquitecto que estaba rehaciendo la absurda realidad de la capilla, transformándola en una catedral tan grande como la mayor del mundo.

La ceremonia fue breve e inesperadamente digna. Travis y Nora intercambiaron los votos y los anillos. Unas lágrimas que reflejaban el titileo de las llamas rodaron por las mejillas de ella, y Travis se preguntó por qué esas lágrimas le nublarían la visión, y entonces comprendió que él mismo también estaba a punto de llorar. Una explosión de impresionante música de órgano acompañó su primer beso como marido y mujer. Fue el beso más dulce que él diera jamás.

El reverendo Dan descorchó el «Dom Perignon» y a instancias de Travis sirvió una copa a cada uno de los presentes, incluida la organista. También se encontró un cuenco para *Einstein*. Sorbiendo ruidosamente, el perdiguero se unió a su brindis por la vida, la felicidad y el amor eterno.

Einstein pasó la tarde leyendo en la salita, la parte delantera del remolque.

Travis y Nora la pasaron en el otro extremo del remolque, dentro de la cama.

Después de cerrar la puerta del dormitorio, Travis puso una segunda botella de «Dom Perignon» en un cubo de hielo y cargó el tocadiscos con cuatro álbumes de la música más melodiosa de George Winston para piano.

Nora bajó la persiana de la única ventana y encendió una lamparilla con pantalla dorada. La tamizada luz ambarina prestó a la estancia un aura que la convertía en lugar de ensueño.

Durante un rato, permanecieron sobre la cama hablando y riendo, acariciándose y besándose. Poco después, se habló menos y se besó más.

Poco a poco Travis la fue desnudando. No la había visto nunca desnuda. La encontró incluso más cautivadora y de proporciones más exquisitamente perfectas de lo que imaginara. Su esbelta garganta, la delicadeza de sus hombros, la redondez de sus pechos, la concavidad de su vientre, la sensualidad de sus caderas, la curva tentadora de sus nalgas, la línea alargada y suave de sus piernas..., cada rasgo, ángulo y curva se conjugaban para excitarle, pero también le llenaban de ternura. Después de desvestirse él también, la inició paciente y cariñoso en el arte del amor. Con un deseo profundo de agradar y con percepción plena de que todo era nuevo para ella, le enseñó a Nora, no sin ciertas inocentadas deliciosas a ratos, todas las sensaciones que podía despertar en ella con la lengua, los dedos y el miembro viril.

Él se había preparado para encontrarla vacilante, vergonzosa e incluso amedrentada, porque sus primeros treinta años de vida no la habían preparado para afrontar este grado de intimidad. Pero ella demostró no tener ni sombra de frigidez, se prestó ansiosa a cualquier acto que pudiera complacer a uno de ellos o a los dos. Sus gritos reprimidos y murmullos de excitación le encantaron. Cada vez que ella suspiró hondo y se rindió a los estremecimientos del éxtasis, Travis se enardeció aún más hasta alcanzar un tamaño y un endurecimiento que él jamás conociera, hasta que su necesidad fue casi dolorosa.

Cuando tuvo al fin su candente órgano seminal dentro de ella, hundió la cara en su garganta, gritó su nombre, le dijo que la amaba, se lo repitió una vez y otra, y el momento de la eyección fue tan prolongado que creía que el tiempo se había detenido o que había dado con un pozo inaudito e inagotable.

Conseguida la consumación, ambos permanecieron abrazados durante largo rato, silenciosos, sin sentir la necesidad de hablar. Escucharon la música y al fin hablaron sobre sus sensaciones físicas y emociones. Bebieron un poco de champaña y a su debido tiempo hicieron el amor otra vez. Y otra.

Aunque la sombra constante de una muerte cierta se cierna sobre nosotros cada día, los placeres y goces de la vida pueden ser tan hermosos y afectarnos tan profundamente que el corazón se nos paraliza de asombro.

Desde Las Vegas, enganchado ya el «Airstream», siguieron hacia el norte por la carretera 95 a través del árido Nevada. Dos días después, el viernes 13 de agosto, alcanzaron el lago Tahoe y conectaron el remolque a las líneas de abastecimiento para agua y electricidad de un campamento RV situado en el lado californiano de la frontera.

A todo esto, Nora no se quedaba ya tan estupefacta como antes ante cada nueva vista panorámica y experiencia inédita. Sin embargo, el lago Tahoe era de una belleza tan impresionante que la llenó otra vez de un asombro infantil. Treinta y cinco kilómetros de longitud y veinte de anchura entre la Sierra Nevada, por el flanco occidental, y la cordillera de Carson, por el oriental. Se decía de Tahoe que tenía el agua más transparente del mundo, una joya rutilante con un centenar de sorprendentes matices iridiscentes, azules y verdes.

Durante seis horas, Nora, Travis y *Einstein* acamparon en Eldorado, Tahoe y el parque nacional de Toiyabe, una vasta y primitiva concentración de pinos, piceas y abetos. Alquilaron una embarcación y recorrieron el lago, explorando cuevas paradisíacas y graciosas bahías. Tomaron el sol y nadaron. *Einstein* recibió el agua con el entusiasmo propio de su raza.

Y algunas veces por la mañana, otras por la tarde, pero sobre todo de noche, Nora y Travis hicieron el amor. Ella se quedó sorprendida de su apetito carnal. Nunca creía estar saciada de él.

—Adoro tu mentalidad y tu corazón —le dijo ella—. Pero, que Dios me perdone, ¡adoro tanto o más tu cuerpo! ¿Soy una depravada?

—¡No, por Dios! Sólo eres una mujer joven y saludable. De hecho, considerando la vida que has tenido, tus emociones son mucho más sanas de lo que cupiera esperar. En verdad, Nora me dejas pasmado.

—Preferiría utilizarte como cabalgadura.

—Quizá *seas* depravada —dijo él rompiendo a reír.

Hacia la madrugada azul y serena del viernes 20, los tres dejaron Tahoe y atravesaron el estado hacia la península de Monterrey. Allí, donde la plataforma continental se encuentra con el mar, la belleza natural era mayor, si cabe, que la de Tahoe. Decidieron dedicarle cuatro días, y emprendieron el regreso hacia casa en la tarde del miércoles, 25 de agosto.

Durante su recorrido, el placer del matrimonio fue tan obsesionante que el milagro de *Einstein* y su inteligencia casi humana no ocupó sus pensamientos tanto como antes. No obstante, el propio *Einstein* les recordó su naturaleza única a medida que se acercaban a Santa Bárbara, cuando caía la tarde. A unos setenta kilómetros de casa, el animal mostró creciente inquietud. Se revolvió repetidas veces en su asiento entre Nora y Travis, luego se estuvo sentado durante un minuto, recostó la cabeza sobre el regazo de Nora y volvió a sentarse. Acto seguido lanzó extraños gemidos. Cuando les faltaban sólo quince kilómetros para alcanzar su destino, *Einstein* se puso a temblar.

—¿Qué ocurre contigo, cara peluda? —preguntó Nora.

Einstein intentó transmitirle con sus expresivos ojos castaños un mensaje complejo e importante, pero ella no lo comprendió.

Media hora antes del anochecer, cuando alcanzaban la ciudad y cambiaban la autopista por las calles de cada día, *Einstein* empezó a gemir y a gruñir alternativamente.

—Pero, ¿qué le pasa? —exclamó Nora.

—No lo sé —dijo Travis frunciendo el ceño.

Cuando se detuvieron en la glorieta de la casa de Travis, aparcando a la sombra del datilero, el perdiguero empezó a ladrar. No había ladrado ni una vez en la furgoneta durante su largo periplo. Fue un ruido ensordecedor en aquel espacio reducido, pero el animal no quiso callar.

Cuando se apearon del vehículo, *Einstein* salió disparado por delante y, colocándose entre ellos y la casa, reanudó los ladridos.

Nora avanzó por el camino hacia la puerta principal, y *Einstein* se abalanzó sobre ella enseñándole los dientes. Luego aferró una pernera de sus vaqueros e intentó hacerla perder el equilibrio. Ella consiguió mantenerse en pie, y cuando retrocedió hasta el bebedero de los pájaros, el animal la soltó.

—¿Qué mosca le habrá picado? —preguntó Nora a Travis.

Mirando pensativo a la casa, Travis contestó:

—Se comportó así en el bosque aquel día..., cuando no quiso que yo me adentrara por el tenebroso camino.

Nora intentó atraer al perdiguero para acariciarle.

Pero *Einstein* no quiso saber nada de caricias. Cuando Travis quiso hacer una prueba iniciando la marcha hacia la casa, el perro le enseñó los dientes y le obligó a retroceder.

—Espera aquí —dijo Travis a Nora. Acto seguido se encaminó hacia el «Airstream» en la glorieta y desapareció dentro de él.

Mientras tanto, *Einstein* trotó arriba y abajo delante de la casa, mirando hacia las ventanas, gruñendo y gimiendo.

Cuando el sol descendía por el cielo occidental hasta besar la superficie del mar, aquella calle residencial parecía tan sosegada y silenciosa como de costumbre, y sin embargo... Nora sentía en el aire una *hostilidad* indefinible. Una brisa cálida que soplaba del Pacífico arrancaba susurros a palmeras, eucaliptos e higueras, sonidos que habrían sido gratos en cualquier otra ocasión, pero que ahora parecían siniestros. Ella percibió también en las sombras alargadas, en las últimas luces anaranjadas y purpúreas del día, una amenaza indescriptible. Exceptuando la conducta del perro, ella no tenía ningún motivo para pensar en un peligro inminente; su inquietud no era intelectiva sino instintiva.

Cuando Travis regresó del remolque empuñaba un enorme revólver. El arma había estado, descargada, en un cajón del dormitorio durante toda su luna de miel. Ahora Travis acababa de introducirle los proyectiles en el tambor y montó el revólver con un golpe seco.

—¿Es necesario eso? —inquirió ella preocupada.

—Algo había en el bosque aquel día —dijo Travis—, y aunque yo no lo viera..., bueno, se me erizaron los pelos de la nuca. Sí, creo que este revólver será necesario.

Su propia reacción ante el susurro de los árboles y las sombras vespertinas le hicieron imaginar lo que Travis habría sentido en el bosque. Nora hubo de reconocer que la vista del arma la hizo sentirse por lo menos un poco mejor.

Entretanto *Einstein* había interrumpido sus paseos para hacer guardia en la entrada, interceptando el paso al interior.

Travis dijo al perdiguero:

—¿Hay alguien ahí dentro?

Un breve agitar de cola. SÍ.

—¿Hombres del laboratorio?

Un ladrido. NO.

—¿El otro animal experimental del que nos hablaste?

SÍ.

—¿La cosa del bosque?

SÍ.

—Vale. Voy adentro.

NO.

—Sí —insistió Travis—. Es mi casa, y nosotros no vamos a huir de eso sea lo que fuere, maldición.

Nora rememoró la foto de revista que representaba al monstruo cinematográfico que hiciera reaccionar con tanta violencia a *Einstein*. No creía que existiese nada ni remotamente parecido a semejante criatura. Pensaba que *Einstein* estaba exagerando o que ellos habían interpretado mal lo que él intentara decirles sobre la foto. No obstante, Nora deseó de improviso que no tuviesen sólo un revólver, sino también un rifle de repetición.

—Éste es un «Magnum calibre 357» —dijo Travis al perro—, y un solo disparo, aunque toque nada más que un brazo o una pierna, abatirá al hombre más maligno y grande que exista, y le mantendrá abatido. El tipo se sentirá como si le hubiese alcanzado un proyectil de artillería. A mí me han enseñado a disparar armas de fuego los mejores, durante muchos años he hecho prácticas de tiro para mantenerme en forma. Realmente sé lo que estoy haciendo y sabré hacer frente a lo que me sobrevenga ahí dentro. Además, no podemos telefonear a la Policía,

¿verdad? Porque lo que ahí encuentren causará mucho asombro, suscitará preguntas interminables y, tarde o temprano, te devolverán al laboratorio.

Einstein mostraba evidente desazón ante la decisión de Travis, pero subió los escalones hasta la entrada y miró hacia atrás como si dijera: «*Está bien, vale. Pero no te dejaré ir solo ahí dentro.*»

Nora quiso acompañarles, pero Travis fue tajante al respecto: ella permanecería en el patio delantero. Nora reconoció a regañadientes que careciendo de arma y de habilidad para utilizarla no hubiera podido hacer nada salvo interponerse en su camino.

Enarbolando el revólver, Travis se reunió con *Einstein* ante la entrada e introdujo la llave en la cerradura.

VII

Travis corrió el cerrojo, se guardó la llave y, apenas hubo empujado la puerta, cubrió la habitación con el revólver. Atravesó cauteloso el umbral y *Einstein* entró a su lado.

La casa estaba silenciosa, como era normal, pero el aire tenía un olor apestoso que le era extraño.

Einstein lanzó un gruñido sordo.

En parte, la decreciente luz solar iluminaba la casa por las ventanas, muchas de las cuales estaban cubiertas, parcial o totalmente, con cortinas. Sin embargo, la iluminación era suficiente para que Travis viera los desgarrones en la tapicería del sofá y trozos de espuma deparramados por el suelo. Una estantería de revistas había sido estampada contra la pared hasta quedar hecha añicos. El televisor había sido golpeado con una lámpara de pie cuyo mástil sobresalía todavía del aparato. Los libros, arrancados de sus estantes habían sido desgarrados y esparcidos por toda la sala.

A pesar de la brisa que entraba por la puerta, el hedor se hizo cada vez más incisivo.

Travis pulsó el interruptor de la pared. Una lámpara de esquina se encendió. No dio mucha luz, pero sí la suficiente para revelar más detalles del cataclismo.

«Parece como si alguien hubiese pasado por aquí con una sierra mecánica y luego con una potente segadora», pensó Travis.

La casa continuó silenciosa.

Dejando entornada la puerta, Travis avanzó unos pasos por la estancia. Las hojas arrancadas de los libros crujieron bajo sus pisadas. Percibió manchas oscuras, como herrumbrosas, en algunos de los papeles y en la espuma de color marfil de la tapicería. Se paró en seco al comprender que eran manchas de sangre.

Un momento después descubrió el cuerpo: se trataba de un hombre corpulento tendido de costado sobre el suelo, junto al sofá. Estaba cubierto a medias por hojas de libro empapadas en sangre, portadas y contraportadas.

El gruñido de *Einstein* se hizo más resonante y amenazador.

Al acercarse al cuerpo, situado a pocos metros del arco del comedor, Travis vio que era su casero, Ted Hockney. Junto a él se hallaba su caja de herramientas «Craftsman». Ted tenía una llave de la casa y Travis no ponía ningún reparo a que el hombre entrase a cualquier hora del día para hacer reparaciones. Últimamente había sido necesario hacerlas, entre ellas, un grifo averiado y el lavaplatos roto. Evidentemente, Ted se había trasladado desde su propia casa, una manzana más allá, con el propósito de arreglar algo. Ahora Ted estaba también roto, y más allá de toda reparación.

A juzgar por la peste, Travis pensó al principio que el hombre habría sido asesinado hacía una semana por lo menos; no obstante, un examen más minucioso revelaba que el cuerpo no estaba hinchado por el gas de la descomposición ni presentaba señales de desintegración, por lo que no podía haber estado allí mucho tiempo. Un día o quizá menos. Las causas de la aborrecible pestilencia eran dos: por un lado se había destripado al casero, y por otro, su asesino había depositado, al parecer, excrementos y orina sobre el cuerpo y alrededor de él.

Los ojos de Ted Hockney habían desaparecido.

Travis sintió náuseas, y no sólo porque hubiera simpatizado con Ted, habría sentido las mismas náuseas ante una violencia tan demencial quienquiera que hubiese sido el muerto. Una muerte como aquella arrebataba toda dignidad a la víctima e implicaba un desprecio absoluto por la raza humana.

Los gruñidos sordos de *Einstein* dieron paso a unos ladridos agudos y cortantes que acompañaban las feas contracciones del hocico.

Con una mueca nerviosa y un repentino martilleo del corazón, Travis se desentendió del cuerpo y vio que el perdiguero enfrentaba al aposento contiguo, el comedor. Allí había sombras profundas porque las cortinas estaban echadas en ambas ventanas y sólo unos rayos de luz cenicienta llegaban desde la cocina.

«¡Lárgate, sal de aquí!», le murmuró apremiante una voz interna. Pero no dio media vuelta ni corrió, porque él no había huido nunca de nada. Bueno, eso no era del todo cierto: realmente, él había huido de la propia vida durante estos últimos años y había permitido que la desesperación se apoderara de él. Su opción por el aislamiento había sido la cobardía suprema. Sin embargo, todo eso había quedado atrás; ahora era un hombre nuevo, transformado por *Einstein* y Nora, y no pensaba correr otra vez, maldito si lo hacía.

Einstein se puso rígido. Arqueó el lomo, adelantó la cabeza y ladró con tal furia que la saliva salió disparada de su hocico.

Travis avanzó un paso hacia el arco del comedor.

El perdiguero permaneció a su lado ladrando con virulencia creciente.

Apuntando el revólver al frente e intentando extraer aplomo de la potente arma, Travis dio otro paso pisando con cautela los traicioneros despojos. Quedó sólo a dos pasos del arco.

Miró con ojos contraídos el sombrío comedor.

Los ladridos de *Einstein* levantaban ecos por toda la casa hasta dar la impresión de que había toda una jauría suelta.

Travis dio otro paso y entonces vio que algo se movía en el tenebroso comedor.

Se inmovilizó.

Nada. No se movía nada. ¿Habría sido un fantasma de la imaginación?

Más allá del arco, unas sombras consecutivas semejaron cortinas de tul gris y negro.

No podía decir a ciencia cierta si había visto movimiento o simplemente lo había imaginado.

«¡Retrocede, sal de aquí, ahora mismo!», le repitió la voz interna.

Queriendo desafiarla, Travis levantó un pie para dar otro paso hacia el arco.

La cosa en el comedor se movió otra vez. Y en esta ocasión no hubo duda sobre su presencia, porque surgió de la más profunda oscuridad en el otro extremo de la estancia, volteó sobre la mesa del comedor y se proyectó hacia él lanzando un alarido escalofriante. Travis vio unos ojos relucientes en la sombra y, pese a la escasa luz, una figura casi humana que daba una impresión de deformidad. Entonces la cosa se abalanzó sobre él desde la mesa.

Einstein cargó contra ella, pero Travis intentó retroceder un paso y ganar unos segundos para apretar el gatillo. Al hacerlo así, resbaló con los papeles que cubrían el suelo y cayó hacia atrás. El revólver rugió, mas Travis comprendió que había fallado y la bala se había perdido en el techo. Por un instante, mientras *Einstein* se iba hacia el adversario, él observó mejor a la bestia, vio las quijadas de caimán que se abrían y mostraban una boca de capacidad inconcebible en un rostro hecho a golpes, con dientes ganchudos, letales.

—¡*Einstein*, no! —gritó. Pues tuvo la certeza de que el perro resultaría despedazado si se enfrentase con la diabólica criatura. E hizo fuego a su vez y otra, a la desesperada, desde el suelo.

Sus gritos y disparos no sólo hicieron detenerse a *Einstein*, sino que también parecieron hacer mella en el enemigo, pues éste se detuvo como si considerara sus posibilidades en la lucha contra un hombre armado. Entonces, la cosa giró sobre sí misma, demostrando ser más rápida que cualquier gato, y cruzó el oscuro comedor hacia la cocina. Por unos instantes, Travis vio su silueta perfilada en el resplandor pálido de la cocina, y tuvo la impresión de estar contemplando algo que no había sido hecho para mantener la posición vertical, aunque la criatura consiguiera de un modo u otro caminar en esa posición, algo con una cabeza deforme, cuyo tamaño era dos veces mayor de lo que debiera haber sido, una espalda encorvada y brazos demasiado largos, que terminaban en garras como púas de rastrillo.

Travis hizo fuego otra vez, y se aproximó bastante más. La bala arrancó un trozo del marco de la puerta.

Lanzando un alarido, la bestia desapareció en la cocina.

En nombre de Dios, ¿qué era aquello? ¿De dónde provenía? ¿Había escapado en realidad del mismo laboratorio que produjera a *Einstein*? Pero ¿cómo habían hecho semejante monstruosidad? ¿Y por qué? *¿Por qué?*

Él era hombre aficionado a la lectura: de hecho, durante los últimos años había dedicado casi todo el tiempo a los libros, de modo que se le empezaron a ocurrir diversas posibilidades. La investigación del ADN prevaleció sobre todas.

Einstein se plantó en medio del comedor, ladrando, enfrentando la puerta por donde desapareciera el monstruo.

Poniéndose en pie, Travis hizo volver al perro a la sala. *Einstein* obedeció raudo y anhelante a la llamada.

Le mandó callar y aguzó el oído. Oía las voces frenéticas de Nora llamándole por su nombre desde el patio delantero, pero en la cocina nada.

Para tranquilizar a Nora, gritó:

—¡Estoy bien! ¡Perfectamente! ¡Quédate donde estás!

Einstein empezó a temblar.

Travis podía oír el ritmo binario de su propio corazón y casi el sudor que le resbalaba por la cara y por la espalda, pero no podía percibir lo más mínimo para detectar al fugitivo de su pesadilla. No creía que hubiese salido por la puerta trasera al patio de detrás. Por lo pronto, se figuró que la criatura no desearía ser vista por demasiada gente y, consecuentemente, saldría sólo de noche, viajaría únicamente en la oscuridad, ya que podía deslizarse por una ciudad no muy grande, como Santa Bárbara, sin ser visto. El día tenía todavía bastante luminosidad, y aquella cosa recelaría de los desplazamientos al aire libre. Además, Travis sintió cercana su presencia, tal como lo notaría si alguien estuviese a sus espaldas mirándole fíjamente, o como podría intuir la llegada de una tormenta en el aire húmedo y el cielo bajo. Aquel ser estaba ahí fuera, por supuesto, esperando en la cocina, presto y aguardando.

Con mucha cautela, Travis regresó al arco y pasó al comedor en penumbra.

Einstein se mantenía a su lado, sin gemir, ni gruñir ni ladrar. El perro parecía darse cuenta de que Travis necesitaba silencio total para oír cualquier sonido que la bestia pudiera hacer.

Travis dio dos pasos más. Al frente, podía ver por la puerta de la cocina una esquina de la mesa, el fregadero, parte del mostrador y la mitad del lavavajillas. El sol poniente estaba al otro lado de la casa y la luz de la cocina era tenue, grisácea, de modo que su adversario no podía proyectar sombra alguna. Estaría esperando a un lado u otro de la puerta o se habría encaramado al mostrador para abalanzarse sobre él cuando entrara en la habitación.

Con el propósito de embaucar a la criatura y esperando que ésta reaccionase sin vacilar a la primera señal de movimiento en el umbral, Travis se puso el revólver debajo del cinturón, levantó silenciosamente una silla del comedor, la colocó a unos dos metros de la cocina y la lanzó de un puntapié a través de la puerta abierta. Simultáneamente, empuñó el revólver y adoptó la postura del tirador. La silla se estrelló contra la mesa de formica y cayó al suelo golpeando el lavavajillas.

El enemigo con ojos de linterna no picó el cebo. Nada se movió. Cuando la silla acabó de dar tumbos, la cocina se caracterizó otra vez por una expectación contenida.

Mientras, *Einstein* estaba haciendo un extraño sonido, una especie de soplido callado. Al cabo de un momento, Travis comprendió que ese ruido lo ocasionaban los repeluznos incontenibles del animal.

Ya no había duda alguna: el intruso de la cocina era la misma cosa que les persiguiera por el bosque tres meses atrás. Durante las semanas intermedias, aquel ser se había desplazado hacia el norte, probablemente viajando por el terreno abrupto al este de la parte urbanizada del estado, siguiendo sin cejar el rastro del perro por algún medio que él no alcanzaba a comprender y obedeciendo a unos motivos que él no podía siquiera conjeturar.

En respuesta al lanzamiento de la silla, un cacharro esmaltado de blanco cayó al suelo, más acá de la puerta, y Travis respingó sorprendido haciendo un disparo desatinado antes de darse cuenta de que era sólo un tanteo. La tapadera del recipiente salió volando cuando éste golpeó el suelo, y su contenido, harina, se desparramó por el suelo.

De nuevo silencio.

Al responder a la treta de Travis con una propia, el intruso había evidenciado una inteligencia inquietante. Entonces Travis se dijo de pronto que si la criatura provenía del mismo laboratorio que *Einstein* y era producto de experimentos afines, podría ser tan avispada como el perdiguero, lo cual explicaría el temor de *Einstein*. Si Travis no se hubiese hecho a la idea de un perro con inteligencia casi humana, ahora habría atribuido a esta bestia sólo una intuición animal; sin embargo, los acontecimientos de los últimos meses le habían inducido a aceptar casi cualquier cosa y procurar adaptarse a ella cuanto antes.

Silencio.

Sólo un proyectil en el arma.

Silencio profundo.

El cacharro de harina le había sobresaltado tanto que no había visto desde qué lado de la puerta provenía, y había caído de tal forma que era imposible deducir la posición de la criatura que lo lanzara. Travis siguió sin saber si el intruso estaba a la izquierda o a la derecha de la puerta.

No estaba seguro de que le interesara saber en dónde se encontraba. Incluso empuñando el arma, no creía prudente aventurarse en la cocina. No, si esa maldita cosa era tan inteligente como un hombre. Sería como combatir con una sierra circular clarividente, ¡por los clavos de Cristo!

La luz en la cocina, orientada al este, se estaba extinguiendo, le faltaba poco para desaparecer. En el comedor, donde estaban Travis y *Einstein*, las tinieblas se anunciaban. Incluso detrás de ellos, pese a la puerta y la ventana abiertas y la lámpara de esquina, la sala se estaba llenando de sombras.

En la cocina, el intruso dejó escapar un largo silbido, un sonido como el escape de gas, a lo que siguió un *clic, clic, clic* que podría ser ocasionado por las afiladas garras de sus pies o manos golpeando sobre una superficie dura.

Travis se contagió del temblor de *Einstein*. Se sintió como una mosca en el borde de la telaraña y a punto de caer en la trampa.

Recordó el rostro mordido, ensangrentado y sin ojos de Ted Hockney.

Clic, clic.

En el curso de adiestramiento antiterrorista se le había enseñado a acechar los movimientos de un hombre, y había aprendido bien la lección. Pero lo problemático aquí era que el intruso de ojos amarillos podría ser tan inteligente como un hombre y no pensar como un hombre; por tanto Travis no tenía ningún medio de calcular lo que el contrario haría a continuación o cómo respondería a cualquier iniciativa suya. Por consiguiente, no conseguiría nunca ganarle por la mano, y además la extraña naturaleza de esa criatura entrañaría la ventaja perpetua y letal de la sorpresa.

Clic.

Travis dio un sigiloso paso atrás desde la puerta de la cocina, luego otro, pisando con cautela exagerada, pues no quería que aquel ente descubriera su repliegue, porque sólo Dios sabía lo que haría si advirtiese que estaba deslizándose fuera de su alcance. *Einstein* se escurrió hacia la sala mostrando ahora el mismo deseo de abrir distancias entre él y el intruso.

Cuando llegó al cadáver de Ted Hockney, Travis apartó la vista del comedor para buscar una ruta maás despejada hacia la salida..., y entonces vio a Nora plantada junto a la butaca. Asustada por el tiroteo, había ido al «Airstream» para coger un cuchillo de carnicero de la pequeña cocina, y había regresado aprisa por si él necesitara ayuda.

A Travis le impresionó su coraje, pero le horrorizó verla allí, iluminada por la lámpara de esquina. Repentinamente, fue como si esas pesadillas suyas en donde perdía a los dos, *Einstein* y Nora, estuvieran a punto de hacerse realidad, otra vez la maldición Cornell, porque ambos estaban ahora dentro de la casa, ambos eran vulnerables y, posiblemente, ambos se hallaban al alcance de esa cosa que estaba en la cocina.

Ella se dispuso a hablar.

Travis meneó la cabeza y se llevó un dedo a los labios.

Obligada a callar, Nora se mordió el labio y repartió sus miradas entre él y el cuerpo sobre el suelo.

Mientras se abría paso entre los despojos, Travis tuvo la sensación de que el intruso había salido de la casa por detrás y estaba contorneándola, a riesgo de ser visto por los vecinos a la luz crepuscular, para sorprenderles con celeridad y contundencia por la espalda. Nora se hallaba entre él y la puerta de entrada, así que ello le impediría hacer un disparo certero contra la criatrua si ésta llegase por allí. ¡Diablos, el monstruo se encontraría con Nora un segundo después de haber abierto la puerta!

Esforzándose por desechar el pánico, por no pensar en el rostro sin ojos de Hockney, Travis cruzó más aprisa el comedor, arriesgándose a causar algún ruido y esperando que esos sonidos apagados no llegasen hasta la cocina si el intruso estuviera todavía allí. Cuando llegó a Nora la cogió del brazo y la empujó hacia la salida, a través del umbral y escalones abajo, mirando a derecha e izquierda, casi esperando ver a aquella pesadilla viviente cargando contra ellos, pero no se la vio por ninguna parte.

Mientras tanto, los disparos y los gritos de Nora habían hecho salir a los vecinos hasta sus portales a lo largo de la calle. Incluso unos cuantos se habían congregado en los porches y en el césped. Seguramente, alguien habría llamado ya a la Policía. Considerando la situación de *Einstein* como fugitivo muy buscado, la Policía representaba un peligro casi tan grave como la cosa de ojos amarillos que estaba en la casa.

Los tres se subieron precipitadamente a la furgoneta. Nora echó el seguro de su puerta. Travis hizo lo mismo con el de la suya, luego dio marcha atrás al vehículo junto con el «Airstream» hasta salir a la calle. Observó que los tres eran el blanco de todas las miradas.

La media luz iba a tener una vida muy corta, como ocurre siempre cerca del océano. El cielo sin sol se ennegrecía ya por el este, era púrpura encima de las cabezas y se estaba tornando de un rojo sangre cada vez más oscuro por el oeste. Travis contempló agradecido la caída de la noche, a sabiendas de que la criatura de ojos amarillos compartiría ese agradecimiento con ellos.

Pasó a buena velocidad ante los boquiabiertos vecinos, a ninguno de los cuales había conocido durante sus años de reclusión voluntaria, y dobló la primera esquina. Nora estrechó a *Einstein* contra sí y Travis aceleró tanto como se lo permitió su cordura. Cuando dobló las dos siguientes esquinas a una velocidad quizás excesiva, el remolque se balanceó a uno y otro lado detrás de ellos.

—¿Qué sucedió ahí dentro? —preguntó ella.

—Eso mató a Hockney esta mañana temprano o ayer...

—¿Eso?

—... y estaba esperando nuestra llegada a casa.

—¿*Eso?* —repitió ella.

Einstein gimió.

—Te lo explicaré más tarde —dijo Travis, mientras se preguntaba si sabría explicarlo. Ninguna descripción que hiciera del intruso, le haría justicia; él no poseía el vocabulario preciso para hacer ver el grado desmedido de su anomalía.

Cuando habían recorrido no más de ocho manzanas, oyeron las sirenas que sonaban en la vecindad que acababan de abandonar. Travis siguió a lo largo de otras cuatro manzanas y aparcó en el solar desierto de un colegio.

—¿Y ahora qué? —inquirió Nora.

—Abandonaremos el remolque y la camioneta —dijo él—. Estarán buscando ambas cosas.

Dicho esto, puso el revólver en el bolso de ella, y Nora insistió en guardar también allí el cuchillo.

Los tres se apearon de la camioneta y, entre las sombras nocturnas, caminaron a lo largo del colegio, atravesaron un campo de atletismo y por la cancela de una cerca metálica desembocaron en una calle residencial flanqueada de árboles crecidos.

Con la llegada de la noche, la brisa se transformó en un viento fuerte, cálido y seco. Arrastraba delante de ellos unas cuantas hojas secas y perseguía a fantasmas de polvo por todo el pavimento. Travis sabía que los tres juntos llamarían demasiado la atención, incluso sin el remolque ni la camioneta. Los vecinos estarían recomendando a la Policía que buscaran a un hombre, una mujer y un perdiguero dorado, un trío poco corriente. Se les requeriría para interrogarles sobre la muerte de Ted Hockney, de modo que la búsqueda no sería pasajera. Así pues, necesitaban perderse de vista lo antes posible.

Él no tenía amigos en quienes buscar refugio. Tras el fallecimiento de Paula, se había apartado de sus escasos amigos y no había mantenido contacto con ninguno de los agentes inmobiliarios que antaño trabajaran para él. Tampoco Nora tenía amigos, gracias a Violet Devon.

Las casas por donde pasaban, casi todas con luces cálidas en las ventanas, parecían ofrecerles, burlonas, un santuario inalcanzable.

VIII

Garrison Dilworth vivía en la demarcación entre Santa Bárbara y Montecito, medio acre de paisaje exuberante y una majestuosa mansión estilo Tudor que no armonizaba mucho con la flora californiana, pero sí era un complemento perfecto del letrado. Cuando acudió a la puerta, llevaba mocasines negros, pantalones grises, una chaqueta deportiva azul marino, una camisa blanca de punto y lentes de media luna con montura de concha, por encima de los cuales les miró atónito pero, afortunadamente, no contrariado.

—¡Vaya! ¿Cómo les va, recién casados?

—¿Está usted solo? —preguntó Travis, cuando seguido de Nora y *Einstein* entró en un espacioso vestíbulo con piso de mármol.

—¿Solo? Sí, claro.

—¿No con la señora Murphy?

—La señora Murphy pasará todo el día en su casa —dijo el abogado cerrando la entrada—. Parecen perturbados. En nombre del cielo, ¿qué les ha ocurrido?

En el camino Nora le había contado a Travis que hacía tres años que la mujer del abogado había muerto, y que a él le atendía un ama de llaves llamada Gladys Murphy.

—Necesitamos ayuda —dijo Nora.

—Pero —le advirtió Travis—, quien nos ayude puede comprometerse con la ley.

Garrison enarcó las cejas.

—¿Qué han hecho ustedes? A juzgar por su aspecto hierático..., se diría que han secuestrado al Presidente.

—No hemos hecho nada malo —le aseguró Nora.

—Sí, lo hemos hecho —la contradijo Travis—. Y seguimos haciéndolo.., estamos dando cobijo al perro.

Perplejo y desconcertado, Garrison miró ceñudo al perdiguero.

Einstein gimió y procuró dar la impresión de un perro achuchado y entrañable.

—Y hay un hombre muerto en mi casa —agregó Travis.

La mirada de Garrison se trasladó del perro a Travis.

—¿Un hombre muerto?

—Travis no le mató —dijo Nora.

Garrison miró otra vez a *Einstein.*

—Tampoco el perro —dijo Travis—. Pero se me requirirá como testigo ocular o algo parecido, tan seguro como que hay infierno.

—Huuumm. ¿Por qué no pasamos a mi estudio y aclaramos las cosas? —propuso Garrison.

Les condujo a través de una enorme sala, iluminada a medias, y de un pasillo corto hasta un estudio con ricos paneles de teca y techo de cobre. El tresillo, de cuero marrón, parecía costoso y cómodo. La mesa de teca pulimentada, era maciza y en un rincón se alzaba la maqueta muy pormenorizada de una goleta de cinco palos con todo el velamen desplegado. Allí se habían empleado como motivos decorativos diversos útiles náuticos: un timón de barco, un sextante de latón y un cuerno tallado de buey lleno de sebo que parecía contener agujas para el remiendo de velas, seis tipos de fanales, una campana de timonel y varias cartas marinas. Travis vio fotografías de un hombre y una mujer en diversas embarcaciones. El hombre era Garrison.

Un libro abierto y un vaso a medio terminar de whisky sobre una mesa pequeña junto a los sillones daban testimonio de su reciente ocupación. Era obvio que el abogado había estado sentado allí cuando ellos tocaron el timbre. Ahora les ofreció una copa y ambos dijeron que tomarían lo mismo qué él.

Einstein cedió el sofá a Travis y a Nora, y él se acomodó en el segundo sillón. Se sentó, no se acurrucó, como si se propusiera participar en el inminente debate.

Dirigiéndose a un bar de rincón, Garrison sirvió «Chivas Regal» con hielo en dos vasos. Aunque no estuviera habituada al whisky, Nora sorprendió a Travis vaciando su vaso en dos tragos y pidiendo sin demora otro. Él pensó que eso había sido una idea genial, así que la imitó, y luego, cogiendo su vaso vacío, marcho al bar mientras Garrison terminaba de llenar el de Nora.

—Me gustaría referirle todo y contar con su ayuda —dijo Travis—. Pero piense que se pondrá en contra de la ley.

Mientras cerraba la botella de «Chivas», Garrison dijo:

—Habla usted como un profano. Como abogado, puedo asegurarle que la ley no es una raya inscrita en mármol, inamovible e inalterable a través de los siglos. Más bien, es... como una cuerda tendida, fija por un extremo y otro pero con mucho juego en medio, muy floja, de modo que puedas estirarla hacia aquí o hacia allá y rehacer el arco para poder sentirte casi seguro en el lado bueno..., a menos que medie el robo flagrante o el asesinato a sangre fría Es un hecho desalentador, pero cierto. No temo que nada de lo que me pueda contar usted me haga dar con mis huesos en una celda carcelaria, Travis.

Media hora después, Travis y Nora habían terminado de referirle todo acerca de *Einstein*. Para un hombre a dos meses de cumplir su setenta y un cumpleaños, el abogado de pelo plateado demostró tener una mente despierta y muy ecuánime. Hizo las preguntas justas, sin ironizar sobre las respuestas. Cuando se le ofreció una exhibición de diez minutos para que *Einstein* pusiera a prueba sus misteriosas habilidades, él se guardó mucho de relacionarlo con meros trucos circenses; aceptó lo que se le enseñaba y acondicionó nuevamente sus nociones de lo que era normal y era posible en este mundo. Demostró poseer bastante más agilidad y flexibilidad mental que muchos hombres de treinta o cuarenta años. Reteniendo la cabeza de *Einstein* sobre sus rodillas y rascándole con suavidad las orejas, Garrison dijo:

—Si se dirigen a los medios informativos, convocan una conferencia de Prensa y revelan todo este enredo, quizá podamos recurrir a los tribunales para que les concedan la custodia del perro.

—¿Cree usted, de verdad, que eso funcionará? —preguntó Nora.

—Al menos, hay un cincuenta por ciento de probabilidades.

Travis sacudió la cabeza.

—No. No correremos semejante riesgo.

—¿Qué se propone hacer usted? —inquirió Garrison.

—Correr —dijo Travis—. Permanecer en movimiento.

—¿Y qué conseguirá con eso?

—Mantener libre a *Einstein*.

El perro soltó un resoplido de reconocimiento.

—Libre, pero, ¿por cuánto tiempo?

Travis se levantó y, demasiado nervioso para seguir en su asiento, empezó a pasear.

—Ellos no cesarán de buscar. Por lo menos durante unos cuantos años.

—No cesarán nunca —puntualizó el abogado.

—Conforme, será muy duro, pero es lo único que podemos hacer. Maldito sea si se lo entrego a esa gente. Él tiene verdadero pánico de ese laboratorio. Además él me ha devuelto a la vida...

—Y a mí me salvó de Streck —añadió por su parte Nora.

—Nos ha unido —dijo Travis.

—Ha cambiado nuestras vidas.

—Un cambio radical. Ahora forma parte de nosotros, tanto como lo sería nuestro propio hijo —dijo Travis. La emoción le hizo un nudo en la garganta cuando observó la mirada agradecida del perro—. Nosotros lucharíamos por él, tal como él lo haría por nosotros. Constituimos una familia. Viviremos juntos... o moriremos juntos.

Acariciando al perdiguero, Garrison dijo:

—No les buscarán tan sólo las gentes del laboratorio y la Policía...

—Sí, esa otra cosa— asintió Travis.

Einstein se estremeció.

—Vamos, vamos, tranquilo —murmuró apaciguador Garrison acariciando al perro. Luego dijo a Travis—: He escuchado su descripción de la criatura, pero eso no me ayuda mucho. ¿Qué cree usted que será?

—Sea lo que fuere, no la creó Dios —dijo Travis—. La hicieron los hombres. Lo cual significa que será un producto de la investigación del ADN y sus combinaciones. Sólo Dios sabe para qué. Sólo Dios sabe lo que esa gente creía estar haciendo y por qué formaban una cosa como ésa. Pero el caso es que la hicieron.

—Y parece poseer una capacidad misteriosa para seguirles el rastro.

—Seguírselo a *Einstein* —rectificó Nora.

—Por eso nos mantendremos en movimiento —dijo Travis—. Y procuraremos ir bien lejos.

—Eso requerirá dinero, y aún quedan más de doce horas para que abran los Bancos —dijo Garrison—. Y algo me dice al oído que necesitarán emprender la huida esta misma noche.

—Ahí es donde nos servirá usted de ayuda —le dijo Travis.

Nora abrió su bolso y sacó dos talonarios de cheques, el de Travis y el suyo.

—Escuche, Garrison, lo que queremos es extender un cheque de Travis y otro mío pagaderos a usted. Él tiene sólo tres mil dólares en su cuenta corriente pero posee una cantidad mayor en su cuenta de ahorros con el mismo Banco, el cual está autorizado para transferir fondos de una a otra para evitar el saldo deudor. Mis cuentas están organizadas del mismo modo. Si nosotros le entregamos un cheque de Travis por veinte mil dólares, poniéndole una fecha atrasada para que parezca haber sido extendido antes de todo este conflicto y otro mío también por veinte mil, usted podrá depositarlos en su cuenta. Tan pronto como los hagan efectivos, usted extenderá ocho cheques al portador por cinco mil cada uno y nos los enviará.

Travis añadió:

—La Policía querrá hacerse conmigo para interrogarme, aunque sepa que yo no maté a Ted Hockney, porque *ningún ser humano podría* hacer semejantes destrozos en un cuerpo. Así pues, no bloqueará mis cuentas.

—Si las agencias federales respaldan la investigación que ha producido a *Einstein* y a esa criatura —dijo Garrison—, tendrán verdaderos deseos de echarle las manos encima, y pudieran bloquear sus cuentas.

—Quizá. Pero, probablemente, no de inmediato. Usted reside en la misma ciudad, de modo que su Banco puede hacer efectivo mi cheque el lunes a más tardar.

—¿Con qué fondos se mantendrán mientras esperan a que les remita sus cuarenta mil dólares?

—Nos queda de nuestro viaje de bodas algún metálico y varios cheques de viaje —dijo Nora.

—Y yo llevo mis tarjetas de crédito —agregó Travis.

—Les pueden seguir la pista mediante las tarjetas de crédito y los cheques de viaje.

—Lo sé —dijo Travis—. Por eso los usaré en una ciudad de paso, y una vez cobrados, saldremos de estampida.

—Cuando yo haya obtenido del cajero los cheques por valor de cuarenta mil, ¿adónde deberé enviárselos?

—Nos mantendremos en contacto por teléfono —dijo Travis sentándose de nuevo en el sofá junto a Nora—. Ya idearemos algo.

—¿Y el resto de sus propiedades... y las de Nora?

—Nos ocuparemos más adelante de eso —dijo Nora.

Garrison frunció el ceño:

—Antes de marcharse, Travis, le convendría firmar una carta autorizándome a representarle en cualquier asunto legal que pueda surgir. Si alguien intentase confiscar sus propiedades, yo podría atajar esa maniobra en la medida de lo posible..., si bien me propongo pasar desapercibido hasta que ellos me relacionen con ustedes.

—Probablemente los fondos de Nora estarán seguros durante algún tiempo. Nadie sabe acerca de nuestro matrimonio salvo usted. Los vecinos dirán a la Policía que me marché en compañía de una mujer, pero no sabrán decir de quien se trata. ¿Le ha hablado usted de nosotros a alguien?

—Sólo a mi secretaria, la señora Ashcroft. Pero no es mujer dada a las habladurías.

—Está bien —dijo Travis—. No creo que las autoridades descubran por ahora la licencia de matrimonio; así pues, tardarán algún tiempo en dar con el nombre de Nora. Pero cuando lo hagan, averiguarán también que usted es su abogado. Si hacen inspeccionar mis cuentas en busca de cheques cancelados con la esperanza de descubrir adónde he ido, se enterarán de que le pagué veinte mil, y vendrán a por usted...

—Eso no me inquieta lo más mínimo —dijo Garrison.

—Tal vez no —contestó Travis—. Pero tan pronto como me relacionen con Nora y a nosotros dos con usted, le vigilarán de cerca. Si eso ocurre, será preciso que nos lo advierta de inmediato cuando le telefoneemos, para que podamos colgar y romper todo contacto.

—Le he comprendido perfectamente —dijo el abogado.

—Escuche, Garrison —intervino Nora—. Usted no tiene por qué complicarse la vida. Le estamos pidiendo demasiado.

—Escúcheme, querida. Tengo casi setenta y un años, disfruto ejerciendo mi profesión y navego todavía con todo el velamen..., pero, a decir verdad, encuentro la vida en la actualidad un poco aburrida. Este asunto es, justamente, lo que necesitaba para hacer circular más aprisa mi vieja sangre. Creo además que ustedes están obligados a defender la libertad de *Einstein*, no sólo por los motivos que mencionaron antes sino también porque..., la raza humana no tiene derecho a emplear así su ingenio para crear otras especies inteligentes y luego utilizarlas como si fuesen de su propiedad. Si nosotros hemos llegado tan lejos que podemos crear seres como lo hace Dios, también nos corresponderá actuar con la misma justicia y la misericordia de Dios. En este caso, la justicia y misericordia requieren que *Einstein* permanezca libre.

El perro alzó la cabeza de las rodillas del abogado, le miró admirativo y luego frotó su fría nariz con la barbilla de Garrison.

En el garaje de tres vehículos, Garrison guardaba un «Mercedes 560 SEL», de color negro y nuevo, un «Mercedes 500 SEL», blanco y ya viejo y un «Jeep» verde que usaba sobre todo para ir al puerto deportivo en donde guardaba su embarcación.

—El blanco pertenecía a Francine, mi esposa —explicó el abogado conduciéndoles hacia el coche—. Yo no lo uso apenas, pero lo mantengo en condiciones y lo saco a menudo para impedir que los neumáticos se descompongan. Debí haberme deshecho de él cuando Franny murió. Después de todo, era su coche. Pero... ella lo quería tanto... su rutilante «Mercedes» blanco... ¡Aún recuerdo lo orgullosa que se sentaba detrás del volante! Me gustaría que ustedes lo utilizaran.

—Un coche de sesenta mil dólares para escapar —comentó Travis pasando una mano por el reluciente capó—. Será una fuga de gran estilo.

—Nadie lo buscará —dijo Garrison—. E incluso si le relacionaran algún día con ustedes dos, no sabrían que yo les había cedido uno de mis coches.

—No podemos aceptar un vehículo tan caro —dijo Nora.

—Tómelo a título prestado —les propuso el abogado—. Cuando hayan terminado con él, cuando consigan otro coche, apárquenlo en cualquier parte, una terminal de autobús o un aeropuerto..., y denme un telefonazo diciéndome dónde está. Así podré despachar a alguien para que lo recoja.

Einstein plantó las zarpas en la puerta del conductor del «Mercedes» y observó el interior de coche por la ventanilla lateral. Luego miró a Travis y a Nora soltando un resoplido, como si les dijera que serían unos insensatos si rechazaban semejante oferta.

IX

Con Travis al volante, abandonaron la casa de Garrison Dilworth el viernes por la noche a las diez y cuarto y tomaron la carretera 101 en dirección norte. A las doce y media pasaron por San Luis Obispo y desfilaron por el Paso Robles a la una de la madrugada. Hacia las dos, se detuvieron para repostar en una estación de servicio automático que se hallaba a una hora de Salinas por el sur.

Nora se sentía como un ser inútil. No podía siquiera relevar a Travis al volante porque no sabía conducir. Hasta cierto punto la culpable era Violet Devon y no ella, otro resultado fatal de una vida de reclusión y opresión. No obstante, Nora se sentía totalmente superflua y muy disgustada consigo misma. Sin embargo, no se proponía permanecer cual una inválida el resto de su vida. ¡Maldita sea, no! Pensaba aprender a conducir y a manejar armas. Travis podría enseñarle ambas cosas. Y considerando sus antecedentes podría también darle clases de artes marciales, judo o karate. Él era un buen profesor. Ciertamente, había hecho un espléndido trabajo al enseñarle el arte de amarse. Este pensamiento la hizo sonreír, y poco a poco su talante autocrítico se vino abajo.

Durante las dos horas y media siguientes, mientras se dirigían por el norte a Salinas y luego hacia San José, Nora dormitó un poco. Cuando no dormía se regodeaba con los kilómetros que iban dejando atrás sin pausa. A ambos lados de la carretera, vastas extensiones de tierra laborable parecían desplegarse hacia el infinito bajo el pálido resplandor de la luna. Cuando la luna se esfumó, recorrieron largos trechos en completa oscuridad, hasta localizar la luz ocasional de una granja o un caserío a orillas de la carretera.

La cosa de ojos amarillos había seguido a *Einstein* desde las colinas de Santa Ana, en el condado de Orange, hasta Santa Bárbara, una distancia de ciento noventa y tres kilómetros en línea recta, según había dicho Travis, y, probablemente, unos cuatrocientos ochenta y tres kilómetros a campo través... en tres meses. Así que si ellos recorrían cuatrocientos ochenta y tres kilómetros en línea recta al norte de Santa Bárbara hasta encontrar un lugar cercano a la bahía de San Francisco, quizás el perseguidor no les diera alcance hasta dentro de siete u ocho meses. O tal vez no les alcanzara jamás. ¿A qué distancia sería capaz de olfatear a *Einstein*? Porque, sin duda, esa habilidad misteriosa para localizar al perro tendría sus limitaciones. ¡Sin duda!

X

El jueves por la mañana, a las once en punto, Lemuel Johnson se plantó en el dormitorio principal de la pequeña casa que Travis Cornell alquilara en Santa Bárbara. El espejo del tocador había sido pulverizado. El resto del aposento estaba también hecho trizas, como si el alienígena hubiese sufrido un furioso ataque de envidia al comprobar que el perro vivía rodeado de comodidades domésticas mientras él, en contraste, se veía forzado a merodear por la espesura y vivir en condiciones primitivas.

Entre los escombros que cubrían el suelo, Lem encontró cuatro fotografías con marco plateado que, probablemente, habrían estado sobre el tocador o las mesillas de noche. La primera era de Cornell y una atractiva rubia. A esas alturas, Lem había averiguado ya lo suficiente sobre Cornell para saber que aquella rubia sería Paula, su difunta esposa. Otra foto, una instantánea en blanco y negro de un hombre y una mujer, era lo bastante antigua como para que Lem dedujese que las personas que sonreían a la cámara debían de ser los padres de Cornell. La tercera era de un muchacho, de once o doce años, también en blanco y negro, o sea vieja, que podría ser el propio Travis Cornell o más probablemente de un hermano que murió joven.

La última de esas cuatro fotos representaba a diez soldados formando grupo en lo que parecían unos escalones de madera ante un barracón, todos ellos sonriendo a la cámara. Uno de los diez era Travis Cornell. Y en dos o tres de los uniformes, Lem percibió el distintivo de la Fuerza Delta, la tropa escogida del cuerpo antiterrorista.

Algo intranquilo por esta última fotografía, Lem la colocó sobre el tocador y se dirigió hacia la sala, en donde Cliff seguía inspeccionando los despojos teñidos de sangre. Buscaban algo que no tuviese el menor significado para la Policía pero que pudiera ser significativo para ellos.

La NSA había reaccionado con lentitud en el asesinato de Santa Bárbara, y a él no se le había alertado hasta casi las seis de aquella mañana, como resultado, la Prensa había informado ya sobre los horripilantes detalles del asesinato de Ted Hockney. Los periodistas, entusiasmados, estaban divulgando las más disparatadas especulaciones sobre lo que podría haber matado a Hockney, centrándose en la teoría de que Cornell mantenía un animal exótico y peligroso, quizás una onza o pantera, y que ese animal había atacado al desprevenido casero cuando éste entraba en la casa. Las cámaras de televisión se habían recreado con los libros destrozados y salpicados de sangre. Éstos eran los temas del *National Enquirer*, lo cual no sorprendió a Lem, porque él creía que la línea divisoria entre los rotativos sensacionalistas como el *Enquirer* y la llamada «prensa legítima», particularmente los medios de comunicación electrónicos, a menudo era mucho más sutil de lo que aseveraban casi todos los periodistas.

Él había planificado y aplicado una campaña de «desinformación» para reforzar la histeria descaminada de la Prensa sobre felinos selváticos en libertad. Unos informadores pagados por la NSA aparecían en primer plano asegurando conocer bien a Cornell, y declararían que este hombre en realidad mantenía una pantera en su casa, además de un perro. Otros, que no habían visto jamás a Cornell, se identificarían como amigos suyos e informarían entristecidos que ellos le habían aconsejado quitar colmillos y garras a la pantera antes de que alcanzase la madurez. La Policía querría interrogar a Cornell y a la mujer no identificada en relación con esa pantera y su paradero.

Lem esperaba poder desviar limpiamente a la Prensa de todas las pesquisas que pudieran aproximarla a la verdad.

Desde luego, allá en el condado de Orange, Walt Gaines oiría hablar de este nuevo asesinato, emprendería indagaciones amistosas entre las autoridades locales de aquí y llegaría rápidamente a la conclusión de que el alienígena había seguido la pista del perro hasta este lugar tan distante del norte. Lem se tranquilizó al pensar que contaba con la colaboración de Walt.

Al entrar en la sala donde trabajaba Cliff Soames, Lem dijo:

—¿Encontraste algo?

El joven agente se levantó de los escombros, dio unas palmadas para limpiarse el polvo y dijo:

—Sí. Lo puse en la mesa del comedor.

Lem le siguió hasta el comedor, en cuya mesa había un grueso cuaderno de oruga. Cuando lo abrió y echó una ojeada a su contenido, vio fotografías que habían sido recortadas de revistas satinadas para pegarlas en las páginas de la izquierda; las páginas de la derecha contenían el nombre del objeto fotografiado, escrito en grandes letras de molde: ÁRBOL, CASA, COCHE...

—¿Qué opinas de eso? —preguntó Cliff.

Frunciendo el ceño en silencio, Lem continuó hojeando el cuaderno, sabiendo por intuición que era algo importante, pero incapaz de adivinar por qué. Por fin le llegó la idea:

—Es un catón. Para enseñar a leer.

—Exacto —dijo Cliff.

Lem observó que su ayudante estaba sonriendo.

—¿Acaso crees que ellos conocen la inteligencia del perro, que el animal les ha revelado sus habilidades? ¿Y que ellos decidieron..., enseñarle a leer?

—Así parece —dijo Cliff todavía sonriente—. ¡Dios santo! ¿Lo crees posible? ¿Se le podría enseñar a leer?

—Sin duda —dijo Lem—. De hecho, ésa era una de las misiones que había programado el doctor Weatherby para este otoño.

Riendo por lo bajo, Cliff, maravillado dijo:

—¡Que me aspen!

—Antes de divertirte con este descubrimiento —dijo Lem—, es preferible que analices la situación. Ese tipo sabe que el perro es más listo que el hambre. Tal vez consiguiera enseñarle a leer. Por tanto hemos de suponer que él ha ideado algún medio para comunicarse con él. Sabe que se trata de un animal experimental, y debe de saber que le está buscando un montón de gente.

Cliff dijo:

—Además conocerá la presencia del alienígena porque el perro habrá encontrado la forma de comunicárselo.

—Sí. No obstante, aun sabiendo todo eso, ha optado por eludir la publicidad; podría haber vendido la historia a un mayor postor, pero tampoco lo hizo. O si pertenece al estilo pacifista, podría haber llamado a la Prensa para estigmatizar al Pentágono por patrocinar semejante investigación.

—Y no lo hizo —dijo Cliff, ceñudo.

—Ello significa, primero y ante todo, que se ha encariñado con el perro, se ha comprometido a quedárselo e impedir por todos los medios su captura.

Cliff asintió.

—Eso tiene sentido si lo que hemos oído decir sobre él es cierto. Quiero decir, que ese individuo perdió a toda su maldita familia cuando era joven, a su esposa hace menos de un año y a todos sus camaradas de la Fuerza Delta. Y se convirtió en un recluso, se aisló de todos sus amigos. Debió haberse sentido endiabladamente solitario. Entonces se presentó el perro...

—Justo —dijo Lem—. Y para un hombre entrenado en la Fuerza Delta, no resultará difícil mantenerse a cubierto. Y si le encontramos, sabrá cómo luchar por el perro. ¡Vaya si sabrá luchar, Dios mío! —suspiró Lem.

—No se ha confirmado todavía el rumor sobre la Fuerza Delta —murmuró esperanzado Cliff.

—Yo lo sé —dijo Lem. Le describió la fotografía que había hallado en el maltrecho dormitorio.

Cliff suspiró.

—Ahora sí que estamos navegando en mierda.

—Hundidos hasta el cuello —convino Lem.

XI

Habían alcanzado San Francisco a las seis en punto de la mañana del jueves, y a las seis y media habían encontrado un motel conveniente..., un amplio complejo que parecía moderno y limpio. Allí no se admitían animales domésticos, pero les resultó fácil meter a *Einstein* de contrabando.

Aunque existiera el pequeño riesgo de que ya hubiese sido distribuida una orden de arresto contra Travis, se registró en el motel usando su DNI. No tenía elección, porque Nora no poseía tarjetas de crédito ni permiso de conducir. Hoy día los empleados están dispuesto a aceptar dinero contante y sonante, pero no sin DNI; la cadena de computadoras exigía datos sobre sus huéspedes.

Ahora bien, no dio la marca ni la verdadera matrícula de su coche pues lo había aparcado muy lejos de la oficina, para ocultar esos dato al empleado.

Pagaron sólo una habitación, pues mantendrían a *Einstein* con ello porque no iban a necesitar intimidad para hacer el amor. Exhausto y dolorido, Travis consiguió dar un beso a Nora antes de caer en un pro fundo sueño. Soñó con cosas de ojos amarillos, cabezas deformes y bo cas de cocodrilo armadas con dientes de tiburón.

Despertó cinco horas después, a las doce y diez de la mañana de jueves.

Nora, que se había levantado antes, estaba duchada y vestida otra vez con la única ropa que llevaba. Su pelo, aún húmedo, colgaba tenta dor sobre la nuca.

—El agua sale caliente y a gran presión —le informó.

—Lo mismo me pasa a mí —dijo él, abrazándola y besándola.

—Entonces más valdrá que te enfríes —contestó ella apartándose—. E orejitas está escuchando.

—¿*Einstein*? Pero si tiene unas orejas enormes.

En el cuarto de baño encontró a *Einstein* bebiendo en un cuenco lleno de agua fría que le había preparado Nora.

—Oye, cara peluda, el retrete es una fuente perfectamente adecuad; para que beban agua la mayoría de los perros.

Einstein resopló desdeñoso y salió del baño con aire altivo.

Travis no tenía útiles para afeitarse pero pensó que la barba de un día le daría el aspecto que necesitaba para el trabajo que se proponía hacer aquella noche en el distrito de Tenderloin.

Dejaron el motel y almorzaron en el primer «McDonald's» que en contraron. Después del almuerzo se dirigieron a una sucursal de Banco de Santa Bárbara en donde Travis tenía su cuenta corriente. Uti lizaron su tarjeta de computadora bancaria, su «Mastercard» y dos de sus tarjetas Visa para reunir un total de mil cuatrocientos dólares. Esto junto con los dos mil cien en metálico y los cheques de viaje que les so braron de su luna de miel hizo un capital líquido de ocho mil quinien tos dólares.

Durante el resto de la tarde y primeras horas de la noche estuvieron haciendo compras. Con las tarjetas de crédito adquirieron un juego de maletas y ropa suficiente para llenarlas. Luego, artículos de tocador para ambos y una maquinilla eléctrica para Travis.

Él también compró un juego de «Scrabble».

—¡No me digas que tienes humor para jueguecitos! —exclamó Nora.

—No —respondió él enigmático, disfrutando con su desconcierto—. Te lo explicaré más tarde.

Media hora antes del ocaso, con sus compras atestando el espaciosos portaequipajes del «Mercedes», Travis se dirigió hacia el centro neurálgico de Tenderloin, la zona de San Francisco situada por debajo de la calle O'Farrell, emparedada entre la calle Market y la avenida Van Ness. Era un distrito de bares sórdidos donde se exhibían bailarinas con pechos al aire, antros *go-go* cuyas chicas no llevaban ninguna clase de ropa, consultorios en donde los hombres pagaban tanto por minuto para sentarse con jóvenes desnudas y hablar sobre sexo y en donde, normalmente, se hacía algo más que charlar.

Semejante degeneración fue una revelación perturbadora para Nora, quien había empezado a creerse experimentada y de mundo, pero no estaba preparada para los sumideros de Tenderloin. Sin poderlo remediar, se quedó boquiabierta ante los chillones anuncios de neón que aireaban los espectáculos subidos de tono, la lucha libre femenina, los imitadores de estrellas, los baños sibaríticos y los consultorios con masaje. El significado de los reclamos de algunos de los peores bares la desconcertaron, y no pudo por menos que preguntar:

—¿Qué quieren decir cuando escriben en la marquesina «echa un vistazo al capazo»?

Mientras buscaba un lugar en donde aparcar, Travis dijo:

—Quiere decir que las chicas bailan completamente desnudas y que durante el baile se abren los labios de la vulva para revelarse hasta el mismísimo fondo.

—¡No!

—Sí.

—¡Dios mío, no puedo creerlo! Quiero decir que no lo creo..., vamos que no. ¿Y que significa, «cercanía extrema»?

—Las chicas bailan entre las mesas de los clientes. La ley no autoriza el contacto, pero las chicas bailan muy cerca balanceando los pechos desnudos en la cara del cliente. Entre sus pezones y los labios del hombre puedes introducir una hoja de papel, tal vez dos, pero no tres.

En el asiento trasero, *Einstein* resopló como si expresara disgusto.

—Conforme, compadre —le dijo Travis.

Desfilaron ante un local de aspecto canceroso con rutilantes bombillas rojas y amarillas y ondulantes bandas azules y purpúreas de neón, cuyo letrero prometía un ESPECTÁCULO DE SEXO EN VIVO. Horrorizada, Nora preguntó:

—¡Dios santo! ¿Acaso hay otros espectáculos en donde se muestren actos sexuales con los muertos?

Travis se rió con tantas ganas que casi chocó contra un coche repleto de adolescentes pasmados.

—No, no, no. Incluso Tenderloin tiene sus límites. En este caso, «en vivo» quiere decir lo contrario a una película. Se puede ver mucho en filmes, cine que proyectan sólo pornografía, pero este local promete sexo en vivo en el escenario. Ignoro si cumplen su promesa.

—¡Y yo no tengo ningún interés en averiguarlo! —exclamó Nora como si fuese una Dorothy de Kansas que hubiese ido a caer en un vecindario de Oz indescriptiblemente despreciable—. Bueno, ¿y qué estamos haciendo aquí?

—Éste es el lugar adonde se acude cuando intentas adquirir cosas que no venden en Nob Hill: como jóvenes donceles o cantidades verdaderamente grandes de droga. O también matrículas falsas de coches o DNI falsificados.

—¡Ah! —murmuró ella—. ¡Ah, ya entiendo! Esta zona está dominada por el hampa, por gentes como los Corleone de *El padrino*.

—Estoy seguro de que la mafia poseerá la mayoría de estos locales —dijo él, mientras hacía maniobras con el «Mercedes» para introducirlo en un espacio libre junto al bordillo—. Pero no cometas nunca el error de pensar que la «verdadera» mafia es un puñado de cursis «honorables» como los Corleone.

Einstein no tuvo inconveniente en permanecer dentro del «Mercedes».

—Te diré una cosa, cara peluda —bromeó Travis—. Si tenemos suerte de verdad, te conseguiremos también una nueva identidad. Haremos de ti un gran caniche.

Nora se sorprendió al descubrir que, al caer el crepúsculo sobre la ciudad, la brisa de la bahía se hizo lo bastante fresca como para que sintiesen la necesidad de las chaquetas acolchadas de nilón que habían comprando poco tiempo antes.

—Las noches suelen ser frescas aquí, incluso en verano —dijo él—. Pronto caerá la niebla. El calor almacenado durante el día la hace surgir del agua.

Él se habría puesto su chaqueta aunque el aire vespertino hubiese sido cálido, porque llevaba su revólver cargado debajo del cinturón y necesitaba la chaqueta para ocultarlo.

—En realidad, ¿tendrás que usar el arma? —preguntó ella mientras se alejaban del coche.

—No es probable. La llevo sobre todo a modo de DNI.

—¿Eh?

—Ya lo verás.

Nora miró hacia atrás y vio que *Einstein* les observaba con aire melancólico desde la ventanilla trasera del coche. A ella le dolió dejarle solo; no obstante, estaba segura de que, aun cuando esos establecimientos admitiesen perros, no eran los locales adecuados para la moral de *Einstein*.

Travis pareció interesarse únicamente por aquellos bares cuyos letreros estaban escritos en inglés y español o sólo en español. Algunos locales eran sórdidos de verdad y no disimulaban las calvas de la pintura ni el moho de las alfombras, mientras que otros resplandecían de espejos y luces deslumbrantes para disimular su auténtica condición de ratoneras. Sólo unos pocos llamaban la atención por su limpieza y costosa decoración. Travis habló en español con cada barman, a veces con los músicos, cuando los había o estaban descansando, y en dos o tres ocasiones distribuyó bajo mano billetes de veinte dólares. Como Nora no hablara español, no sabía lo que él estaba preguntando ni por qué pagaba a esa gente.

Cuando iban otra vez por la calle en busca de un nuevo tugurio, Travis le explicó que la mayoría de los inmigrantes ilegales eran mexicanos, salvadoreños, nicaragüenses..., gentes desesperadas que huían del caos económico y la represión política. Por consiguiente, en el mercado de los documentos falsos había más ilegales de habla española que vietnamitas, chinos y elementos de otros grupos lingüísticos.

—Así que el medio más rápido de encontrar una pista hasta el expedidor de documentos falsos, es el recurrir al hampa latina.

—¿Has encontrado ya la pista?

—Todavía no. Sólo retazos. Y, probablemente, el noventa y nueve por ciento de los informes que he pagado, serán sandeces, mentiras. Pero no te preocupes..., encontraremos lo que necesitamos. Ésa es la razón de que el Tenderloin no quede nunca marginado del negocio: las personas que acuden aquí encuentran siempre lo que necesitan.

Las personas que acudían allí sorprendieron a Nora. En las calles, en los bares de *topless* se veía toda clase de rasgos étnicos. Asiáticos y latinos, negros y blancos e incluso indios se mezclaban en una bruma alcohólica, como si la armonía racial fuera un benéfico efecto secundario de la persecución del pecado. Había individuos que se contorneaban por todas partes con sus cazadoras de cuero y sus vaqueros, otros que parecían rufianes, lo cual ya no la extrañaba; sin embargo había también hombres con pulcros trajes de calle, estudiantes de aspecto inconfundible, gente vestida de cowboys y saludables tipos playeros que parecían haber surgido de una vieja película de Annette Funicello. Vagabundos sentados sobre la acera o apostados en las esquinas, vetustos adictos al vino con ropas malolientes, y algunos de ellos, incluso entre los bien trajeados, tenían una mirada tan espeluznante que te daban ganas de salir corriendo, pero, aparentemente, casi todos los viandantes podrían pasar por ciudadanos respetables en cualquier vecindario decente. Nora quedó estupefacta.

No se veían muchas mujeres por la calle, ni acompañando a hombres en los bares. No, corrijamos eso: se veían también mujeres, pero éstas parecían aún más lascivas que las bailarinas desnudas, y sólo unas pocas daban la impresión de no estar en venta.

En un bar *topless* llamado «Hot Tips», cuyos letreros alternaban el español con el inglés, la música rock era tan potente que a Nora le produjo una fuerte jaqueca. Seis chicas muy bonitas, de cuerpos exquisitos y que tan sólo llevaban tacones puntiagudos y bragas de lentejuelas, se bamboleaban, retorcían y balanceaban los pechos ante las caras sudorosas de unos hombres que o bien estaban hipnotizados o silbaban y batían palmas. Otras chicas *topless*, no menos bonitas que las otras, servían las mesas.

Mientras Travis hablaba en español con el camarero, Nora observó que algunos clientes la miraban con interés. Y eso le produjo escalofríos. No soltó ni por un momento el brazo de Travis. Nadie habría podido separarla de él, ni con una palanca.

La peste a cerveza agria y whisky, el olor de los cuerpos, los efluvios de diversos perfumes baratos y el humo de cigarrillos hacían el aire tan denso como el de un baño turco, aunque menos saludable.

Nora apretó los dientes y pensó: «No vomitaré ni me haré pasar por una idiota. No lo haré, ni más ni menos.»

Tras unos minutos de rápida conversación, Travis dejó dos billetes de veinte dólares en las manos del camarero, que le condujo hacia el fondo del salón, en donde un tipo tan grande como Arnold Schwarzennegger ocupaba una silla junto a una puerta que estaba cubierta por una espesa cortina de cuentas. Llevaba pantalones de cuero negro y una camiseta blanca. Sus brazos eran como troncos. Su rostro parecía haber sido moldeado en cemento y los ojos grises tenían casi la transparencia del cristal. Travis habló en español con él y le pasó otros dos billetes de veinte dólares.

La música se atenuó desde un estrépito atronador hasta un mero rugido. Una voz femenina que hablaba por un micrófono dijo:

—Está bien, muchachos, si os gusta lo que habéis visto, demostradlo..., empezad a rellenar a esas gatitas.

Nora respingó consternada pero, cuando la música ascendía otra vez, vio lo que el burdo anuncio significaba: se esperaba que los clientes introdujeran billetes de cinco y diez dólares en las bragas de las bailarinas.

El gigantón de los pantalones de cuero negro se levantó y los condujo por la cortina de cuentas a una habitación que mediría tres metros de anchura y seis u ocho de longitud, en donde otras seis jóvenes de tacones puntiagudos y exiguas bragas se preparaban para relevar a las bailarinas de la pista. Estaban examinando su maquillaje en diversos espejos, pintándose los labios o, simplemente, charlando. Todas ellas (Nora lo comprobó) eran tan guapas como las chicas de fuera. Algunas tenían rasgos duros; sin embargo, otras tenían unas caras tan frescas como maestras de escuela. Todas pertenecían a ese tipo femenino que, probablemente, estaba en el pensamiento de los hombres cuando hablando entre ellos de mujeres decían que estaban «muy buenas».

El gigantón condujo a Travis —y Travis a Nora de la mano— por el gran vestuario hacia la puerta del otro extremo. Mientras caminaban, una de las bailarinas *topless*, una rubia impresionante, puso una mano sobre el hombro de Nora y caminó a su lado.

—¿Eres nueva, cariño?

—¿Quién, yo? No. ¡Oh, no! Yo no trabajo aquí.

La rubia, que estaba tan bien dotada que Nora se sentía a su lado como un chico, dijo:

—Pues tienes el equipo necesario, cariño.

—¡Oh, no! —fue todo cuanto pudo contestar Nora.

—¿Te gusta mi equipo? —preguntó la rubia.

—¡Oh! Bueno, eres muy guapa —dijo Nora.

—Desiste, hermana —terció Travis dirigiéndose a la rubia—. La señora no se balancea de ese modo.

La rubia hizo una sonrisa muy dulce.

—Si lo probara, podría gustarle.

Por una puerta estrecha salieron del vestuario a un pasillo sórdido y mal alumbrado, y fue entonces cuando Nora se dio cuenta de que le ha bía hecho proposiciones ¡una mujer!

No supo si reír o rendirse a las náuseas. Probablemente le hubiera convenido ambas cosas.

El gigantón los llevó hasta un despacho en la parte trasera del edif cio y los dejó allí, diciendo:

—El señor Van Dyne estará con ustedes dentro de un minuto.

El despacho tenía paredes grises, sillas metálicas grises, archivadore del mismo color y una mesa metálica gris llena de golpes y arañazo No había cuadros ni calendarios en las paredes desnudas. Ni plumas agendas ni informes sobre la mesa. Parecía como si aquella estancia s utilizara raras veces.

Nora y Travis se sentaron en dos sillas metálicas frente a la mes La música del bar era todavía audible pero no ensordecedora.

Cuando recuperó el aliento, Nora preguntó:

—¿De dónde proceden?

—¿Quiénes?

—Todas esas chicas tan guapas con sus pechos perfectos, sus peque ños y apretados traseros, sus largas piernas, y todas ellas dispuestas hacer... eso. ¿De dónde viene tal cantidad de ellas?

—En las afueras de Modesto hay una granja que las cría —dijo muy se rio Travis.

Nora le miró escandalizada.

Él rió y dijo:

—Lo siento. Siempre me olvido de lo inocente que eres, señora Cor nell. —La besó en la mejilla. La barba le rascó un poco pero fue agrada ble. Pese a llevar todavía la ropa del día anterior y no haberse afeitad él parecía un bebé limpio y bien restregado en comparación con lo esperpentos que habían encontrado hasta llegar a aquel despacho– Debería darte respuestas claras porque no distingues todavía cuánd estoy bromeando —añadió.

Ella parpadeó.

—Entonces, ¿no hay granja de cría fuera de Modesto?

—No. Hay todo tipo de chicas que hacen eso. Chicas que quiere abrirse camino en el mundo del espectáculo, ir a Los Ángeles para se estrellas de cine, pero no lo consiguen y recalan en locales de Los Án geles parecidos a éste, o se dirigen hacia el norte, a San Francisco, van a Las Vegas. Muchas son chicas bastante decentes. Ven esto com algo temporal. Pueden hacer mucho dinero y rápido. Es un medio d formar un buen fajo antes de hacer otra tentativa en Hollywood. Algu nas aborrecen su propia estampa y hacen esto para humillarse. Otras se rebelan contra sus padres, contra sus maridos, contra el condenado mundo. Y algunas son ganchos.

—Y esos ganchos..., ¿encuentran aquí a sus capturas? —preguntó ella.

—Tal vez sí, tal vez no. Probablemente, algunas bailarán para poder explicar su fuente de ingresos cuando los de Hacienda llaman a su puerta. Declaran sus ganancias como bailarinas, lo cual les da la oportunidad de ocultar lo que hacen de manera soterrada.

—Es muy triste —dijo Nora.

—Claro. En algunos casos..., o mejor dicho en *muchos*, es endiabladamente triste.

Ella preguntó fascinada:

—¿Obtendremos el DNI falso de ese Van Dyne?

—Así lo espero.

—En realidad, tú sabes arreglártelas por ahí, ¿verdad? —le preguntó ella, solemne.

—¿Te molesta que yo conozca lugares..., como éste?

Nora caviló unos instantes y luego dijo:

—No. De hecho..., si una mujer se casa, supongo que él debería ser un hombre capaz de desenvolverse en cualquier situación. Eso me da mucha confianza.

—¿En mí?

—En ti, sí, y confianza en que logremos salir airosos de esto, de que nos salvaremos junto con *Einstein*.

—La confianza es algo bueno. Pero en la Fuerza Delta una de las primeras lecciones que aprendes es que el ser *demasiado* confiado puede depararte la muerte.

En esto, la puerta se abrió y el gigantón reapareció con un hombre de rostro redondo, vestido de gris con camisa azul y corbata negra.

—Van Dyne —dijo el recién llegado sin tenderles la mano. Contorneó la mesa y tomó asiento en una silla con respaldo de muelle. Tenía pelo rubio y ralo, y las mejillas rollizas de un bebé. Parecía un agente bursátil en un comercial de televisión: eficiente y sagaz, tan bien provisto de palabras como de modales—. Quise hablar con ustedes porque me gustaría saber quién está difundiendo tales falsedades sobre mí.

Travis dijo:

—Necesitamos nuevos DNI, permisos de conducir, tarjetas de seguridad social, en fin, el equipo completo. De primera clase, con pleno respaldo, nada de chapuzas.

—Eso es justamente a lo que me refiero —dijo Van Dyne. Y alzó las cejas, burlón–. ¿Quién le sugirió la idea de que estoy embarcado en semejante negocio? Mucho me temo que le hayan informado mal.

—Necesitamos documentos de primera clase y con pleno respaldo —insistió Travis.

Van Dyne le miró de hito en hito, y luego a Nora.

—Permítame examinar su cartera. Y su bolso, señorita.

Mientras colocaba su cartera sobre la mesa, Travis dijo a Nora:

—Hazlo, no hay cuidado.

De mala gana, ella puso su bolso junto a la cartera.

—Ahora, por favor, levántense y dejen que César les registre —dijo Van Dyne.

Travis se puso en pie e indicó por señas a Nora que le imitase.

César, el gigantón con cara de cemento, registró a Travis con una minuciosidad embarazosa, encontró el «Magnum» calibre 357 y lo puso sobre la mesa. Fue incluso más escrupuloso con Nora, le desabotonó la blusa y tanteó muy desahogado las copas de su sujetador por si había algún micrófono, batería o grabador en miniatura. Ella se sonrojó y no habría tolerado semejante atrevimiento si Travis no le hubiese explicado lo que buscaba César. Además, éste permaneció imperterrito todo el tiempo, como si fuese una máquina sin el menor potencial para la reacción erótica.

Cuando César hubo terminado con ellos, los dos se sentaron mientras Van Dyne examinaba detenidamente la cartera de Travis y el bolso de Nora. Ella temía que aquel hombre les tomara su dinero sin darles nada a cambio, pero él pareció interesarse sólo por sus DNI y el cuchillo de carnicero que Nora llevaba todavía consigo.

Van Dyne dijo a Travis:

—Vale. Si usted fuese un poli no se le permitiría llevar un «Magnum». —Mientras decía esto, hizo girar el cilindro y miró los proyectiles—. Y un «Magnum» cargado. El ACLU le haría sudar. —Luego sonrió a Nora—: Ninguna mujer policía lleva un cuchillo de cocina.

De pronto ella comprendió lo que Travis había querido decir con lo de que no llevaba el revólver como protección sino a modo de DNI.

Van Dyne y Travis regatearon un poco y por último fijaron en seis mil quinientos el precio de dos DNI con «pleno respaldo».

Sus pertenencias, incluyendo el cuchillo de carnicero y el revólver, les fueron devueltas.

Desde el despacho gris, los dos siguieron a Van Dyne hasta un reducido vestíbulo en donde él despidió a César, y luego por unas escaleras de cemento mal alumbradas que conducían a un sótano debajo del

«Hot Tips», adonde llegaba todavía la música rock pero filtrada por el suelo de cemento.

Nora no estaba muy segura de lo que esperaba encontrar en aquel sótano: tal vez unos hombres parecidos a Edgar G. Robinson, con viseras verdes sujetas a la cabeza mediante bandas elásticas, que manipulaban anticuadas linotipias que producían no sólo documentos de identidad falsos, sino también gruesos fajos de moneda falsa. Pero lo que encontró en lugar de eso, la sorprendió.

Los escalones terminaban en un almacén de paredes pétreas con dimensiones aproximadas de doce por nueve metros. Las reservas del bar se apilaban hasta la altura del hombro. Los tres caminaron por un estrecho pasillo formado por cajas de whisky y cerveza, hasta una salida de incendios en la pared del fondo. Van Dyne pulsó un botón en el marco y una cámara de seguridad de circuito cerrado hizo un suave ronroneo al fotografiarles.

La puerta se abrió desde dentro y los tres pasaron a una habitación más pequeña con luz tamizada donde dos jóvenes barbudos trabajaban con dos de las siete computadoras alineadas sobre mesas de trabajo a lo largo de la pared. El primero de ellos llevaba zapatos «Rockport», pantalones safari, cinturón de malla y una camisa safari de algodón. El otro llevaba «Reebocks», vaqueros y una camiseta de manga corta donde aparecían impresos los *Three Stooges*. Los dos parecían gemelos y se diría que eran una versión juvenil de Steven Spielberg. Estaban tan inmersos en su trabajo con ordenadores, que no levantaron la vista para mirar a Nora, Travis y Van Dyne, pero se estaban divirtiendo sin la menor duda porque hablaban eufóricos para sí, a sus máquinas o entre ellos, en un lenguaje tan técnico que no tenía ningún sentido para Nora.

Una mujer de veintitantos años trabajaba también en aquella habitación. Tenía pelo rubio y unos ojos de extraña belleza, del mismo color que los peniques. Mientras Van Dyne hablaba con los dos tipos de las computadoras, la mujer llevó a Travis y a Nora hasta el otro extremo de la estancia, los colocó frente a una pantalla blanca y les fotografió para los permisos de conducir falsos.

Cuando la rubia desapareció en una cámara oscura para revelar la película, Travis y Nora se reunieron con Van Dyne ante aquellas computadoras que colmaban de felicidad a los jóvenes. Nora observó cómo interferían en los ordenadores, supuestamente inviolables, del Departamento californiano de Vehículos de Motor y de la Administración de la Seguridad Social, así como en los de otras delegaciones federales, estatales y locales.

—Cuando le dije al señor Van Dyne que quería el DNI con «pleno respaldo» —le explicó Travis—, quise decir que los permisos de conducir deben soportar cualquier inspección si nos detuviera un motorista de carretera para examinarlos. Los permisos que recibamos no se distinguirán de los auténticos. Estos elementos están insertando nuestros nuevos nombres en los archivos DVM, en suma, están creando los pormenores de esos permisos en el banco de datos del estado.

Van Dyne dijo:

—Las señas son falsas, claro está. Pero cuando ustedes se asienten en alguna parte con sus nuevos nombres, deberán solicitar al DVM el cambio de dirección como requiere la ley, y entonces su situación será perfectamente legal. Nosotros estamos preparando éstos para que expiren dentro de un año, y entonces ustedes irán a la oficina DVM, se someterán a las pruebas usuales y obtendrán permisos flamantes porque sus nuevos nombres estarán registrados en los archivos.

—¿Cuáles son nuestros nuevos nombres? —preguntó maravillada Nora.

—Fíjese —dijo Van Dyne, hablando con al aplomo y la paciencia de un agente bursátil al explicar el mercado a un nuevo inversor—, nosotros hemos de empezar por las partidas de nacimiento. Tenemos archivadas en computadoras las defunciones de infantes en todos los Estados Unidos occidentales, remontándonos por lo menos a unos cincuenta años. Hemos indagado ya esas listas para los años correspondientes a los nacimientos de ustedes dos, procurando encontrar niños fallecidos que tuviesen su pelo, color de ojos... y sus nombres de pila, ya que será más fácil para ustedes no cambiar sus primer y segundo nombres. Hemos encontrado una niña, Nora Jean Aimes, nacida el 12 de octubre del año en que nació usted y muerta un mes después, aquí mismo, en San Francisco. Tenemos un impresor láser con infinitas posibilidades prácticamente de estilos y tamaños, mediante el cual hemos producido ya un facsímil del tipo de partida de nacimiento que se utilizaba a la sazón en San Francisco y lleva los nombres Nora y Jean, estadísticas vitales. Ahora haremos dos xerocopias de él y usted recibirá ambos. A continuación nos infiltraremos en los archivos de la Seguridad Social y nos apropiaremos de un número para Nora Jean Aimes, a quien no se le dio nunca uno, y asimismo crearemos un historial de pago de impuestos en la Seguridad Social.

—Al decir esto sonrió—: Usted ha pagado suficientes cuartos como para recibir una pensión cuando se jubile. Asimismo, Hacienda tiene ahora unos datos según los cuales usted ha trabajado como camarera en media docena de ciudades y ha pagado religiosamente sus impuestos cada año.

Travis dijo:

—Con la partida de nacimiento y el número legitimado de la Seguridad Social, ellos obtendrán un permiso de conducir que llevará al dorso el auténtico DNI.

—¿Así que ahora soy Nora Jean Aimes? Pero si está registrada su partida de nacimiento también lo estará su certificado de defunción. Si alguien quisiera verificar...

Van Dyne negó con la cabeza.

—En aquellos días tanto la partida como el certificado eran meros documentos, no datos de computadora. Y como el Gobierno hace más despilfarros que gastos juiciosos, nunca ha tenido los fondos necesarios para transferir los datos anteriores a las computadoras en el banco electrónico de datos. Así pues, si alguien recela de usted, revisará los datos de defunciones en la computadora y averiguará la verdad en dos minutos justos. De lo contrario tendrá que ir al Registro Civil, y bucear en los archivos de aquel año para encontrar el certificado de defunción de Nora Jean. No obstante, así y todo, no lo encontrará, porque nuestros servicios incluyen la sustracción y destrucción de ese certificado ahora que usted ha comprado ya su identidad.

—Nosotros estamos ya dentro de la TRW, agencia investigadora sobre créditos —dijo muy satisfecho uno de los gemelos parecidos a Spielberg.

Nora vio titilar unos datos a través de las pantallas verdes, pero ninguno de ellos tuvo el menor significado para ella.

—Están creando sólidos historiales de crédito para nuestras nuevas identidades —le dijo Travis—. Cuando nos establezcamos donde sea y solicitemos un cambio de dirección al DVM y al TRW, nuestro buzón quedará inundado con ofertas de tarjetas de crédito: «Visa», «Mastercard» y, probablemente, incluso «American Express» y «Carte Blanche».

—Nora Jean Aimes —murmuró aturdida intentando comprender la celeridad con que se había constituido su nueva vida.

Y como no pudiera localizar ningún infante que hubiese muerto en el año que nació Travis y con su nombre de pila, él tuvo que resignarse a ser Samuel Spencer Hyatt, quien había nacido en Portland, Oregón, un mes de enero y había fallecido allí mismo un mes de marzo. El fallecimiento sería eliminado del Registro Civil, y la nueva identidad de Travis soportaría cualquier escrutinio de mediana intensidad.

Y sólo para divertirse (según dijeron ellos mismos), los jóvenes y barbudos operadores crearon un historial militar para Travis, adjudicándole seis años en la infantería de Marina y condecorándole con el *Purple Heart*, más dos citaciones al valor durante una misión de paz en Oriente Medio que se tornó violenta. Encantados, ambos le oyeron preguntar que si podían crear también una licencia válida de agente inmobiliario bajo su nuevo nombre, y al cabo de veinte minutos la pareja dio con el banco de datos idóneo e hicieron asimismo ese trabajo.

—Bizcocho y pastel —comentó uno de los jóvenes.

—Bizcocho y pastel —le coreó el otro.

Nora frunció el ceño, intrigada.

—Tan blando como un trozo de bizcocho —le explicó uno.

—Tan fácil de ingerir como un pastel— sentenció el otro.

—Claro —asintió Nora—, bizcocho y pastel.

La rubia de los ojos de color penique reapareció trayendo los permisos de conducir impresos con las fotografías de Travis y Nora.

—Ustedes dos son muy fotogénicos —dijo.

Dos horas y veinte minutos después de haber conocido a Van Dyne, ambos abandonaron el «Hot Tips» con dos sobres grandes que contenían diversos documentos que daban validez a sus nuevas identidades. Ya en la calle, Nora se sintió un poco mareada y apoyándose en el brazo de Travis no lo soltó hasta que estuvieron en el coche.

Durante su permanencia en el «Hot Tips», la niebla había envuelto la ciudad. Las luces parpadeantes y el neón alternante de Tenderloin parecían tamizados y extrañamente engrandecidos por la bruma, y todo esto daba la impresión de que cada centímetro cúbico de aire nocturno se bañaba en una luminosidad esotérica, una aurora boreal que descendía al nivel del suelo. Aquellas calles sórdidas cobraban cierto misterio, un atractivo barato en la niebla hacia el anochecer, pero este efecto no se producía si ya las habías visto a la luz del día y recordabas bien su apariencia.

Einstein esperaba impaciente en el «Mercedes».

—Después de todo, nos fue imposible conseguir que te convirtieran en un caniche —le dijo Nora mientras se ponía el cinturón—. Sin embargo, en lo referente a nosotros, todo salió de primera. Así pues, *Einstein*, saluda a Sam Hyatt y a Nora Aimes.

Apoyando la cabeza sobre el respaldo delantero, el perdiguero la miró, luego miró a Travis y resopló una vez, como si dijera que no podían engañarle, que sabía muy bien quiénes eran.

Nora dijo a Travis:

—¿No será tu adiestramiento antiterrorista..., lo que te enseñara a conocer locales como «Hot Tips» o personas como ese Van Dyne? ¿Es ahí donde los terroristas obtienen nuevos DNI una vez se introducen en el país?

—Sí, algunos recurren a tipos como Van Dyne, aunque no es lo normal. Los soviéticos procuran documentos a casi todos los terroristas. Van Dyne sirve, sobre todo, a los inmigrantes ilegales corrientes, aunque no a los pobres ni a los criminales que intenten eludir las órdenes de arresto.

Mientras él ponía en marcha el coche, Nora dijo:

—Pero si tú pudiste encontrar a Van Dyne, tal vez lo encuentre también la gente que nos busca.

—Tal vez. Les costará un rato, pero tal vez lo logren.

—Entonces ellos descubrirían todo acerca de nuestras nuevas identidades.

—No —dijo Travis. Hizo funcionar el ventilador y las escobillas del parabrisas para limpiar la condensación en la cara externa del cristal—. Van Dyne no conserva archivos. No quiere que se le sorprenda con pruebas de lo que hace. Si las autoridades descubrieran sus manejos y entraran allí con órdenes de registro, no encontrarían nada en las computadoras de Van Dyne..., nada salvo los datos de contabilidad y ventas del «Hot Tips».

Mientras cruzaban la ciudad camino del puente «Golden Gate», Nora miró fascinada a las gentes que atestaban las calles u ocupaban otros coches, no sólo en Tenderloin, sino en cada barrio por el que pasaban. Se preguntaba cuántas de esas personas vivirían con los nombres y las identidades que tenían al nacer y cuántas habrían cambiado los suyos como ella y Travis.

—En menos de tres horas se nos ha rehecho de pies a cabeza —dijo.

—En qué mundo vivimos, ¿eh? La alta tecnología significa máxima fluidez... esto más que nada. El mundo entero se está haciendo cada vez más fluido, más moldeable. Hoy día se manipulan casi todas las transacciones financieras con dinero electrónico desde Nueva York a Los Ángeles o alrededor del mundo en cuestión de segundos. Casi todos los datos están conservados en forma de cargas eléctricas que sólo las computadoras pueden leer. Así que todo es fluido. Las identidades son fluidas. El pasado, fluido.

—Incluso la estructura genética de una especie es fluida en estos tiempos —agregó Nora.

Einstein resopló su conformidad.

—Inquietante, ¿no crees?

—Un poco —dijo Travis cuando se aproximaban a la entrada sur bañada en luz del «Golden Gate», cuya silueta casi desaparecía bajo la niebla—. Sin embargo, la fluidez máxima es, fundamentalmente, beneficiosa. La fluidez social y financiera garantiza la libertad. Creo, y espero, que estamos avanzando hacia una era en que el papel de los gobiernos disminuirá sin remedio, pues no habrá forma de reglamentar y controlar a la gente con la precisión que permiten los recursos actuales. Los gobiernos totalitarios no podrán mantener el poder.

—¿Por qué no?

—Bien, ¿cómo podrá controlar a sus ciudadanos una dictadura que se desenvuelva en una sociedad de alta tecnología y máxima fluidez? El único medio es impedir que la alta tecnología se entrometa, sellar las fronteras y vivir por completo en una edad anterior. Pero eso sería un suicidio nacional para cualquier país que lo intentase. Sus ciudadanos no podrán competir. Al cabo de pocas décadas, serían los aborígenes modernos, básicamente primitivos, comparados con los niveles del mundo de alta tecnología. Ahora mismo, por ejemplo, los soviéticos intentan circunscribir las computadoras a su industria de defensa, lo cual no puede durar. Deberán computerizar toda su economía y enseñar el uso del computador a su gente..., y entonces, ¿cómo podrán apretar los tornillos si sus ciudadanos cuentan ya con los medios para manipular el sistema y desbaratar el control que tienen sobre ellos?

A la entrada del puente, en dirección norte, no se pagaba peaje. Iniciaron el recorrido de la estructura metálica; la velocidad límite había sido reducida drásticamente por causa del tiempo.

Contemplando el esqueleto espectral del puente que relucía con el agua condensada y se desvanecía en la niebla, Nora dijo:

—Pareces creer que el mundo será un paraíso dentro de una década o dos.

—Paraíso, no —contestó él—. No obstante, sí más cómodo y rico, más seguro y feliz; pero no un paraíso. Después de todo, subsistirán los problemas del corazón humano y las dolencias potenciales de la mente humana. Ese mundo nuevo nos deparará nuevos prodigios, así como nuevas bendiciones.

—Como la cosa que mató a tu casero —dijo ella.

—Eso.

En el asiento de atrás, *Einstein* gruñó.

XII

Aquel jueves por la tarde, 26 de agosto, Vince Nasco se dirigió al domicilio de Johnny Santini, *el Alambre*, para recoger el informe de la semana pasada, que fue cuando él averiguara lo referente al asesinato de Ted Hockney en Santa Bárbara la noche anterior. La condición del cadáver, particularmente la falta de los ojos, lo relacionaba con el alienígena. Asimismo, Johnny había verificado que la NSA estaba asumiendo calladamente la jurisdicción sobre el caso, lo cual convenció a Vince de que el asunto tenía que ver con los fugitivos de «Banodyne».

Aquella noche él compró un periódico y, ante una cena de enchiladas marineras y «Dos Equis» en un restaurante mexicano, leyó el reportaje sobre Hockney y el hombre que le alquilara la casa en donde ocurrió el asesinato..., un tal Travis Cornell. La crónica periodística decía que Cornell, ex agente inmobiliario que fuera antaño miembro de la Fuerza Delta, mantenía una pantera en la casa y que este felino había matado a Hockney, pero Vince sabía que lo del gato era un camelo para redondear la historia. Los polis decían que querían hablar con Cornell y con una mujer no identificada que le acompañaba, aunque nadie hubiera presentado cargos contra ellos.

El cronista escribía también unas líneas sobre el perro de Cornell: «Es posible que Cornell y la susodicha mujer estén viajando con un perro, un perdiguero dorado.»

«Si consigo encontrar a Cornell —pensó Vince—, daré también con el perro.»

Por fin se abría la primera brecha, y esto confirmaba su impresión de que el poseer al perdiguero formaba parte de su gran destino.

Para celebrarlo, pidió más enchilada marinera y cerveza.

XIII

Travis, Nora y *Einstein* pasaron la noche del jueves en un motel del condado de Marín. Compraron seis «San Miguel» en un almacén abierto toda la noche, luego eligieron pollo, galletas y ensalada de col en un restaurante automático y tomaron una cena tardía en la habitación.

Einstein disfrutó del pollo y mostró considerable interés por la cerveza.

Travis decidió verter media botella en el nuevo cuenco amarillo de plástico que habían comprado para el perro en su eufórico recorrido por las tiendas al comenzar el día.

—Pero no más de media botella, por mucho que te guste. Te quiero bien sobrio para una sesión de preguntas y respuestas.

Después de cenar, los tres se aposentaron en la regia cama y Travis desenvolvió el juego de «Scrabble». Colocó el tablero boca abajo sobre el colchón, dejando oculta la superficie de juego, y Nora le ayudó a ordenar en veintiséis montones todas las fichas singularizadas con letras.

Einstein les observó interesado; no parecía que su media botella de «San Miguel» le hubiese mareado apenas.

—Vale —dijo Travis—. Necesito respuestas más detalladas que ese mero sí o no como contestación a nuestras preguntas. Se me ocurrió que esto podría funcionar.

—Ingenioso —convino Nora.

Travis le dijo al perro:

—Te haré una pregunta, y tú indicarás cuáles son las letras que se necesitan para escribir la respuesta; una letra cada vez, palabra por palabra. ¿Lo has entendido?

Einstein parpadeó a Travis, ojeó los montones de fichas con letras, miró otra vez a Travis y pareció gesticular.

—Está bien —dijo Travis—. ¿Sabes cómo se llama el laboratorio del cual escapaste?

Einstein apoyó la nariz en el montón de las «B».

Nora sacó una ficha del montón y la colocó sobre el espacio de tablero que Travis dejara despejado.

En menos de un minuto el perro deletreó «BANODYNE»:

—«Banodyne» —murmuró pensativo Travis—. Jamás lo oí mencionar. ¿Es ése su nombre completo?

Einstein vaciló y por fin empezó a seleccionar más letras, hasta deletrear: «LABORATORIOS BANODYNE INC.»

En un bloc del motel Travis anotó la respuesta y luego devolvió cada ficha a su montón.

—¿Dónde está situado «Banodyne»?

IRVINE.

—Eso tiene sentido —dijo Travis—. Yo te encontré en el bosque al norte de Irvine. Está bien... Te encontré el martes, 18 de mayo. ¿Cuándo escapaste de «Banodyne»?

Einstein miró las fichas, gimió y no eligió nada.

—En tus variadas lecturas has aprendido lo que son meses, semanas, días y horas. Ahora tienes sentido del tiempo.

Mirando esta vez a Nora, el perro gimió de nuevo.

Nora dijo:

—Ahora tiene sentido del tiempo, pero no lo tenía cuando escapó, y le resulta difícil recordar cuánto tiempo estuvo huyendo.

Inmediatamente, *Einstein* empezó a indicar con las letras: ESO ES VERDAD.

—¿Conoces los nombres de algunos investigadores de «Banodyne»?

DAVIS WEATHERBY.

Travis anotó ese nombre

—¿Algún otro?

Entre muchos titubeos para encontrar las letra precisas, *Einstein* deletreó al fin LAWTON HAINES, AL HUDSTON y unos cuantos más.

Después de anotar todos en el bloc del motel, Travis dijo:

—Ésas serán algunas de las personas que están buscando.

SÍ Y JOHNSON.

—¿Johnson? —inquirió Nora—. ¿Es uno de los científicos?

NO. El perdiguero pensó durante un momento, examinó los montones de letras y, finalmente, deletreó: SEGURIDAD.

—¿Es el jefe de seguridad en «Banodyne»? —inquirió Travis.

NO. MÁS IMPORTANTE.

—Probablemente, algún agente federal de una u otra rama —dijo Travis a Nora mientras ella devolvía cada letra a su montón.

Entonces Nora dijo a *Einstein*.

—¿Conoces el nombre de ese Johnson?

Einstein miró las letras y gimió. Cuando Travis se disponía a decirle que si no sabía el nombre de Johnson seguirían adelante, el perro intentó deletrearlo: LEMOOL.

—No existe semejante nombre —dijo Nora mientras retiraba las letras.

Einstein lo intentó otra vez: LAMYOUL. Y otra: LIMUUL.

—Tampoco hay tal nombre —dijo Travis.

Una tercera vez: LEM YOU WILL.

Travis se apercibió de que el perro se esforzaba en deletrear el nombre en función de la fonética. Y escogió por su cuenta seis fichas: LEMUEL.

—Lemuel Johnson —dijo Nora.

Einstein se echó hacia delante y la hocicó el cuello. Luego se retorció de placer al haberles podido transmitir el nombre, y los muelles de la cama rechinaron.

Después, cesó de hocicar a Nora y deletreó: DARK LEMUEL.

—¿Oscuro? —dijo Travis—. ¿Por oscuro quieres decir que Johnson es... malo?

NO. OSCURO.

Mientras ponía las letras en su sitio, Nora sugirió:

—¿Peligroso?

Einstein le soltó un resoplido, luego otro a Travis, como si quisiera decirles que su dureza de mollera era intolerable. OSCURO.

Durante un largo rato, ambos quedaron silenciosos, cavilando, y al fin Travis exclamó:

—¡Negro! Quieres decir que Lemuel Johnson es un hombre negro.

Einstein manifestó moderada alegría, sacudió la cabeza arriba y abajo y barrió con el rabo la colcha. Acto seguido eligió diecinueve letras, su respuesta más larga: TODAVÍA HAY ESPERANZA.

Nora se rió.

—¡Sabelotodo! —dijo Travis.

A pesar de todo se sentía eufórico, rebosaba de alegría hasta tal punto que le habría sido difícil describirlo si se lo hubiesen pedido. Los dos habían estado comunicándose con el perdiguero durante muchas semanas, pero las fichas del «Scrabble» le daban a esa comunicación una dimensión mucho mayor que la anterior. *Einstein*, más que nunca, parecía ser su propio hijo. Pero, además, se producía la embriagadora sensación de haber franqueado las barreras de la experiencia humana normal, una cierta sensación de trascendencia. *Einstein* no era un chucho ordinario, por supuesto, y su elevado coeficiente de inteligencia era más humano que canino, pero, en definitiva, «era» un perro, más que ninguna otra cosa, un perro..., y su inteligencia se diferenciaba mucho en el orden cualitativo de la humana, por lo cual había, inevitablemente, una calidad muy acentuada de misterio y portento en ese diálogo entre las especies. Mirando absorto la frase TODAVÍA HAY ESPERANZA, Travis pensó que en ese mensaje podría haber un significado más profundo, algo dirigido directamente a la Humanidad entera.

Durante la siguiente media hora, los dos continuaron interrogando a

Einstein, y Travis anotó las respuestas del perro. A su debido tiempo, se conversó sobre la bestia de ojos amarillos que matara a Ted Hockney.

—¿Qué es esa condenada cosa? —preguntó Nora.

EL ALIENÍGENA.

—¿El alienígena? —dijo Travis—. ¿Qué quieres decir?

ASÍ LO LLAMAN ELLOS.

—¿La gente del laboratorio? —preguntó Travis—. ¿Y por qué lo llaman el alienígena?

PORQUE NO ENCAJA.

—No comprendo —dijo Nora.

DOS ÉXITOS. YO Y ESO. YO SOY PERRO. ESO NO ES NADA QUE PUEDA TENER NOMBRE. INTRUSO.

—Pero es también inteligente, ¿no?

SÍ.

—¿Tan inteligente como tú?

PUEDE SER.

—¡Dios santo! —exclamó consternado Travis.

Einstein hizo un sonido de desconsuelo y apoyó la cabeza sobre las rodillas de Nora, buscando la caricia que pudiera aliviarle.

Travis preguntó:

—¿Por qué crearon semejante cosa?

PARA MATAR POR ELLOS.

Un escalofrío recorrió la espina dorsal de Travis y profundizó en su cuerpo.

—¿A quién querían matar ellos?

AL ENEMIGO.

—¿Qué enemigo? —inquirió Nora.

EN GUERRA.

Al comprender lo que se le estaba explicando, la repugnancia bordeó las náuseas. Travis se respaldó desmadejado contra la cabecera. Recordó haber dicho a Nora que incluso un mundo sin necesidades y con libertad universal distaría mucho del paraíso debido a los problemas del corazón humano y a las dolencias potenciales de la mente humana.

Y a *Einstein* le dijo:

—Nos estás revelando, pues, que el alienígena es un prototipo de soldado fabricado mediante la ingeniería genética. Una especie de... perro policial letal y muy inteligente concebido para el campo de batalla.

FUE HECHO PARA MATAR. DISFRUTA MATANDO.

Recapacitando sobre las palabras al tiempo que las formaba, Nora quedó horrorizada.

—¡Pero eso es una locura! ¿Cómo es posible controlar una cosa así? ¿Cómo se puede contar con que eso no se revuelva contra sus amos? Travis se inclinó hacia adelante desde la cabecera y dijo a *Einstein*:

—¿Por qué te persigue el alienígena?

ME ODIA.

—¿Y por qué te odia?

NO LO SÉ.

Mientras Nora reorganizaba las letras, Travis inquirió:

—¿Y continuará buscándote?

SÍ. HASTA EL FIN.

—Pero, ¿cómo puede moverse una cosa así sin ser vista?

DE NOCHE.

—Así y todo...

SE MUEVE SIN DEJARSE VER, COMO LAS RATAS.

Con gesto de incomprensión Nora preguntó:

—Pero, ¿cómo te sigue el rastro?

ME INTUYE.

—¿Te intuye? ¿Qué quieres decir?

El perdiguero pareció desconcertado durante largo rato, inició varias veces la respuesta sin lograr terminarla, y por fin deletreó: NO PUEDO EXPLICARLO.

—¿Y puedes intuirle tú también? —preguntó Travis.

A VECES.

—¿Lo intuyes ahora mismo?

SÍ. A GRAN DISTANCIA.

—¿Te sigue ahora la pista?

SE ESTÁ ACERCANDO.

El escalofrío de Travis se hizo glacial.

—¿Cuándo dará contigo?

NO LO SÉ.

El perro pareció abatido y volvió a temblar.

—¿Será pronto? ¿Encontrará pronto su camino?

TAL VEZ NO DEMASIADO PRONTO.

Travis observó que Nora palidecía. Le puso una mano sobre las rodillas y dijo:

—No huiremos de él durante el resto de nuestra vida. Maldito, si lo hago. Encontraremos un lugar para establecernos y esperar, un lugar en donde seamos capaces de preparar la defensa, en donde tengamos el aislamiento requerido para ventilárnoslas con el alienígena cuando llegue.

Estremeciéndose, *Einstein* señaló más letras con la nariz, y Travis colocó las fichas:

YO DEBO MARCHAR.

—¿Qué quieres decir? —preguntó Travis retirando las fichas.

OS TRAIGO PELIGRO.

Nora rodeó con ambos brazos al perdiguero y le estrechó contra sí.

—No pienses nunca más semejante cosa. Tú formas parte de nosotros. Eres de la familia, maldita sea, nosotros somos la familia, todos estamos juntos en esto, y seguiremos juntos porque eso es lo que hacen las familias. —Dicho esto, cesó de abrazar al perro, le cogió la cabeza entre ambas manos y pegando la nariz a la suya le miró en lo más profundo de las pupilas—. Si un día me despierto por la mañana y descubro que nos has abandonado, se me partirá el corazón. —Las lágrimas le brillaron en los ojos y su voz sonó trémula—. ¿Me entiendes, cara peluda? Se me partirá el corazón si te vas por tu cuenta y riesgo.

El perro se apartó de ella y empezó a elegir otra vez fichas: YO MORIRÍA.

—¿Morirías si nos dejaras? —preguntó Travis.

El perro eligió más letras, esperó a que ellos estudiaran las palabras y luego miró solemnemente a cada uno para asegurarse de que le habían entendido: MORIRÍA DE SOLEDAD.

SEGUNDA PARTE

Guardián

El amor es capaz por sí solo de unir a los seres vivientes en tales condiciones que los complementa y colma, pues sólo él puede tomarlos y juntarlos por su raíz más profunda.

PIERRE TEILHARD DE CHARDIN

Ningún hombre muestra mejor su amor que el que da la propia vida por sus amigos.

El Evangelio según San Juan

CAPÍTULO VIII

I

El jueves en que Nora marchó con el coche al despacho del doctor Weingold, Travis y *Einstein* fueron a pasear por las verdes colinas y el bosque situados detrás de la casa que habían comprado en la hermosa comarca costera de California denominada Big Sur.

En las colinas sin árboles, el sol otoñal calentaba las piedras y proyectaba sombras de nubes erráticas. La brisa del Pacífico arrancaba murmullos a la hierba dorada que ya se secaba. Bajo aquel sol, el aire tibio, ni cálido ni frío. Travis se sentía cómodo con los vaqueros y la camisa de manga larga.

Llevaba un rifle «Mossberg» del 12, un arma de cañón corto, culata tipo pistola y mecanismo de carga con cerrojo. Lo llevaba siempre en sus correrías. Y si alguna vez alguien le preguntara al respecto, pensaba decir que iba a cazar serpientes.

Allá donde los árboles crecían con más vigor, la mañana rutilante parecía un atardecer apagado y el aire era lo bastante fresco para que Travis celebrase haberse puesto la camisa de franela. Densas pinedas, unas cuantas arboledas de secoyas gigantes y algunos árboles de madera dura filtraban el sol y dejaban el suelo del bosque con una luz crepuscular perpetua. El monte bajo era espeso a trechos; entre esta vegetación se contaban los matorrales impenetrables de encinas, a veces llamados chaparrales, más diversas especies de helechos que florecían gracias a las frecuentes nieblas y a la humedad constante del aire marino.

Einstein olfateaba sin cesar el rastro del puma y mostraba a Travis las huellas de los grandes felinos en el suelo húmedo del bosque. Por fortuna, él sabía muy bien cuán peligroso era acechar a los leones americanos, y tenía la voluntad necesaria para reprimir su deseo natural de seguirles la pista.

El perro se contentaba con observar la fauna local: tímidos ciervos que ascendían o descendían por sus rutas, mapaches, que abundaban y ofrecían un divertido espectáculo, y aunque fueran muy amistosos, *Einstein* sabía que podrían dejar de serlo si él los asustara sin querer, así que procuraba mantenerse a una distancia respetuosa.

En otros paseos, el perdiguero se había desalentado al descubrir que las ardillas se horrorizaban de él, aun cuando le fuera muy fácil acercarse a ellas. Los animalitos se quedaban rígidos de miedo, mirándole con ojos desorbitados y sus diminutos corazones latían a toda marcha, como era fácil apreciar.

Una tarde, él había preguntado a Travis: ¿POR QUÉ EL TEMOR DE LAS ARDILLAS?

—El instinto —le había explicado Travis—. Tú eres un perro y ellas saben, instintivamente, que los perros las atacan y las matan.

YO NO.

—No, tú no —convino Travis acariciando la lustrosa capa del animal—. Tú no les harías daño. Pero las ardillas no saben que tú eres diferente, ¿comprendes? Para ellas tú pareces un perro, hueles como un perro, y por tanto debes de ser tan temible como un perro.

ME GUSTAN LAS ARDILLAS.

—Lo sé. Por desgracia, ellas no son lo bastante listas para darse cuenta de eso.

Por esta razón, *Einstein* se mantenía a distancia de las ardillas y hacía lo posible para no atemorizarlas, a menudo pasaba ante ellas con la cabeza vuelta hacia el otro lado, como si no se apercibiera de su presencia.

Pero en aquel día especial su interés por ardillas y ciervos, aves, mapaches y la desusada flora forestal era mínimo. Incluso la vista del Pacífico no les cautivaba. Hoy, a diferencia de otros días, ellos caminaban sólo para matar el tiempo y apartar sus pensamientos de Nora.

Travis consultó repetidas veces su reloj, y calculó que una ruta circular les llevaría otra vez hacia la casa a la una en punto, hora en que se esperaba el regreso de Nora.

Era el veintiuno de octubre, ocho semanas después de que adquirieran sus nuevas identidades en San Francisco. Tras dedicar considerables cavilaciones al asunto, los dos habían decidido venir al sur, reduciendo así sustancialmente la distancia que debería recorrer el alienígena para atrapar a *Einstein*. Ellos no podrían seguir adelante con sus nuevas vidas en tanto la bestia no les encontrase, mientras no la mataran; por consiguiente, querían acelerar el enfrentamiento más que demorarlo.

Por otra parte, no estaban dispuestos a mayores riesgos internándose demasiado en el sur, hacia Santa Bárbara, pues el alienígena podría cubrir la distancia que les separaba más aprisa de lo que viajara desde el condado de Orange hasta Santa Bárbara el verano pasado. No podían saber con seguridad si la bestia continuaría haciendo sólo tres o cuatro kilómetros por día. Si esta vez se moviese más deprisa, podría caer sobre ellos antes de que estuviesen preparados para recibirla. La comarca Big Sur parecía un lugar idóneo, porque estaba poco poblada y distaba trescientos seis kilómetros en línea recta de Santa Bárbara. Si el alienígena estaba obsesionado con *Einstein* y le seguía la pista con la lentitud de la otra vez no llegaría allí hasta dentro de casi cinco meses. Si por una razón u otra duplicara su velocidad y cruzara rápido la tierra laborable y las colinas agrestes entre aquel punto y éste, contorneando a buena marcha las zonas populosas, no les alcanzaría hasta la segunda semana de noviembre.

Ese día estaba cada vez más cerca, pero Travis tenía la seguridad de haber hecho todos los preparativos concebibles, y casi deseaba la llegada del alienígena. Ahora bien, *Einstein* no creía que su adversario estuviese peligrosamente cerca. Era evidente que les quedaba todavía mucho tiempo para poner a prueba su paciencia antes de la confrontación.

Hacia las doce menos diez alcanzaron el final de su ruta circular a través de colinas y desfiladeros, entrando en el patio por detrás de su nueva casa. Ésta tenía una estructura de dos plantas, con paredes de madera decolorada, tejado de placas de cedro y enormes chimeneas de piedra en las caras norte y sur. Asimismo, tenía dos porches, uno principal y otro trasero, en las caras oriental y occidental, y desde ambas fachadas se ofrecía una vista de vertientes cubiertas de árboles.

Como allí no nevaba jamás, el tejado tenía sólo una pendiente suave que permitía recorrerlo de una punta a otra, y ahí era donde Travis había hecho una de sus primeras modificaciones defensivas en la casa. Ahora, levantó la vista al salir de la arboleda y vio el diseño de las barandillas que había montado allá arriba. Esto facilitaría y haría más seguros los movimientos rápidos por esas superficies inclinadas. Si el alienígena asaltara la casa de noche, no podría entrar por las ventanas de la planta baja porque éstas estaban aseguradas desde el atardecer con contraventanas que él mismo había instalado y que resistirían el ataque de cualquier intruso, salvo, quizás, el de un maníaco armado con un hacha. Así pues, lo más probable sería que el alienígena se encaramara por los postes del porche, el principal o el trasero, para echar una ojeada a las ventanas del segundo piso, que estarían protegidas igualmente por contraventanas. Mientras tanto, él mismo, alertado sobre la aproximación del enemigo por un sistema infrarrojo de alarma que había instalado alrededor de la casa tres semanas antes, subiría al tejado por la trampa del ático. Una vez allí, se movería aprisa utilizando los asideros de las barandillas y podría llegar hasta el mismo borde del tejado para dominar el techo del porche o cualquier rincón del patio circundante y abrir fuego contra el alienígena desde una posición en donde éste no podría alcanzarle.

A veinte metros por detrás y al este de la casa, había un pequeño granero color rojo ladrillo. Su propiedad no incluía ninguna tierra laborable y, al parecer, el primer propietario había levantado aquel granero para alojar un par de caballos y algunas gallinas. Travis y Nora lo utilizaban como garaje porque el polvoriento camino de entrada conducía desde la carretera, pasada la casa, hasta las puertas dobles del granero. Un trecho de doscientos metros.

Travis sospechaba que, cuando el alienígena llegase estudiaría la casa desde el bosque y luego iría desde su escondite al granero. Podría incluso aguardar allí, esperando sorprenderlos cuando fueran a sacar la furgoneta «Dodge» o el «Toyota». Precisamente por eso, había equipado el granero con unas cuantas sorpresas. Sus vecinos más cercanos, con quienes se había encontrado sólo una vez, se hallaban a unos doscientos cincuenta metros por el norte, invisibles más allá de los árboles y el chaparral. La carretera más próxima no estaba muy frecuentada de noche, cuando el alienígena tendría más probabilidades de atacar. Si la confrontación provocaba un intenso tiroteo, los disparos levantarían ecos a través del bosque y entre las colinas desnudas, de modo que las escasas personas de aquella zona, vecinos o automovilistas de paso, tendrían dificultad para determinar de dónde provenía el estrépito. Así pues, él tendría tiempo para matar y enterrar a la criatura antes de que alguien acudiese a fisgar.

Ahora, más preocupado por Nora que por el alienígena, Travis subió los escalones del porche trasero, abrió los dos cerrojos de la puerta trasera y entró en la casa con *Einstein* a sus talones. La cocina era lo bastante grande para servir como comedor, y sin embargo era acogedora: paredes de roble, suelo de azulejos mexicanos, mostradores de azulejos beige, armarios de roble, techo de plástico y excelentes apliques. La enorme mesa de madera maciza, con cuatro confortables sillas acolchadas y una chimenea de piedra, contribuía a convertir este lugar en el centro de la casa.

Había otras cinco habitaciones, una inmensa sala y un estudio en la fachada del primer piso; tres dormitorios arriba, más dos baños, uno abajo y otro arriba. Ellos ocupaban uno de los dormitorios, otro le servía de estudio a Nora, en donde ella había pintado algo desde que se instalaran, y el tercero estaba vacío..., esperando acontecimientos.

Travis encendió las luces de la cocina. Aunque la casa pareciera aislada, se hallaba a unos doscientos metros de la carretera, y los postes de electricidad seguían la línea de su polvoriento camino de entrada.

—Yo tomaré una cerveza —dijo Travis—. ¿Quieres algo?

Einstein caminó silencioso hasta su cuenco de agua vacío, que estaba en un rincón, junto a su escudilla de comida, y aferrándolo lo llevó al fregadero.

Ellos no esperaban poder adquirir una casa semejante y tan pronto tras su huida de Santa Bárbara, máxime cuando durante su primera conversación telefónica con Garrison Dilworth, el abogado les había informado que, como se temían, las cuentas bancarias de Travis habían sido bloqueadas. Pese a todo, habían tenido la suerte de recibir el cheque por veinte mil dólares. De acuerdo con lo acordado, Garrison había transformado en ocho cheques al portador una parte de los fondos de Travis y Nora, y se los había enviado a Travis con sus nuevas señas: señor Samuel Spencer Hyatt en el motel de Marin, donde habían permanecido casi una semana. Sin embargo, el abogado, añadiendo que había vendido la casa de Nora por una bonita cantidad de seis cifras, les había remitido dos días después otro paquete de cheques al mismo motel.

Hablando con él desde un teléfono público, Nora había dicho:

—Pero suponiendo que usted la haya vendido, ellos no pueden haber cerrado el trato y pagado ese dinero tan pronto.

—No —había reconocido Garrison—, no lo cerrarán hasta dentro de un mes. Pero tú necesitas ese metálico ahora, y yo te lo adelanto.

Los dos habían abierto sendas cuentas en un Banco de Carmel, a unos cincuenta kilómetros del lugar en donde vivían, al norte. Habían comprado una furgoneta nueva y luego habían llevado el «Mercedes» de Garrison al aeropuerto de San Francisco, dejándoselo allí. De regreso al sur, pasado Carmel y a lo largo del litoral, habían buscado casa en la comarca Big Sur. Al encontrar ésta, habían podido pagarla al contado. Era más prudente comprar que alquilar, y más prudente pagar en metálico que a través de los medios financieros ordinarios, porque de esta forma había que contestar muchas menos preguntas.

Travis tenía la certeza de que el DNI resistiría cualquier prueba, pero no veía la necesidad de poner a prueba la calidad de los documentos Van Dyne mientras las circunstancias no lo exigiesen. Además, después de comprar la casa, ellos eran más respetables; la compra había revestido de cierto halo su nueva identidad.

Mientras Travis retiraba una botella de cerveza del frigorífico, hacía saltar la chapa, tomaba un largo trago y luego llenaba de agua el cuenco de *Einstein*, el perro se acercó a la alacena. La puerta estaba entornada, como siempre, y el perro la abrió de par en par. Puso una zarpa sobre el pedal que Travis instalara para él dentro de la alacena, y una luz se encendió.

Aparte de sus estantes con alimentos envasados y embotellados, la enorme alacena contenía un complejo dispositivo que Travis y Nora habían concebido para facilitar la comunicación con el perro. Este dispositivo estaba instalado contra la pared del fondo: lo componían veintiocho tubos de lucita de dos centímetros y medio, alineados en una estructura de madera, cada tubo tenía una altura de cuarenta y cinco centímetros, estaba cubierto por arriba y provisto con un pedal para abrir una válvula al pie. En los primeros veintiséis tubos estaban almacenadas las fichas de seis juegos de «Scrabble» para que *Einstein* tuviera letras suficientes con el fin de formar largos mensajes. Delante de cada tubo se había escrito una letra que indicaba las que contenía: A, B, C, D, etcétera. En los dos tubos finales había fichas en blanco sobre las que Travis había grabado comas, apóstrofes y signos de interrogación. (Decidieron que ellos mismos serían quienes los colocaran en su sitio.) *Einstein* podía sacar letras de los tubos pisando los pedales, y luego utilizar su hocico para formar las palabras sobre el suelo de la alacena. Habían preferido colocar el dispositivo allí, fuera de la vista, para no tener que dar explicaciones a los vecinos curiosos que pudieran visitarles por sorpresa.

Mientras *Einstein* pisaba muy atareado diversos pedales y hacía sonar las fichas una contra otra, Travis llevó su cerveza y el cuenco del perro al porche delantero en donde se acomodarían para esperar a Nora. Cuando volvió a la cocina, *Einstein* había terminado de formar su mensaje.

¿PUEDO TOMAR UNA HAMBURGUESA O TRES «WINNIES»?

—Pienso almorzar con Nora cuando ella llegue a casa. ¿No quieres esperar y comer con nosotros?

El perdiguero se relamió los morros y pensó por un momento. Luego estudió las letras que ya había usado, separó algunas y rehizo el resto junto con otras más que necesitó soltar del tubo.

VALE. ¡PERO ESTOY HAMBRIENTO!

—Sobrevivirás —le dijo Travis. Acto seguido recogió las fichas y las fue devolviendo a sus correspondientes tubos.

Luego cogió de nuevo el rifle de culata estilo pistola que había dejado junto a la puerta trasera y lo llevó al porche delantero, donde lo colocó junto a su mecedora. Oyó que *Einstein* apagaba la luz de la alacena y le seguía.

Ambos se sentaron y mantuvieron un ansioso silencio. Travis en su mecedora, *Einstein* sobre el suelo de secoya.

Las aves cantoras llenaban de trinos el aire tibio de octubre.

Travis sorbía su cerveza, y *Einstein* lamía de vez en cuando su agua, mientras ambos miraban fijamente el sucio camino de entrada y, a través de los árboles, hacia la carretera que no podían ver.

En la guantera del «Toyota», Nora tenía una pistola del 38 cargada con proyectiles de ojiva hueca. Durante la semana transcurrida desde que dejaran el condado de Marin, ella había aprendido a conducir y, con la ayuda de Travis, se había convertido en una tiradora eficiente con la 38 así como con una automática «Uzi» y un rifle. Hoy, llevaba sólo la 38, pero esto le bastaría para ir a Carmel y regresar. Además, aunque el alienígena se hubiese infiltrado en la comarca sin conocimiento de *Einstein*, no iría a por Nora; quería al perro. Ella estaba absolutamente segura.

Pero, ¿dónde estaba?

Travis se lamentaba de no haberla acompañado. No obstante, después de treinta años de dependencia y miedo, los viajes en solitario a Carmel eran el único medio de consolidar y poner a prueba su nuevo aplomo, energía e independencia. A ella no le habría agradado su compañía.

A la una y treinta, cuando Nora se retrasaba ya media hora, Travis empezó a sentir un vacío en la boca del estómago.

Einstein comenzó a pasear.

Cinco minutos después, el perdiguero fue el primero en oír cómo el coche giraba hacia la entrada del camino desde la carretera. Se lanzó por los escalones del porche que estaban al costado de la casa y se quedó plantado en el borde del polvoriento acceso.

Travis no quiso que Nora percibiera su inquietud, porque ello parecería denotar falta de confianza para cuidar de sí misma, capacidad que ella poseía, ciertamente, y de la que se enorgullecía. Permaneció, pues, en su mecedora, sosteniendo la botella de «Corona».

Cuando apareció el «Toyota» azul, Travis dio un suspiro de alivio. Al pasar por delante de la casa, ella tocó el claxon. Travis agitó la mano como si no hubiese estado sentado allí bajo el plomizo manto del miedo. *Einstein* corrió al garaje para saludarla, y un minuto después ambos reaparecieron. Ella llevaba vaqueros azules y una camisa a cuadros amarillos y blancos, pero Travis pensó que iba lo bastante engalanada para iniciar un vals sobre una pista de baile entre enjoyadas princesas.

Ella corrió hacia él, se inclinó y le besó. Sus labios eran cálidos.

—¿Me echaste de menos?

—Apenas desapareciste, aquí no hubo sol ni cantos de pájaros ni alegría. —Intentó decirlo con ligereza, pero le salió con una nota subyacente de seriedad.

Einstein se restregó contra ella y gimió requiriendo su atención luego la miró y soltó un suave resoplido como diciendo: *Bueno, ¿qué*

—Tiene razón —dijo Travis—. Estás siendo injusta. No nos tengas en vilo.

—Lo estoy —dijo ella.

—¿Lo estás?

—Encinta. Con niño. Al estilo de la familia, madre en ciernes.

Él se levantó, la rodeó con los brazos, estrechándola contra sí, y dijo

—¿No puede haberse equivocado el doctor Weingold?

A lo que ella contestó:

—No, es un buen médico.

Travis dijo:

—Te habrá dicho cuándo.

Nora respondió:

—Podemos esperar el bebé para la tercera semana de junio.

Travis exclamó estúpidamente:

—¿El próximo junio?

Nora se rió y dijo:

—No pienso llevar ese bebé durante un año extra.

Einstein, por último, insistió en que se le diera la oportunidad de ho cicarla y expresarle su contento.

—He traído una botella de espumoso frío para celebrarlo —dijo ell poniéndole en las manos una bolsa de papel.

En la cocina, cuando él sacó la botella de la bolsa, vio que era sidr burbujeante sin alcohol. Y dijo:

—¿Acaso esta celebración no merece el mejor champaña?

Mientras retiraba vasos del aparador, Nora comentó:

—Es probable que me comporte como una tonta, la mayor aprensiv del mundo..., pero no quiero correr riesgos, Travis. Jamás se me ocurrió que yo podría tener un niño, jamás me atreví a soñarlo siquiera. Y ahora tengo la fastidiosa sensación de que nunca fui *designada* para tenerlo y de que me lo arrebatarán si no tomo las máximas precauciones, si no hago todo a derechas. No pienso probar el alcohol hasta que nazca. No voy a comer demasiada carne roja y sí muchas más verduras. Como no he fumado jamás, eso es una preocupación menos. Ganaré exactamente el peso que me ha indicado el doctor Weingold, voy a hacer con regularidad mis ejercicios y tendré el bebé más perfecto que jamás viera el mundo.

—Claro que sí —dijo él llenando sus vasos con la burbujeante sidra y vertiendo un poco en un cuenco para *Einstein*.

—Nada saldrá mal —dijo ella.

—Nada.

Brindaron por el bebé..., y por *Einstein*, que sería un formidable padrino y tío, abuelo y peludo ángel guardián.

Nadie mencionó al alienígena.

Más tarde, aquella misma noche, en la cama rodeada de oscuridad, después de hacer el amor y estrechamente abrazados, escuchando el latir de sus corazones al unísono, él se atrevió a decir.

—Pensando en lo que puede sobrevenirnos, quizá no debiéramos, precisamente ahora, tener un niño.

—Chitón —susurró ella.

—Pero...

—Nosotros no hemos hecho ningún proyecto para tener este niño —dijo ella—. De hecho, nos prevenimos contra ello. Pero ha sucedido a pesar de todo. Sin duda tendrá algo especial la circunstancia de que sucediera a despecho de nuestras minuciosas precauciones. ¿No crees? A pesar de todo lo que dije antes sobre el no haber sido designada para tenerlo..., bueno, eso lo dijo la antigua Nora. La nueva cree que nosotros hemos sido señalados para tenerlo, que se nos ha ofrecido un gran don..., equiparable al de *Einstein*.

—Pero, considerando lo que puede sobrevenir...

—No importa —dijo ella—. Lo resolveremos. Saldremos airosos del empeño. Estamos preparados. Luego tendremos el bebé e iniciaremos de verdad la vida juntos. Te quiero, Travis.

—Te quiero —murmuró él—. ¡Dios, cómo te quiero!

Travis se dio cuenta de lo mucho que ella había cambiado desde aquella mujer ratonil que él conociera en Santa Bárbara la primavera pasada. Ahora mismo, ella era el elemento más fuerte, el más resuelto, y estaba intentando disipar sus propios temores.

II

Vince Nasco ocupaba una silla italiana minuciosamente tallada, con un lustroso acabado, que había adquirido su notable transparencia al cabo de dos o tres siglos de constante pulimento.

A su derecha había un sofá y otras dos sillas, más un velador de idéntica elegancia, dispuestos delante de unas estanterías repletas con volúmenes encuadernados en piel, que no habían sido leídos jamás. Él sabía que no habían sido leídos jamás porque Mario Tretagna, de quien era aquel estudio, los había señalado enorgullecido en cierta ocasión y había dicho:

—Costosos libros. Y tan nuevos como el día en que fueron hechos porque nadie los ha leído jamás. ¡Jamás! Ni uno siquiera.

Frente a él estaba la inmensa mesa en donde Mario Tetragna revisaba los informes sobre beneficios presentados por sus gerentes, redactaba memorandos para nuevas empresas y disponía la muerte de tal o cual persona. El «don» se hallaba ahora ante su mesa, llenando hasta rebosar su butaca de cuero, con los ojos cerrados. Parecía muerto, con sus arterias obstruidas y su corazón agobiado por la grasa, pero sólo estaba considerando la petición de Vince.

Mario Tetragna, *el Destornillador*, respetado patriarca de su familia consanguínea inmediata y temido «don» de la más extensa Familia Tetragna, que controlaba el tráfico de estupefacientes, el juego, la prostitución, la usura, la pornografía y otras actividades criminales organizadas de San Francisco, era un tonel de un metro sesenta y cinco y ciento veinte kilos, con una cara tan rolliza y grasienta como una inmensa salchicha con excesivo relleno. Resultaba difícil creer que aquel espécimen tan rotundo había levantado una infame empresa criminal. Cierto. Tetragna habría sido joven alguna vez, pero aun así, habría sido corto de talla y con el aspecto de un hombre que sería gordo toda su vida. Sus manos regordetas, de dedos cual morcillas, le recordaban a Vince las manos de un recién nacido. Pero esas manos regían el imperio de la Familia.

Cuando Vince miraba los ojos de Mario Tetragna, percibía al instante que la estatura del «don» y su decadencia evidente carecían de importancia.

Aquéllos eran los ojos de un reptil: fríos e inexpresivos, duros y vigilantes. Si no tuvieras cuidado, si le desagradaras, te hipnotizaría con esos ojos y te atenazaría lo mismo que una serpiente apresa a un conejo magnetizado; te estrangularía, engulliría y digeriría.

Vince admiraba a Tetragna. Sabía que era un gran hombre, y deseaba decirle al «don» que él era también un hombre con destino prefijado. No obstante, había aprendido a no mencionar jamás su inmortalidad, porque mucho tiempo atrás ese tema de conversación le había dejado en ridículo ante un hombre que él esperaba le entendiese.

Ahora, el «don» Tetragna abrió sus ojos de ofidio y dijo:

—Permíteme asegurarme de que lo he entendido. Estás buscando a un hombre. Éste no es asunto de la Familia. Es un antagonismo privado.

—Sí, señor —dijo Vince.

—Según crees, ese hombre puede haber comprado documentos falsos para vivir bajo una nueva identidad. Y él ha sabido cómo obtener tales documentos sin ser miembro de ninguna Familia, sin pertenencia a la *fratellanza*.

—Sí, señor. Sus antecedentes señalan..., que se puede dar esa posibilidad.

—Y crees que puede haber conseguido esos documentos en Los Ángeles o aquí —dijo Don Tetragna haciendo un ademán con su sonrosada mano hacia la ventana y la ciudad de San Francisco.

Vince dijo:

—El veinticinco de agosto emprendió la huida en coche desde Santa Bárbara, pues, por diversas razones, no pudo tomar un avión hacia ninguna parte. Creo que necesitaba adquirir lo antes posible una nueva identidad. Al principio, supuse que se dirigiría hacia el sur para buscar el DNI falso en Los Ángeles por eso de la proximidad; sin embargo, indagué durante casi dos meses entre las gentes adecuadas en Los Ángeles, el condado de Orange e incluso San Diego, pregunté a todas las personas con quienes ese hombre podría haber establecido contacto para obtener un DNI falso de alta calidad, e incluso tuve algunas pistas pero ninguna dio resultado. Así que él no fue hacia el sur desde Santa Bárbara, sino que vino al norte, y el único lugar del norte en donde podría encontrar los documentos de calidad que necesitaba...

—Es nuestra graciosa ciudad —concluyó Don Tetragna, mientras hacía otro ademán hacia la ventana y sonreía hacia las bulliciosas pendientes de abajo.

Vince supuso que el «don» sonreía afectuoso a su querida San Francisco. Pero esa sonrisa no entrañaba afecto alguno. Era avariciosa.

—Y... —dijo despacio Don Tetragna—, tú querrías que te diera los nombres de las personas que tienen mi autorización para manipular los documentos que necesita ese hombre.

—Si su corazón le dicta que me conceda ese favor, le quedaré sumamente agradecido.

—Ellos no conservan registro alguno.

—Sí, señor, pero tal vez recuerden algo.

—La principal finalidad de su negocio es *no* recordar.

—Pero la mente humana no olvida jamás, Don Tetragna. Aunque lo desee, nunca puede olvidar.

—¡Qué cierto es eso! ¿Y juras que el hombre a quien buscas no es miembro de Familia alguna?

—Lo juro.

—Esa ejecución no deberá acarrear ningún perjuicio a mi Familia.

—Lo juro.

Don Tetragna cerró otra vez los ojos, pero no durante tanto tiempo como antes. Cuando los abrió, hizo una ancha sonrisa, aunque, como siempre, carente de buen humor. Él era el gordo menos jovial que Vince jamás había conocido.

—Cuando tu padre se casó con una muchacha sueca en vez de elegir a una de los suyos, su familia se desesperó y esperó lo peor. No obstante, tu madre fue una buena esposa, discreta y obediente. Y ellos te produjeron a ti..., un hijo muy hermoso. Pero tú eres algo más que apuesto. Eres un buen soldado, Vince. Has hecho trabajos excelentes y limpios para las Familias de Nueva York y Nueva Jersey, para las de Chicago y también para las nuestras en esta parte del litoral. No hace mucho me hiciste el gran servicio de aplastar a esa cucaracha de Pantangela.

—Por lo cual usted me dio una generosa remuneración, Don Tetragna.

El Destornillador descartó esa circunstancia con un ademán de indiferencia.

—A todos nosotros se nos remunera por nuestros esfuerzos. Pero no hablemos ahora de dinero. Tus años de lealtad y buenos servicios merecen algo más que dinero. Así pues, se te debe al menos este favor.

—Gracias, Don Tetragna.

—Se te dará el nombre de aquellas personas que proveen tales documentos en esta ciudad, y ya me ocuparé de que ellas sepan acerca de tu visita. Todas cooperarán al máximo.

—Si usted lo dice, seguro. —Vince se levantó e hizo una inclinación de cabeza y hombros.

El «don» le hizo señas de que se sentara.

—Pero antes de atender tu asunto privado, me gustaría que asumieras otro contrato. En Oakland hay un hombre que me está dando muchos dolores de cabeza. Él cree que no puedo tocarle porque tiene buenas relaciones políticas y buena protección. Se llama Ramón Velázquez. Será un trabajo difícil, Vince.

Vince disimuló cuidadosamente su decepción y desagrado. Ahora mismo no le interesaba lo más mínimo dar un golpe complicado. Quería concentrarse en la pista de Travis Cornell y el perro. No obstante, sabía que el contrato de Tetragna era una exigencia más bien que una oferta. Para obtener los nombres de las personas que vendían documentos falsos, debería eliminar primero a Velázquez.

—Será un honor para mí aplastar a cualquier insecto que le importune —dijo—. Y esta vez, no presentaré factura.

—¡Ah, insisto en pagarte, Vince!

Haciendo una sonrisa tan zalamera como supo, Vince dijo:

—Por favor, Don Tetragna, permítame hacerle este favor. Será un gran placer para mí.

Tetragna pareció considerar la petición, aunque era eso lo que esperaba: un golpe gratuito como compensación por ayudar a Vince. Plantó ambas manos sobre su portentoso estómago y dijo, dándose unas palmaditas:

—¡Qué hombre tan afortunado soy! Adondequiera que me dirija encuentro personas deseosas de hacerme favores, rebosantes de amabilidad.

—No es cuestión de suerte, Don Tetragna —dijo Vince, harto ya de su afectada conversación—. Usted cosecha lo que siembra, y si cosecha amabilidad es porque ha sembrado semillas de una amabilidad aún mayor.

Muy ufano, Tetragna aceptó su oferta de eliminar a Velázquez por nada. Las ventanillas de su nariz porcina vibraron como si el hombre olfatease algún manjar exquisito, y dijo:

—Pero ahora cuéntame, para satisfacer mi curiosidad, ¿qué le harás cuando lo cojas, a ese hombre con quien tienes una *vendetta* personal?

«Volarle la sesera y robarle el perro», pensó Vince.

Sin embargo, sabía qué tipo de porquerías quería oír *el Destornilla-*

dor, las mismas guarradas que todos estos individuos querían oír de boca de su asesino favorito a sueldo. Así que dijo:

—Mire, Don Tetragna, pienso cortarle los cojones, las orejas y la lengua..., y sólo entonces le atravesaré el corazón con un punzón de hielo, le pararé el reloj.

Los ojos del gordo brillaron de excitación. Las ventanillas volvieron a vibrar.

III

El día de Acción de Gracias el alienígena no había encontrado todavía la casa de madera decolorada en Big Sur.

Cada noche, Travis y Nora aseguraban las contraventanas por el interior, echaban los cerrojos de las puertas y luego, retirándose al segundo piso, dormían con los rifles junto a la cama y los revólveres en las mesillas de noche.

Algunas veces, en las horas muertas después de medianoche, les despertaban ruidos extraños en el patio o sobre el techo del porche. *Einstein* recorría una ventana tras otra, husmeando apremiante, pero dando a entender siempre que no había nada qué temer. En alguna investigación posterior, Travis solía encontrar un mapache merodeador o cualquier otra criatura del bosque.

Travis disfrutó con el día de Acción de Gracias bastante más de lo que pensara, dadas las circunstancias. Él y Nora prepararon una comida tradicional muy elaborada para los tres: pavo asado con guarnición de castañas, una cazuela de almejas a la marinera, zanahorias confitadas, maíz cocido, ensalada de col a la pimienta, panecillos de media luna y tarta de calabaza.

Einstein probó de todo, porque había desarrollado un paladar mucho más selectivo que el de un perro ordinario. Sin embargo, seguía siendo un perro, por lo que le desagradaba la ensalada de col, y prefería el pavo. Aquella tarde, se pasó un buen rato royendo los sabrosos huesos.

Al paso de las semanas, Travis había observado que *Einstein* solía visitar el patio como todos los perros para comer un poco de hierba, aunque a veces le hiciera vomitar. El animal lo hizo otra vez el día de Acción de Gracias, y cuando Travis le preguntó si le gustaba la hierba, *Einstein* contestó que no.

—Entonces, ¿por qué intentas comerla algunas veces?

LA NECESITO.

—¿Por qué?

NO LO SÉ.

—Si no sabes para qué la necesitas, ¿por qué sabes que la necesitas? ¿Instinto?

SÍ.

—¿Sólo instinto?

NO ME ATOSIGUES.

Aquella noche los tres se acomodaron sobre cojines en el suelo de la sala, frente a la gran chimenea de piedra y escucharon música. La capa dorada de *Einstein* tuvo un aspecto brillante y compacto al resplandor del fuego. Mientras Travis, sentado con un brazo alrededor de Nora, acariciaba con su mano libre al perro, pensó que el comer hierba parecía ser una buena idea, porque *Einstein* tenía un aspecto muy sano y robusto. El perro estornudó dos o tres veces y también tosió, pero parecía una reacción natural tras los excesos del día de Acción de Gracias y del aire seco y caliente de la chimenea. No le inquietaba la salud del perro.

IV

En la tarde del viernes, 26 de noviembre, tras el fragante día de Acción de Gracias, Garrison Dilworth se encontraba en el muelle de Santa Bárbara con su indumentaria marinera a bordo de su querido velero de trece metros *Amazing Grace*. Estaba puliendo las partes metálicas y tan absorto en su trabajo que casi no vio a los dos hombres con traje de calle que se le aproximaban a lo largo del muelle. Levantó la vista cuando los dos estaban a punto de anunciarse y adivinó quiénes eran; no sus nombres, pero sí para quién trabajaban, aun antes de que le mostraran sus credenciales.

Uno se apellidaba Johnson.

El otro Soames.

Fingiendo desconcierto e interés, les invitó a bordo.

Saltando del muelle a cubierta, el llamado Johnson dijo:

—Nos gustaría hacerle algunas preguntas, señor Dilworth.

—¿Sobre qué? —inquirió Garrison, limpiándose las manos con un trapo blanco.

Johnson era un hombre negro, incluso algo lúgubre, macilento y, sin embargo, impresionante.

—¿La Agencia de Seguridad Nacional, dice usted? No creerá que estoy a sueldo de la KGB, ¿eh?

Johnson hizo una sonrisa fría.

—¿Ha trabajado usted para Nora Devon?

Él alzó las cejas.

—¿Nora? ¿Habla en serio? Bueno, puedo asegurarle que Nora no es persona dada a mezclarse...

—Entonces, ¿usted es su abogado? —preguntó Johnson.

Garrison miró al joven pecoso, el agente Soames, y enarcó otra vez las cejas, como preguntándole si Johnson era siempre tan escalofriante. Soames le miró sin expresión, siguiendo la pauta del jefe.

«¡Ah, Dios! —pensó Garrison—, esos dos se han metido en un buen lío.»

Después de su infructuoso interrogatorio a Dilworth, Lem encomendó una serie de encargos a Cliff Soames: iniciar los trámites requeridos para obtener un mandato judicial que permitiese «pinchar» los teléfonos del abogado en su domicilio y despacho; localizar las tres cabinas telefónicas más próximas a su casa y a su despacho para «pincharlas» también; conseguir de la Compañía telefónica registros de todas las llamadas interurbanas hechas desde el domicilio y el despacho de Dilworth; traer una dotación de la central de Los Ángeles para vigilar durante veinticuatro horas diarias a Dilworth, empezando dentro de tres horas.

Mientras Cliff atendía esas cuestiones, Lem se dio un paseo por los muelles esperando que los sonidos del mar y la vista sedante del agua en movimiento le ayudasen a aclarar las ideas y centrarse en sus problemas. Sólo Dios sabía que él necesitaba desesperadamente *esa concentración mental*. Habían transcurrido más de seis meses desde que el perro y el alienígena escaparan de «Banodyne», y Lem había perdido casi siete kilos en esa persecución. No dormía bien desde hacía meses, se interesaba poco en las comidas e incluso su vida sexual había disminuido.

«Hay una cosa llamada esfuerzo excesivo —dijo para sí—. Te causa estreñimiento del cerebro.»

Sin embargo, tal reconversión no le sirvió de nada. Siguió tan bloqueado como una tubería llena de cemento.

Durante los tres meses transcurridos desde que encontrara el «Airstream» de Cornell en el aparcamiento del colegio, un día después del asesinato de Hockney, Lem había averiguado que Cornell y la mujer habían regresado aquella noche de agosto de un viaje a Las Vegas, Tahoe y Monterrey. En el remolque y la furgoneta se habían encontrado tarjetas de un club nocturno de Las Vegas, recado de escribir de un hotel, carteritas de cerillas y recibos de gasolina adquirida con tarjeta de crédito, todo ello señalaba cada parada de su itinerario. No había descubierto la identidad de la mujer, pero había supuesto que se trataba tan sólo de alguna amiga, pero, desde luego, no habría imaginado jamás semejante cosa. Hacía unos días, cuando uno de sus agentes fue a Las Vegas para casarse, Lem había entrevisto al fin que Cornell y la mujer podrían haber ido a Las Vegas con el mismo propósito. Y, de repente, su viaje se había convertido en luna de miel. A las pocas horas se confirmaba que, efectivamente, Cornell se había casado en el condado de Clark, Nevada, el 11 de agosto, con Nora Devon, de Santa Bárbara.

Durante la búsqueda de esa mujer, había averiguado que su casa había sido vendida seis semanas antes, después de que ella desapareciera con Cornell. Al inspeccionar esa venta, observó que ella había sido representada por su abogado, Garrison Dilworth.

Lem pensaba que bloqueando los depósitos bancarios de Cornell dificultaría la existencia del fugitivo, pero ahora descubría que Dilworth había ayudado a extraer veinte mil dólares del Banco de Cornell y que el producto de la venta de aquella casa había sido transferido a la mujer por un procedimiento u otro. Además, ella había cancelado sus cuentas en el Banco local con ayuda de Dilworth, y ese dinero se hallaba también en su poder. Ella, su marido y el perro tendrían ahora los recursos suficientes para permanecer ocultos durante años.

Plantado en el muelle, Lem contempló el mar, tachonado de sol, que lamía rítmicamente los pilones. Ese movimiento le daba náuseas.

Levantó la vista y miró las gaviotas que se cernían chillando. En vez de sentirse tranquilizado por su gracioso vuelo, se puso nervioso.

Garrison Dilworth era inteligente y avispado, un luchador nato. Ahora que se había establecido la conexión entre él y los Cornell, el abogado prometía llevar a la NSA ante los tribunales para hacerle liberar los fondos de Travis.

—Ustedes no han presentado cargos contra ese hombre —le había dicho Dilworth—. ¿Qué juez, por muy adulador que fuese, conferiría los poderes para congelar sus cuentas? Su manipulación del sistema legal para obstaculizar la existencia a un ciudadano inocente es desmedida.

Lem podría haber presentado cargos contra Travis y Nora Cornell por la violación de múltiples leyes previstas para preservar la seguridad nacional, y haciéndolo así habría imposibilitado a Dilworth la continua ayuda a los fugitivos. No obstante, la presentación de cargos suscitaría el interés de los medios de comunicación. Entonces, la descabellada historia sobre la pantera doméstica de Cornell y quizá todo el tinglado ficticio de la NSA se vendrían abajo como un castillo de papel en medio de una tormenta.

Su única esperanza era que Dilworth intentara comunicarse con los Cornell para comunicarles que se había descubierto su relación con ellos y que todos los contactos futuros deberían ser más discretos. Luego, con un poco de suerte, él localizaría a los Cornell mediante su número de teléfono. No esperaba que todo funcionase con semejante facilidad. Dilworth no tenía ni un pelo de tonto.

Mirando a su alrededor en el puerto deportivo de Santa Bárbara, Lem intentó sosegarse, pues sabía que necesitaría mucha calma y lucidez para engañar al viejo abogado. Las múltiples embarcaciones de recreo en los muelles, velas desplegadas o recogidas, se mecían con la marea, en tanto que otras embarcaciones con velamen al viento surcaban serenas las aguas hacia el mar abierto, y algunas personas en bañador se soleaban en sus cubiertas o tomaban un cóctel muy de mañana, mientras las gaviotas se disparaban como agujas por el entramado blanco y azul del cielo, y otras personas pescaban desde el rompeolas. Era una escena en extremo pintoresca, pero también una imagen apaciguadora con la que Lem Johnson no podía identificarse. Para Lem, la tranquilidad excesiva, era una división peligrosa que le distraía de las realidades frías y crudas de esta vida, del mundo competitivo, y cualquier actividad apaciguadora que durase más de dos o tres horas le ponía nervioso y le hacía anhelar la vuelta al trabajo. Aquí el relajarse se medía por días o semanas, aquí, en esas costosas y admirables embarcaciones, se medía por excursiones marítimas de meses, arriba y abajo del litoral, y tal tranquilidad le hacía sudar a Lem, le daba ganas de gritar.

Asimismo, tenía que preocuparse del alienígena. No había habido la menor señal de él desde que Travis Cornell le disparara en su casa alquilada, allá hacia finales de agosto. Hacía tres meses de eso. ¿Qué habría estado haciendo esa cosa durante los tres meses? ¿En dónde se habría escondido? ¿Perseguiría todavía al perro? ¿Habría muerto?

Tal vez le hubiese mordido una serpiente cascabel, o tal vez se hubiese caído por un despeñadero.

«Dios mío —pensó Lem—, hazle morir, concédeme esa pequeña oportunidad. Hazle morir.»

Pero él sabía que el alienígena no había muerto, porque eso sería demasiado fácil. La maldita cosa estaba ahí fuera, acechando al perro.

Probablemente habría dominado la imperiosa necesidad de matar a toda la gente que encontraba, porque sabía que cada asesinato atraería a Lem y sus hombres, y no quería que se le encontrara antes de matar al perro. Cuando la bestia hubiese hecho papillas sanguinolentas del perro y de los Cornell, se revolvería contra la población en general para airear su furor, y cada muerte pesaría como una losa en la conciencia de Lem Johnson.

Mientras tanto, la investigación sobre los asesinatos de los científicos de «Banodyne» estaba ahogándose. De hecho, se había desmantelado esa segunda agrupación NSA. Evidentemente, los soviéticos habían contratado a forasteros para esos golpes y no había forma de encontrar a quienes los habían traído.

Un tipo con calzón corto y piel sumamente tostada pasó por su lado y dijo:

—¡Hermoso día!

—Como el infierno —dijo Lem.

V

Al día siguiente del de Acción de Gracias, Travis entró en la cocina para tomar un vaso de leche y observó que *Einstein* estaba sufriendo un ataque de estornudos, pero no le dio importancia. Nora, incluso más atenta que Travis en su preocupación por el perdiguero, tampoco se dio por enterada. En California, la diseminación del polen alcanza su punto culminante en primavera y otoño; sin embargo, como el clima permite un ciclo de doce meses para la floración, no hay ninguna estación libre de polen. Con la vida en el bosque, esa situación se agrava.

Aquella noche, Travis se despertó al oír un sonido que no pudo identificar. Alerta al instante, desechando toda sombra de sueño, se sentó en la oscuridad y aferró el rifle que estaba en el suelo, junto a la cama. Al tiempo que sostenía el «Mossberg», aguzó el oído, y al cabo de un minuto oyó otra vez el ruido: provenía del vestíbulo de la segunda planta.

Salió silencioso de la cama, sin despertar a Nora, y avanzó con cautela hasta la puerta. El vestíbulo estaba equipado, como casi todos los aposentos de la casa, con una lamparilla de noche, bajo cuyo resplandor Travis pudo comprobar que el ruido procedía del perro. *Einstein* estaba plantado ante la escalera, tosiendo y sacudiendo la cabeza.

Travis se le acercó y el perdiguero miró hacia arriba:

—¿Te encuentras bien?

Rápido agitar de cola: SÍ.

Él se inclinó y revolvió la capa del perro:

—¿Estás seguro?

SÍ.

Durante un minuto el perro se apretó contra él, complaciéndose con las caricias. Luego se apartó de Travis, tosió dos o tres veces más y marchó escaleras abajo.

Travis le siguió. En la cocina encontró a *Einstein* sorbiendo agua de un cuenco.

Una vez vaciado el cuenco, el perdiguero se dirigió a la alacena, encendió la luz y empezó a sacar fichas de los tubos de lucita.

SED.

—¿Estás seguro de que te encuentras bien?

MUY BIEN. SÓLO MUCHA SED. ME DESPERTÓ UNA PESADILLA.

Travis preguntó asombrado:

—¿Tú sueñas?

¿TÚ NO?

—Sí, demasiado.

Volvió a llenar el cuenco del perdiguero y éste lo vació de nuevo, y Travis lo llenó por segunda vez. Pero el perro se dio ya por satisfecho.

Travis pensó que acto seguido el animal querría salir a orinar, pero en vez de eso *Einstein* fue escaleras arriba y se instaló junto a la puerta del dormitorio en donde aún dormía Nora.

Travis le susurró:

—Escucha, si quieres entrar y dormir junto a la cama, puedes hacerlo.

Eso era lo que *Einstein* quería. Se acurrucó sobre el suelo, en el lado de la cama correspondiente a Travis.

En la oscuridad, Travis pudo alargar el brazo y tocar el rifle y a *Einstein* con toda facilidad. Y le tranquilizó más la presencia del perro que la cercanía del rifle.

VI

El sábado por la tarde, dos días después del de Acción de Gracias, Garrison Dilworth subió a su «Mercedes» y se alejó despacio de su casa. Una vez recorridas dos manzanas, tuvo la certeza de que la NSA le había asignado un espía. Era un «Ford» verde, probablemente el mismo que le siguiera la tarde anterior. La escolta se mantenía a buena distancia y era discreta, pero él no era ciego.

No había telefoneado todavía a Nora y a Travis. Y el hecho de que le siguieran le hacía sospechar que sus teléfonos estaban también «pinchados». Podría haberlos llamado desde una cabina pública, pero temía que la NSA espiara la conversación con un micrófono direccional o cualquier otro artificio de alta tecnología. Si ellos conseguían registrar el tono de cada botón que él pulsara al marcar el número de los Cornell, podrían traducir fácilmente esos tonos en cifras y averiguar el número telefónico de Big Sur. Así pues, tendría que recurrir al engaño para comunicar sin temor con Travis y Nora.

Sabía que le convenía actuar deprisa antes de que Travis y Nora le telefonearan. Con la tecnología del mundo moderno a su disposición, la NSA podría localizar la llamada hasta sus orígenes antes de que él lograra advertir a Travis que la línea estaba manipulada.

Por tanto, a las dos en punto de aquella tarde, y escoltado por el «Ford» verde, Garrison se dirigió a casa de Della Colby, en Montecito, para llevarla hasta su embarcación, el *Amazing Grace*, y pasar una tarde de descanso al sol. Eso era, al menos, lo que le había dicho por teléfono.

Della era la viuda del juez Jack Colby. Durante veinticinco años ella y Jack fueron los mejores amigos de Garrison y Francine, hasta que la muerte desbarató ese grupo de cuatro. Ahora, Della y Garrison habían perpetuado esa amistad íntima; cenaban juntos con frecuencia, iban a bailar, a pasear y a navegar juntos. Al principio sus relaciones habían sido exclusivamente platónicas; eran sólo viejos amigos que habían tenido la suerte o la desgracia de sobrevivir a lo que más querían, y ambos se necesitaban uno al otro porque compartían buenos ratos y recuerdos que perderían mucha importancia si no hubiese nadie con quien rememorarlos. Un año antes, cuando se encontraron juntos en la cama sin apenas darse cuenta, quedaron estupefactos y abrumados por la culpabilidad. Se sintieron como si hubiesen engañado a sus respectivos cónyuges, aunque Jack y Francine hubiesen muerto hacía años. La sensación de culpabilidad pasó, claro está, y ahora ellos agradecían la mutua compañía y el apasionamiento sencillo que había iluminado, inesperadamente, sus últimos años otoñales.

Cuando Garrison se detuvo ante la entrada de Della, ella salió de la casa, cerró la puerta principal y corrió hacia el coche. Se había puesto zapatos marineros, pantalones blancos, suéter de rayas azules y blancas y una chaquetilla. Aunque tuviera sesenta y nueve años y su melena corta fuera blanca como la nieve, parecía quince años más joven.

Él se apeó del «Mercedes», la abrazó y besó y dijo:

—¿Podríamos ir en tu coche?

Ella parpadeó.

—¿Tienes dificultades con el tuyo?

—No —contestó él—. Sólo que me gustaría llevar el tuyo.

—Claro que sí.

Della sacó su «Cadillac» del garaje y él subió al asiento del pasajero. Cuando ella salió a la calle, Garrison dijo:

—Temo que mi coche lleve algún micrófono escondido y no quiero que nadie oiga lo que he de decirte.

Si las miradas costaran dinero, la de Della no habría tenido precio.

Él dijo riendo:

—No, no me he vuelto senil de repente. Si estás atenta al retrovisor mientras conduces, verás que nos siguen. Ellos son muy buenos en su trabajo, muy sutiles, pero no invisibles.

Él le concedió un tiempo de espera. Después de unas cuantas manzanas, Della dijo:

—Es el «Ford» verde, ¿verde?

—Los mismos.

—¿En qué lío te has metido, querido?

—No vayas directamente al puerto. Conduce hasta el mercado, y compraremos algo de fruta. Luego a una tienda de licores, y compraremos algo de vino. Para entonces habré tenido ya tiempo de contarte todo.

—¿Acaso tienes una vida secreta de la que nunca sospeché? —preguntó ella sonriéndole—. ¿Eres un James Bond geriátrico?

El día anterior Lem Johnson había vuelto a abrir una sede temporal en un despacho de la Audiencia de Santa Bárbara que parecía diseñado para producir claustrofobia. La estancia tenía sólo una angosta ventana. Las paredes eran oscuras y la luz del techo difundía tan poca luminosidad que dejaba los rincones llenos de sombras, como espantapájaros fuera de lugar. Había trabajado ya allí el día después del asesinato de Hockney, pero lo había cerrado al cabo de una semana, cuando no hubo nada más que hacer en aquella zona. Ahora, con la esperanza de que Dilworth los orientara hacia los Cornell, Lem había abierto otra vez el exiguo cuartel general, había instalado los teléfonos y esperaba acontecimientos.

Compartía aquel despacho con un agente auxiliar, Jim Vann, un joven de veinticinco años, casi demasiado aplicado y solícito.

Por el momento, Cliff Soames tenía a su cargo el equipo de seis hombres en el puerto, no sólo supervisando a los agentes NSA distribuidos por la zona, sino también coordinando la vigilancia de Garrison Dilworth con la patrulla del puerto y la guardia costera. Aparentemente el astuto anciano se había apercibido de que le seguían, así que Lem esperaba que intentase una escapada para librarse de sus vigilantes el tiempo suficiente para telefonear a los Cornell antes de que sus perseguidores pudieran localizarle. Sin embargo, se llevaría una sorpresa cuando se encontrara acompañado fuera del puerto por la patrulla local, y más adelante, en alta mar, por la lancha de la guardia costera con el mismo propósito.

A las tres cuarenta, Cliff telefoneó para informar que Dilworth y su amiga estaban sentados en la cubierta del *Amazing Grace* comiendo fruta y bebiendo vino, rememorando muchas cosas y riendo un poco.

—Por lo que podemos captar con los micrófonos direccionales y por lo que podemos ver, yo diría que no tienen intención de ir a ninguna parte. Salvo, quizás, a la cama. Son una pareja cachonda, vaya que sí —concluyó.

—Sigue con ellos —dijo Lem—. Desconfío de él.

Llegó otra llamada del equipo de búsqueda que había allanado la casa de Dilworth pocos minutos después de su marcha. No había encontrado nada relacionado con los Cornell o el perro.

La oficina de Dilworth había sido registrada palmo a palmo la noche anterior sin que se hubiese encontrado el menor indicio. Asimismo, un estudio detenido de sus llamadas telefónicas registradas no sacó a luz ningún número de los Cornell, y si él les hubiese llamado tiempo atrás, lo habría hecho siempre desde una cabina pública. Un examen de su tarjeta de crédito «AT & T» no revelaba tampoco llamadas de ese tipo, y si él hubiese usado una cabina pública, no habría puesto la llamada a su cargo, sino al de los Cornell, no dejando el más mínimo rastro, lo cual no era una buena señal ni mucho menos. Evidentemente, Dilworth era extremadamente cauto, incluso antes de saber que se le vigilaba.

El sábado, Travis, temiendo que el perro pudiera haber contraído un resfriado, lo tuvo bajo observación. Pero *Einstein* estornudó sólo un par de veces y no tosió nada. Parecía estar en forma.

Aquel día, una compañía de transportes entregó diez cajones que contenían todos los lienzos acabados de Nora que habían quedado en Santa Bárbara. Dos semanas antes, Garrison había enviado las pinturas a su nueva casa, utilizando las señas de un amigo como remitente para asegurarse de que nadie establecería una relación entre él y Nora *Aimes*.

Ahora, Nora quedó extasiada al desembalar y desenvolver los lienzos, formando verdaderas montañas de papel protector en la sala. Travis sabía que ella había vivido para aquel trabajo durante muchos años, y el tener consigo otra vez sus pinturas no significaba sólo una gran alegría, sino también, probablemente, un incentivo para ocuparse con renovado entusiasmo de sus nuevos lienzos en el dormitorio reservado para ella.

—¿Quieres telefonear a Garrison para darle las gracias? —preguntó él.

—¡Sí, por descontado! —exclamó Nora—. Pero primero acabemos de desembalarlos y asegurarnos de que ninguno ha sufrido daño alguno.

Apostados en el puerto y pasando por propietarios de yates y pescadores, Cliff Soames y los demás agentes NSA vigilaron a Dilworth y Della Colby y, cuando el día declinaba, los espiaron con medios electrónicos. Llegó el crepúsculo sin que se observara ninguna indicación de que Dilworth intentara hacerse a la mar. Pronto cayó la noche, pero el abogado y su compañera siguieron sin hacer el menor movimiento.

Media hora después de que anocheciera, Cliff Soames se cansó de fingir estar pescando desde la popa de un yate deportivo, el *Cheoy Lee*, de veinte metros, amarrado cuatro gradas más allá del de Dilworth. Ascendió los escalones hasta la cabina del piloto y cogió los auriculares de Hank Gorner, el agente que estaba escuchando la conversación de la vieja pareja mediante un micrófono direccional. Aguzó el oído.

—...*aquella vez en Acapulco, cuando Jack alquiló el pesquero*...
—...*¡sí, y todos sus tripulantes parecían piratas!*
—...*temimos que nos rebanaran el pescuezo o nos arrojaran al océano*...
—...*pero luego descubrimos que todos ellos eran seminaristas*...
—...*estudiando para hacerse misioneros*... *y Jack dijo*...

Devolviendo los auriculares, Cliff comentó:

—¡Todavía rememorando!

El otro agente asintió. A todo esto la luz de la cabina estaba apagada y Hank se alumbraba solamente con una pequeña lámpara tamizada y empotrada sobre la mesa de los mapas, de modo que sus facciones parecían alargadas y extrañas.

—Así han estado todo el día. Menos mal que cuentan algunas historias interesantes.

—Me voy al retrete —dijo hastiado Cliff—. Volveré en un instante.

—Tómate diez horas si quieres. Ésos no van a ninguna parte.

Pocos minutos después, Cliff regresó. Hank Gorner se quitó los auriculares y dijo:

—Los dos han ido debajo de la cubierta.

—¿Algo interesante?

—No lo que nosotros esperamos. Cada uno de ellos va a saltar sobre los huesos del otro.

—¡Ah!

—Caray, Cliff, yo no quiero escuchar esto.

—Escucha —insistió Cliff.

Hank se puso un auricular al oído.

—Caray, se están desnudando uno a otro y ambos son tan viejos como mis abuelos. Esto es muy embarazoso.

Cliff suspiró.

—Ahora están silenciosos —dijo Hank, mientras se extendía una expresión de disgusto por toda su cara—. De un momento a otro comenzarán a gemir, Cliff.

—Escucha —insistió Cliff. Cogió una chaqueta ligera de la mesa y marchó afuera otra vez para no tener que escuchar.

Tomó posiciones sobre una silla en el castillo de popa y alzó una vez más la caña.

La noche era lo bastante fresca como para llevar chaqueta, pero aparte de eso no podía ser mejor. El aire era claro y agradable, perfumado con un leve sabor a mar. El cielo, sin duda, estaba repleto de estrellas. El agua lamía los pilotes del muelle y los cascos de las embarcaciones amarradas. En algún lugar del puerto, sobre otra nave, alguien estaba tocando canciones románticas de los años cuarenta. Un motor comenzó a latir..., *bump, bump, bump*, y también hubo algo de romántico en aquel sonido. Cliff pensó lo bonito que sería poseer una embarcación y emprender una larga travesía por el Pacífico Sur, hacia las islas sembradas de palmeras...

De repente, aquel motor rugió, y Cliff se dio cuenta de que era el *Amazing Grace*. Cuando saltó de su silla dejando caer su caña, vio que la embarcación de Dilworth estaba desatracando de su grada a una velocidad temeraria. Era un velero, y Cliff, en su subconsciente, no esperaba que zarpase con las velas recogidas, pero tenía motores auxiliares; a pesar de que sabían esto y estaban preparados para ello, le causó sorpresa. Regresó corriendo a la cabina:

—Comunícate con la patrulla del puerto, Hank. Dilworth está en movimiento.

—¡Pero si se han metido en el catre!

—¡Qué diablos se van a meter!

Cliff corrió al castillo de proa y vio que Dilworth había hecho virar ya al *Amazing Grace* y se dirigía hacia la bocana. No llevaba ninguna luz de situación, tan sólo un pequeño fanal en la zona próxima al timón.

¡Por los clavos de Cristo, en realidad estaba intentando escaparse!

Cuando los dos hubieron desembalado los cien lienzos, colgaron unos cuantos y metieron el resto en el dormitorio sobrante; estaban hambrientos.

—Probablemente Garrison estará almorzando a estas horas —dijo Nora—. No quiero interrumpirle. Si te parece, telefonearemos después de comer.

En la alacena, *Einstein* sacó letras de los tubos de lucita y compuso un mensaje: SE HACE YA OSCURO, PONED ANTES LAS CONTRAVENTANAS.

Sorprendido e inquieto por su abandono inusual de la seguridad, Travis corrió de habitación en habitación asegurando contraventanas y echando cerrojos. Fascinado por las pinturas de Nora, y disfrutando del placer mostrado por ella a su llegada, no se había dado cuenta de que la noche ya estaba encima.

A mitad de camino hacia la bocana, y esperando que a esa distancia el rugido del motor les protegiera de los espías electrónicos, Garrison dijo:

—Llévame junto al extremo exterior del rompeolas septentrional, a lo largo del canal.

—¿Estás seguro de lo que haces? —dijo preocupada Della—. Ya no eres un adolescente.

Él le dio una palmada en el trasero, y dijo:

—Soy mejor que eso.

—Soñador.

Él la besó en la mejilla, se adelantó hacia la borda de estribor y se preparó para la zambullida. Llevaba un bañador azul marino. Debería haberse puesto la indumentaria de submarinista, porque el agua estaba helada. No obstante, creía poder nadar hasta el rompeolas, doblar la punta del mismo y salir por el lado norte sin que le vieran desde el puerto; y hacer todo eso en unos pocos minutos, para que la temperatura del agua no le robase demasiado calor al cuerpo.

—¡Tenemos compañía! —le gritó Della desde el timón.

Él volvió la cabeza y vio que la embarcación de la patrulla portuaria había zarpado del muelle sur y se dirigía hacia ellos por la banda de babor.

«No pueden detenernos —pensó—. No tienen ningún derecho legal.»

Así y todo, tenía que zambullirse antes de que la patrulla virara y ocupara posiciones a estribor. Entonces le verían saltar por la borda. Mientras se mantuvieran a babor, el propio *Amazing Grace* ocultaría su partida, y la estela fosforescente del velero encubriría los primeros segundos de brazadas en torno a la punta del rompeolas, lo suficiente para que la patrulla estuviera todavía pendiente de Della.

Se acercaban a toda velocidad, lo cual no incomodó a Della. El velero saltó sobre las aguas algo encrespadas con fuerza suficiente como para hacer que Garrison se aferrara a la borda. No obstante, parecían desfilar ante la muralla pétrea del rompeolas a una velocidad desalentadora, mientras la patrulla portuaria se les aproximaba aprisa. Pero Garrison esperó y esperó, porque no quería quedarse con cien metros de más cuando se tirase al agua. Si lo hiciera demasiado pronto, no podría contornear la punta y debería nadar directamente al rompeolas para encaramarse por él, a plena vista de todos los observadores. Ahora la patrulla quedó a unos cien metros, pues él podía verlos al enderezarse y mirar por encima de la cabina del velero, y empezó a virar para entrar por el otro lado. Garrison no podía esperar mucho más, no podía...

—¡La punta! —le gritó Della desde el timón.

Se lanzó por la borda a las oscuras aguas y se distanció de la embarcación. El mar estaba frío, tanto que le cortaba el aliento. Se hundía, no podía alcanzar la superficie. Se dejó dominar por el pánico; manoteó y pataleó, pero al fin pudo aspirar aire entre resuellos.

Le sorprendió ver todavía tan cerca al *Amazing Grace*. Le parecía haber estado pataleando confuso bajo la superficie durante un minuto o más, cuando, en realidad, debió haber pasado tan sólo un segundo o dos, porque su embarcación no se había alejado mucho. La patrulla portuaria parecía también cerca, y pensó que ni siquiera la estela espumeante del *Amazing Grace* le proporcionaría la suficiente cobertura, así que haciendo una inspiración honda se sumergió otra vez y permaneció abajo tanto como pudo. Cuando emergió, tanto Della como sus perseguidores habían pasado la bocana, virando hacia el sur, y se sintió ya seguro.

La resaca le arrastró rápidamente ante la punta del rompeolas septentrional, que era un murallón de bloques sueltos y rocas de unos seis metros sobre el nivel del mar, rampas negras y moteadas de gris en la noche. No sólo tuvo que nadar alrededor de esa barrera, sino también aproximarse a tierra venciendo la corriente contraria. Sin pensarlo más, empezó a nadar preguntándose cómo diablos se le habría ocurrido que aquello estaba tirado.

«Tienes casi setenta y un años —se dijo mientras daba largas brazadas ante la rocosa punta que estaba iluminada por un fanal de navegación—. ¿Qué te indujo a representar el papel de héroe?»

Sin embargo, sabía lo que le había inducido: la creencia profundamente arraigada de que aquel perro debería permanecer libre y no ser tratado como propiedad del Estado. *«Si nosotros hemos avanzado tanto que podemos crear como lo hace Dios, deberemos aprender también la justicia y la gracia de Dios.»* Algo así le había dicho a Nora, Travis y *Einstein* en la noche en que se asesinara a Ted Hockney, y él había creído cada palabra que había pronunciado.

El agua salada le escocía en los ojos y le nublaba la visión. Al entrarle en la boca, le escoció una pequeña llaga que tenía en el labio.

Garrison luchó contra corriente, pasó la punta del rompeolas, perdió de vista el puerto y se acercó hacia las rocas. Por fin las alcanzó, tocó el primer bloque y tan sólo se aferró, jadeante, incapaz de auparse.

Durante las semanas transcurridas desde la fuga de Nora y Travis, Garrison había tenido tiempo suficiente para pensar sobre *Einstein* y había resuelto que el hecho de encarcelar a una criatura inteligente, inocente de todo crimen, era un acto de grave injusticia, aunque el prisionero fuese un perro. Garrison había consagrado su vida al ejercicio de esa justicia que las leyes de una democracia posibilitan, y al mantenimiento de la libertad derivada de dicha justicia. Cuando un hombre de altos ideales se consideraba demasiado viejo como para arriesgar todo por sus creencias, entonces dejaba de ser un hombre de altos ideales. Y tal vez no fuese siquiera un hombre. Esta verdad tan cruda le había impulsado, a pesar de su edad, a hacer tal prueba de natación nocturna. Resultaba cómico que una larga vida de idealismo se viera sometida, después de siete décadas, a una prueba final relacionada con la suerte de un perro.

Pero ¡qué perro!

«Y en qué mundo tan portentoso vivimos», pensó.

La tecnología genética debería denominarse «arte genético», pues toda obra de arte era un acto de creación y no había ningún acto de creación tan admirable y hermoso como la creación de una mente inteligente.

Recuperando su segundo aliento, Garrison salió del agua por el flanco resbaladizo e inclinado del rompeolas septentrional. Esta barrera se alzaba entre él y el puerto, y por tanto, no tenía más que avanzar por las rocas tierra adentro mientras el mar batía a su costado izquierdo. Había llevado consigo una pequeña linterna sumergible enganchada al bañador, y ahora la utilizó para avanzar descalzo con suma cautela, temeroso de dar un resbalón sobre la piedra húmeda y romperse una pierna o un tobillo.

Podía ver las luces de la ciudad a unos cien metros de distancia y la línea imprecisa y plateada de la playa.

Sentía frío, pero no tanto como en el agua. Su corazón latía aprisa, pero no tanto como antes.

Estaba a punto de conseguirlo.

Lem Johnson se acercó con el coche desde el cuartel general provisional de la audiencia, y Cliff le salió al encuentro en la grada vacía donde estuviera amarrado el *Amazing Grace*. Se había levantado el viento. Centenares de embarcaciones se balanceaban en sus amarraderos; todas ellas crujían, y los cabos de vela algo flojos golpeaban contra sus mástiles. Faroles de muelle y fanales de embarcación proyectaban trémulos trazos de luz en las oscuras aguas de aspecto aceitoso en donde estuviera amarrado el velero de Dilworth.

—¿Y la patrulla portuaria? —preguntó preocupado Lem.

—Le ha seguido hasta mar abierto. Parecía como si fuera a virar hacia el norte, pasó rozando la punta, pero en vez de eso puso proa al sur.

—¿Los vio Dilworth?

—Tuvo que verlos por fuerza. Como ves no hay niebla y sí muchas estrellas. Todo está tan claro como el infierno.

—Bien. Quiero que él se dé cuenta. ¿Y la guardia costera?

—He comunicado con la lancha —le aseguró Cliff—. Están en su puesto, flanqueando al *Amazing Grace*, a unos cien metros, rumbo sur a lo largo de la costa.

Estremeciéndose con el aire cada vez más fresco, Lem dijo:

—¿Saben ellos que él podría intentar acercarse a la playa en un bote neumático o algo similar?

—Lo saben —dijo Cliff—. Saben que podría hacerlo ante sus narices.

—¿Está segura la guardia costera de que él la verá.

—Llevan la lancha tan iluminada como un árbol navideño.

—Excelente. Quiero que se vea sin la menor posibilidad de escape. Si podemos impedir que avise a los Cornell, ellos le telefonearán tarde o temprano..., y entonces los atraparemos. E incluso si le llaman desde una cabina pública, averiguaremos cuál es la zona de su paradero.

Además de las escuchas en los teléfonos del domicilio y despacho de Dilworth, la NSA había instalado un equipo detector que dejaría abierta una línea tan pronto como se hiciera la conexión y la mantendría así incluso después de que colgaran los dos comunicantes, hasta que se verificara el número telefónico y las señas del que llamara. Aun cuando Dilworth gritara una advertencia y colgase apenas reconociera la voz de los Cornell, sería demasiado tarde. El único medio con que podría contar para eludir a la NSA sería no contestar en su teléfono. Pero incluso así no saldría muy bien parado, porque después del sexto timbrazo cada llamada recibida pasaría automáticamente al equipo NSA, que mantendría abierta la línea e iniciaría los procedimientos habituales para la localización.

—Ahora, la única circunstancia que puede jodernos —dijo Lem— es que Dilworth hable por un teléfono que no esté bajo nuestro control y avise a los Cornell que no le telefoneen.

—Eso no sucederá —dijo Cliff—. Le tenemos en nuestras redes.

—Me gustaría que no dijeras eso —murmuró inquieto Lem. En aquel instante, una abrazadera metálica de un cabo suelto rebotó, impulsada por el viento, contra un palo, y el estrepitoso sonido hizo saltar a Lem—. Mi padre decía siempre que lo peor sucede cuando menos lo esperas.

Cliff meneó la cabeza.

—Con el respeto debido, señor, cuanto más le oigo citar a su padre, más convencido estoy de que era el hombre más fúnebre que jamás haya existido.

Lem miró las embarcaciones en torno suyo y las aguas agitadas por el viento, y sintió que era *él* quien se movía en lugar de permanecer inmóvil, rodeado de un mundo en movimiento. Entonces, dijo desasosegado:

—Sí, mi padre era un tío grande a su modo, pero también..., imposible.

—¡Eh! —gritó Hank Gorner. Llegó corriendo a lo largo del muelle, desde el *Cheoy Lee*, en donde él y Cliff estuvieran estacionados todo el día—. Acabo de comunicar con la lancha costera. Están pasando el reflector por todo el *Amazing Grace*, intimidándoles un poco, y me dicen que no ven ni rastro de Dilworth. Sólo la mujer.

—¡Por los clavos de Cristo! —exclamó Lem—. ¡Pero si él está gobernando esa embarcación!

—No —dijo Gorner—. No hay ninguna luz en el *Amazing Grace*, pero el reflector de la costera ilumina toda la escena, y me dicen que la mujer está al timón.

—Está bien. Él se encontrará bajo cubierta —dijo Cliff.

—No —dijo Lem, mientras su corazón empezaba a latir furioso—. Él no estaría bajo cubierta en un momento así. Estaría examinando la costera, decidiendo si debería seguir la marcha o virar en redondo. Dilworth no se encuentra en el *Amazing Grace*.

—¡Pero ha de estar ahí! No desembarcó antes de que el velero zarpara.

Lem escrutó la lejanía a través de la claridad cristalina del puerto, hacia la luz titilante en el extremo del rompeolas septentrional.

—Has dicho que la maldita embarcación viró cerca de la punta norte y pareció dirigirse hacia el norte, pero luego cambió súbitamente de rumbo y puso proa al sur.

—Mierda —rezongó Cliff.

—Ahí fue donde él se lanzó —dijo Lem—. Al pasar por la punta del rompeolas septentrional. Sin bote neumático. ¡Nadando, Dios santo!

—Es demasiado viejo para semejantes disparates —protestó Cliff.

—Evidentemente, no. Contorneó la punta por el otro lado y ahora se dirige hacia un teléfono en alguna de las playas públicas del norte. Debemos detenerle, y aprisa.

Cliff hizo bocina con las manos y voceó los nombres de los cuatro agentes que ocupaban posiciones en otras embarcaciones a lo largo del muelle. Su voz llegó lejos, levantando ecos amortiguados en el agua a pesar del viento. Los hombres llegaron corriendo, y cuando los gritos de Cliff no se habían extinguido aún en la vastedad del puerto, Lem salió volando hacia su coche en el aparcamiento.

Lo peor sucede cuando menos lo esperas.

Cuando Travis estaba limpiando los platos de la cena, Nora dijo:
—Mira esto.

Él se volvió y vio que Nora estaba de pie junto a la escudilla y el cuenco de *Einstein*. El agua había desaparecido, pero la mitad de la comida estaba todavía allí.

—¿Cuándo has visto que él dejara ni una mísera migaja? —dijo ella.

—Jamás. —Frunciendo el ceño, Travis se secó las manos en el paño de cocina—. Estos últimos días pensé que él estaba pachucho, con un resfriado o algo parecido, pero dice que se encuentra bien. Y hoy no ha estornudado ni tosido como antes.

Los dos pasaron a la sala, en donde el perdiguero estaba leyendo *Black Beauty* con la ayuda de su máquina para volver hojas.

Se arrodillaron a su lado y, cuando el animal levantó la vista, Nora dijo:
—¿Estás enfermo, *Einstein*?

El perdiguero dejó escapar un ladrido quedo: NO.

—¿Estás seguro?

Rápida agitación de la cola: SÍ.

—No terminaste tu comida —dijo Travis.

Él dio un bostezo ostensible.

—¿Quieres decir que estás un poco cansado?

SÍ.

—Si te sintieras mal —dijo Travis—, nos lo harías saber en seguida, ¿verdad, cara peluda?

SÍ.

Nora se empeñó en examinar los ojos de *Einstein*, el morro y las orejas buscando algún indicio de infección, pero por fin dijo:
—Nada. Parece estar perfectamente bien. Supongo que un perro superdotado tiene derecho a sentir cansancio de vez en cuando.

El viento borrascoso había llegado aprisa. Era gélido y bajo sus trallazos las olas se levantaban más de lo que lo hicieran durante todo el día. Convertido en una masa de carne de gallina, Garrison alcanzó el extremo más cercano a la tierra del rompeolas septentrional. Sintió gran alivio al pisar arena y dejar las duras y a ratos cortantes rocas de la escollera. Estaba seguro de haberse cortado ambos pies; los notaba ardiendo, y el izquierdo le escocía con cada paso, obligándole a cojear.

Al principio se mantuvo junto a la orilla, lejos del parque bordeado de árboles que quedaba detrás de la playa. Allí, en donde los faroles del parque iluminaban las alamedas y donde los focos estratégicos hacían resaltar de forma espectacular las palmeras, se le descubriría con más facilidad desde la carretera. No creía que nadie le siguiera, estaba seguro de que la artimaña había funcionado. Sin embargo, no quería llamar la atención por si alguien le buscara.

Las ráfagas de viento arrancaban espuma de las rompientes y se la proyectaban contra el rostro, haciéndole sentirse como si corriera entre masas de telarañas. Ese polvillo le escocía en los ojos, que se estaban recobrando ya del chapuzón, y al fin se vio obligado a distanciarse de la orilla y adentrarse en la playa, cuya arena suave lindaba con el césped del parque, pero quedaba fuera de la zona iluminada.

A todo esto, había bastante gente joven en la oscura playa, todos ellos vestidos para soportar el fresco nocturno; parejas sobre mantas arrullándose, pequeños grupos fumando «porros» y escuchando música. Ocho o diez adolescentes se habían congregado entre dos vehículos todo terreno con neumáticos a baja presión, lo cual estaba prohibido durante el día y, muy probablemente, también de noche. Todos bebían cerveza alrededor de un hoyo que habían excavado en la arena para esconder las botellas por si aparecía algún poli; hablaban a voces de chicas y hacían el ganso cuanto podían. Cuando Garrison desfiló ante aquella gente, nadie le prestó la menor atención. En California, los fanáticos de la alimentación sana y el ejercicio son tan comunes como los vagabundos callejeros de Nueva York, y si un hombre viejo quisiera darse un baño frío y luego correr por la playa a oscuras, sería tan chocante y llamativo como un cura en una iglesia.

Mientras marchaba hacia el norte, Garrison escudriñó el parque a su derecha en busca de una cabina telefónica. Las habría probablemente a pares, sobre una plataforma visible y bien iluminada junto a las alamedas o quizá cerca de algún merendero.

Cuando ya empezaba a desesperar, temiendo haber pasado de largo por un grupo de teléfonos que sus viejos ojos no hubiesen advertido, descubrió lo que estaba buscando: dos teléfonos públicos protegidos contra el sonido con una especie de alas. Se hallaban a unos treinta metros de la playa, a mitad de camino entre la arena y la carretera que flanqueaba el parque por el otro lado.

Dando la espalda al airado mar, se detuvo para recobrar el aliento y luego caminó por la hierba bajo tres majestuosas palmeras reales cuyos plumeros se desmelenaban con el viento. Cuando estaba todavía a doce metros de los teléfonos, vio un coche que se acercaba a gran velocidad y frenó de repente entre grandes chirridos junto al bordillo, en la perpendicular de los teléfonos. Se escondió detrás de un inmenso datilero de doble tronco, que, afortunadamente, no figuraba entre los elegidos por los focos decorativos. Por la rendija entre ambos troncos pudo ver los teléfonos y el camino que conducía a ellos desde el bordillo en donde se había detenido el coche.

Dos hombres se apearon del sedán. Uno recorrió aprisa el perímetro del parque, escrutando las sombras en busca de algo. El otro se adentró en el parque por el camino. Cuando alcanzó la zona iluminada alrededor de los teléfonos, su identidad se hizo evidente..., y desalentadora.

Lemuel Johnson.

Inmóvil tras los troncos de los datileros siameses, Garrison estiró los brazos delante de su cuerpo, aun teniendo la certeza de que las bases conjuntas de los árboles le ocultaban lo suficiente.

Johnson se acercó al primer teléfono, descolgó el auricular e intentó arrancarlo de su caja. Pero éste tenía uno de esos cordones metálicos flexibles que no cedía a pesar de sus repetidas tentativas. Por último, maldiciendo la reciedumbre del instrumento, desmontó el auricular y arrojó las piezas por el parque. Luego, destruyó asimismo el segundo teléfono. Por un momento, cuando Johnson se alejó de los teléfonos y caminó derecho hacia el abogado, éste pensó que le había descubierto. Pero Johnson hizo alto a los pocos pasos y escudriñó con la mirada el sector de parque cercano al mar y el horizonte de la playa. Esa mirada no parecía detenerse, ni siquiera momentáneamente, en los datileros que escondían a Garrison.

—¡Maldito hijo de perra! ¡Viejo demente! —exclamó Johnson. Luego corrió de vuelta al coche.

Acurrucado en la sombra de las palmeras, Garrison sonrió, porque sabía muy bien a quién se refería el agente NSA. Repentinamente, el abogado se despreocupó del viento gélido que, procedente del mar, barría la noche.

Maldito hijo de perra, demencial viejo o, dicho de otra forma, James

Bond geriátrico, a elegir. Sea como fuere, él seguía siendo un hombre con quien se habría de contar.

En la centralita subterránea de la Compañía telefónica, los agentes Rick Olbier y Denny Jones estaban atendiendo la escucha electrónica y el equipo detector NSA que controlaba las líneas del despacho y domicilio de Garrison Dilworth. Era una tarea aburrida, y los dos habían decidido echar una partida para matar el tiempo: ni el pinacle a dos manos ni el *rummy* hasta quinientos puntos, eran buenos juegos, pero la idea de un póquer a dos manos les repelió.

Cuando a las ocho y catorce minutos llegó una llamada al teléfono del domicilio de Dilworth, Olbier y Jones reaccionaron con más agitación de la que merecía el caso, porque ambos necesitaban acción a toda costa. Olbier dejó caer sus cartas al suelo, Jones arrojó las suyas sobre la mesa, y ambos se abalanzaron sobre los dos juegos de auriculares como si estuviesen en la Segunda Guerra Mundial y esperaran escuchar una conversación altamente secreta entre Hitler y Goering.

El equipo estaba ajustado para abrir la línea y captar un impulso indicador si Dilworth no contestase al sexto timbrazo. Como ambos sabían que el abogado no estaba en casa y que nadie contestaría al teléfono, Olbier se saltó el programa y abrió la línea después del segundo timbrazo.

En la pantalla del computador unas letras verdes anunciaron: DETECTANDO.

Y en la línea abierta una voz masculina dijo: «¡Hola!»

—Hola —contestó Jones por el micrófono de su juego de auriculares.

El número telefónico del comunicante y sus señas de Santa Bárbara aparecieron en la pantalla. Aquel sistema trabajaba como el computador 911 de la Policía para urgencias, es decir, proveyendo la identificación instantánea del comunicante. Pero ahora, sobre las señas en la pantalla, apareció también el nombre de una compañía, no de un individuo: «TELEPHONE SOLICITATIONS INC.»

El comunicante respondió a Denny Jones:

—Escuche, señor, celebro comunicarle que usted ha resultado elegido para recibir una fotografía de ocho por diez y diez imprentas de bolsillo gratuitas de...

—¿Con quién hablo? —dijo Jones.

Mientras tanto el computador estaba revisando el banco de datos sobre las señas en la calle de Santa Bárbara para verificar el DNI del comunicante y confirmar la llamada.

La voz en el teléfono dijo:

—Bien, le llamo en nombre de Olin Mills, señor, los estudios fotográficos en donde la más alta calidad...

—Espere un segundo —dijo Jones.

El computador verificó la identidad del abonado que hacía la llamada: Dilworth había recibido una oferta de ventas y nada más.

—No necesito nada de eso —dijo cortante Jones. Y desconectó.

—Mierda —masculló Olbier.

—¿Pinacle? —dijo Jones.

Además de los seis hombres que estaban ya en el puerto, Lem hizo llamar a cuatro más del cuartel general provisional en la Audiencia.

Estacionó a cinco en el perímetro del parque, por el lado del océano, a unos trescientos metros uno de otro. Éstos tuvieron por misión vigilar la amplia avenida que separaba el parque del distrito comercial, en donde había cantidad de moteles y restaurantes, heladerías, tiendas de regalos y otros pequeños establecimientos. Todos esos comercios tenían teléfono, por supuesto, e incluso algunos de los moteles tendrían cabinas públicas delante de sus oficinas; utilizando cualquiera de ellos el abogado podría alertar a Travis y Nora Cornell. A aquella hora, sábado por la noche, algunos establecimientos estaban cerrados, pero muchos, y todos los restaurantes, abrían sus puertas. Había que impedir que Dilworth atravesara la avenida.

El viento marino arreciaba y cada vez era más frío. Los hombres se plantaron con las manos en los bolsillos y la cabeza hundida entre los hombros, tiritando.

Los plumeros de las palmeras, batidos por súbitas ráfagas, castañetearon. Los pájaros posados en los árboles chillaron alarmados, luego se tranquilizaron.

Lem envió otro agente hacia el ángulo sudoeste del parque, en la base del rompeolas que forma la divisoria entre la playa y el puerto. Pretendía impedir que Dilworth regresara al rompeolas y se encaramase a él para escurrirse por el puerto y telefonear desde otro lugar de la ciudad.

Un séptimo hombre fue enviado al ángulo noroeste del parque y a lo largo de la playa, para asegurarse de que Dilworth no siguiera hacia el norte y se adentrara en las playas privadas y las zonas residenciales, en donde podría convencer a alguien de que le dejara usar un teléfono no controlado.

Allí se quedaron sólo Lem, Cliff y Hank para peinar el parque y la playa contigua en busca del abogado. Sabía que tenía pocos hombres para ese trabajo, pero esos diez, más Olbier y Jones en la Compañía telefónica, era la única gente de que disponía en la ciudad. No veía ningún motivo plausible para pedir más agentes a la oficina de Los Ángeles; cuando ellos llegaran allí, se habría encontrado o detenido ya a Dilworth..., o el hombre habría logrado telefonear a los Cornell.

El vehículo todo terreno sin techo tenía dos asientos estilo cazoleta y detrás había un espacio de carga de un metro y medio, en donde se podían acomodar más pasajeros o colocar una cantidad considerable de equipo. Garrison estaba tendido boca abajo, sobre el suelo de ese espacio y debajo de una manta. Dos adolescentes estaban en los asientos cazoleta y otros dos en el espacio de carga sobre el propio Garrison, arrellanados como si estuviesen sólo sobre un montón de mantas. Ambos intentaban pesar lo menos posible a Garrison, pero, así y todo, éste se sentía medio aplastado.

De pronto el motor sonó cual un enjambre de avispas irritadas; un zumbido intenso y ensordecedor. Y, efectivamente, ensordeció a Garrison porque su oído derecho estaba aplastado contra el suelo, y éste transmitía y amplificaba cada vibración.

Por fortuna, el terreno suave de la playa permitía un desplazamiento relativamente cómodo.

El vehículo cesó de acelerar, aminoró la carrera y, por fin, el ruido del motor se extinguió de forma drástica.

—Mierda —susurró uno de los chicos a Garrison—. Hay un tipo ahí haciéndonos señas de parar con una linterna.

Se detuvieron y, sobre el ralentí del motor, Garrison oyó decir a un hombre:

—¿Adónde os dirigís, muchachos?

—A la playa de arriba.

—Eso es propiedad privada. ¿Tenéis derecho a ir por allí?

—Ahí es donde vivimos —respondió Tommy, el conductor.

—¡Ah! ¿Sí?

—¿Acaso no parecemos un puñado de mimados hijos de papá? —bromeó uno de ellos intentando hacerse el gracioso.

—¿Dónde habéis estado? —inquirió receloso el hombre.

—Haciendo un pequeño crucero por ahí. Pero la cosa se estaba poniendo fría.

—¿Habéis bebido, muchachos?

«Cállate, idiota —murmuró para sí Garrison mientras escuchaba al interrogador—. Estás hablando con unos adolescentes, pobres criaturas cuyo desequilibrio hormonal les induce a rebelarse contra toda autoridad durante los próximos dos años. Yo cuento con su simpatía porque huyo de los polis, y ellos se ponen de mi parte sin saber lo que he hecho siquiera. Si quieres su cooperación, no la obtendrás jamás acosándolos.»

—¿Bebiendo? ¡No diablos! —dijo otro—. Mire el refrigerador portátil ahí detrás si no nos cree. Nada salvo «Doctor Pepper».

Garrison, que iba oprimido contra esa caja de hielo, rogó a Dios que el hombre no decidiera rodear el vehículo y echar una ojeada. Si el tipo se acercara tanto, observaría que la manta sobre la que iban los chicos tenía una forma vagamente humana.

—¿«Doctor Pepper», eh? ¿Qué marca de cerveza teníais ahí antes de beberos hasta la última gota?

—¡Eh, buen hombre! —dijo Tommy—. ¿Por qué nos hostiga tanto? ¿Es usted un poli o qué?

—En efecto, lo soy.

—¿Y dónde está su uniforme? —preguntó otro de los chicos.

—Policía secreta. Escuchad, muchachos, estoy dispuesto a dejaros seguir sin oleros el aliento ni nada de eso. Pero decidme antes si habéis visto a un viejo de pelo blanco en la playa esta noche.

—¿Y a quién le interesan los viejos? —exclamó uno de los chicos—. Nosotros buscamos mujeres, y no viejas.

—Os habríais apercibido de ese individuo anciano si lo hubierais visto. Va vestido sólo con un bañador.

—¿Esta noche? —dijo Tommy—. Es casi diciembre, buen hombre. ¿Es que no nota este viento?

—Tal vez llevara algo más.

—No le vimos —dijo Tommy—. Nada de anciano con pelo blanco. Vosotros, compadres, ¿lo habéis visto?

Los otros tres aseguraron no haber visto ningún viejo que atendiera a esas señas, y entonces se les permitió seguir adelante, hacia el norte de la playa pública, para adentrarse en la zona residencial de viviendas próximas a la costa y playas privadas.

Tras rodear una colina baja y perder de vista al hombre que les detuviera, los muchachos quitaron la manta a Garrison y éste se sentó, exhalando un suspiro de alivio.

Tommy dejó a los demás chicos en sus casas y continuó con Garrison hacia la suya, porque sus padres habían salido para pasar fuera la velada. Vivía en una casa que semejaba una nave con varias cubiertas, colgada sobre un acantilado, toda ella de cristal y ángulos.

Siguiendo a Tommy hasta el vestíbulo, Garrison se miró de reojo en un espejo. No era ni sombra del digno letrado de cabello plateado conocido por todo el mundo en los tribunales de la ciudad. Tenía el pelo mojado, sucio y revuelto. Su rostro estaba cubierto de mugre. Arena y briznas de hierba se adherían a su piel desnuda y formaban una maraña en el pelo gris del pecho. Sonrió feliz al contemplarse.

—Aquí hay un teléfono —le dijo Tommy desde el estudio.

Después de preparar la cena, tomarla y lavar la vajilla —y tras pensar durante un rato sobre la inapetencia de *Einstein*—, Nora y Travis se olvidaron por completo de llamar a Garrison Dilworth para agradecerle la meticulosidad con que embalara y les expidiera los lienzos. Cuando se habían acomodado frente a la chimenea, ella lo recordó.

Antes, cuando telefoneaban a Garrison, lo hacían desde una cabina pública, en Garret. Esto había resultado una precaución innecesaria. Y esta noche, ninguno de los dos tenía ganas de tomar el coche y acercarse a la ciudad.

—Podríamos esperar y llamarle desde Carmel mañana —propuso Travis.

—Será más seguro telefonear desde aquí —dijo ella—. Si ellos hubiesen descubierto la conexión entre tú y Garrison, él nos habría llamado para advertirnos.

—Quizás él ignore que hayan descubierto la conexión —objetó Travis—. Tal vez no sepa siquiera que le están vigilando.

—Si fuera así, Garrison lo sabría —dijo ella muy segura.

—Sí, claro —dijo Travis—. No me cabe duda.

Cuando ella se disponía a coger el teléfono, éste sonó.

La telefonista dijo:

—Tengo una llamada para usted de un tal señor Garrison Dilworth de Santa Bárbara. ¿Aceptan ustedes el cobro revertido?

Pocos minutos después antes de las diez y después de practicar un registro exhaustivo pero infructuoso del parque, Lem admitió a regañadientes que Garrison Dilworth había conseguido escabullirse de alguna manera. Hizo que sus hombres regresaran a la Audiencia y al puerto.

Él y Cliff volvieron al yate deportivo en el cual establecieran su base para vigilar a Dilworth. Cuando se pusieron en comunicación telefónica con la embarcación de la guardia costera que perseguía al *Amazing Grace*, se enteraron de que la acompañante del abogado había virado en redondo a la altura de Ventura y costeaba en dirección norte camino de Santa Bárbara.

Llegó al puerto a las diez treinta y seis.

En la grada desierta perteneciente a Garrison, Lem y Cliff aguantaban encogidos el incisivo viento, mientras contemplaban cómo ella gobernaba el velero con gran tiento y atracaba sin brusquedades. Era una hermosa embarcación, espléndidamente pilotada.

Ella tuvo la frescura de gritarles:

—¡No se queden ahí parados! ¡Cojan las maromas y ayúdenme a amarrarlo!

Ellos accedieron, sobre todo porque deseaban hablar cuanto antes con ella y no podrían hacerlo hasta que el *Amazing Grace* estuviese seguro.

Una vez prestado ese servicio, ambos entraron por la abertura de la borda. Cliff llevaba botas de goma como parte de su disfraz de marinero, pero Lem, con sus zapatos, no pisaba muy seguro sobre la húmeda y balanceante cubierta.

Antes de que pudieran decir una palabra a la mujer, sonó una voz detrás de ellos:

—Permítanme caballeros...

Lem se volvió y vio a Garrison Dilworth al resplandor de un fanal, subiendo a bordo detrás de ellos. Llevaba una ropa que no era suya. Los pantalones demasiado anchos en la cintura estaban sujetos por un apretado cinturón. Las perneras, demasiado cortas, dejaban al aire los tobillos. La camisa era más que holgada.

—Por favor, disculpen, pero necesito ponerme ropa de abrigo y tomar un café bien caliente...

—¡Maldita sea! —exclamó Lem.

—...para entonar un poco estos viejos huesos.

Después de soltar una interjección de asombro, Cliff estalló en carcajadas. Luego miró de reojo a Lem y dijo:

–Lo siento.

Lem sintió en el estómago los ardores de una úlcera incipiente. No respingó de dolor, ni se dobló, ni siquiera se llevó una mano a la región dolorida, en suma, no dejó entrever su desasosiego, porque si lo hubiese hecho, sólo habría contribuido a acrecentar la satisfacción de Dilworth. Se contentó con lanzar una mirada fulminante al abogado y a la mujer, luego dio media vuelta y se retiró sin decir palabra.

Cliff dijo, después de acomodarse al paso de Lem en el muelle:

–No cabe duda de que ese maldito perro inspira una lealtad endiablada.

Más tarde, después de irse a la cama en un motel por sentirse demasiado fatigado para cerrar aquella misma noche su despacho provisional y regresar al condado de Orange, Lem Johnson meditó sobre lo que dijera Cliff. Lealtad. Una *cantidad* endiablada de lealtad.

Lem se preguntó si alguna vez le habían unido con alguien unos lazos de lealtad tan firmes como los que unían, aparentemente, a los Cornell y a Garrison Dilworth con aquel perdiguero. Se revolvió en la cama incapaz de conciliar el sueño, y por fin se apercibió de que sería inútil intentar encender sus luces interiores mientras no se creyera capaz de mostrar ese grado de lealtad y compromiso que había visto en los Cornell y su abogado.

Se sentó en la oscuridad apoyándose contra la cabecera.

Bueno, él era endiabladamente leal a su país, un país que amaba y honraba. También era leal a la Agencia. Pero, ¿y a otra *persona*? Bien, a Karen. Su esposa. Él era leal a Karen en todos los terrenos..., corazón, pensamiento y gónadas. Amaba a Karen. La amaba profundamente desde hacía casi veinte años.

–Sí –se dijo alzando la voz en la habitación del motel a las dos de la madrugada–, si eres tan leal a Karen, ¿por qué no estás con ella ahora?

Sin embargo, no estaba siendo justo consigo mismo. Después de todo, tenía un trabajo que hacer, y un trabajo importante.

–Ahí estriba el conflicto –rezongó–. Tú tienes siempre, *siempre*, un trabajo que hacer.

Dormía fuera de casa más de cien noches al año, una de cada tres. Y cuando se hallaba en casa, estaba distraído la mitad del tiempo, con el pensamiento puesto en el último caso. Antaño, Karen había querido tener hijos, pero él había pospuesto siempre el formar una familia, alegando que no podía asumir semejante responsabilidad mientras no estuviese seguro de su carrera.

–¿Seguro? –se dijo–. Pero, hombre, ¡si has heredado el dinero del padre! Empezaste con más almohadones que la mayoría de la gente.

Si él fuera de verdad tan leal a Karen como esa gente lo era al chucho, su compromiso con ella significaría que todo deseo de Karen tendría prioridad sobre cualquier otro. Si Karen deseaba una familia, él debería anteponer esa familia a su propia carrera. ¿O no? Por lo menos, debería haberse comprometido a tener una familia cuando ambos cumplieron la treintena, dedicando la década anterior a su carrera, y de los treinta en adelante a la procreación. Ahora, tenía cuarenta y cinco, casi cuarenta y seis, y Karen cuarenta y tres, de modo que la hora de formar una familia había pasado.

Lem se vio asaltado por una inmensa soledad.

Saltó de la cama, marchó en calzoncillos al baño, encendió la luz y escudriñó su imagen en el espejo. Los ojos estaban inyectados en sangre y hundidos.

Había perdido tanto peso con este caso, que su rostro empezaba a parecer, literalmente, esquelético.

Le asaltó un calambre en el estómago y se dobló agarrándose a los costados del lavabo y hundiendo la cabeza en él. Esta dolencia le afligía sólo desde el mes pasado más o menos, pero esa condición parecía empeorar con sorprendente celeridad. El dolor tardaba mucho en remitir.

Cuando se enfrentó otra vez con su imagen en el espejo, dijo:

—No eres siquiera leal a tu propio yo, pedazo de burro. Te estás matando, trabajando hasta la muerte, y no puedes parar. No eres leal a Karen, no eres leal a ti mismo. Verdaderamente, no eres leal siquiera a tu patria ni a la Agencia, en definitiva. Diablos, sólo te has comprometido de forma total e inquebrantable con la visión descabellada de la vida como una cuerda floja, como creía tu viejo.

¡Descabellada!

La palabra parecía reverberar en el baño mucho después de que él la hubiera pronunciado. Había querido y respetado a su padre, jamás había dicho nada contra él. Sin embargo, hoy había reconocido ante Cliff que su padre había sido «imposible». Y ahora, visión descabellada. Seguía queriendo a su padre, y siempre sería así. Pero ahora, ¡por Dios!, no sólo era posible, sino esencial que distinguiera entre su amor por el padre y su adhesión al código «laboral» del padre.

—¿Qué me está pasando? —se preguntó.

¿Libertad? ¿Libertad al fin, después de cuarenta y cinco años?

Contrayendo los ojos ante el espejo, murmuró:

—Tengo casi cuarenta y seis.

CAPÍTULO IX

I

Domingo. Travis notó que *Einstein* seguía teniendo menos apetito que de costumbre, pero el lunes, 29 de noviembre, el perdiguero parecía encontrarse perfecto. Así que el lunes y el martes *Einstein* engulló hasta la última miga de sus comidas, y leyó nuevos libros. Estornudó sólo una vez y no tosió en absoluto. Bebió más agua que de ordinario, aunque no una cantidad excesiva. Tal vez pareciera pasar más tiempo junto a la chimenea y pasearse por la casa con decreciente energía, pero..., bueno, el invierno se estaba echando encima y el comportamiento de los animales cambia con las estaciones.

En una librería de Carmel, Nora compró un ejemplar del *Manual veterinario para el propietario de un perro,* y se pasó varias horas con los codos sobre la mesa de la cocina, leyendo, buscando un significado plausible para los síntomas de *Einstein.* Así supo que la apatía, la pérdida parcial de apetito, los estornudos, las toses y la sed desusada podían significar un centenar de dolencias, o no tener el menor significado.

—Más o menos, la única cosa que no puede ser es un resfriado —dijo ella—. Los perros no se resfrían como nosotros. —Pero a la hora de adquirir aquel libro, los síntomas de *Einstein* habían menguado tanto que ella creyó en el perfecto estado del animal.

En la alacena, *Einstein* empleó el «Scrabble» para confirmárselo:
AFINADO COMO UN BUEN VIOLÍN.

Travis se acuclilló junto al perro, le acarició y dijo:
—Supongo que tú lo sabrás mejor que nadie.

¿POR QUÉ SE DICE AFINADO COMO UN BUEN VIOLÍN?

Devolviendo las fichas a sus tubos de lucita, Travis contestó:
—Bueno, porque eso significa... sano.

¿PERO POR QUÉ SIGNIFICA SANO?

Travis pensó sobre esa metáfora —afinado como un buen violín— y no estaba muy seguro de saber por qué se le atribuía ese significado. Se lo preguntó a Nora, y ésta acudió a la puerta de la alacena, pero no tuvo tampoco una explicación para ese dicho.

Después de extraer más letras e ir disponiéndolas con el morro, el perdiguero preguntó:

¿POR QUÉ SE DICE TAN SANO COMO UN DÓLAR?

Acuclillándose junto a ellos, Nora habló al perro:

—Eso es más fácil. En otros tiempos, el dólar estadounidense fue la moneda más estable del mundo. Y lo sigue siendo, supongo. Durante décadas el dólar no sufrió las terribles inflaciones de otras monedas, y como no hay motivo para perder la fe en él, la gente dice que está tan sana como un dólar. Desde luego, hoy el dólar no es lo que fuera antaño y tampoco es esa frase tan adecuada como lo era, pero seguimos usándola.

¿POR QUÉ SEGUÍS USÁNDOLA?

—Porque siempre la hemos usado —respondió Nora encogiéndose de hombros.

¿POR QUÉ SE DICE SANO COMO UN CABALLO? ¿CABALLOS NUNCA ENFERMOS?

Recogiendo las fichas y distribuyéndolas entre sus respectivos tubos, Travis dijo:

—No, de hecho los caballos son animales muy delicados a pesar de su tamaño. Enferman con facilidad.

Einstein miró expectante de Travis a Nora y viceversa.

Nora dijo:

—Tal vez digamos tan sano como un caballo porque los caballos tienen aspecto de fuertes y no parecen enfermar jamás, aunque estén enfermos todo el tiempo.

—No nos engañemos —dijo Travis al perro—. Los humanos dicen sin cesar cosas carentes de sentido.

Utilizando la zarpa con diversos pedales, el perdiguero compuso esta frase: LOS HUMANOS SOIS UNOS SERES MUY RAROS.

Travis miró a Nora y los dos rompieron a reír.

El perdiguero formó un nuevo comunicado: APARTE DE QUE SEÁIS UNOS SERES MUY RAROS, ME GUSTÁIS.

El modo inquisitivo y el sentido del humor de *Einstein* parecieron denotar, más que otra cosa, que si había sentido de verdad algún malestar, estaba ya recuperado.

Eso fue el martes.

El miércoles, 1 de diciembre, mientras Nora pintaba en su estudio de la segunda planta, Travis se dedicó a revisar su sistema de seguridad y a la limpieza rutinaria de sus armas.

En cada habitación se había escondido cuidadosamente un arma de fuego: bien debajo de un mueble, detrás de una cortina o dentro de un armario, pero siempre al alcance. Ellos tenían dos rifles «Mossberg» de culata tipo pistola, cuatro «Smith & Wesson» modelo 19 de combate «Magnum», y dos pistolas del 38 que llevaban consigo en la furgoneta y el «Toyota», una carabina «Uzi» y dos pistolas «Uzi». Todo este arsenal lo podrían haber adquirido legalmente en una armería local tan pronto como compraron la casa y establecieron su residencia en el campo, pero Travis no había querido esperar tanto tiempo. Necesitaba las armas desde su primera noche tras la instalación en el nuevo hogar. Por consiguiente, él y Nora habían localizado, mediante Van Dyne, en San Francisco a un vendedor ilegal de armas a quien le habían comprado todo cuanto necesitaban. Desde luego, no habrían podido obtener de un vendedor colegiado los dispositivos convertidores para las «Uzi». No obstante, en San Francisco consiguieron encontrar tres de esos dispositivos, y ahora las «Uzi» —carabina y pistolas— eran armas automáticas.

Travis fue de una habitación a otra asegurándose de que las armas estaban colocadas adecuadamente, sin una mota de polvo, bien engrasadas y con los cargadores a tope. Sabía que todo estaría en orden, pero se sentía más seguro realizando esas inspecciones cada semana. Aunque hubiera dejado el uniforme muchos años atrás, el antiguo adiestramiento y la metodología militares formaban parte todavía de él, y sometido a presión, ambas cosas habían salido a flor de piel más aprisa de lo que esperaba.

Llevando un «Mossberg» consigo, él y *Einstein* recorrieron la finca deteniéndose ante cada uno de los sensores infrarrojos que él escondiera lo mejor posible en grupos de rocas o plantas, en los troncos de algunos árboles, en las esquinas del edificio y dentro de un viejo tocón de pino al borde del camino de entrada. Había adquirido esos componentes en el mercado libre, un comerciante de artículos electrónicos de San Francisco. Era material quizás anticuado, sin ninguna relación con la tecnología de la seguridad puesta al día, pero él lo había preferido por estar familiarizado con tales artificios desde sus días de la Fuerza Delta, y aquello era suficiente para sus propósitos. Las líneas de los sensores corrían bajo tierra hasta una caja de alarma en un armario de la cocina. Cuando se encendía el sistema por la noche, nada de tamaño superior al de un mapache podía llegar hasta nueve metros de la casa o entrar en el granero a espaldas de la propiedad, sin tropezar con la alarma. No sonaba ninguna campana ni sirena, porque ello alertaría al alienígena y podría ponerle en fuga. Ellos no querían perseguirlo; querían *matarlo*. Por consiguiente, cuando se pisaba el sistema, éste encendía radios reloj en cada habitación de la casa, todos ellos sonaban a bajo volumen para no espantar al intruso, pero lo bastante alto para advertir a Travis y Nora.

Hoy, todos los sensores estaban en sus respectivos lugares, como de costumbre. Así pues, todo cuanto Travis tuvo que hacer fue limpiar la sutil película de polvo que empañaba las lentes.

—Los fosos del castillo están en buenas condiciones, Milord —dijo Travis.

Einstein soltó un resoplido de aprobación.

En el granero de color rojo ladrillo, Travis y *Einstein* examinaron el equipo que, según ellos esperaban, daría una sorpresa desagradable al alienígena.

En el ala noroeste del tenebroso interior, a la izquierda de la gran puerta rodante, había un depósito de gas a presión sobre un sólido estante de la pared. Formando una línea diagonal con él, en el ala sudeste al fondo de la edificación, más allá de la furgoneta y el coche, había otro depósito idéntico sobre otro estante. Parecían grandes depósitos de propano, como los que usa la gente en sus cabañas durante el verano para cocinar, pero éstos no contenían propano. Estaban repletos de óxido nitroso, a veces mal llamado «gas hilarante». La primera bocanada te hace reír, pero la segunda te deja fuera de combate sin que puedas soltar ni una carcajada. Dentistas y cirujanos usan con frecuencia el óxido nitroso como anestésico. Travis lo había comprado en un establecimiento de San Francisco dedicado a los suministros médicos.

Tras encender las luces del granero, Travis comprobó los manómetros. Presión absoluta.

Aparte de la gran puerta rodante en la fachada del granero, había otra más pequeña al fondo. Éstas eran las únicas entradas. Travis había cegado un par de ventanas altas. Por la noche, cuando funcionaba el sistema de alarma, se dejaba abierto el cerrojo de la puerta posterior más pequeña, por si el alienígena intentara explorar la casa tomando como base el granero. Cuando abriera la puerta para ocultarse en el granero, pondría en marcha un mecanismo que cerraría la puerta a sus espaldas. La puerta principal, cerrada desde fuera, le impediría huir en esa dirección.

Simultáneamente con la trampa mecánica, los grandes depósitos de óxido nitroso liberarían todo su contenido en menos de un minuto, porque Travis los había provisto de válvulas de escape para casos de urgencia, conectadas al sistema de alarma. Previamente, había enyesado todas las grietas del granero y había aislado el recinto lo mejor posible para asegurarse de que el óxido nitroso permaneciera casi íntegro dentro de la estructura hasta que se abriera desde fuera una de las puertas para ventilar.

El alienígena no podría refugiarse en la furgoneta o el «Toyota» porque ambos estarían cerrados. Ningún rincón del granero quedaría a salvo del gas. Al cabo de un minuto escaso, la criatura se desvanecería. Travis había considerado el uso de algún gas venenoso, que probablemente sería asequible en el mercado negro, pero había decidido abstenerse de ese recurso extremo, porque si algo se torciera, el peligro para él, Nora y *Einstein* podría ser considerable.

Una vez liberado el gas y anulado el alienígena, Travis abriría una de las puertas para ventilar el granero, luego entraría con la carabina «Uzi» y remataría a la bestia mientras estuviese inconsciente. Existirían algunas probabilidades de que el alienígena recobrase el conocimiento, pero como estaría todavía tambaleante y desorientado sería fácil despacharlo.

Cuando hubieron verificado que todos los elementos del granero estaban como debieran Travis y *Einstein* volvieron al patio detrás de la casa. Era un día de diciembre, frío pero no ventoso. En el bosque que rodeaba la casa, reinaba un silencio poco natural. Los árboles se alzaban inmóviles bajo un cielo de nubes color pizarra.

—¿Se aproxima ya el alienígena? —preguntó Travis.

Con un meneo rápido de la cola *Einstein* contestó que Sí.

—¿Está ya cerca?

Einstein venteó el aire invernal, puro y vivificante. Atravesó el patio hasta la demarcación del bosque septentrional y olfateó otra vez, luego ladeó la cabeza y escrutó los árboles. Repitió ese rito en la demarcación meridional de la propiedad.

Travis tuvo la impresión de que, en realidad, *Einstein* no se estaba valiendo de sus ojos, orejas y nariz para detectar al alienígena. Debía de tener algún medio para detectarlo que distaba mucho de los recursos usuales con que seguía el rastro de un puma o una ardilla. Travis percibió que el perro estaba empleando un sexto sentido auténtico pero inexplicable, bien fuera psíquico o al menos casi psíquico. El uso de sus sentidos ordinarios sería, probablemente, o el detonador con que se disparaba esa capacidad psíquica..., o bien solamente un mero hábito.

Por fin *Einstein* volvió a él y lanzó un gemido raro.

—¿Está cerca? —preguntó Travis.

Einstein olfateó el aire e inspeccionó la oscuridad del bosque circundante, como si no conociese a ciencia cierta la respuesta.

—¿Hay algo que marche mal, *Einstein*?

Al fin el perdiguero ladró una vez: NO.

—¿Se acerca el alienígena?

Momentos de vacilación. Luego: NO.

—¿Estás seguro?

SÍ.

—¿Seguro de verdad?

SÍ.

Una vez en la casa, cuando Travis abrió la puerta, *Einstein* se alejó de él, atravesó el porche trasero y quedó plantado sobre el escalón superior, echando una última ojeada por el patio y al sosegado, sombrío y silencioso bosque. Luego, con un leve estremecimiento, siguió a Travis adentro.

Aquella tarde, durante la inspección de las defensas, *Einstein* se había mostrado más afectuoso que de costumbre, frotándose a menudo contra las piernas de Travis, buscándole con el morro, solicitando de un modo u otro que se le acariciara, palmoteara o rascara. Durante aquella velada, mientras veían la televisión y después jugaban una partida a tres de «Scrabble» sobre el suelo de la sala, el perro continuó requiriendo atención. Descansó la cabeza sobre el regazo de Nora, luego sobre el de Travis. Parecía no acabar de quedar satisfecho de que se le acariciara y se le rascara suavemente detrás de las orejas.

Desde el día de su encuentro en las colinas de Santa Ana, *Einstein* había pasado por accesos de comportamiento puramente canino, cuando resultaba difícil creer que fuera, a su modo, tan inteligente como un ser humano. Esta noche, *Einstein* se mostraba otra vez de ese talante.

A despecho de su agudeza para el «Scrabble», en donde su puntuación era sólo inferior a la de Nora y en donde él se complacía, diabólicamente, formando palabras alusivas a su embarazo todavía imperceptible, hoy por la noche se reveló, pese a todo, como un perro.

Nora y Travis decidieron terminar la velada con un poco de lectura ligera, historias de detectives, pero *Einstein* no quiso molestarles haciéndoles insertar un libro en su máquina para pasar hojas. En su lugar, se tendió cuan largo era ante la butaca de Nora y se quedó dormido al instante.

—Parece estar todavía un poco aletargado —dijo ella a Travis.

—Sin embargo, se ha comido toda su cena. Y hemos tenido una dura jornada.

La respiración del animal durante el sueño era normal, y Travis no se inquietó. Es más, respecto a su futuro se sentía bastante más optimista de lo que estuviera en mucho tiempo. La inspección de las defensas había renovado su confianza en los preparativos, y creía que serían capaces de habérselas con el alienígena cuando se presentara. Gracias al coraje e interés de Garrison Dilworth por su causa, el Gobierno había sido eludido, y quizá para siempre, en sus afanes por seguirles la pista. Nora pintaba otra vez con gran entusiasmo, y él mismo había decidido utilizar su título de agente inmobiliario para trabajar otra vez bajo el nombre de Samuel Hyatt tan pronto como se destruyese al alienígena. Y si *Einstein* estaba todavía un poco aletargado..., bueno, de todas formas se mostraba más vivaz que en días pasados y, seguramente, volvería a ser él mismo mañana o pasado mañana a lo sumo.

Aquella noche Travis durmió sin pesadillas.

Por la mañana, se levantó antes que Nora. Mientras se duchaba y se vestía, ella saltó también de la cama. En su camino hacia la ducha le besó, rozándole los labios, y balbució unas soñolientas palabras de amor. Aunque sus ojos estuvieran hinchados, su pelo revuelto y su aliento agrio, él se la habría llevado otra vez directamente a la cama si ella no hubiera dicho:

—Pruébalo conmigo esta tarde, Romeo. Ahora mismo, el único deseo de mi corazón es un par de huevos, bacon, tostada y café.

Él marchó escaleras abajo y, empezando por la sala, abrió las contraventanas para dar paso a la luz matinal. El cielo parecía tan bajo y gris como ayer, y no le sorprendería que lloviese antes del crepúsculo vespertino.

En la cocina observó que la puerta de la alacena estaba abierta y la luz encendida. Echó una mirada adentro para ver si *Einstein* estaba allí, pero la única señal del perro fue el mensaje que había compuesto durante la noche.

VIOLÍN ROTO. NADA DE MÉDICOS, POR FAVOR. NO QUIERO VOLVER AL LABORATORIO. MIEDO. MIEDO.

¡Oh, mierda! ¡Oh, Dios santo!

Travis salió de la alacena y gritó:

—¡Einstein!

Ni un ladrido. Ni el menor eco de patas almohadilladas.

Como las contraventanas cubrieran todavía las ventanas de la cocina, casi toda la habitación estaba sólo iluminada por el resplandor de la alacena. Travis encendió las luces.

Einstein no estaba allí.

Corrió al estudio. Tampoco el perro estaba allí.

Los latidos del corazón eran casi dolorosos. Travis subió las escaleras de dos en dos, inspeccionó el tercer dormitorio, que sería algún día la habitación del niño, y también la estancia que Nora usaba como estudio, pero *Einstein* no estaba en ninguna de las dos ni en el dormitorio conyugal ni siquiera debajo de la cama, cuando la desesperación le indujo a mirar allí. Por unos instantes le fue imposible imaginar adónde diablos habría ido el perro y permaneció inmóvil escuchando a Nora cantar en la ducha. Luego partió hacia el baño para hacerle saber lo que ocurría..., algo horrible sin duda. Fue entonces cuando se acordó del baño de abajo y, saliendo disparado del dormitorio, bajó las escaleras tan aprisa, que casi perdió el equilibrio y cayó. En el baño del primer piso, entre la cocina y el estudio, encontró lo que más temía encontrar.

El baño apestaba, el perro, siempre considerado, había vomitado en el retrete, pero, no poseyendo la energía suficiente o quizá la clarividencia necesaria para hacer correr el agua, había dejado todo allí. *Einstein* estaba tendido de costado sobre el suelo del baño. Travis se arrodilló a su lado. El perro estaba inmóvil, pero no muerto, no muerto porque respiraba: inhalaba y exhalaba con un ruido estertóreo. Cuando Travis le habló, intentó levantar la cabeza, pero no tuvo fuerza suficiente para moverla.

¡Y sus ojos...! ¡Dios santo, sus ojos!

Siempre tan afables. Travis levantó la cabeza del perdiguero y vio que aquellos ojos castaños, maravillosamente expresivos, tenían una película lechosa; aquellos ojos expelían una secreción amarillenta que estaba formando una costra sobre el pelaje dorado. Las narices de *Einstein* segregaban otro líquido pegajoso similar.

Al poner la mano sobre el cuello del perdiguero, Travis sintió una palpitación laboriosa e irregular.

—No —exclamó—. ¡Oh, no, esto no terminará así, muchacho! No permitiré que suceda semejante cosa.

Con sumo cuidado dejó caer la cabeza del perdiguero sobre el suelo, se levantó y se volvió hacia la puerta..., pero *Einstein* lanzó un gemido casi inaudible, como si quisiera decir que no quería quedarse solo.

—No te inquietes, vuelvo ahora mismo —dijo Travis—. Aguanta un momento, muchacho. Ahora mismo vuelvo.

Corrió escaleras arriba, más deprisa que antes. Ahora el corazón le golpeaba con una fuerza tan tremenda que era como si se le desgarrara. Respiró demasiado aprisa..., hiperventilación.

En el dormitorio conyugal, Nora salía de la ducha, desnuda y goteando, cuando apareció Travis.

La voz de éste traslucía pánico:

—¡Vístete aprisa, necesitamos ir al veterinario ahora mismo! ¡Apresúrate, por amor de Dios!

Ella preguntó, consternada:

—¿Qué ha sucedido?

—¡*Einstein!* ¡Aprisa! Creo que se está muriendo.

Travis arrancó una manta de la cama y, dejando a Nora que se vistiese, corrió escaleras abajo hasta el baño. Mientras tanto, la respiración estertórea del perdiguero parecía haber empeorado, aunque Travis hubiese estado ausente apenas un minuto. Dobló dos veces la manta, dejándola reducida a una cuarta parte de su tamaño, y luego colocó al perro sobre ella.

Einstein dejó escapar un sonido de angustia, como si el movimiento le hubiese causado dolor.

—Tranquilo, tranquilo —murmuró Travis—. Te pondrás bien.

Nora apareció en la puerta abotonándose todavía la blusa, que estaba húmeda porque no había tenido tiempo de secarse con una toalla antes de vestirse. Su pelo, igualmente húmedo, colgaba lacio.

Con voz ahogada, exclamó:

—¡Oh, cara peluda, no, no!

Quiso agacharse y tocar al perdiguero, pero no había tiempo que perder. Travis le dijo:

—Ve a por la furgoneta y apárcala ante la casa.

Mientras Nora corría hacia el granero, Travis envolvió con la manta a *Einstein* lo mejor que pudo, de forma que sobresalían tan sólo la cabeza, el rabo y las patas traseras del perdiguero. Intentando, aunque sin éxito, no arrancarle otro gemido de dolor, Travis alzó al perro entre los brazos y lo sacó afuera atravesando el baño y la cocina, cerrando la puerta tras él, pero sin echar la cerradura, pues, en aquellos momentos, la seguridad le importaba un comino.

El aire era frío. El sosiego del día anterior se había esfumado. Las coníferas se balanceaban, se estremecían, y había algún presagio en el manoteo de sus ramas erizadas de agujas. Los árboles de hoja caduca alzaban unos brazos descarnados y negruzcos hacia el cielo sombrío.

Dentro del granero, Nora puso en marcha la furgoneta. El motor rugió.

Travis descendió con cautela los escalones del porche y salió al camino como si acarreara una carga de frágil porcelana china. El viento ululante le puso los pelos de punta, fustigó los extremos sueltos de la manta y erizó los pelos de la cabeza de *Einstein* como si fuera un viento con una conciencia malévola, como si quisiera arrebatarle el perro. Nora hizo girar la furgoneta para mirar hacia el frente y se detuvo en donde esperaba Travis. Conduciría ella.

Aquí resultó cierto lo que se suele decir: algunas veces, en momentos especiales de crisis, momentos de gran tribulación emocional, las mujeres demuestran ser más capaces de tascar el freno y hacer lo que debiera corresponder a los hombres. Ocupando el asiento al lado de ella y acunando al perro envuelto en la manta, Travis no estaba en condiciones de conducir. Temblaba de mala manera y se daba cuenta de que había estado llorando desde que encontrara a *Einstein* sobre el suelo del baño. Había pasado por muchas dificultades durante su vida como militar, sin dejarse dominar jamás por el pánico ni paralizarse de miedo en las peligrosas operaciones de la Fuerza Delta; pero esto era diferente, éste era *Einstein*, éste era, por así decirlo, *su hijo*. Si se le hubiera exigido que condujese, se habría estrellado probablemente contra un árbol o habría ido derecho a la cuneta. En los ojos de Nora brillaban también las lágrimas, pero ella no quería rendirse. Se mordía el labio, y conducía como si se la hubiese contratado para hacer proezas automovilísticas en una película. Al final del polvoriento camino giraron a la derecha y prosiguieron hacia el norte por la tortuosa carretera del Pacífico, camino de Carmel, en donde habría sin duda un veterinario por lo menos.

Durante el camino, Travis hablaba a *Einstein*, intentando tranquilizarle y animarle.

—Todo saldrá bien, a pedir de boca, no es tan malo como pueda parecer, te quedarás como nuevo.

Einstein gimió y se debatió débilmente por un momento entre los brazos de Travis, y éste adivinó lo que el perro estaba pensando. Temería que el veterinario descubriese el tatuaje en su oreja, conociera su significado y le enviase de vuelta a «Banodyne».

—No te inquietes por eso, cara peluda. Nadie va a separarte de nosotros. ¡Por Dios, que no lo harán! Tendrían que pasar por encima de mi cadáver, y no harán tal cosa, de ninguna manera.

—De ninguna manera —refrendó sombría Nora.

Pero *Einstein*, acurrucado en la manta contra el pecho de Travis, sufría violentos temblores.

Travis recordó las fichas ordenadas sobre el suelo de la alacena: VIOLÍN ROTO... MIEDO... MIEDO.

—No tengas miedo —rogó al perro—. No tengas miedo. No hay ningún motivo para tener miedo.

Pese a las encarecidas instancias de Travis, *Einstein* temblaba y sentía miedo..., y también lo sentía Travis.

II

Haciendo un alto en la estación de servicio «Arco», a las afueras de Carmel, Nora encontró las señas de un veterinario en la guía telefónica y le llamó para cerciorarse de que estaba allí. El consultorio del doctor James Keen estaba en la avenida Dolores, al sur de la ciudad. Aparcaron la furgoneta frente a aquel lugar pocos minutos antes de las nueve.

Nora había esperado una típica clínica veterinaria de aspecto aséptico, pero descubrió, sorprendida, que el consultorio del doctor Keene estaba en su propio domicilio, una pintoresca casa de dos plantas estilo campiña inglesa, hecha de piedra, yeso y vigas al descubierto, con un tejado que se curvaba en los aleros.

Mientras ellos se apresuraban con *Einstein* por el camino de losas, el doctor Keen abrió la puerta antes de que la alcanzaran, como si hubiera estado esperándoles. Un letrero indicaba la entrada del quirófano, pero el veterinario les hizo pasar por la entrada principal. Era un hombre alto, de rostro compungido, piel cetrina y tristes ojos castaños, pero su sonrisa era cálida, y sus modales, corteses.

Después de cerrar la puerta, el doctor Keene dijo:

—Tráiganlo por aquí, hagan el favor.

Les condujo aprisa por un pasillo con parqué de roble, protegido por una alfombra oriental larga y estrecha. A la izquierda, más allá de un arco, había una sala de agradable mobiliario que parecía ser el centro de la vida hogareña, con escabeles delante de las butacas, lámparas de lectura, estanterías repletas y pañolones de punto cuidadosamente doblados sobre el respaldo de algunas butacas para echárselos por encima en las noches frías. Un perro estaba plantado al otro lado del arco, un ejemplar de Labrador negro. El animal les observó solemne, como si comprendiera cuán grave era el estado de *Einstein*. No les siguió.

Al fondo de la enorme casa, en el lado izquierdo del vestíbulo, el doctor les llevó por una puerta a un quirófano de blancura deslumbrante. A lo largo de las paredes había vitrinas de acero inoxidable esmaltadas de blanco; en su interior, frascos de medicamentos y sueros, tabletas y cápsulas, así como numerosos ingredientes en polvo, necesarios para componer medicinas más exóticas.

Travis depositó con ternura a *Einstein* sobre una mesa de reconocimiento y retiró la manta con que lo cubría.

Nora se dio cuenta de que ella y Travis parecían una pareja transida de dolor llevando a un hijo agonizante al doctor. Los ojos de Travis estaban enrojecidos, y aunque él no llorara en aquel momento, estaba continuamente sonándose. Ella no había podido contener por más tiempo las lágrimas. Ahora, plantada al otro lado de la mesa, frente al doctor Keene, lloraba en silencio rodeando con un brazo a Travis.

Aparentemente, el veterinario estaba habituado a esas fuertes reacciones emocionales de sus clientes, porque no lanzó ni una mirada curiosa a Nora o a Travis, no dejó entrever en modo alguno que encontrara excesivos su dolor y ansiedad.

El doctor Keene auscultó con el estetoscopio el corazón y los pulmones del perdiguero, le palpó el abdomen, examinó con un oftalmoscopio sus supurantes ojos. Durante éstas y otras manipulaciones, *Einstein* permaneció inerte, como paralizado. Las únicas indicaciones de que el perro se aferraba todavía a la vida fueron los leves gemidos y la respiración estertórea.

«No será tan serio como parece», se dijo Nora mientras se secaba los ojos con un «Kleenex».

Levantando la vista del perro, el doctor Keene preguntó:

—¿Cómo se llama?

—*Einstein* —dijo Travis.

—¿Desde cuándo lo tienen?

—Hace sólo unos meses.

—¿Se la han puesto las vacunas?

—No, maldita sea, no —exclamó Travis.

—¿Por qué no?

—Es... demasiado complicado —dijo Travis—. Pero hubo razones que impidieron vacunarle.

—Ninguna razón es lo bastante buena para justificarlo —dijo desaprobador Keene–. Ni licencia ni vacunas. Quienes no se ocupan de que su perro tenga la licencia y las vacunas apropiadas son unos irresponsables.

–Lo sé –murmuró abrumado Travis–. Lo sé.

–¿Qué le ocurre a *Einstein*? –inquirió Nora.

Y suplicó esperanzada para sus adentros: «¡Que no sea tan serio como parece!»

Dando una leve palmada al perdiguero, Keene dijo:

–Tiene moquillo.

Einstein había sido trasladado a un rincón del quirófano, en donde yacía sobre un grueso colchón de espuma, tamaño perro, cubierto con una funda de plástico. Para impedirle que se moviera, suponiendo que tuviera la energía necesaria, se le había atado con una correa corta a una arandela en la pared.

El doctor Keene había administrado una inyección al perdiguero.

–Antibiótico –explicó–. Ningún antibiótico es eficaz contra el moquillo, pero sí es lo indicado para atajar infecciones bacteriológicas secundarias.

Asimismo le había insertado una aguja en una vena de la pata y le había conectado un goteo para contrarrestar la deshidratación.

Cuando el veterinario intentó ponerle un bozal a *Einstein*, tanto Nora como Travis objetaron nerviosos.

–No es porque tema un mordisco –les explicó el doctor Keene–. Es por su propia protección, para impedirle que muerda la aguja. Si tiene la fuerza suficiente, hará lo que todo perro hace con una herida..., lamer y morder el origen de la irritación.

–Este perro no –dijo Travis–. Este perro es diferente. –Apartó a Keene y retiró el artefacto que mantenía unidas las quijadas de *Einstein*.

Cuando el veterinario se disponía a protestar, pareció pensarlo mejor y calló. Por fin dijo:

–Está bien. De momento. Sea como fuere, el animal está ahora demasiado débil.

Intentando todavía cerrar los ojos ante la temible verdad, Nora dijo:

–Pero, ¿cómo es posible que sea tan serio? Él ha mostrado unos síntomas casi inapreciables, e incluso desaparecieron al cabo de dos o tres días.

–La mitad de los perros que contraen moquillo no muestran el menor síntoma –dijo el veterinario, mientras devolvía el frasco de antibióticos a una de las vitrinas y lanzaba la jeringa utilizada a un cubo–.

Otros enferman sólo un poco, los síntomas aparecen y desaparecen de un día a otro. Algunos, como *Einstein*, se ponen muy enfermos. Puede ser una dolencia que empeore gradualmente, o bien cambiar de repente desde los síntomas más benignos a esto. Pero aquí hay una faceta alentadora.

Travis estaba acuclillado junto a *Einstein*, donde el perro pudiera verle sin alzar la cabeza ni girar los ojos, y por tanto pudiera sentir la solicitud, la preocupación y al efecto que inspiraba. Cuando oyó mencionar la faceta alentadora a Keene, Travis levantó la vista muy esperanzado.

—¿Qué faceta alentadora? ¿Qué quiere decir?

—El estado del perro antes de contraer el moquillo condiciona el curso de la enfermedad. La dolencia es más aguda en los animales que están mal cuidados y alimentados. Para mí es evidente que *Einstein* ha estado en buenas manos.

Travis dijo:

—Nosotros procuramos alimentarle bien y asegurarnos de que hace el *suficiente* ejercicio.

—Le lavamos y cepillamos casi demasiado —añadió Nora.

Sonriente y asintiendo aprobador, el doctor Keene dijo:

—Entonces tenemos a qué agarrarnos. Puede haber esperanza de verdad.

Nora miró a Travis y él le sostuvo la mirada unos instantes, luego desvió la vista hacia *Einstein*. Así pues, fue ella quien hubo de hacer la temida pregunta:

—¿Cree usted que se salvará, doctor? No corre peligro de..., de morir, ¿verdad?

Al parecer, James Keene sabía muy bien que su faz, de por sí sombría, y sus ojos melancólicos inspiraban muy poca confianza. Por tanto procuraba cultivar una sonrisa cálida, un tono de voz suave y, no obstante, enérgico y unos modales paternales, que, aunque calculados, parecían genuinos para compensar la hipocondría perpetua que Dios había creído oportuno dar a su apariencia.

Se acercó a Nora y le puso ambas manos en los hombros:

—Usted quiere a este perro como si fuera un niño, ¿verdad, querida?

Ella se mordió el labio y asintió.

—Entonces tenga fe. Tenga fe en Dios que cuida de las golondrinas, según dicen, y tenga también un poco de fe en mí. Créalo, ¿o no soy lo bastante bueno en mi profesión y merezco su fe?

—Creo que usted es bueno —le dijo ella.

Acuclillado todavía junto a *Einstein*, Travis dijo con voz enronquecida:

—Pero las probabilidades... ¿Qué probabilidades hay? Díganoslo sin rodeos.

Soltando a Nora, Keene se volvió hacia Travis y dijo:

—Bueno, la secreción de ojos y nariz no es tanta como pudiera ser. Ni mucho menos. No hay vejigas de pus en el abdomen. Ustedes dicen que ha vomitado, pero, ¿han visto señales de diarrea?

—No —dijo Travis—. Sólo vómitos.

—Tiene fiebre alta pero sin llegar a un grado peligroso. ¿Ha baboseado en exceso?

—No —dijo Nora.

—¿Ha sufrido ataques con movimientos maquinales de la cabeza y de las quijadas como si tuviera mal sabor de boca?

—No —dijeron a un tiempo Travis y Nora.

—¿Le han visto correr en círculos o caerse sin motivo? ¿Le han visto tumbarse de costado y agitar con violencia las patas como si estuviera corriendo? ¿Vagar sin rumbo por una habitación topándose con las paredes, dando respingos..., algo de eso?

—No, no —dijo Travis.

—¡Dios mío! —exclamó Nora—. ¿Podría *ocurrirle* todo eso?

—Podría si pasara a la segunda fase del moquillo —dijo Keene—. Pues ahí interviene una complicación del cerebro. Ataques epilépticos. Encefalitis.

Travis se levantó de un salto y avanzó inseguro hacia Keene. Luego se detuvo, tambaleante. Su rostro palideció. Sus ojos reflejaban un miedo horrible.

—¿Una complicación del cerebro, dice usted? Si se recuperase..., ¿podría quedar alguna lesión cerebral?

Nora sintió náuseas. Pensó en *Einstein* aquejado de una lesión cerebral..., tan inteligente como un ser humano, al menos lo bastante inteligente para recordar que una vez él había sido algo especial, para saber que había perdido una cosa inestimable, para saber que ahora vivía en una oscuridad grisácea, que su vida era mucho menos luminosa de lo que fuera antaño.

Tuvo que apoyarse sobre la mesa de reconocimiento porque le mareaba el temor.

Keene prosiguió:

—Pocos perros sobreviven a la segunda fase del moquillo. Pero si éste lo consiguiera, quedaría, por descontado, alguna lesión cerebral. Nada que requiriera hacerle dormir para siempre. Tendría, por ejemplo, correa crónica, que se manifiesta con respingos involuntarios, más bien como parálisis, y suele circunscribirse a la cabeza. Pero el animal podría ser relativamente feliz con eso y tener una existencia sin dolor, en suma, seguiría siendo un hermoso animal de compañía.

Travis casi gritó al veterinario:

—¡Al diablo con la posibilidad de ser un hermoso animal de compañía o no! A mí me interesan sólo las secuelas *físicas* de esa lesión cerebral. ¿Qué me dice de su *mente*?

—Bueno, el animal reconocería a su amo —dijo el doctor—. Sabría quién es usted y le seguiría guardando afecto. Ahí no habría problemas. Tal vez durmiera con exceso y tuviera largos períodos de apatía. Pero continuaría siendo doméstico, casi con seguridad absoluta. No olvidaría su adiestramiento y...

Temblando de ira, Travis farfulló:

—¡Me importaría un bledo que se orinase por toda la casa mientras conservase la facultad de *pensar*!

—¿Pensar? —El doctor Keene dijo esto con evidente perplejidad—. Bueno, ¿qué quiere decir usted, exactamente? Después de todo, es sólo un perro.

Hasta entonces el veterinario había aceptado aquel comportamiento frenético como una cosa natural comprendida por los parámetros que caracterizan las reacciones normales del propietario de animales domésticos en un caso semejante. Pero ahora les empezó a lanzar miradas de extrañeza.

Entonces habló Nora, en parte para cambiar de tema y atajar las sospechas del veterinario, en parte porque quería, sencillamente, conocer la respuesta.

—Está bien, pero, ¿se halla *Einstein* en la segunda fase del moquillo?

—Por lo que he visto hasta ahora, está todavía en la primera fase —dijo Keene—. Y una vez iniciado el tratamiento, si no observamos más síntomas violentos durante las próximas veinticuatro horas, creo que tendremos muchas probabilidades de mantenerlo en la primera fase, y combatir ésta con éxito.

—¿Y no habrá complicación de cerebro en esa primera fase? —inquirió Travis, con tanto apremio que hizo fruncir el ceño una vez más a Keene.

—No, en la primera fase no.

—Y si se mantiene en la primera fase, ¿no morirá? —preguntó Nora.

Con su tono más suave y sus modales más afables, James Keene dijo:

—Bueno, hay muchas probabilidades de que sobreviva a esa primera fase del moquillo..., sin secuelas. Quiero que sepan ustedes que el animal tiene muchas probabilidades de recuperación. Pero, al mismo tiempo, no quiero darles falsas esperanzas. Eso sería cruel. Incluso aunque la enfermedad no progresara más allá de la primera fase, *Einstein* podría morir. Los porcentajes favorecen la vida, pero la muerte es posible.

Nora lloró de nuevo. Creía haber sido capaz de dominarse. Creía haber dado una lección de fortaleza. Pero ahora estaba llorando. Se acercó a *Einstein* y se sentó en el suelo, junto a él, le puso una mano sobre la paletilla, sólo para hacerle saber que ella estaba allí.

Keene se impacientó un poco, aparte de su absoluto desconcierto, con esa reacción emocional tumultuosa ante las malas noticias. Su voz tuvo una nueva nota de severidad cuando dijo:

—Escúchenme, todo cuanto podemos hacer es procurarle una asistencia superlativa y esperar lo mejor. Desde luego tendrá que permanecer aquí porque el tratamiento del moquillo es complejo y se ha de administrar bajo la supervisión del veterinario. Necesitaré mantenerle a base de fluidos intravenosos, antibióticos, y también anticonvulsivos regulares y sedantes si sufriera ataques.

Bajo la mano de Nora, *Einstein* se estremeció, como si hubiera escuchado y entendido las sombrías posibilidades.

—Está bien, vale, sí —dijo Travis—. Resulta evidente que deberá quedarse en su consultorio. Nosotros le acompañaremos.

—No hay necesidad de... —empezó a decir Keene.

—Conforme, no hay necesidad —se apresuró a contestar Travis—. Pero nosotros queremos quedarnos, estaremos muy bien, podemos quedarnos a dormir aquí sobre el suelo esta noche.

—¡Ah! —dijo Keene—. Me temo que eso no sea posible.

—¡Ah, sí!, es del todo posible —dijo Travis balbuceando en su ansiedad por convencer al veterinario—. No se preocupe por nosotros, doctor. Nos arreglaremos muy bien. *Einstein* nos necesita aquí y, por tanto, aquí permaneceremos, lo importante es que permanezcamos, y desde luego le pagaremos extra por las inconveniencias.

—¡Pero yo no dirijo un hotel!

—Hemos de permanecer aquí —dijo con firmeza Nora.

Keene protestó.

—Oigan, yo soy un hombre razonable, de verdad, pero...

Travis aferró la mano derecha del veterinario con las suyas, causándole no poca sorpresa.

—Escuche, doctor Keene, por favor, permítame explicárselo. Sé que se trata de una petición desusada. Sé que le pareceremos un par de lunáticos, pero tenemos nuestras razones y puedo asegurarle que son buenas. Éste no es un perro ordinario, doctor Keene. Él me salvó la vida...

—Y también a mí —terció Nora—. En un incidente distinto.

—Y él nos unió —dijo Travis—. Sin *Einstein* nosotros dos no nos habríamos conocido jamás, ni nos habríamos casado y, además, ahora estaríamos muertos.

Keene les miró alternativamente, estupefacto.

—¿Quieren decir que les salvó la vida en sentido literal..., y en dos incidentes distintos?

—Tal como suena —dijo Nora.

—¿Y que les unió a ustedes?

—Sí —dijo Travis—. Cambió nuestras vidas de una forma que nos sería muy difícil contar o siquiera explicar.

Sujeto todavía por las manos de Travis, el veterinario miró a Nora, luego bajó la vista hacia el jadeante perro, meneó suavemente la cabeza y dijo:

—Yo me convierto en un primo cuando me cuentan historias heroicas de perros. Me gustaría oír ésta, por descontado.

—Se la contaremos de pe a pa —prometió Nora. «Pero será una versión cuidadosamente revisada», dijo para sus adentros.

—Cuando yo tenía cinco años —dijo James Keene—, un perro negro del Labrador me salvó de ahogarme.

Nora recordó el ejemplar negro de la sala y se preguntó si sería un descendiente del animal que salvó a Keene, o sólo un recordatorio de la gran deuda contraída con los perros.

—Está bien —dijo Keene—. Pueden quedarse.

—Gracias. —La voz de Travis se quebró—. Muchas gracias.

Librando por fin su mano, Keene dijo:

—Pero habrán de pasar por lo menos cuarenta y ocho horas antes de que podamos confiar en la supervivencia de *Einstein*. Será un largo trayecto.

—Cuarenta y ocho horas no es nada —dijo Travis—. Dos noches durmiendo en el suelo. ¡Podremos superarlo!

—Tengo la sospecha de que para ustedes dos esas cuarenta y ocho horas van a parecer una eternidad dadas las circunstancias —dijo Keene. Y mirando su reloj de pulsera añadió—: Mi ayudante llegará dentro de diez minutos más o menos, y poco después abriremos el consultorio para las visitas matutinas. No puedo tenerles aquí mientras recibo a otros pacientes. Y ustedes no creo que quieran aguardar en la sala de espera entre otros propietarios preocupados y sus animales enfermos; eso serviría sólo para deprimirles aún más. Pueden esperar en la sala y, cuando cerremos el consultorio a última hora de la tarde, podrán volver aquí con *Einstein*.

—¿Podremos echarle algún vistazo durante el día? —preguntó Travis.

Keene dijo sonriente:

—Está bien, pero sólo un vistazo.

Bajo la mano de Nora, *Einstein* cesó de temblar al fin. Perdió algo de su tensión y aflojó los músculos, como si hubiera oído que se les permitiría permanecer cerca, y esto le produjera un inmenso alivio.

La mañana transcurría con una lentitud exasperante. Aunque la sala del doctor Keene estuviera bien provista, con televisor, libros y revistas, ni Nora ni Travis tenían el menor interés en ver la televisión o leer.

Cada media hora o así, los dos se deslizaban por el pasillo, uno cada vez, y echaban una ojeada a *Einstein*. El animal no parecía empeorar, pero tampoco mejorar.

Keene entró una vez para decirles:

—Por cierto, tienen plena libertad para utilizar el cuarto de baño. Y hay bebidas frías en la nevera. Háganse café si lo desean. —Sonrió mirando al Labrador negro a su costado—. Y este amigo es *Pooka*. Si le dan una oportunidad, les querrá hasta la muerte.

Y, en efecto, *Pooka* resultó ser uno de los perros más amistosos que jamás viera Nora. Sin hacerse mucho de rogar, el animal rodó sobre sí mismo, se hizo el muerto, se sentó sobre sus ancas y luego acudió moviendo el rabo y resoplando para que se le recompensara con alguna golosina o migaja.

Durante toda la mañana, Travis ignoró los esfuerzos del perro por ganarse su afecto, como si el hacer caso de *Pooka* pudiese implicar una traición a *Einstein* y desencadenar su muerte por el moquillo.

Nora, sin embargo, encontró consuelo en el perro y le prestó la atención que deseaba. Se dijo que, tratando bien a *Pooka*, complacería a los dioses y entonces éstos velarían por *Einstein*. Su desesperación dio origen a pensamientos supersticiosos tan disparatados como los de su marido, aunque de otra índole.

Travis se paseaba arriba y abajo. Se sentó sobre el borde de una butaca, cabizbajo o con el rostro entre las manos. Se pasó largos ratos de pie ante la ventana, contemplando el vacío, sin ver la calle que estaba allí fuera, sino sólo algunas escenas lóbregas de su propia imaginación. Se culpaba de lo sucedido, y la verdad de aquella situación –que Nora se esforzaba por recordarle– no hacía nada para paliar su sentido irracional de culpabilidad.

Al frente de la ventana, abrazándose a sí mismo como si tuviera frío, Travis inquirió en voz queda:

–¿Crees que Keene vio el tatuaje?

–No lo sé. Quizá no.

–¿Crees que circula de verdad entre los veterinarios una descripción de *Einstein*? ¿Sabrá Keene lo que significa el tatuaje?

–Tal vez no –dijo ella–. Tal vez estemos siendo demasiado paranoicos sobre este asunto.

Pero después de oír a Garrison y saber a qué extremos habían llegado los agentes gubernamentales para impedirle que les avisara, ambos comprendieron que estaría todavía en marcha una búsqueda enorme y urgente para dar con el perro. Así que lo de «demasiado paranoicos» no tenía fundamento alguno.

Entre el mediodía y las dos, el doctor Keene cerraba el consultoria para almorzar. Él invitó a Nora y a Travis a comer con él en la espaciosa cocina. Era un soltero que sabía cuidar de sí mismo, y tenía un congelador atestado de platos congelados que él mismo cocinaba y almacenaba. Ahora descongeló varias raciones de lasaña hecha en casa y, con la ayuda de ellos, preparó tres ensaladas. Fue una buena comida, pero ni Nora ni Travis pudieron comer gran cosa.

A medida que iba conociendo a James Keene, tanto más le agradaba a Nora. A pesar de su hosca apariencia, tenía un carácter alegre y un sentido del humor que propendía a ridiculizar su propia persona. Su amor por los animales era una llama interior que le daba una luminosidad especial. Los perros constituían su gran amor, el principal, y cuando hablaba de ellos, el entusiasmo transformaba sus facciones, más bien vulgares, y hacía de él un hombre apuesto y, decididamente, interesante.

El doctor les habló del perro Labrador negro, *King*, que le salvara de ahogarse cuando era niño, y luego les animó a que le explicaran cómo les había salvado la vida *Einstein*. Travis le refirió una pintoresca historia sobre cierta excursión durante la cual estuvo a punto de toparse con un oso herido y colérico. Describió cómo le previno *Einstein* y luego, cuando la enfurecida bestia les persiguió, cómo *Einstein* la desafió y la contuvo repetidas veces. Nora consiguió contar una historia más cercana a la verdad: el acoso de un psicópata sexual cuyo ataque había sido interrumpido por *Einstein*, y a renglón seguido, éste había retenido al atacante hasta la llegada de la Policía.

Keene quedó impresionado.

—¡Verdaderamente es un héroe!

Nora intuía que las historias sobre *Einstein* habían conquistado de tal forma al veterinario que si él descubriera el tatuaje y conociera su significado, podría olvidarlo adrede y dejarles marchar en paz tan pronto como *Einstein* se recuperara. Suponiendo que tal cosa fuese posible.

Pero cuando estaban recogiendo los platos sucios, Keene dijo:

—Me he estado preguntando, Sam, por qué tu mujer te llama Travis.

Ellos estaban preparados para afrontar esa contingencia. Desde que asumieran las nuevas identidades, habían decidido que era más fácil y seguro para Nora continuar llamándole Travis en vez de procurar emplear Sam todo el tiempo, exponiéndose a que hubiera algún desliz en un momento crucial. De ese modo podrían aducir que Travis era un apodo que ella le daba desde cierta broma acaecida en el pasado; así, cambiando muecas y sonrisas tontas entre ellos, dejaban entrever que el asunto tenía un fondo sexual, algo demasiado embarazoso para explicarlo a un tercero. De este modo, fue como solventaron la pregunta de Keene, pero, no estando de humor para intercambiar muecas y sonrisas estúpidas de forma convincente, Nora no estaba muy convencida de haber alcanzado su objetivo. De hecho, pensaba que su actuación nerviosa y desafortunada podría haber acrecentado las sospechas de Keene, si es que tenía algunas.

Poco antes de que comenzara el horario vespertino del consultorio, Keene recibió una llamada de su ayudante para comunicarle que había sufrido una fuerte jaqueca a la hora del almuerzo y ahora la jaqueca se había complicado con ciertos trastornos de estómago. El veterinario quedó, pues, solo para atender a sus pacientes, de modo que Travis se apresuró a ofrecerle sus servicios y los de Nora.

—No tenemos experiencia en cuestiones de Veterinaria, claro está. Pero podremos asumir cualquier labor manual que se nos encomiende.

—Por supuesto —le secundó Nora—. Y entre los dos constituimos un cerebro bastante ordenado. Podremos hacer cualquier cosa si usted nos enseña cómo.

Se pasaron la tarde domeñando gatos, perros y loros recalcitrantes, así como otros muchos animales, mientras James Keene los curaba. Fue preciso poner vendas, traer medicinas de las vitrinas, lavar y esterilizar el instrumental, percibir emolumentos y extender recetas. Algunos animalitos afectados de vómitos y diarreas causaron tales estropicios que requirieron limpieza inmediata, pero Travis y Nora solventaron estas incomodidades con tanto altruísmo como atendían a las demás tareas.

Ellos tenían dos buenos motivos para comportarse así: en primer lugar, ayudando a Keene tenían oportunidad de entrar en el quirófano y hacer compañía a *Einstein* durante todo la tarde. Entre unas cosas y otras aprovechaban cualquier momento libre para animar al perdiguero, decirle palabras alentadoras y asegurarse al mismo tiempo de que el animal no empeoraba. El lado negro de todo ello era que estando continuamente alrededor de *Einstein* podían darse cuenta de que tampoco parecía mejorar. Su segundo motivo era el de congraciarse aún más con el veterinario, darle una buena razón para que los dejara quedarse y no se echara atrás en su decisión de permitirles pernoctar allí.

La afluencia de pacientes fue mayor que de costumbre, según aseguró Keene, y no pudieron cerrar el consultorio hasta bien pasadas las seis. La fatiga y el agrado de compartir una tarea generaron un grato espíritu de camaradería. Mientras hacían juntos la cena y la comían, Jim Keene les entretuvo con divertidas anécdotas sobre animales atesoradas durante sus muchos años de experiencia, y ambos se sintieron tan cómodos y amigables como si hubieran conocido al veterinario bastantes meses atrás y no hacía sólo unas horas.

Keene les preparó la habitación de los huéspedes y les facilitó unas cuantas mantas para hacer una cama rudimentaria sobre el suelo del quirófano. Travis y Nora dormirían por turno en la cama auténtica; cada uno pasaría media noche en el suelo con *Einstein*.

Travis tuvo el primer turno, desde las diez hasta las tres de la madrugada. Sólo se dejó encendida una luz en el rincón más apartado del quirófano, y Travis estuvo sentado y tumbado alternativamente sobre la pila de mantas situada cerca de *Einstein*.

El perro dormía a ratos, y el sonido de su respiración parecía más normal, menos aterrador. Pero a intervalos se despertaba, y su respiración era horriblemente laboriosa; el animal gemía de dolor y también —según intuía Travis sin poder explicarse el porqué— de miedo.

Cuando *Einstein* estaba despierto, Travis le hablaba, recordándole experiencias pasadas compartidas por ambos, los muchos y gratos momentos de los últimos seis meses, y el perdiguero parecía calmarse un poco al oír la voz de Travis.

Incapaz de moverse lo más mínimo, el perro se mostró incontinente por necesidad. Se orinó dos o tres veces sobre el colchón cubierto de plástico. Sin revelar la menor repugnancia, Travis limpió el desaguisado con la misma ternura y compasión que un padre pudiera hacerlo con un hijo gravemente enfermo. Travis incluso se alegraba, porque cada vez que *Einstein* se orinaba aquello era prueba contundente de que seguía con vida, y su organismo funcionaba con tanta normalidad como siempre.

Durante la noche cayeron algunos aguaceros. El sonido de la lluvia sobre el tejado era lúgubre, como tambores fúnebres.

En dos ocasiones durante el primer turno, Jim Keene apareció en pijama y con una bata. La primera vez reconoció detenidamente a *Einstein* y le cambió la botella de goteo. Más tarde, le administró una inyección después de examinarle. En ambas ocasiones, manifestó a Travis que, por lo pronto, no había indicios de mejoría; bastaba con que, de momento, no los hubiera tampoco de empeoramiento.

Durante la noche, Travis caminó varias veces hasta el otro extremo del quirófano para leer las palabras de un pergamino con sencillo marco que colgaba encima de la bañera para animales:

ELOGIO A UN PERRO

El único amigo absolutamente desinteresado que puede tener un hombre en este mundo egoísta, el único que no le desaira jamás ni le corresponde nunca con ingratitud o traición, es su perro. El perro se apega al amo en la prosperidad y en la pobreza, en la salud y en la enfermedad. Duerme sobre el suelo frío cuando soplan los vientos invernales y la nieve acomete furiosa, con tal de estar cerca de su amo. Besa la mano que no le ofrece alimento; lame las heridas y llagas que resultan de los encuentros con un mundo hostil. Vela el sueño de su paupérrimo amo como si fuera un príncipe. Cuando todos los demás amigos le abandonan, él persevera. Cuando las riquezas se desvanecen y la buena reputación se hace añicos, él es tan constante en su amor como el sol en su viaje a través de los cielos.

GEORGE VEST, senador, 1870

Cada vez que leía este elogio, Travis se llenaba de admiración ante la existencia de *Einstein*. ¿Acaso entre las fantasías de los niños no figura en primer lugar la de que sus perros son tan perceptivos, sabios e inteligentes como cualquier persona adulta? ¿Qué gracia divina regocijaría tanto a una mente joven como la de que el perro de casa resultara ser capaz de comunicarse a un nivel humano y compartir sus triunfos y tragedias con pleno conocimiento de su significado e importancia? ¿Qué otro milagro podría infundir más complacencia, más respeto por los misterios de la Naturaleza, más sentimiento exuberante ante las maravillas imprevistas de la vida? Por una u otra razón el concepto de una personalidad canina y una inteligencia humana combinadas en una sola criatura hacía concebir esperanzas en una especie tan bien dotada como la raza humana pero más noble y justa. ¿Y acaso entre las fantasías de los adultos no figura en primer lugar la de encontrar algún día otra especie inteligente que comparta con nosotros el vasto y frío universo, y al hacerlo así atenúe al fin la soledad indecible de nuestra raza y la sensación de callada desesperación?

¿Y qué otro quebranto podría ser tan devastador como la pérdida de *Einstein*, de esta primera evidencia esperanzadora de que el género humano entraña las semillas no sólo de la grandeza, sino también de la divinidad?

Esos pensamientos, que Travis no podía descartar, le conmovieron y le arrancaron un gemido ronco de dolor. Maldiciendo su propia estampa por ese acceso emocional, fue al vestíbulo de abajo, en donde *Einstein* no pudiera apercibirse, y quizás asustarse, de sus lágrimas.

Nora le relevó a las tres de la madrugada. Ella hubo de empeñarse en que Travis fuera escaleras arriba, porque se mostraba reacio a abandonar el quirófano de Keene.

Exhausto, pero asegurando que no pensaba dormir, Travis se derrumbó sobre la cama y quedó dormido en el acto.

Soñó que le perseguía una cosa de ojos amarillos con garras de aspecto malévolo y quijadas de caimán. Él intentaba proteger a *Einstein* y a Nora empujándoles delante de sí, incitándoles a correr, correr cuanto pudieran. Pero, de un modo u otro, el monstruo le rodeaba y atrapaba a *Einstein*, haciéndolo pedazos, luego, con idéntico salvajismo, a Nora..., era la maldición Cornell, que él no había podido eludir mediante el simple procedimiento de hacerse llamar Samuel Hyatt. Por fin, cesaba de correr y caía de rodillas, porque, habiendo fallado a Nora y al perro, quería morir, y oía cómo se aproximaba la cosa..., clic, clic, clic..., y se sentía horrorizado, pero recibía agradecido la muerte que ello le deparaba.

Nora le despertó poco antes de las cinco de la madrugada.

—*Einstein* —le dijo apremiante— está sufriendo convulsiones.

Cuando Nora condujo presurosa a Travis hasta el inmaculado quirófano, Jim Keene estaba acuclillado sobre *Einstein*, prestándole asistencia. Ellos no pudieron hacer nada salvo mantenerse apartados del veterinario, dejarle espacio para trabajar.

Ella y Travis se sujetaban uno a otro.

Al cabo de unos minutos, el veterinario se levantó. Parecía preocupado y no se esforzó por sonreír como hiciera otras veces ni intentó darles esperanzas.

—Le he dado otro anticonvulsivo. Creo..., que ahora se quedará tranquilo.

—¿Ha pasado a la segunda fase? —preguntó Travis.

—Tal vez no —dijo Keene.

—¿Es que no puede tener convulsiones y permanecer en la primera fase?

—Es posible —murmuró Keene.

—Pero no probable.

—No probable —dijo Keene—. Mas..., no imposible.

«Segunda fase del moquillo», pensó anonadada Nora.

Se apretó más todavía contra Travis.

Segunda fase. Complicaciones cerebrales. Encefalitis. Lesión del cerebro. *Lesión del cerebro.*

Travis no quiso de ninguna manera volver a la cama. Permaneció en el quirófano con Nora y *Einstein* el resto de la noche.

Encendieron otra luz, iluminaron un poco más la habitación, pero no demasiado para no molestar a *Einstein*, y le observaron de cerca, buscando indicios que revelaran el progreso hacia la segunda fase: los respingos, los tics y los movimientos de masticación a que se refiriera Jim Keene.

Travis no conseguía animarse a pesar de no percibir ninguno de tales síntomas. Aunque *Einstein* permaneciera en la primera fase de la enfermedad y no pasara de ella, parecía estar agonizando.

405

Al día siguiente, viernes 3 de diciembre, el ayudante de Jim Keene se encontraba todavía mal para acudir al trabajo, de modo que Nora y Travis ayudaron otra vez.

A la hora del almuerzo, la fiebre de *Einstein* continuaba sin remitir. Los ojos y la nariz seguían segregando un fluido amarillento, aunque más bien claro. Su respiración se hizo menos laboriosa, pero Nora, en su desesperación, se preguntaba si esa respiración no sonaría con menos dificultades porque el animal hiciese cada vez menos esfuerzos para respirar y empezara a rendirse.

Ella no pudo probar bocado. Lavó y planchó la ropa de Travis y la suya mientras se ponían dos batas de Jim Keene que les venían demasiado grandes.

Aquella tarde, el consultorio estuvo otra vez muy frecuentado. Nora y Travis estuvieron en continuo movimiento, y Nora agradeció ese exceso de trabajo.

A las cuatro cuarenta, una hora que ella no olvidaría jamás mientras viviese, poco después de ayudar a Jim con un rebelde *setter* irlandés, *Einstein* dio dos débiles ladridos desde su cama en el rincón. Nora y Travis giraron sobre sí mismos, boquiabiertos, esperando lo peor, porque ése era el primer sonido emitido por *Einstein*, aparte de los gemidos desde su llegada al quirófano. Pero el perdiguero había alzado también la cabeza la primera vez que mostraba energía para hacerlo, y miraba parpadeante en su dirección. Examinaba curioso el contorno, como si se preguntase en dónde estaba.

Jim se arrodilló junto al perro y, mientras Travis y Nora se acuclillaban expectantes detrás de él, hizo un reconocimiento exhaustivo a *Einstein.*

—Mírenle los ojos. Tienen todavía una película lechosa, pero no como antes ni mucho menos, y han cesado de segregar. —Con un paño húmedo limpió la costra debajo de los ojos y secó la nariz; las fosas nasales no formaban ya burbujas con la secreción. Empleando un termómetro rectal, le tomó la temperatura y, al leerla, dijo—: Remite. Ha bajado dos grados.

—¡A Dios gracias! —exclamó Travis.

Y Nora se dio cuenta de que tenía otra vez los ojos llenos de lágrimas.

—No está todavía a salvo —dijo Jim—. Su pulsación es más regular, menos acelerada, aunque todavía mediocre. Nora, coge una de esas fuentes y llénala de agua hasta la mitad.

Unos instantes después, Nora regresó del fregadero y colocó la fuente en el suelo, junto al veterinario.

Travis la acercó aún más a *Einstein*.

—¿Qué me dices de esto, compadre?

Einstein alzó nuevamente la cabeza y miró la fuente. Su lengua colgante parecía reseca y cubierta de una sustancia gomosa. El animal gimió y se lamió el morro.

—Quizá si le ayudáramos... —sugirió Travis.

—No —dijo Jim Keene—. Dejémosle que lo piense. Él mismo sabrá si se siente capaz de hacerlo. No conviene forzarle a tomar agua para que acto seguido la devuelva. Él sabrá instintivamente si ha llegado el momento.

Entre gemidos y resoplidos, *Einstein* cambió de posición sobre el colchón de espuma, rodó de costado quedando casi sobre el vientre. Puso el morro sobre la fuente, olfateó el agua, pasó la lengua a título de prueba, dio un primer lametón, luego otro y por fin un tercero, antes de gemir y tumbarse otra vez.

Acariciando al perdiguero, Jim Keene dijo:

—Me extrañaría mucho que no se recuperara por completo a su debido tiempo.

A su debido tiempo.

Esa frase inquietó a Travis.

¿Cuánto tiempo requeriría *Einstein* para una plena recuperación? Cuando el alienígena llegara, todos saldrían mejor parados si *Einstein* gozase de plena salud y todos sus sentidos funcionaran a la perfección. Las alarmas de infrarrojos eran útiles, mas, no obstante, *Einstein* seguía siendo su principal sistema de alerta.

Después de que se marchara el último paciente a las cinco y media, Jim Keene se ausentó durante media hora para hacer un misterioso recado, y cuando volvió traía consigo una botella de champaña.

—No soy un gran bebedor, pero ciertas ocasiones requieren un sorbo o dos.

Nora se había comprometido a no probar la bebida durante su embarazo, pero hasta los más solemnes juramentos podían sufrir menoscabo en semejantes circunstancias.

Cogieron unos vasos y lo bebieron en el quirófano, brindando por *Einstein*, que les observó durante unos minutos, pero al fin, exhausto, se quedó dormido.

—Es un sueño natural —hizo constar Jim—. No un efecto de los sedantes.

407

—¿Cuánto tiempo necesitará para recobrarse por completo? —inquirió Travis.

—Para sacudirse el moquillo..., unos días más, una semana. Me gustaría tenerle aquí dos días más, de todas formas. Ustedes pueden volver a casa ahora, si lo desean, pero quedan invitados a quedarse si gustan. Han representado una gran ayuda para mí.

—Nos quedaremos —dijo Nora al instante.

—Pero después del moquillo —dijo Travis—, quedará muy debilitado, ¿verdad?

—Al principio, mucho —contestó Jim—. Poco a poco recuperará casi toda su antigua energía si no toda. Ahora estoy seguro de que no pasó ni por un instante a la segunda fase del moquillo, pese a las convulsiones. Así pues, quizás el próximo año vuelva a ser el de siempre, y no habrá secuelas duraderas, ni espasmos ni nada por el estilo.

El próximo año.

Travis esperaba que fuera bastante antes.

Una vez más, Nora y Travis dividieron la noche en dos turnos. Travis hizo el primero, y Nora le relevó en el quirófano a las tres de la madrugada.

Una espesa niebla había caído sobre Carmel. Lamía las ventanas con suave insistencia.

Einstein estaba durmiendo cuando llegó Nora.

—¿Ha estado despierto mucho rato? —preguntó ella.

—Sí —respondió Travis—. A ratos...

—Y..., ¿le has hablado?

—Claro.

—Bueno, ¿y qué?

El rostro de Travis se llenó de arrugas, su expresión fue ansiosa.

—Le hice preguntas que él podía contestar con un SÍ o un NO.

—¿Y qué?

—No las contestó. Me miró parpadeante o bostezando y volvió a dormirse.

—Todavía está muy cansado —dijo ella, esperando desesperadamente que ello explicara el comportamiento nada comunicativo del perdiguero—. No tiene la energía suficiente para responder a las preguntas.

Pálido y evidentemente deprimido, Travis murmuró:

—Tal vez. No sé..., pero creo... que él parece... confuso.

—No se ha desembarazado aún de la enfermedad —dijo ella—. El mal le atenaza todavía y él se debate en sus garras. Tendrá la cabeza un poco turbia durante algún tiempo.

—Confusa —repitió Travis.

—Eso pasará.

—Claro —dijo él—. Claro, pasará.

Pero a juzgar por su tono, parecía pensar que *Einstein* no volvería a ser jamás el que fuera.

Nora adivinó el pensamiento de Travis: otra vez la maldición de Cornell, en la que él juraba no creer, pero que le asediaba hasta el fondo de su corazón. Todo ser a quien él quisiera, estaba condenado a sufrir y morir joven. Todo ser que contara con su afecto, le sería arrebatado.

Todo eso eran desatinos, por supuesto, y Nora no le daba crédito ni por asomo. No obstante, ella sabía por experiencia lo difícil que resultaba descartar el pasado para marchar sólo hacia el futuro, y comprendía su incapacidad para mostrar optimismo en aquellos momentos. También sabía que no podía hacer nada por él, nada para sacarle del abismo de angustia privada..., nada excepto besarle y abrazarle durante un largo momento y luego enviarle a la cama para que durmiera.

Cuando Travis se hubo ido, Nora se sentó en el suelo junto a *Einstein* y dijo:

—Tengo que contarte algunas cosas, cara peluda. Supongo que estás dormido y no puedes oírme, y quizás incluso aun despierto no entenderías lo que estoy diciendo. Tal vez no vuelvas a entenderlo jamás, y ésa es la razón de que yo quiero decirlo ahora, cuando todavía hay esperanza de que tu mente haya quedado intacta.

Nora hizo una pausa, seguida de una profunda inspiración, y miró al derredor en el silencioso quirófano, cuyas luces tamizadas se reflejaban en los objetos de acero inoxidable y en los cristales de las esmaltadas vitrinas. Era un lugar muy solitario a las tres y media de la madrugada. La respiración de *Einstein* sonaba con un suave silbido y algún ronquido ocasional. El animal no se movió. Ni siquiera agitó el rabo.

—Yo pensé en ti como mi guardián, *Einstein*. Así te llamaba algún tiempo atrás, cuando me salvaste de Art Streck. ¡Mi guardián! No sólo me rescataste de un hombre horrible, sino que me salvaste también de la soledad y del terrible desespero. Y salvaste a Travis de su oscuridad interior, nos uniste a ambos, y, de cien maneras, fuiste tan perfecto como un ángel de la guarda. En ese corazón tuyo, tan bueno y puro, no pediste ni deseaste nunca la menor recompensa por todo cuanto hacías. Algunos «Milk-Bones» de vez en cuando o un trozo de chocolate. Pero tú habrías hecho todo eso aunque no se te hubiese dado nada más que «Dog Chow». Lo hacías porque tú amas, y el ser amado a cambio te parecía recompensa suficiente. Y siendo lo que eres, cara peluda, me diste una gran lección, lección que no puedo expresar con palabras...

Durante unos instantes Nora permaneció en silencio, sin poder hablar, sentada entre sombras junto a su amigo e hijo, maestro y guardián.

—Pero, ¡maldita sea! —exclamó al fin—, debo encontrar las palabras porque quizás ésta sea la última vez que puedo aspirar a que me entiendas. Es esto más o menos..., tú me enseñaste que yo soy también tu guardián, y el guardián de Travis, y que él es mi guardián y el tuyo. Nos cabe la responsabilidad de velar unos por otros, somos vigilantes todos nosotros, vigilantes, guardianes contra la oscuridad. Tú me has enseñado que a todos nosotros se nos necesita, incluso a aquellos que algunas veces se creen inútiles, simplones y tediosos... bueno, una persona que ama es una cosa inestimable en el mundo, vale más que todas las fortunas habidas y por haber. Eso es lo que tú me has enseñado, cara peluda, y gracias a ti yo no seré nunca más la de antes.

Einstein se pasó inmóvil el resto de la larga noche, perdido en un sueño insondable.

El sábado, Jim Keene abría el consultorio sólo por la mañana. Al mediodía, cerraba la entrada de la oficina por el costado de su enorme y acogedora casa.

Durante aquella mañana, *Einstein* había mostrado señales alentadoras de recuperación. Bebió más agua, miró alrededor con interés y pasó un buen rato echado sobre el vientre en vez de tumbarse de costado. Con la cabeza alzada, observó con interés la actividad reinante en el quirófano. Incluso sorbió un huevo crudo y un líquido alimenticio que Jim había puesto delante de él en un cuenco, y no devolvió nada de lo ingerido. No se le quitaron aún los fluidos intravenosos.

No obstante, todavía dormitó no poco. Y sus respuestas a Travis y a Nora fueron las de un perro ordinario.

Después del almuerzo, cuando los dos estaban sentados con Jim a la mesa de la cocina tomando una última taza de café, el veterinario suspiró y dijo:

—Bueno, no veo ya la forma de demorar esto por más tiempo. —Acto seguido sacó del bolsillo interior de su baqueteada chaqueta de pana un papel plegado que extendió sobre la mesa frente a Travis.

Por un momento, Nora pensó que sería una factura por sus servicios

Pero cuando Travis cogió el papel, vio que era un circular policial solicitando colaboración para encontrar a *Einstein*.

Travis hundió los hombros.

Sintiendo como si su corazón empezara a hundirse en el propio cuerpo, Nora se acercó a Travis para poder leer también la circular. Estaba fechada la semana pasada. Además de una descripción de *Einstein*, que incluía las tres cifras tatuadas en su oreja, la circular hacía constar que, probablemente, el perro se hallaría bajo la custodia de un tal Travis Cornell y su esposa Nora, quienes podrían ocultar su identidad con nombres diferentes. Al pie de la hoja, había descripciones y fotografías de Nora y Travis.

—¿Desde cuándo lo sabes? —preguntó Travis.

—Me enteré una hora después de que lo viera por vez primera en la mañana del jueves —dijo Jim—. He estado recibiendo cada semana circulares actualizadas de este ejemplar, así como llamadas subsiguientes del Instituto Federal del Cáncer, hechas para asegurarse de que recuerde examinar detenidamente a todo perdiguero dorado y avisar sin demora si encuentro un tatuaje de laboratorio.

—¿Y has avisado ya? —preguntó Nora.

—Todavía no. No me pareció oportuno discutir sobre ello mientras no supiera si el animal saldría de este trance o no.

—¿Denunciarás ahora el caso? —inquirió Travis.

Con su cara perruna, expresando más melancolía que de costumbre, Jim Keene dijo:

—Según el Instituto del Cáncer este perro era el centro de unos experimentos extremadamente importantes que podrían conducir a la erradicación de esa enfermedad. Según dicen ellos, se perderán millones de dólares en dinero de investigación que se habrá gastado para nada si no aparece el perro y es devuelto al laboratorio a fin de completar los estudios.

—Todo eso es una sarta de mentiras —dijo Travis.

—Permíteme que os diga con claridad meridiana una cosa —dijo Jim inclinándose hacia delante en su silla y rodeando con sus enormes manos el tazón de café—. Yo soy un amante nato de los animales. He consagrado mi vida a ellos. Y quiero a los perros como a ningún otro animal. Pero mucho me temo que no simpatizo lo más mínimo con la gente que cree necesario detener toda experimentación con los animales, gente en cuya opinión los avances médicos concebidos para salvar vidas humanas no merecen la muerte de una cobaya, o un gato o un perro. Esa gente me parece despreciable. El amor a la vida es bueno y justo, está bien amar todo cuanto viva hasta en sus formas más humildes. Pero esa gente no ama la vida..., sólo la *reverencia*, lo cual es una actitud pagana e ignorante y quizás incluso salvaje.

—No es lo que te figuras —dijo Nora—. *Einstein* no fue utilizado jamás para la investigación del cáncer. Ésa es una historia para cubrir el expediente. No es el Instituto del Cáncer quien va a la búsqueda de *Einstein* sino la Agencia de Seguridad Nacional, la NSA. —Dicho esto miró a Travis y dijo—: Bien, ¿qué hacemos ahora?

Travis sonrió sombrío y dijo:

—Bueno, desde luego no puedo matar a Jim para detenerle...

El veterinario parecía atónito.

—...así que intentaremos persudirle, digo yo —concluyó Travis.

—¿La verdad escueta? —preguntó Nora.

Travis miró a Jim Keene durante largo rato y al fin dijo:

—Claro. La verdad escueta. Es lo único que podrá convencerle e inducirle a echar esa maldita circular en la basura.

Haciendo una inspiración profunda, Nora dijo:

—Escucha, Jim: *Einstein* es tan inteligente como tú, como Travis o como yo.

—A veces más, creo yo —dijo Travis.

El veterinario les miró sin comprender.

—Preparemos otra cafetera —dijo Nora—. Ésta va a ser una velada muy larga.

Varias horas después, concretamente el sábado a las cinco de la tarde, Nora, Travis y Jim Keene se agruparon ante el colchón en donde estaba tendido *Einstein.*

El perro, que acababa de tomar unos cuantos sorbos de agua, les miró con interés.

Travis intentó averiguar si aquellos grandes ojos castaños conservaban todavía la extraña profundidad, la misteriosa vivacidad y el conocimiento nada canino que los singularizara antes tantas veces. ¡Maldición! No se sentía seguro, y su propia incertidumbre le asustó.

Jim reconoció a *Einstein* y reseñó en voz alta que sus ojos estaban más límpidos, casi normales y la temperatura seguía bajando.

—Asimismo el corazón suena un poco mejor.

Fatigado tras los diez minutos de reconocimiento, *Einstein* se tumbó de costado y exhaló un largo suspiro. Pasados unos instantes, volvió a dormitar.

—A decir verdad —comentó el veterinario—, no parece un genio canino.

—Está todavía enfermó —dijo Nora—. Todo cuanto necesita es un poco más de tiempo para recobrarse. Entonces te demostrará que todo lo que hemos dicho es cierto.

—¿Cuándo crees que se levantará? —preguntó Travis.

Jim caviló sobre ello y al fin dijo:

—Tal vez mañana. Al principio estará muy bamboleante. Pero tal vez mañana. No hay más que esperar.

—Cuando se plante sobre sus cuatro patas —dijo Travis—, cuando recobre su sentido del equilibrio y muestre interés por moverse de un lado a otro, todo ello denotará que tiene también más clara la cabeza. Así que cuando esté en pie y se mueva habrá llegado el momento de ponerle a prueba para que te demuestre cuánta es su inteligencia.

—Me parece justo —dijo Jim.

—Y si te lo demuestra —dijo Nora—, ¿no lo denunciarás?

—¿Entregarle a las personas que han creado ese alienígena del que me hablasteis? ¿Entregarle a unos farsantes que cocinaron esa circular de camelo? ¿Por qué clase de hombre me tomas, Nora?

—Por un hombre bueno —respondió ella.

Veinticuatro horas después, hacia el atardecer del sábado, y en el quirófano de Jim Keene, *Einstein* iba bamboleándose por la estancia como si fuese un pequeño anciano de cuatro patas. Nora le seguía a lo largo del suelo sobre las rodillas, diciéndole lo valiente y gallardo que era, alentándole a seguir su marcha. Cada paso que el animal daba la embargaba de alegría como si se tratase de su propio bebé aprendiendo a andar. Pero lo que más le estremeció fue la mirada que le lanzó él dos o tres veces: aquella mirada parecía expresar pesadumbre por su desmadejamiento, pero con cierto sentido del humor, como si quisiese decir: *¡Caramba, Nora! ¿Soy un espectáculo..., o qué? ¿Acaso no te parece ridículo?*

El día anterior, Nora había ido de compras y había regresado con tres juegos de «Scrabble». Travis había agrupado las fichas en veintiséis pilas en un extremo del quirófano para que hubiera mucho espacio abierto.

—Estamos dispuestos —dijo Jim Keene. Él se encontraba sentado en el suelo al lado de Travis, con las piernas cruzadas como un indio.

Pooka, tumbado junto a su amo, observaba todo con ojos oscuros y desconcertados.

Nora condujo a *Einstein* a través de la habitación hasta las fichas de «Scrabble». Cogiéndole la cabeza entre ambas manos, le miró hasta el fondo de los ojos y dijo:

—Adelante, cara peluda. Demostremos al doctor Jim que tú no eres un patético animal de laboratorio comprometido en unos experimentos sobre el cáncer. Demostrémosle lo que *verdaderamente* eres, y probémosle lo que se propone hacer contigo esa gente malvada.

Ella trababa de creer que había visto la antigua perceptividad en la mirada oscura del perdiguero.

Con evidente nerviosismo y temor, Travis dijo:

—¿Quién hace la primera pregunta?

—Yo la haré —contestó sin vacilar Nora. Y dirigiéndose a *Einstein*, dijo—: ¿Cómo se encuentra el violín?

Ellos le habían referido a Jim lo del mensaje que Travis encontrara aquella mañana en que *Einstein* enfermó gravemente: VIOLÍN ROTO. Así que el veterinario entendió la intención de Nora.

Einstein la miró parpadeante, luego miró las letras, parpadeó otra vez hacia ella, olfateó las letras y, cuando ella ya sentía un vacío horrible en el estómago, el animal empezó de improviso a escoger fichas y empujarlas con el morro de un lado a otro.

VIOLÍN SÓLO DESAFINADO.

Travis se estremeció, como si el espanto que había en su interior fuese una poderosa carga eléctrica que le abandonara en aquel instante.

—¡Gracias a Dios, gracias a Dios! —exclamó riendo de puro placer.

—¡Santa mierda! —farfulló Keene.

Pooka alzó la cabeza cuanto pudo y enderezó las orejas, a sabiendas de que algo importante estaba sucediendo, pero no muy seguro de lo que era.

Con el corazón rebosante de alivio, agitación y amor, Nora devolvió las letras a sus respectivas pilas y dijo:

—¿Quién es tu amo, *Einstein*? Dinos cómo se llama.

El perdiguero la miró, luego a Travis y dio una respuesta medida.

NO AMO. AMIGO.

Travis se rió.

—¡Yo firmaría eso, por Dios! Nadie puede ser su amo, pero cualquiera estaría endiabladamente orgulloso de ser su amigo.

Esa prueba de que el intelecto de *Einstein* no estaba dañado hizo soltar la carcajada a Travis, sus primeras carcajadas en muchos días, pero a Nora la hizo llorar de alivio.

Jim Keene se quedó mirando con asombro, esbozando una sonrisa estúpida. Por fin dijo:

—Me siento como si fuera un niño que se escabulle escaleras abajo la víspera de Navidad y sorprende al verdadero Santa Claus colocando regalos debajo del árbol.

—Llegó mi turno —dijo Travis, deslizándose hacia delante y poniendo una mano sobre la cabeza de *Einstein*—: Jim acaba de mencionar la Navidad, y por cierto no está ya lejos. Quedan veinte días a partir de hoy. Así pues, dime, *Einstein*, ¿qué querrías que te trajera Santa Claus?

Einstein inició por dos veces la colocación de las fichas, pero en ambas se volvió atrás y las desordenó. Se tambaleó, dio traspiés y al final se dejó caer sobre su trasero y miró apocado en derredor suyo. Entonces, al observar la expectación general, se levantó de nuevo y esta vez consiguió componer una petición de tres palabras para Santa Claus.

VÍDEOS MICKEY MOUSE.

Hasta las dos de la madrugada no se fueron a la cama, porque Jim Keene estaba intoxicado, no embriagado de cerveza, vino o whisky, sino de puro gozo ante la inteligencia de *Einstein*.

—Como la de un hombre y, sin embargo, siempre el perro primero, siempre el perro, maravilloso parecido con el pensamiento humano y, no obstante, también maravillosa diferencia, a juzgar por lo poco que he visto.

Pero Jim no quiso pedir más de doce ejemplos sobre la genialidad del perro, y él fue el primero en decir que no deberían abrumar su paciencia. Pese a todo, quedó electrizado, tan agitado que apenas podía contenerse. A Travis no le habría extrañado que el veterinario hubiera explotado de repente.

En la cocina, Jim les suplicó que volvieran a contarle las anécdotas acerca de *Einstein*: el asunto de la revista *Modern Bride* en Solvang; su decisión de añadir agua fría al primer baño caliente que le diera Travis, y muchas más. Incluso llegó a contarlas otra vez él mismo, casi como si la pareja no las hubiera oído jamás, pero Travis y Nora fueron indulgentes con él.

Luego, con un ademán mayestático cogió la circular de la mesa, encendió una cerilla de cocina y quemó la hoja en el fregadero. Por último, hizo correr el agua para enviar las cenizas por el desagüe.

—Al diablo con unos cerebros tan obtusos, capaces de encerrar a una criatura como ésta para azuzarla, estimularla y estudiarla. Ellos han tenido el genio de hacer a *Einstein*, pero no han comprendido el significado de su propia obra. No han entendido la grandeza de todo ello, porque si hubiera sido así no le habrían enjaulado.

Por fin, cuando Jim Keene reconoció a regañadientes la necesidad de dormir, Travis llevó a *Einstein*, ya dormido, a la habitación de invitados. Allí le hicieron con mantas un cobijo junto a la cama.

En la oscuridad, bajo las sábanas, y con los suaves ronquidos de *Einstein* para confortarles, Travis y Nora se abrazaron.

—Ahora todo marchará bien —murmuró ella.

—Quedan aún ciertas complicaciones —dijo Travis.

Él sentía como si la recuperación de *Einstein* hubiese conjurado la maldición de muerte intempestiva que le persiguiese toda su vida. Sin embargo, no las tenía todas consigo, no esperaba que esa maldición se hubiese desvanecido para siempre. El alienígena estaba todavía en alguna parte..., acercándose sin pausa.

CAPÍTULO X

I

En la tarde del martes, 7 de diciembre, cuando ellos emprendían con *Einstein* el regreso a casa, Jim Keene puso inconvenientes, no quería dejarles partir. Les siguió hasta la furgoneta y acodado en la ventanilla del conductor especificó el tratamiento que se debería proseguir durante las próximas dos semanas, recordándoles que quería reconocer a *Einstein* una vez por semana hasta finales de mes, y apremiándoles a visitarle no sólo por la asistencia médica al perro, sino también para beber, comer y conversar.

Travis adivinó que el veterinario intentaba decirles que quería seguir compartiendo la vida de *Einstein*, participar en la magia de todo ello.

—Volveremos por aquí, créeme, Jim. Y tú debes venir a visitarnos antes de Navidad para pasar el día con nosotros.

—Me gustaría mucho.

—Y a nosotros —dijo con toda sinceridad Travis.

Camino de casa, Nora llevó a *Einstein* sobre el regazo, envuelto de nuevo en una manta. El animal no había recuperado todavía su apetito habitual y estaba débil. Su sistema inmunizador había sufrido un duro quebranto, de modo que durante algún tiempo sería presa fácil de cualquier enfermedad. Se le debería mantener todo lo posible dentro de casa y mimarle hasta que recobrara su vigor usual..., probablemente, después del día de Año Nuevo, según Jim Keene.

Un cielo lleno de magulladuras e hinchazones parecía reventar de nubes sombrías. El océano Pacífico estaba tan revuelto y gris que aquello no parecía agua sino billones de esquirlas cortantes de pizarra agitadas por algún levantamiento geológico en el centro de la Tierra.

Pero aquel tiempo siniestro no podía echar al traste su alta moral. Nora se mostraba radiante y Travis empezó a silbar sin darse cuenta. Por su parte, *Einstein* escudriñaba con gran interés el escenario, atesorando sin duda la belleza tétrica de aquel día invernal casi incoloro. Quizás él no hubiera esperado nunca volver a ver el mundo fuera del consultorio de Jim Keene, en cuyo caso cualquier vista sería bienvenida y preciosa, incluso en mar de piedras zarandeadas y un cielo lleno de contusiones.

Cuando llegaron a casa, Travis dejó a Nora con el perdiguero en la furgoneta y entró solo por la puerta trasera empuñando la pistola del 38 que guardaban en el vehículo. Apenas llegó a la cocina, cuyas luces habían quedado encendidas desde que partieran apresuradamente la semana pasada, cogió una automática «Uzi» de su escondite en una vitrina y dejó a un lado el arma más ligera. Avanzó con cautela de habitación en habitación, mirando detrás de cada mueble y dentro de cada armario.

No veía señales de allanamiento y tampoco lo esperaba. Esta área rural estaba, relativamente, al margen de la criminalidad. Uno podía dejar la puerta sin cerrar con llave durante días sin riesgo de que los ladrones se llevaran, como solían hacer, hasta el papel de las paredes.

Lo que le preocupaba no era un ladrón sino el alienígena.

La casa estaba desierta.

Travis inspeccionó también el granero antes de meter allí la furgoneta, pero no había tampoco rastro de nada.

Una vez dentro de casa, Nora puso en el suelo a *Einstein* y le quitó la manta. El animal anduvo tambaleante por la cocina olfateando diversos objetos. En la sala miró atento la fría chimenea e inspeccionó su máquina de volver hojas.

Luego regresó a la alacena, encendió la luz con su pedal de pata y extrajo algunas letras de los tubos de lucita.

EN CASA.

Agachándose junto al perro, Travis dijo:

—Es bueno estar aquí otra vez, ¿verdad?

Einstein le hocicó la garganta y le lamió el cuello. Su capa dorada estaba esponjosa y olía a limpio, porque Jim Keene le había dado un baño en su quirófano, sometido a unas condiciones cuidadosamente controladas. Pero, a pesar de tanta esponjosidad y aseo, *Einstein* seguía sin ser el mismo: parecía fatigado y bastante más flaco, pues había perdido varios kilos en menos de una semana.

Extrayendo más letras, el animal compuso la misma palabra, como si quisiera subrayar su satisfacción: EN CASA.

Nora, plantada ante la puerta de la alacena, dijo:

—El hogar es el lugar en donde está nuestro corazón, y en éste hay corazón a raudales. ¡Eh, se me ocurre una cosa! Cenemos temprano y comamos en la sala mientras vemos el vídeo de *El villancico de Mickey*. ¿Te gustaría?

Einstein agitó con vigor el rabo.

—¿Crees estar en forma para tu comida favorita? —dijo Travis—. ¿Unos pocos menudillos de cena?

Einstein se relamió. Sacó más letras con las que expresar su entusiástica aprobación de la anterior sugerencia.

EL HOGAR ES DONDE ESTÁN LOS MENUDILLOS.

Cuando Travis despertó a media noche. *Einstein* estaba ante la ventana del dormitorio, sobre las patas traseras y con las zarpas encima del alféizar. Apenas se le veía al resplandor tenue que confundía la lamparilla del aposento contiguo. La contraventana estaba echada y cerrada, de modo que el perro no podía ver el patio delantero. Sin embargo, quizá la vista fuera el sentido que menos utilizaba para detectar al alienígena.

—¿Hay algo ahí fuera, muchacho? —inquirió por lo bajo Travis, no queriendo despertar sin necesidad a Nora.

Einstein se dejó caer del alféizar, caminó hasta el lado de Travis en la cama y apoyó la cabeza sobre el colchón.

Acariciando al perro, Travis susurró:

—¿Es que viene ya?

Después de replicar con un lloriqueo enigmático, *Einstein* se acomodó en el suelo junto a la cama y se durmió otra vez.

Pocos minutos después, también se durmió Travis.

Se despertó de nuevo al alba, y encontró a Nora sentada al borde de la cama acariciando a *Einstein*.

—Vuélvete a dormir —dijo ella.

—¿Ocurre algo?

—Nada —murmuró soñolienta—. Me desperté y le vi en la ventanilla, pero no ocurre nada. Duérmete.

Él consiguió quedarse dormido por tercera vez, pero soñó que el alienígena se había espabilado durante sus seis meses de persecución hasta el punto de aprender a utilizar herramientas, y ahora, con relucientes ojos amarillos, empuñaba un hacha para destrozar las contraventanas del dormitorio.

II

Ellos le daban a *Einstein* sus medicinas según el horario previsto, y él, obediente, se tragaba las píldoras. Le explicaron que necesitaba comer bien para poder recobrar su energía. Él lo intentaba, pero el apetito reaparecía muy despacio. Necesitaría algunas semanas para recuperar los kilos perdidos y renovar su antigua vitalidad. No obstante, el progreso era perceptible día a día.

El viernes, 10 de diciembre, *Einstein* parecía lo bastante fuerte para dar un corto paseo por fuera. Aunque todavía vacilara un poco, ya no se bamboleaba a cada paso. Había recibido ya todas las inyecciones necesarias en la clínica veterinaria; no corría ningún peligro de contraer la rabia, además del moquillo que le infligiera tantos sinsabores.

El tiempo era más bonancible que en semanas recientes, con temperaturas de unos veinte grados y sin vientos. Las nubes, bastante dispersas, eran blancas y el sol, cuando no se escondía acariciaba la piel con calor.

Einstein acompañó a Travis en una gira de inspección por los sensores infrarrojos alrededor de la casa y los tanques de óxido nitroso en el granero. Anduvieron algo más despacio que la última vez que efectuaron el mismo recorrido, pero *Einstein* parecía disfrutar con su vuelta al servicio.

Nora, que se había quedado en su estudio, preparaba, diligente, una nueva pintura: un retrato de *Einstein*. El animal no se había apercibido de que él era el tema del último lienzo. La obra sería uno de sus regalos navideños, y una vez se la desenvolviera en la memorable fecha, quedaría colgada sobre la chimenea de la sala.

Cuando Travis, acompañado de *Einstein*, salió del granero al patio, dijo:

—Se está acercando, ¿verdad?

El perro no contestó.

—Está más cerca que antes, ¿eh?

Einstein caminó en círculo, husmeó el suelo, barruntó el aire, ladeó la cabeza a un lado y al otro. Por fin, volvió a la casa y se plantó en la puerta mirando a Travis, esperándole ansioso.

Una vez dentro, *Einstein* marchó directamente a la alacena.

BORROSO

Travis se quedó mirando fijamente la palabra en el suelo.

—¿Borroso?

Einstein extrajo más letras y las colocó una por una.

EMBOTADO. CONFUSO.

—¿Te estás refiriendo a tu facultad para percibir al alienígena?

Rápido agitar de la cola: SÍ.

—¿No consigues sentirlo?

Un ladrido: NO.

—¿Crees... que pueda haber muerto?

NO LO SÉ.

—Tal vez ese sexto sentido tuyo no funcione cuando estás enfermo..., o debilitado, como te encuentras ahora.

TAL VEZ.

Recogiendo las fichas y repartiéndolas entre sus tubos, Travis pensó unos instantes. Fueron malos pensamientos. Pensamientos desalentadores. Ellos tenían un sistema de alarma alrededor de la propiedad pero dependían hasta cierto punto de *Einstein* para una alerta inmediata. Él debería haberse sentido tranquilo con las preocupaciones adoptadas y con su propia capacidad como antiguo miembro de la Fuerza Delta para exterminar al alienígena. No obstante, le atormentaba la sospecha de que le había pasado inadvertida una brecha en su defensa, y de que, si sobreviniera la crisis, él necesitaría los poderes y toda la fuerza de *Einstein* para afrontar con éxito lo inesperado.

—Tendrás que ponerte bien, tan deprisa como puedas —dijo al perdiguero—. Deberás intentar comer aun cuando no tengas verdadero apetito. Habrás de dormir tanto como te sea posible, dar a tu cuerpo la oportunidad de remendarse por sí solo y no pasarte media noche ante las ventanas haciendo cábalas.

SOPA DE POLLO.

Travis dijo riendo:

—Quizá probemos también eso.

UN «BOILERMAKER» MATA LOS GÉRMENES.

—¿Quién te dio esa idea?

LIBROS. ¿QUÉ ES UN «BOILERMAKER»?

Travis dijo:

—Un chorro de whisky en un vaso de cerveza.

Einstein sopesó la cuestión.

MATA GÉRMENES PERO HACE ALCOHÓLICOS.

Travis rió y le devolvió la dorada capa.

—Eres un cómico de marca, cara peluda.

TAL VEZ DEBIERA ACTUAR EN LAS VEGAS.

—Apuesto cualquier cosa a que lo harías muy bien.

GRANDES TITULARES.

—Sin duda te los darían.

YO Y PIA ZADORA.

Travis abrazó al perro y los dos se sentaron en la alacena riendo, cada cual a su modo.

Pese a las bromas, Travis adivinaba que *Einstein* estaba profundamente turbado por la pérdida de su facultad para intuir al alienígena. Esas bromas eran un mecanismo defensivo, una forma de ahuyentar el miedo.

Aquella tarde, exhausto por su corto paseo alrededor de la casa, *Einstein* durmió mientras Nora pintaba febril en su estudio. Travis se sentó ante una ventana delantera escrutando el bosque, repasando mentalmente las defensas por ver si descubría alguna brecha.

El domingo, 12 de diciembre, Jim Keene les visitó por la tarde y se quedó para cenar. Examinó a *Einstein* y le complació observar una gran mejoría en el perro.

—A nosotros se nos antojaba muy lenta —dijo quejumbrosa Nora.

Introdujo un par de cambios en la medicación de *Einstein* y dejó nuevos frascos de píldoras.

El perdiguero se divirtió exhibiendo su máquina de volver hojas y su dispositivo para almacenar letras en la alacena. Agradeció, condescendiente, los elogios por su habilidad para sujetar un lápiz entre los dientes y utilizarlo en el manejo del televisor y el dispositivo de video sin molestar a Nora o Travis.

Al principio, Nora advirtió sorprendida que los ojos del veterinario parecían menos tristes y pesarosos de lo que ella recordaba. Sin embargo, llegó a la conclusión de que aquel rostro seguía siendo el mismo, lo único que había cambiado era su propia forma de calibrarle. Ahora que ella le conocía mejor, ahora que él era un amigo de primera fila, no veía sólo las facciones fúnebres que le diera la Naturaleza, sino también la afabilidad y el buen humor debajo de esa sombría superficie.

Durante la cena Jim dijo:

—He estado haciendo una pequeña investigación en materia de tatuaje..., para ver si puedo quitarle esas cifras de la oreja.

Einstein, que estaba tendido en el suelo muy cerca escuchando su conversación, se plantó sobre sus cuatro patas, se tambaleó un instante, luego se dirigió hacia la mesa de la cocina y se encaramó a una de las sillas vacías. Allí se sentó muy erecto y miró expectante a Jim.

—Bueno —dijo el veterinario, dejando el tenedor lleno de pollo asado que se había llevado a la boca—, se pueden borrar casi todos los tatuajes, pero no todos. Si yo supiera qué tipo de tinta se utilizó y con qué método se le introdujo bajo la piel, podría borrarlo.

—Quedarían todavía las señales del tatuaje, y una inspección minuciosa las descubriría —dijo Travis—. Bajo una lupa potente.

Einstein miró de Travis a Jim Keene como si dijera «Claro, ¿qué hay de eso?»

—Casi todos los laboratorios se contentan con etiquetar a los animales de investigación —explicó Jim—. Entre los que prefieren el tatuaje hay dos tipos diferentes de tinta. Yo podría eliminarlas sin dejar rastro, salvo una superficie moteada de la carne absolutamente natural. El examen microscópico no revelaría restos de tinta, ni la menor sombra de números. Al fin y al cabo, es un tatuaje ínfimo que me facilitaría la labor. Estoy investigando todavía otras técnicas, pero dentro de pocas semanas podré intentarlo..., si a *Einstein* no le importa esa pequeña molestia.

El perdiguero abandonó la silla y caminó hacia la alacena. Le oyeron darle al extractor de letras.

Nora se acercó a ver el mensaje que estaba componiendo *Einstein*.

NO ME GUSTA IR MARCADO. NO SOY UNA VACA.

Su afán por librarse del tatuaje era más intenso de lo que Nora esperara. Quería que se le borrara la marca para escapar a la identificación por la gente del laboratorio. No obstante, era evidente que también aborrecía llevar esos tres números en la oreja porque le marcaban cual una mera propiedad, condición que implicaba un afrenta a su dignidad y una violación de sus derechos como criatura inteligente.

LIBERTAD.

—Sí —dijo respetuosa Nora, poniéndole la mano en la cabeza—. Lo entiendo. Tú eres una... una «persona», y como tal tienes... un alma.
—Fue la primera vez que pensó en ese aspecto de la situación.

¿Sería blasfemo pensar que *Einstein* tenía alma? No, ella no creía que la blasfemia tuviera nada que ver con eso. El Hombre había hecho al perro; ahora bien, si existiera Dios, Él aprobaría sin duda a *Einstein*, porque su capacidad para diferenciar entre el bien y el mal, su capacidad para amar, su bravura y su desinterés le identificaban más con la imagen de Dios que a muchos seres humanos cuyos pies hollaban esta Tierra.

—Libertad —dijo ella—. Si tú tienes un alma, y estoy segura de que es así, habrás nacido con libre albedrío y el derecho a la autodeterminación. Esas cifras en tu oreja entrañan un insulto, y te desembarazaremos de ellas.

Después de la cena, *Einstein* quiso escuchar la conversación e incluso participar en ella, pero le faltó la energía necesaria y se quedó dormido junto al fuego.

Saboreando una copa de brandy y café, Jim Keene escuchó atento mientras Travis describía sus defensas contra el alienígena. Al pedírsele que se esforzara por descubrir alguna brecha en esos preparativos, el veterinario no consiguió ver nada, salvo la vulnerabilidad del suministro de energía eléctrica.

—Si esa cosa tuviera suficiente inteligencia como para desmantelar la línea que va desde la carretera hasta aquí, os podría dejar a oscuras en plena noche e inutilizar vuestras alarmas. Y sin energía, esos ingeniosos mecanismos en el granero no accionarían la puerta apenas entrase la bestia ni liberarían el óxido nitroso.

Nora y Travis le llevaron al sótano a espaldas de la casa para que viera el generador de urgencia. Lo alimentaba un depósito con cuarenta galones de gasolina enterrado en el patio, y serviría para restablecer la electricidad en la casa, el granero y el sistema de alarma a los diez segundos de la pérdida de la fuente energética.

—Por lo que puedo ver —dijo Jim—, habéis pensado en todo.

—También lo creo así —dijo Nora.

Pero Travis frunció el ceño.

—Yo me pregunto si....

El miércoles, 22 de diciembre, todos fueron a Carmel. Los dos dejaron a *Einstein* con Jim Keene y se pasaron el día comprando regalos navideños, decoraciones para la casa, ornamentos para el árbol y el propio árbol.

Con la amenaza del alienígena acercándose inexorable a ellos, parecía casi frívolo hacer planes para las fiestas. Pero Travis dijo:

—La vida es corta. Nunca se sabe cuánto tiempo te queda, así que no puedes dejar pasar la Navidad sin celebrarla, cualesquiera que sean los acontecimientos. Además, mis Navidades no han tenido nada de espectaculares en estos últimos años. E intento resarcirme.

—Tía Violet no creía en la Navidad como gran acontecimiento. Tampoco creía en la alegría de intercambiar regalos o colocar el árbol.

—Sencillamente, ella no creía en la vida —dijo Travis—. Razón de más para hacer resplandecer esta Navidad. Será la primera buena para ti, así como la primera, en términos absolutos, para Einstein.

«A partir del año próximo —pensó Nora—, habrá un niño en la casa con quien compartir la Navidad, ¡y eso sí que será un hito!»

Aparte de padecer leves mareos matinales y haber ganado un par de kilos, Nora no notaba los síntomas del embarazo. Su vientre se mantenía todavía liso y el doctor Weingold decía que, considerando su constitución física, sería una de esas futuras madres cuyo abdomen sufre una distensión muy moderada. Ella esperaba ser afortunada a ese respecto, porque después del parto le resultaría mucho más fácil recuperar su forma. Desde luego, el bebé no llegaría hasta dentro de seis meses, tiempo suficiente para ponerse como una morsa.

A la vuelta desde Carmel con la furgoneta, cuya parte trasera estaba repleta de paquetes y un árbol navideño perfectamente formado, *Einstein* se quedó medio dormido sobre el regazo de Nora. Su atareada jornada con Jim y *Pooka* le habían dejado derrengado. Llegaron a casa una hora antes de que oscureciera. *Einstein* abrió la marcha hacia el edificio, pero, súbitamente, se detuvo y miró curioso alrededor. Husmeó el aire frescachón, luego atravesó el patio con la nariz sobre el suelo, como si siguiera el rastro de un olor.

Encaminándose hacia la puerta trasera con los zapatos llenos de paquetes, Nora no vio al principio nada desusado en el comportamiento del perro, pero observó que Travis se había detenido y miraba con fijeza a *Einstein*.

—¿Qué sucede? —dijo ella.

—Espera un segundo.

Einstein cruzó el patio hasta la demarcación del bosque por el lado sur. Allí se plantó rígido, con la cabeza hacia adelante, luego se sacudió y siguió el perímetro del bosque. Se detuvo repetidas veces, permaneciendo inmóvil cada vez, y al cabo de dos o tres minutos, hizo el mismo recorrido hacia el norte.

Cuando el perdiguero volvió a ellos, Travis dijo:

—¿Hay algo de particular?

Einstein movió por un instante la cola y ladró una vez: SÍ Y NO.

Una vez dentro, el perdiguero compuso un mensaje en la alacena. SENTÍ ALGO.

—¿El qué? —preguntó Travis.

NO LO SÉ.

—¿El alienígena?

TAL VEZ.

—¿Cerca?

NO LO SÉ.

—¿Estás recobrando tu sexto sentido? —inquirió Nora.

NO LO SÉ. SÓLO SIENTO.

—¿Sentir el qué? —preguntó Travis.

Después de pensárselo mucho, el perro compuso una respuesta.

ENORME OSCURIDAD.

—¿Sientes una enorme oscuridad?

SÍ.

—¿Y qué significa eso? —preguntó inquieta Nora.

NO SÉ EXPLICARLO MEJOR. SÓLO LO SIENTO.

Nora miró a Travis y vio en sus ojos una preocupación, que, probablemente, era un reflejo de su propia expresión.

Una enorme oscuridad había ahí fuera, en algún lugar, y se estaba aproximando.

III

La Navidad fue regocijante y hermosa.

Por la mañana, sentados en torno al árbol, repleto de luces, bebieron leche, comieron pastelillos de confección casera y abrieron los presentes. A modo de broma, el primer regalo que Nora dio a Travis fue una caja de ropa interior. Él le entregó a ella una luminosa túnica anaranjada y amarilla que parecía haber sido hecha para una mujer de ciento cuarenta kilos.

—Esto para marzo, cuando tu enorme volumen no te permita llevar ninguna otra cosa. Desde luego, en mayo lo habrás superado.

Después intercambiaron regalos serios, es decir, joyas, prendas de punto y libros.

Pero Nora, al igual que Travis, sentía que la fecha le pertenecía a *Einstein* más que a ningún otro. Así, pues, le dio el retrato que la ocupara durante todo un mes, y el perdiguero pareció pasmado, halagado y muy satisfecho de que ella hubiese creído importante el inmortalizarle en una pintura. Asimismo se le entregó tres nuevos vídeos de Mickey

Mouse, y un par de artísticos cuencos metálicos para comer y beber con su nombre grabado en ambos, un pequeño reloj de pilas que él podría llevar consigo a cualquier habitación de la casa –últimamente había mostrado un interés creciente en el tiempo– y otros diversos obsequios, pero él se mostró más atraído por el retrato, que ellos colocaron contra la pared para permitirle inspeccionarlo de cerca. Más tarde, cuando lo colgaron sobre la chimenea de la sala, *Einstein* se plantó sobre el hogar y levantó la mirada hacia la pintura, complacido y orgulloso.

A semejanza de un niño, *Einstein* mostró una satisfacción perversa jugando con las cajas vacías, aplastando las envolturas y desgarrando las cintas, lo cual le divirtió casi tanto como los propios regalos. Y una de sus cosas predilectas fue un regalo chusco: un gorro rojo de Santa Claus con un pompón blanco que se sujetaba a la cabeza mediante una banda elástica. Nora se lo puso para bromear un poco. Cuando se vio en el espejo, le arrebató tanto su apariencia, que se opuso radicalmente cuando, pocos minutos después, ella intentó quitárselo. Y lo llevó puesto todo el día.

Jim Keene y *Pooka* llegaron a primeras horas de la tarde, y *Einstein* los condujo derechos hacia la sala para que admiraran su retrato sobre la chimenea. Durante una hora, bajo la mirada atenta de Jim y Travis, los dos perros jugaron juntos en el patio trasero. Esta actividad, habiendo estado precedida por la agitación del reparto matinal de regalos, dejó a *Einstein* muy necesitado de una siesta, así que todos regresaron a la casa, y una vez allí, Jim y Travis ayudaron a Nora en la preparación de la cena navideña.

Concluida su siesta, *Einstein* intentó que *Pooka* se interesara en los dibujos animados de Mickey Mouse, pero Nora vio que sus esfuerzos tenían poco éxito. La atención de *Pooka* no duró siquiera el tiempo suficiente para que Donald, Goofy o Pluto pudieran complicarle la vida a Mickey Mouse. Por respeto al inferior coeficiente de inteligencia de su compañero, y no aburriéndole al parecer semejante compañía, *Einstein* apagó el televisor y se embarcó en unas actividades cien por cien caninas: alguna escaramuza ligera en el estudio y mucho rodar por el suelo y muchas posturas enfrentadas nariz contra nariz comunicando en silencio entre sí sobre cuestiones puramente caninas.

Hacia el anochecer, la casa se llenó con aroma de pavo, mazorcas, batatas asadas y otras exquisiteces. Se oyó música navideña. Y a despecho de las contraventanas, cuyos cerrojos habían sido echados al caer la noche invernal, a despecho de las armas presentes por doquier y de la presencia demoníaca del alienígena que acechaba siempre en el fondo de su mente, Nora se sintió feliz como nunca.

Durante la cena charlaron sobre el bebé, y Jim les preguntó si habían pensado ya en un nombre para él. *Einstein*, que comía en un pocón con *Pooka*, quedó seducido al instante por la posibilidad de participar en la elección de un nombre para el futuro niño. Así que se paró de inmediato yendo a la alacena para componer su sugerencia.

Nora se levantó de la mesa para ver qué nombre había elegido el perro.

MICKEY.

—¡De ninguna manera! —exclamó ella—. No daremos a mi bebé, nombre de un ratón de dibujos animados.

DONALD.

—Ni de un pato.

PLUTO.

—¿Pluto? Ten un poco de seriedad, cara peluda.

GOOFY.

Nora le impidió seguir accionando los pedales de las letras, recogió las fichas usadas devolviéndolas a su sitio, apagó la luz de la alacena y regresó a la mesa.

—Vosotros creéis que es muy gracioso —les dijo a Travis y Jim que se estaban ahogando de risa—, pero ¡él lo dice en serio!

Después de cenar, se sentaron alrededor del árbol en la sala y hablaron de muchas cosas, entre ellas del propósito de Jim de hacerse con otro perro.

—*Pooka* necesita la compañía de un semejante —dijo el veterinario—. Ya tiene casi un año y medio, y yo opino que la compañía humana no es suficiente para ellos cuando dejan de ser cachorros. Se sienten solos, como nosotros. Y como pienso proporcionarle un compañero, lo mejor será que busque una hembra pura, de raza Labrador y tal vez obtengamos unos bonitos cachorros para vender más tarde. Así que él no tendrá sólo una amiga, sino también una pareja.

Nora no se percató de que a *Einstein* parecía interesarle esa parte de la conversación más que ninguna otra. Después de que Jim y *Pooka* se hubieran ido a casa, Travis encontró un mensaje en la alacena, y llamó a Nora para que le echara una ojeada.

COMPAÑERA, AMIGA, FORMAR PAREJA.

Entretanto el perdiguero había estado esperando a que ellos encontraran las fichas cuidadosamentre ordenadas.

Entonces apareció por detrás y les miró inquisitivo.

—¿Crees que te gustaría una compañera? —dijo Nora.

Einstein se deslizó entre ambos para entrar en la alacena, desordenó las fichas y formó otra contestación.

VALE LA PENA PENSARLO.

—Pero, escucha, cara peluda —dijo Travis. Tú eres único. No hay ningún otro perro como tú ni con tu coeficiente de inteligencia.

El perdiguero consideró la cuestión, pero no se dejó disuadir.

LA VIDA NO ES SÓLO EL INTELECTO.

—Nada más cierto —dijo Travis—. Sin embargo, yo creo que eso requiere mucha reflexión.

LA VIDA ES SENTIMIENTO.

—Está bien —dijo Nora—. Lo pensaremos.

LA VIDA ES PAREJA. COMPARTIR ALGO.

—Te prometemos pensarlo para discutirlo luego contigo —dijo Travis—. Ahora se está haciendo tarde.

Einstein compuso aprisa otro mensaje.

¿BEBÉ MICKEY?

—¡En absoluto! —replicó Nora.

Por la noche y ya en la cama, después de hacer el amor con Travis, Nora dijo:

—Apuesto cualquier cosa a que se siente muy solo.

—¿Jim Keene?

—Bueno, sí, también él. Es un hombre tan simpático... Sería un gran marido. Pero las mujeres son tan selectivas con los hombres en cuestión de apariencia, ¿no crees? Ellas no quieren maridos con cara de perro. Se casan con los guapos, que, en su mayor parte, las tratan como basura. Pero no me refería a Jim. Estaba hablando de *Einstein*. Se debe sentir solo alguna que otra vez.

—Nosotros estamos todo el tiempo con él.

—No. No lo estamos. Yo pinto, y tú haces cosas en las que no incluyes al pobre *Einstein*. Y si volvieses al campo de la inmobiliaria, *Einstein* se pasaría mucho tiempo sin compañía.

—Tiene sus libros. Adora sus libros.

—Tal vez los libros no sean suficientes —dijo ella.

Quedaron silenciosos tanto rato que Nora le creyó dormido. Entonces Travis dijo de improviso:

—Si *Einstein* se emparejara y tuviese descendencia, ¿cómo serán los cachorros?

—¿Quieres decir que si serían inteligentes como él?

—Me lo pregunto. A mi juicio, hay tres posibilidades. Primera, su inteligencia no es transmisible y por tanto sus retoños serán cachorros ordinarios. Segunda, *es transmisible* pero los genes de su compañera diluirán la inteligencia, de modo que los cachorros serán avispados pero no tanto como su padre, y las generaciones sucesivas serán cada vez menos lúcidas hasta que un día, al cabo de muchos años, los descendientes serán ya perros ordinarios.

—¿Y cuál es la tercera posibilidad?

—La inteligencia, como un rasgo subsistente, podría gozar del dominio genético, de un gran dominio.

—En cuyo caso sus cachorros serían siempre tan inteligentes como él.

—Y se trasmitiría a las consecutivas generaciones hasta que tuvieras un colonia de perdigueros dorados inteligentes, miles de ellos diseminados por el mundo entero.

Quedaron silenciosos otra vez.

Por fin ella dijo:

—¡Estupendo!

—Tiene razón —dijo Travis.

—¿Qué?

—Es algo que merece la pena pensarse.

IV

Allá por noviembre, Vince Nasco no hubiera previsto jamás que necesitaría todo un mes para echarle el guante a Ramón Velázquez, aquel tipo de Oakland que era una verdadera espina clavada en el costado de Don Mario Tetragna. Hasta que él no eliminara a Velázquez, no tendría las señas de esa gente de San Francisco que falseaba los DNI y que podría ayudarle a hallar el rastro de Travis Cornell, la mujer y el perro. Así que le acuciaba la necesidad de convertir a Velázquez en un montón de carne putrefacta.

Pero el tal Velázquez era una maldita sombra. El hombre no daba un paso sin dos guardaespaldas a sus costados, lo cual debería de haberle atraído la atención general. Sin embargo, él dirigía sus empresas de juego y drogas, atentando contra la concesión de Tetragna en Oakland, con el sigilo de un Howard Hughes. Se escurría y escabullía en sus cometidos, empleando una flota de coches diferentes, sin seguir jamás la misma ruta dos días seguidos, sin celebrar sus reuniones en el mismo lugar, utilizando la calle como una oficina, sin detenerse nunca el tiempo suficiente para que se le marcara y borrara del mapa. Era un paranoico incurable que se creía perseguido por todo el mundo. Vince no podía mantenerle a tiro el tiempo suficiente para compararle con la fotografía que le facilitara Tetragna, pues Ramón Velázquez era volátil como el *humo*.

Vince no le cazaría hasta el día de Navidad, y la caída de su presa sería un lío del demonio. Ramón estaba en su casa con un montón de familiares. Vince llegaría a la propiedad de los Velázquez desde la casa posterior, encaramándose a una alta pared de ladrillo entre un enorme solar y el otro. Cuando saltó al otro lado, vio a Velázquez con varias personas ante una barbacoa, en el patio, cerca de la piscina donde estaban asando un inmenso pavo —¿es que la gente asa pavos en algún otro lugar que no sea California?—, y todos le descubrieron al instante, aunque se encontrase a una distancia de ciento y pico de metros. Él vio cómo los guardaespaldas echaban mano a sus armas de sobaquera, y no tuvo más alternativa que disparar a bulto con su «Uzi», regando el patio entero y llevándose por delante a Velázquez, los dos guardaespaldas una mujer de mediana edad, que sería la esposa de alguien, y una señora anciana, que sería la abuela de alguien.

Sssnap.
Sssnap.
Sssnap.
Sssnap.
Sssnap.

Todo el mundo se desgañitó, mientras se dispersaba en busca de refugio. Vince tuvo que encaramarse otra vez por la pared y saltar al patio de la casa contigua, en donde, gracias a Dios, no había nadie, y cuando remontaba el culo por lo alto de la tapia, un puñado de tipos latinos abrieron fuego contra él desde la casa de Velázquez. Salió del trance por pura casualidad con el cuero intacto.

Un día después de Navidad, cuando se personó en un restaurante de San Francisco, propiedad de Don Tetragna, para encontrarse con Frank Dicenziano, un leal *capo* de la Familia que también atendía solamente al «don», Vince sentía no poca inquietud. La *fratellanza* tenía un código sobre asesinatos. ¡Qué diablos!, tenían un código para cada cosa —probablemente también sobre los movimientos intestinales— y tomaban muy en serio sus códigos, pero el código del asesinato tal vez fuera un poco más serio que los otros. La primera regla de tal código rezaba así: no te cargues a un hombre acompañado por su familia, a menos que se esconda bajo tierra y no puedas alcanzarle de ninguna otra forma. Vince se creía bastante seguro a ese respecto. Pero otro precepto decía que no se disparara nunca contra su esposa ni los vástagos ni la abuela de un hombre para llegar hasta él. Cualquier comisionado que hiciera semejante cosa acabaría muerto él mismo, eliminado por la misma gente que le contratara. Vince esperaba convencer a Frank Dicenziano de que Velázquez había constituido un caso especial —ningún otro blanco había conseguido eludir a Vince durante un mes—, y de que lo sucedido en Oakland el día de Navidad había sido deplorable, pero ineludible.

Caso de que Dicenziano, y por extensión el «don», estuviese demasiado furioso para atender a razones, Vince iba preparado con algo más que una mera pistola. Sabía que si ellos le querían muerto, le acorralarían y arrebatarían la pistola antes de que pudiera usarla, apenas entrase en el restaurante y sin dejarle adivinar de qué iba. Así pues, se había sujetado con alambre unos cuantos explosivos plásticos y estaba dispuesto a hacerlos estallar y volar el restaurante entero si alguien se atreviera a tomarle medidas para un ataúd.

Vince no estaba seguro de sobrevivir a la explosión. Él había absorbido ya, recientemente, la energía vital de tantas personas que creía estar cerca de esa inmortalidad que había estado buscando, o incluso se hallaba ya allí, pero no podía saber cuán fuerte era mientras él mismo no se pusiera a prueba. Si la alternativa fuera permanecer en el foco de la explosión o dejar que dos o tres lagartones le largaran cien balazos y le revistieran de cemento para sumergirlo en la bahía, opinaba que lo primero era más atrayente y quizás ofreciera mejores probabilidades marginales de supervivencia.

Cuál no sería su sorpresa cuando Dicenziano, quien semejaba una ardilla con los carrillos llenos de albóndigas, pareció encantado con la forma en que se había resuelto el contrato Velázquez. Ocuparon un reservado de esquina como primeros comensales de la sala. Se les sirvió a él y a Frank un almuerzo especial, compuesto de platos no incluidos en la carta. Bebieron un «Cabernet Sauvignon» de trescientos dólares, obsequio de Mario Tetragna.

Cuando Vince sacó a colación, cautelosamente, el asunto de la esposa y la abuela muertas, Dicenziano dijo:

—Escuche, amigo mío, nosotros sabíamos que ése iba a ser un golpe difícil, un trabajo muy exigente, y que quizá fuera preciso saltarse las reglas. Además, ésos *no pertenecían* a nuestra clase de gente. Eran una partida de intrusos con el culo mojado. No forman parte de este negocio. Y si intentan abrirse camino en él, no pueden esperar que nos atengamos a las reglas.

Con gran alivio, Vince se levantó a mitad del almuerzo, se encaminó hacia los servicios y allí desconectó el detonador. No quería que el plástico se activara de forma accidental ahora que se había superado la crisis.

Al término del almuerzo, Frank entregó la lista a Vince. Nueve nombres.

—Estas personas, no todas gente de la Familia, efectúan un pago al «don» por el derecho de montar un negocio de DNI en su territorio. Allá por noviembre, previendo el éxito de usted con los Velázquez, hablé a esos nueve, y por lo tanto todos recordarán los deseos del «don», es decir, que cooperen con usted de una forma u otra.

Vince se puso en marcha aquella misma tarde para encontrar a alguien que se acordara de Travis Cornell.

Por lo pronto sufrió una decepción. Dos de las cuatro primeras personas relacionadas en la lista, fueron inalcanzables. Habían cerrado la tienda por ausentarse durante las fiestas. A Vince le pareció muy mal que los hampones se tomaran las vacaciones de Navidad y Año Nuevo como si fueran maestros de escuela.

Pero el quinto hombre, Anson van Dyne, se aplicaba a su trabajo en los sótanos situados debajo de su club *topless* «Hot Tips», de modo que hacia las cinco y media del 26 de diciembre, Vince encontró lo que buscaba. Van Dyne examinó la fotografía de Travis Cornell que Vince obtuviera en la hemeroteca del periódico de Santa Bárbara.

—Sí, le recuerdo. No es de los que pasan pronto al olvido. No era un forastero que pretendiese convertirse al instante en americano, como la mitad de mis clientes. Tampoco un desgraciado perdedor que necesitase cambiar el nombre y ocultar la cara a toda prisa. No es un tipo grande, ni parece un duro ni nada de eso, pero al verle tienes la impresión de que puede zurrar la badana a quienes se atraviesen en su camino. Mucho aplomo. Muy vigilante. No me habría sido posible olvidarle.

—La que no te es posible olvidar —dijo uno de dos jóvenes y barbudos prodigios en las computadoras— es esa estupenda gachí que le acompañaba.

—Ésa le levantaría el pito a un muerto —comentó el otro.

—Sí, incluso a un muerto —añadió el primero—. Bizcocho y pastel.

Vince se sintió confuso y ofendido a un tiempo por sus aportaciones al coloquio, y por tanto hizo caso omiso de ambos. Dirigiéndose a Van Dyne, preguntó:

—¿Hay alguna posibilidad de que recuerde usted los nuevos nombres que le dio?

—Seguro. Los tenemos en el archivo —dijo Van Dyne.

Vince no podía creer lo que acababa de oír.

—Pensaba que la gente de su rama no conserva dato alguno. Es más seguro para usted y esencial para sus clientes.

Van Dyne se encogió de hombros.

—¡Qué se jodan los clientes! Puede que cualquier día los federales o la poli local dé con nosotros y nos cierre el negocio. Tal vez me encuentre necesitado de metálico para pagar los honorarios de abogados. Siendo así, no hay nada mejor que conservar una lista relacionando mil o dos mil tipos que viven bajo nombres supuestos, los cuales estarían dispuestos a dejarse exprimir un poco para no tener que rehacer una vez más sus vidas.

—Chantaje —dijo Vince.

—Fea palabra —dijo Van Dyne—. Pero mucho me temo que oportuna. Sea como fuere, a todos nos preocupa nuestra seguridad, y aquí no puede haber ningún archivo que nos comprometa. Nosotros no guardamos los datos en este agujero. Apenas proveemos un nuevo DNI a alguien, transmitimos los antecedentes mediante una línea telefónica segura desde estas computadoras a otras que guardamos en un escondite. Estas computadoras están programadas de tal modo que no se les puede extraer dato alguno; es una carretera de dirección única; de manera que si los demoledores policías asaltaran nuestra madriguera, no podrían extraer nuestros registros de estas máquinas. ¡Qué diablos! ¡Ellos no sabrían siquiera que existen tales registros!

Ese mundo criminal de alta tecnología dejó a Vince un poco tarumba. Incluso el «don», un hombre de astucia criminal infinita, ignoraba que esa gente guardase archivos, y no tenía ni idea de que las computadoras permitiesen hacerlo con impunidad absoluta. Vince caviló sobre lo que le había dicho Van Dyne y ordenó todo en su cerebro. Por fin dijo:

—Entonces, ¿usted me puede llevar a esa otra computadora para echar un vistazo al nuevo DNI de Cornell?

—Yo haré cualquier cosa por un amigo de Don Tetragna —dijo Van Dyne—, excepto rajarme la garganta. Acompáñeme.

Van Dyne se dirigió con Vince a un atestado restaurante chino en Chinatown. El local tenía espacio para ciento cincuenta plazas y todas las mesas estaban ocupadas, sobre todo por anglosajones no por asiáticos.

Aunque el recinto fuera enorme y estuviese decorado con farolillos de papel, murales de dragones, biombos hechos con un sucedáneo del palisandro y sartas de campanillas confeccionadas con las formas de ideogramas chinos, todo ello le recordó a Vince la cursi *trattoria* italiana en donde aplastara a aquella cucaracha llamada Pantangela y a los dos agentes federales el pasado agosto. Todo el arte y los decorados étnicos de chinos e italianos, polacos e irlandeses eran idénticos entre sí cuando se los reducía a su esencia.

El propietario, un chino de treinta y tantos años, fue presentado a Vince simplemente como Yuan. Con unas botellas de «Tsingtao» provistas por Yuan, Van Dyne y Vince fueron a una oficina subterránea en donde había dos computadoras sobre sendas mesas, una en el área principal de trabajo, la otra arrinconada. Esta última estaba encendida, aunque nadie la manipulara.

—Aquí tiene mi computadora —dijo Van Dyne—. Nadie de aquí la maneja. No la *tocan* siquiera, salvo para abrir la línea telefónica que pone en funcionamiento el *modem* cada mañana y lo cierra por las noches. Mis computadoras en el «Hot Tips» están conectadas con ésta.

—¿Se fía usted de Yuan?

—Yo le procuré el préstamo que lanzó este negocio. Él me debe su buena suerte. Y es, con mucho, un préstamo limpio, nada lo relaciona conmigo ni con Don Tetragna, de modo que Yuan sigue siendo un ciudadano respetable en quien los polis no se interesan lo más mínimo. Todo cuanto hace él por mí, a cambio, es dejarme tener aquí esta computadora.

Sentándose ante la terminal, Van Dyne empezó a teclear. Al cabo de dos minutos tenía ya el nuevo nombre de Travis Cornell: Samuel Spencer Hyatt.

—Y aquí tenemos a la mujer que le acompaña —dijo Van Dyne al aparecer, titilantes, unos datos nuevos—. Su verdadero nombre es Nora Louise Devon, de Santa Bárbara. Ahora ella es Nora Jean Aimes.

—Vale —dijo Vince—. Ahora bórrelos de sus registros.

—¿Qué quiere decir?

—Elimínelos. Sáquelos de la computadora. Desde este instante no son ya suyos sino míos. De nadie más. Sólo *míos*.

Poco tiempo después, ambos volvieron al «Hot Tips», un local decadente que le producía náuseas a Vince.

En el sótano, Van Dyne dio los nombres Hyatt y Aimes a los barbudos prodigios que parecían vivir allá abajo las veinticuatro horas del día cual un par de gnomos.

Primero los gnomos irrumpieron en las computadoras del Departamento de Vehículos de Motor. Intentaron averiguar si desde los tres meses transcurridos desde la adquisición de sus nuevas identidades, Hyatt y Aimes se habían establecido en alguna parte y habían declarado un cambio de domicilio en el Registro Civil del Estado.

—¡Bingo! —exclamó uno de ellos.

En la pantalla aparecieron unas señas y el operario barbudo ordenó una reproducción impresa.

Anson van Dyne arrancó el papel del impresor y se lo pasó a Vince.

Travis Cornell y Nora Devon, ahora Hyatt y Aimes, se habían establecido en una zona rural sobre la autovía de la costa del Pacífico, al sur de Carmel.

V

El miércoles, 29 de diciembre, Nora fue sola a Carmel para una consulta con el doctor Weingold.

El cielo estaba cubierto y tan oscuro que las gaviotas que surcaban los aires sobre el fondo negruzco de las nubes parecían nubes incandescentes. El tiempo se había mantenido así, más o menos, tras el día de Navidad, pero la lluvia prometida no tenía visos de llegar jamás.

Hoy, sin embargo, se precipitaba a torrentes cuando Nora detenía la furgoneta en un espacio libre del pequeño aparcamiento a espaldas del consultorio del doctor Weingold. Como se había puesto, por si acaso, una chaqueta de nilón con capucha, se colocó la capucha antes de salir disparada del vehículo hacia el edificio de una sola planta.

El doctor Weingold le hizo el habitual reconocimiento exhaustivo y la declaró tan templada como un violín, lo cual habría divertido a *Einstein*.

—Jamás he visto una mujer en forma tan perfecta al cumplirse el tercer mes —dijo el doctor.

—Quiero que éste sea un bebé muy saludable, un bebé intachable.

—Y lo será.

El doctor creía que ella se apellidaba Aimes y su marido Hyatt, pero no dejó entrever nunca su desaprobación por ese estado marital. Tal situación le incomodaba a Nora, pero ella suponía que el mundo moderno donde se había lanzado desde el capullo de la casa Devon tenía ideas liberales acerca de estas cosas.

El doctor Weingold le sugirió, como ya hiciera otras veces, que se sometiera a una prueba para determinar el sexo del bebé, y ella, como siempre, rechazó la oferta. Quería recibir una sorpresa. Además, si averiguaran que iban a tener una niña, *Einstein* iniciaría una campaña para ponerle por nombre *Minnie*.

Después de convenir aprisa y corriendo con la recepcionista del doctor la hora de su siguiente visita, Nora se echó otra vez la capucha sobre la cabeza, y salió bajo la lluvia torrencial. Caía con asombrosa fuerza, mordiendo la sección de tejado sin canalones y descendía arrolladora por la acera, formando hondos charcos en el asfalto del aparcamiento. Nora luchó contra un río en miniatura para llegar hasta la furgoneta, y a los pocos segundos sus zapatos estaban empapados.

Cuando alcanzaba el vehículo, vio que un hombre se apeaba de un «Honda» rojo aparcado junto a su furgoneta. No se fijó mucho, sólo observó que era un hombre grande en un coche pequeño y que no iba vestido para hacer frente a la lluvia. Llevaba vaqueros y un suéter azul. Nora se dijo: «Ese pobre hombre se va a empapar hasta los huesos.»

Ella abrió la puerta del conductor y se dispuso a entrar en la furgoneta. Un instante después sólo pudo decir que el hombre del suéter azul se abalanzó sobre ella, la empujó más allá del asiento y se instaló detrás del volante.

—Si gritas, perra —dijo—, te volaré las tripas. —Entonces se dio cuenta de que el sujeto le clavaba un revólver en el costado.

De todos modos, casi se echa a reír involuntariamente, y estuvo a punto de deslizarse por el asiento hacia la otra puerta para salir por el lado del pasajero. Pero algo en su voz, brutal y bronca, la hizo vacilar. Sonaba como si fuera capaz de dispararle por la espalda antes que dejarla escapar.

El individuo cerró con violencia la puerta del conductor y los dos se quedaron a solas en la furgoneta, sin la menor esperanza de ayuda, prácticamente ocultos al mundo por la lluvia que inundaba las ventanillas y oscurecía el cristal. Además, importaba poco; el aparcamiento del doctor estaba desierto y no era visible desde la calle, de modo que aunque hubiese podido salir de la furgoneta no habría tenido a quién dirigirse.

Él era un hombre muy grande y musculoso, pero su tamaño no era lo que más la horrorizaba. Su rostro ancho mostraba placidez, parecía inexpresivo; esa serenidad tan inconciliable con las circunstancias, asustó a Nora. Sus ojos eran aún peor. Ojos verdes, de frialdad glacial.

—¿Quién es usted? —inquirió ella procurando disimular su pavor po tener la certeza de que el pánico le excitaría. El hombre parecía esta haciendo equilibrios sobre una cuerda floja.

—¿Qué quiere de mí?

—Quiero el perro.

Ella había pensado: un ladrón..., un violador..., un asesino psicopá tico. Pero lo que no había pensado ni por asomo era que se tratase d un agente federal. Porque si no, ¿quién más podría buscar a *Einstein* Nadie más sabía que el perro existiese.

—¿De qué me está hablando usted? —dijo ella.

Él le hundió aún más el cañón del revólver en el costado, hasta e punto de hacerle daño. Nora pensó en el bebé que estaba creciend dentro de su ser.

—Está bien, vale, es evidente que usted sabe todo acerca del perro Así pues, es inútil cualquier disimulo.

—Inútil. —Habló tan quedo que apenas se le oyó con el estruendo d la lluvia martilleando el techo de la cabina y fustigando el parabrisas

Alargó su mano y le bajó la capucha, luego abrió la cremallera y l deslizó la mano por los pechos y el vientre. Ella se aterró por un mo mento al pensar que, después de todo, aquello sería un intento de vio lación.

Pero el dijo en su lugar:

—Ese Weingold es un ginecólogo tocólogo. Así pues, ¿cuál es tu pro blema? ¿Tienes una enfermedad social o estás preñada? —Casi escupió las palabras al decir «enfermedad social», como si la mera pronuncia ción de las sílabas le hiciera vomitar.

—Usted no es agente federal. —Ella hablaba por mera intuición.

—Te he hecho una pregunta, perra —dijo él en un susurro. Se inclinó mucho sobre Nora y le hundió otra vez el arma en el costado. Dentro de la furgoneta había un ambiente húmedo. El sonido de la lluvia, que lo envolvía todo, se combinaba con la mala ventilación para crear una atmósfera de claustrofobia que resultaba casi insoportable—. ¿Cuál de las dos cosas es? —dijo él—. ¿Tienes herpes genital, sífilis, blenorragia, o cualquier otra podredumbre de la entrepierna, o estás preñada?.

Pensando que su embarazo pudiera eximirla de la violencia que aquel individuo parecía capaz de ejercitar, dijo:

—Voy a tener un bebé. Estoy encinta de tres meses.

Algo ocurrió en sus ojos. Una transmutación. Como el movimiento en una sutil estructura caleidoscópica compuesta por esquirlas de vi drio, todas ellas de la misma tonalidad verdosa.

Nora intuyó que el haber reconocido su embarazo era lo peor que podía haber hecho, pero no sabía explicarse el porqué.

Recordó la pistola del 38 en la guantera. Sin embargo, le sería imposible abrirla, coger el arma y dispararla antes de que él apretara el gatillo de su revólver. No obstante, ella debería estar al acecho de cualquier oportunidad, un instante de descuido que le brindara la ocasión de empuñar su arma.

Súbitamente, el hombre se lanzó sobre ella, y Nora pensó otra vez que iba a violarla a plena luz del día, aprovechando las espesas cortinas de lluvia, pero así y todo con luz diurna. Entonces se dio cuenta de que el hombre intentaba cambiar de sitio con ella, apremiándola a tomar el volante mientras él pasaba el asiento del pasajero, manteniendo la boca del revólver contra su costado.

—Conduce —dijo.

—¿Adónde?

—De vuelta a tu casa.

—Pero...

—Cierra la boca y conduce.

Ahora, Nora ocupaba el lado opuesto de la guantera. Para alcanzarla tenía que hacerlo por delante de él. Y el sujeto no se descuidaría hasta ese punto.

Resuelta a mantener tensas las riendas de su pánico galopante, se encontró ahora con que debería sujetar también las riendas de su desesperación.

Puso en marcha la furgoneta, salió del aparcamiento y, ya en plena calle, torció hacia la derecha.

Las escobillas del parabrisas sonaban casi con tanta fuerza como su corazón. No sabía a ciencia cierta si lo que oía era el ruido opresivo de la lluvia fustigante o el rugido de su propia sangre en los oídos.

Ante su vista desfilaban las manzanas y en cada una Nora buscó con la mirada un policía, aunque no tuviera ni idea de lo que haría si viese alguno. Ni tuvo ocasión de planearlo porque no aparecieron policías por parte alguna.

Cuando estuvieron fuera de Carmel y sobre la autopista del Pacífico, el impetuoso viento no sólo proyectaba lluvia contra el parabrisas, sino también agujas de ciprés y pino de los inmensos y viejos árboles que flanqueaban las calles. Cuando se distanciaron hacia el sur a lo largo de la costa y se dirigieron hacia zonas cada vez menos populosas, no se veía ningún árbol bordeando la carretera, pero el viento que venía del océano zarandeaba con ímpetu la furgoneta. Nora lo notaba a cada momento en los tirones del volante. Y la lluvia, azotándoles directamente desde el mar, parecía tener fuerza suficiente como para mellar las partes metálicas de la carrocería.

Después de cinco minutos por lo menos de silencio, Nora no pudo obedecer por más tiempo la orden de mantener la boca cerrada.

—¿Cómo nos encontró?

—He estado vigilando tu casa desde hace más de un día —dijo él con esa voz fría, tranquila, que se acomodaba a su plácido rostro—. Cuando saliste esta mañana, te seguí, esperando que me dieras una oportunidad.

—No, quiero decir, ¿cómo averiguó usted en dónde vivíamos?

Él sonrió.

—Van Dyne.

—¡Ese canalla traidor!

—Circunstancias especiales —la aleccionó él—. El hombre importante de San Francisco me debía un favor, así que ejerció presión sobre Van Dyne.

—¿El hombre importante?

—Tetragna.

—¿Quién es?

—Tú no sabes nada de nada, ¿verdad? —dijo él—. Excepto cómo hacer hijos. De eso si entiendes mucho, ¿eh?

La nota tensa en su voz no era sólo una insinuación sexual: era más oscura, más extraña y horripilante que todo eso. Nora se asustó tanto de la tremenda tensión que notaba en él cada vez que abordaba el tema del sexo, que no se atrevió a replicar.

Encendió los faros cuando se encontraron con una ligera niebla. Se mantenía atenta a la carretera, bañada por la lluvia, contrayendo los ojos ante el empañado parabrisas.

—Eres muy bonita —dijo él—. Si pensara alguna vez en ligarme a alguien, tú serías la elegida.

Nora se mordió el labio.

—Pero, aun siendo tan bonita —prosiguió él—, apostaría cualquier cosa que eres como las demás. Si yo me ligara a ti, todo se pudriría y desmoronaría porque estás tan enferma como las otras, ¿verdad? ¡Claro! Lo estás. Sexo significa muerte. Yo soy uno de los pocos que parecen saberlo, aunque existan pruebas por todas partes. Sexo significa muerte. Pero tú eres muy bonita...

Mientras Nora le escuchaba, sentía un nudo en la garganta, le costaba trabajo hacer una inspiración profunda.

De pronto, la taciturnidad del individuo desapareció. Hablaba deprisa, todavía con voz suave y calma inquietantes, considerando las locuras que decía, pero muy deprisa:

—Yo seré más importante que Tetragna, mucho más. He asimilado veintenas de vidas. He absorbido mucha más energía de la que puedas suponer, he experimentado el Momento, he sentido el Chasquido. Ése es mi don. Cuando Tetragna haya muerto y desaparecido, yo estaré presente. Cuando todo viviente actual haya muerto, yo estaré presente, porque soy inmortal.

Ella no sabía qué decir. Aquel sujeto había surgido de la nada, por una razón u otra conocía lo de *Einstein*, era un psicópata y no había nada que ella pudiera hacer. Nora estaba furiosa con la injusticia que todo aquello representaba, y se hallaba también muy asustada. Ellos habían hecho minuciosos preparativos para recibir al alienígena, habían tomado medidas muy elaboradas para eludir al Estado, pero ¿quién podría suponer que estuviesen preparados para esto? ¡No era justo!

En silencio de nuevo, él la miró fijamente durante un largo minuto, otra eternidad. Ella sentía sobre sí su glacial mirada verdosa con tanta autenticidad como había sentido su mano fría, acariciadora.

—No sabes de qué estoy hablando, ¿verdad? —dijo él.

—No.

El hombre decidió explicarse, quizá porque la encontrara bonita.

—Sólo se lo conté una vez a cierta persona, y él se burló de mí. Se llamaba Danny Slowicz, y nosotros dos trabajábamos para la Familia Carramazza, de Nueva York, la mayor de las cinco Familias mafiosas. Poco trabajo de músculo, sólo matar de vez en cuando a gente que debería estar muerta.

No se sentía enferma, porque aquel hombre no era sólo un loco y un asesino, sino, además, un asesino loco *profesional*.

Sin apercibirse de su reacción, volviendo la mirada desde la carretera, bañada en lluvia, al rostro de ella, él continuó así:

—Fíjate, nosotros dos, Danny y yo, estábamos cenando en aquel restaurante, acompañando unas almejas con «Valpolicella», y yo le explicaba que estaba destinado a disfrutar de una larga vida, dada mi capacidad para asimilar la energía vital de la gente que eliminaba. Le dije: «Escucha, Danny, las personas son como baterías, baterías andantes cargadas con esa misteriosa energía que llamamos vida. Cuando me deshago de alguien, su energía se transforma en "mi" energía, y yo adquiero más fuerza. Soy como un toro, Danny.» Y añadí: «Mírame, ¿soy un toro o no? Tengo que serlo porque se me ha conferido el don de absorber la energía de cualquier otro tipo.» ¿Y sabes qué me contestó Danny?

—¿Qué? —murmuró ella mareada.

—Bueno, Danny era un comedor muy serio, de modo que siguió atendiendo a su plato, con la cara sobre la comida para rebañar unas cuantas almejas. Luego levantó la vista, con los labios y la barbilla goteando salsa de almeja, y dijo: «¿Sí? Oye, Vince, ¿dónde aprendiste ese truco? ¿Dónde aprendiste a absorber esa energía vital?» Y yo le dije: «Bueno, ése es mi don.» Y él dijo: «¿Quieres decir, recibido de Dios?» Así que hube de meditar sobre eso, y por fin dije: «¿Quién sabe de dónde proviene? Es mi don, como lo es el bateo de Mantle o la voz de Sinatra.» Y Danny contestó: «Supón que te cargas a un tío que es electricista. Después de absorber su energía, ¿sabrías, repentinamente, como montar la instalación eléctrica de una casa?» Entoces no me di cuenta todavía de que me estaba tomando el pelo. Pensaba que era una pregunta seria y le expliqué que yo absorbo la energía vital, no la personalidad, no todas las materias que el tío conozca, sólo su energía. Y entones Danny va y dice: «Así que si te cepillaras a un bicho raro, ¿no tendrías el deseo repentino de arrancarle la cabeza a los pollos?» Fue entonces cuando comprendí que Danny me estaba tomando por borracho o loco, así que me comí mis almejas y no dije nada más sobre mi don. Y ésa fue la última vez que se lo he dicho a alguien, hasta ahora que te lo cuento a ti.

Él mismo se había llamado Vince, así que Nora ya sabía su nombre. Pero no podía ver de qué le serviría conocerlo.

El hombre había contado su historia, sin darse cuenta, aparentemente, del humor negro y demencial que entrañaba. Era como un individuo de una seriedad letal. A menos que Travis supiera cómo arreglárselas con él, aquel tipo no pensaba perdonarles la vida.

—Así pues —dijo Vince—, yo no podía arriesgarme a que Danny fuera por ahí contando a todo el mundo lo que le había dicho, porque él lo exageraría, lo haría parecer cómico y la gente creería que yo estaba chaveta. Los grandes jefes no contrataban a locos para sus golpes; ellos quieren tipos fríos, lógicos, equilibrados, que sepan hacer un trabajo limpio, pero Danny les haría pensar de forma muy distinta. Por eso aquella noche le rajé la garganta, lo llevé a aquella fábrica abandonada que yo conocía, lo corté en trozos, lo metí en una cuba y vertí un montón de ácido sulfúrico sobre él. Danny era el sobrino predilecto del «don», y no podía arriesgarme a que alguien encontrara su cuerpo y lo relacionara conmigo. Ahora tengo la energía de Danny dentro de mí junto con la de muchos otros.

La pistola seguía en la guantera.

El saber que aquel arma estaba en el compartimiento, suponía una leve esperanza.

Mientras Nora visitaba al doctor Weingold, Travis batió y coció una doble hornada de pastelillos de chocolate con mantequilla de cacahuete. Cuando él vivía solo, había aprendido a cocinar, aunque jamás le agradara. Sin embargo, la presencia de Nora durante los últimos meses había contribuido a mejorar sus habilidades culinarias hasta tal extremo que ahora disfrutaba cocinando, sobre todo cosas al horno.

Einstein, que por lo general presenciaba toda la sesión de cocina esperando recibir un bocado selecto, le abandonó antes de que terminara de amasar la pasta. El perro parecía agitado, moviéndose por toda la casa, yendo de una ventana a otra para mirar con atención la lluvia.

Al cabo de un rato, Travis se puso nervioso con el comportamiento del perro y le preguntó si algo marchaba mal.

Einstein dio una respuesta en la alacena.

ME SIENTO UN POCO RARO.

—¿Enfermo? —inquirió Travis temiendo una recaída. El perdiguero se estaba recuperando a buen ritmo, pero así y todo era una recuperación. Su sistema inmunizador no estaba en condiciones de afrontar un nuevo desafío.

ENFERMO NO.

—¿Entonces qué? ¿Sientes..., al alienígena?

NO. COMO ANTES.

—Pero, ¿sientes algo?

DÍA ACIAGO.

—Tal vez sea la lluvia.

TAL VEZ.

Aliviado, pero todavía nervioso, Travis volvió a su cocción.

La carretera era una cinta plateada bajo la lluvia.

A medida que avanzaban hacia el sur bordeando el litoral, la niebla diurna se iba espesando, así que Nora se vio obligada a marchar a setenta kilómetros por hora y treinta en algunos trechos.

Se preguntaba si, aprovechando la niebla como una excusa para reducir la velocidad, podría abrir la puerta y lanzarse fuera de la furgoneta. No. Probablemente no. Tendría que aminorar la velocidad hasta ocho kilómetros por hora para no salir lesionada y tampoco su niño no nacido, y la niebla no era lo bastante densa para justificar una reducción semejante de velocidad. Además, Vince la apuntaba con el revólver mientras hablaba, sin duda le dispararía en la espalda apenas se volviese para lanzarse afuera.

Los faros de la furgoneta y de los escasos vehículos con que se cruzaban se refractaban en la bruma. Halos luminosos y titilantes arcos iris surgían de las cambiantes cortinas de niebla, se dejaban ver por unos instantes y desaparecían.

Nora sopesó la posibilidad de lanzar la furgoneta por uno de los pocos barrancos en donde sabía que el declive era suave y la caída tolerable. Pero temía confundirse de lugar y saltar a uno de los abismos de sesenta metros para estrellarse contra los arrecifes de abajo. Aun cayendo en un lugar conveniente, el topetazo calculado y soportable podría dejarla inconsciente o provocar un aborto, y ella quería, a ser posible, salir viva de aquel trance y conservar la vida del hijito en su interior.

Una vez Vince comenzó a hablar, ya no pudo pararse. Durante años y años él había escatimado sus grandes secretos, había ocultado al mundo sus sueños de poder e inmortalidad pero, evidentemente, el ansia de comentar su presunta grandeza no había decrecido jamás desde el fracaso con Danny Slowicz. Parecía como si hubiese almacenado todas las palabras que quisiera decir a la gente, como si las hubiese guardado en carretes y más carretes de cinta grabadora y ahora los estuviera pasando a gran velocidad, vomitando todas sus locuras, unas locuras que hacían enfermar de pavor a Nora.

Le explicó cómo había averiguado lo de *Einstein*, la matanza de los científicos investigadores encargados de diversos programas bajo la denominación de Proyecto Francis en «Banodyne». Asimismo, sabía lo del alienígena pero eso no le atemorizaba. Estaba, según dijo, en el umbral de la inmortalidad, y su apropiación del perro era una de las últimas tareas que él tenía encomendadas para coronar la consecución de su destino. Él y el perro estaban predestinados, porque cada cual era único en el mundo, único dentro de su especie. Una vez Vince alcanzara su destino, dijo, nada ni nadie podría detenerle, ni siquiera el alienígena.

La mitad del tiempo Nora no entendió lo que el hombre estaba explicando. Ella suponía que si lo entendiera, estaría tan loca como obviamente lo estaba él.

444

Pero aunque Nora no captase todo su significado, sí comprendía lo que intentaba hacer con ella y Travis tan pronto como tuviera en su poder el perdiguero. Al principio, temió hablar sobre su suerte, como si al expresarlo con palabras pudiese hacerlo irrevocable. Sin embargo, cuando no les quedaba más de ocho kilómetros hasta el polvoriento camino que se desviaba de la carretera y conducía hacia la casa de madera blanqueada, se atrevió a decir:

—Usted no nos dejará marchar cuando se haga con el perro, ¿verdad? Él la contempló absorto, acariciándola con la mirada:

—¿Tú qué crees, Nora?

—Creo que nos matará.

—Claro está.

A ella le sorprendió que esa confirmación de sus temores no aumentase su terror.

La arrogancia de esa respuesta tan sólo la enfureció, adormeció su temor al acrecentar su resolución de desbaratar esos planes.

Y entonces se apercibió de que era una mujer radicalmente distinta, no la Nora del mayo pasado que ahora habría quedado reducida a una serie de temores incontenibles ante el aplomo y la audacia de aquel hombre.

—Yo podría sacar este vehículo de la carretera y arriesgarme a sufrir las consecuencias de un accidente —dijo.

—Apenas hicieses girar ese volante —dijo él—, dispararía contra ti y luego intentaría recuperar el control.

—Quizá no pudiese hacerlo, quizá muriese usted conmigo.

—¿Yo? ¿Morir yo? Bueno, quizá. Pero no en nada parecido a un accidente de circulación. No, no. Tengo demasiadas vidas dentro de mí para irme con esa facilidad. Además, no creo que lo intentes. En el fondo de tu corazón esperas que ese hombre tuyo se saque algún as de la manga para salvarte, y de paso a sí mismo y al perro. Te equivocas, claro está, pero no cesas de creer en él. No hará nada porque tendrá miedo de que salgas malparada. Yo entraré allí aplicando un arma a tu vientre, y eso le paralizará el tiempo suficiente para que me sea posible volarle los sesos. Ésa es la razón de que yo haya sacado sólo el revólver. Es todo cuanto necesito. Su preocupación por ti, su temor a causarte daño significará su muerte.

Nora pensó que era muy importante no dejar traslucir su furor. Debería parecer horrorizada, débil, totalmente insegura de sí misma. Si él la subestimara, podría cometer un desliz y procurarle una pequeña ventaja.

Apartando la mirada por un segundo del lluvioso pavimento, descubrió que él no la estaba contemplando con aire divertido o furor psicopático, como hubiera sido de esperar, ni con su notoria placidez bovina, sino como algo que se asemejaba mucho al afecto o, quizás, a la gratitud.

—Durante muchos años he estado soñando en matar a una mujer preñada —dijo él, como si esa meta no fuese menos codiciable y meritoria que el querer erigir un imperio mercantil o alimentar a los hambrientos o cuidar de los enfermos—. Nunca se me ha presentado una situación donde el riesgo de matar a una mujer preñada fuese lo bastante moderado para tener justificación. Pero en esa casa tuya tan aislada, las condiciones serán idóneas una vez me haya desembarazado de Cornell.

—¡No, por favor! —suplicó ella fingiendo desmadejamiento, aunque no tuviera que disimular el temor nervioso de su voz.

Hablando todavía con gran serenidad, pero dejando entrever una pizca de emoción, él dijo:

—Tendré, por supuesto, tu energía vital, todavía joven y rica, pero, apenas mueras, recibiré también la energía del niño. Y esa será perfectamente pura, sin usar, una vida no mancillada aún por los muchos contaminantes de este mundo enfermo y degenerado. Eres mi primera mujer preñada, Nora, y siempre te recordaré.

Unas lágrimas relucieron en las comisuras de sus ojos, lo cual no era tampoco una buena representación teatral. Aunque Nora creyera que Travis idearía alguna forma de embaucar a este sujeto, temía que en el lío subsiguiente muriese ella o *Einstein*. Y no podía imaginarse cómo sobrellevaría Travis el intento frustrado por salvarles.

—No desesperes, Nora —dijo Vince—. Ni tú ni tu bebé dejaréis de existir en una forma absoluta. Los dos formaréis parte de mí, y viviréis en mi interior para siempre.

Travis sacó del horno la primera bandeja de pastelillos y la puso a enfriar en una estantería.

Einstein llegó husmeando y Travis le dijo:

—Están todavía demasiado calientes.

El perro volvió a la sala y continuó mirando la lluvia por la ventana delantera.

Poco antes de que Nora se desviase de la carretera costera, Vince se deslizó hasta quedar por debajo del nivel de la ventanilla. Seguía apretándole el arma hasta quedar contra el costado.

—No cometas el menor error, porque volaré al bebé en tu mismo vientre.

Ella le creyó.

Entrando en el camino polvoriento, ahora fangoso y resbaladizo, Nora ascendió el cerro hacia la casa. Los árboles que lo flanqueaban lo resguardaban contra los primeros embates de la lluvia, pero almacenaban el agua en su follaje y la enviaban a tierra como gruesos goterones o regueros.

Vio a *Einstein* en la ventana delantera e intentó hacer alguna señal equivalente a «conflicto» que el perro entendiera sin dilación. No se le ocurrió nada.

Levantando la vista, Vince dijo:

—No te dirijas hacia el granero. Deténte ante la casa.

Su plan era obvio. La esquina del edificio en donde estaba la escalera del sótano no tenía ventanas. Ni Travis ni *Einstein* podrían ver al hombre que salía de la furgoneta con ella. Vince la arrastraría alrededor de la esquina hacia el porche trasero e irrumpiría en la casa antes de que Travis sospechara de la anomalía.

Tal vez los sentidos caninos de *Einstein* detectaran el peligro. Pero el perro había estado tan enfermo...

Einstein se paseaba muy agitado por la cocina.

—¿Es la furgoneta de Nora? —preguntó Travis.

SÍ.

El perdiguero corrió hacia la puerta trasera y la impaciencia le hizo danzar, luego se quedó inmóvil y ladeó la cabeza.

El golpe de suerte le llegó a Nora cuando menos se lo esperaba.

Cuando ella aparcó ante la casa, echó el freno de mano y apagó el motor, Vince la aferró y arrastró por su lado de la furgoneta, porque éste era el que daba a espaldas de la casa y el más difícil de ver desde las ventanas de la fachada. Al apearse de la furgoneta y arrastrarla consigo de la mano, el hombre miró alrededor para asegurarse de que Travis no estaba en las proximidades; entonces se distrajo un poco y no pudo mantener el revólver tan cerca de Nora como antes. Cuando ella se deslizaba por el asiento y pasaba ante la guantera, la abrió rápida y cogió la pistola del 38. Vince debió de haber oído o intuido algo, porque se volvió raudo hacia ella, pero lo hizo demasiado tarde. Ella le hundió la 38 en el vientre y antes de que el hombre pudiera levantar su arma, apretó tres veces seguidas el gatillo.

Con un gesto de consternación, Vince se desplomó contra la casa, que estaba sólo a tres pasos de él.

A ella le dejó estupefacta su propia sangre fría. Insensatamente se dijo que no había nada tan peligroso como una madre protegiendo a sus hijos, aunque uno de ellos todavía no hubiera nacido, y el otro fuera un perro. Le disparó una vez más, a bulto, en el pecho.

Vince se fue de bruces, pesadamente, sobre la tierra mojada.

Nora huyó de él corriendo. En la esquina de la casa, casi se dio de frente con Travis que, habiendo saltado por la barandilla del porche, cayó agazapado ante ella empuñando la carabina «Uzi».

—¡Le he matado! —gritó ella, percibiendo el histerismo en su propia voz, pugnando por dominarse—. Le disparé cuatro veces. Le he matado, Dios mío.

Travis se enderezó y la miró atónito. Nora le echó los brazos al cuello y apretó la cara contra su pecho. Mientras la lluvia heladora les azotaba, ella sintió el calor de su cuerpo.

—¿A quién...? —empezó a decir Travis.

Detrás de Nora, Vince lanzó un grito ahogado, estridente y, rodando sobre la espalda, disparó contra ellos. La bala alcanzó a Travis en la parte superior del hombro y le hizo caer hacia atrás. Si su trayectoria se hubiese desviado dos centímetros a la derecha, habría hecho añicos la cabeza de Nora.

Ella se fue casi de cabeza porque estaba agarrada a Travis y perdió pie. No obstante, se soltó con la suficiente rapidez para correrse a la izquierda y escapar a la línea de fuego, poniéndose delante del vehículo. Sólo pudo echar una ojeada a Vince, quien estaba empuñando el revólver con una mano y apretándose el estómago con la otra mientras intentaba levantarse.

Con esa visión antes de acurrucarse delante de la camioneta, ella no creyó haber visto el menor rastro de sangre en el hombre.

Justamente cuando Nora se ponía a cubierto detrás de la furgoneta, Travis se incorporó hasta quedar sentado en el lodo. Él sí que tenía sangre, se extendía desde el hombro por el pecho, empapando su camisa. Enarbolaba todavía la «Uzi» con la mano derecha, a pesar de la herida en ese hombro. Cuando Vince hizo un segundo disparo a la desesperada, Travis le envió una ráfaga con la «Uzi». Su posición no era mejor que la de Vince; el reguero de balas se estrelló contra la casa o rebotó en el costado del vehículo; fuego desordenado.

Travis soltó el gatillo.

—Mierda —masculló, mientras pugnaba por ponerse en pie.

—¿Le diste? —preguntó Nora.

—Se ha escabullido por la esquina —dijo Travis, yendo hacia allí.

Vince se figuraba que se estaba aproximando a la inmortalidad. Se hallaba casi allí, si no había llegado ya. Necesitaba, a lo sumo, unas pocas vidas más, y su única preocupación era que alguien le borrara del mapa cuando estaba tan cerca de su destino. Por lo tanto, había tomado algunas precauciones. Una de ellas era el último modelo y el más costoso de chaleco antibalas «Klevar». Se lo había puesto debajo del suéter y era lo que había detenido las cuatro balas que esa perra intentara meterle en el cuerpo. Los proyectiles se habían estrellado contra el chaleco sin causar ni gota de sangre, pero ¡Dios, cuánto dolía! El impacto le había proyectado contra la pared de la casa, cortándole el aliento. Ahora se sentía como si le hubiesen colocado sobre un yunque gigantesco y alguien le estuviera sacudiendo martillazos en el vientre.

Doblándose de dolor, marchó renqueante hacia la fachada principal del edificio para alejarse lo más posible de la maldita «Uzi»; estaba seguro de que se le dispararía por la espalda de un momento a otro. Pero no consiguió doblar la esquina y subir los escalones del porche escondiéndose de la mirada de Cornell.

Vince se regodeó de haber herido a Cornell, aunque supiera que la lesión no era mortal. Y habiendo perdido el factor sorpresa, se vio ante una batalla en toda regla. ¡Diablos, la mujer parecía casi tan formidable como el propio Cornell! ¡Una amazona medio loca!

Él hubiera jurado que aquella mujer tímida tenía algo de ratonil, que llevaba el sometimiento en la sangre. Era obvio que se había equivocado al juzgarla, y ello le encorajinaba. Vince Nasco no estaba habituado a cometer semejantes errores; los errores eran para hombres de menor talla, no para el hijo del destino.

Escurriéndose por el porche delantero, seguro de que Cornell le seguía de cerca, Vince decidió pasar adentro en vez de encaminarse hacia el bosque. Ellos esperarían verle correr a refugiarse entre los árboles para reorganizar su estrategia. Sin embargo, él se adentraría en la casa y buscaría una posición desde la que pudiera dominar ambas puertas, la principal y la trasera. Tal vez le fuera posible todavía cogerles por sorpresa.

Cuando desfilaba ante una ventana grande camino de la puerta principal, algo hizo explotar el cristal.

Vince dio un grito de sorpresa y disparó su revólver, pero la bala se perdió en el techo del porche, y el perro, ¡Dios, era eso, un perro!, le golpeó con violencia. El arma se le escapó de la mano, y él cayó hacia atrás. El perro se le echó encima, las garras le rasgaron la ropa, los colmillos se hundieron en su hombro. Luego la barandilla del porche cedió, y los dos cayeron rodando en el patio delantero bajo la lluvia.

Dando alaridos, Vince golpeó al perro con ambos puños hasta hacerle chillar y soltar su presa. Pero luego éste se fue derecho a por su garganta, y cuando se disponía a desgarrarle la tráquea, él consiguió asestarle un violento revés que lo dejó fuera de combate.

Aunque el estómago le ardiera. Vince logró encaramarse otra vez al porche para buscar su revólver..., pero en su lugar se encontró a Cornell. Con el hombro sangrando y plantado en el porche, Travis miraba cómo se arrastraba el otro.

Vince tuvo un arrebato de confianza. Entonces supo que había estado en lo cierto todo el tiempo, comprendió que él era invencible, inmortal, porque podía mirar sin pestañear la boca de la «Uzi», sin el menor miedo. Así pues, dijo sonriente a Cornell:

—¡Mírame, mírame bien! Yo soy la peor de tus pesadillas.

—No lo eres ni de cerca siquiera —dijo Cornell. Y abrió fuego.

En la cocina, Travis tomó una silla, con *Einstein* a su lado, para que Nora le vendase la herida. Mientras trabajaba, ella le contó todo cuanto sabía sobre el hombre que se adueñara de la furgoneta.

—¡Un tipo de cuidado, maldita sea! —exclamó Travis—. No hubiéramos podido imaginar de ninguna forma que él estuviera allí.

—Espero que él sea el único tipo de cuidado.

La bala le había traspasado dejando un orifico de salida de aspecto muy feo y le causaba un dolor considerable, pero él de momento podía moverse. Más tarde, debería solicitar asistencia médica, quizá de Jim Keene, para evitar las preguntas que se empeñaría en hacerle cualquier otro médico. Por lo pronto, tan sólo le preocupaba que la venda estuviese bien ajustada, para tener libertad de movimientos y poder encargarse del hombre muerto.

Einstein también estaba maltrecho. Por suerte, no se había cortado al reventar el cristal de la ventana. Tampoco parecía tener huesos rotos, pero había recibido varios golpes muy duros. Decididamente, no estaba en su mejor forma y su apariencia era de lo peor: embarrado, empapado hasta los huesos y dolorido. También él tendría que ver a Jim Keene.

Fuera, la lluvia caía con más fuerza que nunca, martilleando el tejado, corriendo estruendosa por canalones y desagües. Asimismo, entaba sesgada por el porche delantero y a través de la maltrecha ventana, pero ellos no tenían tiempo para ocuparse de inundaciones menores.

—Agradezcamos la lluvia de Dios —dijo Travis—. Con este estrépito, nadie habrá oído el tiroteo.

—¿En dónde sepultaremos el cuerpo? —inquirió Nora.

—Estoy pensando. —Y le resultaba difícil pensar con lucidez porque el palpitar del hombro le alcanzaba hasta la cabeza.

Ella dijo:

—Podríamos enterrarlo aquí, en el bosque...

—No. Así recordaríamos siempre su tumba. Estaríamos siempre preocupados de que los animales silvestres desenterraran el cuerpo, o los excursionistas dieran con él. Mejor será..., bueno, hay lugares a lo largo de la carretera costera en donde podemos detenernos y esperar hasta el momento oportuno para sacarlo de la furgoneta y arrojarlo por el precipicio. Si elegimos un sitio donde el mar cubra la base del despeñadero, la resaca se encargará de arrastrarlo antes de que alguien se aperciba de su presencia allí abajo.

Cuando Nora terminaba el vendaje, *Einstein* se levantó de repente y lanzó un gemido. Olfateó el aire. Luego fue a la puerta y estuvo allí plantado durante un momento mirando afuera, y por fin se perdió en la sala.

—Mucho me temo que esté más dañado de lo que parece —dijo Nora, mientras aplicaba una tira final de esparadrapo.

—Quizá —dijo Travis—. Pero tal vez no. Se ha comportado de forma muy peculiar durante todo el día, precisamente desde que te marchaste esta mañana. Me dijo que barruntaba un día malo.

—Y acertó —dijo ella.

Einstein regresó a todo correr de la sala y se fue derecho hacia la alacena, en donde encendió las luces y golpeó los pedales para soltar las fichas.

—Tal vez se le haya ocurrido algo para desembarazarse del cuerpo —observó Nora.

Mientras Nora recogía el yodo sobrante, alcohol, gasas y esparadrapo, Travis se puso a duras penas la camisa y marchó hacia la alacena para ver lo que había dicho *Einstein*.

EL ALIENÍGENA ESTÁ AQUÍ.

Travis introdujo un cargador nuevo en la culata de la carabina «Uzi», se echó otro al bolsillo y dio a Nora una de las pistolas «Uzi» que guardaba en la alacena.

A juzgar por el apremio aparente de *Einstein*, no tenían tiempo de revisar la casa para cerrar herméticamente las contraventanas.

El ingenioso esquema para gasear al alienígena dentro del granero se había concebido en función de una hipótesis: a saber, que el intruso se aproximara y explorara el terreno de noche. Ahora, que había llegado de día y reconocido los alrededores mientras ellos estaban ocupados con Vince, el plan previsto resultaba inútil.

Ambos permanecieron inmóviles, en la cocina, aguzando el oído, pero no oyeron nada salvo el incesante rugido de la lluvia.

Einstein no pudo darles datos más precisos para la localización de su adversario. Su sexto sentido no trabajaba todavía al nivel de los demás. Podían darse por satisfechos de que al menos percibiera la presencia de la bestia. Era obvio que la ansiedad demostrada por el animal durante toda la mañana, no había estado relacionada con ningún presentimiento sobre el hombre que llegara a casa con Nora, sino que había sido causada por la aproximación del alienígena.

—Vamos arriba —dijo Travis—. Apresurémonos.

Allí abajo, la criatura podría entrar por puertas y ventanas, pero en el segundo piso ellos tendrían que preocuparse sólo de las ventanas. Y tal vez tuviesen tiempo de cerrar a machamartillo algunas contraventanas.

Nora subió las escaleras con *Einstein*. Travis cerró la marcha andando hacia atrás, manteniendo la «Uzi» apuntada hacia el piso bajo. El ascenso le mareó. Se dio perfecta cuenta de que el dolor y la debilidad en el hombro herido se estaban extendiendo a todo el cuerpo como una mancha de tinta en un secante.

Llegados al segundo piso, él se plantó sobre el último escalón y dijo:

—Sí le oímos llegar, podremos retroceder y ocultarnos hasta que él empiece a subir hacia nosotros, entonces nos dejaremos ver y lo abatiremos por sorpresa.

Ella asintió.

Desde ese instante, tuvieron que guardar silencio, darle la oportunidad de entrar en el piso bajo, concederle tiempo para preguntarse si sus presuntas víctimas estarían en la segunda planta, dejarle que se confiara y abordase las escaleras con una sensación de seguridad.

El centelleo de un relámpago, el primero de aquella tormenta, encendió la ventana al fondo del vestíbulo y acto seguido resonó el trueno. Aquel estallido parecía haber desgarrado el firmamento, porque toda la lluvia almacenada en los cielos se desplomó sobre la tierra.

Al final del pasillo, uno de los lienzos de Nora salió disparado del estudio para estrellarse contra la pared.

Nora dejó escapar un grito de sorpresa, y durante unos instantes los tres contemplaron con mirada estúpida la pintura caída en el suelo del pasillo, pensando casi que su vuelo espectral había estado relacionado con el gran estallido del trueno y el relámpago.

Una segunda pintura salió disparada del estudio y golpeó, igualmente, la pared. Travis vio que ésta estaba hecha jirones.

El alienígena se hallaba ya dentro de la casa.

Ellos se encontraban en un extremo del corto pasillo. El dormitorio principal y el futuro cuarto del niño estaban a su izquierda, el baño y el estudio de Nora a su derecha. Así pues, la cosa estaba dos puertas más allá, en el estudio de Nora, haciendo añicos sus cuadros.

Otro lienzo salió volando al pasillo.

Empapado de lluvia y enfangado, molido y todavía debilitado de su lucha con el moquillo, *Einstein* lanzó algunos ladridos malévolos para advertir al alienígena.

Empuñando la «Uzi», Travis avanzó un paso por el vestíbulo.

Nora le sujetó el brazo.

—No lo hagamos. Vámonos fuera.

—No. Hemos de afrontarlo.

—Sí, pero imponiendo nuestras condiciones —dijo ella.

—Estas condiciones son las mejores que tendremos.

Otras dos pinturas salieron disparadas del estudio y cayeron sobre la pila creciente de lienzos deshechos.

Einstein pasó de los ladridos a los gruñidos desde lo más profundo de su garganta.

Juntos, avanzaron por el pasillo hacia la puerta abierta del estudio.

La experiencia y el adiestramiento le decían a Travis que deberían disgregarse en vez de permanecer agrupados ofreciendo un solo blanco. Pero esto no era la Fuerza Delta, y su enemigo no era un simple terrorista. Si se separaran, perderían algo del coraje que les animaba a enfrentarse con la cosa. Justamente, ese apiñamiento les infundía arresto.

Cuando estaban a mitad de camino del estudio, el alienígena soltó un alarido. Fue un sonido glacial que pareció traspasar a Travis y helarle hasta la médula. Él y Nora se detuvieron, pero *Einstein* dio dos pasos más antes de detenerse.

El perro temblaba violentamente.

Travis se dio cuenta de que él también se estremecía, y que los temblores acentuaban el dolor en el hombro.

Haciendo de tripas corazón, se abalanzó hacia la puerta abierta y regó de balas el estudio mientras pisoteaba lienzos destrozados. El retroceso del arma, aun siendo mínimo, fue cual un escoplo clavándose en su herida.

No hizo ningún blanco ni vio el menor rastro del enemigo ni oyó grito alguno.

El suelo estaba cubierto con una docena de pinturas destrozadas y cristales de la ventana rota por la que entrara la bestia después de encaramarse al techo del porche.

Travis se mantuvo a la expectativa, con las piernas abiertas y empuñando el arma con ambas manos. El sudor le hizo parpadear. Intentó hacer caso omiso del dolor lacerante del hombro derecho. Había que esperar.

El alienígena estaría a la izquierda de la puerta o detrás de ella, agazapado, dispuesto a saltar. Si él le diese el suficiente tiempo, tal vez se cansara de esperar y le atacase. Entonces, él podría abatirlo en el umbral.

«No, éste es tan inteligente como *Einstein* —se dijo—. ¿Acaso el perro sería tan estúpido como para atacarme en una puerta estrecha? No, no. Él hará algo más inteligente e inesperado.»

El cielo explotó con otro trueno tan poderoso que hizo vibrar las ventanas y sacudió la casa. Los relámpagos en cadena asaetearon el cielo.

¡Vamos, bastardo, déjate ver!

Travis miró a Nora y a *Einstein*, que estaban unos pasos más atrás, en el dormitorio principal a un lado, el cuarto de baño al otro y las escaleras a la espalda.

Echó otra mirada por la puerta a los cristales de la ventana que estaban entre los escombros del suelo. Repentinamente, tuvo la certeza de que el alienígena no estaba ya en el estudio, de que se había escapado por la ventana, saltando al techo del porche delantero y de que venía a por ellos desde otra parte de la casa, por otro lado, quizá saliendo de algún dormitorio o del baño..., o tal vez se desgañitara ante ellos desde lo alto de los escalones.

Hizo una seña a Nora pidiéndole que acudiera a su lado.

—Cúbreme.

Antes de que ella pudiera objetar, se coló por la puerta en el estudio y avanzó agazapado. Casí cayó entre los desperdicios, pero mantuvo el equilibrio y giró sobre sí mismo dispuesto a abrir fuego si la cosa se cerniera sobre él.

Se había ido.

La puerta del armario estaba abierta. No había nada allí dentro.

Se acercó a la ventana rota y atisbó cauteloso el techo del porche bañado en lluvia. Nada.

El viento silbaba entre los peligrosos fragmentos de cristal que quedaban todavía de la ventana rota.

Travis retrocedió hacia las escaleras del vestíbulo. Vio a Nora allí, mirándole asustada pero aferrando con coraje su «Uzi». Detrás de ella se abrió la puerta de la habitación destinada al niño y allí apareció la bestia, con relucientes ojos amarillos. Sus monstruosas quijadas crujieron al abrirse, repletas de dientes más afilados que los temibles vidrios del marco de la ventana.

Ella se apercibió y empezó a girar, pero la aparición la golpeó sin darle tiempo a hacer uso del arma. Le arrancó la «Uzi» de la mano. Sin embargo, no pudo emplear sus garras con filo de navaja para destriparla, pues justamente cuando le arrebataba la pistola, *Einstein* cargó contra la bestia gruñendo y con los colmillos al aire. Con agilidad felina, el alienígena trasladó su atención de Nora al perro. Manoteó sobre éste, con brazos largos y ondulantes como si tuvieran más de un codo, y por fin logró apresar a *Einstein* entre sus dos horrendas manos.

Al cruzar el estudio hacia la puerta del pasillo, Travis no pudo disparar contra el alienígena porque Nora estaba entre él y aquella cosa aborrecible. Cuando alcanzó la puerta, le gritó para que se echara al suelo y le dejara el campo libre, y ella lo hizo inmediatamente, pero demasido tarde. El alienígena se metió con *Einstein* en la futura habitación del niño y cerró de un portazo, como si aquello fuese una caja de sorpresas en la que apareciera y desapareciera un maligno polichinela con su presa.

Einstein aulló y Nora se precipitó contra la puerta del cuarto.

—¡No! —gritó Travis apartándola a un lado.

Acto seguido apuntó la carabina automática a la puerta cerrada y vació el resto del cargador contra ella, haciendo por lo menos treinta agujeros en la madera y gritando entre dientes porque el dolor del hombro era inaguantable. Corría el riesgo de alcanzar a *Einstein*, pero el perdiguero afrontaría un peligro mucho mayor si él no disparaba. Cuando el arma cesó de escupir balas, Travis extrajo rápido el cargador vacío, se sacó el lleno del bolsillo y lo introdujo en la carabina. Luego abrió la puerta de una patada y entró en el cuarto.

La ventana estaba abierta y el viento hacía volar las cortinas.

El alienígena había desaparecido.

Einstein estaba en el suelo, contra la pared, cubierto de sangre e inmóvil.

Travis descubrió en la ventana goterones de sangre que seguían por el techo del porche. La lluvia borró aprisa el sangriento rastro.

Con el rabillo del ojo atisbó un movimiento que le hizo mirar hacia el granero. Y, efectivamente, el alienígena se escurrió por la enorme puerta.

Agachándose sobre el perro, Nora exclamó:

—¡Dios mío, Travis, Dios mío! ¡Morir así después de todo lo que ha soportado!

—Voy a por ese bastardo, hijo de perra —gruñó con ferocidad Travis—. Está en el granero.

Nora se dirigió también hacia la puerta, pero él le dijo:

—¡No! Telefonea a Jim Keene y luego quédate con *Einstein*. ¡Quédate con *Einstein*!

—Pero tú eres quien me necesita. No puedes conseguirlo solo.

—*Einstein* te necesita más.

—*Einstein* está muerto —murmuró ella entre lágrimas.

—¡No digas eso! —le gritó Travis. Comprendía que estaba comportándose de una forma irracional, como si *Einstein* no pudiera estar muerto mientras ellos no lo dijesen así, pero no podían dominarse—. No digas que está muerto. Quédate con él, maldita sea. Yo he conseguido herir a ese jodido fugitivo de pesadilla, creo que está malherido, y puedo rematarlo sin ayuda. Tú telefonea a Jim Keene y quédate con *Einstein*.

También temía que con tanta actividad Nora provocara el aborto si es que no lo había hecho ya, y entonces no sólo habrían perdido a *Einstein*, sino también al bebé.

Dicho esto abandonó a la carrera el aposento.

«No estás en condiciones de ir a ese granero —se dijo—. ¿Por qué decir a Nora que solicite la ayuda del veterinario para un perro muerto, y por qué decirle que se quede con él cuando en realidad le habría venido muy bien a su lado...? Es mala cosa dejar que te dominen la furia y la sed de venganza. Mala cosa.»

Pero no podía detenerse. A lo largo de su vida había perdido a todas las personas que quería y, exceptuando sus años en la Fuerza Delta, no había tenido nunca a quién golpear porque uno no puede vengarse del destino. Incluso en la Delta, el enemigo —esa masa anónima de maníacos y fanáticos que constituían el «terrorismo internacional»— había sido tan poco conocido que la venganza aportaba escasas satisfacciones. Pero aquí había un enemigo de malignidad sin igual, un enemigo merecedor de tal nombre, y él haría pagar por lo que había hecho a *Einstein*.

Travis corrió por el pasillo, bajó las escaleras de tres en tres, le acometió una oleada de vértigo y náuseas y casi cayó. Se asió a la barandilla para recobrar el equilibrio, pero al hacerlo con el brazo dañado, sintió un dolor lacerante en el hombro herido. Sin reflexionar soltó la barandilla, perdió el equilibrio y rodó por el último tramo golpeando con fuerza el suelo.

Estaba en peor forma de lo que había pensado.

Aferrando la «Uzi» se puso de pie, marchó tambaleante por la puerta trasera del porche y, escalones abajo, hasta el patio. La lluvia fría le despejó la abotargada cabeza y, por un momento, se quedó plantado sobre el césped, dejando que la tormenta acabara de quitarle el mareo.

Por su mente pasó fugaz la imagen de *Einstein*, un cuerpo roto, ensangrentado. Evocó los divertidos mensajes que no aparecerían nunca más sobre el suelo de la alacena, y pensó que las Navidades por venir serían sin un *Einstein* recorriendo la casa con su gorro de Santa Claus, y pensó en el amor que jamás volvería a ser dado y recibido, y pensó en los portentosos cachorros que jamás nacerían..., y el peso de tanta evocación fue tan oneroso que casi le aplastó contra el suelo.

Aprovechó esa pesadumbre para agudizar su irritación, afiló su furor para darle un filo de navaja.

Luego marchó hacia el granero.

El recinto era un hervidero de sombras. Se mantuvo inmóvil ante la puerta abierta, dejando que la lluvia le fustigara cabeza y espalda, escrutando el interior del granero, las sucesivas capas penumbrosas, esperando detectar los ojos amarillos.

Nada.

El furor le hizo temerario, cruzó la puerta y se movió de lado, hasta el interruptor de la pared norte. Pero ni con las luces encendidas pudo descubrir al alienígena.

Apretando los dientes para sobreponerse al vértigo, atravesó el espacio vacío en donde debería estar la furgoneta, y caminó muy despacio por el costado del «Toyota».

¡El pajar!

Si diera dos o tres pasos más, se quedaría justamente debajo del pajar. Y si la cosa estuviera allá arriba, podría saltar sobre él...

Tal especulación resultó ser errónea, porque el alienígena apareció al fondo del granero, acurrucado en el suelo de cemento, más allá del «Toyota», gimiendo y abrazándose con sus poderosos e interminables brazos. A su alrededor, el suelo estaba teñido en sangre.

Travis se mantuvo quieto junto al coche durante casi un minuto, a unos cinco metros de la criatura, examinándola con repugnancia y miedo, horror y extraña fascinación. Creía estar contemplando la estructura física de un mono, quizá un babuino..., en cualquier caso un espécimen de la familia de los simios. Sin embargo, ni pertenecía a una especie concreta ni representaba una combinación de diversas partes de muchos animales distintos. Era único en su género. Con su desmesurada cabeza, hecha a bultos, sus inmensos ojos amarillos y quijada de pala mecánica, con sus largos dientes corvos, dorso corcovado y brazos desmedidamente largos, constituía una individualidad horripilante.

Y le miró como si esperase algo.

Travis avanzó dos pasos y enarboló el arma.

La cosa alzó su enorme cabeza, movió laboriosamente las quijadas y emitió un sonido ronco, una palabra borrosa, pero así y todo inteligible, que él pudo entender a pesar de la estrepitosa tormenta:

—¡Daño!

El horror de Travis superó su sorpresa. Aquella criatura no había sido concebida para hablar y, no obstante, su inteligencia le había permitido aprender el lenguaje y satisfacer así su deseo de comunicación. Sin duda, durante los meses en que persiguiera a *Einstein* ese deseo se había acrecentado hasta el punto de inducirle a superar, en cierta medida, sus limitaciones físicas. La criatura había estudiado el lenguaje, hallando algún procedimiento para articular a duras penas algunas palabras desfiguradas con su fibrosa cavidad oral y su boca deforme. A Travis no le horrorizó la visión de un demonio parlante, sino el pensar con cuánta desesperación habría deseado aquella cosa poderse comunicar con alguien, quienquiera que fuese. Él no quería apiadarse, no se atrevía a hacerlo porque no deseaba tener remordimientos cuando le borrase de la faz de la Tierra.

—*Llegué lejos. Ahora acabado.* —La criatura habló con tremendo esfuerzo, como si arrancase cada sílaba de su garganta.

Aquellos ojos eran demasiado insólitos para inspirar solidaridad, y cada miembro era, sin confusión posible, una herramienta del asesinato.

Desplegando un largo brazo, la criatura tomó algo que había en el suelo, junto a ella, pero que Travis no había advertido hasta entonces: era una cinta de Mickey Mouse, una de las que *Einstein* recibiera como regalo navideño.

El famoso ratón aparecía en el estuche con su equipo de siempre, esbozando la familiar sonrisa, agitando la mano.

—*Mickey* —dijo el alienígena. Y su voz, por muy espantosa e incomprensible que pareciera, dejó entrever un sentimiento terrible de rendición y soledad—. *Mickey.*

Luego dejó caer la cinta para abrazarse de nuevo y balancearse con gesto de agonía.

Travis dio otro paso adelante.

El rostro aborrecible del monstruo se le antojó tan repulsivo que casi tenía algo de exquisito. En su fealdad única, ejercía una atracción esotérica, extraña.

Cuando el trueno restalló esta vez, las luces del granero se velaron y parecieron querer extinguirse.

Alzando otra vez la cabeza, el engendro habló con la misma voz rasposa, pero matizada ahora de contento demencial:

—*Matar perro, matar perro, matar perro.* —Remató sus palabras con un sonido que podría haber sido una carcajada.

Travis estuvo a punto de acribillarle, pero antes de que apretara el gatillo, la risa del alienígena dio paso a lo que semejó un sollozo. Él contemplaba hipnotizado.

Clavando sus ojos de linterna en Travis, la bestia dijo de nuevo.

—*Matar perro, matar perro, matar perro.* —Pero esta vez parecía transida de dolor, como si hubiese captado la magnitud del crimen que su constitución genética le impulsara a cometer.

A continuación, miró el estuche en donde estaba representado Mickey Mouse.

Por último, dijo suplicante:

—*Matar a mí.*

Travis no sabría decir si fue el furor o la compasión lo que le indujo a apretar el gatillo y vaciar todo el cargador de la «Uzi» en el alienígena. Lo que el hombre empezara, el hombre lo finalizó.

Cuando hubo terminado, se sintió vacío.

Dejó caer la carabina y caminó fuera. Le fue imposible acumular la energía necesaria para volver a casa. Se sentó en el césped bañado por la lluvia, y lloró.

Estaba llorando todavía cuando Jim Keene apareció por el embarrado camino, procedente de la carretera costera.

CAPÍTULO XI

I

El jueves por la tarde, 13 de febrero, Lem Johnson dejó a Cliff Soames y tres hombres más a la entrada del camino polvoriento, en su confluencia con la carretera costera del Pacífico. Sus instrucciones fueron prohibir el paso a quienquiera que fuese y permanecer alerta hasta que él les llamara..., si les llamaba.

Cliff Soames parecía pensar que ése era un modo muy extraño de hacer las cosas, pero no aireó sus objeciones.

Lem se justificó diciendo que, puesto que Travis Cornell era un ex combatiente de la Delta, tendría una capacidad muy considerable para el combate y por tanto convendría tratarle con cautela.

—Si irrumpiéramos allí de mala manera, adivinaría quiénes somos apenas nos viera llegar, y podría reaccionar de forma violenta. Así pues, si voy solo, podré inducirle a hablar y, quizá, a persuadirle a que desista.

Ésa fue una explicación trivial de su proceder heterodoxo, que no disipó el ceño en el rostro de Cliff.

Lem hizo caso omiso del ceño de Cliff. Entró solo por el camino, conduciendo uno de los turismos y aparcó ante la casa de madera blanqueada.

Hacía un tiempo bonancible. Los pájaros cantaban en los árboles. El invierno había aflojado su presa en la costa septentrional de California, y el día era tibio.

Lem subió los escalones y llamó a la puerta principal.

Travis Cornell contestó a la llamada y le miró de hito en hito por la puerta de rejilla antes de decir:

—El señor Johnson, supongo.

—¿Cómo sabía usted...? ¡Ah, sí! Claro está. Garrison Dilworth hablaría de mí aquella noche en que consiguiera telefonearle.

Para sorpresa de Lem, Cornell abrió la puerta de rejilla.

—Ya que está aquí, será mejor que entre.

Cornell llevaba una camiseta sin mangas, al parecer por culpa del abultado vendaje que le cubría casi todo el hombro derecho. Conducía a Lem a través de la habitación hasta una cocina en cuya mesa estaba su mujer mondando manzanas para una tarta.

—¡Ah! El señor Johnson —dijo ella.

Lem comentó sonriente:

—Según parece, soy muy conocido por estos contornos.

Cornell se sentó a la mesa y tomó una taza de café. No ofreció café a Lem.

Manteniéndose de pie algo violento durante unos instantes, Lem terminó por sentarse con ellos.

—Bueno, esto era inevitable, espero que lo comprendan —dijo—. Teníamos que dar con ustedes tarde o temprano.

Ella siguió mondando manzanas sin decir palabra. Su marido miraba atentamente el café dentro de la taza. Lem se preguntaba qué le ocurriría.

Aquél no era ni por asomo el escenario que él imaginara. Se había prevenido contra el pánico y la cólera, el descorazonamiento y muchas cosas más, pero no había previsto aquella apatía tan extraña. Ni uno ni otro parecían preocuparse de que él hubiese hallado su rastro.

—¿No les interesa saber cómo los localicé? —les preguntó.

La mujer hizo un gesto negativo con la cabeza.

—Si usted desea en realidad contárnoslo —dijo Cornell—, hágalo y diviértase.

Ceñudo y desconcertado, Lem dijo:

—Bueno, fue sencillo. Nosotros sabíamos que el señor Dilwort necesitaría telefonearles desde alguna casa o comercio situado dentro de las escasas manzanas de aquel parque al norte de la bahía. Así pues conectamos nuestras computadoras con los registros de la compañía telefónica, solicitando su autorización, por supuesto, y apostamos a varios hombres para anotar todas las conferencias que se pusieran con cargo a todos los números telefónicos dentro de tres manzanas del susodicho parque aquella noche. Nada de eso nos reveló el paradero de ustedes. Pero entonces caímos en la cuenta de que cuando los cargos son revertidos, no se carga la llamada al número desde el cual se telefonea; esto aparece en el registro de la persona que acepta los cargos revertidos..., y esa persona era usted. Pero este dato aparece también en un registro especial de la compañía telefónica para que ésta pueda documentar la llamada por si la persona que aceptó los cargos revertidos se negara más tarde a pagar. Nosotros revisamos ese registro especial, que es muy reducido, y encontramos muy pronto una conferencia puesta desde una casa situada a lo largo de la costa, por el sector norte del parque mencionado, y la conferencia era con el número de usted. Cuando visitamos aquella casa para hablar con sus propietarios, la familia Essenby, nos concentramos en el hijo, un adolescente llamado Tommy, y aunque requiriéramos cierto tiempo, conseguimos averiguar que había sido Dilwoorth quien hiciera uso de su teléfono. La primera parte del asunto consumió una cantidad tremenda de tiempo, semanas y semanas pero, después de eso, todo fue un juego de niños.

—¿Espera usted una medalla o qué? —inquirió Cornell.

La mujer tomó otra manzana, la partió en cuatro partes y empezó a mondarlas.

La pareja le estaba dificultando las cosas, pero sus intenciones diferían mucho de lo que, probablemente, ellos esperasen. No se les podía censurar por esa fría acogida, puesto que no sabían que llegaba allí como un amigo.

—Escuchen —dijo—, he dejado a mis hombres en la entrada del camino. Les dije que ustedes podrían alarmarse y hacer alguna estupidez si nos vieran llegar en grupo. Pero, verdaderamente, si he venido solo es para... hacerles una oferta.

Al fin, ambos le miraron interesados.

—Hacia la primavera abandonaré este maldito trabajo —les dijo—. ¿Por qué lo abandono? Eso no puede interesarles. Digamos que voy al mar para un cambio de clima. He aprendido a encajar el fracaso, y ahora éste no me espanta ni mucho menos. —Dio un suspiro y se encogió de hombros—. Sea como fuere, el perro no merece una jaula. Me importa un maldito bledo lo que digan ellos, lo que quieran ellos..., yo sé lo que es justo. Yo sé lo que es estar enjaulado. Lo he estado casi toda mi vida hasta fechas muy recientes. El perro ha de volver a una situación semejante. Lo que le propongo, señor Cornell, es que lo saque de aquí ahora mismo, lo lleven a través del bosque y lo deje en cualquier lugar donde esté a salvo; luego regrese aquí y afronte la cuestión. Diga que el perro se escapó hace dos meses hacia cualquier otro lugar y que le cree muerto a estas alturas o en manos de gente que lo cuidarán bien. Quedará pendiente todavía el problema del alienígena del que usted ya tendrá noticias, pero entre usted y yo podremos idear algún trato cuando quede resuelto. Le pondré bajo la vigilancia de unos cuantos hombres, pero cuando hayan transcurrido dos o tres semanas los retiraré y daré la causa por perdida...

Cornell se levantó y se plantó ante la silla de Lem. Con la mano izquierda le agarró por la camisa y le hizo ponerse en pie.

—Ha llegado dieciséis días demasiado tarde, hijo de puta.

—¿Qué..., qué quiere decir?

—El perro está muerto. El alienígena lo mató, y yo maté al alienígena.

La mujer soltó su cuchillo de mondar y un trozo de manzana. Se cubrió la cara con las manos y, adelantándose en su silla, dejó escapar unos sonidos tenues, tristes.

—¡Ah, Dios Santo! —exclamó Lem.

Cornell le soltó. Desconcertado y deprimido, Lem se enderezó la corbata, se alisó la camisa. Luego se miró los pantalones y los sacudió un poco.

—¡Ah, Dios santo! —murmuró de nuevo.

Cornell les condujo sin rodeos al lugar del bosque en donde enterrara al alienígena.

Los hombres de Lem excavaron. El mostruo estaba envuelto en plástico, pero ellos necesitaron desenvolverlo para saber que era la creación de Yarbeck.

El tiempo había sido bastante fresco desde que se le enterrara, pero así y todo empezaba a desprender fetidez.

Cornell no quiso revelarles en dónde estaba enterrado el perro.

—Él no tuvo nunca ocasión de vivir en paz —dijo torvo—. Pero ¡por Dios que ahora va a descansar en paz! Nadie lo colocará sobre una mesa de autopsia ni lo troceará. De ninguna forma.

—Si la seguridad nacional está en juego, como es el caso, le podrán obligar a...

—Déjeles que lo hagan —dijo Cornell—. Si me llevan ante un tribunal e intentan obligarme a decirles en dónde he enterrado a *Einstein*, yo revelaré toda la historia a la Prensa. Ahora bien, si dejan en paz al perro, si nos dejan en paz a mí y a los míos, mantendré cerrada la boca. No pienso volver a Santa Bárbara para reanudar la vida como Travis Cornell. Ahora soy Hyatt, y eso es lo que quiero seguir siendo. Mi vida anterior pertenece para siempre al pasado. No hay ninguna razón para volver allí. Y si el Estado es listo, me dejará seguir siendo Hyatt y se apartará de mi camino.

Lem se le quedó mirando durante largo rato. Por fin dijo:

—Sí, eso mismo hará si es listo, creo yo.

Más tarde, aquel mismo día, cuando Jim Keene estaba haciéndose la cena, su teléfono sonó. Era Garrison Dilworth, a quien él no conocía en persona pero de quien había oído hablar durante la última semana por haber actuado de enlace entre el abogado y la pareja. Garrison le llamaba desde una cabina telefónica en Santa Bárbara.

—¿Se han dejado ver ya por ahí? —le preguntó el abogado.

—Esta tarde, a primera hora —dijo Jim—. Ese Tommy Essenby debe de ser un buen chico.

—Nada malo, a decir verdad. Pero si él vino a verme y advertirme no fue sólo por su gran corazón. Está en rebeldía contra la autoridad. Cuando le presionaron hasta hacer confesar que yo había telefoneado desde su casa aquella noche, sintió un gran resentimiento contra todos ellos. Y el que Tommy viniera derecho a mí, era tan inevitable como el que un macho cabrío arremeta a cornadas contra la cerca de su encierro.

—Se llevaron al alienígena.

—¿Y qué me dice del perro?

—Travis dijo que no les enseñaría el lugar en donde estaba enterrado. Les hizo creer que revolvería cielo y tierra, que haría caer todo el tinglado sobre sus cabezas si le forzaban a hacerlo.

—¿Cómo está Nora? —preguntó Dilworth.

—No perderá el bebé.

—Gracias a Dios. Eso será un gran alivio.

II

Ocho meses después, el fin de semana correspondiente a la gran Fiesta del Trabajo, en setiembre, las familias Johnson y Gaines se reunieron para disfrutar de una barbacoa en casa del sheriff. Jugaron al bridge casi toda al tarde. Lem y Karen tuvieron más ganancias que pérdidas, lo cual era desusado a la sazón, porque Lem no abordaba ya el juego con la necesidad fanática de ganar, tal como fuera su estilo antaño.

Había abandonado la NSA en junio. Desde entonces venía viviendo del dinero que le rentaba la fortuna heredada, tiempo ha, de su padre. En la próxima primavera, esperaba establecerse y explorar un nuevo campo de trabajo, algún comercio pequeño en donde él fuera su propio jefe y se impusiese su propio horario.

A últimas horas de aquella tarde, mientras sus mujeres hacían ensaladas en la cocina, Lem y Walt se quedaron cuidando de las costillas en la barbacoa del patio.

—¿Así que se te conoce todavía en la Agencia como el hombre que malogró la crisis «Banodyne»?

—Así es como se me conocerá hasta fecha inmemorial.

—No obstante, sigues percibiendo una pensión —dijo Walt.

—Bueno, tengo veintitrés años a mis espaldas.

—Sin embargo, no parece justo que un hombre malogre el caso más sonado del siglo y pueda retirarse a los cuarenta y seis años con pensión completa.

—Sólo tres cuartas partes.

Walt aspiró a pleno pulmón el humo fragante que despedían las costillas asadas.

—Así y todo me pregunto adónde va a parar este país nuestro. En tiempos menos liberales los calamidades como tú habrían sido azotados y encepados, por lo menos. —Y, aspirando otra bocanada de las costillas, dijo—: Cuéntame otra vez cómo fue ese momento en la cocina de ellos.

Lem se lo había contado ya un centenar de veces, pero Walt no se cansaba jamás de escucharlo.

—Bien, aquella habitación estaba tan limpia como una patena. Allí todo relucía. Y los Cornell eran también personas muy limpias. Gente bien vestida y pulcra. Así que van y me dicen que el perro está muerto desde hace dos semanas, muerto y enterrado. Cornell representa su escena de enfurecimiento, me hace saltar de la silla agarrándome por la camisa y me fulmina con la mirada como si me fuera a arrancar la cabeza. Cuando me suelta, yo me arreglo la corbata, me aliso la camisa y, cuando me miro los pantalones por puro hábito, percibo unos pelos dorados. Pelos de perro, pelos de perdiguero, tan seguro como de que hay infierno. Ahora bien, ¿era concebible que aquella gente tan pulcra y aseada, sobre todo empeñada en hacer cosas para alejar su pensamiento de la tragedia, no encontrara el tiempo necesario al cabo de dos largas semanas para limpiar su casa?

—Había pelos por todos tus pantalones —hizo constar Walt.

—Cien pelos por lo menos.

—Como si el perro hubiese estado sentado allí poco antes de que llegaras.

—Hasta el punto de que si yo hubiese llegado cinco minutos antes me habría sentado encima del propio perro.

466

Walt dio la vuelta a las chuletas en la barbacoa.

—Tú eres un hombre muy observador, Lem, lo cual podría haberte llevado muy lejos en tu profesión. Así pues, no entiendo cómo jorobaste por completo el caso «Banodyne» pese a tu talento.

Como era su costumbre, los dos rompieron a reír.

—Cuestión de suerte, supongo —dijo Lem, como solía contestar, y se rió de nuevo.

III

Cuando James Garrison Hyatt celebró su tercer cumpleaños el 28 de junio, su madre estaba encinta de su primer hermano, que resultaría ser una hermana.

Celebraron una fiesta en la casa de madera blanqueada sobre las laderas arboladas a orillas del Pacífico. Como quiera que los Hyatt se trasladarían pronto a una casa recién hecha y mayor, algo más arriba del litoral, organizaron una celebración digna de recuerdo, no un mero guateque de aniversario, sino un adiós a la casa, la primera que los cobijara como familia.

Jim Keene llegó de Carmel con *Pooka* y *Sadie*, sus dos Labradores negros, más su joven perdiguero dorado *Leonard*, al que se le solía llamar *Leo*. También acudieron algunos amigos de la oficina inmobiliaria de Carmel en donde trabajaba Sam (Travis para todo el mundo) y de la galería en Carmel que exhibía y vendía las pinturas de Nora. Esos amigos llevaron asimismo a sus perdigueros, que constituían, sin excepción, la segunda camada de *Einstein* y su compañera *Minnie*.

Allí sólo faltaba Garrison Dilworth. El abogado había muerto el año anterior mientras dormía.

Tuvieron una jornada espléndida, no sólo porque fueran amigos y les encantase estar juntos, sino también porque compartían un secreto maravilloso que les mantendría unidos para siempre formando una familia enormemente prolífica.

Todos los miembros de la primera camada, que ni Travis ni Nora hubieran podido ceder para adopción y que vivían en la casa de madera blanqueada, estaban también presentes: *Mickey, Donald, Daisy, Huey, Dewey y Louise*.

Los perros lo pasaron todavía mejor que las personas, retozando por el césped, jugando al escondite en el bosque y viendo algunos vídeos en el televisor de la sala.

El patriarca canino participó en algunos de los juegos, pero pasó casi todo su tiempo con Travis y Nora y, como era su costumbre, muy cerca de *Minnie*. El animal cojeaba, como seguiría haciéndolo el resto de su vida, porque su pata trasera derecha había sido despedazada por el alienígena y no habría tenido la menor utilidad si su veterinario no se hubiese consagrado en cuerpo y alma a restaurar la función del miembro.

Travis solía preguntarse si, al lanzar con enorme violencia a *Einstein* contra la pared del cuarto, el alienígena no le habría dado por muerto. O también pudiera ser que, al tener la vida del perdiguero entre sus manos, la bestia hubiese recapacitado y hubiera descubierto en su ser cierta capacidad para la compasión, que, aun no habiendo sido concebida por sus creadores, estaba allí a pesar suyo. Quizá rememorase el único placer que habían compartido él y el perro en el laboratorio: los dibujos animados. Y al recordar esa coparticipación, quizá se viera a sí mismo por primera vez como una criatura con un potencial, aunque ínfimo, para comportarse como otras cosas vivientes. Y viéndose como un ser a semejanza de otros, tal vez no pudiera matar a *Einstein* con tanta facilidad como había supuesto. Después de todo, habría podido destriparlo con un revés de sus tremendas garras.

Pero aunque hubiese adquirido una cojera crónica, *Einstein* había perdido por otra parte el tatuaje en la oreja gracias a Jim Keene. Nadie podía demostrar que él era el perro de «Banodyne», y además, cuando quería, sabía hacerse muy bien el «perro tonto».

Durante el tercer cumpleaños de Jimmy, *Minnie* miró varias veces a su compañero y a su prole con un estupor maravillado, la dejaban perpleja sus actitudes y travesuras. Si bien ella no podría entenderlos jamás, ninguna madre canina había recibido ni una ínfima fracción del amor que le profesaban aquellos que había traído al mundo. *Minnie* velaba por ellos, y ellos velaban por *Minnie*. Vigilantes recíprocos.

Al declinar aquella magnífica jornada, cuando los invitados se despidieron, cuando Jimmy se quedó dormido en su habitación, cuando *Minnie* y su primera camada se acomodaron para pasar la noche, *Einstein*, Travis y Nora se reunieron en la alacena de la cocina.

El distribuidor de fichas de «Scrabble» había desaparecido. En su lugar, se asentaba sobre el suelo una computadora «IBM». *Einstein* aferró un punzón con el hocico, y pulsó con él el teclado. Su mensaje apareció en la pantalla.

ELLOS CRECEN DEPRISA.

—Vaya que sí —dijo Nora—. Los tuyos más deprisa que los nuestros.

ALGÚN DÍA ELLOS ESTARÁN POR TODAS PARTES.

—Algún día, si les da tiempo para procrear muchas camadas —dijo Travis—, se extenderán por el mundo entero.

Y TAN LEJOS DE MÍ. ES MUY TRISTE.

—Sí, lo es —dijo Nora—. Pero todos los pájaros jóvenes abandonan el nido tarde o temprano.

¿Y CUÁNDO YO ME HAYA IDO?

—¿Qué quieres decir? —preguntó Travis, agachándose y revolviendo, afectuoso, la gruesa capa del perro.

¿ME RECORDARÁN ELLOS?

—¡Ah, sí, cara peluda! —exclamó Nora, arrodillándose y abrazándole—. Mientras haya perros en este mundo y mientras haya personas lo bastante sensatas para caminar con ellos, se te recordará.

Título de la edición original: *Watobers*
Traducción del inglés: Manuel Vázquez Tomás
Diseño de la sobrecubierta: Enrique Iborra

~~Círculo de Lectores, S.A.~~
Valencia, 344, 08009 Barcelona
3 5 7 9 8 8 1 2 8 6 4 2

Licencia editorial para ~~Círculo de Lectores~~
por cortesía de Plaza & Janés Editores, S.A.
Está prohibida la venta de este libro a personas
que no pertenezcan a ~~Círculo de Lectores~~

Depósito legal: B. 25347-1988
Fotocomposición: gama, s.a.,
Arístides Maillol 3, 1.º, 1.ª,
08028 Barcelona
Impresión y encuadernación,
Printer industria gráfica, s.a.
N. II, Cuatro caminos, s/n
08620 Sant Vicenç dels Horts
Barcelona, 1988
Printed in Spain

ISBN 84-226-2697-7

N.º 29546